The Winter Bride

박소연 장편소설

윈터 브라이드

I

가하

윈터 브라이드 1

지은이 박소연
펴낸이 이형기
펴낸곳 도서출판 가하

초판인쇄 2018년 12월 26일
초판발행 2019년 1월 3일
출판등록 2008년 10월 15일 제 318-2008-00100호

주소 서울 영등포구 양평로 67, 1209 (당산동5가, 한강포스빌)
전화 02-2631-2846 **팩스** 02-2631-1846

www.ixbook.co.kr

ISBN 979-11-300-3356-3 04810
        979-11-300-3355-6 04810 (세트)

값 13,800원

Contents

✤ 본문에서 " "는 인스켈어, 『 』는 로젠이유어, 「 」는 에스타니아어로 진행되는 대화입니다.

Preface

주제 : 판데모니움의 계약자들과 그들이 대륙사에 끼친 영향에 관하여.

……전략……

윈터 드레스덴이 처참했던 제2차 대륙전쟁이 낳은 악마이며 제2차 대륙전쟁 전후의 대륙사에 가장 큰 영향력을 끼친 인물임을 부정할 이는 없을 것이다.

그자의 등장 전까지 인스켈은 대륙 정세에 아무런 영향도 끼치지 못하는 소국에 불과했다. 남부의 해양강국 에스타니아와 중부의 비옥한 평원을 차지한 로세이유는 결혼동맹을 통해 북부의 인스켈과 서부 산맥의 리슈타인을 비롯한 자잘한 중소국가들을 억눌러왔고, 특히 로세이유는 투왕 샤를 5세의 통치하에 제국이라 불릴 정도의 위명을 얻으며 번영해왔다.

그 상황을 무력으로 뒤집으려 했던 인스켈의 프란츠 3세의 성급함은 결과적으로 리슈타인과 인스켈 연합군이 로세이유−에스타니아 연합군에게 대패하는 결과를 낳았고, 그 여파는 인스켈을 10여 년간

이어지는 사상 최악의 불황으로 몰아넣게 된다.

활시위를 당긴 사건이 무엇이었든 제2차 대륙전쟁은 망국의 위기에 처한 조국을 억지로나마 부흥시키려던 인스켈의 아를로한 1세의 필사적인 발버둥이었다는 것이 학계의 대체적인 해석이다.

……중략……

결과적으로 아를로한 1세의 도박은 인스켈을 대륙의 지배자 지위로 올려놓았다. 죽지 않는 신체(神體)는 스스로를 제국이라 칭하던 로세이유를 생 디옹과 상트망에서 잇달아 파멸시키고 에스타니아마저 멸망으로 몰아붙인다.

아를로한 1세가 이리 극단적인 행보를 보인 이유며 그 행보의 옳고 그름은 학계에서도 해석이 갈리는 바이다. 그러나 한 가지 확실한 것은 결과적으로 인스켈이 신성제국이란 명칭을 붙일 수 있을 정도로 강성해졌다는 것이다.

찬란한 영광을 자랑하던 로세이유와 에스타니아가 지도에서마저 지워져 잊힌 이름이 되리라 누가 예상했겠는가. 현재 소규모의 저항 세력을 제외하고 대항할 자 없는 인스켈이 얼마나 이 기세를 이어갈지, 혹은 전성기의 로세이유처럼 급작스러운 몰락의 길을 걸을지가 주목된다.

……후략……

Part I

Childhood

"2소대! 문을 지켜! 절대로 저것을 안으로 들이지 마!"

"대장로님을 어서 밖으로……! 저 괴물을 막아!"

쾅 하며 어딘가에서 공성추에 얻어맞은 석벽이 부서지는 소리가 들렸다. 지축이 흔들리는 진동에 비틀거리다 겨우 다시 몸을 일으킨 가드들이 일순간에 피를 뿜으며 쓰러졌다.

휙, 깔끔한 은빛 호선을 그리며 세이버가 엉겨붙은 핏방울을 떨궈냈다. 한순간에 동료를 잃은 가드들은 공포와 절망이 뒤엉킨 눈으로 다가오는 단 한 명의 적을 바라보았다.

열다섯, 많아봤자 열여덟을 넘지 않았을 청년은 자신을 괴물 보듯 쳐다보는 이들을 앞에 두고 재미있어하는 듯했다. 백색에 가까운 은발과 기괴한 붉은 눈은 그것만으로도 휘장이나 다름없었다. 신분을 증명하는 그 어떤 것이 없어도 가드들은 청년이 누구인지 알았다. 청년, 드레스덴 대공 윈터(Winter)는 마치 소풍이라도 나온 듯한 발걸음으로 길고 긴 피의 길을 만들며 제 앞의 적들에게로 걸음을 옮겼다.

그는 대륙을 지배하는 신성 인스켈 제국이 반역자들에게 휘두르는 철퇴였다. 판데모니움의 문을 열어 인간이 아닌 것과 계약해 인간이 아닌 것이 되어버린 자. 윈터 드레스덴은 지나간 길에 살아 있는 것을 남겨두지 않기로 위명이 높았다.

"주, 죽어라, 이 괴물!"

한계치를 넘은 공포에 반쯤 이성을 잃고 악에 받쳐 덤벼드는 적들에게 윈터는 거침없이 검을 휘둘렀다. 찔러드는 창을 피하고 날아오는 도끼를 쳐내며 하나하나 숨을 끊는다. 새하얗던 복도가 새빨갛게 물들 때까지 죽이자 겨우 연구실로 통하는 길이 열렸다. 드디어 길고 긴 추격전의 클라이맥스다.

윈터는 다시금 휙 검을 들어 핏방울을 털어내며 발걸음을 재촉했다. 복도에 나 있는 창 너머로 무너지는 수도가 새빨갛게 타오르고 있었다. 선명한 비명과 병장기가 부딪치는 소리. 공기가 피에 절인 듯 탁하다.

"실데릭! 실데릭, 어디에 있나!"

윈터는 유쾌하게 목소리를 높였다.

"네놈을 살리려고 대체 몇 명이 죽었는지 알아? 염치가 있으면 당장 나와!"

개개인의 실력만으로는 대륙 최고라는 리슈타인 가드들마저 모조리 베어 넘겼으니 이제 저항할 것들도 남아 있지 않으리라. 리슈타인의 심장, 아란체슬의 그라츠 체플러 대학의 방어체제가 아무리 단단하다 한들 대제국 로세이유와 에스타니아의 왕성마저 농락했던 그에게는 가소로울 뿐이다.

"어서 나와, 실데릭!"

소리를 높여 불러봤지만 여전히 인기척은 나지 않는다. 연구실에 숨어 있는 건가.

쥐새끼가 안 나오겠다면 끌어내야지. 거의 노래하는 듯한 어조로 중얼거리며 윈터는 기나긴 복도 끝의 방 앞에 멈춰 서서 가볍게 숨을 골랐다.

거대한 오크 문을 걷어차자 쾅 소리를 내며 문짝이 떨어져 나갔다. 허무하도록 쉽게 열려버린 문 너머로 늙은 대장로가 보였다. 공포와 절망이 반반쯤 섞인 시선과 마주치자 윈터는 입꼬리를 끌어올려 웃었다.

"찾았다, 실데릭."

"……윈터."

"대륙의 두뇌께서 이 미천한 몸을 알아봐주시다니 이런 영광이."

침음 섞인 목소리로 자신을 부른 노학자에게 과장스레 허리 숙여 절하며 윈터는 기습적으로 입구의 의자를 집어 던졌다. 단단한 마호가니 의자에 얻어맞은 대장로는 억 소리도 내지 못하고 책장에 부딪혀 쓰러졌다. 책장이 흔들리더니 넘어져 책들이 와르르 쏟아져 내렸고 철하지 않은 종이들이 사방으로 날렸다. 의자에 부딪친 대장로의 머리에서 흐른 피가 소리 없이 양탄자에 스며들어 얼룩을 남겼다.

"안셀라는 참 말을 잘하지. 안셀라의 꼬드김은 언제나 달콤해. 자유, 자치, 그리고 금기시된 지식. 아주 많은 것을 약속했겠지."

노래하듯이 내뱉은 윈터는 달콤한 목소리와는 어울리지 않게, 우악스럽게 쓰러진 대장로의 머리채를 그러쥐었다.

"이리 쉽게 무너질 것이면서 무슨 생각으로 신성 인스켈 제국에 대한 반역을 꾸민 걸까. 가만히 있었다면 여황 폐하의 보조 아래 원하는 연구나 양껏 하면서 편하게 살 수 있었을 텐데 말이야."

"크……."

"그리도 하고 싶어 하는 연구를 하지 말라는 게 아니잖아. 판데모니움에 대한 연구만 하지 말라는데 그게 그렇게나 무리한 주문이었어?"

반쯤은 조롱이고, 반쯤은 진심이었다. 리슈타인 학자들의 정신 나간 지식욕은 그에게는 언제나 이해하기 어려운 것이었다.

그러나 그것도 사실 딱히 상관은 없다. 그가 언제 그런 것을 신경 썼던가. 그는 어디까지나 명받은 대로 죽일 뿐.

"일어나."

피로 얼룩진 얼굴 속, 둔하게 껌벅이는 눈에서 시선을 떼지 않으며 그는 재차 되풀이했다.

"살고 싶다면 네 살인자와 맞서 싸우는 시늉이라도 해봐. 그편이 더 즐거울 테니."

귓가에 나지막이 속삭인 말에 대장로의 시선이 변했다.

"즐겁다……?"

확 뻗어온 손이 청년의 멱살을 그러쥐었다. 죽어가는 노인의 것이라고는 믿을 수 없는 악력에 윈터가 솔직히 놀라움을 드러내자 노학자는 그를 죽일 듯이 노려보며 입을 열었다.

"신의 그릇이 되었다고 인간으로서의 염치도 잊어버렸구나, 괴물."

살기가 선연한 말에도 윈터는 그저 조소할 뿐이었다.

"참으로 창의력 떨어지는 저주군, 실데릭."

"네놈, 언젠간 반드시 이 핏값을 치르게 되리라."

"그걸로 유언은 끝인가?"

윈터가 여전히 입꼬리를 비틀어 웃으며 제 멱살을 쥔 손을 떼어내려 할 때였다.

목덜미를 쥔 손을 떨쳐낼 수가 없다는 것을 깨달은 윈터의 표정이 굳었다. 그 반응에 진심으로 만족하며 노회해 주름진 손가락이 살갗을 파고들듯 더욱 강하게 그의 목덜미를 그러쥐었다. 손끝에서 새파란 빛이 흘러나오기 시작하자 그 파동의 익숙함에 윈터는 와락 미간을 일그러트렸다.

인간에게 신의 힘을 빌 수 있게 하는 판데모니움과의 계약의 증표.

"네놈만큼은 반드시 지옥으로 끌고 가겠다, 윈터!"

절절하게 증오가 스민 목소리를 마지막으로 주술진이 시퍼렇게 빛났다. 눈을 멀게 하는 광채. 그리고.

콰앙, 귀를 먹먹하게 하는 소음이 울렸다.

정적.

· ✣ ·

한바탕 굉음이 휩쓸고 지나간 연구실은 예전의 모습을 찾을 수 없을 정도였다. 석벽에 짐승의 손톱으로 할퀸 듯한 상흔이 파고들었고, 갈가리 찢긴 휘장과 커튼이 박살난 가구들 위로 소리 없이 내려앉았다. 자폭을 시도한 대장로도, 그가 마지막까지 놓지 않았던 청년도 사지가 조각나 바닥을 뒹굴었다. 살아 있는 것 하나 남지 않은 자리에, 떨어져 나간 문 너머의 소란만 아스라이 들려오고 있었다.

"……아아."

바닥을 뒹굴던 윈터의 머리가 가느다란 한숨을 흘려냈다.

"안셀라가 그라츠 체플러 대학에서 판데모니움의 문을 열었다더니."

대륙의 패자에게 반기를 든다는 것은 힘겨운 일. 사용할 수 있는 패는 모조리 사용해야 했겠지. 강대한 힘을 몸에 담고도 견딜 수 있는 이가 있다면 판데모니움의 문을 열어 뜻을 함께하는 계약자를 늘리는 것은 지극히 당연한 처사. 그렇다면 혹시 아란체슬의 함락조차 계획된 것이었나? 저를 끌어들여 죽이기 위해서? 그래서 안셀라는 저 늙은 학자에게 자기 계약자를 잡아먹음으로써 상대를 죽이는 신과 계약하게 했던 건가?

순간적으로 착각했다. 익숙한 눈. 익숙한 저주. 익숙한……. 너무 익숙한 구도라 그가 고릿적에 무덤 속에 처박아버렸던 저주받을 신을 안셀라가 다시 끄집어낸 줄 알았다. 그게 착각임을 깨달은 후에도 이 더러운 기분은 사라지지 않는다. 흐릿해졌던 그때의 잔상 역시 생생하게 떠올라 잊히지가 않는다.

그게 50년 전이었나. 아니, 그것보다는 좀 덜 되었나.

제 목숨 걸고 그를 날려버리려고 했었지.

물론 그때에도 실패로 끝났었지만.

무료하게까지 느껴지는 중얼거림과 함께 부서진 책장에 깔려 있던 오른팔이 꿈틀거리더니 허공으로 떠올랐다. 사방으로 흩어진 몸의 파편들이 머리를 중심으로 모여들었다.

잘려나간 단면끼리 달라붙었고 순식간에 뼈와 근육이 재생하며 원형을 되찾아간다. 길게 심호흡 한 번 할 시간에 순식간에 재생해버린 몸을 가볍게 이리저리 움직이며 윈터는 일어났다. 어차피 아픔조차 느끼지 못하는 몸. 육체의 재생은 한두 번 겪은 일도 아니라 별다른 감회조차 느껴지지 않았다.

그러나 개미가 기어올라오듯, 천천히 돌아온 사지의 감각과 함께 불쾌함이 스멀거린다. 손에 잡힐 듯 잡히지 않는 안개 같은 살의. 솟구치는 불분명한 분노에 손끝이 떨렸다.

저 멀리에 완전히 조각나버린 대장로의 머리가 보이자 자리를 옮겨 바닥을 구르는 그것을 집어 들었다.

"안됐군. 야심찬 계획이었을 텐데 실패해서."

죽어버린 노인에게 비웃음을 담아 이죽인 윈터는 가볍게 눈을 감았다. 머리를 쥔 손에서 울컥울컥 피어오르는 검은 연기가 죽은 노학자의 머릿속으로 꾸역꾸역 파고들었다.

그가 소유한 신의 힘으로 채 식지 않은 뇌를 파헤치자 대장로가 마지막으로 보았던 주마등이 흘러들어왔다. 그가 마지막까지 필사적으로 숨기려 했던 것들이 터무니없이 간단하게 손아귀에 들어온다.

"아하."

원하는 것을 찾아내자 윈터는 아이마냥 천진하게 탄성을 내뱉으며 몸을 빙글 돌렸다. 가지고 놀다 질린 장난감마냥 휙 던져버린 대장로의 머리가 데구르르 바닥을 굴렀다. 책장을 뒤집어엎어 숨겨진 비밀 금고를 꺼내고 비밀번호를 입력하자 익숙하게 보아왔던 검붉은 구체가 모습을 드러냈다.

실데릭 란데르팅거가 개발해 안셀라 클렌디온이 반(反) 인스켈 저항군들에게 지급하고 있는 통신구. 입술을 비틀어 웃은 윈터는 그 통신구를 들고 스위치를 넣었다.

"여어, 안셀라. 오랜만이야. 그동안 잘 지냈나?"

통신구가 밝게 빛나며 목소리를 전달한다. 반대편에서 일어나고 있을 소란을 상상하며 천진하게까지 느껴지는 웃음을 띤 윈터는 낭랑한 목소리로 말을 이었다.

"요즘 들어 바쁠 텐데 수고가 많아. 덕분에 지루할 틈도 없이 즐거웠다. 내 괴물같이 길기만 한 인생에 네놈이 있어줘서 얼마나 다행인지 모르겠어. 언제나 진심으로 감사하고 있어, 안셀라. 그런데 말이야……."

그를 죽이겠답시고 산산이 터져나갔던 노학자의 모습이 몇 번이고 반복해서 떠올라 그의 가슴속 깊은 곳에 가라앉아 있던 어둡고 질척한 것을 건드린다. 시커멓고 잔인한 무언가가 바닥에서부터 살을 타고 올라 온몸을 잠식해가는 기분.

"요즘 들어 네가 좀 해이해진 것 같아……. 일을 이리 허술하게 하니 제대로 수도 써보기도 전에 들켜서 200년 전통의 대학이 이렇게 허무하게 무너져버렸잖아? 무려 대장로께서 자폭까지 하셨는데 아깝게 말이야."

윈터는 통신구에 거의 키스할 정도로 가깝게 입술을 가져가 달콤하게 속삭였다.

"그래서, 네가 좀 더 노력할 마음이 들게 해주려 해."

이 지경이 되어도 통신구 저편에서 안셀라의 목소리는 들려오지 않는다. 끝까지 제 정체를 드러낼 만한 짓은 추호도 하지 않겠다는 거다. 언제까지 그럴 수 있을까.

"아주 귀여운 누이가 있더군, 안셀라."

─ 윈터.

결국 참지 못하고 터져 나온 청년의 다급한 목소리를 조롱하듯 윈터는 단번에 통신구를 벽에 집어 던졌다. 박살난 통신구는 지지직거리면서도 계속 다급한 목소리를 전달했다. 그러나 조각난 통신구를 거들떠보지도 않은 채 경쾌하게 웃은 윈터는 유유히 몸을 일으켰다.

눈에는 눈. 이에는 이. 악몽에는 그것을 한층 더 상회하는 악몽으로.

"그럼, 어서 귀여운 리즈벳을 만나러 가볼까."

그러나 그날의 변덕이 제 운명을 바꾸리라는 것을 그는 짐작도 하지 못했다.

"아, 또……."

이제 겨우 열한 살이 된 소녀는 보는 사람이 더 아찔해질 정도로 높은 소나무 꼭대기의 가지에 매달려 작게 탄성을 질렀다. 그녀는 기묘한 경외와 공포가 섞인 기분으로 숲 너머의 하늘이 새빨갛게 달아오르는 것을 구경했다. 아란체슬. 수도 쪽 방향이었다. 그녀는 저런 광경을 자주 봤었다.

사신(死神). 그때마다 마을 어른들은 그렇게 수군대곤 했다. 하늘이 저렇게 빨갛게 물들고 지축을 울리는 듯한 소리가 나는 이유는 저곳에 사신이 와 있기 때문이라고. 신성 인스켈 제국에 반기를 드는 겁 없는 저항군이 또 일을 벌인 거라고. 그렇게 말하는 어른들의 얼굴이 하도 어두워 소녀는 저도 모르게 덩달아 기분이 가라앉곤 했다.

그 사신이라는 것은 굉장히 흉측하게 생겼을 거야. 저렇게 나쁜 짓을 하고 다니니 분명히 뿔이라도 잔뜩 나 있겠지.

한번 직접 구경이나 해봤으면 좋겠다.

저도 모르게 그렇게 생각했다가 소녀는 입을 쭉 내밀었다. '아가씨, 대체 어쩌자고 그런 큰일 날 소리를 하세요.'부터 시작해 '그런 쓸데없는 일이나 생각하실 정도면 과제가 부족하신 모양이군요.'로 끝날 유모 디아나의 잔소리는 생각만 해도 치가 떨렸다.

디안은 언제나 안 된다, 위험하다는 소리만 하지. 위험하다고 마을

에도 못 가게 해, 친구도 못 사귀게 해, 그러고선 공부만 시켜. 예전에
는 그래도 가끔씩 마을에 같이 장도 보러 가고 상점 구경도 하곤 했는
데, 요즘은 완전 감방생활이 따로 없지.

소녀는 부르르 몸을 떨곤 날렵하게 줄기를 타고 나무를 내려오기
시작했다.

그때였다.

"맙소사, 아가씨!"

"으앗!"

소녀가 짜랑하게 울리는 고음에 놀라 착지하기 직전 발을 삐끗해
쾅 하고 땅바닥에 엎어지자 소녀의 유모가 그야말로 안색이 변해 달
려왔다.

"아니, 대체 어쩌자고 그렇게 높이까지 올라가신 겁니까! 세상에,
고운 얼굴에 이게 뭐예요!"

유모가 기겁하며 손수건으로 이마의 피를 닦아내면서도, "제가 또
한 번 나무에 올라가면 그렇게 좋아하시는 나무에 친히 매달아드린다
했습니까, 안 했습니까?"로 운을 뗀 순간, 소녀는 울상을 짓다 말고
찰싹 그녀의 목에 매달렸다.

"아이, 디안, 그러지 말고 호 해줘. 나 아파, 디안. 그러니까 호."

아이 특유의 가늘고 높은 목소리로 애교를 부리며 빨갛게 부어오른
이마의 혹을 가리키는 소녀의 모습에 유모는 기가 차 말문이 막혀버
렸다. 그러나 풍성한 금빛 속눈썹이 드리운 동그란 연녹색 눈을 깜박
이며 짐짓 애처로운 표정을 짓는 소녀가 정말 어쩔 수 없을 만큼 사랑
스러워 유모는 한숨만 내쉬었다.

"······정말이지, 심장이 다 떨어지는 줄 알았습니다."

"응응, 미안. 잘못했어, 진짜로. 다시는 나무에도 안 올라가고, 그 시간에 공부도 열심히 하고, 자수랑 요리도 부지런히 할게."

자신이 하려고 했던 말까지 잽싸게 빼앗아 하는 바람에 유모는 웃을 수밖에 없었다.

"……다시는 이런 위험한 짓 하지 마세요. 아시겠어요?"

"응응, 약속."

이때다 싶어 재빨리 새끼손가락까지 내밀던 소녀의 시선이 그제야 유모의 뒤에서 다소곳이 모든 상황을 바라보고만 있던 젊은 여인에게 닿았다.

"……우와."

소녀는 단출한 여행자 복장을 한 여자를 보자마자 질렸다는 표정을 지었다.

"……아가씨."

"알아."

아까까지만 해도 기세등등하던 유모가 조심스레 부르는 말에 소녀는 지긋지긋하다는 얼굴로 유모의 품에서 떨어져 나갔다.

"또 다른 데로 옮겨가라는 거잖아."

• ⚜ •

'친애하는 리즈벳에게'로 시작하는 편지를 읽는 둥 마는 둥 하고는 다시 주머니에 쑤셔넣은 소녀는 퉁퉁 부은 얼굴로 머리를 흔들거리는 마차 벽에 기댔다.

눈앞에는 이네스 카스트라라 이름을 밝힌 새 유모가 앉았다. 밖에서 마차를 호위하는 남자들은 모조리 낯선 얼굴이었다. 겨우 친해졌던 전 유모 디아나나 다른 가솔들 중 그녀에게 따라붙은 이는 한 명도 없었다.

편지 한 장으로 겨우 익숙해진 일상에서 송두리째 뿌리 뽑히는 기분은 심히 더러웠다. 남매면 뭘 하나. 어쩌다 한 번, 그것도 서명도 되어 있지 않은 편지만 달랑 한 장 보내오는 오라비는 이제 가족은커녕 지인이라는 느낌조차 들지 않는다.

그러나 부모님이 모두 돌아가신 리즈벳의 후견인은 얼굴도 잘 기억나지 않는 오라비로, 그의 명에 따라 그녀는 이렇게 1년에 한 번, 어떨 때는 반년에 한 번씩 지금까지 살고 있던 곳을 떠나 듣도 보도 못한 곳으로 옮겨가곤 했다. 어떨 때는 말도 통하지 않는 다른 나라로 간 적도 있다. 그 와중에 같이 살아왔던 유모나 시종들, 그리고 가까스로 사귀었던 몇 안 되는 친구들과 모조리 생이별하게 되는 건 물론이다. 가기 싫다고, 대체 왜 떠나야 하냐고 울며불며 생떼를 쓰기도 했으나 겨우 열한 살짜리 계집아이가 제 후견인을 상대로 할 수 있는 반항에는 한계가 있는 법이다.

오라비를 만날 수만 있다면 따져보기라도 할 텐데, 아무리 유모에게 사정하고 화를 내고 협박까지 해봐도 단 하나 남은 친지를 보는 건 요원했다.

왜 그리도 고집스레 절 보지 않겠다는 건지. 대체 무슨 짓을 하고 다니기에 이리 팔자에도 없는 떠돌이생활을 하게 만드는지. 몇 번을 던져도 답이 돌아오지 않을 질문을 재차 속으로 삼키며 리즈벳은 입술을 쭉 내밀었다.

그때였다.

"으악!"

"큭!"

쿠웅, 둔탁한 소리와 함께 마차가 멈춰 서고 마차를 호위하던 용병들의 비명이 울렸다. 척추를 꿰뚫는 오한에 리즈벳이 획 몸을 곧추세웠다. 본능이 소리쳤다.

무언가, 끔찍한 것이 다가오고 있다.

"크아악!"

병장기가 부딪치는 쇳소리가 들리더니 또다시 날카로운 비명이 울렸다. 밖에서 들리는 전투의 소리는 점점 더 격렬해지더니 어느 순간 무서울 정도로 뚝 끊겼다. 그 정적을 따라 냉기가 미끄러지듯 서서히 피부 위를 기어올라 솜털을 곤두서게 했다.

"이, 이네스……!"

혈관 속을 벌레가 꾸물대는 듯한 소름 끼치는 감각에 다급하게 팔에 매달리는 리즈벳을 새 유모는 조용히 밀어냈다. 다시 올려다본 여자의 얼굴은 공포와 긴장으로 창백하게 질려 있었다.

"이네, 스……?"

그러나 그것은 형체를 모르는 괴물이 튀어나올까 어둠을 두려워하는 아이의 두려움과는 달랐다. 그녀는 아주 정확하게 이 공포에 붙일 이름을 알고 있었다.

"이네스!"

덜컥 밀려오는 두려움에 여자를 만류하려 손을 뻗었으나, 이네스는 그 손을 부드럽지만 단호하게 떼어내고는 곁에 두었던 천에 싸인 기다란 짐으로 손을 뻗었다. 그리고 그녀가 그 천을 풀어 던졌을 때에야 리즈벳은 그것이 가느다란 레이피어라는 것을 깨달았다.

"여기 계세요. 절대로 나오시면 안 됩니다."

"이네스!"

여자는 뒤도 돌아보지 않고 검을 빼들고 마차 밖으로 나갔다. 잠시 후에 들려오기 시작한 날카로운 기합과 매서운 병장기의 쇳소리에 리즈벳은 질겁하며 귀를 틀어막고 눈을 꽉 감았다. 그렇게만 한다면 이 모든 무서운 게 끝날 것 같았다.

사라져. 사라져. 제발. 제발. 제발……!

그렇게 미친 듯이 기도한 지 대체 얼마나 되었을까, 리즈벳은 마차 문이 열리며 쏟아져 들어오는 달빛에 무심코 꽉 감고 있던 눈을 떴다.

"이네……."

그러나 마차의 문을 연 것은 기다리고 있던 여자가 아니었다.

리즈벳은 숨을 쉬는 것도 멈추고 눈앞의 남자를 올려다보았다.

새파란 달빛이 음영을 만들어 얼굴은 잘 볼 수 없었으나 조소를 띠고 가늘어진 눈의 붉음만큼은 섬뜩할 만큼 선명했다. 가늘게 비틀려 올라간 입술, 느슨히 내려트린 세이버에서 소리 없이 떨어져 내리는 핏방울. 끔찍하리만큼 무겁게 짓눌러오는 침묵 아래에서 리즈벳은 그녀가 느꼈던 진득하고 소름 끼치는 냉기가 이 남자에게서 흘러나왔다는 것을 알았다.

"안녕, 리즈벳 클렌디온."

입술에서 흘러나온 목소리는 놀랄 정도로 매끄러웠다. 완전히 얼어버린 그녀를 가만히 내려다보던 남자는 입꼬리를 살짝 끌어올려 웃으며 그녀를 향해 손을 뻗었다. 다정하리만치 부드러운 손길이 그녀의 눈 위를 덮는 것과 함께 시야가 시커먼 어둠에 잠식되었다.

남자의 손이 닿자 리즈벳은 저도 모르게 몸서리쳤다. 하얗고 우아하게 뻗어난 손가락은 시체의 것처럼 차가웠다.

"귀여운 리즈벳."

완전히 시야가 차단되자 더욱 민감하게 곤두선 청각을 통해 남자의 매끄러운 목소리가 흘러들었다.

"후회하고 싶지 않다면 얌전히 눈을 감고 있는 게 좋을 거다."

남자는 그녀를 가뿐하게 들어올려 품에 안았다. 노래하듯 달콤한 목소리 너머 선연한 비정함에 감히 눈을 뜰 생각도 하지 못했다. 시야가 차단되고 생판 모르는 타인의 손에 닿아 전에 없이 날카롭게 곤두선 감각은 서늘한 밤공기에 섞인 지독하리만큼 짙은 비린내를 잡아냈다. 오싹하는 느낌에 꿈틀거리던 몸이 남자의 가슴팍에 닿았다.

처음 찾아온 감각은 차가움. 뼛속까지 스미는 인간에게는 있을 수 없는 한기. 그리고 가죽을 만지는 것 같은 기이한 피부의 감촉.

그 순간, 리즈벳은 등에 닿은 남자의 가슴을 통해 심박이 전혀 느껴지지 않는다는 사실을 깨달았다.

"아아아아악!"

그와 동시에 몰려온 미칠 듯한 거부감과 공포에 리즈벳은 비명을 질렀다.

· ❀ ·

대체 몇 번이나 기절했다 깨어나기를 반복했는지 모른다. 시간이 얼마나 지났는지도 가늠할 수가 없었다. 깨어나면 납치범의 품속이었고, 그 진저리쳐지는 냉기와 심장조차 뛰지 않는 가슴에 기대 있기가 공포스러웠다. 전속력으로 달리는 말 위라는 것도 잊고 벗어나려고 발버둥 치다가 탈진해 기절했다 깨어나면 여전히 납치범의 품에 안긴 채 말을 달리고 있었다.

상대를 거스르면 죽을지도 모른다는 이성의 외침은 본능적인 거부감 앞에서는 들리지도 않았다. 그러나 남자는 그녀가 아무리 깨물고 할퀴어도 고통 하나 느끼지 않는 듯 뻔뻔한 얼굴로 예의 비틀린 조소를 지을 뿐이었다. 마치 그녀의 필사적인 저항을 재미있어 하는 듯했다. 리즈벳은 그 잔인한 무심함에 치를 떨었다.

이 남자는 나를 어떻게 하려는 걸까. 어디로 데려가려는 걸까.

시간이 지나고 처음의 혼란이 조금씩 잦아들자 그녀는 입술을 잘근거리며 생각했다.

남자는 도대체 말이 달릴 수는 있을까 의심스럽기까지 한 거친 길만을 택했다. 가도 가도 계속 나무밖에 보이지 않는 울창한 숲길이 끊임없이 이어졌다.

죽이려 하는 것 같지는 않았으나 그녀에게는 단 한마디도 말을 걸지 않는 남자의 속이 어떤지 알 수 있을 리가 없다. 무엇보다 그는 그녀를 굶겨 죽일 생각인지 제대로 된 음식은 단 한 번도 준 적이 없다.

남자 역시 무언가를 먹지도, 마시지도 않았으며 잠을 자는 것처럼 보이지도 않았다. 몇 시간이고 계속 박차를 가하다가 말이 지치면 그제야 강가에 멈춰서 물을 먹이고 쉬게 한 후 어딘가로 잠시 사라지곤 할 뿐이다.

그런 남자에게 먹을 것을 달라고 말을 걸기도 무서워 리즈벳은 남자가 사라진 틈을 타 강물로 목을 축이고 주위의 나무열매를 줍거나 나무껍질을 벗겨 씹어 배를 채웠다. 점점 제대로 움직이는 것도 힘들 정도였다. 이렇게 그녀를 아무 짓도 할 수 없게 만드는 것이 남자의 노림수일지도 모른다.

그 전에 도망쳐야 한다.

그녀는 허공에 진득했던 피비린내를 떠올렸다. 어째서 아직까지 제게 손을 대지 않았는지는 알 수 없으나 언젠간 저도 반드시 저 손에 죽으리라. 제 몸을 베고 흐르는 피를 보며 웃어버릴 모습을 생각하자 파르르 몸이 떨렸다.

정면으로 맞붙어서는 승산이 전무하니 틈을 노려야 했다. 바짝 말라가는 입술을 깨물며 리즈벳은 눈을 꽉 감고, 저를 안고서 말을 달리는 남자의 품에서 죽은 듯이 움직이지 않았다.

기다린다.

그저 숨을 죽이고 기다린다.

며칠이나 그렇게 보냈을까.

얕은 개울가에 말을 멈추고 어딘가로 남자가 사라진 어느 날, 리즈벳은 미친 듯이 반대방향으로 달리기 시작했다.

한동안 움직이지 않았던 다리가 비명을 질렀고 제대로 먹지 못해 무거운 머리가 조이는 듯 아팠다. 그러나 그딴 것 따위는 상관없었다.

드디어 도망쳤다. 드디어 저 싫은 것에게서 벗어났다! 머릿속을 가득 채우는 것은 그 환희뿐이었다.

얼마나 그렇게 달렸을까.

닫혀 있던 시야가 갑자기 확 트였다. 시야를 빽빽이 가리던 나무들이 사라진 덕에 발아래로 황황히 펼쳐진 계곡과 침엽수의 바다가 한눈에 그대로 들어왔다. 드러난 눈앞의 풍경에 리즈벳은 숨이 턱 막혔다.

그녀는 사방이 모조리 **빽빽**한 침엽수로 둘러싸인 울창한 숲 한가운

데에 서 있었다. 눈에 익은 풍경이 전혀 없는 것은 물론, 민가의 흔적 하나 보이지 않았다.

털썩. 리즈벳은 다리에서 힘이 빠져 주저앉았다. 탈출이 가져다준 흥분과 감정의 고양이 단번에 식자 다음으로 밀려온 것은 기절할 듯한 피로와 몸의 아픔이었다.

하늘에서는 언제부터인가 소리도 없이 눈송이가 떨어지고 있었다. 차갑게 얼어붙은 땅과 머리로, 어깨로, 등으로 쉴 새 없이 떨어져 내리는 눈송이는 악착같이 그녀의 몸에 남아 있던 온기를 빼앗아갔다.

추웠다. 배도 고프고, 목도 마르고, 계속 잠이 오는 데다가 몸은 부서질 것같이 아팠다. 딱딱한 바닥에 주저앉아 리즈벳은 망연히 제가 도망쳐 왔던 방향을 바라보았다. 숲 전체가 하나의 거대한 그림자가 되어 그녀의 머리 위로 몸을 드리우고 있었다. 돌아갈 방향조차 알 수 없어서 그녀는 도망쳐 나온 것을 뼈저리게 후회했다.

그때였다. 풀숲이 흔들리더니 무언가가 가까워지는 기척이 났다.

제가 사라진 것을 깨닫고 남자가 벌써 쫓아온 건가 싶어 망연하게 소리가 난 쪽을 바라봤던 리즈벳은 풀숲을 헤치고 모습을 드러낸 것을 보고는 그대로 얼어붙었다.

새까만 털을 한 늑대가 세 마리, 네 마리에서 순식간에 다섯 마리로 늘어나 그녀를 향해 포위망을 좁히며 다가왔다. 배고픔에 잔뜩 공격적으로 변한 짐승이 목을 낮게 울리며 그르렁거렸다.

"아악! 아아악!"

짐승들이 날카로운 송곳니를 드러내며 달려든 순간, 리즈벳은 머리를 감싸쥐며 비명을 질렀다.

……죽는다.

짐승의 이빨이 몸을 찢는 고통을 상상하며 눈을 꽉 감았을 때, 퍽 하는 소리와 함께 지독한 피비린내가 퍼졌다.

기세등등하게 덤벼들던 짐승들의 가늘고 높게 낑낑거리는 소리에 리즈벳은 조심스레 머리를 감싸던 손을 치우고 실눈을 떴다.

언제부터 거기에 있었던 것일까, 인기척 하나 없이 나타난 남자가 그녀의 앞을 가로막고 서 있었다. 목덜미에 정확히 단검을 맞아 죽은 늑대 한 마리를 사이에 두고 남은 네 마리 짐승이 확연히 겁에 질린 모습으로 주춤거렸다.

야생의 맹수들을 앞에 두고도 남자는 검 하나 뽑지 않았다. 긴장하는 기색도 없이 그저 예의 그 서늘한 조소를 입가에 띤 채 시선을 가볍게 떨어트리고 있을 뿐이다. 새하얀 달빛 아래에서 짙게 음영을 드리운 남자의 얼굴에서는 눈만이 기이할 정도로 불길한 붉은색으로 빛났다. 기괴함. 그 본능적인 공포를 들쑤시는 무언가. 남자가 존재만으로도 발산하는, 혈관까지 침투해 심장을 얼려버리는 냉기에 리즈벳은 저도 모르게 양팔로 몸을 꽉 감쌌다.

결국 끙끙거리며 꼬리를 만 늑대들은 동료의 시체를 두고 다시 수풀 너머로 사라졌다. 남자는 그제야 리즈벳을 향해 시선을 던졌다. 예의 몸서리쳐지게 냉랭한 눈이 가늘어지며 짙은 미소가 떠올랐다.

"나들이는 즐거웠니, 귀여운 리즈벳?"

간단하고도 굴욕적인 말에 감정이 확 북받쳐올라 리즈벳은 이를 악문 채로 눈물을 뚝뚝 흘렸다.

디안, 앤젤라, 엘제, 브릿.

이네스.

저를 어이없을 정도로 가볍게 안아 드는 남자의 품에 저항 한번 하지 못하고 도로 안기며 리즈벳은 결국 엉엉 소리를 내어 울어버렸다.

그녀는 다시는 돌아갈 수 없는 것이다.

그녀는 이 남자한테 죽을 것이다.

• ✤ •

달빛 하나 없는 어둠 속, 아름드리 고목에 비스듬히 기대 쏟아져 내리는 눈을 맞으며 윈터는 가만히 귀를 기울였다. 인간의 몇 배로 발달한 청각이 주위를 훑으며 숨죽인 인기척을 찾았다. 한동안 뿌리박기라도 한 듯 미동도 않던 윈터는 곧 눈을 스르르 감으며 지면에 대었던 손을 거두었다.

주위는 풀벌레의 울음소리 하나 들리지 않는 정적뿐. 끈질기게 그를 추적하던 인기척은 더 이상 들리지 않았다. 이로써 어제의 청소가 완벽했음을 재차 확인한 윈터는 입꼬리를 비틀어 조소했다. 탐색을 끝내고 열어놓은 채 방치한 감각으로 익숙한 어둠과 정적을 더듬던 그는 순간 지척에서 들려온 부스럭 소리에 무의식적으로 몸을 긴장시켰다.

"으응……."

낮은 웅얼거림과 함께 발치의 리즈벳이 뒤척였다. 새삼스레 제가 납치한 아이의 존재감에 윈터는 기묘한 심정으로 눈앞에 잠든 아이를 한참 동안 빤히 바라보았다. 뭐가 그리 서러운지 숨이 넘어갈 정도로 울어대던 아이는 제풀에 지쳐 기절하듯 잠들어버린 참이었다. 꼬물거리며 몸을 동그랗게 마는 모습을 보고 있자니 이제껏 생각지 않았던 문제가 떠올랐다.

한순간 욱해서 끌고 왔기에 윈터는 이 아이를 대체 어찌 처리해야 할지 아무런 생각이 없었다. 빌어먹을 원수의 새끼가 발악하는 꼴을 보려고 데리고 왔고, 죽자 사자 쫓아오는 놈들이 있기에 치워가며 여기까지 왔다. 그리 생각하면 다음으로 타당한 순서는 이 꼬마를 죽여버리는 것이겠지.

윈터는 별 생각 없이 아이의 볼을 느릿하게 쓸었다. 누르면 누르는 대로 모양을 바꾸는 볼이 신기해 몇 번이나 반복해서 찔러보자 아이는 잠결에도 울상을 지으며 몸을 더욱 동그랗게 말았다. 그에 움찔, 손가락을 떼어냈던 윈터는 저도 모르게 한 행동에 미간을 찌푸렸다.

아이의 곱슬거리며 흘러내리는 명도 높은 색의 긴 머리칼은 그간의 고생에도 불구하고 반짝거렸으며, 동그랗고 볼살이 채 빠지지 않은 얼굴에는 인형처럼 모양 좋은 이목구비가 오밀조밀하게 자리 잡고 있다. 한눈에 봐도 애지중지 자라왔을 게 뻔한 아이의 얼굴에는 고생의 그늘 하나 보이지 않았다. 굳은살 하나 없이 부드럽고 각질 하나 안 잡힌 손은 그가 분명 예전에 보아왔으나 이제는 한없이 낯설어진 것이었다. 그의 신은 살아 있는 모든 것들에게 해로웠고, 자식을 조금이나마 아낀다는 부모는 그가 모습을 드러내자마자 자식들을 숨기기에 바빴다.

윈터는 잠든 아이의 목에 가만히 손을 가져다 대었다. 손에 잡히는 목덜미가 무서울 정도로 연약하고, 가련할 정도로 약하다. 이 손에 조금만 더 힘을 주어도, 아니, 그저 이대로 손을 가만히 대고 있기만 해도 그의 신의 힘은 아이의 피부를 타고 온몸에 번져 내일의 해가 떠오르기도 전에 숨통을 끊어놓겠지.

"죽일까……."

나른하게 중얼거리며 윈터는 느릿하게 아이의 머리칼을 손가락에 감았다 풀었다. 이걸 죽이면 그 도련님이 더욱 자신을 증오하겠지. 이미 충분히 미움받고 있다고는 생각하지만 그 이상을 보여줄지 또 아나. 제 가족을 몰살시킨 학살자가 마지막 남은 여동생까지 죽여버렸다는 걸 알면 그자는 대체 어떤 표정을 보여줄까. 제 수하를 몇십 명씩이나 잃어가면서도 끈질기게 포기 안 한 걸 보면 이 꼬마가 소중하긴 한 모양이니.

하, 가족이라.

윈터는 그 간절함을 비웃었다. 가족이란, 혈육의 정이란 어차피 다 덧없는 것이거늘 언제까지 그리 애절하게 굴 수 있을지 보고 싶었다. 제 잘난 맛에 살아가는 고고하신 도련님이 끝내 포기하고 혈육을 버리는 꼴을 보고 싶었다.

동시에, 그토록 간절히 되찾으려 하던 것이 눈앞에서 망가져 그 얼굴이 절망과 증오로 일그러지는 꼴 역시 보고 싶었다.

상대가 들었다면 펄펄 뛸 한 생각이었으나 어차피 그리 만든 후 그 꼴을 보며 즐기는 것이 목적이었다.

어쩌다가 그자에게 이리 악의를 가지게 되었던가. 제가 섬기는 여황에게 반기를 들었다는 이유 외에도 제가 그와 원수가 되었던 계기는 분명히 있었거늘 지금은 기억조차 잘 나지 않는다. 그는 범인보다 월등히 긴 시간을 살아왔고, 그동안 쌓아놓은 업들은 하나하나 세는 일조차 번거로울 정도다. 시간의 흐름과 함께 업의 기억은 엷어지고 악의만이 시뻘겋게 남았을 뿐이다.

"으응……."

온기를 가지지 못한 손이 기분 나쁜지 아이가 미간을 찡그리며 몸을 움츠렸다. 그 순간, 품 안에서 통신구가 낮게 진동했다. 갑작스러운 방해에 미간을 찌푸리는 그를 재촉하듯 통신구가 다시 한 번 진동했다. 윈터는 결국 아이의 목에서 손을 떼어냈다.

끈질기게 깜박거리는 통신구를 가만히 들어올린 윈터는 한동안 그 작은 구슬을 빤히 바라보았다. 파동을 보아하니 그가 섬기는 여황이다. 용건은 뻔하다. 제멋대로 부대에서 일탈했으니 지금 당장 복귀하라는 명일 터.

"……흥을 깨다니."

요즘 들어 한층 더 집요하게 제 행적에 집착하는 여황의 태도에 윈터가 미간을 슬며시 찌푸렸다. 맹약을 맺은 게 있으니 돌아가긴 해야겠지만 이대로 순순히 여황의 뜻대로 움직여주는 게 신경에 거슬렸다.

좀 더 가지고 놀까.

아이가 들었다면 다시 기절해버릴 만한 말을 중얼거린 윈터는 통신구를 바닥에 떨어트린 후 무자비하게 밟았다. 콰직, 소리와 함께 박살난 통신구에서 시선을 돌린 윈터는 다시금 아이를 흘끗 바라보았다.

"운이 좋았구나."

그 타이밍에 통신이 들어오지 않았다면 정말로 죽였을 거다. 정말로 운이 좋은 아이다.

짙게 조소가 밴 시선을 향했으나 아이는 몸을 동그랗게 만 채로 잠에 취해 있을 뿐이었다. 윈터는 소리 없이 입술을 비틀어 웃었다.

"그래, 그렇게 푹 자렴, 사랑스러운 리즈벳."

다정하게까지 들리는 속삭임과 함께 그는 고개를 숙여 아이의 이마에 입을 맞췄다.

"좋은 꿈을."

· ✤ ·

리즈벳은 눈을 뜨자마자 제일 먼저 목부터 만져보았다. 목. 제대로 붙어 있다.

괴물이 그녀를 건드리지 않았다. 도망치다가 걸려서 잡혀가는 중에 그렇게나 울어댔는데, 그래서 짜증이 머리까지 치솟은 그자가 그대로 그녀를 죽여버릴 줄 알았다. 그렇게 생각하니 차라리 기절해서 다행이라 생각했었는데.

그런데 눈을 떠보니 아직까지 살아 있다. 남자는 어디 갔는지 보이지도 않는다. 말이 곁에서 태평하게 풀을 뜯는 걸 보니 버리고 가진 않은 듯하다. 나름대로 현재 상황에서 바랄 수 있는 최상의 결과인데, 그러니까 기뻐해야 하는데 대체 왜 살려두는지 알 수가 없으니 마음 편히 기뻐할 수도 없다. 오히려 살얼음판을 걷는 심정이라 죽을 지경이다.

차라리 도망칠 수 있다는 희망이라도 있다면 좀 더 나았겠지만 그녀는 어제 남자가 단검을 날려 늑대의 숨통을 단번에 끊어버렸던 것을 똑똑히 기억했다. 도망가려고 한다면 그 꼴이 될 게 뻔한데 어떻게 도망가나. 이 깊은 숲 속에서 갈 곳도 없는데.

살아난 것도 편하게 기뻐할 수 없는 데다가 도망칠 수 있는 길도 보이지 않는, 총체적으로 기가 막힌 상황에 애꿎은 머리를 쥐어뜯자니 배에서 꾸르륵거리는 소리가 났다.

이럴 때만이라도 먹는 것 때문에 고생하지 않아도 되잖아…….

정말이지 비참한 기분에 눈물이 다 나왔다. 몸을 일으킬 힘조차 없으면 차라리 다 포기해버리겠지만, 어중간하게 남은 체력은 그런 선택조차 불가능하게 만든다.

배는 고프고 먹기는 해야겠기에 리즈벳은 훌쩍거리며 이곳저곳 쑤시는 몸을 일으켜 양껏 개울물을 마신 후 나무열매를 찾기 시작했다. 초겨울에 접어드는 지금까지 남아 있는 열매들은 거의 없었다. 리즈벳은 떫고 신맛이 나는 열매를 억지로 꾸역꾸역 입안에 쑤셔넣었다.

디아나의 크레이프가 먹고 싶다. 갓 딴 딸기를 얹은 후 듬뿍 시럽을 뿌린 다음 또 생크림을 얹어서 갓 짠 우유와…….

"흑, 흐윽, 흑……. 흐아아앙!"

맛없다. 정말 맛없어. 아직까지도 생생한 크레이프의 맛을 기억해내니 안 그래도 맛없는 열매가 정말 끔찍하도록 형편없는 맛이라 설움이 몰려왔다. 제대로 씻지도 않은 열매를 입안에 꾸역꾸역 밀어넣으면서 리즈벳은 결국 엉엉 소리 내어 울어버렸다.

크레이프가 먹고 싶다. 레드와인을 듬뿍 들이부은 코코뱅이, 푹 끓인 부야베스가, 그리고, 그리고.

"흐윽, 흐아아앙, 으아아앙!"

디아나가 보고 싶다. 청소하러 오던 브라이스도, 정원 가꾸던 한젤도, 많이 싸우긴 했지만 요리가 맛있었던 레나도. 그리고.

"오라버니, 흑, 오라버니, 오라버니이! 흐아아앙!"

더 이상 열매는 싫어. 소름 끼치는 눈알괴물도 싫어. 집에 가고 싶어. 싫어. 더 이상 싫어. 싫어. 싫어!

"오라버니, 나 돌아갈래! 나 집에 갈…… 콜록……!"

참고 참고 또 참았던 것이 해일처럼 쏟아져 나와 정신없이 통곡하기 시작했던 리즈벳은 순간 사레들린 듯 콜록거리며 얼어붙었다.

언제부터였는지 남자의 시뻘건 눈알이 정확히 그녀를 바라보고 있었다. 싱긋, 눈을 가늘게 휘며 미소 지은 남자가 말했다.

"그다음은?"

긴장 때문에 멈춰버린 울음이 목에 걸려 딸꾹질이 나올 지경이었다. 리즈벳은 머릿속이 새하얗게 변해버린 채, 열 걸음 정도 떨어진 거리에서 나무줄기에 비스듬히 몸을 기대고 있는 남자를 바라보았다. 예의 그 사람 가지고 노는 듯한 미소를 띠고 바라보는 모습이 꼭 그녀를 어떻게 죽여야 제일 잘 죽였다는 소리를 들을까 고민하는 것 같았다.

남자가 부드럽게 채근했다.

"계속해보라니깐? 집에 갈래 다음은 뭐지?"

리즈벳은 무서운 속도로 고개를 가로저었다.

흐응, 다소 고민하는 듯 손가락 끝으로 턱을 쓰다듬던 남자가 말했다.

"내가 자리를 비운 동안 뭘 그리 열심히 하고 있나 했더니만, 혼자서만 배를 불리고 있었어?"

흠칫, 불에 덴 듯 아이의 작은 어깨가 얼어붙었다. 리즈벳은 아니라고 고개를 내저으려다가 제 손에 엉망으로 묻어 있는 열매즙을 발견했다. 툭, 심장이 떨어졌다.

다 틀렸다. 이제 틀렸어.

"나쁜 아이로구나. 명실상부 동행인이 있건만 제 배만 채우다니. 어떻게 벌을 주면 좋을…….."

"흐어어엉, 자모해서요……!"

리즈벳은 결국 펑펑 눈물을 쏟아내며 무조건 빌기 시작했다.

"자모해서요, 흐윽, 요서해주세요……! 이거 다 드리게요! 흐어어 엉!"

눈물콧물이 쏟아지며 발음까지 뭉개졌다. 그걸 신경 쓸 여력도 없이 리즈벳은 양손 가득 쥐고 있던 나무열매를 남자 앞에 들이밀었다.

"주기지만 마세여! 자모했…… 딸꾹!"

갑자기 터져 나온 딸꾹질에 리즈벳이 반사적으로 입을 막았다. 들고 있던 나무열매들이 와르르 떨어져 바닥을 굴렀다.

그대로 얼어붙어 딸꾹질을 하자 남자가 허리까지 꺾으며 웃기 시작했다.

서늘한 겨울 공기에 종처럼 낭랑하게 웃음소리가 울렸다. 그러나 총체적 공황상태에 빠진 리즈벳의 머리로는 저 눈알괴물이 대체 왜 갑자기 웃어대는 건지 도통 이해할 수가 없었다. 결국 그녀는 다시 터져 나오는 울음을 참지 못하고 또다시 훌쩍거렸다. 훌쩍임이 커지면 커질수록 남자의 웃음소리도 덩달아 커졌다.

한참을 딸꾹질과 울음을 섞어가며 눈물을 쏟은 리즈벳이 제풀에 지쳐 그치자, 기다렸다는 듯 그녀보다 먼저 웃음을 멈춘 남자가 비스듬히 팔짱을 끼며 물었다.

"그래서, 저걸 나보고 먹으라?"

"……."

"더러운데?"

그 말에 리즈벳은 입을 앙다물고 원망과 분노가 섞인 눈으로 비틀린 미소를 띠고 있는 남자를 올려다보았다. 한번 성대하게 울고 나니 눈에 뵈는 게 없어졌다는 게 정확했다.

남이 힘겹게 모은 식량이나 빼앗아 먹는 주제에…….

맛은 없다 해도 고생고생 하면서 딴 소중한 식량이다. 남자는 하루에 한두 번 정도밖에 말을 멈추지 않기 때문에 이걸로 반나절을 버텨야 한다.

꼬르륵. 분명히 아까 뭔가를 먹었는데도 불구하고 배에서 또다시 소리가 났다. 그걸 분명히 들었을 텐데도 남자는 비틀린 미소만 지은 채 그녀를 가만히 내려다볼 뿐이었다.

눈알괴물, 먹다가 콱 설사나 해라.

그러나 남자는 여전히 무서웠고, 목숨은 소중했다.

결국 속으로 남자를 잘근잘근 씹어대면서도 리즈벳은 굴러 떨어진 열매들을 주워다 보자기처럼 둥글게 들어올린 치맛자락에 담았다. 제법 쌀쌀해진 바람이 드러난 맨다리에 닿아 이가 딱딱 부딪치는 걸 참으며 그녀는 개울가에 꿇어앉아 열매를 하나하나 씻기 시작했다.

씻으면 씻을수록 파랗고 빨간 열매가 더욱 먹음직스럽게 보이는 착각이 들어 리즈벳은 침을 꼴깍꼴깍 삼켰다. 언제 남자가 들이닥칠지 모르니 단 한 번도 제가 먹을 열매를 씻는다는 사치를 부릴 수가 없었다. 반질거리는 열매들을 보고 있자니 재차 배에서 꼬르륵 소리가 났다. 흘끗 조심스레 뒤를 돌아봤지만 남자는 아까의 그 자리에서 꼼짝도 하지 않고 있다.

어른이 된 주제에 아직 어린 그녀를 협박해서 부려먹으면서도 저는 손 하나 까딱하려 하지 않는다.

설사나 해라. 변비도 걸려라. 먹다가 콱 목에 걸려서 사레나 들려라.

머릿속으로 생각할 수 있는 온갖 저주를 다 퍼부으며 리즈벳은 손끝이 얼어붙을 것 같은 계곡 물에 손톱만 한 열매들을 빡빡 씻었다.

그러나 정작 열심히 열매를 씻어 가져갔더니 남자가 보이는 반응은 시큰둥했다.

"맛있겠네."

전혀 그래 보이지 않는 표정으로 남자가 집어든 열매에 리즈벳은 저도 모르게 꼴깍 침을 삼켰다. 물기를 머금어 빛나는 새빨간 열매는 이미 그 맛을 알고 있음에도 필요 이상으로 먹음직스러워 보였다. 리즈벳은 뭔가에 홀린 듯 남자의 손가락에 잡혀 입까지 운반되는 열매를 정신없이 눈으로 좇았다.

그 모습을 조소 띤 표정으로 바라보던 남자가 순간 툭 내던지듯 입을 열었다.

"먹고 싶어?"

순간 지금 제가 배가 너무 고파 환청을 듣는 게 아닌가 하는 착각까지 들었다.

멍하니 눈만 껌벅거리자 남자가 다시 한 번 묻는다.

"먹기 싫어?"

리즈벳은 머리가 울릴 정도로 거세게 고개를 저었다. 남자는 열매를 집은 손을 그녀의 입가로 가져왔다. 그 움직임에서 눈을 떼지 못하던 리즈벳은 그 손가락이 제 입가에서 멈추자 말 잘 듣는 아기 새처럼 입을 벌렸다.

그리고 마침내 그 손가락이 입속으로 열매를 떨어뜨리자, 그녀는 입안에서 일곱 가지 맛의 비눗방울이 터지는 듯한 황홀함에 저도 모르게 몸을 파르르 떨었다. 맹세코 11년 인생에 단 한 번도 그보다 맛있는 음식은 먹어본 적이 없었다. 남자가 대놓고 비웃음 비슷한 소리를 냈지만 이미 황홀경에 빠진 그녀의 귀에는 들어오지도 않았다.

"그렇게 먹는 게 좋아?"

자못 신기하다는 듯 묻는 남자의 말에 리즈벳은 두말하지 않고 고개를 힘차게 끄덕였다. 그 모습을 보며 바람 빠지는 듯한 웃음소리를 낸 남자는 잠시 뭔가를 궁리하는 표정을 짓더니 빙글, 몸을 돌렸다.

가나? 가나? 목을 쭉 뽑아 숲 어딘가로 들어가버리는 남자의 뒷모습을 호기심 어린 표정으로 바라보던 리즈벳은 곧 관심을 끊고 치마폭에 담아두었던 열매들을 정신없이 먹기 시작했다. 저 미친놈 머릿속을 대체 어떻게 알겠는가. 무슨 바람이 불어서 착한 일을 한 건지는 모르겠지만 저 마음이 바뀌기 전에 빨리 배부터 채워놓는 게 우선이다.

그러나 10분 정도 자리를 비웠던 남자가 끌고 온 것을 보았을 때 리즈벳은 저도 모르게 탄성을 질렀다.

남자는 어제 그녀를 습격했다가 검을 맞았던 늑대의 뒷다리를 질질 끌고서 돌아왔다. 죽은 늑대는 사체 특유의 악취도, 벌레가 꼬인 흔적도 없이 비정상적으로 깨끗했다.

그녀의 눈앞에 최상급상태로 보존된 늑대 사체를 던져놓은 남자는 붉은 눈을 가늘게 휘며 웃음을 띠었다.

"먹고 싶어?"

그 말에 남자의 머리 뒤에서 후광이 보였다.

놀랍도록 능숙한 솜씨로 불을 피우고 사체를 해체한 남자가 구운 늑대고기를 건네주는 족족 받아먹으며, 그녀는 이 남자가 사실은 그렇게 나쁘기만 한 사람은 아닐지도 모른다고 생각했다.

그 후로는 모든 게 훨씬 편해졌다. 아직까지도 남자가 사람은 하루에 세끼를 먹어야 한다는 지극히 당연한 사실을 조롱거리로 삼는 바람에, 리즈벳은 가끔씩 제가 비정상이고 아무것도 먹지 않는 남자가 정상이 아닌가 싶은 생각이 들기도 했지만 그를 제하면 여정은 꽤나 편한 편이었다. 남자는 꼬박꼬박 그녀를 조롱하면서도 그녀의 배에서 꼬르륵 소리가 날 때면 말을 멈추어 쉬곤 했고, 그녀가 혼자서 뭘 하든 방치하는 게 대부분이었으나 가끔씩은 크고 작은 짐승들을 잡아다주기도 했다. 혼자였다면 당장 달려들어 그녀를 잡아먹었을 맹수들은 남자를 두려워해 가까이 오려 하지도 않았고, 남자는 그 사실을 이용해 늑대나 표범이 사냥을 끝낼 때를 기다렸다가 먹잇감을 가로채곤 했다. 참으로 치사하기 이를 데 없는 사냥법이었으나 리즈벳은 저녁밥으로 고기가 나온다는 사실만으로도 감격해 다른 것은 신경도 쓰지 않았다.

남자는 그녀가 보이는 반응을 재미있어하는 듯했다. 식사 때면 곁에서 꼭 음식을 집어서 먹이곤 했다. 주면 주는 대로 넙죽넙죽 잘만 받아먹는 모습이 신기한 모양이었다.

이 남자는 누구고, 왜 저를 납치했으며, 대체 어디로 데려가려는 걸까. 궁금한 것은 한없이 많았으나 말 한번 잘못 했다가 수틀리기라도 하면 우선 제 목숨이 위태로웠다. 남자의 진심이 뭐고 의도가 뭔지 그녀가 어떻게 알겠는가. 남자는 가끔씩 내뱉는 속 긁어대는 소리 외에는 딱히 말을 시키지도 않았고 리즈벳은 그 사실에 깊이 감사했다.

말을 걸어봤자, 그리고 복잡하게 머리를 써봤자 뭔가가 바뀌는 것도 아니다. 그래서 그녀는 그냥 생각하기를 그만두었다.

평화롭다면 평화로운 여정이 다소 급작스럽게 끝난 것은 그녀가 남자를 만난 지 보름 정도가 지난 후의 일이었다.

갑자기 침엽수의 벽이 사라지며 탁 트인 시야에 작은 3층 건물이 나타나자 남자는 완전히 지쳐버린 말을 멈춰 세우고 그녀를 말에서 안아 내렸다. 엉겁결에 말 등에서 내린 리즈벳은 저택을 보고 흠칫 몸을 떨었다.

저택이라면 분명히 사람이 지었을 텐데 건물은 꼭 울창하고 길들지 않은 숲의 연장선 같은 분위기를 풍겼다. 암회색 건물에 난 직사각형의 그 어떤 창문에서도 빛이나 온기를 포함한 사람이 살고 있다는 기척은 없었다. 정문에서 약간 측면으로 치우친 곳에 있는 발코니는 그 위의 지붕 때문에 커다란 그림자에 잡아먹혀 있는 듯했다. 어느새 하늘하늘 내리기 시작한 눈송이가 벽면을 빽빽하게 덮은 채 말라 죽은 담쟁이 넝쿨 위를 새하얗게 뒤덮었다.

설마 하는 심정에 그녀가 휙 돌아보자 남자는 저택의 현관문을 열고 가볍게 고개를 까딱였다.

"도착했다, 귀여운 리즈벳. 얼어 죽기 전에 어서 안으로 들어가는 게 좋겠지?"

현관문 안쪽으로 뻥 뚫린 암흑은 바깥과 비교해서 결코 따뜻하게도, 안락하게도 보이진 않았지만 리즈벳은 남자의 눈치를 보며 주춤거리면서도 그 안으로 발걸음을 옮겼다.

커튼 하나 없는 창문 너머로 스며드는 흐릿한 달빛으로 파악한 저택 내부는 바깥에서 본 것과 거의 차이가 없었다. 가구라고는 여기저기에 내팽개쳐져 굴러다니는 탁자와 의자 몇 개가 전부라 저택은 기괴할 정도로 넓고 텅 비어 보였다. 묘지처럼 적막한 공간에 리즈벳은 저도 모르게 양어깨를 한껏 끌어안으며 뒷걸음질 쳤다.

그때, 탁 소리가 나며 뒤에서 문이 닫혔다.

리즈벳은 믿을 수 없는 심정으로 굳게 닫힌 문을 바라보았다. 지금 무슨 일이 일어난 건지 알 수가 없었다. 그렇게 그녀가 얼어붙어 있는 와중에 찰칵, 자물쇠가 잠기는 소리가 들렸다.

생각지도 못한 상황에 사고회로가 정지한 것도 잠시, 머리가 새하얘지는 공포에 그녀는 단숨에 문으로 달려들었다. 쾅쾅, 주먹으로 내리치고 온몸으로 밀어도 문은 꼼짝달싹도 하지 않았다. 한껏 손을 뻗었으나 손잡이는 너무 높은 곳에 있었다. 치맛자락에 걸려 넘어지면서도 구르듯 달려간 창문 너머로는 숲의 어둠 속으로 다시 사라져가는 남자의 뒷모습이 보였다. 고개를 홱 돌려 뒤를 돌아보자 황폐해진 저택의 어둠이 아가리를 쩍 벌리고 달려들었다.

"싫어……! 싫어!"

추위가, 어둠이, 공포가, 절망이 단번에 몰려와 눈앞을 새까맣게 물들였다. 어디서 그런 힘이 나왔는지 리즈벳은 찢어져라 비명을 지르며 온 힘을 다해 창문을 내리쳤다.

"두고 가지 마요!! 잘못했어요. 제발 혼자 두고 가지 마요!! 나도 데리고 가요!! 혼자 두지 마요, 제발……!"

주먹이 찢어져 피가 흘렀다. 유리임에 분명한 창문은 기가 막히게도 금 하나 가지 않고서 굳게 버티고 있다. 뭐라 설명할 수 없는 암담함에 리즈벳은 있는 힘껏 소리를 지르며 몸부림 쳤다.

"나도 데려가요!! 제발 나도 데려가요! 싫어! 싫어……!"

점점 멀어진다. 남자의 등이. 그림자가. 결국은 몰아치는 눈보라에 완전히 먹혀버려서.

"아아아악!"

어둠 속에 혼자 남겨진 아이는 비명을 지르며 정신을 잃었다.

· ✤ ·

엉망이군.

건조하게 읊조린 윈터는 코트 주머니에 손을 찔러넣은 채 동부 산맥의 분지에 위치한 옛 리슈타인 공화국의 수도, 아란체슬의 얼어붙은 흙길을 걸었다. 계절은 이제 완연히 겨울로 접어들고 있었다. 눈과 서리의 새하얀 이불 아래 그가 완전히 전소시키다시피 했던 대학은 아직까지도 검게 그을린 채 뼈다귀만 남아 도시 전체에 암울한 그림자를 드리웠고, 내성벽 너머 시가지의 상황은 그 이상으로 암울했다. 고아와 매춘부와 구걸하는 거지와 환자가 거리마다 넘쳐난다.

안셀라의 여동생을 폐저택에 던져놓고 온 지 사흘. 돌아오라는 여황의 통신을 듣지도 않고 묵살해버린 지 열흘. 안셀라의 누이를 빼돌리기 위해 떠난 것이 벌써 한 달은 더 된 일인데도 아란체슬의 참상은 그가 대장로를 죽였던 그날과 비교해서 그다지 나아지지 않았다. 폐허와 무너진 건물들만 가득한 가운데 내성벽 안쪽의 널찍한 뜰에 세워진 인스켈 제국군 주둔지만이 번듯한 모양을 유지하고 있었다.

"뻣뻣한 리슈타인 놈들, 아직도 포기를 몰라……."

"이제 눈이 오는데 대체 이 짓을 얼마나……."

"이 기회에 아예 싹 밀어버려서 싹을 뽑는 게……."

"대체 언제가 되어야 인스켈로 돌아갈 수 있을지……."

비정상적으로 날카로운 청력은 원하든 원하지 않든 모닥불을 둘러싸고 웅크려 추위를 피하는 병졸들의 수군거림을 모조리 잡아냈다.

그라츠 체플러 대학을 전소시킨 여파가 큰 모양이었다. 집정관 둘을 아란체슬 대광장에 나란히 마주 보게 매달아놨을 때에도 잠잠하던 공국민들이었건만 대학이 초토화가 되니 손바닥 뒤집듯 태도를 바꿔 악귀처럼 덤벼들었다.

전성기의 에스타니아 왕국을 상대로 100년 가까이 버티다 기어코 자치를 인정받은 족속이다. 질기기로는 따를 자가 없을 정도이니 뒤처리에 시간이 걸리겠지. 적어도 해가 바뀌기 전에 돌아갈 일은 없을 것이다.

"거기 누…… 억!"

"드, 드레스덴 공!"

통제된 대로를, 그것도 이 추운 날씨에 겉옷 하나 입지 않고 가로지르는 모습에 심문을 위해 다가왔던 순찰병들이 그를 알아보고 목이 졸린 듯한 소리를 내며 뒷걸음질 쳤다.

싸늘한 대기에 얼음물을 또 한 동이 끼얹은 듯 주위가 삽시간에 조용해졌다. 살얼음판 같은 긴장감 사이로 누군가가 급히 보고를 위해 어딘가로 달려가는 소리만이 들렸다.

윈터는 익숙한 공포 사이를 비틀린 미소만을 띠고 지나 주둔지 정중앙으로 향했다. 흰 바탕에 꼬리를 문 검은 뱀이 그려진 사령기가 꽂힌 막사에 도착한 윈터가 앞을 지키고 있는 위병들에게는 눈길 하나 주지 않은 채 입구의 천을 휙 젖히자, 막 보고를 마친 병사를 앞에 둔 여자가 인기척에 고개를 들었다.

"누가 감히……."

"이게 누구야."

날카롭게 내뱉은 말을 매끄럽게 끊어낸 윈터는 여자가 자리한 책상을 짚고 가볍게 상체를 기울였다. 기겁하며 허둥지둥 예를 갖추고 자리를 비우는 병사는 본 체도 하지 않고 그가 가늘게 눈을 접어 웃었다.

"여황 폐하께서 예까지 친히 납시셨는가."

짜악 하는 소리가 날카롭게 울렸다. 완전히 얼굴이 돌아갈 정도의 기세로 뺨을 얻어맞은 윈터는 그러나 특유의 조롱하는 듯한 미소 한 조각 흔들리지 않은 채 오히려 쿡, 작게 소리 내어 웃었다.

"고상하신 여황 폐하께서 아주 단단히 화가 나셨군그래. 이런 소모적인 분풀이까지 하실 정도라니."

안색이 변할 기색조차 보이지 않는 그의 뺨과는 반대로 정작 뺨을 내리쳤던 여황의 손바닥은 시뻘겋게 부어올랐다. 누가 보면 영락없이 그녀가 손바닥을 얻어맞은 모양새였다. 그런 여황을 앞에 두고 윈터는 여유작작하게 의자를 끌어당겨 몸을 깊게 묻었다.

인스켈 여황 안드로베카 잘리어는 그 방자한 모습에 끓어오르는 화를 억지로 참아냈다.

"총지휘관이."

분노로 가늘게 떨리는 목소리에 무료하게 턱을 괸 윈터가 시선만을 옮겨 여황을 응시했다.

"총지휘관이라는 작자가, 제가 통솔하는 군을 방치하고 한 달씩이나 종적을 감춰?"

소식을 처음 들었을 때 여황은 이것이 또 이자의 예의 그 기벽이라는 것을 알았다. 전투를 끝낸 윈터가 제 부대를 팽개치고 모습을 감추는 것 정도야 새로울 것 없는 일이다. 그러나 열흘을 거의 전시태세로 제 상관의 자취를 수색하다 결국 찾지 못한 보좌관이 사색이 되어 보고하자, 여황은 제 일정을 죄다 뒤집어엎었으며 극비리에 리슈타인 공국의 제국군 주둔지까지 찾아올 수밖에 없었다. 아무리 이를 갈아도 어찌할 수 없다. 윈터는 그녀의 제국을 정의하는 자였기에.

"점령지를 무정부상태로 만들고 도시를 초토화시킨 직후에 보좌관에게도 언질 하나 없이 자릴 비워?"

"새삼스럽긴. 네가 내린 명이다."

"탈영도 명의 일부였더냐!"

"안나."

"허물없이 부르지 마라, 불경한 것!"

"위대하신 여황 폐하, 어리석은 신은 우매하여 폐하께서 어찌 이리 진노하시는지 헤아리지 못하오니 원하시는 바가 있으시다면 부디 단도직입적으로 말씀하소서."

나른하게 턱을 괴고 하는 말에 여황이 이를 갈았다. 한참을 기다려도 대답이 없자 윈터가 입을 열었다.

"내 부재 시 전권을 위임한 보좌관이 시원찮았나?"

"……."

"자문회에서 개소리를 지껄여? 뜻밖의 일이라 놀랐나? 내가 돌아올 것을 믿지 않았나? 그것이 맹약이었거늘?"

여황은 입술을 달싹였다가 다시 입을 굳게 다물어버렸다. 으레 그렇듯 침묵해버리는 맹약자를 앞에 두고 윈터는 미간을 찌푸렸다.

"나는 충실하게 네 적을 잡아 죽이고 있다, 안나. 맹약대로."

이제는 10년, 아니, 어쩌면 20년도 더 된 옛날에, 갈가리 찢겨 목만 남은 그를 찾아왔던, 그에게 몸을 되찾아주었던 소녀에게 약속했다.

조국의 번영. 빛나는 영광. 그리고 모든 인간들의 머리 위에 올라앉을 수 있는 권좌와 적들을 말살할 수 있는 검을 주겠노라고.

그는 충실하게 약속을 지켜 어린 소녀를 대륙을 지배하는 대제국의 황제로 만들었다.

"잃어버렸던 영토의 수복. 조국의 수호. 배신자들의 죽음. 너는 원하는 것을 모두 이뤘어. 네 부실한 아비가 잃었던 것들을 모두 찾았지. 행복하지 않나?"

그에 앙다문 여황의 입꼬리가 파르르 떨렸다.

"맹약……? 네가, 맹약을 지켰다?"

탕 소리를 내며 주먹이 책상을 내리쳤다.

"지도에서 이름을 지운다고 그 땅이 진정 내 것이 되나? 주모자 하나를 죽인다고 모든 것이 끝나? 아직 아무것도 끝나지 않았다, 윈터. 너는 아직 네 맹약을 지키지 않았어. 지금에 와서 몸을 뺄 생각 따윈 꿈도 꾸지 않는 게 좋아."

잇새 사이로 으르렁거리는 말에 윈터는 대놓고 질렸다는 표정을 지었다.

이 여자는 처음 만났을 때부터 이러하였던가, 아니면 이렇게 변해 갔던가. 그는 그녀를 위해 강을 피로 물들였는데 어째서 모자란다 하는 건가.

이미 대륙이 제 손안에 있는데 여기서 뭘 더 바란다는 건가.

"실례합니다, 여황 폐하. 시급한 결정을 요구하는……."

"들어와."

막사 밖에서 들린 목소리에, 상대가 용무를 끝까지 말하기도 전 여황은 성마르게 일갈했다.

"실례합…….".

여황의 심기가 불편하다는 것을 감지하고 서둘러 막사로 들어왔던 사령부 수석보좌관 마르크스 베히터는 갑자기 증발한 뒤 한 달 동안 코빼기도 보이지 않던 상관을 발견하고는 숨을 들이쉬었다.

"드레스덴 공……!"

상관은 그리 기분이 좋지 않은지 비스듬히 턱을 괸 채로 가볍게 손을 까딱일 뿐이었다. 그 어떤 상황설명도, 갑자기 사라져서 미안했다는 말 한마디 없었다. 그를 매섭게 노려보던 여황이 마르크스가 들고 온 서류철을 매섭게 낚아챘다.

전혀 대비도 하지 못했던 상황에 순간 당황했으나 그는 재빨리 정신을 차려 보고를 시작했다. 제멋대로인 지휘관 때문에 화가 머리끝까지 난 여황을 배려해줄 수 있을 정도로 여유로운 상황이 아니었다.

무너진 도로의 복구, 치안 안정, 월동 준비, 총독 파견, 늘어가는 아사자에 대한 대책. 끝없이 이어지는 보고를 듣는 둥 마는 둥 하던 윈터가 순간 멈칫했다.

아사자(餓死者). 굶어 죽은 자들.

살아 있는 자들은 살기 위해서 영양분을 음식으로 섭취한다. 몸 안에 저장할 수 있는 영양분에는 한계가 있으니 음식물의 섭취는 지속적으로 이뤄져야 한다. 단편적인 지식을 머릿속으로 나열하다 윈터는 곧 확답할 수 없는 질문에 부딪쳤다.

사람은 얼마나 먹지 않으면 죽는가.

아이를 가둬두었던 폐저택은 언젠가 처음 아란체슬을 함락시켰을 때 집정관 중 하나가 제 가족들을 숨겨두었던 곳이다. 뒤를 쫓아 갓난

아기까지 살아 있는 것의 씨를 죄다 말렸고 그 후에도 사람이 든 적이 없으니 먹을 만한 게 남아 있을 리가 없다.

……죽었는가.

전혀 예상치도, 의도치도 않았던 상황에 윈터는 아주 오랜만에 당혹스러움을 느꼈다.

"윈터!"

"드레스덴 공!"

자리를 박차고 일어서자 여황과 마르크스가 동시에 일어서 소리쳤다. 무시하며 입구의 천을 젖히자 안의 소란을 듣고 엉겁결에 앞을 막아섰던 위병들이 움찔했다. 항시 달고 있던 비딱한 미소마저 사라진 얼굴로 서늘하게 일견하는 것만으로도 위병들은 칼에 찔리기라도 한 듯 뒷걸음질 치며 물러섰다. 무슨 일인가 싶어 모여들었던 병사들의 무리가 그 얼굴을 보자마자 깔끔하게 양쪽으로 갈라졌다. 그 사이를 성큼성큼 걸어 말 등에 오른 윈터는 낮게 기합을 올리며 박차를 가했다.

안드로베카는 신경질적이긴 해도 제 병사들 앞에서 그런 티를 낼 정도로 허술한 이는 아니었고, 그의 행동을 강제할 수단조차 없는 상황에서 그를 잡아오라고 명하는 멍청한 짓은 더더욱 하지 않았다. 덕분에 윈터는 가로막히는 일 없이 손쉽게 다시 성문을 빠져나갔다.

도시를 뒤로하고 말을 달려 침엽수가 빽빽이 자라난 능선을 오르니 하늘에서 눈송이가 떨어지기 시작했다. 체온이 없는 그의 손등 위에 떨어진 눈송이가 녹지 않은 채 쌓였다. 그러나 눈의 차가움을 느끼지 못하는 그도 눈이 내리는 이유가 기온이 떨어졌기 때문이라는 것은 알았다. 사람은 너무 추워도 죽는다고 했었던가? 사람이었던 시절의 기억은 한없이 흐릿했다.

배를 가라앉혔더니 죽었다. 불에 태웠더니 죽었다. 목을 베었더니 죽었다. 피를 많이 흘리게 했더니 죽었다. 그가 아는 것은, 실감하는 죽음은 그 정도뿐이다. 이렇게 천천히 찾아오는 죽음은 접한 적이 없어 정확히 가늠조차 하기 어려웠다. 결국 제가 폐저택에 버려두었던 아이는 죽었는가, 살았는가.

왕도에서 그리 먼 거리가 아니었기에 순식간에 도착한 저택은 그가 며칠 전에 떠나왔던 모습 그대로였다. 저택에 덧씌워놓은 봉인 역시 여전했다. 주변에 쌓인 눈에 발자국이 전혀 남아 있지 않은 것을 보니 침입자 역시 없었던 모양이다.

"……아."

봉인을 해제하고 현관문을 연 윈터는 저도 모르게 탄식인지 무엇인지 알 수 없는 소리를 흘렸다.

문의 안쪽이 손톱자국으로 가득했다. 얼마 안 되는 가구로 창문을 깨려고 했는지 저택 안에는 성한 물건이 하나도 없었다. 봉인이 걸렸던 벽과 창문만 멀쩡하고 나머지는 폭격이라도 맞은 듯이 난장판이었다. 창문을 깨려다가, 그다음에는 문을 긁어내리려다가, 둘 다 실패하니 결국에는 자기 몸을 쥐어뜯기 시작한 모양이었다. 온 집 안에 피비린내가 홍건했다.

"……아아, 이런."

뭐라 표현할 수 없는 감정에 윈터는 미간을 찌푸렸다. 죽음은 사람을 흉측하게 만든다. 그것은 몇백, 몇천 번이나 보아와 질릴 정도로 잘 알고 있는 사실이었으나, 이 아이에게서 그것을 본다는 것은 이상할 정도로 당혹스러운 일이었다. 어째서인가. 깊게 생각하려 하자 그저 피곤해져 윈터는 억지로 상념의 흐름을 끊어낸 후, 부러진 손톱과 뜯겨나간 살점에서 흐른 피로 범벅이 된 채 현관에 쓰러진 아이의 앞에 무릎을 꿇었다.

죽었나. 살았나.

아이의 팔을 당겨 몸을 뒤집어 바로 눕히자 끊어질 듯 말 듯 가냘프게 이어지는 숨소리가 들렸다. 아직까지 살아 있다.

윈터는 복잡한 기분으로 다시 한 번 미간을 찌푸렸다. 그제야 그는 제가 아이가 죽어 있기를 원했는지, 살아 있기를 원했는지조차도 모른다는 사실을 깨달았다. 놀랍게도 그는 제가 망설이고 있다는 것을 인정할 수밖에 없었다.

하, 망설임이라.

그는 처음부터 안셀라의 혈족을 살려둘 생각이 없었다. 원수의 씨는 하나도 남김없이 짓밟아 말살해버려야 하는 것이다. 얄팍한 자비를 베풀어 생존자를 남기는 것은 후환을 남기는 짓이다. 안셀라가 살아 있는 증거가 아닌가.

그러니 아이도 언젠가는 제 손에 죽을 것이다. 시기와 방법만이 차이가 있을 뿐, 그 사실은 변하지 않는다.

"차라리, 멸망했어야 했다."

유언이 되어버린 그 말을 뇌리에서 몇 번, 몇십 번, 몇백 번을 되새기며 살았다. 박살이 나버린 방 안에서 조각난 시체를 안고 그 속에서 또다시 혼자서만 살아남아서, 혼자서만 죽지 못해 또다시 살아서 대체 몇 번이나 맹세했던가. 몸이 산산조각 나 재생한 게 몇백 번은 족히 되거늘 그때 찢겨나간 목덜미의 통증은 아직도 사라지지 않는다. 모든 것을 잊어도 그 한순간의 기억만은 절대로 잊을 수가 없어 떠올릴 때마다 맹세하고 또 맹세했다. 검을 휘두를 때에는 결코 살아남는 이가 없게 하리라.

그런데 이제 와서 망설임이라니. 살아 있는 것에 좀 닿았다고 흔들릴 맹세였다면 지금까지 제 검에 무자비하게 죽어나간 이들이 통탄할 것이다. 그러니, 이 장난도 이제 여기서 끝이다.

윈터는 느릿하게 검을 뽑아들었다. 검을 쥔 손을 틀어 날을 수직으로 세우고, 숨 쉬듯 익숙한 동작으로 내리찍었다.

그때였다.

정신을 잃은 아이의 눈이 뜨이며 그를 정면으로 올려다보았다.

깡, 날카로운 소리와 함께 저도 모르게 흐트러진 검 끝이 돌바닥을 내리치며 부러졌다. 충격으로 둔하게 저릿대는 손목의 이상을 무시한 채, 윈터는 숨도 쉬지 못하고 안개 낀 듯 몽롱하니 초점이 잡히지 않은 눈을 바라보았다.

쓰레기처럼 바닥에 널브러진 아이의 손끝이 꿈틀거리더니 윈터의 바지 끝을 움켜쥐었다. 조금만 힘을 주어도 바로 떨어져 나갈 가냘픈 손길에 그의 손끝이 경련하듯 움찔했다. 멍하니 그를 응시하던 눈이 스르르 감기는 동시에 바지 끝을 쥐었던 손이 바닥으로 떨어졌다.

……마지막 발버둥인가.

시선이 떨어지며 제 몸을 옭아매고 있던 주박에서 풀려난 윈터는 저도 모르게 낮은 한숨을 내쉬었다.

죽음에 닿기 직전의 정신은 혼수상태에 빠진다. 설사 기적을 인지하고 눈을 뜬 것이라 하여도 제 얼굴을 구별해낼 지각능력조차 없었으리라. 아무 의미도 없고, 본인조차 기억 못 할 행동.

두근, 두근, 두근, 금세라도 스러져버릴 듯한 아이의 심장고동을 들으며 윈터는 미간을 찌푸렸다. 저도 모르게 꽉 힘주어 쥐고 있던 주먹의 힘을 풀자 더 이상 쓸 수 없게 된 칼이 바닥을 구르며 쇳소리를 냈다.

"……어리석고 멍청한 꼬마, 이제는 매달려야 할 상대조차도 착각하고."

차갑게 비웃어보아도 죽어가는 아이는 답하지 않는다. 귓가에 들려오는 가냘픈 숨소리가 점점 가늘어져갈 뿐이다. 결국 윈터는 신경질적으로 아이의 앞에 무릎을 꿇어 그 몸을 안아 올렸다. 그저 무의식적인 행동일 뿐이라고, 어떤 의미도 없으니 깊게 생각할 필요 없다고 생각하면서도 그 안의 무언가가 요동쳤다.

살려달라고, 제발 한 번만 넘어가달라고 매달리고 애원했던 이들이 수백, 수천, 아니, 이제는 감히 수치를 매길 수 없을 정도로 무수히 많았다.

그러나.

그는 기억해냈다.

그가 신을 몸에 품은 후로는 그 누구도. 단 한 번도.

단 한 명도, 자발적으로 그에게 닿아왔던 사람은 없었다.

* ❀ *

"*아가씨.*"

저를 부르는 목소리의 어조에서부터 호선을 그리는 입술의 모양새, 미안한 듯 살짝 일그러진 아미까지. 그저 한 번 힐끗 보는 것만으로도 상대가 무슨 말을 하려는 건지 확연히 알 수 있었다. 유모는 반년, 혹은 1년을 주기로 끊임없이 바뀌었으나 오라비가 내린 임무로 걸핏하면 자리를 비우는 것만은 변함없었다.

"착하게 주무시고 계세요. 다섯 밤이 지나기 전에 돌아올 거예요."

아이는 그 말에 상대를 가만히 바라보다 천천히 고개를 끄덕였다. 그에 안심하며 유모가 그녀의 이마에 키스를 떨어트렸다.

"보채지도 않고, 아가씨는 참 착해요."

그 말과 함께 다시 한 번 키스를 남기고 돌아서는 뒷모습을 아이는 멍하니 바라보았다. 달칵, 작은 소리와 함께 문이 닫히고, 방 안에는 새까만 어둠이 떨어져 내렸다.

다섯 명이 자도 넉넉하리만큼 넓은 침대에 홀로 덩그러니 누워 아이는 느릿하게 주먹을 꽉 쥐었다 천천히 펼쳤다.

보챈다고 해서 잡혀줄 상대였다면 왜 진작 보채지 않았겠는가.

"흐, 윽……."

목이 아팠다. 목이 갈라질 것같이 탔다.

"무, 물……."

몸이 춥고 떨려서 견딜 수가 없는데 내장은 불구덩이에 던져진 듯 뜨거웠다. 리즈벳은 물속에 처넣어진 것 같은 머리로 물이 어디에 있는지, 있기나 한 건지를 떠올려보려고 안간힘을 썼다. 뭔가를 입에 넣으면 그대로 게워낼 것 같은데도 불구하고 빈속은 뒤틀리듯 아팠다.

배가 고팠고 목이 말랐다. 시간의 흐름을 짐작할 수가 없으니 대체 얼마나 오랫동안 아무것도 먹지 못했는지 알 수가 없었다. 조금이라도 움직이려 하면 온몸이 깨질 듯이 아팠다.

무엇보다 전신이 추웠다. 춥고 추운데 뜨거워서 아이는 덜덜 떨며 몸을 한껏 동그랗게 웅크렸다.

안젤라. 디아나.

가물가물 생각나는 얼굴들도 열기운에 희미했다. 손가락 하나 까딱할 힘조차 남지 않은 몸임에도 제가 철저하게 혼자라는 것은 아주 명확히 인식하고 있었다. 그러나 이리 혼자서 열에 시달리며 몸이 낫기를 기다리는 것이야말로 진저리날 정도로 익숙한 일이라, 아이는 그저 눈을 꽉 감으며 이 시기가 지나가기를 기다렸다.

그러나 가끔은 누가 곁에서 머리를 쓸어넘겨줬으면 좋겠다. 아팠지, 힘들었지, 단지 그런 말뿐이라도 좋으니 말을 걸어줬으면 좋겠다. 다 괜찮을 것이라고 끌어안으며 다독여줬으면 좋겠다. 생각하면 할수록 주체할 수 없이 넘쳐흐르는 외로움에 리즈벳은 열에 달떠 가쁘게 숨을 뱉으면서도 뚝뚝 눈물을 흘렸다.

그때 입술에 무언가 찬 것이 닿았다. 누군가의 팔이 그녀를 안아 올렸다. 머리를 가누지 못하자 턱을 기울여 가슴에 기대게 한 후 입을 벌리게 해 물을 흘려 넣었다. 소리지르고 울부짖다 갈라지고 말라붙은 목구멍에 찬물이 흘러들자 불덩이를 삼키듯 아팠으나 동시에 정신이 번쩍 들 정도로 달콤했다. 누군가가, 얼굴도 보이지 않는 누군가가 흘려 넣어주는 물을 아이는 게걸스럽게 받아 삼켰다.

목을 손톱으로 긁어대는 듯한 갈증이 사라지자 다시금 열기운이 끌고 온 졸음이 쏟아졌다. 잔에서 고개를 돌리곤 꾸벅거리자 그녀를 안아 들었던 사람이 뒤로 젖혔던 그녀의 턱에서 손을 놓으며 다시금 그 몸을 안아 들었다.

"시, 싫……!"

몸이 들려 올라가는 감각에 리즈벳은 본능적으로 정체도 모르는 상대의 옷자락에 필사적으로 매달렸다. 이 사람이 자신을 떠나려 한다. 또다시 혼자 남겨진다. 그 예리하게 찔러대던 고독. 죽을 것같이 아프고 싫은 공포.

"싫……어, 싫……."

어느새 멈췄던 눈물이 또다시 맺히더니 하염없이 떨어져 내렸다. 어떻게 해야 이 사람이 이대로 있어줄까. 대체 어떻게 해야 다시 홀로 남겨지지 않을까? 눈물로 얼룩진 시야에 상대가 곤란한 듯 미간을 찡그리는 것이 보인 듯했다.

절망으로 옷자락을 쥔 손에서 힘이 빠졌다. 아이는 필사적으로 쥐고 있던 손을 내리고 고개를 떨궜다.

작은 한숨이 들린 것은 그때였다.

그녀를 안고 있던 사람이 자세를 고쳐 침대 등받이에 기대어 앉았다. 몸을 받치는 팔의 위치는 어색했고 디아나가 그랬던 것처럼 머리를 끌어안아 더욱 가까이 보듬어주지도 않았다.

그러나 그래도 떠나지 않았다.

왈칵 안도감이 쏟아져 리즈벳은 작은 손을 뻗어 이번에야말로 놓치지 않도록 상대의 가슴에 꽉 매달렸다. 아, 하고 작게 상대가 탄성을 흘린 것도 같았으나 기다려도 밀어내려는 기색이 없어서 그녀는 좀 더 용감하게 몸을 꿈틀거려 고개를 상대의 가슴에 기댔다.

열에 들뜬 피부에 닿는 몸은 서늘해서 기분이 좋았다. 안젤라나 디아나처럼 부드럽지는 않으나 안긴 가슴은 넓었고 단단해 안정감을 주었다. 몇 번 꼼지락거려 편한 자세를 취한 후 리즈벳은 다시 한 번 상대의 옷자락을 꼭 쥔 후 눈을 감았다. 그녀는 오랜만에 맛보는 포근한 나른함에 휩싸여 순식간에 잠이 들어버렸다.

타닥거리며 타들어가는 장작 소리에 섞여 아이의 고른 숨소리가 들려왔다. 이제는 꽤나 익숙해진 자세로 귀를 기울여 편히 잠든 것을 확인한 윈터의 손이 천천히 아이를 제 품에서 떼어내 침대에 내려놓았다.

"살아났구나."

툭 던지듯 내뱉은 목소리에 복잡한 감정이 엉겨붙었다.

열로 발갛게 달아오른 볼에는 말라붙은 눈물자국이 가득했으나 그리도 서럽게 운 것이 거짓말이었다는 듯 잠든 아이의 얼굴은 무서울 정도로 평화로웠다. 거의 죽을 뻔한 것을 발견했던 때와는 비교할 수 없을 정도다. 그가 거의 나흘 동안 쉴 새 없이 곁에서 시중을 든 결과였다.

먹을 것, 마실 것, 입을 것, 잘 곳. 살리는 것은 죽이는 것보다 몇십 배는 까다로웠다. 아주 오래전의 기억을 억지로 끄집어내 어린아이에게 필요한 것들을 떠올리려 노력하며 엉망인 몰골로 쓰러진 아이를 안아다 씻기고, 옷을 갈아입혔고, 짧은 여행 동안 아이가 만들었던 것을 떠올리며 물과 묽은 수프까지 먹인 후 비 오듯 흐르는 땀을 닦아내었다. 그리하여 죽으리라 생각했던 아이는 끝끝내 살아남아 제 품에 안겨 있다.

사실 그리 난리를 치면서도 살 것이라고는 생각지 못했다. 방치했던 기간이 길었던 것도 있으나 그는 제가 누군가를 살릴 수 있으리라는 생각은 해본 적조차 없었다.

윈터는 느릿하게 손을 뻗어 가슴께를 어루만졌다. 아이가 닿았던 곳에서부터 기묘한 감각이 온몸으로 퍼져나가고 있었다. 뭉근하게 가슴이 짓눌리는 기분. 뜨거운 덩어리에 숨이 막히는 듯한 기분. 순간 머리가 어질해지는 듯해 꽉 눈을 감았던 그는 도망치듯 홱 아이에게서 시선을 돌려버렸다. 타닥거리는 소리를 내며 타오르는 난롯불 너머로 소리 없이 눈이 내리는 창밖이 보였다.

겨울이 생각지도 못한 방향으로 깊어가고 있었다.

• ❧ •

밀려온 파도가 멀어지듯 잠에서 깨어나면서 제일 먼저 느낀 것은 어깨를 감싸 안는 팔이었다. 고개를 드니 단정하게 닫힌 남자의 눈꺼풀이 보였다. 자신을 품에 안은 채 잠들어 있는 이 남자가 누구인지 혼란스러운 머리로 이해하려 하던 리즈벳은 한참후에야 그가 자신을 이 저택으로 끌고 온 후 방치해뒀던 그 남자라는 것을 깨달았다.

홱 몸이 튕기듯 일으켜졌다. 그 움직임에 감겨 있던 남자의 눈이 스르르 뜨이며 리즈벳은 새빨간 눈과 정면으로 시선이 마주쳤다.

오싹한 색에 저도 모르게 흠칫하자 마법처럼 엉켜 있던 시선이 풀리며 남자가 몸을 일으켰다. 그녀의 얼굴에 남자의 그림자가 떨어졌고, 순식간에 까마득한 위압감으로 내려다보는 남자의 모습에 본능적인 공포로 눈을 꽉 감자 낮은 비웃음 소리가 들렸다.

"사랑스러운 리즈벳, 지금 당장 제대로 숨 쉬지 않으면 다시는 숨 쉴 수 없게 해주마."

화들짝 놀라며 필사적으로 후, 하, 후, 하, 호흡을 반복하자 남자가 낮게 목을 울리는 소리를 내며 웃었다.

"말귀를 알아들을 정도면 말짱해진 모양이군."

아무렇지도 않게 내뱉은 남자의 말이 너무나 뜬금없어서 그녀는 저도 모르게 눈을 동그랗게 뜨고 남자를 올려다보았다. 남자는 눈을 살짝 가늘게 뜨며 입꼬리를 비틀어 웃었다.

"살아났구나, 꼬마."

그제야 제가 죽을 뻔했다가 살아났다는 것을 다시금 깨달아 리즈벳은 당황스레 제 몸을 더듬었다. 한 번 자고 일어난 후 열이 내렸는지 잠들기 전과는 비교도 할 수 없을 정도로 몸이 가벼웠다. 땀에 젖어 피부에 달라붙었던 옷도 새것으로 갈아입혔는지 바짝 말라 좋은 냄새가 났고, 베드 사이드테이블에는 물잔과 반쯤 남은 수프가 놓여 있었다. 열에 시달리며 울음을 터트렸던 밤에 이마의 땀을 닦아주며 입에 물잔을 대어주던 손의 기억이 희미하게 떠올랐다.

이 남자가 그녀를 간호했던 것이다.

도무지 이해할 수 없는 결론에 그녀가 혼란스레 올려다보자 그는 그 시선이 어색한지 슬쩍 시선을 돌렸다. 상대를 조소하는 것을 숨기려고조차 하지 않았던 남자의 예상외의 반응에 리즈벳은 눈을 깜박였다.

뭐가 뭔지 모르겠다. 이네스와 호위병들을 모조리 죽이고 납치했던 것을 보면 나쁜 사람이 확실한데, 여행 도중에는 음식을 주었고 지금도 간호까지 해주었다. 하지만 애초에 이 남자가 여기에 홀로 방치하지만 않았다면 그녀가 아플 일도 없었다.

"그렇게 멀뚱히 있으면 멍청한 얼굴이 더 멍청해 보일 텐데."

머리가 아파올 정도로 열심히 지금의 상황을 이해하려 하는 와중에 남자가 던진 노골적인 비아냥에 리즈벳은 입술을 꽉 다물었다.

……역시 못된 사람.

대체 뭘 그렇게 잘못했기에 이런 악당에게 시달려야 하는 건가 싶은 심정에 서글퍼지기까지 한 순간, 남자가 몸을 돌리며 내뱉었다.

"먹을 것은 주방에 두었다. 갈아입을 옷은 옷장에 있고."

"예, 에……?"

"죽기 싫으면 쓰라고."

다분히 조롱기가 섞인 말이었으나 그건 이미 중요한 것이 아니었다. 남자는 느슨하게 풀어두었던 셔츠의 매무새를 다시 정돈해 크러뱃을 매고 허리에는 풀어놓았던 검을 다시 찼다. 의자에 아무렇게나 던져두었던 코트까지 집어 들자 리즈벳은 정신이 확 들었다.

"아, 저……!"

당황해서 부르자 그가 코트 깃을 정돈하려던 손길을 멈추고 돌아보았다. 시선에 본능적으로 움찔하면서도 리즈벳은 용기를 애써 끌어모아 입을 열었다.

"저기…… 가는, 거예요……?"

"내가 주위에 없어야 더 마음 편하지 않겠니, 어리석은 꼬마야."

대놓고 하는 조롱에 리즈벳은 화들짝 놀라 힘껏 고개를 좌우로 저었다.

절대적인 어둠. 추위. 필사적으로 비명을 질러도 돌아오지 않았던 대답.

이 남자가 아무리 못된 악당이라도, 이 남자 때문에 몇 번씩이나 죽을 뻔했어도 지난 며칠간의 악몽보다는 나았다. 남자의 장난감이 되는 것이 아무도 없는 이곳에 혼자 남겨지는 것보다는 몇천 배, 몇만 배 나왔다. 남자가 그녀를 놓아줄 것이라는 보장도 없지만 놓아준다 해도 그녀가 어디로 갈 것인가. 여기가 어디인 줄 모르는 것도 문제지만 그녀는 제 오라비가, 디아나가 지금 어디에 있는지 감도 잡히지 않았다.

좀 무서우면 어떤가. 좀 끔찍하면 어떤가. 이 사람은 결국 그녀를 죽이지 않았다. 게다가.

그녀는 시선을 조그마한 양손바닥으로 떨어트렸다. 그녀를 그렇게 아낀다는 유모들 중 누구도 열에 취해 잠든 그녀의 곁을 지켜준 적은 없었다. 오라비가 명을 내리면 언제든지 그녀의 곁을 떠났다.

그러나 이 남자는 그녀가 깨어날 때까지 곁을 떠나지 않았다.

"가지, 마요."

남자는 필사적으로 뽑아낸 간청에 한동안 침묵했다. 그가 조소조차 사라진 눈으로 지그시 응시해오자 리즈벳은 바스러지려는 용기를 조각까지 박박 긁어모아 다시 한 번 반복해 말했다.

"가지 마요……."

그 말에 한참 동안 남자는 아무 대꾸도 없었다.

"……정말이지 멍청하기 짝이 없는 꼬마로구나."

드디어 입을 연 남자의 목소리는 속삭임처럼 나직했다. 무슨 뜻인지 몰라 혼란스레 올려다보는 그녀에게 손을 뻗은 남자가 볼을 가만히 쓸어내렸다. 그 손짓은 마치 귀중품을 건드리는 듯 조심스러웠다.

시체에 닿는 듯한 차가움. 그러나 냉기가 피부에 남기도 전, 남자는 자발적으로 손을 떼어냈다.

"어리석은 리즈벳, 부디 나중에 이 결정을 후회하는 일은 없기를."

은빛 속눈썹이 가볍게 내리뜨여 지독히도 이질적인 붉음을 가렸다.

움직이는 시체 같은 끔찍한 몸의 남자는 목소리만큼은 노래하는 듯 고왔다.

딸깍, 작은 소리를 내며 문이 닫히고 남자가 사라졌다. 쌓였던 긴장이 한 번에 풀려 리즈벳은 털썩 침대로 고꾸라졌다. 흥건히 흘린 땀 때문에 등허리가 질척였다. 어느새 밖에는 눈이 그쳐 투명한 겨울의 햇살이 창문을 통해 쏟아져 들어오고 있었다.

"……살았다."

눈부신 빛을 멍하니 바라보며 리즈벳은 툭, 중얼거렸다. 긴장이 풀리면서 머리가 완전히 백지가 되어 아무것도 생각나는 게 없었지만 남자가 마지막으로 남겼던 말만큼은 이상하리만큼 선명하게 머릿속을 맴돌았다.

어리석은 리즈벳, 부디 나중에 이 결정을 후회하는 일은 없기를.

그 말은 조롱하는 것 같기도 하였으나 동시에 묘하게 기도하는 것 처럼도 들렸다.

비스듬히 벽에 몸을 기댄 채 팔짱을 낀 남자는 지금 이 상황을 즐기는 것 같기도, 짜증이 난 것 같기도 했다.

"밀가루라는 게 폭발하는 거였나?"

이어진 한마디에 리즈벳은 한없이 작아졌다.

남자와 함께 금방이라도 유령이 나올 것만 같은 폐가에서 살게 된 지 어언 두 달. 남자가 혼자 살 동안에는 손 하나도 대지 않았던 듯 곰팡이 슬고 여기저기 부식한 주방을 며칠 동안 끙끙거리며 고친 것은 좋았다. 그는 가끔 사냥감을 끌고 오거나 마을에서 주문을 하는 것으로 그녀에게 꼬박꼬박 식재료를 날라다주었으나 이미 만들어진 음식은 부패가 빨랐고, 남자는 요리라는 걸 할 생각은 추호도 없어 보였다. 결국 한 달 동안 말라비틀어진 구운 고기와 멀건 수프와 돌덩이 같은 바게트로 연명하던 리즈벳은 강탈당한 삶의 질을 되돌리기 위해서는 되든 안 되든 손수 음식을 만들어 먹어야만 한다는 사실을 깨달았다.

그 사실에 리즈벳은 결코 절망하지 않았다. 요리라면 디아나를 도와서 몇 번씩이나 해본 적이 있었다. 그러나 식재료를 날라주는 식료품점 아주머니에게서 여러 가지 레시피를 얻어 위풍당당하게 주방으로 들어갔던 리즈벳의 첫 시도는, 제대로 깨지지 않는 호두를 깨려다가 절굿공이로 낡은 카운터 테이블을 쪼개버리며 끝이 났다.

"카운터 테이블, 식기 수납장, 아궁이에 이번에는 오븐."

남자는 유일하게 그녀가 마음에 들어 하는, 노래하는 듯이 낭랑한 목소리로 그녀가 새긴 파괴의 역사를 하나하나 읊으며 폭발한 오븐 문을 열고 새까맣게 탄 바게트를 꺼내 시원스럽게 쓰레기통으로 던져버렸다.

"아이 하나에 어쩜 이렇게 돈이 많이 드는지."

뭔가 변명은 하고 싶은데 아직까지도 연기가 피어오르는 오븐을 앞에 두고 할 수 있는 말은 그리 많지 않았다.

"분명히, 레시피대로……."

"네게 레시피를 알려준 여자는 특기가 대량학살무기 제조라든?"

"다음번에는 제대로 만들 수 있어요! 진짜 다음에야말로,"

"저택이 폭발하겠지."

"그게 아니라!"

탐스러운 곱슬머리를 뜯어낼 듯이 잡아당기는 그녀를 무시하고 남자는 주방을 슥 훑더니 구석으로 날아가 박힌 레시피북을 집어 들었다. 별 생각 없이 휙휙 페이지를 넘기던 남자의 손이 순간 멎었다. 묘하게 변하는 남자의 표정에 리즈벳은 순간 자신이 정말로 대량학살무기 제조법을 실수로 배운 게 아닌가 싶은 생각이 들었다.

"저, 저기……."

"넌 설탕과 코끼리를 섞어 반죽을 하나?"

"……네?"

"반죽을 사랑해서 틀에 부어?"

"그러니까, 무슨 말인지……."

"어떻게 11파인트와 13파인트를 섞으면 27파인트가 되지?"

그제야 남자가 무슨 말을 하는지 알아들은 리즈벳은 얼굴이 확 달아올랐다. 남자는 정말이지 쓸데없는 친절을 발휘해 바닥에서 구르고 있던 깃펜에 검댕을 묻혀 레시피북의 페이지를 넘겨가며 철자검사를 하기 시작했다. 순식간에 시꺼먼 빗줄기가 새하얀 종이에 쏟아졌다.

"이러다 날 새겠는데?"

빈정거림만큼은 절대로 잊지 않는다.

······못된 놈, 나쁜 놈, 철자 몇 개 틀린다고 세상이 끝장나나?

"사랑스러운 리즈벳."

사랑스럽기는 개뿔. 밖에 나가다가 새똥이나 맞,

"너한테는 공부란 게 필요한 것 같아."

그 한마디로 남자는 그를 속으로 잘근잘근 씹어서 가루로 만들고 있던 그녀를 한 방에 격침시켰다.

◦ ❖ ◦

······여기서 죽으면 이 악몽에서 깨어 덧셈과 뺄셈이 없는 세상에서 다시 태어날 수 있을까?

바게트를 구우려다 오븐을 날려버린 지 벌써 일주일. 그날 이후 남자는 그녀에게 친히 공부를 가르치기 시작했다. 덕분에 리즈벳은 이렇게 햇살은 쨍쨍하고, 새들은 울어대고, 꽃까지 피어난 아름다운 봄날, 햇살이 싫어 방 안에 틀어박힌 남자의 발치에 쪼그리고 앉아 동그라미와 작대기를 더하는 신세가 되어버린 것이다.

게다가 첫날, 그녀가 연습장에 더해야 하는 숫자만큼 동그라미를 그려놓고서 세고 있던 것을 발견한 남자는 악랄하게도 한 자릿수 덧셈을 넘어가 두 자릿수 덧셈부터 가르치기 시작했다. 결국 반쯤은 오기로 99 더하기 98을 수작업으로 계산하던 리즈벳은 울며 겨자 먹기로 그가 가르쳐준 방법으로 계산을 할 수밖에 없었다. 덕분에 그녀의 두 자릿수 연산능력은 일장월취하고 있는 중이었다.

"사랑스러운 리즈벳."

물론, 그 약간의 진전을 곧이곧대로 칭찬해줄 만큼 남자는 착한 사람이 아니었다.

"사람이라면 모름지기 발전이 있어야 하는데 말이야."

울컥했지만 손가락도, 그렇다고 노트에 메모를 하거나 주판조차도 쓰지 않은 채 암산으로 고난도의 문제를 순식간에 채점해버리는 남자 앞에서 그녀가 반박을 할 수 있을 리가 없었다.

아니, 설사 남자가 '1 더하기 1은 창문!'을 외치는 멍청이라도 리즈벳이 남자에게 대들 수 있는 날이 올 리는 만무했다.

……나쁜 놈. 못된 놈. 새빨간 눈알에 딱총이나 맞아라.

이제 익숙하게 속으로 남자를 씹어대며 리즈벳은 음울하게 투덜거렸다.

"……네, 네, 난 어차피 구제불능의 바보지요."

"지능은 대부분의 경우 어느 정도 유전되는 거다. 안셀라가 덧셈도 못하는 천치라는 소릴 하려는 게 아니라면 노력 부족을 애꿎은 머리 탓으로 돌리는 것은 그만두지그래?"

예상외의 말에 리즈벳은 빤히 남자를 올려다봤다. 햇빛이 싫다고 창에 두꺼운 커튼을 친 채 앉아 있는 남자는 얼굴에 드리운 그림자 때문에 무슨 표정을 짓고 있는지 잘 보이지 않았다.

결국 리즈벳은 남자의 표정에서 정보를 읽어내기를 포기하고 단도직입적으로 물었다.

"오라버니를 알아요?"

"죽고 못 살 정도로 사랑하는 사이지."

리즈벳은 단번에 입을 닫고 눈앞의 과제로 신경을 돌렸다. 두 달은 남자의 저 뒤틀린 어조에 익숙해지는 데에는 충분히 긴 시간이었고, 자꾸만 오라비에 대해 캐묻는 것으로 남자의 기분을 나쁘게 해 안 그래도 많은 과제가 더 늘어난다면 정말이지 목숨을 건 탈출을 심각하게 고려해야 할지도 몰랐다.

그러나 머리를 덧셈과 뺄셈으로 채우려고 기를 쓰는 사이, 남자가 가늘고 길고 노골적인 한숨을 내쉬었다.

"유전의 힘을 과대평가했나."

무심코 발끈했던 리즈벳은 곧 눈을 반짝이며 남자의 발치에 바짝 붙어 앉았다. 이건 또 뭐냐는 표정을 적나라하게 내비치며 내려다보는 남자에게 그녀는 열정을 담아 말했다.

"바보 같은 내 머리를 두드리며 화병에 걸리느니 소중하신 시간을 좀 더 유익하고 즐거운 일에 쓰는 게 낫지 않을까요? 어차피 내가 아무리 공부해봤자 별 필요도 없는데!"

"대체 무슨 소릴 하나 했더니."

눈을 가늘게 떠 조소한 남자가 살짝 몸을 숙여 얼굴을 그녀의 코앞으로 들이대었다.

"별 필요도 없을 수도 있지, 귀여운 리즈벳. 하지만 네가 여기서 뭔가 아주 큰 착각을 하고 있는데 말이야……."

남자가 싱긋 웃었다.

"내가 하고 많은 일 중에서 네 머리를 두드려가며 시간을 보내는 이유가 무엇 때문이라고 생각하는 거지?"

그 말에 리즈벳은 모든 꿈과 희망을 포기해버렸다.

"……그쪽이 심심해서요."

"이것 봐. 네 머리는 나쁜 게 아니라고 했잖아."

리즈벳은 뭐라 할 수 없을 정도로 해사하게 웃는 남자의 얼굴을 후려쳐주고 싶다고 생각했다.

진심으로.

· ❀ ·

머리끝까지 약이 올라 파르르 떠는 아이가 애써 태연한 척 방을 나서자 핏, 헛웃음을 내뱉었던 윈터의 얼굴에서 단번에 표정이 사라졌다.

"안셀라마저도 저 게으름에는 손을 든 건가."

조소 가득한 말을 내뱉는 윈터의 시선은 리즈벳이 제출했던 과제에 박혀 있었다. 지면 가득 차라리 나를 죽여주시오, 라는 호소가 묻어나오는 노트에는 지렁이 기어가는 필체로 과제 내용이 빼곡히 적혀 있다.

제 기분을 민감하게 살피며 게으름을 피우는 걸 봐도, 결코 머리가 나쁜 건 아닌 것 같은데 이리 공부를 싫어하니 성적이 좋을 리가 없지.

하긴, 제게 너무나 자연스럽게 적응해서 계속 잊어버리긴 하지만 저 꼬마는 이제 겨우 열 몇 살이다. 저 나이 때에는 이렇게 꾀를 부리고 공부를 싫어하는 게 정상인지도 모르지.

하지만 그것뿐일까?

첫 만남부터 눈앞에서 아이의 유모와 호위를 죽였다. 별장에 홀로 가둬놓고 굶어죽기 직전까지 방치했다.

아니, 그 이전에 오라비며 면식이 있는 이들 하나 없는 곳에서 정체도 모르는 남자와 단 둘이 생활하고 있는데 어쩜 이렇게 적응이 빠를 수 있지? 어떻게 겨우 두 달, 아니 한 달 만에 오라비를 찾는 걸 그만둬?

안셀라의 유일한 동생이 아닌가. 애지중지 여겨지며 자란 게 아니었나? 열 몇 살 계집아이에게는 이런 것이 당연한 건가?

그 도련님은 또 무슨 수작을 부리려는 걸까.

최근 들어 계속 생각하게 된다. 어차피 같이 있으나 떨어져 있으나 위치가 발각되어 현상금 사냥꾼들에게 쫓길 가능성이 있는 것은 마찬가지이거늘, 안셀라는 몇 없는 부하들을 버려가면서까지 이리 필사적으로 되찾으려 하는 소중한 누이를 곁에 끼고 살지도 않았다. 저항군에 사람이 모자란 건 공공연한 비밀이거늘 그나마도 얼마 없는 병력을 둘로 나누다니 이 얼마나 비효율적인 방법인가.

그리고 무엇보다.

『누구보다도 소중한 아이입니다.』

언젠가 보았던 리슈타인 대장로의 기억 속의 안셀라가 마치 속삭이듯 말한다.

『그 아이가 자라는 것을 곁에서 지켜보고 싶었거늘, 첸트는 여기서 너무나 멉니다.』

어딘가 꿈을 꾸는 듯, 살아 있지 않은 듯, 이질적일 정도로 고저 없었던 목소리가 그 순간만큼은 한없이 진심을 담아 말했었다. 타인의 행동거지 따위, 특히 안셀라의 말이라면 코웃음 치며 무시해버렸을 것이었으나 그 말만은 어쩐지 믿겼다. 화석이 되어 바스러진 제 속의 무언가를 휘저어놓을 정도의 무게가 있었다. 그래서 목소리가 흘린 단서를 따라 아란체슬 동쪽의 작은 시골 마을로 향했고, 그곳에서 리즈벳을 호위하던 병력을 격파하고는 안셀라의 누이를 손에 넣었다.

그러나 어째서냐, 안셀라.

불쾌한 기분이 스멀거리며 올라와 윈터는 팔걸이에 얹은 손에 힘을 주었다.

생각해보면 이상하기 짝이 없었다. 대장로는 리즈벳 클렌디온에 대해 알 필요가 없었다. 특히, 위치에 대해서는 알아야 할 이유가 전혀 없었다. 죽은 동지의 기억에서도 얼굴이 드러나지 않도록 대원들 모두에게 가면을 씌울 정도로 극도로 조심스러운 자가 어째서.

어째서 대장로에게 굳이 누이의 위치가 드러날 만한 발언을 한 거지?

· ✤ ·

없나? 없지? 없는 거지?

고개를 쭉 빼고 주위를 살펴 남자가 없는 것을 확인한 리즈벳은 재빨리 부엌으로 숨어들었다. 손가락 하나도 잘못 움직이면 들킬세라 침을 꼴깍꼴깍 삼켜가며 깨금발을 들어 항아리 가득 든 레뮤란 열매를 꺼내 든 아이는 곧 신속하게 물을 끓이고 차를 타기 시작했다.

어제 또 머리가 한 움큼 빠졌다. 이건 분명 세 자릿수 덧셈의 저주가 틀림없다. 무슨 공부가 끝이 보이질 않는지.

이러다간 대머리가 되어버리고 말 거야.

몸에 닥친 심각한 위험에 치를 떨며 밤을 꼬박 새운 리즈벳은 결국 냉수 한 잔을 단숨에 비운 후 발걸음도 당당하게 남자의 방에 쳐들어갔다.

그녀의 논술 선생이 경악하고 인스켈어 선생이 박수갈채를 보내며 그녀의 수많은 유모들이 감격의 눈물을 흘리면서 쓰러질 법한 논리정연한 언변으로 왜 자신이 덧셈 뺄셈을 배울 필요가 없는지에 대해 열변을 토한 리즈벳에게 남자는 심드렁하게 한마디를 툭 던질 뿐이었다.

"그래서, 안 하겠다고?"

이성보다 본능이 먼저 대답을 해버렸다.

"아뇨, 세상에서 공부가 제일 재밌다고요."

그 대답에 더할 나위 없이 환하게 웃는 남자의 앞에서 물러나 자기 방으로 돌아온 리즈벳은 '734 + 124'라 쓰인 문제지를 앞에 두고 피눈물을 흘렸다.

왜 싫은 걸 싫다고 말을 못 하니. 왜 저 뻔뻔하기 짝이 없는 눈알괴물의 눈깔에 딱총이라도 쏴주질 못하니!

그러나 스스로의 감정에 솔직해져 상대를 응징하기에는 목숨이 너무나 소중했다. 너무 세게 나갔다가는 저 남자가 그대로 그녀를 썰어버릴 거다.

그래도 이대로 넘어가긴 너무 억울했다.

찻주전자에서 김이 솟으며 물이 끓자 리즈벳은 먼저 레몬을 두 조각쯤 넣고 조심스레 레뮤란 열매를 넣었다. 무색무취. 한 통을 다 넣어도 그냥 보거나 한 모금 마시는 것만으로는 차이를 느낄 수 없다.

말려서 향신료로 쓰면 맛이 뛰어나지만 설사 치료를 위해 그냥 날로 먹기도 한다.

그러나 과다복용하면 변비로 지옥을 보게 된다.

이걸 마실 상대를 생각하다 보니 절로 입이 벌어지고 웃음이 실실 흘러나왔다. 찻주전자 안으로 떨어진 열매가 하나가 둘이 되고 둘이 셋이 되고 셋이 넷이 되어 저도 모르는 사이에 찻주전자의 반이 열매로 찼다. 그제야 제정신을 차리고 대충 열매를 건져내자 찻주전자 안에는 투명한 찻물에 가라앉은 레몬 두 조각만이 남아 있었다.

좋다. 모든 것이 완벽하다.

재빨리 찻잔과 찻주전자를 접시에 받쳐 들고 주방을 빠져나온 리즈벳은 빼꼼 고개를 내밀어 서재 안의 상황을 확인했다. 기대를 저버리지 않고 검은 커튼이 철벽처럼 둘린 서재에는 인기척이 없었다. 후후, 회심의 미소를 지으며 리즈벳은 조심스레 서재로 숨어들었다.

아무리 괴물딱지 같은 남자라곤 하지만 기본적으로 먹고 마시는 건 있을 거 아닌가. 서재에 한번 틀어박히면 나올 생각을 안 하는 걸 보면 정말 대단한 게으름뱅이인 게 틀림없으니 마실 것이 옆에 있으면 무심코 손을 뻗겠지. 간단하기 짝이 없지만 지금까지 수많은 유모와 가정교사들에게서 눈물을 뽑아낸 검증된 비법이다.

약효가 나타나는 것은 적어도 사흘 뒤. 이것이야말로 완전범죄.

실룩거리는 입꼬리를 애써 억누르며 리즈벳이 접시를 조심스레 남자가 늘 앉는 안락의자 옆의 테이블에 올려놓았을 때였다.

"그거, 독?"

분명 인기척 하나 없었던 어둠 속에서 기습적으로 들려온 여상한 목소리에 리즈벳은 화들짝 놀라 홱 몸을 돌렸다.

분명 아무도 없다 생각했던 서재의 어둠 속에서 남자가 유유히 걸어 나오고 있었다. 소리 하나도 없이, 뱀처럼 유연하게. 새빨간 시선과 마주치자 석상이라도 된 듯 굳어버린 리즈벳에게 다가온 남자는 느릿하게 검지 끝으로 리즈벳의 턱 끝을 들어올렸다.

"그게 아니면 저주라도 걸었어?"

조각처럼 매끄러운 미소와 어울리지 않는 생경하기 짝이 없는 질문. 피부에 닿은 손끝을 통해 온몸으로 파고드는 냉기가 머리까지 마비시켰는지 리즈벳은 간단한 질문이 이해되지 않았다.

독이라니. 저주라니.

조금 장난을 치긴 했어도 그저 차일 뿐이다.

그러나 공황상태에 빠진 머리는 지금 일어나고 있는 상황 자체를 이해하지 못했다.

"그게, 무슨……."

"넌, 날 죽이러 온 안셀라의 자객인가?"

더듬거리며 흘린 말에 돌아온 웃음기 띤 질문에 리즈벳은 가슴이 철렁 내려앉았다.

그래서 이 사람은 그녀의 앞에서 아무것도 먹거나 마시지 않았던 걸까? 그녀가 어느 순간 자기 뒤통수를 치고 그를 죽이려 들까 봐?

하지만 애당초 멀쩡히 잘 살고 있던 사람을 잡아온 건 당신이잖아.

"그런 거 아니에요."

거기에 생각이 미치자 확 솟구치는 억울함에 리즈벳은 고개를 홱 틀어 남자의 손에서 벗어나 그를 정면으로 쏘아보았다. 매끄러운 웃음을 띤 붉은 눈동자에 이채가 서리는 것을 보며 리즈벳은 보란 듯이 찻잔 한가득 차를 들이부었다. 콸콸 소리를 내며 거칠게 부은 차가 사방으로 뛰었다.

그러나 그것을 단숨에 들이마시려 한 순간, 그녀의 손에서 찻잔이 사라졌다.

"……멍청한 꼬마."

툭 내던진 목소리에는 아까까지의 피를 얼리는 섬뜩함이 없었다. 순식간에 찻잔을 강탈당한 채 어리벙벙한 표정을 짓고 있는 리즈벳을 흘끗 바라보던 남자는 다시 작게 한숨을 내쉬었다.

"누가, 안 먹겠다고 했어."

"에……."

찻잔을 내려다보는 남자의 표정은 왠지 복잡했다. 저런 얼굴, 저 남자가 나를 간호해줬던 날에도 봤었지, 넋 놓고 생각하던 리즈벳은 화들짝 정신이 들었다.

"아, 저기, 그거……!"

불현듯 저 차가 무슨 차인지를 깨달아 당황해 입을 열었던 리즈벳은 그 자리에 그대로 얼어붙어버렸다.

남자가 그 찻잔을 단숨에 비운 것이었다.

"뭐, 나쁘지 않아."

표정 하나 변하지 않고 차를 모조리 마신 남자는 그렇게 툭 내뱉듯 말하곤, 멍하니 입을 벌리고 있는 그녀의 머리 위에 찻잔을 살포시 얹었다.

"그럼, 설거지 수고해."

그러나 리즈벳은 얄밉기 짝이 없는 말에도 발끈하기조차 할 수 없었다.

"뭐, 뭐야 저 나쁜……!"

탁, 가벼운 소리와 함께 문이 닫히는 순간, 애써 억누르고 있던 긴장이 쫙 풀리며 리즈벳은 발칵 화를 내려다 서둘러 흡, 입을 틀어막았다. 한껏 숨을 죽이며 남자가 나간 문 너머로 발자국 소리에 한참을 귀를 기울이던 리즈벳은 아무리 기다려도 남자가 돌아오는 기색이 없자 길게 안도의 한숨을 내뱉으며 바닥에 철퍼덕 주저앉았다.

못된 눈알괴물 같으니라고. 기분이 뭐 이리 고무줄처럼 제멋대로 왔다 갔다 해?

아니, 대체 아까 그건 뭐였는지 모르겠다. 독이라니, 저주라니, 자객이라니. 그야, 계단 내려가다가 콱 굴러떨어져버렸음 좋겠다는 생각은 가끔…… 아니, 꽤 자주 하지만, 그래봤자 실행으로 옮기는 것은 차에 설사약을 타는 것 정도…….

생각이 거기에 닿자 순식간에 온몸에서 핏기가 빠지는 것 같았다.

……큰일났다.

식은땀이 주룩주룩 흐른다. 완전범죄는 무슨. 사흘 후에 남자의 장이 홍수를 일으킨다면 그 화살이 제일 먼저 향할 곳은 그녀였다. 과제가 세 배, 다섯 배, 아니 열 배가 될 거다.

리즈벳의 동공이 지진 나듯 떨렸다. 그제야 사태의 심각성이 뼛속까지 느껴졌다. 머리가 변명거리를 찾아 무서운 속도로 굴렀다.

난 분명히 마시라고 할 생각 없었어. 자기가 혼자서 알아서 마신 거야. 애초에 잘 살고 있던 사람 잡아 와서 계산이나 시키는 것도 모자라 별 당치도 않은 걸 핑계 삼아 괴롭히니 이런 일이 벌어지는 거지.

그리고 저 차는 또 무슨 심보로 다 마신 거야? 애당초 저 남자는 내가 만든 다른 음식들은 전부…….

"……아."

거기까지 생각하다가, 그제야 리즈벳은 자신이 단 한 번도 남자에게 음식을 권한 적이 없다는 사실을 깨달았다.

처음 잡혀왔을 때는 워낙 먹을 게 없어서 제 배 채우기도 빠듯했고, 그래서 음식 비슷한 것만 봐도 앞뒤 생각 않고 달려들기부터 했다. 그 습관이 지금까지 이어졌던 것 같았다. 무엇보다 남자는 전혀 음식이라는 걸 먹지 않았고, 그녀도 굳이 껄끄러운 남자를 식사시간에 초대해 스스로에게 소화불량을 유도할 생각 따윈 추호도 없었다.

거의 두 달을 같이 살면서도 단 한 번도 무언가를 같이 먹지 않았다.

어쩐지 속이 더부룩해지면서 죄책감이 끓어올랐다. 그녀는 남자의 돈으로 꼬박꼬박 하루 세 끼 식사를 풀코스로 거나하게 하면서 그에게는 단 한 번도 같이 먹자는 말을 안 했다. 이건 좀 염치가 없다.

하지만 상대는 어디까지나 그녀의 납치범이다. 애초에 같이 식탁에 둘러앉아서 도란도란 수다를 떨며 식사를 한다는 그림 자체가 괴상하기 짝이 없단 말이다. 아니, 눈깔괴물 때문에 그녀가 지금 이렇게 갈등한다는 것 자체가 이상하다.

……그러고 보니 눈깔괴물, 그 차를 한입에 다 마셨는데.

그리고, '나쁘지 않다.'고.

그렇게 내뱉던 때의 표정은 어째서인지 평소와는 좀 달랐다. 마치 아주 그리운 무언가를 떠올리는 것도 같았다.

아주 조금, 행복해하는 것도 같았다.

"……우으."

솟아오르는 죄책감에 애꿎은 머리만 잡아당기며 한참을 끙끙대던 리즈벳의 얼굴이 확 밝아졌다.

한 번 폭탄을 줬으니 한 번 정말로 맛있는 걸 줘서 둘 다 없었던 일로 하면 된다.

• ✤ •

현관문을 걸어 잠근 윈터는 응접실로 들어가려다가 문고리에 달려 있는 괴상한 장식에 순간 멈칫했다.

레이스와 비즈로 한껏 장식한 주먹만 한 고양이 얼굴의 쿠션이 문고리에 매달려 흔들리고 있었다. ······꼬마가 며칠 전부터 힐끔거리며 눈치를 보더니 그새 달아놓은 모양이었다. 윈터는 입술을 뒤틀어 웃었다.

어린 계집애가 아주 가지가지 한다.

그가 자주 들락거리는 응접실 문에까지 이런 짓을 해놨다면 그의 눈이 닿지 않는 저택의 다른 부분에는 무슨 짓을 해놓았을지 대충 상상이 갔다. 그를 아는 방문자가 찾아왔다가 제 눈을 의심할 광경이 보지 않아도 눈앞에 그려진다.

코웃음을 치며 쿠션 장식을 뜯어내 바닥에 던져버린 후 창가에 놓인 의자에 쓰러지듯 주저앉았다. 등받이에 비스듬히 몸을 기댄 채 창밖을 바라보니 정원에는 새싹이 돋아나고 있었다. 눈이 내리는 게 멈췄나 싶었더니 어느새 봄이 된 모양이었다. 어쩐지 머리 한구석이 저릿거리는 느낌이라 윈터는 슬쩍 미간을 접으며 관자놀이를 가볍게 눌렀다.

요즘 들어 이상한 느낌이 잦아졌다. 무언가 무의식의 저편으로 밀어두었던 것이 수면 위로 꿈틀거리며 솟아오르려는 기이한 위화감.

······기분 나쁜 감각.

예전에는 전혀 이런 적이 없었는데 아이를 저택에 들인 후로부터 종종 이랬다. 그게 기분 나쁘면 그냥 죽여버리면 될 텐데 그러기는 또 선뜻 내키지가 않았다.

아쉬움?

그럴지도. 아이는 본연의 목적을 아주 훌륭하게 소화해내고 있었다. 그의 장난감. 그리고 안셀라를 고문하는 족쇄. 그 작은 계집아이가 고장 난 시계처럼 끊임없이 반복되던 그의 시간을 전혀 생각지도 못한 방향으로 바꾼다.

저절로 아이가 슬금슬금 서재에 놓아두려던 차에 생각이 닿았다. 안 하던 짓을 몰래몰래 하고 있었으니 아무리 봐도 차에 장난질을 해놓았던 것은 분명했으나 절 죽이려던 게 아니라 말하던 눈에 거짓은 없었다. 그 순간만큼은 그를 대함에 어떤 거짓도, 미움도, 두려움도, 미안함도 없어서 윈터는 그것이 참으로 마음에 들었다. 갈잖은 수작을 부린 차마저 모조리 마셔줄 정도로. 어차피 죽이려 해봤자 죽을 수도 없는 몸이다.

"오라버니! 어서 와. 엔티옥에서 새로 들어온 차가 맛있어!"

머릿속에서 맑은 종소리처럼 웃음소리가 울려 퍼졌다.

갑자기 다시 한 번 머리가 저릿하게 조였다. 절로 욕지기가 나올 것 같은 감각에 미간을 확 찌푸렸을 때 응접실 문이 노크도 없이 쾅 소리를 내며 열렸다.

"이젠 아주 겁을 상실,"

"저기요! 이거, 이거 먹어봐요!"

미미한 불쾌감에 미간을 찌푸리는 것을 봤는지 못 봤는지 아이는 양손에 커다란 접시를 든 채 그야말로 날아왔다. 그렇지 않아도 가늘고 높은 편인 목소리가 흥분으로 한 톤이 더 올라가 있다.

"어제 받은 양고기로 만들어봤어요! 맛있어요!"

윈터는 멍하니 눈을 깜박였다.

"……이건 또 뭐지?"

"이번에는 진짜 잘됐어요! 완벽하게 성…… 일단 그냥 먹어봐요, 빨리!"

꼬리라도 달렸다면 열심히 흔들고 있었겠지. 부담스러울 정도로 눈을 빛내며 이상한 형태의 요리가 가득 담긴 쟁반을 들이대는 아이의 모습을 윈터는 뭐라 형언할 수 없는 심정으로 바라보았다.

대체 어쩌다가 제가 미끼로 잡아온 꼬마 계집아이가 저를 상대로 이렇게 완벽하게 겁을 상실해버렸는지 이해할 수 없었다. 저번의 차는 뭔가 꿍꿍이가 있으니 그렇다 치고, 이번엔 대체 뭔가. 독살을 이리 당당하게 하려 드는 것이라면 박수라도 쳐줄 요량이었건만 그런 것 같지는 않다. 무엇보다, 거의 두 달을 같이 살았건만 여태까지는 이런 적이 한 번도 없어서 그는 자신이 먹을 필요도, 마실 필요도 없다는 걸 아이가 알고 있다고 생각했었다.

"저기요, 빨리 먹어봐요. 네? 네?"

본인이 더 진정을 못 하고 졸라대는 꼴에 떠밀리듯이 윈터는 포크를 들었다. 스스로 먹지 않으면 떠먹일 기세였다. 그는 뭐라 표현할 수 없는 기분으로 어느새 손에 들린 접시를 내려다보았다. 이것저것 넣은 것 같은데 뭔가를 먹은 지가 하도 오래되어서 대체 뭘 넣었는지 알 수가 없다.

흑과 백. 그의 시야를 구성하는 유일한 색이다. 미각도, 후각도, 촉각도 예전에 퇴화했다.

김이 올라오는 것 같으니 뜨겁긴 하겠고 저렇게 신나서 달려왔으니 맛있기는 하겠지. 대충 상대의 반응을 보고 맛을 짐작하며 윈터는 음식을 입에 넣었다.

"……그래, 괜찮은 것 같기도 하네."

이 행위에는 의미도 없고, 재미도 없다. 웬 광대 짓인가 싶어 비틀린 미소를 지으면서도 어째서인지 그 말을 소리 내어 하지는 못했다.

아마도 그 말 한마디에 아이가 웃었기 때문이리라.

꽃이라도 피어나듯 해사하게.

· ※ ·

"콜록, 큭……!"

정말이지, 의미도 없고 재미도 없다. 그런 데다가 번거롭기까지 하다.

속으로 냉소적으로 내뱉으며 윈터는 한쪽 손으로는 벽을 짚은 채 다시 한 번 손가락을 집어넣어 목젖을 자극했다. 목구멍을 자극하고 가끔씩 주먹으로 배를 내리치자 울컥하는 구역질이 올라오면서 또다시 속이 먹었던 것들을 게워냈다. 별다른 아픔도, 불편함도 없지만 정말이지 귀찮다.

먹은 양이 꽤 되기에 게워내야 하는 양도 꽤 되어서 한참을 그렇게 하고 있자니 정말이지 스스로가 한심해졌다.

……대체 이게 뭐 하는 짓거리인지.

소화기관이 퇴화했으니 뭘 먹어봤자 소화시킬 수도 없고, 그렇게 두었다가 배 속에서 썩으면 여러 가지로 귀찮으니 게워내야 한다. 그게 귀찮다면 그저 안 받아먹으면 될 뿐이다. 고작 그뿐인데 그걸 안 해서 이런 수고를 자초하고 있으니 웃길 뿐이다.

……그 꼬마가 대체 뭐라고.

가지고 놀다 버릴 장난감이다. 지면에서 쓸어버리겠노라 맹세한 적의 핏줄이다. 그렇게 생각하는 상대에게 꼬리를 치는 꼴이라니.

"윽……! 콜록!"

정말이지, 어쩜 이렇게 우스꽝스러운 일이…….

그때, 쨍그랑 하는 소리와 함께 무언가가 깨지는 소리가 들렸다. 반사적으로 몸을 돌렸던 윈터는 막 씻으려고 가져왔던 접시를 떨어트린 채 얼어붙은 아이를 발견하고 작게 혀를 찼다.

"별,"

"왜, 그래요? 어, 어디 아파요?"

별일 아니니 접시나 치우라고 하려던 말이 목구멍에 걸렸다. 하얗게 질린 얼굴로 굳어버린 아이의 표정이 너무나 생경했다. 겁에 질린 듯, 당황한 듯, 울고 싶은 듯, 그럼에도 어딘가 따뜻한.

"야, 약이 있어야……, 아니, 들어가서 앉아서라도……. 아니, 빨리 의원을 찾아서 마을로 가는 게……."

"사랑스러운 리즈벳."

매끄러우면서도 단호한 목소리가 어쩔 줄 모르고 당황하고 있는 아이의 말을 잘라냈다. 마치 주인 잃은 강아지처럼 망연하게 그를 올려다보는 커다란 눈동자를 마주하자 윈터는 낮게 한숨을 내쉬었다.

"아무리 상식이 딸린다 해도 가만히 있는 게 도와주는 거라는 말 정도는 들어봤겠지?"

그를 멍하니 응시하고 있던 눈동자에서 뚝뚝 눈물방울이 떨어져 내리기 시작했다.

"……미, 미안해요."

머리가 지끈거리며 아파오는 듯해 윈터는 미간을 찌푸렸다. 지금 자기 앞에서 고개를 푹 숙이고 있는 아이가 왜 다짜고짜 우는지 도무지 이해할 수가 없었다. 이해할 수 없는 것에 대한 곤혹스러움과는 별개로 울고 있는 아이를 앞에 두자 초조했다. 신경이 곤두섰다.

"미안하다니, 뭐가."

"내, 내가…… 혹시…… 이상한 걸 만들어서…… 아, 아프게 한 게 아닌가, 하고……."

더듬더듬 두서없이 내뱉는 말의 조각을 미간을 찌푸리며 가만히 듣고 있던 윈터는 순간 숨이 턱 막혔다. 아이가 제멋대로 쌓아올리는 말이 가슴을 짓눌러 어쩐지 질식할 듯한 기분이 되었다. 다시금 조이듯 저려오는 머리의 위화감에 속까지 뒤틀리는 듯해 윈터는 이를 갈았다.

지금 설마 그가 아파한다 생각해서 우는 건가? 참으로 걸작이 아닌가. 안셀라는 대체 제 누이를 어떻게 키워낸 건가.

나는 네 납치범이다.

"쓸데없는 소리."

하지만 아무리 속으로 조소하며 비웃어도 정작 입 밖으로 나온 것은 엉뚱한 말이었다.

"이 몸은 이미 죽은 것이니 음식물을 필요로 하지도 않고, 아픔 역시 느끼지 않는다. 네가 날 상하게 할 수 있을 것 같으냐? 자만이다."

아이는 한동안 아무 말도 없었다. 멍하니 입을 살짝 벌리고 그를 응시할 뿐이었다. 오히려 불편해져 몸을 튼 것은 윈터였다.

불현듯 지금 저 작은 계집아이가 무슨 말을 하든 듣고 싶지 않다는 생각이 들끓었다. 본래 이런 멍청한 짓을 하는 꼴을 들킬 생각도 없었고, 저 꼬마와 이런 피곤한 대화를 할 생각도 없었다. 품 안에서 손수건을 꺼내 더러워진 손과 입가를 닦은 그가 이번에는 한층 더 노골적인 조롱조로 입을 열었다.

"알았으면 어서 접시나 치우고……."

그러나 그 말은 기습적으로 그의 허리를 확 끌어안아버린 아이 때문에 끝을 맺지 못했다.

"너……."

당황해서 무심코 내뱉은 말에 아이는 꽉 눈을 감으며 그의 허리에 매달렸다. 그리고 곧이어 또다시 펑펑 눈물을 쏟아내는 아이의 모습에 윈터는 전에 없이 당황했다.

"어리석은 아가씨, 왜 네가 울지? 머리가 어떻게 되었니?"

평정이 흐트러져 목소리까지도 살짝 흔들렸다. 그걸 눈치챘는지 아닌지 아이는 거세게 고개를 좌우로 저으며 흐느꼈다.

"못 먹는데도 억지로 먹어줬잖아요."

"……."

"아팠을 텐데도 먹으면서 맛있다고 해줬잖아요."

아프지 않다. 아프지 않아. 그것 역시 변덕이었을 뿐.

"그쪽은 좋은 사람이에요. 진짜 좋은 사람이에요. 나쁜 사람이라고 욕해서 미안해요. 진짜 잘못했어요. 미안해요."

……그냥 네가 그렇게 믿고 싶을 뿐이다. 제 목숨을 쥐고 있으니 그렇게 믿는 게 더 마음이 편하니까 그렇게 믿는 것뿐이다. 아아, 하지만.

이 아이가, 나를 이상하게 만든다.

어쩐지 머리가 어지러워질 것 같은 감정에 혼란스러우면서도 윈터는 가만히 아이의 어깨를 끌어안았다.

"그만 울지?"

아이가 코를 훌쩍이며 올려다보았다. 윈터는 요즘 들어 잦아진 듯한 한숨을 내쉬며 손끝으로 눈물을 닦아내었다.

"못난 얼굴 더 못생겨 보여."

* ✤ *

"자."

남자는 대체 무슨 심정의 변화인지 일부러 자리에서 일어서기까지 해서 주방에서 냉수를 컵 가득 따라 가져다주었다. 한참을 울자 목이 말라서 리즈벳은 코를 훌쩍이면서도 순순히 물을 받아마셨다. 새장 속 앵무새 구경하듯 바라보던 남자가 핏, 비웃는 듯한 웃음을 지었다.

"우는 건 끝났나, 귀여운 리즈벳?"

그녀는 뚱하니 남자를 올려다보았다. 아까도 사람이 미안했다고, 잘못했다고 엉엉 울면서 사과했건만 기껏 하는 말이 울면 미운 얼굴이 더 못생겨 보인다느니, 자꾸 그러면 물통 안에 거꾸로 던져 넣어버릴 거라느니 하는 말뿐인데 설마 저게 달래줄 심산으로 한 말은 아니겠지.

도대체 종잡을 수 없다. 다짜고짜 가만히 있는 사람을 납치해 거의 굶겨 죽일 뻔한 주제에 밤새 간호까지 해가며 살려낸 것만 해도 그렇다. 게다가 가지 말라고 했더니 정말로 안 가고, 자기 돈 들여서 생필

품까지 구비해준다. 수업을 핑계 삼아 사람을 한계까지 놀려대서 못된 사람인 줄 알았더니 먹지 못하는 음식을 일부러 토해가기까지 하며 먹어주었다. 제멋대로도 정도껏 해야지 정말 태도에 어쩜 저렇게 일관성이 없을까. 저 머릿속에서 대체 무슨 생각이 돌아가고 있는지 그녀는 감히 짐작도 할 수 없었다.

무시하고 있었던 의문들이 새삼스레 다시 떠올랐다. 저 남자는 왜 그녀를 납치한 걸까. 그녀를 가지고 뭘 하려는 걸까. 그녀를 미워하는 걸까, 좋아하는 걸까.

리즈벳은 새삼스레 비딱하게 의자 팔걸이에 턱을 괴고 앉은 남자를 찬찬히 뜯어보았다.

창백한, 회색빛까지 도는 피부. 핏기 없는 가느다란 입술. 뛰지 않는 심장. 숨을 쉬지 않는 시체. 그녀는 아직 이 남자의 이름조차 알지 못했다.

한참을 집요하게 바라보고 있자니 남자가 할 말 있으면 지껄여보라는 양 눈짓했다. 슬쩍 남자의 눈치를 보던 리즈벳은 결국 궁금증을 이기지 못하고 조심스레 입을 열었다.

"저기…… 아픔을 느끼지 못한다는 거, 진짜예요?"

잠시 그녀를 가만히 바라보던 남자는 허리에 매어두었던 단검을 뽑아 그대로 손등을 내리 그었다.

훗, 하고 반사적으로 몸을 움츠리는 그녀와는 달리 남자는 눈 하나 깜짝하지 않았다. 그리고 리즈벳은 반쯤은 경악으로, 반쯤은 경외로 눈을 깜박이며, 뼈가 드러날 듯 깊게 파인 상처가 피 한 방울 흐르지 않고 순식간에 저 스스로 봉합되는 모습을 지켜보았다.

"박수라도 치든가."

리즈벳은 그렇게 말하는 남자를 빤히 바라보았다. 가면 같은 비웃음을 띤 얼굴에서는 제대로 된 감정을 읽어내기가 지독히도 힘들었다.

"왜, 그렇게 된 거예요?"

"신체(神體)가 되었으니 그런다."

"신체?"

"판데모니움이라는 세계로 통하는 문을 열면 그곳의 신 중 하나와 계약을 맺을 수 있지. 계약을 해 대가를 지불하고 그 신을 몸에 깃들게 하면 그 힘을 쓸 수 있는 신체가 된다."

리즈벳은 어느새 흉터도 남기지 않고 아물어버린 남자의 손등을 바라보았다. 아까 그렇게 깊이 상처가 났는데도 전혀 피가 나지 않았다. 기이한 색의 피부는 피가 아예 돌지 않기 때문일까.

먹지 않는 것도, 마시지 않는 것도, 잠자지 않는 것도, 심장이 뛰지 않는 것도 전부 다 신체라는 것이 되었기 때문일까.

"그거…… 좋은 거예요……?"

"저택이 여차해서 폭발했을 때에는 도움이 되겠지."

"진지하게 묻고 있다고요!"

잊을 만하면 끄집어내 놀려먹기에 입을 비죽거리자 남자가 소리 내지 않고 웃었다.

"사람 잡는 데는 아주 도움이 되지."

유유하게 내뱉은 한마디에 리즈벳은 순간 흠칫했다. 잊고 있었던 초대면의 기억이 되살아났다.

저도 모르게 경직한 그녀를 예의 조소 띤 시선으로 바라보며 남자가 나른하게 입을 열었다.

"적이 아무리 찔러대도 죽지 않는다는 건 축복이지. 아픔조차 느끼지 않는다는 것은 더욱. 거기에 지치지도, 숨이 차지도 않아. 불로불사의 축복이란다, 귀여운 리즈벳. 색을 보지 못한다든가, 맛을 느끼지 못하게 된다든가, 냄새를 맡지 못하게 되는 건 대가라고도 할 수 없지. 지극히도 이윤이 남는 거래야."

매끄럽게 내뱉는 목소리는 여전히 노래하는 것같이 감미로웠다. 그 말에 귀를 기울이고 있자면 정말이지 그런가 보다 하고 생각하게 될 것만 같았다. 그러나 정작 가장 먼저 들었던 생각은 다른 것이었다.

그렇게 사는 건 재미있을까?

맛있는 것을 먹는 기쁨. 새로 피어난 꽃의 향을 맡는 반가움. 비 온 후의 하늘에 걸리는 무지개의 색을 보는 즐거움.

그걸 모두 포기한 이 사람은 대체 무슨 재미로 하루하루를 살아가는 걸까……?

그렇게 해서 얻는 것이 사람을 더욱 잘 죽일 수 있는 몸이라면 그게 정말 이윤이 남는 거래인 건가?

"내가 묻고 싶은 것은 말이야, 사랑스러운 리즈벳."

뭐라 표현할 수 없는 혼란스러운 감정에 그녀가 침묵하자 남자는 가만히 그녀의 뺨에 손바닥을 댔다.

"너는 대체 왜 멀쩡한 걸까? 이 체온 없는 몸에 닿는 게."

차가운, 방 안과 그다지 다르지 않은 온도의 손이 그녀의 피부 위를 기어가듯 미끄러지다가 다시 나른한 한숨과 함께 턱을 괴었다. 가늘어지며 비스듬히 올려다보는 시선은 여전히 비인간적으로 붉었다.

"끔찍하지 않아? 아니면 그것도 느끼지 못할 정도로 둔한 거냐."

리즈벳은 멍하니 눈을 깜박이며 남자의 얼굴을 바라보았다.

"……그러게요."

툭, 중얼거리듯 흘러나온 말에 남자가 한쪽 눈썹을 쓱 치켜올렸다. 그것도 눈치채지 못한 채 리즈벳은 손가락을 들어 남자의 가슴을 꾹꾹 눌렀다.

"……왜 그럴까."

남자가 기가 찬다는 것을 온몸으로 표현했으나 리즈벳은 그것도 눈치채지 못하고 골똘히 생각에 잠겼다.

분명히 처음에는 무서웠다. 그저 주위에 있는 것만으로도 몸이 떨려와 제대로 마주 보지도 못했다. 그러나 지금은.

리즈벳은 양손으로 남자의 얼굴을 감싸고 살짝 들어올려보았다.

처음으로 밝은 광원 아래에서 가까이 바라본 남자의 얼굴은 생각보다 어렸다. 조소하듯 가늘게 뜨고 있어서 매서워 보이는 눈매는 그냥 이렇게 살펴보니 그렇게 선이 날카롭지도 않았다. 핏기가 전혀 없어서 창백한 점이 기괴했으나 그걸 빼고 보면 오히려.

"예뻐요."

"……."

"……."

"……."

"아, 그게, 그러니까!"

별생각 없이 말을 내뱉은 지 한참 후에야 제가 비로소 무슨 말을 했는지 눈치채고 수습하려 진땀을 흘리는 그녀에게 남자는 정말이지 다시없을 정도로 화사하게 미소 지었다.

"참으로 가지가지 하는구나."

"죄송합니다. 취소할게요. 지금 당장 취소할게요. 없었던 일로,"

"사랑스러운 리즈벳."

꿀을 바른 듯 유려한 목소리에 리즈벳은 귀를 막아버리고 싶었다. 그놈의 사랑스러운 리즈벳. 그리고 역시 기대를 배반하지 않는 남자의 비아냥이 작렬했다.

"네가 감히 내게 작업을 걸려는 기막힌 상황을 나는 이해할 수도 없고 이해하고 싶지도 않으니 지금 당장 밖으로 나가서 네가 박살을 낸 접시나 치우는 게 어떨까."

리즈벳은 후다닥 응접실 문을 향해 도망쳤다. 그러나 응접실 문을 열기 전 아이는 무언가에 생각이 닿은 듯 잠시 멈칫했다.

"저기…… 그래도 명색이 제 후견인이신데 그 많은 접시를 저 혼자 다 치우라고는……."

"그래서 나는 오늘도 새로운 접시 세트를 주문하게 되겠지. 내 돈으로."

차마 반박을 못 하게 하는 대꾸에 리즈벳이 꼬리를 내려버리자 남자는 다시금 싱긋 웃으며 손까지 흔들었다.

"어서 청소나 하지그래, 귀여운 꼬마야."

* ❀ *

"저, 주인장. 뭐 하나만 묻겠소."

갑자기 말을 걸어오는 남자의 목소리에 밀가루를 포대에 나눠 담고 있던 식료품점 주인은 허리를 쭉 펴고 몸을 돌렸다. 꽤나 장신의 남자가 그의 가게 입구를 반쯤 가로막고 서 있었다. 낡아 해진 감색 망토와 가죽부츠 차림의 여행자였지만 허리에는 롱소드가 매달려 있었다.

뭉개지는 듯한 인스켈어 발음을 보면 로세이유 출신인가…….

한 10여 년인가 전에 독립하려다가 인스켈에게 또다시 강제로 합병당한 후로 그 나라 출신 중 일부가 갈 곳을 잃고 온 대륙을 떠돈다고 들었는데 그중 하나인 모양이었다.

"물으쇼."

혹시 저항군과 관련이 있기라도 하면 잘못 불똥이 튈 수도 있어서 주인의 말은 필요 이상으로 불친절해졌다. 저항군 소탕을 맡은 윈터 드레스덴은 공모자들은 물론 그 가족까지 모조리 잡아 죽이는 잔인함으로 유명했다.

그 불친절함을 느꼈는지 남자의 어조가 자못 간절해졌다.

"아란체슬이 무너졌을 때 예전에 섬기던 분의 딸과 헤어졌소. 아직 열두 살밖에 되지 않은 어린아이인데 지금 그 아버지가 얼마나 애타게 찾고 있는지 모르오. 혹시 식료품 배달을 할 때 금발에 녹색 눈동자를 가진 열두 살 정도의 아이를 보지 못했소?"

"두 집 걸러가며 있는 게 금발 계집애요. 난 모르니 딴 데 가서 알아보쇼."

"조금만 더 잘 생각해보시오. 말투는 메소드 쪽 억양이 남아 있는 인스켈어를 쓰고 붙임성이 좋아 누구와도 쉽게 친해지는 아이요. 난리통에 부인도, 아들도 잃고 남아 있던 딸 하나마저 잃어버린 아버지에게 조금만 자비를 보여주시오."

"정말이지 짚이는 곳이 없…….."

정색을 하며 남자를 쫓아버리려던 주인이 순간 멈칫했다.

메소드 쪽 억양이 남아 있는 인스켈어를 쓰는, 붙임성이 좋은 십 대 초반의 여자아이. 금발에 녹색 눈동자.

크림수프를 만들어보고 싶다며 레시피를 부탁하던…….

"그런 계집애 모르오! 딴 데 가서 알아보슈!"

주인은 잠깐의 망설임을 만회하려는 듯 거칠게 소리치며 가게 안으로 들어가버렸다.

쾅, 가게 문이 매정하게 닫힌 뒤로도 여행자는 한동안 그 모습을 주의 깊게 바라보았다. 그리고 빙글 몸을 돌린 그의 발걸음이 향한 곳은 마을 밖의 공터였다.

공터에서 왁자지껄하게 떠들며 놀던 아이들은 낯선 얼굴이 다가오자 경계심을 띠며 입을 다물었다. 여행자는 아랑곳 않고 아이들 앞에 무릎을 꿇어 눈높이를 맞추며 물었다.

"식료품점 아저씨가 혹시 어디로 배달 가시는지 알려줄 수 있느냐? 알려주면 감사의 표시로 이걸 주마."

허리에 매달린 단검을 끌러 내보이자 아이들의 눈이 반짝였다. 검집에서 슬쩍 꺼내 보이자 대낮의 햇살에 날선 금속이 시린 빛을 내며 번득였다. 앞다투어 사람과 장소의 이름을 외치기 시작하는 아이들의 함성 중에서 테인만 숲의 저택이 언급되자 여행자의 눈빛이 변했다.

테인만 숲이라면 윈터 드레스덴이 마지막으로 모습을 보였던 리슈타인의 수도 아란체슬과도 가깝다. 사람이 없는 시골인 데다가 필요하다면 돌아와 아란체슬의 저항세력을 상대할 수 있을 정도로 왕도와 가까운 거리. 점령군의 총지휘관을 맡고 있는 그자의 위치에도, 사람을 싫어하는 성격에도 완벽히 들어맞는 곳. 잠을 자지 않고 말을 달릴 수 있는 작자이니 이곳에서 출발해 밤낮을 가리지 않고 말을 달렸다 하면 리즈벳 클렌디온이 습격당했던 장소에 도착하는 것도 시간이 맞는다.

드디어 실마리를 잡았다.

약속했던 대로 단검을 주고 거기에 동화까지 몇 푼 쥐여주자 환호성을 올리는 아이들을 뒤로한 채 여행자, 가디온은 발걸음을 빨리하여 테인만 숲으로 접어드는 산도를 올랐다.

……그나저나 놀라운 일이다. 이 근방의 가도는 이미 그의 동료가 수색했던 곳이다. 그들이 제 영토를 지나다니는 것을 윈터 드레스덴이 묵인했었다고?

순간 동료가 윈터와 밀약이라도 맺었나 싶었던 가디온은 곧 고개를 저었다. 윈터는 그런 번거로운 짓을 하지 않는다. 그럴 필요가 없다. 안드로베카 여황은 자신을 따르는 자에게는 자애로우나, 거역하는 이에게는 잔인하기 그지없다. 굳이 신체인 윈터가 나서서 모략을 꾸미지 않아도 변절자들은 속출하고 있다.

그래서.

으득, 어느새 이를 으스러져라 깨문 가디온이 되뇌었다.

그래서, 안셀라가 중요한 것이다.

독재자가 내리는 부귀영화를 거부하고 자유를 위한 죽음을 택할 수 있는 정말 몇 안 되는 사람이다. 마치 미래를 보는 듯한 흔들리지 않는 지휘는 그들 조직의 운영에 필수 불가결했다. 그가 견디지 못하고 윈터에게 굴복하지 않도록 그 동생을 되찾아주기 위해 목숨을 내던질 이들이 있는 것은 그런 이유에서였다. 안셀라 본인은 이런 희생 따위는 원하지도 않았겠지만.

숲은 깊었고, 눈은 녹았으나 아직 공기는 찼다. 가디온은 흔적을 거의 남기지 않는 윈터의 뒤를 밟기보다는 식료품 수레의 흔적을 쫓았다. 하, 그러고 보니 이것도 웃기는 일이다. 시체가 음식을 먹을 리 없고 그 성격에 주위의 다른 사람을 오래 살려둘 리가 없는데 식료품 수레라니. 그 괴물이 인질을 이렇게나 오래 살려두다니, 믿을 수 없는 일이다. 대체 무슨 잔인한 짓을 꾸미고 있기에…….

리즈벳. 한 번도 얼굴을 본 적 없는 아이였지만 그 아이가 윈터 드레스덴에게 잡혀갔다는 소식을 들었을 때 가디온은 피가 얼어붙었다. 그의 조카에게 했던 짓을 윈터가 그 작은 아이에게도 했다면…….

"윽!"

상념에 잠겨 있던 가디온은 기습적으로 눈앞에 튀어나온 작은 아이의 모습에 흠칫 놀라 뒷걸음질을 쳤다.

아이 역시 놀랐는지 경계 어린 눈동자로 한 발짝 물러섰다.

"……누구세요?"

금발, 녹색 눈동자, 열두 살 정도 되어 보이는 나이에 메소드 쪽 억양이 남은 인스켈어. ……설마.

"숲을 지나는 여행자다. 여긴 어린아이 혼자 있기엔 위험한 곳인데, 부모님과 떨어졌느냐?"

목소리를 부드럽게 해 경계심을 낮추려 하면서도 가디온은 날카로운 눈길로 아이를 머리부터 발끝까지 훑듯이 살폈다. 그런 그를 경계 어린 표정으로 바라보며 아이가 다시 한 발짝 뒷걸음질을 쳤다.

"아뇨, 전 여기 살아요. 제…… 후견인이랑요."

"……후견인."

"네, 후견인. 음, 후견인. 후견인이요."

"그 후견인이 널 여기에 혼자 두고 가더냐?"

"어……. 제 후견인이 좀…… 아파서요."

또랑또랑한 목소리로 그렇게 말하며 아이는 손에 들고 있는 화관을 들어 보였다. 꽤나 정성들여 만든 듯하나 색 배합은 기묘했다. 파란색과 붉은색과 노란색을 포함한 갖가지 색이 무질서하게 마구 섞여 있어서 보고 있자니 눈이 어지러워질 정도였다. 동정심이 뚝뚝 떨어지는 목소리로 아이는 가만히 시선을 떨어트렸다.

"삶의 낙을 모조리 잃어버린 아주 불쌍한 사람이에요. 그래서 꽃이라도 꺾어서 위로해주려고요."

가디온은 순간 진심으로 눈앞의 아이가 그가 찾고 있던 리즈벳 클렌디온이 맞는지, 그리고 그녀가 후견인이라 부르는 상대가 정녕 그가 알고 있는 윈터 드레스덴이 맞는지 혼란스러워졌다. 게다가 이렇게 제멋대로 돌아다니고 있는 아이의 얼굴에는 인질 특유의 공포와 불안이 없었다.

윈터가 그렇게 가장할 수 있을 리가 없다. 표정이나 말투는 어떻게 숨긴다 하여도 그가 품고 있는 신 특유의 흉흉함은 숨길 수 없다. 그렇다면 다른 사람이 대신 아이를 보고 있는 건가.

"알고는 있겠지만 이 숲에는 위험한 맹수들이 많이 살고 있단다. 집이 어디냐. 데려다주마."

아이의 뒤를 따라간다. 그래서 같이 있는 자를 확인하고, 이 아이의 정체를 확인하고…….

"잠깐! 애야!"

그러나 침착하게 이어지던 생각의 끈은 아이가 갑자기 획 등을 돌려 숲 속으로 달려 들어감으로써 뚝 멎었다. 가디온은 울창한 숲 속으로 날다람쥐처럼 잽싸게 도망치는 아이를 이것저것 생각할 새 없이 쫓아 달렸다.

"기다려! 애야! 잠시 내 말을 들어!"

아이의 발걸음은 생각했던 것 이상으로 빨랐다. 더 이상 깊이 들어가면 숲에서 빠져나가는 길을 잃어버리게 될 수도 있다. 그리고 혹시 이 아이가 리즈벳 클렌디온이 아니라면……!

"리즈벳! 리즈벳 클렌디온!"

윈터 드레스덴은 한밤중에 찾아온 저항군 잡병들을 치료했다는 이유만으로 그의 형 부부는 물론, 열 살짜리 딸아이마저도 잔혹하게 살해했다. 자비를 청할 기회도, 마지막 이야기를 나눌 시간도 주지 않았다.

그래. 상처 입지도 않고 죽음조차 모르는 이에게 어찌 자비를 기대할 수 있을까. 그것에게는 사람 목숨이 떨어지는 낙엽보다도 가벼울 터이니 한번 잘못 눈에 띄면 그것으로 끝이다.

저 아이에게 자기 위치를 들켰다 판단한다면 저 아이도 그의 조카처럼 죽여버릴지도 모른다.

미처 삭이지 못한 두려움이, 거듭해서 떠오르는 과거의 아픔이 목을 죄었다. 가디온은 저도 모르게 숨이 턱 막히는 듯해 다급히 소리쳤다.

"오라버니께서 보내서 왔습니다! 안셀라 클렌디온이 그의 여동생을 다시 찾기를 원합니다! 부디 잠시만 멈춰서 제 말을,"

미처 끝내지 못한 말은 그대로 허공으로 흩어졌다.

깊게 박힌 목의 자상에서 핏줄기가 쏟아져 내리는 것과 함께 가디온은 마지막으로 눈을 돌려 자신의 살인자를 바라보았다.

새까맣게 물드는 시야에 비친 서늘한 붉은 눈.

"위……."

말을 끝내지도 못한 채 가디온은 몸이 지면으로 쓰러지기도 전에 숨이 끊겼다.

• ✤ •

"아……?"

리즈벳은 있는 힘껏 달리던 발걸음을 순간 멈추고 귀를 기울였다. 가쁘고 거친 제 호흡소리만이 들려올 뿐, 주위는 무서울 정도로 조용했다. 조금 전까지 뒤에서 뭐라고 소리지르던 남자의 목소리는 더 이상 들려오지 않았다.

포기했나? 그랬음 좋겠다.

솔직히 다 큰 어른 남자와 달리기 시합을 하는 건 지친다. 태어날 때부터 숲에서 달리고 구르며 자란 터라 산길을 달리는 데는 자신이 있었으나 아직 지구력이 떨어졌다. 계속 도망갔었다면 잡혔을 거다.

그 남자, 오빠가 보냈다고 했었다. 어떤 방법을 썼는지 그녀가 끌려온 이곳까지 찾아와 그녀를 정확히 알아보고 말을 걸었다. 그런 타입은 크게 두 가지다.

정말로 안셀라가 보냈든가, 혹은 그녀를 인질로 삼으려는 안셀라의 적들이 보냈든가.

전자라면 이곳에서 도망칠 수 있었겠지만 후자라면 죽었을지도 모른다. 가끔 정말로 나쁜 사람들은 그녀에게 더 나쁜 짓까지 하려 했다. 적어도 윈터는 그녀에게 더 이상 나쁜 짓을 하거나 죽이려 하지는 않는다. 윈터와 있는 편이 더 안전하다.

……해가 떨어지기 전까지 돌아가지 않으면 말이 달라지겠지만.

생각이 거기에 닿자 리즈벳은 수수께끼의 남자에 대한 일은 깨끗하게 잊어버린 채 숲길을 더듬어 윈터의 저택을 향해 달리기 시작했다. 걸음걸음을 뗄 때마다 기분이 둥실둥실 날아오르는 듯했다.

윈터를 위해 화관을 만들었다.

기뻐해줬음 좋겠다.

• ⚜ •

귀를 기울이면 잦아드는 적의 심박이 들린다. 호흡 소리도 잦아들고 상하로 오르락내리락하는 가슴의 움직임도 멈춘다.

정적. 죽음.

방금 베어 죽인 남자의 몸에서 생명이 떠나가는 광경을 무료하게 바라보며 윈터는 휙 검을 휘둘러 검날에 묻은 피를 떨궈냈다. 시체를 내려다보는 그의 미간은 명백하게 찡그려져 있었다.

자신이 거하는 숲에 침입자가 있다는 사실은 그에게 그 어떤 감정의 흔들림도 가져다주지 않았다. 죽이는 것조차 귀찮아 등 돌리려던 차, 그를 멈추게 한 것은 침입자를 향해 다가오는 작은 발자국 소리였다.

타박타박, 지면을 밟는 순간 바로 떨어져 나가는, 닿는 듯 마는 듯한 경쾌하고도 가벼운 발걸음.

그 작은 소리가 침입자의 낮고 묵직한 발자국 소리와 만났을 때 그가 대체 무슨 생각을 했더라.

오리라 생각한 것이 왔을 뿐인데 서로가 서로를 조심스레 떠보는 내내 시선을 자의로 뗄 수가 없었다. 가슴께가 서늘해지는 감각. 목을 쥐어짜는 듯한 답답함. 아이가 등을 돌려 도망치는 순간에도 사라지지 않았던 껄끄러움은 아직까지도 피부에 선연히 남아 있다.

떠올리는 것만으로도 속이 뒤틀리는 듯한 불쾌감에 윈터는 검을 휙 들어올려 이미 시체가 된 적을 다시 한 번 거칠게 베었다. 몇 번을 더 분풀이를 했는데도 속을 긁어대는 듯한 이 짜증이 사그라지지가 않는다.

"……빌어먹을."

낮게 욕지거리를 내뱉고 머리를 거칠게 그러쥐었다. 생각을 떨치려 해도 징그럽게도 들러붙어 계속해서 속을 긁어댄다. 이유. 이리된 이유. 아주 오랜 시간 동안 생각한 적도 없는 곳으로 사고의 흐름을 돌렸다가 그 사실 자체에 와락 짜증이 났다.

리즈벳. 리즈벳. 아아, 귀엽고 사랑스러운 리즈벳. 원인은 너다. 고작 시간 때우기용 노리개가 이런 식으로 짜증을 유발하다니, 이것이야말로 주객전도의 절정이다.

그 아이가 오고부터 그가 이상해졌다. 그답지 않은 생각에 그답지 않은 행동, 그답지 않은 결정. 지금만 해도 그렇다. 계획대로라면 저대로 저 어린것을 데려가도록 두었어야 했다. 안셀라에게 연락이 들어가는 것을 기다렸다가 저 어린것을 죽일 예정이었다.

아니, 사실 안셀라도, 저 아이도, 여황도, 적들도, 사실은 다 의미 없다. 아무렇게나 되어도 상관없다. 어차피 모두 다 언젠가는 죽을 필멸자들. 끝이 보이지도 않는 그의 인생 한 부분을 스쳐지나가는 것들일 뿐이니 그저 모든 게 다 유희일 뿐이다. 그러니 그가 신경 한 톨 쓸 이유가 없다. 그것이 올바른 것.

아아, 그냥 죽여버리자. 죽여버리면 꼬마 계집도 썩어 문드러져 사라지겠고, 사라져버리면 곧 기억 속에서도 잊혀버리겠지. 언젠가는 그런 것이 있었다는 것도, 이런 일이 있었다는 것조차도 모조리 없는 일이 되어버릴 것이다. 그게 옳은 일.

생각이 거기에 닿자 순간 머리가 지끈거리며 조여왔다. 관자놀이 양쪽에서 바짝 나사를 조이는 듯한 불쾌함. 누군가의 얼굴이 기억이 나려 했다가 말았다가 다시 떠올랐다가 결국 진득한 어둠 속으로 스러져버렸다.

……이것 역시도 그 계집아이가 가져온 것.

발걸음을 빨리하여 윈터는 숲을 가로질렀다. 순식간에 구릉을 넘고 계곡을 지나 시꺼멓게 죽어 있는 저택이, 그 안에서 팔딱거리며 뛰는 작은 심장의 소리가 들릴 때.

"저기요!"

아이가 얼굴 가득 활짝 웃음을 띠며 현관문을 벌컥 열어젖혔다. 그 열렬한 환영에 순간적으로 윈터는 멈칫했다. 아이의 손에는 후견인에게 주겠답시고 제멋대로 만든 화관이 들려 있었다.

"저기요, 이거 봐요! 예쁘죠? 선물이에요!"

"……."

"색을 구별 못 한다고 했잖아요. 근데 색깔이 옅고 짙은 건 구별할 수 있는 거 아니에요? 모든 게 까만색이랑 하얀색밖에 없다고 했는데, 그러면 아예 내 표정도 볼 수 없는 거잖아요."

……그런 걸 생각하고 있었나.

새삼스레 내려다본 화관은 아이가 말한 대로 짙은 색의 꽃들 사이에 옅은 색의 꽃들이 끈을 꼬듯 섞여 들어가 있었다. 솔직히 예쁜지 아닌지는 판단하기 어려웠으나 색을 볼 수 있는 아이가 보지 못하는 그의 입장에서 생각하려 애썼다는 것만큼은 확실했다.

아이가 쉴 새 없이 조잘거렸다.

"뭔가 제대로 된 걸 주고 싶었어요. 지금까지 이것저것 준다고 했었는데 제대로 된 걸 준 적은 없었잖아요? 내가 씌워줄게요. 분명히 예쁠 거예요!"

그렇게 떠들어대며 소맷자락을 당기는 아이를 앞에 두고 윈터는 속에서 울컥 무언가가 솟아오르는 것을 느꼈다.

"어서요! 왜, 마음에 안 들……."

갑자기 목덜미에 들이대어진 칼날과 거기에 말라붙은 피에 아이의 얼굴에서 한순간에 미소가 사라졌다.

수축한 동공. 경직한 어깨. 엇박을 치며 세차게 뛰는 심장. 익숙할 터인 공포의 반응.

아이의 손에 들려 있던 화관이 힘없이 바닥을 굴렀다.

이것이 그의 '정상'. 이제야 받아 마땅할 반응을 끌어냈는데도 어째서인지 한없이 불쾌하다. 시소를 타듯 정신없이 출렁이는 기분에 이성이 끊어질 듯 아슬아슬하게 당겨진다.

"사랑스러운 리즈벳."

굳은 아이의 얼굴을 살짝 들어올려 뺨을 다정히 쓸었다. 지끈, 머리가 다시 조여온다.

"나는, 사람을 죽인단다."

머리 한쪽에서는 잔인하게 상처 입히길 원하는데 다른 쪽에서는 그러기를 거부한다. 양쪽으로 잡아당겨져 찢어져버릴 것 같다.

"사람을 죽이고, 아프게 하고, 소중한 것을 빼앗아. 기억해내라, 어리석은 꼬마야. 난 네 납치범이다. 난……."

또다시 머리가 지끈거린다. 얼어붙은 눈동자를 보자 저도 모르게 말이 막혔다. 반쯤 오기로 무시하며 말을 이었다.

"이런 내가, 아직까지도 예뻐 보이니⋯⋯?"

아이는 한참 동안 아무 말도 하지 못했다. 그리고 그 입이 떨어지는 것을 기다리면서 드는 끔찍할 정도의 초조함에 윈터는 머리가 어지러워질 지경이었다. 지금 이렇게 묻는 것도, 대답을 기다리는 것도, 당장 이 칼을 휘둘러 이 작은 아이를 죽여버리지 않는 것도 모조리 예상 밖의 행동이었다. 겨우 정상으로 돌아왔다가 다시 순식간에 비정상으로 추락한다.

한참 후에야 아이가 입술을 달싹이며 입을 열었다.

"날⋯⋯ 죽일 거예요⋯⋯?"

윈터는 웃어버렸다. 묻고 싶은 건 오히려 나다.

"⋯⋯글쎄."

나는 대체 너를 가지고 뭘 하고 싶은 건지 모르겠다.

"내가 어떻게 하기를 원하지?"

그러니까 네가 말해봐. 내게 가르쳐줘.

"⋯⋯죽이지 않으면 좋겠어요⋯⋯. 죽이지 마세요⋯⋯."

속삭이는 듯이 시작했던 말은 이어질수록 물기를 머금고 젖어들어 결국 아이는 말꼬리를 가늘게 떨며 흐느꼈다.

"그냥⋯⋯ 착하게 살면 안 되는 거예요?"

"⋯⋯."

"예쁘다고 했던 거, 진짜예요. 착한 사람이었잖아요⋯⋯? 내가 아플 때 간호도 해줬고, 덧셈도 가르쳐줬고, 철자도 가르쳐줬고, 요리도 먹어줬고, 또⋯⋯ 또⋯⋯!"

필사적으로 말한다. 아이의 눈에서 단순한 절박함 이외의 것을 보앉다 생각한 것은 자기기만이었을 뿐일까. 아이는 그의 소맷자락을 꽉 쥐었다.

"착하게 살 수도 있잖아요…….."

어째서 그런 것 따위에 신경 쓰는 걸까. 살고 싶다면 그냥 살려달라고 빌면 될 터, 사실은 착한 사람이 아니었다는 것을 저리 부정하려 들다니. 그건 마치.

마치, 내가 착한 사람이라고 믿고 싶어 하는 것 같아서.

그 믿음. 그 호의. 어쩌면 이렇게 어리석고 어쩌면 이렇게 한심하고 어쩌면 이렇게 괴로울 정도로 안쓰러운지.

"……귀여운 리즈벳, 그러면 네가 나를 그렇게 만들어봐."

결국 윈터는 아이의 앞에 무릎을 꿇었다. 손에서 떨어뜨린 검이 화관 속에 파묻혔다. 그렁그렁하게 눈물이 맺힌 눈가를 손끝으로 다정하게 매만지며 생각했다.

어차피 모든 것이 유희일 뿐이라면 이런 변덕조차 괜찮지 않은가.

"죽고 싶지 않으면 내가 그럴 수밖에 없게 만들어봐. 나를 철저히 길들여서 네게 손끝 하나 대지 못하게 만들어봐. 그러면 나는."

이런 어린 계집아이 하나가 뭘 할 수 있겠나. 냉소적으로 생각하면서도 윈터는 마치 무언가에 씌기라도 한 듯 그렇게 말하며 아이의 이마에 부드러이 입을 맞췄다.

"나는, 네 어리석은 소망에 답하기 위해서라면 무슨 짓이든 하게 될지도 몰라."

그렇게 아이를 계속 가까이에 두고 머리칼을 어루만지며 그 작은 심장이 고동치는 소리를 들었다. 한참을 굳어 있던 아이는 새처럼 떨며 그의 목을 끌어안았다.

뺨을 간질이는 머리칼의 감촉에, 목을 끌어안는 팔의 압력에, 지극히 가까운 곳에서 들려오는 생명체의 호흡 소리에 윈터는 가만히 눈을 감고 그 작은 몸에 팔을 둘러 더욱 가까이 끌어안았다.

느낄 수 있을 리 없는 따스함을 느낀 것 같아서 스스로에게 조소했다. 그럼에도 놓고 싶지 않았다. 아이의 발치에, 등 너머에, 사방에 어느 순간 피어나 있는 꽃들을 보고 처음으로 어느새 봄이라는 것을 깨달았다. 거의 100년 만에. 처음으로.

봄. 이 작은 계집아이는 그야말로 봄 그 자체였다.

"윈터라고 불러라, 사랑스러운 리즈벳."

아이를 끌어안은 팔에 힘을 주며 속삭였다. 제가 지은 것은 아니었으나 지극히도 어울리는 호칭이 아닌가. 아이에게 저는 끝이 보이지 않는 겨울일 터이니.

끔찍하겠지. 지금 이 순간도 절절히 후회하고 있을지도 모른다. 어째서 오라비의 전령을 쫓아 도망가지 않았던가 하고. 저를 끌어안고 있는 이 순간에도 속으로는 저를 저주하고 있을지도 모른다.

하지만 그런 것 따위는 이제 아무래도 좋다. 과정이 어찌 되었든, 결과가 어찌 되었든 이 아이는 내 것이다. 내가 빼앗았다.

절대로 안셀라에게는 돌려줄 생각이 없다.

 여자대원들을 번쩍번쩍 들어올리며 굶기기 좋아했던 가디온은 본부를 떠난 지 한 달 만에 한 손으로도 가뿐히 들 수 있는 상자에 담겨 돌아왔다.

 익숙해진 소식에 입을 다물어버린 동지들 사이를 예의 그 꿈꾸는 듯한 흐느적거리는 걸음으로 지나 한 줌의 잿더미로 변해버린 동료의 시신이 담긴 상자를 넘겨받은 안셀라는 가디온의 이름을 부르며 듣는 쪽의 심장을 쥐어뜯을 정도로 섧게 울었다.

 『안셀라 님.』

 디아나는 입술을 잘근거렸다. 전사 소식은 끊임없이 들려왔고 그때마다 안셀라는 저리 실신할 듯 서럽게 울어댔다. 어떤 이들은 그 점에 반해 저항군에 자원하기도 했다. 그들은 대부분 인스켈 제국에게 무언가를 잃은 이들이었고, 그중 몇몇은 죽어도 울어줄 사람마저 남아 있지 않았기에 그러했다.

 『안셀라 님, 그만 진정하세요. 이러다가 당신마저 쓰러져요.』

 『얼굴도…….』

 애써 어조를 단호하게 하여 안셀라의 어깨를 잡아채자 가면 너머로 쉬고 갈라진 목소리가 흘러나왔다.

 『얼굴도 보지 못했어. 얼굴조차도…….』

 그렇게 속삭이듯 내뱉고 다시 얼굴을 감싸쥐어버리는 안셀라의 모습에 디아나는 결국 어깨를 잡고 있던 손을 놓아버렸다.

옛 로세이유 제국 소속의 반 인스켈 저항군 라 리베티에(La Liberte)에 들어온 자들은 서로의 얼굴을 몰랐다. 잠을 잘 때조차도 가면으로 얼굴을 가렸다. 윈터가 막 죽은 자의 주마등을 읽을 수 있기에 어쩔 수 없는 것이다. 그들이 서로의 얼굴을 보는 것은 상대가 시체로 돌아온 후뿐. 그러나 시간이 너무 지나 심하게 훼손된 가디온 같은 경우는 그 것마저도 불가능하다.

무거운 공기가 그녀의 어깨를 짓눌렀다. 가디온이 시체로 돌아오고 거기서 윈터의 행적은 증발하듯 사라졌다. 디아나는 그것이 데리고 간 리즈벳에게 무슨 일이 생겼을지에 대해서는 생각조차 하고 싶지 않았다.

그 아이. 밝고 착하고 예쁘던 아이. 다음에는 그 아이가 저리 상자에 담겨서 돌아오기라도 한다면…… 아니, 시체가 성해서 죽은 얼굴마저 보게 된다면.

『신께서는 감당할 만한 시련만을 내리시니.』

심장이 오그라들 것 같은 공포에 숨도 쉬지 못하고 있는데 누군가가 기도문을 읊었다.

디아나는 필사적으로 답했다.

『시련이 고된 것은 영광이 가까워짐을 뜻할지어다.』

이 암흑이 언제 끝날까. 이 시대의 끝에 올 영광이 얼마나 찬란하기에 이 시련이 이렇게나 험할까.

상자를 들고 무릎을 꿇은 안셀라가 기도하듯 하늘을 우러렀다. 그의 여우 가면이 상황에 어울리지 않는 말간 웃음을 짓고 있었다. 가면의 매끄러운 표면을 연신 쓸어내리며 한참을 침묵했던 안셀라가 툭 던지듯 입을 열었다.

『디아고가 군자금 부족을 호소해왔습니다.』

『……안셀라 님.』

『지금 체계가 잡힌 저항군을 운용하는 것은 우리를 제외하면 에스타니아뿐입니다. 그쪽이 몰살당하면 우리도 오래 버티지는 못합니다. 디아고를 지원해야겠습니다.』

어느새 울음을 멈췄을까. 그렇게 말을 잇는 안셀라의 목소리는 여느 때와 다름없이 무정하리만치 이성적이었다.

에스타니아를 지원하는 것이 우선이라 함은 그 외의 전력이 분산될 만한 행동은 삼가라는 말이었다. 그것은 곧 제 누이를 구하겠답시고 목숨을 던지지 말라는 뜻이다.

말로는 하지 않은 지시를 알아듣고 가슴이 무너졌다. 그러나 명은 명. 게다가 디아나도 그 아이 하나를 구하기 위해 그렇지 않아도 얼마 되지 않는 동지들을 몇 명씩이나 희생시킬 수는 없다는 것을 인정해야 했다.

그녀는 안셀라의 보좌로서 반문했다.

『어떻게 지원하실 겁니까? 그라츠 체플러 대학이 그렇게 맥없이 무너진 후 우리와 손을 잡았던 상단들도 손을 끊었습니다. 군자금이 모자라는 것은 이쪽도 마찬가지입니다.』

『에스타니아가 고전하는 이유는 인스켈이 모든 화력을 그쪽에만 집중하고 있기 때문입니다. 모든 신경이 서쪽으로 몰린 틈을 타서 우리는 동쪽에서 움직입니다.』

『하지만 군사활동을 하기에는 아직까지 준비가…….』

디아나는 불현듯 떠오른 가정에 그 자리에서 얼어붙었다. 무리하게 그라츠 체플러 대학에서 판데모니움의 문을 여는 대가로 대장로에게서 알아낸 것이 있지 않았나.

가면 너머로 자신을 고요히 응시하는 짙은 녹색의 눈동자에 그녀는 저도 모르게 몸을 떨었다.

『……그건 미신입니다.』

『디아나.』

『존재한다는 것조차 확실하지 않습니다! 그런 미신만을 믿고 인스켈 황제의 묘를 터신다니요!』

『그 누구도 멀쩡한 인간을 불사자로 만드는 신이 있다고는 생각하지 못하지 않았습니까.』

나직하게 울리는 목소리는 이미 결심을 한 듯 흔들림 하나 없었다. 그리고 그 말에 기다렸다는 듯이 대답한 목소리가 있었다.

『하지.』

『쟈크티에 경!』

『언제까지 가면극이나 하고 있을 거지?』

딱딱하게 굳은 목소리로 그리 내뱉은 남자는 쓰고 있던 사자 가면을 집어 던졌다. 퍽! 딱딱한 석조바닥에 부딪쳐 산산조각이 난 가면과 함께 파문처럼 웅성거림이 퍼져나갔다. 그 광경을 망연히 바라보던 디아나는 고개를 들어 가면 너머로 드러난 연갈색 머리 청년의 얼굴을 바라보았다. 로세이유인 특유의 구불거리는 머리칼을 우아하게 늘어트린 크리스티앙 쟈크티에는 차가운 분노를 담아 디아나를 노려보았다.

『쟈를란트 공방전에서 패배한 지 대체 몇 년이 지났나.』

시선이 디아나를 지나 방 안에서 가면을 쓴 채 침묵하고 있는 이들을 쫙 훑었다. 크리스티앙이 홱 팔을 펼쳤다.

『언제부터 로세이유가 남의 발아래에 머무는 것에 이리 익숙해졌지? 언제부터 우리가 죽는 것을 겁냈어? 그 괴물이 우리의 혈육과 친지를 죽였다는 걸 잊었나!』

그 시선에 움찔하는 자들이 적잖이 보여 디아나는 입술을 짓씹었다.

인스켈 황제의 묘에 잠들어 있는 유품. 불사자를 죽일 수 있는 신을 부르는 열쇠. 이 얼마나 달콤한 유혹인가. 하지만 그런 게 있다면 윈터가 제 심장 같은 그 열쇠를 그냥 방치해두었겠는가. 헛된 희망을 가지고 달려드는 적들을 조롱하듯 주살할 수 있도록 만반의 준비를 갖춰두지 않았겠는가. 그녀는 죽음은 각오하고 있었으나 제 죽음이 헛되기는 바라지 않았다.

『킬센의 열쇠를 손에 넣으면 윈터 드레스덴을 죽일 수 있습니다.』

느릿하게 들려온 목소리에 디아나는 고개를 홱 돌렸다.

안셀라였다.

크리스티앙이 저리 과열되어 다른 이들을 들쑤셔놓는 것은 하루 이틀 일이 아니었으나 대부분 일언반구 없이 무시해버리던 안셀라가 이리 적극적으로 그의 편을 드는 것은 드물었다. 그러고 보니 시발점은 안셀라였다.

안셀라는 애타는 그녀의 심정 따윈 무시하고 다시 입을 열었다.

『쟈크티에 경이 양동작전을 지휘할 겁니다.』

꿈속을 헤매는 듯한 모호한 어조에도 불구하고 거기에는 기이한 확신이 있었다.

가디온의 죽음으로 바닥까지 가라앉았던 방 안의 공기가 묘하게 달아올랐다. 안셀라의 말은 예언이나 다름없었다. 자주 단언하지 않으나 한번 단언하면 절대 틀리지 않는다.

『인스켈 황제의 유품이 윈터 드레스덴을 죽이고 인스켈을 멸망시킬 겁니다. 우리는 우리의 땅을 우리의 가족들에게 돌려주게 될 것입니다.』

추종자들의 열기를 받아 안셀라의 목소리가 또렷해졌다. 안개같이 몽롱하던 목소리가 단단한 형체를 갖춤에 따라 오묘한 열기가 감돌았다. 귓가에 직접 내리꽂히는 듯한 목소리가 점점 또렷하고 강렬하게 말한다. 예언한다.

『킬센으로 가면 승리합니다.』

방이 떠나가라 환호가 울렸다. 이들이 얼마나 이 가능성에 목말라 했는지를 누구보다도 이해할 수 있어서 디아나는 입을 다물어버렸다.

그러나 눈치챈 것은 그녀만이 아니리라. 눈치채고도 입을 다문 것 역시 그녀만이 아니리라.

안셀라는 킬센으로 가면 승리한다는 말을 했다.

그러나 살아 돌아올 수 있다는 말은 하지 않았다.

창을 닫아두었는데도 요란한 매미 소리가 들려왔다. 안드로베카 잘리어는 무릎 위의 책으로 떨어트렸던 시선을 들어 눈앞의 남자를 생경한 것이라도 보듯 바라보았다. 실제로 여황은 지금 이 남자가 자신이 알던 윈터 드레스덴이 맞기나 한지 의심쩍을 지경이다.

그녀는 재차 물었다.

"오를레앙."

"그래, 오를레앙."

"오를레앙에 가겠다고."

"친애하는 안나, 귀가 먹었나?"

매끄럽게 내뱉는 비꼬는 소리에 그제야 상대가 자신이 알고 있는 윈터로 돌아온 듯하여 여황은 기분이 기묘해졌다. 이자가 난데없이 사라졌다가 난데없이 나타나는 것은 그야말로 평상시의 일이었으나 이런 식으로 자신이 지금부터 어딘가에 가겠다는 통보를 한 적은 처음이었다. 게다가 그 장소조차도 이상하기 짝이 없다.

"왜 하필이면 오를레앙이지?"

대륙의 동부, 옛 로세이유령의 오를레앙이 속한 르블랑의 해변은 배를 댈 수 없을 정도로 얕은 데다가 육로마저도 몽트 페라이제의 산맥에 가로막혀 험난하다. 교통이 불편하니 고기잡이 배 몇 척을 제외하면 들락거리는 이들도 없고, 그러기에 그 근방은 몇십 년이 지나도 발전하지 못하고 촌구석으로 남아버렸다. 주도(主都) 오를레앙은 그나마 형편이 낫긴 하다만 그래도 촌은 촌, 예쁘장한 해변을 제외하면 전혀 쓸모가 없는 곳인데 거기에 뭘 볼 게 있다고 눌러앉기까지 하나.

창가에 기대 비스듬히 팔짱을 끼고 있던 윈터가 피식거리며 웃었다.

"여름에는 해변이라잖나."

"……지금 네가 농담이라는 걸 하는 건가?"

"글쎄."

키득거리며 웃는 폼이 정말이지 이상해 여황은 눈을 가늘게 떴다. 애당초 날이 밝을 때 나다니기를 싫어하는 인사가 이 한낮에 제 발로 여길 찾아왔다는 것부터가 이상하다.

이상하다, 이상하다는 말만 반복하는 것 같았으나 정말 그것 이외에는 지금의 상황을 설명할 방법이 없었다.

"산속에만 처박혀 있다 보니 답답했나 보지. 어둡고 칙칙한 곳에서만 살다가는 정말이지 산 채로 썩어버릴 것 같았는지도 모르고. 아니면……."

거기까지 말한 윈터는 뭔가 생각이 난 듯 말을 끊어버리며 소리 없이 웃었다. 어딘가 묘하게 들뜬 모습에 놀라면서도 여황은 저도 모르게 부드럽게 채근했다.

"아니면?"

"그냥 변덕일지도."

그녀가 미간을 슬쩍 찡그리자 윈터가 작게 웃음을 터트리며 그녀의 머리칼을 가볍게 흐트러뜨렸다. 빈틈없이 틀어 올려 굵은 진주로 장식한 머리칼이 헝클어지자 여황은 저도 모르게 눈을 깜박였다. 이제 서른이 되어가는 그녀를 어린 소녀처럼 대하며 윈터는 다시금 쿡쿡 웃음을 터트렸다.

"뭘 그렇게 보는 거지, 안나? 그리 귀엽게 눈을 뜨고는."

무언가가, 무언가가 확실히 다르다. 변했다.

"……아니."

그러나 그것이 나쁜 건가?

"네가 어쩐지 좀 변한 것 같아서 놀란 것뿐이다."

"내가?"

어린 소년처럼 눈을 동그랗게 뜨는 윈터의 모습에 여황은 짧게 고개를 끄덕였다.

"그래. 그리 들떠 있는 모습은 처음 본다."

"들떠 있지 않아, 친애하는 안나. 내게 그럴 만한 일이 있으리라고."

"그거야 나는 모르는 일. 그러나."

어째서인지 기분이 복잡한 듯 미간을 찡그리는 모습에 여황은 저도 모르게 부드러이 미소를 지었다.

"그것이, 나쁜 일은 아니지 않겠는가."

"어리석은 꼬마. 그 무슨 재미난 장난감이 있다고 여기에 왔지?"

자신이 직접 유폐한 무능력한 부황의 시신이 싸늘해지기도 전, 부황이 거의 편집증적으로 봉해놓은 탑의 문을 열고 윈터를 처음으로 만났을 때, 그는 그렇게 말했다. 그 순간부터 오롯이 냉소적이기만 했던 자였다.

이리 웃을 수 있을 줄이야.

"……너야말로 그리 웃는 건 처음 본다, 안나."

빤히 응시하는 그의 시선에 그녀는 저도 모르게 얼굴로 가만히 손을 올렸다. 그녀 또한 자신의 얼굴이 어떻게 일그러지며 웃음을 짓는지 알 길이 없었다.

어색한 심정에 여황은 고개를 다시 돌려버렸다.

"오를레앙이든 어디든 네가 언제 내 허락을 받고 갔었나. 좋을 대로 해라."

"그것은 감사."

"통신구나 더 부수지 마라, 윈터. 가는 것은 상관없지만 르망의 주둔지에는 정기적으로 들러."

그렇게 말을 하면서도 여황은 윈터가 그저 싸늘하게 조소할 뿐이라는 것을 알았다. 그녀가 그를 알아왔던 길다면 길고 짧다면 짧은 세월 동안 그는 언제나 그러했으므로.

그러나 윈터는 가만히 그녀를 응시하더니 지금까지 단 한 번도 한 적이 없는 말을 했다.

"신경 써줘서 고맙다, 안나."

여황은 저도 모르게 고개를 들어올렸다. 그녀의 대답을 기다리지도 않은 채 몸을 돌린 윈터는 어느새 소리도 내지 않고 방을 나서고 있었다.

"······이게 대체······."

홀로 남겨진 여황은 혼란스러움에 멍하니 그 뒷모습을 바라볼 뿐이었다.

자신을 흘끔흘끔 곁눈질하는 초소의 병사들에게 눈길 하나 주지 않고 윈터는 훌쩍 말에 올라타 나른하게 기지개를 켰다. 사람 셋 이상이 모인 장소에 오기만 하면 구경거리가 되는 것은 익숙해져서 이제는 아무런 감흥도 없었으나 이번 같은 반응은 또 신선한 것이라 묘하게 흥미롭기까지 했다. 여황을 만나러 자를란트에 입성했을 때에도 그랬다. 성에 들어왔을 때 마주쳤던 수문장이 놀랐고, 여황의 시종장이 말을 잃었으며, 여황마저도 무슨 일이 있었냐 물을 정도였으니 자신의 낯짝이 다르게 보이긴 하나 보다. 그러나 그런 호기심 어린 시선도 기분이 좋으니 관대하게 넘길 만했다.

그는 정말 요 근래에 들어 전례가 없을 정도로 기분이 좋았다. 스스로조차 이상하게 여길 정도로.

남부 지방을 수도 자를란트와 잇는 초소의 백색 성벽을 나서서 단숨에 박차를 가하자 말이 단번에 속력을 올려 중부대로를 질주하기 시작했다. 순식간에 성벽의 그림자에서 벗어난 말은 대상들의 행렬, 식민지와 본토를 오가는 전령들, 신성 인스켈 제국의 위명에 이끌린 수많은 방문객과 유학생들의 마차 수십 대를 지나쳤고, 윈터의 동체 시력은 그 모든 이들의 면면을 하나하나 모조리 다 잡아내었다. 자를란트를 떠나 밤낮없이 말을 달린 지 닷새째인데도 아직까지 이렇다.

작년 이맘때에 비해 통행객이 늘었다. 아란체슬을 박살 낸 지 사계절이 채 지나지도 않았다는 것을 감안하면 놀랄 정도로 황도의 경기는 호황이었다. 대륙 정중앙에 위치한 자를란트는 팔방으로 뚫린 대로가 전 대륙을 잇고 국경을 넘나드는 통행세와 비적들이 사라진 지금, 명실공히 대륙 상업과 유행의 심장이었다.

윈터는 그 모든 것을 바라보며 고개를 가볍게 뒤로 젖혔다. 말 위에서 몸이 규칙적으로 흔들렸고, 맞바람에 머리칼이 흩날렸다. 계절은 봄에서 여름으로 넘어가고 있었다. 강해진 햇살에 시야에 비치는 모든 것들이 더욱 선명하고, 강렬하고, 실감이 난다. 쏴아아, 바람에 이파리가 흔들리는 소리 너머로 매미의 울음소리가 아득하게 들려왔다.

평화롭다. 처음으로 문득 그런 생각이 들고, 뭐라 설명할 수 없는 만족감이 밀려와 윈터는 저도 모르게 소리 내어 웃었다.

이 모습을 원했었다.

갑자기 찾아온 깨달음은 의외였으나 그것조차 상관없었다. 잊고 있었던, 빛바랜 보석을 다시 찾아낸 기분이다.

그는 분명 이런 모습을 원했었다. 자유롭게, 평화롭게, 강성하게 번창해가는 제국. 안드로베카는 뛰어난 통치자이다. 그녀의 통치하에 인스켈은 드디어 그토록 염원했던 평화와 번영을 손에 넣을지도 모른다. 아주 오랫동안 해본 적이 없는, 희망적이기 짝이 없는 낙관.

곧. 그리 머지않은 미래에 곧.

그리고 그때가 오면 그는.

그러나 그 생각은 도로가 점점 좁고 거칠어지고 머리 위로 그림자를 드리운 가지가 더욱 무성해지자 어느새 뇌리 한편으로 밀려나버렸다. 어느새 익숙해진 산도의 끝, 탁 트인 로이에해(海)를 내려다보는 언덕 위의 산장 앞에서 정원에 물을 주고 있던 아이가 말굽 소리에 홱 몸을 돌렸다.

"윈터?"

그 조그마한 뒤통수가 자신을 부르며 뒤돌아보자 그는 뭐라 말할 수 없는 즐거움에 웃음을 흘렸다.

"오랜만이다, 사랑스러운 리즈벳."

가끔, 사람이란 몰릴 데까지 몰리면 초능력을 발휘하기도 하는 모양이다.

"꼬마."

팔락팔락, 손에 들고 있던 공책을 넘기던 윈터는 결국 더 이상 자제하지 못하고 이제까지 머릿속에서 빙빙 맴돌고 있던 의문을 뱉어냈다.

"약이라도 했어?"

그리고 당연히, 아주 최근에야 열두 살이 된 아이는 세상의 풍파와 타락에 찌든 어른의 비뚤어진 농담을 이해하지 못했다. 윈터의 발치에 얌전히 앉아 과제의 채점 결과를 기다리고 있던 리즈벳의 표정이 단번에 당황으로 물들었다.

"그, 그게 무슨 말이에요?"

"아니. 그저."

그러나 아이가 당황하든, 머릿속으로 백만 가지 절망적인 공상을 하든 알 바가 아닌 윈터는 다시 한 번 묘한 시선으로 건네받은 과제를 바라보며 느릿하게 턱을 괴었다.

"처음부터 할 줄 알았으면 왜 지금까지 하지 않았느냐 그 말이지."

리즈벳의 시험지에는 그 흔한 오탈자 하나 없었다. 코끼리와 밀가루를 구별해 쓰지 못해 그에게 즐거움을 선사했던 아이는 몇 달도 안 되어 놀라울 정도로 완벽하게 가르침을 소화해내고 있었다. 그래봤자 어린아이의 어휘이기에 초보적인 것은 여전했으나 그조차도 소화하지 못했던 것을 생각해보면 그야말로 장족의 발전이었다. 처음 가르치기 시작했을 때에는 몇 번이나 머리를 두드려대도 'ㅏ'와 'ㅘ'를 헷갈리더니만.

"그, 그거야, 열심히 연습했으니까……."

"그게 사실이라면 안셀라에게 교습비라도 받아내야겠군."

그뿐이 아니다. 오를레앙의 산장으로 옮겨오면서부터 주방도 더 이상 폭파시키지 않고, 집 안 곳곳에 이상한 장식 같은 걸 달아놓지도 않고, 군부의 일로 온다간다 한마디 없이 휙 집을 비웠다가 다시 돌아와보면 어떻게 알았는지 팔랑팔랑 뛰어나와 반가이 맞아준다. 한껏 눈치를 보며 기회만 되면 기어오르고 꾀를 부리려 했던 몇 달 전과는 사뭇 다른 모습이다. 문을 열어놓고 집을 비워도 도망갈 생각조차 않는다.

고작 몇 달 사이에 철이라도 들었나 싶어 아이를 다시 머리부터 발끝까지 뜯어보는데 리즈벳이 주뼛거리며 물었다.

"저…… 윈터는, 싫어요……? 내가, 그…… 실수하지 않는 게?"

"참으로 멍청한 소리도 가지가지구나."

뭐라 생각할 것도 없는 즉답이었다.

멍청하고 건방진 것도 나쁘지 않지만 이리 착하고 고분고분한 것도 나쁘진 않다. 특히 저리 조그마한 것이, 그의 나이의 10분지 1도 안 되는 조그맣고 약한 것이 차근차근 자신의 가르침을 받아들여간다는 게 정말 그리 나쁘지만은 않았다. 안셀라가 무슨 생각으로 제 동생에게 로세이유어가 아니라 인스켈어를 가르쳤는지는 알 수 없으나, 저 작달막한 손이 깃펜을 꽉 부여잡고 그의 모국어를 한 자 한 자 써나가는 모습을 보는 것은 결코 싫지 않았다. 정말이지…….

"나쁘지 않아, 리즈벳."

순간 뭐라 말할 수 없이 말랑한 기분이 들어 윈터는 제 발치에 앉아 있는 아이의 머리를 가볍게 흐트러뜨렸다. 곱실곱실한 머리칼이 마치 손에 감겨오듯 부드러웠다. 예쁘게 리본으로 정돈한 머리칼이 흐트러지자 저도 모르게 울상을 짓는 아이의 모습에 윈터는 작게 조소와도 닮은 웃음소리를 흘렸다.

"……윈터?"

굳이 모든 것을 칼로 자르듯 답을 낼 필요가 있나. 조심스레 물어오는 아이의 부름에 대답하는 대신 고개를 살짝 저으며 아이의 치마를 향해 턱짓을 했다.

"그보다, 치맛자락에 얼룩이 진 것 같은데 뭐지?"

"아, 그, 벼, 별거 아니에요! 그냥 스튜를 젓다가 조금 튀어서……."

"칠칠치 못하게."

더듬거리면서 열심히 변명하는 아이의 말을 끊으며 윈터는 작게 혀를 찼다. 더러워질까 감히 손도 대기 저어될 정도로 높은 채도의 치마 끄트머리에 정체불명의 얼룩이 점점이 튀어 있었다.

"좀 조심하는 게 어떨까? 다음에 또 이리 더럽혀 오면 따끔하게 혼이라도 내야겠네."

그러고 보니 쫄딱 망하긴 했으나 꼴에 왕족, 그것도 한때 대륙의 한쪽 끝에서 반대쪽 끝까지 지배했던 대왕국 투왕(鬪王)의 딱 둘 남은 자손 중 한 명이거늘, 식사 시중을 들 시종 하나 없어서 옷을 더럽힐 줄이야.

식사 시중을 들 이 하나, 주방장 하나, 그리고 세탁과 청소를 도울 이를 한둘 정도. 사람이 느는 건 그리 기껍지 않으나 그 또한 지내다

보면 무뎌질 것.

생각에 잠겨 있던 윈터는 순간 아이가 얼어붙은 듯 한마디도 대꾸하지 않았다는 것을 깨닫고 고개를 들었다.

"……꼬마?"

"아, 아니에요!"

정색을 하고 펄쩍 뛰는 아이의 모습에 순간 움찔한 윈터가 눈썹을 치켜올렸다. 그걸 아는지 모르는지 리즈벳은 빠르게 말을 이었다.

"다음부터는 주의할게요. 옷도 더럽히지 않고, 음식 할 때에도 좀 더 조심할게요. 또……!"

"진정하지그래, 귀여운 리즈벳."

반쯤 웃음이 섞인 제지에 딱 얼어붙어버리는 아이의 모습이 어이가 없기도 하면서 귀엽기도 해 윈터는 느릿하게 상체를 숙여 아이의 눈을 지근거리에서 마주 보았다. 토끼처럼 눈을 데굴데굴 굴리며 안절부절못하는 모습이 어딘가 묘하게 가학심을 자극해 그는 느긋하게 미소를 지었다.

"……잡아먹어버리고 싶잖아."

가볍게, 소리 없이 이마에 키스를 떨어트리자 아이가 오들오들 떠는 게 느껴졌다.

"키, 키스하면 아, 아이가 생겨버린다던데……!"

결국 윈터는 크게 소리 내어 웃어버렸다.

"가라, 헛소리 하지 말고."

반박하고 싶다는 듯 입술을 오물거리던 아이가 결국 순순히 몸을 돌렸다. 도도도 발소리를 내며 달려 나가는 아이의 뒷모습을 아직 채 웃음기 걷히지 않은 얼굴로 바라보던 윈터의 시선 끄트머리에 순간 검게 변색하고 있는 화관이 들어왔다.

테인만 숲에 머물 때 아이에게서 받은 화관이었다. 시일이 꽤 지나 생생했던 꽃들은 시들고 말라 비틀어졌으나 아직 그 형태만큼은 온전했다. 무심코 손에 들자 바싹 마른 꽃들이 파사삭, 손끝에서 부서져 내렸다. 그러고 보니 대체 무엇 때문에 이리 번거롭게 이걸 이 먼 곳까지 끌고 왔던가.

꽃들이 다 조각이 되어 발치로 떨어져 내릴 때까지 화관을 가지고 장난을 치던 윈터는 결국 형태만 앙상하게 남은 잔재를 다시 제 협탁 위에 돌려놓았다.

· ❀ ·

– 이상입니다.

요란하게 울어대는 매미 소리에 무료하게 귀를 기울이고 있던 윈터는 침묵하는 통신구 너머의 보좌관에게 느릿하게 고개를 기울였다.

"디아고는 질리지도 않나 보지? 그 계집은 여름인데 휴가 갈 생각도 안 하나?"

– ……각하.

조롱조가 역력한 말에 어찌 대답해야 할지 몰라 마르크스는 곤란하다는 기색을 숨기지도 못했다. 윈터는 다시 큭큭 소리 죽여 웃으며 느긋하게 의자 등받이에 몸을 기댔다.

오를레앙 거주를 여황에게서 허락받긴 했어도 그는 아직까지 인스켈 중앙군의 원수이자 인스켈 신성기사단의 단장이다. 그는 주에 한 번은 인근의 상비군 주둔지에 들러 현황에 대해 보고를 받았고, 큼직

큼직한 사안에 대해서는 결재를 해야 했다. 그 정도는 여독을 모르는 그에게는 고생이라 할 수도 없다. 저항군들의 움직임은 날이 더워짐에 따라 비교적 잠잠해졌고, 산장에 돌아가면 리즈벳이 기다리고 있다.

복실거리는 털의 강아지 같은 아이를 떠올리자 절로 웃음이 나오는 듯해 윈터는 저도 모르게 빙글, 의자에서 몸을 돌렸다.

"디아고도 새 장난감이 슬슬 필요할 때가 되었을 테니 쓸데없는 지원받지 못하도록 잘 살펴. 쥐구멍이 많으면 청소가 되지 않으니 구멍들 잘 막아서 동조자는 없애버리고. 그러면 결국 견디지 못하고 죽자 사자 덤벼들 테니 그때 한꺼번에 쓸어버려."

— 예, 각하.

여느 때와 같이 명쾌하게 돌아오는 대답에 건성으로 고개를 끄덕이며 그가 자리에서 일어났을 때였다.

— ······각하, 한 가지 더.

보고를 읊을 때와는 달리 어딘가 망설이는 듯한 어조가 막 통신을 끊으려는 윈터의 손을 멈추게 했다. 그의 보좌관이 이런 식으로 망설이는 것은 꽤나 드문 일이었기에 윈터는 순간 호기심이 일었다.

"뭐지, 친애하는 마르크스? 아직까지 보고할 게 남았나?"

— ······안셀라가 킬센 쪽에 관심을 보인다는 보고가 있었습니다.

"하, 킬센이라고!"

보좌관이 다시 한 번 망설이다 내뱉은 보고에 윈터는 저도 모르게 탄성을 내뱉었다. 안셀라의 움직임은 쉽게 파악할 수 있을 정도로 녹록한 것은 아니나 마르크스 같은 완벽주의자가 보고로까지 올린 말이니 십중팔구 사실일 터.

지금까지 잠잠하다 했더니 이런 짓을 꾸미고 있었나. 예전부터 집요하게 북부 쪽으로 관심을 보이는 듯했기에 무슨 수작인가 싶었더니 결국은 킬센이었다. 대체 누가 흘렸는지는 알 수 없지만 킬센을 노린다는 것은 인스켈 황릉에 박아놓은 그 신을 불러낼 열쇠에 관심이 있다는 것이겠지.

기억을 떠올리는 것과 동시에 수직으로 추락하는 기분을 느껴 윈터는 입술을 비틀어 웃었다.

"……노력이 부족하다는 말은 철회해야겠군."

잊고 있던 해묵은 증오가 싸늘하게 식어버린 피를 끓게 했다. 윈터는 자신이 느끼는 감정이 증오뿐이라는 데 적잖이 놀랐다.

이런 순간이 오면 조금이라도 공포라는 것을 다시 느낄 수 있을 거라 막연히 생각했다. 그도 그럴 것이, 그가 킬센에 묻었던 열쇠는 그를 파멸시킬 수 있는 신을 불러낼 수 있는 열쇠였으니.

하지만 그럼에도 불구하고 공포는 일지 않았다. 그저 배 속을 들쑤시고 일시적으로 호기심을 끓게 할 뿐. 하긴, 그가 이제 와서 공포라는 감정을 인지나 할 수 있을 것인가. 그런 감정을 느끼지 못하게 된 지 어언 100년이거늘.

"도련님이 연패에 정신이 나가지 않았다면 내가 킬센을 무방비상태로 두지 않았을 것을 빤히 예측할 수 있을 터. 자폭을 각오한 걸까, 아니면 내가 내 심장을 빼앗기고도 눈치채지 못하는 얼간이로 보인 걸까? 하, 어느 쪽이든 손님이 왔으면 맞아줘야 할 텐데 손님맞이 준비는 대체 어떻게 하는 편이 좋을까."

유쾌하게 중얼거리며 윈터는 휙 몸을 일으켜 방 안을 왔다 갔다 하기 시작했다. 대체 몇 년 동안의 악연이었나. 그가 탑에서 풀려나 자를란트 공방전에서 로세이유를 박살냈을 때부터 안셀라는 그의 주적(主敵)이었다. 지금까지 안셀라 클렌디온 정도로 끈질기게 그의 앞을 막아섰던 상대가 있었나.

대체 얼마나 죽여버리고 싶었나.

예리하게 갈린 투쟁심과 잔혹함이 입술에 칼날 같은 미소를 새겨넣었다. 안셀라만큼 뛰어난 대항자는 옛 로세이유의 투왕 이후로는 본 적이 없으니 그자를 죽여버리고 나면 그는 또 권태에 몸부림치며 후회할지도 모르겠으나, 그렇다 한들 또 어떠한가. 안셀라의 목덜미에 칼을 꽂아넣는 순간의 쾌감은 충분히 그만한 가치가 있는 것일 터.

"여황 폐하께 전해라. 난 안셀라를 잡으러 갈 거다."

윈터는 빙글 몸을 돌려 마르크스와 연결을 해두었던 통신구를 휙 집어 던졌다 받기를 반복하며 노래하듯 말했다.

"킬센의 묘지기들에게 지원을 요청할 테니 그리 전갈이나 해줘. 아, 그리고 낌새 눈치채고 도망치지 못하도록 조용히 움직이라 해."

- 예, 각하. 그러면 남서부의 저항군과는 킬센의 일이 마무리되기 전까지는 교전하지 않도록 지시해놓겠습니다.

난데없는 말에 윈터가 멈칫하더니 휙 몸을 돌렸다.

"디아고의 처리가 이것과 무슨 관계가 있지? 안셀라를 잡기 위해 필요한 병력은 킬센에서 충당하겠다고 말하지 않았나?"

- 그러나 각하께서 안 계시면 병사들의 사기가 떨어집니다. 그렇지 않아도 이번 봄에 발렌시아 항을 출항한 배들 중에 무려 스무 척이 나포되어 병사들 중에 바다로 나가는 것을 두려워하는 이들마저……

상관의 심기가 불편한 것을 예민하게 감지한 마르크스의 목소리가 조심스러워졌으나 이미 윈터의 기분은 바닥을 치고 추락한 후였다.

이미 마르크스가 계속해서 늘어놓는 상황설명은 더 이상 귀에 들어오지 않았다.

"너도 이사벨라 델 디아고가 두렵나, 마르크스?"

낮고 위협적인 목소리에 통신구 너머의 목소리가 뚝 끊겼다. 얼굴도 보이지 않는 부관이 당황하는 게 적나라하게 느껴졌다. 지금까지 의심만 해오던 사실을 직접 확인하자 속이 뒤틀렸다. 통신구를 낚아챈 윈터가 입술을 비틀어 이죽거렸다.

"나를 앞세우지 않고는 그 계집과 정면으로 붙을 생각을 못 하겠어? 부상이, 패배가, 죽음이 두려워?"

– 당치 않은 말씀이십니다, 각하! 어찌 제가 감히……!

"너는, 내가 없어지면 나라 따윈 팽개치고 그 여자에게서 도망칠 건가?"

이사벨라 델 디아고는 대단히 호전적이고 뛰어난 무장이다. 능력도 없는 쭉정이라면 어째서 지금까지 그 여자가 남부 식민지를 농락하도록 내버려두고 있었겠나. 이사벨라는 그가 멸망시킨 강국 에스타니아 왕족의 후예이고, 때문에 옛 에스타니아의 영토였던 남부 식민지의 주민들과는 연이 깊다. 게다가, 그곳은 아직 완전히 복속시키지 못한 땅이기에 인스켈에 대한 반감도 적지 않다. 그런 적을 상대하는 것이니 장난치듯 가볍게 말했어도 그가 명한 작전은 꽤나 희생자를 낼 것이다.

위험한 작전이니 그를 앞장세우지 않는 것이 두려울지도 모른다. 그러나 아무리 그렇다 하여도.

기억의 조각이 독을 품은 비수가 되어 뇌리에 작렬했다. 그가 몇십 번이나 갈가리 찢겨 나가며 겨우 투왕을 쓰러트렸던 그 광활한 평야를 가득히 메우던 황금빛 사자의 기. 공포와 절망과 무기력함이 뒤엉킨 시선으로 그에게 매달려왔던 그의 기사단. 본디의 모습을 완전히 잃어버린 그 잡병들을 앞에 두고 그의 30여 년이 모조리 부정된 것을 느끼며 맛봤던 끔찍한 절망.

"너는, 인스켈을 안에서부터 좀먹는 독이 될 거야."

닥쳐. 뇌리를 울리는 목소리에 윈터는 으득 소리가 나도록 이를 악물었다.

"잘 들어, 마르크스 베히터. 이 나라는 네 나라다. 너는 그 나라 최정예 기사단의 부단장이고. 여기는 본래부터 자기 목숨 내려놓고 오는 데야. 그걸 몰랐나?"

아무리 군에 죽지 않는 살인병기가 있다 해도. 아무리 지금의 상황이 단순한 반란군 제압 작전일 뿐이라 해도. 아무리 목숨을 걸어야 할 필요를 느끼지 못한다 해도.

"너희가 전장을 고르기 시작하면 네 아들이, 아내가, 부모가 피를 볼 거다. 죽음을 두려워하는 군이 죽음을 두려워 않는 군을 이길 수 있을 것 같으냐? 패잔병의 나라가 언제까지 제국으로 남아 있을 수 있으리라 생각하는 거냐, 마르크스!"

너희는, 내가 없어지면 어찌하려고 이리.

— ……실언했습니다, 각하. 다시는 이런 일 없도록 하겠습니다.

잡아먹을 듯 매섭게 다그치는 윈터의 말에 입을 다물던 마르크스가 곧 깊게 고개 숙여 사죄했다. 그러나 사죄의 말 너머, 아마 본인도 눈치채지 못했을 감정의 가닥을 잡아낸 윈터는 입술을 비틀었다.

그래, 어차피 죽여도 죽지 않는 그가 죽음을 두려워하지 않는 용기를 입에 올려봤자 가소로울 뿐이다. 언젠가부터 그는 전장에 나서며 번지르르한 대의 같은 것은 내세우지 않았고, 그래서 다른 이들에게 그는 도망치는 적들을 쫓아다니며 고문하고 죽이는 것을 즐기는 살인광 정도로 받아들여지고 있을 테다. 그래, 그건 사실일지도 모른다. 하지만 아무리 사실이 그렇다 하더라도.

한 번쯤은 너희도 내 뒤에서 나와 목숨을 걸어봐.

그러나 그의 기분이 어떻든 위정자의, 그리고 지휘관의 입장에서 생각한다면, 멀쩡히 건재한 신체를 내버려둔 채 일반 병졸들만을 사지로 뛰어들게 하는 것은 말도 안 되는 짓일 테다. 그들에게는 피해를 최소로 한 채 승리해 최대한 많은 병졸들을 고향의 가족들에게 돌려보내야 할 의무가 있다. 이 모든 것은 어디까지나 그만의 짜증일 뿐이다.

결국 윈터는 입을 다물어버렸다.

지금까지 계속 그리하였듯.

· ❧ ·

해소되지 못한 짜증과 답답함은 르망의 주둔지를 벗어나서까지도 사라지지 않았다. 날카롭게 곤두선 신경 탓에 정제되지 않은 신성이 흘러나와 말이 그를 태우기를 거부했기에 윈터는 빠른 걸음으로 산길을 가로질렀다. 몇 번이고 몇십 번이고 들었던, 이제는 예감이라기보다 자각이라 하는 것이 옳을 생각이 머리를 스쳤다.

그는, 자신 때문에 전쟁이 아이들 땅따먹기인 줄 알게 된 정예군의 방패막이로 100년도 더 묵은 맹약에 묶여 세상이 끝장날 때까지 사람을 죽여야 하는 건지도 모른다.

쾅, 짜증을 담아 나무를 걷어차자 이파리가 우수수 쏟아져 내렸다. 그는 이런 삶을 위해 신체가 된 게 아니었다. 이런 것을 위해서 대가를 치렀던 게 아니다.

생각이 거기에 닿자 윈터는 저도 모르게 자리에 멈춰 서서 시선을 떨어트렸다.

지키고자 했던 것이 분명, 있었다. 이제는 기억도 나지 않는 아련한 봄날처럼 따스하고, 아름답고, 포근한.

생각이 거기에 닿자 순간 뇌리에 아이의 얼굴이 스쳐지나갔다.

"……미쳤구나."

저도 모르게 툭, 말이 나와버렸다.

꼬마에 대한 집착이 위험할 수준에 도달하고 있다는 것을 뼈저리게 느끼면서도 어찌 자제할 수가 없었다. 리즈벳이 만들었던 화관은 아직까지 그의 협탁 위에 놓여 있다. 줄기에서 꺾여 나간 꽃봉오리들은 태반이 활짝 피어보지도 못하고 시들었으나 그 시체 같은 화관조차 그는 내버릴 수 없었다. 어차피 타인이 드나들 방도 아닌데 신경 쓸 필요가 있나. 정 시든 꽃이 흉물스러워 보이면 교체하면 된다. 꺾여나간 꽃이 시드는 것을 막을 수는 없어도, 시들어버린 꽃을 되살릴 수는 없어도, 시들어버린 꽃을 대체할 다른 꽃으로 또 다른 화관을 만들게 하면 된다.

그러나 그 생각은 시야에 낯익은 산장이 들어왔을 때 뚝 끊겨버렸다.

"리즈벳."

이쯤 다가왔다면 들려야 할 아이의 심장 소리가 들리지 않는다. 윈터는 안색이 변해 산장 문을 잡아 뜯듯 열었다.

"리즈벳. 리즈벳, 리즈벳!"

심장이 내려앉았다. 속이 뒤집어지는 듯한 역함. 머리가 새하얗게 되는 아찔함. 분노? 아니. 짜증? 아니. 초조? 비슷한 것. 그러나 그것보다는 좀 더 끔찍한 것. 막막하고, 깜깜하고, 몇백, 몇천 배 더 괴로운 것.

그가 호흡을 할 리가 없거늘 숨이 막혀왔다. 희미한 기억이 머릿속에서 깜부기불처럼 깜박거린다. 잡힐 듯 말 듯, 생각날 듯 말 듯.

"오라버니."

어린 소녀의 목소리가 들려오는 듯했다.

누구였더라. 나를 오라비라 부르는 너는 누구였더라.

"오라버니. 내가 어리긴 해도, 오라버니가 생각하는 것만큼 어리지는 않아. 이건⋯⋯."

"리즈벳! 꼬마, 나와! 당장 나와!"

머릿속에서 웅웅 울리는 목소리를 지우려는 듯 윈터는 악을 썼다. 거칠게 커튼을 젖히고 의자를 끄집어내는 손길에 식기가 와장창 박살이 나고 테이블이 바닥을 굴렀다. 아이의 빈방, 옷들만이 덩그러니 걸려 있는 옷장, 사용한 흔적이 있는 가구, 반쯤 책장이 넘어간 책들, 공책, 잉크가 채 마르지 않은 깃펜.

"나와! 지금 누굴 우롱하는 거지? 지금 이걸 장난이라 치는 거냐!"

뜨거운 여름의 햇살만이 방을 비출 뿐이었다. 인기척 하나 없는 집안에서 쓰러질 것같이 힘이 들어가지 않는 다리로 억지로 버티고 서서 윈터는 필사적으로 이 상황을 이해하려 애썼다.

"나와! 나오라고 했어! 나오라니까, 제발⋯⋯!"

악에 받쳐 치솟던 목소리가 끝으로 갈수록 파르르 떨리며 갈라졌다. 아이가 있던 방에서, 아이가 쓰던 물건에 둘러싸여, 아이의 흔적으로 가득한 공간에서 아이만이 사라진 상황에 머리가 미쳐버릴 지경이다.

예전에도 이런 적이 있었다. 분명히, 억지로 뚜껑을 닫아 봉인해버린 기억 속 어딘가에 이러한 기억이……

"제기랄!"

결국 질식할 듯한 심정에 토하듯 소리치며 윈터는 문짝을 걷어차 정원으로 나갔다. 거센 햇살과 함께 해일처럼 시각과 청각으로 자극이 쏟아져 들어왔다.

그리고 그때 정원 한구석을 가로지르는 흐릿한 흔적이 눈에 들어왔다. 여름의 태양 빛에 바짝 말라버린 대지에 새겨진 흔적은 아직 새로웠다. 그 앞에 쓰러지듯 주저앉아 흔적을 손으로 쓸자 저택을 나서서 숲 속으로 걸어 들어가는 아이의 뒷모습이 눈앞에 보이는 듯했다. 얼마 되지 않았다. 겨우 두 시간 정도가 지났을까?

그리고 보니 저택을 둘러싼 결계에는 손상이 없었다. 주위를 다시한 번 둘러봐도 리즈벳의 것을 제외한 발자취는 찾아볼 수 없다. 마치 서두르는 듯한, 망설이는 듯한 조그만 발자국. 그렇다면 꼬마가 제 발로 여기서 걸어 나갔다는 말인가?

하지만 차라리 그러하기를. 차라리 그 멍청한 것이 겁을 상실해서, 자신의 경고를 무시하고도 무사할 수 있으리라 착각해서 이런 깜찍한 짓을 벌였기를.

다른 생각은 할 수 없을 정도로 필사적으로 그리 빌면서도 그는 자신이 어째서 이리 과민반응을 보이는지조차 이해할 수 없었다. 테인만 숲에서는 이렇지 않았다. 그때에도 아이는 자유롭게 숲을 누비고 다녔으며 그는 아이가 그의 결계 안에서 뭘 하고 어딜 가든 그저 방치했다.

그런데 왜 이제 와서.

상념은 안개에 막힌 듯 더 이상 뻗어나가지 못했다. 그는 그저 이를 으스러져라 악물고는 휙 몸을 일으켜 흔적을 쫓아 달리기 시작했다.

숲의 풍경이 순식간에 흐릿해지며 시야 양옆으로 빠르게 스쳐지나갔다. 푸드득 소리가 나며 새들이 기겁해 날아올랐다. 바스락거리는 소리가 나며 작은 산짐승들이 사방으로 흩어졌다. 나무들이 이파리가 무성한 가지를 항의하듯 흔들었다. 육체능력을 한도까지 끌어올린 탓에 우웅 하는 소리와 함께 그의 신성이 공기와 부딪쳐 공명했다.

칼을 갈듯 날카롭게 곤두세운 시각과 청각이 아이의 가장 사소한 흔적마저도 잡아내려 주위를 훑었다. 어느새 시야에서 숲이 사라지고 오솔길이 나타나더니 눈앞을 가리던 나뭇가지마저 사라진 공터가 보이고 오를레앙의 시가지가 나타났다.

쿵, 심장이 가라앉는 듯 거세게 뛰었다. 오밀조밀한 골목 한편에서 주위를 이리저리 둘러보는 조그마한 뒤통수가 눈에 익었다.

온몸의 감각이 그 조그만 아이에게 집중되며 폭발하는 듯했다.

이것저것 생각할 틈도 없었다. 뇌리가 새하얗게 빈 채 윈터는 아이의 팔을 휙 잡아채 돌려세웠다.

놀란 듯 크게 뜨인 눈동자가 그를 올려다보았다. 아이가 자신을 알아보고 급격하게 얼어붙는 것을 발견했을 때 윈터는 속이 뒤집히는 듯한 구역질과 함께 그 눈동자에서 공포를 읽었다. 동시에 지금까지 자신을 옭아매 미칠 듯이 몰아넣고 있던 그 소름 끼치는 감정의 정체 조차도.

공포.

"원……."

애써 웃으며 말하려 했던 아이의 얼굴이 그의 시선을 마주함과 동시에 무섭도록 창백하게 질렸다. 동시에 윈터는 몇 마일은 떨어져 있었을 산장에서 전력으로 뛰어왔음에도 땀 한 방울 흘리기는커녕 호흡하나 흐트러지지 않았다는 사실이, 아이의 팔을 쥐고 있는데도 그 피부의 온기 한 점 느낄 수 없다는 사실이, 그게 아니더라도 자신이라는 존재가 얼마나 정상에서 떨어져 있는지를 뼈에 사무치게 자각해 소리 없이 절망했다.

아이의 팔을 홱 끌어 가까이 있는 건물의 그림자 속으로 밀어넣으며 그는 낮게 으르렁거렸다.

"……참으로 깜찍한 짓을 했더구나, 귀여운 리즈벳. 그리 말도 없이 사라지다니, 내가 얼마나 놀랐는지 아니?"

"미, 미안, 해요……."

그러나 정작 그의 입 밖으로 나온 것은 싸늘하기 짝이 없는 이죽거림이었다. 이미 눈에 보일 정도로 떨고 있던 아이는 커다란 눈에서 뚝뚝 눈물을 떨어트리기 시작했다.

"잘못했어요, 시, 실수로, 커튼에 얼룩이 져서…… 저, 정말, 그러려고 했던 게 아니었고……."

"그래서, 그것 때문에 몰래몰래 빠져나가서 마을로 나왔다고? 고작 그것 때문에?"

쓸데없이 변명이랍시고 늘어놓는 말을 들으면 들을수록 속이 뒤집히는 것 같은 자기혐오와 짜증이 휘몰아쳐 윈터는 소리 내어 웃어버렸다. 차라리 아무 말도 하지 않는 게 나았을 뻔했다. 뻔뻔스럽게 웃었어도 좋았고, 적반하장으로 따지고 들었어도 좋았고, 아니면 그냥 아무 말 없이 울었어도 지금보다는 나았을 거다.

산장에서 여기까지 몇 마일이다. 제대로 된 길이 아니기에 길 찾기가 쉬웠을 리가 없고, 딱히 밖에 내보낼 생각이 없었으니 제대로 된 신발이 있을 리가 없다. 실내용 슬리퍼의 밑창이 다 까져서 피가 줄줄 흘렀던 게 보이는데, 그 고생을 고작 커튼에 묻은 얼룩 때문에 했다니, 이 계집아이는 그를 우롱하는 건가.

"미안, 해요, 잘못했어요······! 제가 꼭 새걸로 갈아놓을게요! 일이라면 어떻게든 찾아서 할 수 있으니까 꼭, 정말 꼭 최대한 빨리 돌려놓을게요!"

"네가 대체 무슨 재주로? 여기에 아는 사람이라도 있나? 네가 돈을 벌어본 적이나 있어?"

"배울게요! 정말, 정말 열심히 배워서 꼭 배상할게요! 믿어주세요. 정말 잘할 수 있어요. 그러니까 제발······!"

죽이지 마요.

차마 목소리가 되어 나오지 못한 말에 윈터는 눈앞이 아찔해졌다. 어깨를 쥐고 있던 손에 저도 모르게 힘이 들어갔는지 아이가 가냘픈 소리를 내며 신음을 삼켰다. 윈터는 더 이상 아이의 팔을 잡고 있는 것이 아이가 도망치지 못하게 하기 위해서인지, 자신이 쓰러지지 않기 위해서인지조차도 알 수 없었다.

그는 이제야 리즈벳의 이 모든 기행을 이해할 수 있었다.

"내가, 언제 너를 죽인다고 했지?"

애써 끄집어낸 목소리는 스스로 듣기에도 섬뜩했다. 더럽고 소름 끼치는 감정으로 질척거리는 목소리가 뱀처럼 아이의 목을 타고 감아

숨을 조이기 시작했다.

"말해보렴, 깜찍한 계집아이야. 누가 멋대로 그런 망상을 하라 했지? 대체 누가, 내가 널 죽일 생각이 있다고 했어? 그런 시답지도 않은 착각을 대체 누가……."

그러나 그렇게 자기 멋대로의 감정에 취해 토해내던 윈터는 지금 당장이라도 기절할 것같이 창백하게 질려 있는 아이의 눈과 마주치자 더 이상 말을 이을 수가 없었다. 그곳에는 그가 보아왔던, 어쩌면 은밀하게 바라오기도 했던 친근감은 없었다. 신뢰도, 애정도, 그 무엇도 없었다. 그저 끔찍한 공포뿐. 진저리나고, 소름 끼치고, 지긋지긋한 공포, 두려움, 거리낌뿐.

그런 눈으로 줄곧 나를 보고 있었나. 그런 눈으로, 그런 생각을 품은 채, 그걸 숨기려고 마음에도 없이 매달리고, 웃어 보이고, 아양을 떨며, 그렇게 애써가며 지금까지.

하긴, 이리되리라는 것은 그가 저 아이의 목에 칼날을 들이밀었을 때부터, 아니면 그 전, 수행원들을 모조리 죽여버리고 아이를 납치해 왔을 때부터 정해져 있던 것이었는지도 모른다. 아이가 그에게 가졌을 얄팍한 호감은 지난 봄날, 아이의 목에 피 묻은 칼날을 들이댔을 때 모조리 부서진 것이다. 그런데도 애써 아니라고, 다 괜찮아졌으리라 생각하고, 이 아이는 뭔가 다를 것이라고 착각하고.

조소라도 내뱉으려 벌렸던 입에서는 웃음도, 울음도 되지 못한 기이한 신음만이 터져 나왔다. 결국 윈터는 자신의 키의 반도 되지 않는 아이의 발치에 무너지듯 주저앉았다.

그러나 아이는 이번에는 그런 그에게 손을 뻗어오지 않았다. 무엇보다 적나라한 대답이었다.

……차라리 죽여버릴까.

순간 속에서 시커먼 독사가 스르르 고개를 치켜들었다.

그 겨울의 계획대로. 그 봄의 맹세대로.

어차피 저 계집아이는 그가 저를 죽이리라 지레 단정 짓고 혼자 쇼를 하지 않았나. 그렇다면 그 기대에 부응해주는 것이야말로 인지상정이 아닌가? 그가 이제까지 죽 해왔듯, 앞으로도 망설임 하나 없이 그리할 것처럼.

"그쪽은 좋은 사람이에요."

아니야.

"진짜 좋은 사람이에요. 나쁜 사람이라고 욕해서 미안해요. 진짜 잘못했어요. 미안해요."

아니야. 지금 네 꼴을 봐라. 내 꼴을 봐라.

"착하게 살 수도 있잖아요……."

그리 말했던 너 역시도 깨닫지 않았나. 나는 이리도 가볍게 타인을 죽일 결심을 할 수 있는 인간이다. 그때의 네 말은 어디까지나 목숨을 부지하기 위해 걸었던 헛된 희망에 불과할 뿐.

그런 너를 내가 어떻게 해야 할까. 어떻게 해야 이 끔찍한 기분이 나아질까.

"웃…… 하윽!"

손을 뻗어 가냘픈 목을 감싸 가볍게 힘을 주자 고작 그 정도의 악력에도 아이의 미간이 고통스레 일그러졌다. 머릿속에서 수천 가지의 상념이 몰아치는 것과 함께 아이에 대한 격렬한 증오심이 들끓었다. 차라리 이대로 힘을 줘서 이 목을 부러트려버리자.

조금만.

조금만.

조금만.

조금만 더.

"윽, 하악……! 콜록!"

순간 확 손을 놓아버림에 따라 숨통이 트인 아이가 고통스레 기침을 해대었다. 그 모습을 한참 동안 무표정하게 바라보던 윈터는 느릿하게 몸을 일으켰다.

"……오늘 밤까지 사람을 시켜서 돈을 보낼 거다."

한참 만에 내뱉은 목소리는 제 것이 아닌 듯 잔뜩 갈라져 있었다. 다시 몸을 일으키는 것이 몇백 파운드나 되는 추를 들어올리는 마냥 힘겨웠다. 한순간에 몰려오는 피로에 윈터는 얼굴을 쓸어내렸다. 지금까지 집착해왔던 모든 것이 다 허망하고 우스웠다.

"내 이름을 대고 아무 여관에나 들어가 묵어. 목숨이 아까우면 내 이름을 대는 너를 해하려는 것들은 없을 거다."

"윈, 터……?"

커다란 눈에 가득히 서리는 당혹감에 윈터는 저도 모르게 흐리게 웃어버렸다. 말간 웃음을 띠며 아이가 건네주었던 화관은 이미 시들어 시체만이 남았다. 그는 지금까지 그것을 끌어안으며 찬란했던 봄의 환상에 취해 있었던 것뿐이다. 그만큼 끔찍하게 비참한 일이 어디 있을까.

그래, 저 어린것이 잘못한 게 있기나 한가. 모든 것은 그가 자초한 일. 이것이야말로 제게 참으로 어울리는 대가다. 그리고.

"오라버니."

말갛게 웃던 얼굴. 시신조차 담지 못한 채 보내졌던 텅 빈 아이의 관. 마지막 모습조차 보지 못하고 불길 속에 묻어버렸던 사랑스러운 엘리자베타(Elizabeth)의 기억.

떠나서 돌아오지 못했던 내 동생.

혼란스러운 눈으로 그를 바라보는 아이를 마주 바라보며, 너무나 생생하게 뛰는 심장 소리와 너무나 명확하게 보이는 어린 가슴의 오르내림을 보며 그는 어쩔 수 없이 인정할 수밖에 없었다.

"……잘됐구나, 꼬마. 살아서."

안셀라가 비웃을 것이다. 그가 투왕의 혈족을 상대로 이런 생각을 품을 줄이야.

쓰디쓴 속내를 감추고 몸을 돌렸을 때였다.

"윈터, 윈터……!"

뒤에서 가냘픈 아이의 목소리가 들려왔다.

"미, 미안해요, 윈터! 다시는 안 그럴게요! 정말 내가 잘못했어요!"

순간 윈터는 귀를 의심했다.

이 꼬마는 정말 멍청한 건가. 놓아주겠다는 말을 못 알아듣는 건가. 그토록 무서워서 못 견뎌 하는 상대에게서 벗어날 수 있는 기회를 줬는데 그 기회를 어쩌자고 걷어차버리려는 건가.

"버리지 마요. 두고 가지 마요……!"

"넌 대체 얼마나 멍청한……."

아이가 붙잡은 옷자락이 젖어들어가는 게 느껴졌다. 기가 막혀 내뱉으려던 말이 순간 목구멍에 걸려 사그라지면서, 윈터는 이상하리만치 처절한 애원 속에서 지금까지 단 한 번도 생각한 적 없던 가능성을 떠올렸다.

안셀라는, 정말 이 아이를 아껴줬던 것일까.

그가 죽였던 아이의 유모의 머릿속에서 끄집어낸 정보를 떠올려보면, 안셀라는 자기 동생에게 유모를 붙여주고 먹고사는 데 부족함이 없게끔 했으나 동시에 잔인하리만치 철저하게 아이와 거리를 두었다. 저항군의 일이 아무리 바쁘다 해도 단 하나 남은 동생을 이리 팽개쳐 둘 필요가 있었나.

그가 아이에 대해서 얼마나 잘 알겠냐마는 저 어린 나이에 이리 능숙하게 타인의 비위를 맞추는 것이 정상적인 행동이겠는가.

방금 제 목을 졸랐던 이에게 버리지 말라고 매달리는 것이 과연 얼마나 정상적인 행동이겠는가.

"떠나지 마요. 혼자 두지 마요. 제발……."

섧게 울며 애원하는 아이를 앞에 두자 머리가 깨질 듯한 통증과 함께 밀려오는 기억에 윈터는 입술을 깨물었다.

그래, 그에게도 저를 저리 장난감 취급하던 주인이 있었다. 필요에 의해서만 부르고, 달콤한 말로 포상하고, 그 일이 끝나면 눈앞에서 얼씬하지도 않았다. 생각하면 생각할수록 증오스럽고, 원망스럽고, 경멸스러울 정도로 미워하였던, 그러나 어쩔 수 없이 매달릴 수밖에 없었던 시절.

"제발 버리지 마요……."

필사적으로 매달리는 아이의 모습에 가슴이 짓눌리는 듯했다.

그가 어떻게 저 간절함을 모를까.

서글프기도, 안도스럽기도 한 그 깨달음에 윈터는 눈을 꽉 감고 넘쳐흐르는 감정을 애써 삭였다. 그리고 제 손길 아래에서 파르르 경련하는 아이의 손등을 가볍게 감싸며 눈을 감았다.

그는 직감적으로, 이제 절대 자신이 이 아이를 놓지 못하리라는 것을 알았다.

• ⚜ •

한참을 딸꾹거리며 울다 탈진해 쓰러진 아이에게 이불을 덮어주고 방문을 닫으며 윈터는 지끈거리는 관자놀이를 꾹 눌렀다.

한번 가장을 들킨 탓인지 예전처럼 능숙하게 웃어 보이지도 못하는 아이는 곁에 있으면 긴장해서 시선도 마주치지 못하는 주제에 그가 방을 나가려 하면 또다시 울상을 지었다. 덕분에 그는 어색하기 짝이 없는 침묵 속에 아이와 단둘이서 덩그러니 시간을 보낼 뿐이었다.

양쪽 모두에게 고문 같았던 침묵이 아이가 결국 피로를 견디지 못하고 잠들어버리는 것으로 끝나자 윈터는 창가의 의자에 주저앉아 멍하니 밝아오는 동녘을 바라보았다. 시야의 한편에 이제는 까맣게 말라붙어 형태만을 유지하고 있는 화관이 들어왔다. 죽어가는, 죽어버린, 시체만이 남은 봄의 기억.

차가운 밤이슬을 맞으며 산장을 빠져나와 윈터는 그저 닥치는 대로 걸었다. 생 디옹에서 로세이유의 투왕과 맞섰을 때에도 망설이지 않았던 발걸음이 오를레앙으로 향하면 향할수록 머뭇거렸다.

어렴풋이, 되돌리고 싶다는 생각을 했다. 저 아이가 바보마냥 해사하게 웃었던 때로. 자신에게 저 화관을 건네주었던 그때로.

대체, 하지만 어떻게.

사과. 감사. 인사. 그런 타인과의 의미 있는 접촉은 까마득하게 오래전의 일이었다. 애써 기억을 되짚으려 했으나 이미 화석이 되어 풍화되어버린 기억은 잡힐 듯, 잡힐 듯 손끝에서 흩어지기만 할 뿐이었다. 잊어버렸던 기억을 억지로 떠올릴 때마다 찾아오는 예리한 명치의 아픔에 그는 결국 기억을 되짚기를 포기하고 양손으로 얼굴을 쓸어내렸다.

어째서 이렇게 집착하게 되었던가. 그에게 있어 그 계집아이는 그저 장난감일 뿐이었다. 무료함을 달래기 위한 수단일 뿐이었다.

작열하는 열기로 눈앞이 굴절되는 것을 문득 발걸음을 멈추고 바라보며 윈터는 뭐라 설명할 수 없는 패배감에 몸부림쳤다.

해사했던 봄은 가고 이미 계절은 여름이다. 그는 언제까지나 끝없는 겨울에 묶여 있거늘 세상은 저를 버려두고 멋대로 나아간다. 꼬마조차도 그를 그 봄에 잡아둘 수 없었다. 그 아이조차도 멀어져간다. 제가 대체 뭘 어찌해야.

그때, 길 한편에서 막 문을 닫으려는 가게가 눈에 들어왔다. 몽트페라이제 산맥의 질 좋은 나무들로 만들어진 인형은 오를레앙의 특산품이었기에, 꽤나 멋들어진 상점 안에는 그야말로 수백 개는 될 듯한 인형들이 진열되어 있었다. 손바닥만 한 목각 인형에서부터 베개로써도 될 만한 크기의 봉제 인형, 그리고 지금 당장이라도 살아 움직일 듯한 정교한 구관 인형까지, 둘러보는 것만으로도 현기증이 날 지경이었다.

진열장 한편에 얌전히 앉혀 있던 인형이 그의 눈길을 붙잡았다. 채도가 높은, 탐스러운 털이 복슬복슬하게 나 있는 토끼 인형은 거의 크기가 아이랑 엇비슷했다. 아이가 자기만 한 인형에 깔려 울상을 짓는 모습을 떠올리자 저도 모르게 웃음이 나왔다. 웃다가, 찡그리다가, 다시 웃다가, 어찌할 수 없는 감정에 이를 악물며 윈터는 망연히 그 사랑스러운 인형을 바라보았다.

"오라버니, 나는 있잖아, 나중에는 큰오라버니 말고 오라버니랑 결혼할 거다?"

언젠가, 아주 오랜 옛적 언젠가, 인형을 안겨줬더니 그리 말하며 여동생은 해사하게 웃었다. 아침에 먹었던 우유가 상했나 보구나 정도의 대답으로 흘려 넘겼지만 그리 웃으며 안겨오는 아이가 사랑스러웠다.

자신이 아이를 행복하게 해줄 수 있다는 것이 그저 뿌듯했다.

아련하게 떠오르는 옛 기억에 윈터는 인형을 바라보며 턱이 아리도록 이를 깨물었다.

무엇을 주면 좋아할까. 무엇을 주면 다시 웃을까. 좋아나 해줄까. 제 주제에 무슨. 몇 번이나, 몇 번이나 뇌리를 스치는 쓸데없는 잡상들.

풍화된 기억 속에서 여동생이 웃는다. 리즈벳이 웃는다. 오라버니, 부르며 안겨온다. 손을 잡아 이끈다. 인형을 끌어안고 얼굴을 비빈다. 웃는다. 세상이 화사하게 빛나며 반짝인다.

윈터는 결국 미련스레 큰 인형을 끌어안고 고개를 묻어버렸다.

그 아이는, 자신의 바닥으로 손을 집어넣어 마구 헤집는다.

원했다는 것조차 잊어버렸던 것들을 끄집어낸다.

· ✿ ·

"……아."

눈을 뜨자마자 마주한 텅 빈 어둠에 리즈벳은 작게 소리를 흘렸다. 여름이 깊었는데도 불구하고 싸늘하게 식어버린 방의 온도에 몸이 오들오들 떨렸다. 창밖에서 고즈넉하니 풀벌레 우는 소리가 들려오고 있었다. 윈터가 주위에 있을 때에는 얼씬도 않는 것들. 리즈벳은 자신이 또다시 홀로 남겨졌음을 알았다.

가슴에 큼지막한 구멍이 뚫린 듯한 기분에 그녀는 멍하니 누워 천장만을 바라보았다.

……가지 말라고 매달렸던 게 잘못이었나.

하긴, 그녀가 보통 끈질기게 군 게 아니었다. 지금 돌이켜서 생각해보면 집 밖으로 나오지 말라는 말도 어긴 데다가 그렇게 소란을 부렸으니 있던 정도 다 떨어졌을 거다.

어차피 처음부터 대놓고 그녀를 장난감이라 부르던 사람이다. 목숨이 붙어 있는 것만으로도 기뻐해야 하는 것일지도 모른다.

사실 이편이 더 잘된 일이다. 가만히 생각해보면 제 머리가 어떻게 되긴 했다. 얼마나 아쉬웠으면 그런 성격파탄자에게 매달렸을까. 그것도 아슬아슬하게 저를 죽이려다 그만뒀던 정신이상자한테. 말 한마디도 예쁘게 할 줄 모르고, 그녀를 무슨 애완견 다루듯이 하고, 걸핏하면 병이 도져서 칼이나 들이대는데.

잘된 거야. 잘된 거야.

그러나 아무리 머리가 그리 냉정하게 결론을 내려도 가슴을 짓누르는 공허함은 가시지 않는다. 이유 없이 울렁거리는 속이 진정되지도 않는다. 결국 견디지 못하고 눈물이 터져 나와 리즈벳은 입을 틀어막고 울음을 터트렸다.

아무리 무서워도, 아무리 끔찍해도, 칭찬 한 번 제대로 안 해준다 해도, 따뜻하게 안아준 적 한 번 없다 해도.

언젠가 그녀를 쓰레기처럼 죽인 후 뒤도 돌아보지 않을지 몰라도.

숨도 쉴 수 없는 오열 사이로 그녀 자신도 눈치채지 못했던 진실이 비집고 나왔다.

적어도 이 사람은 그녀를 필요로 할 거라 생각했다.

피로 이어진, 그래서 그녀를 버리고 싶어도 그러지 못하는 오라비보다, 그 오라비의 명을 따라 의무적으로 그녀의 곁에 있을 수밖에 없는 유모들보다, 가족이며 친구들이 많기에 그녀가 사라져도 그저 잊어버리고 말 뿐인 친구들보다 이 사람이. 무섭고, 끔찍하고, 뒤틀려 있지만 그래도 어딘가 무른 이 사람이. 가끔씩 무서울 정도로 다정하며 배려심 깊었던 이 사람이.

이 사람에게라면 첫 번째가 될 수 있을 것 같았다.

그러나 그것도 이제는 아무 의미 없는 일.

어느새 흐느낌 소리가 잦아든 자리에 풀벌레 소리가 스며들었다. 한동안 어두운 밤의 장막 너머를 망연히 바라보던 리즈벳은 부스스 몸을 일으켰다.

희미한 달빛에 제 모습이 창문 유리에 흐릿하게 비치고 있었다. 어딘가 무기력하고 초라한 계집아이의 모습에 울컥 솟은 눈물을 그대로 흘리며 리즈벳은 창문에 비친 제 얼굴을 향해 손을 뻗었다.

"예쁘다, 예쁘다."

잔뜩 잠긴 목소리가 초라했으나 그녀는 그럼에도 불구하고 웃음을 지어 보였다.

"괜찮아, 괜찮아."

스스로 몇 번이나 그리 반복하는 사이에 머리가 천천히 맑아져갔다. 어차피 새삼스러운 일도 아니다. 지금은 이렇게 괴롭고 비참해도 어차피 시간이 지나면 나아진다. 그러면 언젠가 떠올리며 웃어버릴 수도 있는 사소한 해프닝으로 기억될 것이다.

이제껏 그래왔듯, 이번에도 틀림없이.

그리 마음을 다잡고 리즈벳은 다시 털썩, 침대에 누워 이불을 바짝 끌어올렸다.

밤이 깊었으니 여기서 하룻밤을 지새우고, 날이 밝으면 마을로 내려가서 신세질 데가 있는지 알아봐야겠다. 윈터 덕분에 이제 간단한 요리며 청소나 빨래 정도는 제법 능숙하게 할 수 있게 되었으니 잘만 사정하면 불쌍하게 보여서 잠잘 곳 정도는 얻을 수 있지 않을까. 그리고, 그리고, 그다음은 그때 가서 생각해야겠다.

다시 한 번 창문에 비친 제 모습에 생긋 웃음을 지어 보이고 리즈벳은 스르르 눈을 감았다.

얼마나 시간이 지났을까. 리즈벳은 불현듯 잠에서 깨어났다.

주위는 아직 어두웠다. 아직 새벽이 오지 않은 듯 두꺼운 커튼 너머에서는 밤의 어둠만이 넘실거렸다.

그러나 부스럭거리는 작은 인기척은 들렸다. 한껏 주의를 기울이지 않으면 알아채지 못할 정도로 옅은 기척.

누구지?

반복된 납치 경험이 본능적으로 신경을 날카롭게 곤두세우게 했다. 저도 모르게 심박수가 높아지는 것을 느끼며 상황을 파악하기 위해 주위를 둘러봤을 때였다.

커다랗게 뜬 눈알이 눈앞에 있었다.

"으, 으아아아아악!"

찢어지는 듯한 비명에 순간 우당탕 하는 소리가 들렸다.

"리즈."

"악, 으악, 아아악!"

남자의 목소리, 어깨를 잡아채는 손길. 차분히 진정해 대처해야 한다는 이성은 간데없었다. 극도로 긴장한 정신줄이 가닥가닥 끊겨 그녀는 닥치는 대로 할퀴고 깨물며 발버둥 쳤다.

"정신 차려, 꼬마!"

그리고 강하게 내뱉는 목소리와 함께 확 커튼이 젖혀졌다.

"……아."

커다란 창문을 통해 쏟아져 들어온 달빛이 방 안을 비추자 리즈벳은 겨우 공포에서 벗어났다.

그제야 주변 상황이 눈에 들어왔다.

잔뜩 머리를 헝클어트린 채 침대에 주저앉은 자신과 그 주위를 둘러싼 인형들. 고양이 인형, 곰 인형, 사자 인형, 강아지 인형, 목각 인형, 헝겊 인형, 자동기계 인형, 솜 인형, 짚단 인형. 아주 인형 가게를 털어 왔는지 조금 썰렁하리만치 넓고 비어 있던 방이 몇십 개는 될 것 같은 인형으로 가득 차 있었다.

그리고 역시 흐트러진 옷차림으로 커튼을 움켜쥐고 있는 남자. 리즈벳의 시선은 제가 잡아 뜯은 게 확실한 헝클어진 머리를 하고서 한 손에는 커튼 자락을, 다른 손에는 커다란 분홍색 토끼 인형을 쥐고 있는 윈터에게 꽂혔다.

"……어."

저도 모르게 멍청한 소리가 새어나오자 남자의 얼굴이 팍 굳어버렸다. 그는 쥐고 있던 토끼 인형을 내동댕이치고는 성큼성큼 발걸음을 옮겼다. 바람 소리가 날 정도로 휭하니 제 곁을 지나친 것도 잠시, 쾅 하고 방문이 닫혔다.

"……이게 무슨."

얼빠진 목소리를 내며 리즈벳은 다시 한 번 주변을 가득 채운 인형들을 하나하나 바라보다가 바닥에 내동댕이쳐진 토끼 인형에게 손을 뻗었다. 커다란 솜 인형은 그녀보다도 커 안고 있자니 휘청거리는 느낌이었다. 체온이 남지 않는 남자의 특성상 끌어안은 인형은 밤공기에 서늘하게 식어 있었고, 그 때문인지 남자의 향취가 묻어 있는 것 같았다.

갓 내린 첫눈의 냄새 같은. 겨울 하늘에서 묻어나는 늘푸른 나무의 솔잎 냄새와 닮은.

그리고 이 인형을 거머쥔 채 저와 눈을 마주쳤던 남자가 지었던 표정을 기억해냈다.

"풋."

어느새 기분이 좋아져 킥킥거리며 웃음을 흘린 리즈벳은 인형을 꼭 끌어안고 한 바퀴를 빙글 돌았다. 잠들기 전에 온몸을 질척하게 휘감던 어두운 감정은 이미 사라지고 없었다.

◦ ✿ ◦

저보다 머리 하나는 더 큰 토끼 인형을 질질 끌며 방을 나서자 활짝 열린 현관문 앞 계단에 주저앉아 있는 등이 보였다. 그 주위에는 아직 채 방으로 운반되지 못했던 인형이 또 한가득 쌓여 있었다.

……대체 얼마나 산 거야?

어이가 없는 것은 둘째치고 정말 오를레앙의 인형 가게란 인형 가게를 다 턴 것 같아서 입이 다물리지가 않았다. 하나하나 이름 짓다가 늙어 죽겠다.

그럼 늙어 죽을 때까지 이름 짓지 뭐.

선물 공세로 너그러워진 마음에 저절로 올라가는 입꼬리를 애써 내리며 리즈벳은 애써 표정을 관리했다. 인형을 수레 가득 쌓아놓고서 등을 돌리고 주저앉아 있는 게 덩치만 큰 토라진 사내아이를 보는 것 같았다.

큼큼, 목을 가다듬으며 인기척을 냈는데도 돌아볼 생각조차 않는다. 그 의도적인 무시에도 신경 쓰지 않고 리즈벳은 냉큼 윈터의 곁에 걸터앉았다. 좁은 현관 때문에 서로의 팔이 닿자 그가 흠칫하는 게 느껴졌으나 싹 무시하고 자리를 잡은 리즈벳은 크게 심호흡을 하며 고개를 젖혀 하늘을 올려다보았다.

한여름 밤의 공기는 의외로 텁텁하지 않고 서늘했다. 간간이 불어오는 밤바람이 머리카락을 기분 좋게 흔드는 것을 느끼며 그녀는 밤하늘 가득한 별들과 커다란 보름달을 바라보았다.

"토끼 씨."

기다려도 먼저 말을 걸 생각이 없다면 내가 말을 걸어주지 뭐.

"토끼 씨도 윈터가 바보 멍텅구리라고 생각하지?"

그에 대뜸 반응이 돌아왔다. 고개를 홱 돌려 쏘아보는 시선에 저도 모르게 흠칫했으나 리즈벳은 꿋꿋하게 하늘에서 휘영청 빛나는 보름달에 시선을 고정한 채 새치름하게 말했다.

"그래도 이제는 용서해주려고. ……토끼 씨를 줬으니까."

그 말을 하는 데에는 생각했던 것보다 더 큰 용기가 필요했다. 제 얼굴에 내리꽂히는 윈터의 시선을 느끼며 그녀는 보드라운 인형의 털에 얼굴을 파묻었다.

침묵이 길어짐에 따라 반비례하여 대책 없이 솟아났던 용기도 쪼그라들어갔다. 어깨가 축 늘어지는 걸 느끼며 리즈벳은 인형을 꽉 끌어안았다.

"토끼 씨, 윈터는 나를 싫어하는 걸까?"

조심스러운 질문에 침묵이 길게 늘어졌다.

"……왜 그런 걸 궁금해하는 거지?"

한참 후에야 돌아온 질문에 그녀는 반사적으로 고개를 흔들었다. 아무리 그녀가 뻔뻔하다 해도 그건 쉽게 대답할 수 있는 물음이 아니었다.

그보다, 불공평하잖아. 나만 다 까발리고.

나만 초조해하고. 매달리고.

생각이 이어지면 이어질수록 그녀의 입은 꽉 다물렸다.

"……아니."

드디어 한숨과 함께 그의 입이 열렸다.

"싫어하지 않아. ……그냥, 놀랐던 것뿐이야. 네가 갑자기 없어졌으니까."

예상치 못한 대답에 리즈벳은 눈을 깜박였다. 윈터는 멍하니 허공을 바라보고 있었다. 마치 보이지 않는 허상을 쫓는 듯.

아주 오래된 기억을 더듬듯.

"……여동생이 어느 날 갑자기 사라져버렸던 적이 있었어. 그렇게 떠난 후에 다시는 돌아오지 않았고."

처음 듣는 이야기에 리즈벳의 입이 살짝 벌어졌다.

별로 놀랄 것도 아닌데 왜 이렇게 놀랐는지 모를 일이었다. 그야 윈터도 사람이니 낳아준 부모님이 있을 테고, 그러면 형제도 있을 수 있는 거고.

그 형제가 죽었을 수도 있는 거고.

그러나 괴로운 듯 살짝 찡그렸던 표정을 고개를 한 번 홱 저어 흩어버리며 윈터는 어조를 확 바꿨다.

"뭐, 그렇다고 해서 네게 험악하게 군 건 잘못한 거야. 성격이 돼먹지 않았으니까."

"그런, 거야……?"

조심스럽게 리즈벳이 되물었다.

"윈터는, 나를 죽이지 않아?"

저도 모르게 가늘게 떨려 나온 말꼬리에 윈터는 시선을 떨어트려버렸다.

"……글쎄."

"다행이다……. 토끼 씨, 난 윈터가 나를 싫어하는 줄 알았어."

애매하기 짝이 없는 대답이었으나 리즈벳은 저도 모르게 긴장이 풀려 활짝 웃었다.

제게 거짓말을 해야 할 필요조차 느끼지 못하는 남자다. 제 비위를 맞출 이유도, 제 평가에 신경 써야 할 이유도 없다. 직설적으로 위협하는 것도 망설이지 않았다. 그런 남자이니 저를 살려둘 생각이 없었더라면 딱 잘라 말했을 거다.

그리고 기왕이면 믿고 싶었다. 죽은 여동생을 입에 담으며 제게 방하나 가득 인형을 선물하고 사과를 입에 담는 이 사람이 저를 해치지 않으리라는 것을 믿고 싶었다.

· ❀ ·

눈앞에서 해사하게 웃는 아이의 모습에 윈터는 낮게 코웃음 쳤다.

그는 분명 절 죽이지 않을 거냐는 질문에 글쎄라고 대답했다. 그것은 바꿔 말하면 내가 꼴리는 대로 네 생사를 주무르겠다는 뜻이 아닌가. 그 말을 저렇게 제멋대로 해석하다니 정말 대책 없는 낙천성이 아닌가.

그러나 그리 비웃으면서도 한편으로는 저도 모르게 안도하는 스스로의 모습에 입꼬리를 비틀었다. 엘리자베타는 인형을 좋아했었다. 본래라면 손댈 일도 없었던 것을 가지고 씨름하다 보니 답지 않게 감상적이 된 탓이리라.

여동생의 기억을 떠올린 게 대체 얼마 만이었더라. 목이 바싹 말라 갈라지는 듯해서 윈터는 이를 꽉 물었다. 화석이 되어 바스러진 옛 기억의 잔재가 신기루처럼 눈앞에서 아른거렸다가 사그라졌다. 불러일으킨 기억은 그에 수반하는 아픔마저 끌고 왔다. 둔하게 아려오는 머리의 통증을 털어내려는 듯 고개를 한 번 홱 저으며 윈터는 몸을 일으켰다.

"할 말 끝났으면 이제 쓸데없는 소리 하지 말고 잠이나 자라."

"응! 그럴래. 자러 가자, 토끼 씨."

자기 몸집만 한 인형을 꼭 끌어안은 채 제 소맷자락을 끌어당기는 아이의 손길에 윈터는 헛웃음을 흘리면서도 순순히 아이의 방으로 따라 들어갔다. 낑낑대며 인형을 이불 안으로 잡아당기고 꼼지락거리며 같이 이불을 덮은 아이가 만족스러운 듯 한숨을 내뱉었다.

"그리고 토끼 씨."

예상치 못한 그 부름에 멈칫하며 바라보자 그런 그를 똑바로 응시하며 아이의 입술이 열렸다.

"나, 윈터한테 굿나잇 키스를 해주고 싶은데, 싫어할까?"

저도 모르게 손끝이 경련하듯 움찔 떨렸다. 시선과 시선이 마치 그물처럼 얽혔다. 두꺼운 쇠사슬로 목덜미를 옭아매는 느낌.

윈터는 머릿속이 새하얗게 탈색되는 심정으로 한참이나 아이를 멍하니 바라보았다. 시간이 늘어진다. 마치 영원처럼 길어진다.

그리고 마치 보이지 않는 실에 조종당하듯 그가 입을 열었다.

"……아니."

속삭임 정도의 조그마한 그 대답에 아이가 기쁜 듯 말갛게 웃으며 그의 소맷자락을 끌어당겼다. 핏기 없이 차가운 뺨에 보드랍고 따스한 입술이 살짝 닿았다 쪽 소리를 내며 떨어졌다.

아이가 수줍은 듯 속삭였다.

"잘 자요, 윈터."

뒤늦게 부끄러움이 밀려왔는지 아이가 홱 이불을 끌어당겨 머리끝까지 뒤집어썼다.

윈터는 뭔가에 홀린 심정으로 멍하니 그 모습을 바라보았다. 솔직한 심정으로는 저 이불 속에서 꼼지락대고 있는 아이가 인간이 아닌 괴생명체라도 되는 것 같은 느낌이었다.

그러나 이불을 뒤집어쓴 채 저 혼자서 부끄러워하고 몸 둘 바를 몰라 하며 꼼지락거렸던 것도 잠시, 아이는 얼마 지나지 않아 언제 그랬냐는 듯이 색색, 숨소리를 내며 잠들어버렸다.

"……하."

저도 모르게 헛웃음이 나왔다. 저 쥐방울만 한 것에게 농락당한 기분이었다.

아이의 입술이 닿았던 곳의 피부가 타오르듯 뜨거웠다. 뭐라 설명할 수 없는 오묘한 감각에 머리가 어지러웠다.

슬슬 그는 이 아이를 장난감 취급하며 빼앗아온 것을 후회하기 시작했다. 신체가 된 후로도 기십 년, 겁이란 것을 상실해버린 그는 팔한 번 휘두르는 것으로 목을 꺾어버릴 수 있는 계집아이를 상대로 두려움 비슷한 감정을 느끼고 있었다.

저것은 어쩌자고 그를 이렇게까지 뒤흔드는 걸까.

멍청하게도 흔드는 대로 뿌리부터 뒤흔들리는 저는 또 뭔가.

속으로 신랄하게 조소하면서도 윈터는 그 곁에 가만히 몸을 눕히곤 조심스레 동그랗게 솟아오른 이불더미의 등 부분을 살살 쓸었다.

두꺼운 천 너머로도 상대의 체온이 느껴지는 것 같았다. 손바닥에 닿은 그 온기가 팔을 타고 흘러들어 가슴을 간질이고 온몸을 따스하게 감싸안는다.

몸이 떨릴 정도로 기분 좋은 그 감촉에 취하듯 윈터는 눈을 감았다. 몇 번이나 망설이며 달싹거리던 입술 사이로 조그마한 속삭임이 흘러나왔다.

"……잘 자라, 사랑스러운 리즈벳."

● ❀ ●

역한 비린내에 소년은 저도 모르게 눈살을 찌푸렸다. 익숙하고 익숙한 피의 향. 죽음의 냄새. 날카로운 칼로 목이 갈린 한 쌍의 산양을 손에 든 학자를 소년은 본능에서 우러나오는 경계심으로 조심스레 응시했다.

"이게 뭐지, 브라키아?"

그 질문에 학자는 예의 그 애매한 미소를 지었다.

"수고비지요, 고귀하신 왕제 전하."

"수고비라니?"

"신을 부르기 위해서는 문을 열어야 하지 않습니까. 신은 당신 마음에 차는 신체에게서 멋대로 대가를 받아가지만, 문지기는 그럴 능력은 되지 않으니 우리 쪽에서 대가를 준비해주지 않으면 문을 열 수 없답니다."

마치 스쳐지나가듯 내던진 말이었으나 소년은 날카롭게 상대를 쏘아보았다.

"신체에게서 받아가는 대가?"

또다시 애매한 미소가 돌아왔다. 생각해보니 이 남자는 언제나 이랬다.

"천칭은 균등하지 않으면 기우는 법입니다, 왕제 전하. 세상의 모든 거래에는 대가가 있지요."

본능적인 경계심이 치솟아 좀 더 캐물으려 했을 때였다.

굳게 닫힌 문 너머에서 끔찍한 비명이 들렸다. 병장기가 충돌하고 둔중한 무언가가 부딪쳐 박살나는 소리에 소년은 흠칫 몸을 긴장시키며 고개를 돌렸다.

브라키아는 그런 그를 바라보며 아무 말도 하지 않았다. 다그치지도 않았고, 반대로 쓸데없는 소리를 늘어놓으며 시간을 끌지도 않았다. 오롯이 선택은 소년의 몫이었다. 방 안의 침묵이, 문 너머의 혼란이 그 어떤 말보다 더 효과적으로 그를 압박했다.

결국 소년은 이를 악물고 브라키아가 내민 산양의 목덜미를 낚아챘다. 뜨겁게 흘러내리고 진득하게 피부에 달라붙는 피로 양손을 흥건하게 적시며 선택을 했다. 대가로 무엇을 지불해야 하는지는 그때의 그에게는 상관없었다.

이해할 수도 없었다.

· ❖ ·

아련하게 식기가 달그락거리는 소리를 듣는다. 서랍이 열리고, 그릇이 꺼내지고, 물이 끓어오르는 일상의 소리들. 몸에 익은 대로 그 소리의 출처를 되짚다가 윈터는 숨이 멎는 것 같은 충격에 튕기듯 일어났다.

빛. 태양. 활짝 열린 커튼 너머로 들어오는 채광의 강도를 통해 지금 시간이 아침이라는 것을 깨닫고 그는 순간 오싹할 정도의 공포를 느꼈다. 아이를 도닥이며 재워놓고 그 옆에서 잠시 눈을 감았던 시간은 분명 늦은 밤이었다. 그러나 그 후로 아침이 되기까지의 기억이 없다. 마치 도려낸 듯 일고여덟 시간의 공백이 있을 뿐이었다.

뻥 뚫린 어둠 속을 들여다보는 듯한 느낌. 대체 자신에게 무슨 일이 일어난 것인가.

"윈터, 이제 일어났어요?"

그때 명랑한 목소리가 귓가를 울렸다. 살짝 열린 문 너머로 머리를 들이민 리즈벳이 그와 눈을 마주치자 어색한지 머리카락을 만지작거리다가 결국 배시시 웃음을 지었다. 빵이라도 한창 굽고 있었는지 하나로 높게 묶어 올린 머리카락이 아이가 톡톡 걸음을 옮길 때마다 살랑살랑 흔들렸다. 다시 이전처럼 해사하게 뿌려대는 아이의 미소에 단번에 방 안이 태양이라도 떠오른 듯 확 밝아졌다.

평소라면 뭐라 대답이라도 해줬겠지만 아직까지 충격에서 미처 헤어 나오지 못한 정신은 그저 자신에게 다가오는 아이를 혼란스레 바라볼 뿐이었다.

그가 밀어내려는 모습을 보이지 않자 용기를 얻었는지 그를 좀 더 노골적으로 관찰하던 리즈벳은 그런 그의 모습이 생경한지 폴짝 뛰어 그가 반쯤 일어나 있는 침대에 올라앉아 킥킥대며 웃었다.

"윈터, 자는 모습은 처음 봤어요. 굉장히 신기했던 거 알아요? 윈터가 아닌 것 같았어요."

"자는, 모습······?"

"네. 아, 괜찮았어요! 침도 흘리지 않았고, 코도 안 골았고······. 귀여웠어요, 아기 같아서!"

천인공노할 이야기를 거침없이 하며 까르르 웃는 모습에도 윈터는 미처 화를 낼 여유도 없었다.

지금 이 아이가 무슨 말을 한 건가. 잠이라고? 하지만 그는 잠을 자지 않는다. 거의 100년 가까운 시간 동안 단 한 번도······.

윈터가 아무 대답이 없자 리즈벳은 고개를 갸웃하더니 목을 쭉 뽑아 그의 얼굴을 응시했다. 가볍고 솜털같이 부드러운 감촉과 함께 아이의 손이 그의 뺨에 닿았다.

"잠 덜 깼어요? 그렇게 멍하니 있게. 어서 일어나요! 일어나서 나랑 아침 먹어요! 아, 아니다. 나 아침 먹는 거 구경해요!"

그렇게 활기차게 내뱉으며 그의 이불을 확 빼앗아간 아이는 곧 반쯤 열린 문 너머에서 무언가 타들어가는 소리가 나자 질겁하며 달려 나갔다.

그 뒷모습을 멍하니 바라보던 윈터는 뭐라 설명할 수 없는 혼란에
아이가 만졌던 제 뺨을 쓸었다.

그가 잠을 잘 수 있을 리 없다. 계약으로 육체의 시간이 멎어버렸거
늘 몸이 수면을 취할 수 있을 리가 없다. 그것은 그가 잃어버린 것이
다. 영영. 그런데 어째서.

뺨을 쓰는 손끝이 가늘게 떨렸다. 신체가 된 후로 느껴본 적 없는 감
정이 쏟아져 들어왔다. 심장이 오그라들고 숨이 멎는 감각. 딛고 있는
바닥이 꺼져 내리고 눈앞이 새하얘지는 기분.

그는 아찔한 심정으로 아이가 달려 나간 문을 바라보았다.

리즈벳 클렌디온.

대체, 내게 무슨 짓을 한 거냐.

"선장."

잔뜩 딱딱하게 굳은 상관의 목소리에 이안 슐리츠는 올 게 왔구나 싶은 생각에 머리가 아팠다.

"……각하."

"어째서 깃대에 국기를 게양하지 않았나 묻고 있소."

칼츠 아이젠워는 지금 당장이라도 그를 군법재판정에 내던지기라 도 하고 싶다는 투였다. 다짜고짜 선장실에 쳐들어와 윽박지르는 남자를 앞에 두고 지끈거리는 눈가를 힘주어 매만지며 이안은 말을 골랐다.

이번 항해는 구(舊) 에스타니아 서남부 지방에서 거둬들인 진상품을 실어 나르는 중요한 것이었기에 자를란트에서는 호위선과 함께 호위총관을 보냈고, 그자가 바로 눈앞의 칼츠 아이젠워였다. 그리고 칼츠가 부임 첫날부터 군복 상의를 벗어 허리춤에 묶고 다니던 부하를 보리 타작하듯 터는 인사라는 것을 고려했을 때, 이번 문제가 곱게 풀리지는 않을 것임은 명백했다.

"각하."

그러나 제 목숨은 물론 이 배에 오를 모든 선원의 목숨이 달려 있는 일이다.

"볼베 해협을 지날 때에는…… 본래 제국기를 올리지 않습니다."

"그 이야기는 그렇지 않아도 들었소. 이유나 들어보지. 왜 제국의 함대가 제국의 영해에서 제국의 깃발을 달지 말아야 한다는 거요?"

"……각하, 이 해협은."

스스로도 잘 납득할 수 없는 사실을 타인에게 납득시키는 것은 어려웠으나 이안은 최대한 침착하게 말을 이었다.

"질 나쁜 해적 소굴로 유명합니다. 해류의 흐름도 불규칙한 데다 협곡 사이에 좁은 구간이 많아 저희 함선 정도의 배는 빠르게 움직이기가 어렵습니다. 중형선들이 빠르게 치고 들어와 포위하면 협곡 사이에 갇혀 오도가도 못 하게 되는 경우가 부지기수입니다. 실제로 그리 습격해 오는 해적들에게 가라앉은 배가 몇십 척이 넘고,"

"선장."

따닥, 따닥, 성마르게 책상 위를 두드리던 칼츠의 손가락이 멈췄다.

"그래서 결론이 뭐요."

이미 다 짐작하고 온 주제에 굳이 그의 입에서 답을 들어야겠다는 상대의 태도에 이안은 치밀어 오르는 화를 애써 억눌렀다.

"……그 해적들은 제국기를 단 배만 노린다는 소문이 있습니다."

"그래서 국기를 내렸다는 거요?"

"계속 내려두겠다는 게 아닙니다. 출발지와 목적지에 가까운 곳에서는 다시 게양하고 있습니다."

"국기를 내리는 건 불허하오."

"……각하."

"이 배를 호위하는 해군은 제국 해군의 정예요. 해적들 따위는 문제 되지 않을 거요."

이안은 소리 없이 이를 갈았다.

칼츠 아이젠워의 카스탈다가 인스켈 최강의 해군이라고는 하나 문제는 인스켈은 본래 해군이 강한 나라가 아니라는 것이다. 제2차 대륙전쟁이 있기 전까지는 바다 가까이에는 가지도 못했고, 생 디옹 회전의 승리로 북부 로세이유를 점령해 바다로 진출하게 된 것이 고작 80년 전이다.

뱃길이 열렸다 해서 단 한 번도 해양 항해를 해본 적이 없던 해군이 하루아침에 일취월장할 리가 없다. 그렇게 윈터 드레스덴의 기사단이 육지에서 로세이유와 에스타니아의 육군을 처절하게 농락하는 와중, 만성적인 인재난에 시달리던 인스켈 해군은 해양강국 에스타니아의 아다마스를 상대로 지고, 또 지고, 열심히 졌다. 그리고 그 상황은 인스켈이 대륙의 권좌를 꿰어찬 지금이 되어서도 그다지 변한 것이 없었다.

인스켈의 조운선은 구 에스타니아 영해를 지나면서 에스타니아 국적이 분명한 해적선에게 털리고, 또 털리고, 열심히 털렸다. 그리고 그 때문에 이안은 추문회에 회부되기까지 했다. 그리고 그 두 번의 실패는 그에게 에스타니아의 해적, 에스타도테와는 얽히지 않는 게 최선이라는 사실을 뼈저리게 일깨워주었다.

"각하, 저희가 왜 카스탈다의 실력을 의심하겠습니까. 그저, 저희는 조금만 더 주의를 기울이면 불필요한 위험부담을 줄일 수 있을까 하여."

"시끄럽다!"

그러나 이안의 억눌린 말은 칼츠의 고함에 뚝 끊겨버렸다.

현기증이 날 정도로 화가 치민 칼츠는 제 눈앞에 선장이라고 서 있는 놈을 죽여버릴 듯이 노려보았다. 뭐라 말도 안 되는 변명만 늘어놓으며 빙빙 말을 돌리고 있으나 결론은 저를 해적보다 낮잡아 본다는 말이 아닌가.

"지금 본인이 얼마나 말도 안 되는 주장을 하고 있는지 알고나 있는 가! 일반 저택에서도 여황 폐하를 영접하는 것이 아니라면 가문의 소속기를 내리지 않는데, 고작 해적들이 두려워 나라의 상징이라 할 수 있는 국기를 내린다니! 지금 인스켈이 해적 앞에 굴복했다는 걸 남해를 지나가는 배들에게 모조리 알리고 다니겠다는 건가!"

"……그 자존심 때문에 상반기의 서부 진상품을 모조리 빼앗기실 생각이십니까? 저라고, 좋아서, 저 건방진 것들의 비위를 맞추려 한 다고 진심으로 생각하십니까? 함대를 두 번이나 잃어본 책임자로서 하는 말입니다, 더 이상! 제 배가 가라앉고 제 눈앞에서 제 선원들이 도륙당하고 피 같은 진상품이 해적들 손에 들어가는 꼴을 보기 싫어서 내린 결정입니다!"

"함대가, 선원이, 임무가 중요하다면 이번에야말로 본때를 보여줘야지! 저 망한 나라의 강도들이 인스켈 국기만 봐도 오줌을 지리도록! 해적 따위 때문에 인스켈의 국기를 내리니 마니 하는 멍청한 고민을 하는 놈들이 찍소리도 못 하도록!"

"당신은!"

당신은, 윈터 드레스덴이 아니야.

당신은, 그리고 당신의 카스탈다는 그 흑사기(黑蛇旗)만으로 진열을 무너트리고 상대의 이성을 마비시키는 신체가 아니야.

그러나 말을 마저 마치기 전에 이안은 이성을 찾았다. 그는 그저 거칠게 몸을 일으켜 선장실을 빠져나갔다. 이안은 자신이 인스켈과 황실을 위해 평생을 바쳐온 애국자라 자부했으나 그 순간만큼은 진심으로 바랐다.

에스타도테가 부디 저 멍청이의 함대를 가라앉혀 자를란트의 국방청이 현실이라는 걸 파악하기를.

· ❀ ·

쾅, 천지가 흔들리는 소리를 내며 이안의 소원은 현실로 이루어졌다.

보초 몇을 제외하고는 모두 곯아떨어졌던 선실 안이 순식간에 해먹에서 굴러떨어진 선원들의 비명과 책상 위에서 미끄러진 집기들이 바닥에 팽개쳐져 구르는 소리로 시끄러워졌다.

"큭⋯⋯!"

제때 침대 기둥을 잡아 바닥을 구르는 것만은 면한 칼츠는 신음을 눌러 삼키면서도 본능적으로 머리맡의 세이버를 거머쥐었다.

"게이버! 노이어! 롤페스!"

쾅, 다시 한 번 선체가 거세게 흔들리더니 우아아 하는 함성과 함께 갑자기 사방이 환하게 타올랐다. 훅 달아오르는 공기에 섞인 매캐한 연기에 기침을 하면서도 칼츠는 잠옷 바람으로 갑판으로 달려 나갔다.

"무슨 일이냐!"

소리쳐 부르자 혼비백산하고 있던 부관이 다급하게 말했다.

"각하, 습격입니다! 갑자기 안개 속에서 들이박아서,"

"들이박다니, 뭐가⋯⋯."

미처 질문을 끝마치기도 전에 다시 한 번 쾅 하는 요란한 소리가 나더니 선체가 위험할 정도로 흔들렸다. 그와 동시에 수십 발의 불똥이 포물선을 그리며 날아와 갑판에 내리박혔다. 겁을 집어먹고 달려 나왔던 선원들이 갑판을 디디자마자 날아온 화살에 비명을 지르며 숨이 끊어졌다. 순식간에 지옥도가 된 갑판의 벽에 달라붙어 화살을 피한 칼츠는 선체로 시선을 돌리다 쾅 소리의 정체를 알아내고 신음을 내뱉었다. 제 함선의 절반 정도밖에 되지 않는 중형선의 뱃머리에 장착된 충각이 무려 철갑을 뚫고 배에 구멍을 내고 있었다.

"······마법."

악물린 잇새로 그리 내뱉기 무섭게 아수라장 위로 고운 여자의 목소리가 들려왔다. 공기와 공명하는 듯한 목소리는 노래하듯 밤하늘에 울려 퍼졌고, 그와 함께 갑판에 내리박힌 화살이 폭죽소리를 내며 한꺼번에 타오르기 시작했다.

"노이어! 지금 당장 선단에게 명해 적 선단을 둘러싸라 전해라! 갑판수들은 서둘러 화재 진압을,"

"가, 각하! 아이언 메이든이 진상품을 옮겨 싣고 진열을 이탈했다 합니다!"

우당탕 소리를 내며 구르듯 모습을 드러낸 게이버의 목소리에 칼츠는 머리가 순간 어질해지는 충격을 받았다.

"이안 슐리츠!"

악에 받친 소리가 쩌렁쩌렁 울렸다. 그러나 그 순간에도 상황은 차근차근 악화되어가고 있었다.

"각하, 펜 율리어스가 지원을 요청하고 있습니다! 중형함 둘에 둘러싸였다 합니다! 대열 합류가 힘들 것 같습니다!"

"각하, 갑판의 불이 꺼지지 않습니다! 물을 쏟아부어봤자 금방 다시 살아납니다!"

"각하, 선창에 물이……."

쾅, 다시 한 번 선체가 크게 흔들리더니 배가 위험스레 대각선으로 기울었다. 난간을 붙잡아 가까스로 미끄러지는 것은 막았으나 그에게 보고를 하기 위해 달려왔던 넷 중에 둘이 타이밍을 놓쳐 비명을 지르며 갑판을 따라 미끄러져 내려갔다. 비명으로 사방이 요란했다.

칼츠는 숨이 막힐 듯한 분노에 이를 갈며 제 함대가 갑자기 들이닥친 중형선들과 협곡 사이에 끼어 옴짝달싹못하고 하나씩 가라앉아가는 것을 바라보았다. 해적선들이 소리 없이 접근하는 것을 막기 위해 정기적으로 먼저 소형선들을 보내 주위를 탐색하고 보고하라 한 것은 물론, 하루 종일 망루에 보초를 둘씩 두게 했거늘 부족했다. 아니, 그보다 어떻게 이렇게 기척 하나 없이. 이리 한순간에.

그리고 그 순간, 또다시 노랫소리가 들려왔다. 이번에는 남녀의 목소리가 섞인 합창이었다. 뜨겁게 달아올라 있던 공기가 그에 답해 서늘한 바람이 되었고, 그 바람을 타고 어둠 속에서 열댓 명의 인영이 갑판으로 떨어져 내려왔다.

선두에서 카랑카랑한 목소리로 지휘하는 것은 여자였다. 스물대여섯 살 정도일까? 적갈색으로 물결치는 머리칼을 칼같이 귓가에서 잘라낸 짙은 다갈색 피부의 여자는 사내라면 누구나 한 번쯤은 돌아볼만한 육감적인 미인이었다. 뚜렷한 이목구비에 가느다랗게 끝이 올라간 황금빛 눈은 먹이를 노리는 표범처럼 매서웠고, 큰 키와 근육이 잘 짜인 몸은 잘 제련한 칼날을 보는 듯했다. 달라붙는 가죽바지를 입고 가느다란 레이피어를 늘어뜨린 여자는 마치 배 위가 왕궁의 알현실이라도 되는 듯 거침없는 걸음으로 갑판을 가로질렀다. 그녀가 사용하는 언어에는 노래하는 것이 아닌데도 마치 노래하는 듯한 음률이 있었다.

에스타니아어를 쓰는 붉은 머리의 마법사. 인스켈 해군이라면 모를 수가 없는 이름.

"……디아고. 이사벨라 델 디아고!"

낮게 부르짖은 칼츠의 목소리에 여자가 고개를 돌렸다. 자신을 응시하는 눈동자에 칼츠는 이를 갈며 세이버를 들고 있던 손에 꽉 힘을 주었다. 망조의 마지막 왕 후안 4세의 조카. 북해의 역병, 해적단 에스타도테의 두목.

"더러운 도둑놈, 적어도 네년만큼은!"

소리를 지르며 달려드는 그를 시선 하나 피하지 않고 응시하던 이사벨라의 몸이 순간 잔상을 그리듯 사라졌다. 목표를 잃은 세이버가 파공음과 함께 허공을 찢기 무섭게 쑥 뻗어나온 팔이 그의 멱살을 잡아채더니 무지막지한 힘으로 끌어당겼다.

"큭!"

균형을 잃은 채 비틀거리는 그의 눈앞으로 대거가 달려들자 칼츠는 신음을 흘렸다. 아슬아슬하게 몸을 틀어 피했으나 그 순간을 놓치지 않고 채찍처럼 휘두른 다리에 무릎 뒤를 걷어차여 그는 결국 꼴사납게 바닥을 구르고 말았다. 이미 20도쯤 기운 갑판이었으나 휘청거렸던 칼츠와는 달리 그녀의 발걸음은 평지를 밟는 듯 단단했다.

「누가 누구를 도둑이라 부르는 거냐.」

낮게 그르렁거리는 목소리였으나 그 말마저도 어딘가 감미로웠다. 본능적으로 끝을 직감한 칼츠는 더욱 악에 받쳐 소리를 질렀다.

"여황 폐하의 은혜도 모르는 년! 곧 드레스덴 공이 네 연놈들을 죄다 지옥으로 끌고 가실 거다! 감히 폐하의 영해를 더럽힌 것도 모자라 금지된 마법사까지 숨겨두다니, 이 더러운 반역도 같으니라고!"

저주의 말에 이사벨라는 소리 없이 웃었다. 새빨갛게 타오르는 갑판의 불길에 서녘으로 부서지는 태양의 빛을 한 여자의 눈동자가 검게 일렁이는 듯했다. 더 이상 아무런 말도, 예고도 없이 한 줄기의 섬광이 공기를 갈랐다.

"크……!"

나오지 못한 비명은 그대로 소리 없이 사그라지고, 칼츠는 단번에 목덜미가 꿰뚫려 숨이 끊어졌다.

「후아네스.」

팔을 휙 털어 검날에 달라붙은 핏방울을 떨구자 뒤에서 그 공방을 주시하고 있던 다갈색 피부의 사내가 반쯤 빼들었던 손도끼를 다시 집어넣었다.

「예, 레아냐.」

「죽이는 대로 시체를 바다에 던져라. 대모후께서도 거부하실 살인 강도라 하여도 물고기들은 좋아하겠지.」

「에스타니아에서 빨아먹은 게 얼만데 이런 식으로라도 토해내야지요.」

후아네스가 이가 보일 정도로 씩 웃으며 바닥에 널브러져 있는 시체를 쓰레기처럼 질질 끌고 사라졌다. 그 호쾌한 미소 속에 숨어 있는 뼈에 입술을 비틀어 미소를 지은 이사벨라는 무서운 기세로 타오르는 갑판으로 시선을 돌렸다.

여자치곤 보폭이 큰 걸음이 마치 자석을 끌어들이듯 눈을 시뻘겋게 뜬 적들을 끌어들였다. 저를 계집이라 얕보는 놈, 상대적으로 가느다란 팔다리를 보고 얕보는 놈, 아예 상대와의 실력 차를 판단할 줄 모르는 놈. 그자들이 덤벼오는 대로 족족 베어 넘기며 갑판을 점령해갔다.

소환자인 그녀의 감정에 동조해 정령들이 미친 듯이 날뛰었다. 갑판에 올라탄 동지들은 내던진 밧줄을 잡고 나머지 동료들을 끌어들여 인스켈 제복을 입은 이라면 모조리 주살하고 있었다. 악착같이 저항하는 이, 사태를 파악하고 도망가려 하는 이, 넋이 나가 어쩔 줄 모르는 이로 갑판은 이미 아비규환이었다. 그사이 그녀의 후발 함대에 따라잡힌 조운선 한 척이 결국 새빨간 불꽃에 휩싸여 입을 쩍 벌린 바다 밑바닥으로 가라앉아갔다. 이제 이 불장난도 거의 끝이다.

「후아네스, 블랑카, 엔사르, 로드릭!」

「예, 레아냐.」

「도둑놈의 헛소리에 귀가 썩었다. 빨리 정리하고 술이나 마시러 간다!」

낭랑한 목소리에 죽은 선원들의 시체를 정리하고 진상품을 옮겨 실을 준비를 하던 단원들 사이로 요란한 휘파람 소리가 울려 퍼졌다. 평소 칭찬을 하면 입이 썩어들어간다던 자들이 앞을 다투어 칭송하는 소리를 들으며 낭랑하게 웃음을 터트린 이사벨라는 고개를 들어 달빛 한 점 없는 새까만 하늘을 올려다보았다. 하늘은 어둡게 가라앉은 밤바다와 뒤섞여 하나의 커다란 짐승이 된 것 같았다. 군데군데 도망쳤던 적 함대의 배가 붉게 타오르며 반짝일 뿐.

그녀는 눈을 감고 피칠갑을 한 양손을 하늘로 들어올렸다.

「En el nombre de nuestra amistad larga, te llamo el nombre en este momento de necesidad. Nuestros enemigos han sido arrasados y el océano está libre de nuevo. Así que te pedimos que calmes tu ira y duermas en paz, haciendo caer sobre nosotros la lluvia de limpieza para quitar todo el dolor y la pérdida que hemos padecido esta noche.」

천천히, 노랫말에 실린 의지에 따라 날뛰던 불반디들이 잠잠해지더니 어느새 조용히 어둠 속으로 사그라졌다. 그 자리를 메운 바다잠자리들이 크게 하늘을 맴돌기 시작했다. 그물망 같은 섬세한 날개가 물기를 머금기 시작하더니 곧 하늘이 주먹만 한 빗방울을 쏟아냈다.

한 방울, 한 방울 내리던 비가 그녀의 손바닥을 치고 머리를 적시며 눈썹에 맺혔다 방울져 떨어졌다. 어느새 떠들썩한 소음이 멈추고 단원들이 모두 눈을 들어 빗방울이 쏟아지는 하늘을 올려다보고 있었다. 그사이로 이사벨라의 목소리가 노래가 되어 울렸다.

「Y oramos juntos, tú y yo. Para que las manos no se empapen de la sangre de nuestras hermanas, y que nuestras mentes estén en armonía, unas con otras, en este mundo que nuestra Madre amaba.」

배를 태우던 불길이 연기와 함께 사그라졌다. 피와 비명과 저주가 갑판을 흥건히 적신 물줄기와 함께 쓸려 내려갔다. 새까맣게 물들어 고동치는 하늘을 올려다보며 이사벨라는 눈을 감았다.

「Oramos para que esta guerra se termine y vayamos a cantar otra vez en paz.」

마지막 주문이 고요한 대기에 퍼지듯 스며들었다.

Season 4.
Fall : Indescribable

    윈터는 가만히 고개를 들어 하늘을 올려다보았다. 구름 한 점 없는 하늘 아래 공터에는 아이의 손바닥을 닮은 단풍이 가득 떨어져 있었다. 아홉 번의 밤. 그리고 열 번의 아침. 창 너머로 스며드는 달빛이 이지러질 때면 약속이나 한 듯 감겨오기 시작하는 눈꺼풀에 저항하려 발버둥 쳤던 것도 며칠, 어딘가 변해버린 몸은 뻗쳐오는 수마를 이겨내지 못하고 죽은 듯 잠이 들어 아침 해가 떠오를 때에야 비로소 눈을 떴다.

    심장이 조여드는 것만 같은 그 감각. 죽음과도 어딘가 비슷한 그 의식의 단절에 그는 뭐라 설명할 수 없는 감정의 소용돌이에 처넣어진 기분이었다. 가슴을 떨리게 하는 감정을 천천히 눈을 감아 진정시킨 윈터는 느릿하게 검을 뽑아들었다. 스르릉, 서늘한 금속음을 내며 뽑혀 나온 검을 가만히 목덜미에 댄 것도 잠시, 칼자루에 감은 손에 힘이 꽉 들어갔다.

    촤아아, 망설임 하나 없이 단번에 살을 가른 검날에 핏줄기가 분수처럼 쏟아져 내렸다. 목뼈가 드러날 정도로 깊게 파인 자상에 순간 눈 앞이 새까맣게 변하며 윈터의 몸은 목석처럼 바닥을 나뒹굴었다. 소리 없이, 목덜미를 타고 흘러내린 피가 단풍잎으로 뒤덮인 초원을 물들였다.

    푸드득 소리를 내며 새들이 일제히 날갯짓해 사방으로 날아올랐다.

풀벌레 소리조차 멈춘 싸늘한 정적.

감겨 있던 윈터의 눈꺼풀이 열렸다.

"……아."

까슬하게 쉬어버린 목소리가 잔뜩 말라비틀어진 입술 사이로 흘러나왔다. 꿈틀, 손가락이 움직이자 그 아래에서 바싹 마른 단풍잎이 바스러졌다.

윈터는 가슴을 짓누르는 먹먹함에 한동안 멍하니 허공만을 응시했다. 몸에서 흘러내린 피는 어느새 꾸물거리는 연기가 되어 그의 몸으로 돌아왔다. 소리 없이 찢어진 혈관이 재차 봉합되고, 상처 난 피부가 옅은 자국만을 남기고 꿰매졌다가 이윽고는 그 흔적마저 사라졌다. 그 누구도 그가 오늘 제 목을 베어냈다는 것을, 죽었다 되살아났다는 것을, 그로 인해 지독히 절망했다는 것조차 알지 못할 정도로.

아직 살아 있다.

어째서.

"천칭은 균등하지 않으면 기우는 법입니다, 왕제 전하. 세상의 모든 거래에는 대가가 있지요."

뇌리에서 브라키아의 목소리만이 빙빙 맴돌았다. 천칭을 균등케 하기 위해 불사의 대가로 그가 괴물이 되었다면, 그가 빼앗겼던 것을 되찾는 것의 대가가 있으리라 생각했다. 머리가 아릿하게 아파올 정도로 몸에 아무런 힘이 들어가지 않았다. 그는 제가 스스로 생각했던 것보다 훨씬 더 이 작은 가능성에 기대했다는 것을 미약하게나마 깨달았다.

길게 한숨을 내쉬며 윈터는 몸을 일으켰다. 그의 피가 닿았던 자리마다 바싹 말라비틀어졌던 단풍잎이 그의 발아래 먼지가 되어 스러졌다. 그 모습을 한동안 응시하던 윈터는 느릿하게 손을 들어 칼에 베였던 목덜미를 어루만졌다.

신을 받아들이며 더 이상 찾아오지 않았던 잠은 벌써 열흘이 넘는 시일 동안 하루도 빠짐없이 찾아왔다. 무슨 이유인지 신성이 옅어졌다 생각했거늘 그렇지도 않은가. 진정 이 변화는 아무 의미도 없는 것인가. 아스트라다에게 물으면 알지도 모르겠으나 그는 다시는 리슈타인의 독사와 제 약점을 공유하지 않으리라 맹세한 터였다.

그러니.

시야가 흔들리는 착각이 들 정도의 아찔함 속에서 그는 조용히 이를 악물었다.

그러니 지금은 그저 기다릴 뿐. 그 어떤 희망도, 낙관도, 냉소도, 체념도 품지 않고 추이를 지켜볼 뿐.

바스러져 형체조차 알아보지 못한 단풍 위로 새로운 이파리가 떨어져 내렸다. 오래된 기억 속의 단풍을 눈앞의 광경에 덧대어 본다. 붉은색, 노란색. 마치 봄의 화사한 산천을 떠올리게 하는 듯한 찰나의 색의 향연. 가을의 단풍이 봄의 허상이듯 어차피 제 이 변화도 스쳐지나가는 의미 없는 환상일 테니.

눈을 감은 윈터의 눈꺼풀이 가늘게 떨렸다. 뛰지도 않는 심장이 무언가의 예감으로 고동쳤다.

"……정신이 나갔군."

비틀린 입술 사이로는 사정없는 냉소가 새어나왔으나 그럼에도 머리는 멋대로 떠올리고 있었다.

리즈벳.

만약 그 꼬마 계집아이가 제게 걸린 저주를 풀고 있는 것이라면.

사고는 그 이상은 진행되지 않았다. 정체도 알 수 없는 적에게서 저를 지키려는 듯 머리는 거기에서 사고를 멈췄다.

맹세했던 것이다.

억지로 잊으려 봉인했던 기억의 잔상이 눈앞에서 흔들렸다. 이제는 기억도 나지 않는 과거에 그는 제 왕이자 형이었던 이의 머리를 손에 움켜쥐며 피를 토하는 심정으로 맹세했다.

더 이상, 저주를 풀려 들지는 않겠다고.

· ❋ ·

"푸우⋯⋯."

새파란 하늘, 유유히 유영하는 흰 구름. 장을 보러 온 사람들의 쾌활한 목소리가 간간이 들려오는 가운데 리즈벳은 땅이 꺼져라 한숨을 내쉬었다.

그냥 세상이 끝장나버렸으면.

음울하게 중얼거리는 아이의 발걸음은 추라도 달아놓은 듯 무거웠다. 양손이 터져라 든 온갖 군것질거리조차 그녀가 기대했던 만큼의 기분 상승을 불러오지는 못했다. 뭔가 속에서 확 올라오는 것 같은 억울함에 무엇에라도 홀린 듯 잔뜩 사들였으나 그 일순간의 희열 끝에 남은 것은 지극히도 현실적이고, 그렇기에 더욱 암울한 뒷감당에 대한 두려움뿐이었다.

그녀는 지금 도피성 가출 중이다.

아니, 사실 가출이라 하기도 애매했다. 말없이 사라졌다간 윈터가 눈이 뒤집혀서 쫓아올 게 뻔하니, 아주 잘 보이는 곳에 '잠시 기분전환

으로 마을에 다녀오겠습니다.'라 축약될 수 있는 메모까지 남겨두고
왔다.

발단은 언제나와 비슷했다.

"사랑스러운 리즈벳."

얼굴만은 반반한 남자가 그녀의 과제를 들고 말했다. 한동안 잠잠
했던 것을 두 배, 세 배, 열 배로 보상해주겠다는 듯.

"나는 살다 살다 나무에게 미안함을 느낄 날이 올 줄은 상상도 못 했
는데."

나무에게 미안해 견딜 수가 없던 남자는 그녀에게 명령했다. 내
일까지 이걸 싹 다 다시 풀어 와.

그날 리즈벳은 꿈을 꿨다. 수백, 수천 그루는 되는 나무들이 저를
쫓아오며 소리를 질렀다.

'어째서 오토 대제는 시드갈리아 강이 아니라 아르테나 강을 건넌 거
야! 지금 당장 대답하지 않으면 아르테나 강물 맛을 보여주겠어, 사랑
스러운 리즈벳!'

비명을 지르며 침대에서 굴러 떨어진 리즈벳은 식은땀을 흘리며 이
를 갈았다. 이번 여름에는 윈터가 칼 뽑아 들고 설치던 것에 지레 겁
에 질려 죽은 듯이 공부만 했다. 신경이 끊길 것 같은 집중력으로 철
자 하나라도 틀릴까 초긴장상태로 지낸 몇 달간의 반동은 심하게 왔
다.

남자가 좀 아프긴 해도 제게 칼질을 할 정도는 아니라는 확신이 들
자 탁 놓아버렸던 긴장은 집중력마저 저 멀리 날려버렸고, 리즈벳의
성적은 다시 바닥을 쳤다. 그리고 그걸 기다렸다는 듯이 윈터는 그녀
를 도마에 올려놓고 혓바닥으로 칼질을 하기 시작했다. 그런 짓을 한

열흘 겪고서 악몽까지 꾸고 나자, 하루 종일 또 그 짓거리를 감당할 것을 생각하니 눈앞이 캄캄하고 가슴이 먹먹해졌다. 확 울화가 치밀었다.

내가 대체 왜 여기서 인스켈 역사를 배우고 있는 거야?

지난 여름밤, 방 한가득 인형을 사주며 그녀에게 나지막이 사과하던 남자의 모습에 말랑해졌던 감성은 하루를 버티지 못하고 싸그리 말라붙어버렸다.

아무것도, 단 하나도, 개미 눈곱만큼도 변한 점이 없다.

감성을 자극하는 격한 화해를 한 만큼 뭔가 긍정적인 변화가 있어야 하는데 똑같다. 윈터는 윈터, 여전히 그녀를 갈구며 삶의 행복을 발견하는 변태 또라이였다. 한순간이나마 기대를 한 자신만 바보가 된 느낌이었다.

그래서 무작정 도망쳐 나온 것이다. 이왕 나올 거, 그 집에서 제일 비싸 보이는 접시 몇 장을 집어 들고. 그러나 일탈이라고도 할 수 없을 소심한 반항은 신들린 듯한 화술로 고물상에게서 접시 한 장당 50두카드를 받아내고 그 돈을 몽땅 군것질거리에 쏟아부은 직후 처절한 후회로 변했다.

나는 이제 돌아가면 죽겠지. 우수에 찬 표정으로 공원 의자에 주저앉은 리즈벳은 천천히 저물어가는 해를 바라보며 이젠 몇 번인지 세기도 힘든 한숨을 길게 내뱉었다. 양손에 잔뜩 들린 먹거리를 보니 더욱 답이 없었다. 내가 대체 왜 그랬을까. 내가 미쳤지. 새빨갛게 져가는 해가 제 남은 명줄을 알리는 것만 같았다.

……돌아가기는 해야겠지.

왠지 모를 본능으로 리즈벳은 해가 떨어지기 전에 돌아가지 않으면 윈터가 저를 찾으러 올 것임을 알았다. 도살장에 끌려가는 소가 된 기분으로 리즈벳은 비척거리며 몸을 일으켰다. 황혼이 내려앉는 길가로 그림자가 길게 늘어났다.

좋아. 일단 돌아가면 활짝 웃음을 지으며 윈터한테 달려가 안기는 거다. 그 혓바닥이 움직이기 전에 선수를 치는 거야. 미안해요, 윈터. 토끼 씨가 갑자기 당근이 먹고 싶다고 해서 집 안을 찾아봤는데 없는 거예요! 그래서 어쩔 수 없이 접시를 몇 장 빌려서 당근을 조달했어요.

씨도 먹히지 않을 변명이었으나 밀어붙이는 수밖에. 설마 자기가 준 건데 토끼 씨한테 해코지야 하겠어? 리즈벳이 자꾸 뻣뻣하게 굳는 얼굴 근육을 의식적으로 풀려 입을 크게 벌렸다 다물었다 할 때였다.

"안 돼, 냥이야!"

비통한 여자아이의 비명과 함께 강의 상류에서 뭔가가 떠내려왔다.

순간 리즈벳은 눈을 의심했다. 꽤나 빠른 속도로 흐르는 강물에서 자맥질을 하고 있는 것은 토끼 씨와 비슷한 크기의 거대한 고양이 인형이었다. 나른한 표정의 인형은 강물의 속도 탓에 빠르게 그녀 쪽으로 떠내려오고 있었다. 그리고 그 뒤를 세상이 끝장난 표정으로 따라 달리고 있는 것은 그녀 또래의 작은 여자아이. 그러나 풍성한 드레스는 달리는 데에는 전혀 도움이 되는 복장이 아니었고, 가녀리고 섬세하게 생긴 아이는 딱 봐도 운동과는 거리가 멀어 보였다. 점점 멀어져만 가는 고양이를 절망스레 바라보던 아이는 결국 악 하는 단말마와 함께 발목을 삐끗해 바닥을 구르고 말았다.

그쪽을 향해 달려가려던 리즈벳과 아이의 눈이 마주쳤다.

일순간의 마주침. 그러나 그것만으로도 충분했다.

제발 내 냥이를 살려줘.

리즈벳은 망설임 없이 양손 가득 쥐고 있던 군것질거리를 내던지고 강물로 뛰어들었다.

첨벙, 물소리와 함께 몸을 얻어맞듯 강하게 물살이 부딪쳐왔다. 가을이 깊어감에 따라 확 떨어진 수온에 순식간에 온몸의 감각이 마비되는 것을 느끼며 리즈벳은 이를 악물고 몸을 움직이기 시작했다. 디아나를 비롯하여 그녀를 거쳐갔던 수많은 유모들의 탄식과 한숨을 자아냈던 수영 실력을 살려 리즈벳은 재빠르게 보일 듯 말 듯 흔들리는 고양이를 향해 헤엄쳐 나아갔다.

"푸하!"

참았던 숨을 한꺼번에 토해내며 리즈벳은 인형을 끌어안은 채 강변으로 기어 나왔다. 먼지투성이, 생채기투성이가 된 아이가 그렁그렁 눈물을 매달고 구르듯 다가와 주저앉았다. 덜덜 떨며 뭐라 말도 못 하는 아이에게 리즈벳은 실쭉 웃으며 물이 뚝뚝 떨어지는 인형을 내밀었다. 아이는 그녀와 인형을 몇 번이나 번갈아 바라보더니 결국 크게 울음을 터트렸다.

놀라서 순간 눈을 크게 떴던 리즈벳은 곧 동정 어린 시선으로 아이를 바라보았다.

"그래, 그래, 이제 괜찮아. 자, 여기 냥이도 있잖아? 울지 마, 뚝."

"나, 난 얘가…… 흑, 얘가……."

펑펑 눈물을 쏟아내는 아이의 머리를 조그마한 손으로 슥슥 쓸어주니 아이가 앵돌아져 그녀를 쏘아보다가 다시 우앙 소리를 내며 울어대기 시작했다. 작게 한숨을 폭 쉰 리즈벳은 아이를 꼭 끌어안았다.

"여기서 기다리고 계세요. 아가씨께서 곧 들어오실 겁니다."

자상해 보이는 하녀가 다과상을 차려주며 말하자 리즈벳은 네에 하고 대답했다. 귀여워 죽겠다는 듯한 흐뭇한 시선과 함께 웃어 보인 하녀는 소리도 내지 않고 총총히 방을 나갔고, 혼자 남겨진 리즈벳은 그녀에게는 조금 높은 의자에 걸터앉아 이리저리 방 안을 돌아보기 시작했다.

아리아나라고 이름을 밝혔던 아이는 척 보기에도 꽤나 잘사는 집 아가씨처럼 보였고, 실제로도 꽤나 잘나가는 가문의 아가씨였다. 코가 빨갛게 될 정도로 울어대는 아이를 달래고 있자니 마차를 대동하고 허겁지겁 달려온 나이 든 집사가 주인님께서 아가씨가 사라져서 진노를 하셨다며 아이를 마차로 내몬 것이다. 그리고 리즈벳의 생각보다 훨씬 더 잘나가는 아가씨였던 아리아나는 코를 훌쩍거리면서도 리즈벳을 가리키며 명령했다.

"너, 우리 집에 와."

그래서 지금 그녀는 오를레앙에서 아마 제일 화려할 저택 중 하나에 손님으로 들어앉아 있었다. 윈터를 뒤꽁무니에 달고 있는 신세에 해가 지도록 집에 돌아가지 않는다는 것은 어불성설이었으나, 그 말을 꺼내자마자 엄격하게 생긴 집사는 사람을 보내 집에는 말을 해두겠다며 제 말을 무 자르듯 잘라먹었다.

그러니 어쩌겠는가. 그렇지 않아도 물에 흠뻑 젖어 추워지는 게 불편했는데, 저 집사와 아가씨를 상대로 박박 우겨 갈아입을 옷을 빌리고 잘하면 산골짜기 윈터의 별장까지 마차를 빌려 타고 갈 수 있는,

그 기회를 걷어찰 이유는 없었다.

뜨거운 물에 몸을 씻은 후, 어떻게 구웠는지 도대체가 알 수 없는 기막힌 맛의 마들렌 쿠키를 홍차에 곁들여 입에 넣자 리즈벳의 머릿속에서는 윈터에 대한 걱정이 싹 사라져버렸다.

그렇게 얼마나 시간이 지났을까. 딸각 소리가 나며 문이 열리고 아리아나가 방 안으로 들어왔다.

"리즈벳, 이라고 했니?"

큼, 작게 목을 가다듬는 아리아나의 볼이 살짝 달아올라 있었다. 아까 떠내려가는 인형을 따라 달리던 모습과는 달리 제대로 옷을 차려입고 새초롬한 표정을 짓는 아리아나는 과연 곱게 자란 아가씨라 할만했다. 변신이라 해도 놀랍지 않을 변화에 리즈벳은 억지로 웃음을 억눌렀다.

"맞아요."

아이가 귀족이라는 걸 알게 되자 리즈벳은 말을 높였다. 지극히 당연하다는 듯 아리아나는 그에 대해서는 뭐라 대꾸하지도 않은 채 턱을 살짝 들어 도도한 표정을 지었다.

"고마워, 냥…… 아니, 엘리자베타를 구해줘서."

"엘리자베타?"

"이 아이의 이름이야. 제2차 대륙전쟁 때 순국했던 엘리자베타 왕녀의 이름을 딴 거지."

생각보다 훨씬 거창한 이름에 리즈벳은 할 말을 잃었다. 반사적으로 윈터가 거의 세뇌하듯 반복했던 말들이 머릿속을 좌르르 스치고 지나갔다.

"유전도 지능은 고칠 수 없는 건가."

"백치미의 새로운 지평선을 여는 개척자라 불러주지."

"사랑스러운 리즈벳, 바보로 사는 것도 슬슬 질릴 때가 되지 않았어?"

"좋은, 이름이네요."

억지로 미소를 짜내면서도 리즈벳은 제 머리가 정말로 나빴던 건가, 윈터가 저를 놀린 게 아니었던 건가, 본래 다른 여자아이들은 인형 이름을 지을 때 위인전을 뒤적이는 건가를 치열하게 고민했다. 저도 죽은 사람들 이름을 유창하게 읊으며 뭔가 아는 척을 하고 싶었으나 윈터가 가르치는 인스켈 제국사는 아직 건국 초반 부분이었고, 그녀는 고작 100년 전쯤 일어났던 제2차 대륙전쟁에 대해서는 아는 게 하나도 없었다.

"많이들 잊고 있는데 왕녀 전하는 인스켈을 위해 로세이유의 개새…… 큼, 망나니한테 시집갔다 순국하신 거야. 그때 고작 우리 또래였는데도 정작 기억하는 사람은 별로 없지. 안타깝지 않아?"

그녀가 아무 말을 덧붙이지 않자 아리아나가 첨삭을 했고, 상상도 못 했던 내용에 리즈벳은 멍하니 눈을 깜박였다.

"……누가 감히 인스켈 황녀에게 손을 대요?"

"무슨 소리야, 당연히 인스켈 왕녀였으니 손을 댄 거지. 그때 대륙에서 제일 센 나라는 로세이유였어. 우리 황제 폐하한테 져서 완전 망했지만."

그렇게 말하면서 턱을 살짝 들어올리는 모습에 리즈벳은 고개를 끄덕였다. 동시에 그녀는 왜 아리아나가 안타깝다 했는지 어렴풋이 이해할 수 있었다.

죽었을 때 제 또래였다고 했다. 많이 무서웠을 거다. 황녀가 죽은 후에 인스켈이 전쟁에서 이겼다고 했으니 어쩌면 죽지 않았을 수도 있었을 거다.

저도 모르게 저를 찾아 득달같이 쫓아왔던 윈터를 떠올렸다. 그는 제 누이가 아무 말 없이 사라졌다가 다시는 돌아오지 못하게 되었다고 했다. 마치 세상이 무너져 내린 듯한 얼굴을 하고 있었다.

리즈벳은 살짝 시선을 발끝으로 떨어트렸다. 그런 표정을 짓게 할 만큼 소중한 가족은 없지만 그것이 얼마나 끔찍한 감정인지는 어느 정도 어렴풋이 감은 잡을 수 있었다.

그렇게 나쁜 짓을 한 나라면 망해서 잘됐어.

별생각 없이 그리 생각한 리즈벳은 다시 시선을 들어 아리아나를 올려다보았다.

"그래서 그 이름을 딴 거예요?"

"왠지 예쁜 이름이기도 하고."

살짝 그리 덧붙인 아리아나는 부채로 입을 살짝 가리며 소리 죽여 쿡쿡 웃었다. 리즈벳도 저도 모르게 마주 웃었다.

"그럼 내 이름도 좋아하겠네요."

"네 이름?"

"리즈벳이잖아요. 그거, 로세이유어로 엘리자벳의 약칭이래요. 그리고, 그 이름은 인스켈어로 읽으면."

"엘리자베타."

눈을 빛내며 신기해하는 아리아나를 보고서 리즈벳은 크게 고개를 끄덕였다.

"멋지다, 엘리자베타가 엘리자베타를 구하다니! 이것도 인연인가 봐!"

눈을 빛내며 외치는 아리아나의 목소리가 흥분으로 한 톤 올라갔다.

"800년 전 에스타니아의 건국 신화에도 나오잖아? 초대 여왕 소피아 델 디아고가 워터 브리지를 건너 이 땅에 처음 도착했을 때 마주쳤던 원주민족 브라카이아 여족장의 이름도 '지혜'였고, 그 둘은 이름의 뜻이 같다는 것으로 의기투합해 이 땅에 득실거리던 마물들을 섬멸한 뒤 에스타니아의 첫 도시인 트라파르도를……."

전혀 모르는 이름과 지명과 고대어가 조그만 입에서 와르르 쏟아져 나왔다. 리즈벳은 소피아 여왕에 대한 말이 나온 순간부터 이해를 포기한 채 그저 훈훈한 미소를 띠고 아리아나가 조잘거리는 양을 구경했다. 알아들어야겠다는 강박을 버리니 마음이 무척 편했다.

아리아나는 종종 역사책을 과도하게 인용하는 것을 제외하곤 지극히 소박한 아가씨였다. 유모들 눈을 피해 숨겨놓고 읽던 빨간 표지 책들의 여주인공을 괴롭히는 귀족 아가씨들이랑은 한참 거리가 멀어 리즈벳은 속으로 안도했다.

"사실 지금은 한창 학기 중인데 아버지를 따라 온 거야. 아버지는 지금이 아니면 휴가를 낼 수가 없을 정도로 바쁘시거든."

소녀의 어조에서는 숨기지 못하는 자긍심이 흘러나왔다.

"아버진 황립역사연구원에서 일하시는 대단한 사학자(史學者)셔. 엘리자베타도 내 생일 선물로 아버지가 주신 거야."

눈을 빛내며 하는 말에 리즈벳은 억지로 입가를 끌어올려 웃었다. 아버지라는 것을 가져본 적이 없는 그녀로서는 아버지를 자랑스러워하는 딸의 심정이 어떤 것일지 잘 이해가 되지 않았다.

"좋은 아버지신가 봐요."

뭐라 대꾸를 해야 할지 알 수 없어서 대충 적당히 답변한 말에 아리아나가 순간 멈칫했다. 그러나 그녀는 곧 생긋 웃으며 고개를 힘차게 끄덕였다.

"……응. 정말, 정말 대단한 분이셔."

리즈벳은 순간 고양이 인형을 끌어안은 손에 꽉 힘이 들어가는 것을 보았다. 본능적으로 거짓의 향이 느껴졌으나 그녀는 굳이 파고들지 않고 대신 자연스레 시선을 인형에게 돌렸다.

"그런데 어쩌다가 엘리자베타를 잃어버렸어요?"

갑자기 아리아나의 눈꼬리가 휙 올라가며 조금 전까지 어딘가 가라앉아 있던 소녀의 분위기가 확 돌변했다.

"그거야 에드윈이 멍청이니까!"

"에드윈?"

"그런 게 있어. 교양도, 눈치도, 섬세함도 일절 없는 멍청한 인간! 인생에 한 치도 도움 되지 않는, 그런…… 그런…… 그런, 고양이 똥 같은 인간! 그 머리 빈 분자가 고작 나보다 5년 5개월 18일 먼저 태어났다고 속 뒤집어지게 뻐기고!"

아리아나는 비속어라곤 평생 들어보지도 못하고 컸을 어린 아가씨에게 있어 가장 끔찍할 욕을 해대며 작은 주먹을 부르르 떨었다. 저 말로 표현할 수 없는 억울함, 울화, 답답함은 상당히 익숙했다. 리즈벳은 절로 고개를 끄덕였다.

"알아요. 나도 그런 거 있어요!"

"……정말?"

"네!"

옛 동화에는 당나귀 귀를 가진 임금님의 이발을 해야 했던 이발사이야기가 나온다. 그 누구에게도 말할 수 없는 비밀을 가진 이발사가 그 답답한 속을 털어놓았던 유일한 상대는 대나무 숲. 리즈벳은 수많은 고난과 역경 끝에 드디어 그녀의 대나무 숲을 찾아낸 듯한 기분이었다.

"그 사람은 날 놀려먹는 게 인생의 낙이에요."

"그리고?"

"성격도 안 좋아요."

"어쩜!"

"친구는커녕 아는 사람도 없는 것 같고."

"세상에, 똑같네!"

"좀 아픈 것 같기도 해요."

"맙소사, 그 사람 누구야? 왜 그런 사람이랑 상종하는 거야? 만나지 마. 아예 연을 끊어."

"그게 됐으면 진즉에 그랬겠죠."

원해서 같이 살게 된 게 아니다. 고를 수 있다면 그녀도 훨씬 더 정상적이고 정이 많은 사람과 살고 싶었다. 그런데 그게 아니잖아. 이 관계는 윈터 쪽에서 일방적으로 강요한 것인데 그녀는 그 점을 감안하고도 그와 최대한 좋은 관계를 유지할 수 있도록 노력했다. 지극히 일방적으로 노력했다.

한순간이나마 괜찮은 사람일지도 모른다고 생각했던 것이 억울하다. 한순간이나마 잘 지낼 수 있을 것 같다고, 지금까지 만나왔던 그 누구보다도 더 친근한 관계가 될 수 있을 거라고 생각했던 자신이 바보 같다. 윈터는 윈터, 지금까지 그녀를 거쳐 갔던 그 어떤 유모보다도 최악이다.

"그래도 그 사람, 일단은 내 후견인 비슷한 거예요."

"대체 어쩌다 그런……!"

경악을 표현하려는 듯 크게 뜬 눈동자가 하늘하늘한 부채 너머로 깜박였다. 그리고 그 눈동자가 결연한 빛을 띠는 것도 잠시.

"리즈벳, 여기서 살아."

"……네?"

"대체 왜 그런 사람이랑 사는 거야. 이상하잖아! 우리 집, 그렇게 가난하지 않아. 황립역사연구원 봉급에다가 우리 영지에서 거둬들이는 것까지 더하면 너 하나 정도 거두지 못할까? 맞아, 내 말동무가 필요하다고 하자! 그건 사실 거짓말도 아닌걸? 이 콩알만 한 영지에서 내 또래가 누가 있는데!"

"아니, 그게."

리즈벳은 순간 당황했다. 예쁘게만 보였던 귀족 아가씨는 겉보기답지 않게 행동력이 무시무시했다. 겨우 오늘 만난 사이임에도 불구하고 그렇게 말하는 시선이 놀랄 정도로 진심인 것 같았다. 뭐라 설명할 수 없는 기묘한 기분이 들었다.

걱정해주는 것은 고맙다. 기쁘기까지 하다. 그러나 동시에 이상한 기분이 들었다. 리즈벳은 저도 모르게 입을 열었다.

"……사실, 그 사람, 그렇게 나쁜 사람만은 아니에요."

내가 지금 무슨 말을 하는 거야.

"말은 밉살맞아도 먹는 건 꼬박꼬박 챙겨준다니까요? 옷도 더러워지면 어느새 새걸로 바꿔주고, 공부도 가르쳐주고, 토끼 씨도 사줬고……."

이제까지 실컷 욕이나 한 주제에.

"사실, 실제로는 괜찮은 사람일지도 몰라요."

······내가 정말 바보가 되어가나. 복잡한 기분으로 그렇게 생각하면서도 그 말을 돌이킬 생각은 들지 않았다.

"······리즈벳, 어머니가 그러셨는데, 남자를 고를 때에는 정당화가 필요 없는 남자를 고르는 거랬어."

한층 더 걱정스럽다는 듯이 미간을 찡그리며 하는 말에 리즈벳은 더욱 혼란스러워졌다.

윈터가 가능하면 상종하지 않는 게 좋을 사람이라는 건 그녀가 제일 잘 알고 있다. 그러나 이렇게 직접적으로 그를 공격하는 말을 듣는 순간 본능적인 거부감이 들었다.

윈터는 그렇게 나쁘기만 한 사람은 아니야. 알아보기 힘들긴 하지만 그래도 좋은 점은 있어.

아리아나가 알아줄 때까지 그렇게 반박하고 싶은 기분이 들어 그녀는 울상을 지었다. 자신이 그를 흉보면서 했던 말은 모조리 사실이건만 어째서 이런 복잡한 기분이 드는 걸까. 그건 그가 인형을 안겨줬기 때문일까. 세상이 무너진 듯한 얼굴로 제 뒤를 쫓아왔기 때문일까.

빙글빙글 같은 곳을 돌기만 하는 생각에 머리가 아파왔다. 가끔은 곰곰이 따져보면 제 머리가 이상해진 게 틀림없다는 생각도 한다. 대체 저는 제 납치범과 뭘 하고 있는 걸까.

윈터는, 나를 가지고 뭘 어쩌려는 걸까.

아리아나의 제안을 애매하게 흘리고는 자고 가라는 말을 극구 거절한 채 다음에 또 만날 것을 약속하며 저택을 나오자 이미 밖은 커다란 보름달만을 제외하고 완전히 깜깜해져 있었다. 아리아나가 빌려준 마차를 타고 어두운, 그러나 이미 익숙해진 산길을 지나 집에 돌아가자 현관에 비스듬히 기대어 서 있는 그림자가 보였다. 밤의 어둠 속에서 암회색으로 보이는 머리카락 아래 보이는 붉은 두 눈동자가 그녀를 마주하자 가늘게 휘며 웃음을 담았다.

"네가 참 정신이 나갔구나."

"기다려줘서 고마워요, 윈터. 걱정시켜서 미안해요."

윈터의 혓바닥이 춤추기 전에 활짝 웃으며 그리 말한 리즈벳은 그가 이건 대체 뭘 잘못 먹은 건가 하는 표정을 대놓고 짓는 와중에 재빨리 그를 스쳐지나 방 안으로 도망쳤다.

그녀는 이제 알았다. 윈터는 타인을 서슴없이 죽일지 몰라도 그녀에게는 손을 대지 않는다. 그는 그녀를 끈질기게 놀리고 괴롭히긴 해도 해가 질 때까지 돌아오지 않는 그녀를 자지 않고 기다린다. 그는 분명히 나쁜 사람이지만 그녀에게는 나쁜 사람이 아니다.

이런 사람이 동거인이라면 나쁘지 않다고 생각하는 건, 잘못된 일일까.

그리고 다음 날 아침, 눈을 뜨자마자 쏟아져 내린 보복성 과제에 리즈벳은 제가 왜 어제 가출이라는 것을 감행했는지 기억해냈다.

* ❀ *

"……아아."

눈앞에 펼쳐진 책들의 향연에 리즈벳은 신음을 흘렸다. 그녀는 맹세코, 단 한 번도, 제 발로 서점에 들어갈 일이 있으리라고는 생각도 못 했다. 이마를 짚으며 기절하려는 아이의 모습에 카운터 뒤에 앉아 있던 주인이 낄낄거리며 웃었다.

"그리 죽상이나 쓸 거면 그냥 집에 가지 그러냐, 꼬마? 그보다 글이나 읽을 줄 알아?"

"저 이래 봬도 똑똑해요."

"오오, 그래? 이거, 꼬마 천재님을 내가 못 알아봤군."

일부러 작은 가슴을 펴며 새침하게 고개를 들어올리자 와하하, 요란한 웃음소리를 내며 주인은 그녀의 머리를 과격하게 쓰다듬었다. 곱게 땋아 내린 머리칼이 완전히 산발이 되었고 그런 그녀의 모습이 귀여운지 주인은 다시 한 번 머리를 쓰다듬곤 눈깔사탕 하나를 쥐여 주었다.

"책은 보고 싶은 만큼 봐라. 공짜로 보는 건 본래 안 되지만 꼬마 천재님께는 내가 특별히 선심 쓰지."

"아저씨, 지금 다시 가만히 보는데 아저씨는 정말 지성미가 넘치는 것 같아요."

"됐다, 무슨 쪼끄만 게 벌써부터 아부는."

그러면서도 기분 나쁘지는 않은 듯 또다시 낄낄 웃음소리를 내며 주인은 잠시 내려놓았던 책을 다시 집어 들었다. 정식으로 주인의 허락을 받은 리즈벳은 깊게 한숨을 내쉬곤 용감하게 책더미로 뛰어들었다.

책을 한 권 한 권 끄집어낼 때마다 먼지가 눈송이처럼 날렸다. 오를레앙 같은 소도시 서점의 장서량이란 뻔해서 윈터의 서재보다도 적은 양이었으나 종류만큼은 훨씬 더 다양했고, 수준도 그녀에게 적합했다. 특히, 이 서점에는 윈터의 서재에서는 찾아볼 수도 없는 인스켈 근대사에 관한 책들이 많았다.

아리아나와의 그리 길지 않았던 대화로 깨달은 또래 아이와의 수준

차에 자극받은 것도 있지만 리즈벳은 아리아나가 말했던 엘리자베타라는 죽은 왕녀가 궁금했다.

이름이 같아서일까. 다른 사람에게는 별로 느껴본 적 없는 묘한 호기심이 들었다. 대체 무슨 일이 있었길래 인스켈의 왕녀씩이나 되는 사람이 로세이유에서 살해당한 걸까.

인스켈 제국 현대사 입문.

제2차 대륙전쟁, 그 상실과 결실.

인물로 보는 현대사.

어렵지 않게 열댓 권의 책을 뽑아낸 리즈벳은 주변을 둘러보고는 그냥 바닥에 털썩 주저앉았다. 제대로 된 의자가 있는 것도 아니고, 어차피 더러운 것은 어디나 비슷하지만 이렇게 앉아 쌓여 있는 책더미에 등을 기대니 그녀의 키만 한 책 무더기 사이로 거리의 햇빛이 스며들어왔다. 따스한 오렌지색 햇빛과 주인이 책장을 사락사락 넘기는 소리, 오래된 종이 특유의 냄새. 마음을 묘하게 안정시켜주는 분위기에 심호흡을 한 리즈벳은 첫 번째 책을 꺼내 페이지를 넘겼다.

책은 인스켈이 본래는 대륙 정세에 제대로 이름을 내밀지도 못하는 약소국이었다는 말로 시작했다. 200년 전만 해도 인스켈은 이 대륙에 처음으로 뿌리 내린 에스타니아와 로세이유의 간섭을 번갈아 받으며 통합되지 못하도록 일부러 자잘한 지방으로 찢긴 채였다. 국력이 그리 대단치 못했던 인스켈은 안시르 1세가 소왕국들을 통합하면서 좀 나라꼴을 갖추나 싶더니 약 90년 전의 제1차 대륙전쟁 때 프란츠 3세가 결혼으로 맺어진 에스타니아-로세이유 통합왕국의 동맹 요청을 거절하고 신생 국가 리슈타인의 편에 서면서 바닥을 쳤다.

나라가 와해되지 않는 조건으로 두 나라에 엄청난 전쟁 배상금을 토해내야 했던 인스켈은 이때 반쯤 로세이유의 속국화되었고, 고작 열세 살밖에 안 되었던 엘리자베타 잘리어 왕녀가 제 나이의 두 배인 로세이유 왕자의 첩이 되었던 것도 그 증거였다.

지금이라면 감히 상상도 할 수 없는 내용에 빨려들듯 책장을 넘기던 리즈벳은 순간 심장이 멎는 듯했다.

시집간 엘리자베타 왕녀가 도저히 납득이 가지 않는 이유로 죽자 인스켈 전역에서 폭동이 일어나고, 죽은 왕녀의 오라비인 아를로한 1세가 로세이유에 반기를 들었다. 결혼으로 맺어졌던 동맹이 깨지고 급격히 강대해져가는 로세이유를 경계하던 에스타니아의 은밀한 지원을 받아 로세이유에 전쟁을 선포한 인스켈은 199년, 40전 무패의 용장인 로세이유의 샤를 5세를 생 디옹의 회전에서 사살하는 데 성공하며 제2차 대륙전쟁이라 명명된 전쟁의 승기를 잡는다.

그 샤를 5세를 사살했던 것이 그때의 인스켈 신성기사단장.

"······드레스덴 대공, 윈터."

여기서 발견하리라 생각조차 못 한 이름에 리즈벳의 목소리가 떨렸다. 동명이인일 게 분명하다는 생각이 제일 먼저 들었으나 본능은 그게 아니라 소리쳤다.

그녀는 자신의 동거자에 대해 거의 아는 게 없었다. 처음에는 도저히 물을 수 없었고, 그 후에는 그저 그 정도로만 아는 것에 익숙해져 버려 궁금해하는 것조차 잊었다.

아는 것은 윈터라는 이름, 신과의 계약에 의해 상처를 입어도 아픔 하나 느끼지 않는 신체가 되었다는 것, 무슨 이유인지 그녀의 오라비와는 적대관계라는 것, 그리고 존재만으로도 타인을 공포에 떨게 하는 뛰어난 살인자라는 것.

저를 윈터라 부르라 했던 목소리가 귓가에 울렸다. 겨울(Winter)이라는 뜻의 괴상하기 짝이 없는 이름이 흔할 거라고는 생각하지 않는다. 엘리자베타 왕녀에 대한 것은 이미 머리에서 사라진 뒤였다. 생각지도 못한 곳에서 찾아낸 동거자의 정보에 책장을 넘기는 손이 빨라졌다.

윈터. 윈터 드레스덴. 출신도 모르고 출생년도조차도 알려지지 않은 수수께끼의 기사. 수도 자를란트를 포위했던 로세이유 왕국군을 격파하며 등장해 생 디옹의 회전에서 승리함으로써 전 대륙에 이름을 알린 인물. 죽여도 절대로 죽지 않는 죽음의 계약자. 대륙 유일의 신체.

그 후로 주르륵 이어지는 것은 화려하고도 처참했던 승리의 기억.

200년 상트망 공방전 승리.

201년 로세이유 함락.

202년 벨라스델라 공방전 승리.

202년 에스타니아 함락.

228년 후아스델모 진압전 승리.

265년 자를란트 공방전 승리.

268년 벨라스델라 회전 승리.

199년의 자를란트 공방전에서 모습을 드러낸 이후로 윈터는 알려진 것만으로도 무려 70년에 가까운 세월을 계속 싸웠다. 싸우고, 저 수많은 장수들과 병사들을 죽여서 변방의 약소국이었던 인스켈을 제국으로 만들었다. 십여 권이나 되는 역사책을 모조리 뒤져 보아도 내용은 거의 비슷했다. 죽지도 않고 늙지도 않는, 사람으로서의 약점을 지니지 않은 불사의 수호신.

"적이 아무리 찔러대도 죽지 않는다는 건 축복이지. 아픔조차 느끼지 않는다는 것은 더욱. 거기에 지치지도, 숨이 차지도 않아."

윈터의 인스켈이 처음 반기를 들었던 199년은 로세이유의 전성기였다. 중부의 광활한 초원과 비옥한 농지는 질 좋은 말과 수많은 군사들을 길러냈으며, 그를 바탕으로 로세이유는 대륙 최강의 중갑보병과 기병을 소유하고 있었다. 그에 비해 인스켈의 군사력은 겨우 10분의 1.

회전이라 하기도 부끄러운, 끔찍한 학살전이었다.

시체에서 흘러내린 피와 그에 꼬이는 구더기와 까마귀 떼들로 생디옹의 벌판은 까맣게 변해 보름이 지나도록 제 색을 찾지 못했다. 양쪽 다 치열하게 물러섬이 없는 전투. 그곳에 처음 모습을 나타냈을 때, 윈터는 열다섯 정도 되는 소년의 모습을 하고 있었다고 한다.

눈을 감자 마치 눈앞에 보이듯 생생히 한 장면이 그려졌다. 새파란 하늘, 귀청을 찌르는 비명, 병장기의 금속성, 때를 노리는 짐승들의 숨죽인 노란 눈알. 아직 몸이 채 여물지도 않은 소년은 자신과 같은 갑주를 걸친 이들이 사방에서 도륙되어가는 와중 그들의 시체를 밟고, 적들을 찍어내리며, 사방에서 몰려드는 대륙 최강의 엘리트 군단을 향해 거의 홀로 달려갔다.

죽음으로.

죽음으로.

수없이 죽이고 죽어가는 모습을 눈에 담으며.

그 참담함에서 벗어난 몸이라는 사실에 예의 그 비틀린 미소를 지으며 재미있어했을까? 그게 아니라면 그때에는 아직 사람의 마음이 남아 있어 두려움에 떨었을까?

"불로불사의 축복이란다, 귀여운 리즈벳. 색을 보지 못한다든가, 맛을 느끼지 못하게 된다든가, 냄새를 맡지 못하게 되는 건 대가라고도 할 수 없지. 지극히도 이윤이 남는 거래야."

한참이나 멍하니 들여다보고 있던 책을 탁 소리를 내며 덮자 언젠가 윈터가 했던 말이 뇌리를 스쳤다. 축복? 확실히 이것은 인스켈에 있어 축복임에 틀림없다. 그러나.

199년. 무려 80년 전의 날짜가 적혀 있는 부분을 손가락으로 쓸자 손끝이 가늘게 떨렸다. 상처를 입어도 도로 재생하는 몸. 그러나 리즈벳은 그것이 이리 오랜 시간을 나이조차 먹지 않은 채 살아 있게 하는 것이라고는 미처 생각하지 못했다.

인간의 신체에 대체 어느 정도의 상식이 통용되는 것인지는 알 수 없으나, 199년의 생 디옹 회전에서 열대여섯 정도의 나이였다고 친다면, 태어났던 때는 최소한 184년. 그러면 279년인 지금, 그는 벌써 95년의 세월을 살아왔다는 말이 된다.

늙지도 죽지도 않은 채, 역사책에 실릴 정도의 인물이 되어.

"불로불사의 축복이란다, 귀여운 리즈벳."

멍한 머릿속에 노래하는 듯한 윈터의 미성만이 울렸다. 머리가 받아들이는 것을 거부한 그 모든 지식이 귓가에서 이명을 내며 맴돈다. 가슴이 먹먹한 느낌에 리즈벳은 저도 모르게 꽉 앞섶을 그러쥐었다.

제 손으로 손을 찍으면서도 입가의 미소를 지우지 않던 윈터의 모습을 기억한다. 마치 제 몸을 구경거리라도 되는 듯 말하였다.

"박수라도 치든지."

왜 그럴까 생각했다. 저것의 어디가 그리 재미있고, 어디가 그리 우습고, 어디가 그리 당연해서 저리 노골적으로 스스로의 비인간성을

과시하는 걸까. 윈터는 스스로가 신체라는 것을 밝히면서도 심드렁한
투였으나, 동시에 리즈벳은 그가 어딘가 진심으로 그 상황을 우스워
하고 있다는 느낌을 받았다.

제 몸을 향한 차마 이해가 되지 않을 정도의 타자화. 조롱. 냉소. 무
관심. ……경멸.

그리고 그 고운 목소리로 무자비하게 단언했다.

"지극히도 이윤이 남는 거래야."

인스켈의 입장에서는 그러할 것이다.

"하지만 당신은……."

사람이잖아.

• ✤ •

"대공."

나직하게 부르는 목소리에 윈터는 책에서 시선을 들어 소리 없이
제 발치에 부복한 사내를 바라보았다. 흔하디흔한 여행자의 옷차림에
몇 달 연속 길에서 지나쳐도 인상에 전혀 남지 않을 평범하디평범한
남자.

윈터는 자신이 키워낸 밀정, 낙트의 일원을 앞에 두고 무의식적으
로 귀를 기울였다. 저택 안에는 사람의 기척이 없었다. 그 조그마한
것이 또 제멋대로 사라져 아직까지 돌아오지 않은 모양이다.

낙트가 제가 데리고 있는 아이에 대해 모를 리가 없으나 그렇다고
직접 마주치게 하는 건 꺼려졌다. 최선은 저들을 아예 이곳으로 들이
지 않는 것이었으나 킬센의 일이 본격적으로 진행되며 직접 보고받아

야 할 일들이 늘어나자 아예 방문을 금할 수도 없었다.

차선은 저것들을 최대한 빨리 밖으로 내보내는 것. 탁 소리 내며 책장이 덮이고 윈터가 느릿하게 다리를 꼬았다.

"그래서, 도련님은?"

"예정대로 중부대로를 타고 움직이고 있는 듯합니다. 리온을 지난 지 닷새가 지났다 하니 보름 후면 킬센에 도착할 듯합니다."

리온을 지난 지 닷새. 속으로 보고받은 내용을 나지막이 되읊은 윈터는 머릿속으로 안셀라의 이동경로를 그려보았다. 경비가 조금이라도 허술한 지역을 아주 정확하게 짚어서 지나가고 있다. 영리한 움직임이었으나 그만큼 예측하기도 쉬웠다.

"묘지기들은?"

"말씀하신 대로 모든 준비를 마쳤습니다. 몇 겹으로 덫을 쳤으니 쉽게 뚫을 수는 없을 겁니다."

"데리고 다니는 것들의 수가 많아지면 곤란하니 눈치챘다는 걸 들키지 않는 한에서 꼬리는 열 명 이하로 잘라버려."

"하명받겠습니다."

"누른베르그를 지날 때 다시 보고해."

"예, 대공."

머리 숙여 보고하는 상대를 고개만 까딱해 돌려보낸 후 윈터는 나른히 의자에 몸을 묻었다. 순간적으로 낮게 죽인 웃음소리가 터져 나와 그는 한참이나 어깨를 들썩이며 웃었다.

잠을 자기 시작했다는 것은 제게 흐르는 신의 영향력이 줄어들고 있다는 표시. 제게서 신을 쫓아내려 필사적인 안셀라가 이 사실을 알면 어떨까? 필경 춤을 추겠지.

솔직히 자신만큼, 혹은 자신 이상으로 제 저주를 풀고 싶어 하는 이가 있다면 그것은 안셀라 클렌디온일 거다. 심장에 칼을 박아도, 불구덩이로 밀어넣어도, 지옥으로 떨어트려도 그를 죽일 수 없다는 것은 안셀라에게 있어서 정말로 속이 뒤집어지는 저주이리라.

안셀라 클렌디온. - 안셀라 브릴리언테.

그가 아니었다면 안셀라는 대륙을 지배하는 로세이유 브릴리언테 황가의 황태자였을 것이다. 미로 속의 쥐새끼처럼 죽어라 도망 다니는 삶이 아니라 좀 더 제대로 된 인생을 살았겠지. 그 가족도, 모두 살아 있었겠고.

『나는 목숨을 살려주신 은혜를 갚았을 뿐입니다.』

제 발치에서 구더기마냥 꿈틀거렸던 그의 조부를 기억해낸다.

『신과의 계약이 저주라 하시니 그걸 풀어드리려 했을 뿐인데, 설마 이렇게 될 줄이야.』

실성한 듯한 웃음소리가 높게 울려 퍼졌다. 이미 미쳐버린 그자의 광기에 휩싸여 미친 듯이 검을 휘둘러도, 그자를 몇 번이나 죽이고 또 죽여도 섬뜩한 웃음소리는 귓가에서 떠나질 않았다. 몸통에서 분리되어 바닥을 구르던 머리마저도 눈을 부릅뜨고 그를 바라보며 웃고 있었다.

"……싱클레어."

싱클레어 브릴리언테. 그자를 죽이고, 그자가 파냈던 저주받을 성물은 킬센의 황릉에 부장품이라는 명목으로 파묻어버렸다. 생각하면 웃기는 일이다. 인스켈 황제를 죽게 한 검을 그 무덤에 던져 넣다니.

킬센. 안셀라가 그 킬센으로 향하고 있다.

눈앞이 일그러지는 듯한 환상에 윈터는 거칠게 머리를 쓸어넘겼다.

킬센에 파묻어버린 것을 떠올릴 때마다 도지는 생리적 혐오감.

안셀라는 그 신물에 대해 알고 있는 것이 틀림없다. 싱클레어 브릴리언테. 그자가 제 손자에게 어떻게든 말을 전했던 게 틀림없다. 그렇지 않으면 안셀라가 왜 일부러 인스켈의 심장부로 오겠는가.

『차라리, 멸망했어야 했다…….』

눈앞이 흐려지며 케케묵은 기억의 조각이 머리를 든다. 마치 어제 일이었다는 듯 주름진 손이 머리를 끌어안는 촉감까지 생생해 윈터는 무릎 위에 내려놓았던 책을 집어 던졌다. 퍽 하는 소리와 함께 휘청거리며 넘어진 테이블 위에서 다른 책들이 와르르 쏟아져 내렸으나 이미 그의 귀에 그 소리는 들려오지도 않았다. 입 한번 뻥긋하지 못할 새카만 증오가 한순간에 쏟아져 내려와 눈앞이 캄캄했다. 죽어가던 싱클레어의 미친 웃음소리가 귓가에서 깔깔대며 울려 퍼졌다.

"……이리 와라, 도련님. 어서 이리 와."

양쪽 관자놀이를 사정없이 조여오는 두통으로 지끈거리는 머리를 느릿하게 들어 의자에 기댄 윈터의 입술 사이로 달콤하기 짝이 없는 목소리가 흘러나왔다.

"기다리는 것도 지겨워지려 하잖아."

저것까지 마저 죽으면, 그때에는 이 지긋지긋한 악몽도 끝이 날까.

· ❀ ·

우수수, 바람에 흔들리는 나뭇잎들 너머 어딘가의 가지에 내려앉은 새들의 지저귐이 들려왔다.

"리즈, 벳……."

억지로 입술을 달싹거린 소녀의 목소리는 지금 당장이라도 끊길 듯 연약했다.

"내가, 이대로 죽으면…… 엘리자베타를 부탁해. 에드윈의 마수에서 그 아이를 지켜줄 수 있는 건 이제, 너밖에…….

그리고 다섯 걸음 정도 앞서가고 있던 리즈벳은 그런 아리아나를 뭐라 설명할 수 없는 시선으로 바라보았다.

"아리아나, 지금 겨우 500미터 정도 올라왔어요."

"겨우 500미터라니! 지금 몇 시간을 꼬박 산을 탔는…….

발끈해 핵 몸을 일으키려던 아리아나가 머리를 부여잡고 신음 소리를 내며 다시 동그랗게 몸을 말았다. 유년기의 대부분을 산과 들을 누비며 살았던 리즈벳에게는 이해의 범주를 넘어선 일이었으나, 온실 속 화초로 자란 아가씨에게 오를레앙의 뒷산은 그 어떤 대산맥보다도 험준하고 가파른 장벽이었다. 격한 운동으로 인한 두통을 호소하며 널브러져버린 아가씨의 모습에 한숨을 내쉬면서도 리즈벳은 그 옆에 쪼그려 앉았다.

"아리아나, 슬슬 스스로의 한계를 인정하는 것도 나쁘진 않지 싶은데요."

"갈 수 있어! 에드윈도 그러더니 너까지 날 짐덩이 취급하는 거야?"

"그야, 사실 짐이고…….

"내가 없으면 그 할배 찾아갈 생각도 못 했을 거면서!"

"음, 하긴 그건 그렇지요."

발끈해 목소리를 높이는 아가씨에게 순순히 고개를 주억거려 동의하며 리즈벳은 눈에 띄지 않게 상대의 상태를 살폈다. 볼이 빨갛게 달아오른 데다가 어깨를 들썩이며 숨을 몰아쉬는 모습이, 기절하기 일

보직전인 것 같았다. 한 발짝 디딜 때마다 치를 떠는 걸 보니 산행을 좋아하는 것 같지도 않은데 부득부득 따라오는 걸 보니 학구열은 정말인가 싶어서 리즈벳은 속으로 감탄했다.

발단은 그녀가 책을 빌리러 아리아나를 찾아간 것이었다. 호기심이란 대단해서, 본래라면 앓아 죽을지언정 절대로 손도 대지 않았을 두껍기 짝이 없는 인스켈 역사서를 오를레앙의 서점을 탈탈 털어 모조리 읽어대었으나 그럼에도 정말 궁금한 점은 알아낼 수 없었다.

가령, 윈터는 어째서 신체가 된 것인가, 라든지.

지금까지의 역사책에는 그저 그가 어느 날 갑자기 나타나 전쟁의 판도를 바꿨다고밖에 쓰여 있지 않았다. 95년 전의 사람이라면 그가 처음 모습을 나타냈을 때의 기록이 남아 있을 법도 한데 선황제 카를 2세가 그 당시의 역사책을 모조리 태워버렸기 때문에 1차 기록이 남아 있는 게 없었다. 실제로 지금도 살아 움직이고 있는 사람인데 그의 태생을 비롯한 그 모든 인간적인 기록은 기이하리만치 없었다. 마치 산 채로 신화가 되어버린 것만 같았다.

그것이 손톱 아래의 가시처럼 불편했다. 십여 권은 되는 책을 탑처럼 쌓아놓고 그 사이에 주저앉아 리즈벳은 답이 돌아오지 않는 질문을 부여잡고 한참이나 멍하니 머리카락을 잡아당겼다.

그렇게 고민하다가, 포기했다가, 뭐라 설명할 수 없는 껄끄러움에 바닥을 구르다가, 그래도 좀 더 전문적인 책이라면 더 나은 기록이 있을까 싶어 아버지가 사학자라는 아리아나를 찾아갔던 것이었다.

"그거라면 신성기사단에 있었던 사람한테 직접 물어보는 게 빠르지 않아?"

상상도 못 했던 정보에 눈을 크게 뜨는 리즈벳의 모습을 보고 신이 났는지 아리아나는 몸을 바짝 숙여 은근히 속삭였다.

*"아버지가 숲에 혼자 숨어 사는 노인에 대해 말씀하시는 걸 들은 적
이 있어. 한 보름 전에 오를레앙에 숨어들어왔는데 제2차 대륙전쟁 때
드레스덴 공의 직할하에 있었던 모양이야."*

그 말에 리즈벳은 앞뒤 따지지 않고 아리아나에게 매달렸고, 그녀
는 잘 자란 아가씨다운 도도함으로 고개를 까딱하며 승낙했다.

하지만 리즈벳은, 그 노인이 궁금하기는 한데 울창한 숲을 홀로 가
로지르긴 무서웠던 아가씨가 저를 방패 삼아 꼬드겼다는 것을 그리
오래되지 않아 깨달았다.

숲을 혼자 헤매본 적이 없는 아가씨가 그 노기사의 정확한 위치를
찾아낼 수 있다던 말이 허세라는 것도, 그리 늦지 않게 깨달았다.

그리고 깨달았을 때에는 그들은 완전히 숲 속에서 길을 잃어버린
후였다.

하아, 작게 한숨을 내쉬며 리즈벳은 고개를 휙 젖혀 하늘을 바라보
았다. 아직 해는 머리 위에서 빛나고 있으니 아직 몇 시간 정도 더 헤
맬 여유가 있었다. 대충 그렇게 가늠하며 리즈벳은 기왕 주저앉은 김
에 좀 더 편히 쉬기 위해 다리를 쭉 뻗었다.

"……어디로 가야 할지 알 것 같아?"

흘끔흘끔 그녀의 눈치를 보고 있던 아리아나가 슬쩍 물었다. 길 찾
기는 자기한테 맡기라고 당당하게 나섰다가 이 지경이 된 게 민망하
긴 한 모양이었다. 그 모습이 왠지 귀여워서 리즈벳은 웃음을 억누르
며 고개를 짧게 끄덕였다.

"대충요."

"내려가는 길?"

"아뇨, 일단 기사님을 찾아서 그분께 내려가는 길을 묻는 게 빠를 것 같아요. 아직 시간도 많은데 여기까지 온 게 아깝기도 하잖아요."

"하긴."

그리고 솔직히, 헤매다가 시간이 늦어지면 아리아나네 집사가 사라진 아가씨를 찾으러 사람을 풀지 않을까 싶은 계산이 없는 건 아니었다. 그러라고 남기게 한 메모인 것이다.

"그러고 보니, 아까부터 어떻게 길을 찾는 거야? 난 정확한 위치는 가르쳐준 적 없는데."

"아버님을 따라갔다는 기사분한테서 대충 위치는 들었잖아요. 그리고 혹시나 해서 마을 식료품점에 가서 비밀리에 숲으로 배달을 시키는 사람이 있냐고 물어봤어요. 그 기사님도 밥은 먹어야 하고, 나이도 많을 테니 왔다 갔다 하려면 힘들잖아요."

"그렇, 네."

"나이가 어리니까 별 의심 없이 말해주더라고요. 실제로 우리가 그분을 뭘 어쩌려는 것도 아니니까 상관없잖아요? 정확한 위치는 안 알려줬지만 기사님이 했던 말이랑 끼워 맞추면 대충 어딘지 나오지요. 숲이 그렇게 넓은 것도 아니니까 대충 위치만 잡아서 뒤지다 보면 찾겠지요."

아리아나가 왠지 놀란 표정으로 눈을 깜박였다. 그런 그녀에게서 시선을 돌려 리즈벳은 몸을 일으키며 치맛자락을 탁탁 털었다.

"좀 쉬었으면 이제 슬슬 갈까요?"

생긋 웃으며 말하자 아리아나가 묵묵히 몸을 일으켰다. 힘들어 죽겠다는 표정으로 오만상을 찌푸리던 아까와는 달리 그녀는 한참을 걸었는데도 아무 말도 없었다.

지금까지와는 다른, 유심히 관찰하는 듯한 시선이 따라와 등에 박혔으나 악의나 경계가 느껴지는 종류는 아니라 리즈벳은 그냥 두었다. 아리아나가 침묵을 불편해하는 편이라면 나서서 뭐라 말이라도 건네겠지만 상대는 오히려 무언가 생각에 잠겨 있는 모습이라 리즈벳은 별말 없이 발걸음을 옮겼다.

　"너는, 마치 어른 같구나."

　느닷없이 던져진 말에 리즈벳의 발걸음이 저도 모르게 멎었다. 눈을 깜박인 그녀는 살짝 고개를 갸웃했다.

　"제가요?"

　"응. 길을 잃었는데도 전혀 당황하지 않고, 나 때문에 계속 뒤처지는 데도 진심으로 짜증내지도 않고…… 내게 기대지도 않고."

　돌아보자 아리아나는 어쩐지 복잡한 표정을 짓고 있었다. 리즈벳이 작게 소리 내어 웃었다.

　"아리아나는 정말이지 믿을 만한 길동무예요. 내가 얼마나 의지하고 있는지 몰라요."

　"윽, 무, 무슨 말이야! 너, 날 놀리는 거지!"

　"아닌데요. 정말로 큰 지지가 되어주고 있어요. 아리아나가 있어서 얼마나 다행인데요. 정말 아리아나는 큰 도움이 되었어요."

　"애 취급하지 마!"

　이제는 완전히 새빨갛게 달아올라버린 아가씨의 모습에 결국 참지 못하고 웃음을 터트리자 아리아나의 눈가에 눈물이 그렁그렁 고였다. 그 모습도 어쩐지 귀여워 웃느라 새어나온 눈물을 닦으면서 리즈벳은 아이를 온갖 말로 어르기 시작했다. 애 취급하지 마, 가지고 놀지 마, 발끈하며 발을 굴러대던 아리아나는 리즈벳이 숨겨 왔던 사탕을 입에 넣어주니 화를 내는 것도 잊고 눈을 동그랗게 뜨고는 순식간에 조용해졌다. 그런 아리아나의 눈가를 손수건으로 꼼꼼히 닦아주며 리즈벳은 느릿하게 입을 열었다.

"내가 딱히 어른스러워요? 그래도 어차피."

진짜 어른은 아니잖아.

그러나 그 생각마저도 어른이 채 되지 못한 아이의 것처럼 느껴져 리즈벳은 뒷말을 삼켜버렸다.

어른스럽다는 것은 어른들이 어른 흉내를 내려는 아이를 달랠 때 쓰는 말일 뿐이다. 꼴사납기만 해.

어른스러운 게 아니라 언제쯤 제대로 된 어른이 될 수 있을까.

진짜 제대로 된 어른이라면 이렇게 매일 불안할 일도 없을 텐데. 다른 사람에게 기대지 않아도 홀로 당당하게 잘 살아갈 수 있을 텐데.

내 자리를 구걸하지 않아도, 있을 자리를 거머쥘 수 있을 텐데.

생각이 이어지면 이어질수록 기분이 가라앉는 것을 느껴 리즈벳은 고개를 저어 휙 상념을 털어버리며 몸을 일으켰다.

"가요, 아리아나. 이러다 늦겠……."

그러나 미처 말을 마치기 전, 리즈벳은 그 자리에 우뚝 멈춰 섰다.

"리즈벳……?"

갑작스레 바뀐 분위기에 아리아나가 불안한 듯 눈을 굴렸다. 아리아나의 손을 꽉 잡아서 조용히 시킨 리즈벳은 뚫어지게 앞을 바라보았다.

울창한 수풀 너머에서 불어오는 바람 소리가 들렸다. 잎사귀가 바람에 흔들리는 소리, 어딘가에서 들려오는 새들의 노랫소리 너머로 나직한 발소리가 귀에 잡혔다.

"리, 리즈벳!"

심상찮은 분위기에 덜컥 겁을 먹었는지 아리아나의 손에 힘이 들어갔다. 상대의 얼굴도, 목소리도 듣지 못했으나 확 밀려오는 본능적인 불길함에 리즈벳은 저도 모르게 뒷걸음질 치기 시작했다.

이 숲은 그리 깊지 않아 위험한 짐승들이 몇 살지 않았고 그나마 몇 마리 없는 놈들도 해가 떠 있을 때에는 움직이지 않았지만, 혹시라도 사냥을 일찍 시작한 놈들이 달려든다면 그녀로서는 손쓸 방법이 없었다.

그리고 상대가 맹수가 아니라 사람이라 해도 리즈벳은 사람이 맹수보다 훨씬 더 위험할 수 있다는 사실을 아주 똑똑히 잘 알고 있었다. 아무런 근거 없는 감일 뿐이었으나 그녀는 이 본능적인 경보를 결코 무시하지 않았다.

마른침을 삼키며 다시 조심스레 뒷걸음질을 친 순간, 바스락, 마른 나뭇가지가 부서지는 소리가 작게 나며 순간 인기척이 멎었다. 쿵, 심장이 떨어지는 듯한 아찔함에 리즈벳은 아리아나의 손을 꽉 잡으며 빠르게 속삭였다.

"소리 내지 말고 천천히 도망가요. 어서. 어서. 어서!"

망설이며 주춤거리던 아리아나가 겁을 잔뜩 집어먹은 눈으로 뒷걸음질을 치더니 홱 몸을 돌려 내달리기 시작했다. 다시 한 번 인기척이 났던 쪽으로 시선을 던진 리즈벳은 치맛자락을 들어올리고 아리아나를 따라 달리기 시작했다.

주변 풍경이 빠른 속도로 스쳐지나갔다. 푸드득 놀라 풀숲에서 날아오르는 새들, 발아래 부서지는 나뭇가지들과 가쁘게 내뱉어지는 숨소리. 뒤를 쫓아오는 기척은 들리지 않았으나 두 아이는 뒤도 돌아보지 않고 내달렸다.

"꺅!"

그때, 외마디 비명과 함께 조금 앞서던 아리아나의 몸이 쑥 허공으로 끌려올라갔다.

"아리아나!"

아리아나는 어딘가에서 솟아난 그물에 걸려 나뭇가지에 매달려 있었다. 갑작스러운 상황에 당황하면서도 리즈벳은 본능적으로 주위를 살폈다. 아리아나가 매달려 있는 나무 쪽으로 향하는 길목을 자세히 보니 땅을 아주 살짝 파헤쳐놓은 부분이 있다. 주변에 있던 나뭇가지를 큼지막하게 꺾어 그 부분을 휘젓자 탁 하는 날카로운 소리와 함께 화살이 머리 위를 스치고 나무둥치에 박혔다.

털썩, 저도 모르게 다리가 풀려 주저앉았다. 심장이 미친 듯이 뛰어댔다. 그녀가 아이가 아니라 조금만 더 키가 컸더라면 화살이 심장을 뚫었을 위치였다.

"리, 리즈벳!"

하얗게 질린 아리아나의 목소리가 머리 위에서 들렸다. 리즈벳은 억지로 입가를 움직여 미소 비슷한 것을 지어 보였다.

"괜찮, 괜찮아요."

실제로는 전혀 괜찮지 않았으나 말에는 마력이 있는 법이다. 괜찮다고 거듭 되새기자 세차게 뛰던 심박이 그나마 조금 가라앉았다. 후들거리는 다리에 힘을 주어 몸을 일으킨 리즈벳은 서둘러 나무를 더듬어 함정의 구조를 파악했다. 아리아나를 매단 그물은 팽팽히 당겨진 밧줄로 고정되어 있었다.

단면이 그나마 날카로운 돌을 주워 리즈벳이 밧줄을 긁어대기 시작했을 때였다.

"리즈벳!"

날카로운 아리아나의 외침과 함께 선뜩한 바람이 목덜미를 스치고 둥치에 내리박혔다.

화살.

"목에 구멍 내기 싫으면 움직이지 말거라."

그리고 여덟 걸음 정도 떨어진 후방에서 마치 가래 끓는 듯한 노인의 목소리가 들려왔다.

긴장감에 입안이 바짝 말라붙는 것을 느끼며 리즈벳은 천천히 양손을 들었다. 목덜미를 스치고 지나갔던 화살은 경고였다. 솜털을 곤두서게 하는 살기는 없었으나 소름 끼칠 정도로 정확한 조준은 등골이 섬뜩해질 만했다.

훌쩍거리기 시작한 아리아나의 울음소리 너머, 뒤에서 시위가 걸린 활대가 휘는 소리가 들렸다.

"이곳이 아무리 작은 숲이라 한들 아직 성년도 되지 않은 아가씨 둘이 돌아다니기엔 적합한 곳은 아니구나."

"저희가 경솔했어요."

리즈벳은 상대를 자극하지 않기 위해 최대한 조심스레 말을 골랐다. 경계가 서려 있지만 노인의 목소리는 차분했고, 아직 그녀에게는 그 어떤 직접적인 위해도 가하지 않았다.

"길을 잘못 들어 헤매고 있었어요. 저흰 아무것도 보지 못했고 듣지 못했어요."

노인은 걸걸하게 웃었다.

"그냥 운이 나빠 숲을 헤매고 있었을 뿐이다? 에이드리언 솔라스의 딸을 데리고 말이냐? 내가 반송장이 되었다곤 해도 아직 치매가 온 건 아니란다."

에이드리언 솔라스. 낯선 이름이었으나 재빨리 머리를 굴린 리즈벳은 한층 더 고분고분한 어조로 대답했다.

"죄송해요. 어르신을 속이려 한 건 아니었어요. 어르신을 찾으러 갔다가 길을 몰라 헤매고 있었어요. 이리 언짢아하실 줄은 몰랐."

그러나 그녀의 말은 어깨죽지의 옷감을 찢고 나무에 박힌 화살에 뚝 끊겨버렸다. 또 일부러 빗맞힌 것이 분명한 화살임에도 후들, 다리가 떨려 리즈벳은 눈을 꽉 즈려감았다.

아리아나가 비명처럼 소리쳤다.

"그만해! 리즈벳은 잘못한 거 없어! 다, 다 내가 잘못한 거야! 내가 아버지가 하시는 말을 엿듣고 데려왔어! 그게 그렇게 잘못한 거야? 애초에 여기에 금제가 쳐져 있는 것도 아니잖아! 여기서 우리가 뭘 하든 그쪽이랑은 상관없잖아!"

"아리아나……."

"에이드리언 솔라스의 딸이 아무것도 몰랐다는 말은 믿을 수 있다만 그 딸을 구슬려낸…… 그래, 리즈벳이라 했던가? 그쪽 아가씨는 아무것도 몰랐다고 하기엔 제 목숨을 위협하는 상대를 앞에 두고 평범한 아가씨라고는 믿을 수 없을 정도로 담담하구나. 그래, 마치……."

끼릭, 다시 시위가 팽팽히 당겨지는 소리가 들렸다.

"마치, 이 늙은이의 경계를 풀고 시선을 끌기 위해 낙트가 보낸 미끼 같구나."

비수같이 서늘한 날이 있는 말이었으나 리즈벳은 저도 모르게 웃음을 터트렸다.

"……안타깝게도 전 낙트가 뭔지도 몰라요. 저는 그저 이 숲에 은둔해 계신다는 듀란 카르트 경께 여쭤보고 싶은 게 있어서 아리아나의 도움을 빌어 이 숲에 들어온 것뿐이에요."

그녀가 양손을 든 채로 느릿하게 몸을 돌려 상대를 마주하자 노기사, 듀란 카르트는 시위를 당긴 손에서 힘을 풀지도 않은 채 눈을 가늘게 떠 그녀를 지그시 응시했다.

"제가 목숨을 위협하는 상대를 앞에 두고도 비정상적으로 담담해 보이는 것은, 우선 경께서 무장도 하지 않은 죄 없는 계집아이 둘을 진심으로 해칠 정도로 잔인하신 분이 아니라는 느낌이 들어서이고, 또 하나는."

생각이 거기에 닿자 리즈벳은 힘없이 웃었다.

"또 하나는, 제 오라비가 비무장한 죄 없는 계집아이를 납치해 협박질을 할 정도로 저열한 사람들과 원수진 게 많아서 그래요."

윈터를 겪은 후로부터 다른 이들의 위협은 위협 같아 보이지도 않았다. 적어도 이 노기사는 상식이라는 틀의 안에서 움직이는 것 같으니까.

그에 듀란은 한참이나 그녀를 직시했다.

다음 순간, 지금까지 단 한 번도 흔들림 없던 노기사의 화살촉이 미미하게 떨렸다.

"……드레스덴 공이 거둔 아이로구나."

신음처럼 내뱉은 말에 아리아나의 표정이 확 바뀌었다. 그녀의 시선이 제게 내리꽂히는 것도 눈치채지 못한 채 리즈벳의 입이 살짝 벌어졌다.

그녀는 평생 만나본 적도 없는 상대가 저를 알아봤다는 것에 어찌 반응해야 할지 몰라 혼란스러웠다. 윈터는 일단 은둔형 외톨이라 해도 이상하지 않을 정도로 외부와의 교류가 없었고, 그래서 그녀는 윈터가 저와 같이 살고 있다는 사실이 거의 알려지지 않은 줄로만 알았다. 알려져 있었다면 인스켈 근대사에 환장하는 아리아나부터가 저를 가만두지 않았을 것이다.

"······어떻게 절 아세요?"

"그렇다면 날 보러 왔다는 것도 내게 공에 대한 것을 묻기 위해서겠구나."

당황이 그대로 드러나는 리즈벳의 눈을 바라보던 듀란은 지친 듯 긴 한숨을 내쉬더니 활을 내리고 그녀에게 저벅저벅 걸어왔다.

"무······."

리즈벳이 뭐라 말하기도 전에 섬광처럼 뽑혀 나온 검이 허공을 갈랐고, 그물에 걸려 있던 아리아나가 비명을 지르며 바닥으로 떨어졌다. 그리 대단한 높이는 아니었으나 불시에 떨어진 충격으로 엉덩이를 잡고 끙끙거리는 아리아나를 흘긋 본 듀란은 다시 피곤하다는 낯으로 한숨을 쉬더니 손을 들어 지저분하게 자라난 백발을 거칠게 흐트러트렸다.

"신께서 이 퇴물을 가차 없이 몰아넣으시는구나. 공의 낯을 뵐 용기조차 없는 이 늙은 것을 위해 죽기 전 이런 기회를 주시다니······."

"경······?"

"아가씨는 영특하니 이미 짐작했겠지만 내가 듀란 카르트다. 내가 아가씨의 물음에 답한다면 아가씨도 내 부탁 하나 정도는 들어주지 않겠나?"

"부탁, 이요?"

"그저, 말을 하나 전해달라는 것뿐이란다."

노기사의 얼굴은 이제까지의 세월의 무게에 따라잡힌 듯했다. 금방이라도 쓰러질 듯 노쇠해 보이는 듀란은 조금 전까지만 해도 흔들림 없이 강궁을 당기던 이와 같은 사람이라는 사실이 믿기지 않을 정도였다.

리즈벳은 그 연민이 일 정도의 변화에 묵묵히 고개를 끄덕였다. 듀란의 주름진 얼굴에 힘없는 미소가 어렸다.

"……고맙구나. 그래, 내가 무슨 말을 해주면 되겠니?"

리즈벳은 마른침을 삼키며 말했다.

"원터의 시작에 대해 알려주세요."

질문에 답하듯 노기사는 천천히 입을 열었다.

· ❊ ·

이제는 기록으로도 제대로 남지 않은 오래전, 대륙에 처음 정착한 것은 에스타니아 왕국의 일족들이었다. 그들은 이 세계와는 다른 세계, 즉 판데모니움이라 불렸던 신계(神界)를 여는 법을 알고 있던 대륙에서 흘러들어온 이주민이었다. 그 대륙은 판데모니움에서 내려온 신들의 지배하에 강성했던 땅이었으나 에스타니아의 왕족들은 무슨 이유인지 판데모니움에 대한 모든 지식을 닫아걸고 봉인했다. 판데모니움에 대한 진실은 시간이 지남에 따라 그 지킴이들의 죽음과 함께 역사의 저편에 묻혔고, 판데모니움과 문 너머의 신들은 그렇게 신화가 되었다.

그것을 로세이유의 야심만만한 젊은 왕이 파내었다.

샤를 5세는 반복된 실패와 좌절 끝에 겨우 문을 열어 대륙 최초의 신체가 되었다. 젊은 왕이 소환해낸 신은 '제왕'. 만물의 위에 군림하는 신이었다. 그 신의 대리자가 된 왕은 대륙에 제 권리를 주장했고, 참가한 전쟁마다 모조리 이기며 대륙의 패자가 되었다.

그 무슨 짓을 해도, 그 어떤 희생을 해도, 그 어떤 대가를 치러도 제왕으로 점찍힌 자를 인간의 힘으로 이겨낼 수는 없었다. 샤를 5세는 강인하나 잔인한 군주로서, 제왕으로서의 제 권리를 마음껏 행사했다.

그리고 그 제왕의 동생에게 억울하게 누이를 잃은 인스켈의 젊은 왕은 분루를 삼키며 궁리했다. 제왕을 쓰러트릴 것은 무엇인가. 결코 부러지지 않을 검을 꺾을 수 있는 것은 무엇인가.

그렇게 인스켈의 아를로한 1세는 '죽음'을 받아들인 신체를 만들어내게 된다.

그리고 그렇게 태어난 윈터 드레스덴은 '죽음'으로서의 제 권리를 '제왕'에게 주장했다. 치열했던 전투 끝, 그는 생 디웅의 벌판에서 샤를 5세의 무릎을 꿇리며 인스켈을 대륙의 패자로 만들었다.

문제는, 전쟁이 끝난 후 몇십 년이 지나도 신체가 죽지 않았다는 사실이었다.

죽지도, 늙지도 않고 황제나 황태자를 대신해 인스켈 국민의 절대적인 영웅이자 지주가 되어버렸다.

그리고 황제이기도 했으나 동시에 아비였던 아를로한 1세는 윈터 드레스덴을 적으로 간주했다.

햇볕이 강렬하던 한여름의 어느 날, 윈터를 호출했던 황제의 집무실이 폭발했다. 완전히 부서진 문 너머에서 황제의 목을 들고 나타난 윈터는 그 목을 당시의 황태자였던 카를 2세에게 던지며 제위에 오를 것을 종용했다.

"폐하께서는 그날의 일을 결코 잊지 않으셨단다."

긴 이야기를 마친 듀란은 길게 한숨을 내쉬며 머리를 쓸어넘겼다.

"결국 공을 황혼의 탑에 봉인해버리셨지. 공이 무슨 생각으로 반격 한 번 없이 그 처사를 받아들였는지는 알 수 없으나…… 조카를 향한 마지막 측은지심이 아니었을까 짐작해볼 뿐이다."

"잠깐만요."

무서운 집중력으로 노기사의 말 한마디 한마디를 듣던 아리아나가 날카롭게 말을 끊었다.

"조카? 조카라고요? 윈터 드레스덴이 인스켈 황실의……. 말도 안 돼요! 그 어디에도 그런 기록은,"

"폐하께서는 당신의 아버님을 시해한 공을 황족의 계보에 남겨두는 것을 거부하셨단다. 다들 쉬쉬하는 사실이다 보니 이제는 드레스덴 공의 혈통에 대해 기억하는 이들도 많지 않지."

담담하게 이어진 말에 리즈벳은 저도 모르게 시선을 떨궜다. 순간 윈터가 지난번 모호하게 흘렸던 말이 뇌리를 스쳤다.

……여동생이 갑자기 사라졌다가 다시는 돌아오지 않게 되었다고 했다.

이제야 퍼즐 조각이 맞아 들어가는 느낌이었다. 선황제가 윈터의 조카였다면 윈터의 죽었다던 여동생은 로세이유의 황자에게 살해당 했다던 엘리자베타 황녀일 것이다.

세상 모든 것을 냉소와 비아냥으로만 대하던 남자가 제 팔을 낚아채고 세상이 무너지는 표정을 지었던 것을 기억했다. 동생이 그리 끔찍하게 죽었다면 원터에게 그 기억은 악몽이리라.

복수를 위해 인간임을 포기할 정도로 끔찍했으리라.

그러다 결국 몇 남지 않은 제 혈육에게까지 인간임을 잊힌 것이리라.

제가 무슨 표정을 지었는지 모르겠으나 어느새 다가온 듀란이 제 머리 위에 손을 얹었다. 제 눈가에서 부드럽게 눈물을 훔쳐주는 손길에 그제야 리즈벳은 저도 모르게 울기 시작했다는 것을 깨달았다.

황제를 죽였다던 원터는 분명히 살인자다. 벌을 받아 마땅하다. 그럼에도 이 가슴의 답답함은 뭘까. 대체 왜 이리 손끝이 떨릴 정도로 화가 나는 걸까.

그런 그녀의 머리를 부드럽게 쓰다듬으며 듀란은 혼잣말을 하듯 읊조렸다.

"우리에게 필요했던 건 신이었단다. 그 어떤 고난에서도 우리를 보호하고, 지켜주고, 승리로 이끌, 그런 초월적인 무언가. 그랬기에 우리는 우리와 같은 나약함을 가진 인간은 필요로 하지 않았고, 그래서 멀쩡한 인간이었던 이를 신의 위치로 억지로 끌어올려버렸지."

"신."

"하지만 생각해보면 그것은 우리 스스로가 상처받기 싫고, 실패하기 두렵고, 노력하기 힘들었기에 내세웠던 방패 같은 것이었단다. 우리가 각자 감당해야 할 것들을 홀로 받아내게 했거늘 그 방패가 온전하게 남아 있을 수야 있었겠느냐. 또한."

금방이라도 끊길 듯, 뭉개질 듯 힘겹게 이어지던 목소리가 순간 사람이 바뀌기라도 한 듯 또렷함을 되찾았다.

"……그때가 되어서야 그것이 끔찍한 것이라고, 악마라고 매도하며 끌어내리는 것이 죄가 아니면 대체 무엇이겠느냐. 그분을 그리 몰아넣은 것은 그분이 인간임을 포기해가면서까지 지키고자 했던 인스켈이거늘."

마지막 한마디는 다 죽어가는 노인의 것이라고는 믿을 수 없을 정도로 엄준했다. 뿌연 암회색의 눈동자는 마치 눈앞에 둔 그녀가 아닌, 그녀 너머의 다른 누군가를 향하고 있는 듯했다. 곁에서 아리아나가 초조하게 꼼지락거리는 것이 느껴져 그 손을 꽉 한 번 힘을 주어 잡아준 후 리즈벳은 소맷단으로 눈물을 훔쳐내며 듀란을 똑바로 응시했다.

"경께서는, 윈터가 사람이라 생각하셨나요?"

쓰디쓴 미소가 돌아왔다. 한참 후에야 잔뜩 잠긴 목소리로 듀란이 말했다.

"……그분께 듀란 카르트가 머리 숙여 사죄한다고 전해다오."

"겨……."

힘겹게 미소 지으며 하는 말에 뭐라 응대하려 입을 열었을 때였다. 본능적인 위기감에 리즈벳은 그 자리에서 얼어붙었다.

어느새 산새들의 지저귐은 멎어 있었다. 고요했던 숲 속은 이제 바람마저 쫓겨난 듯 아찔하게 비정상적인 정적에 젖었다. 그녀의 눈에 서리는 긴장을 읽은 듀란이 희미하게 미소 지었다.

"뒤돌아보지 말고 곧바로 뛰거라. 아가씨 말대로 보는 것 없고 듣는 것 없다면 죄 없는 아이들까지 해하지는 않을 거란다."

"하지만, 경은……."

"나는 이제껏 외면해왔던 죗값을 치르고 편해질 거란다."

부드러운 말에 오히려 심장이 덜컥 내려앉았다. 올려다본 노기사의 얼굴에선 평온함마저 엿보여 리즈벳은 다시 한 번 왈칵 눈물이 쏟아질 것 같았다. 불안함에 입술을 짓씹는 아리아나의 손을 낚아챈 리즈벳은 비틀거리며 뒷걸음질을 쳤다.

어서, 듀란의 입 모양이 그리 말하는 것과 동시에 그녀는 고개를 푹 숙인 채 정신없이 오던 길을 그대로 달렸다.

그들이 달려간 자리를 소리 없이 움직이는 이들이 메우기 시작하는 것이 느껴졌다. 생각하려 하지 않아도 그것의 의미가 무엇인지 모르지 않아 두려움 이전에 슬픔이 몰려왔다.

만난 지 하루는커녕 한 시간도 지나지 않은, 아무것도 아는 것 없는 상대였으나 그럼에도 가슴이 터질 듯 괴로워졌다. 죽음으로밖에 안식을 찾지 못한다는 그가, 머리를 쓸어주었던 손이 너무나 다정했던 그가 가엾고 가엾어 눈물이 나올 것만 같았다.

· ❧ ·

정신없이 달려가는 아이들의 뒷모습을 듀란은 아련하게 응시했다. 나풀거리는 아이의 금빛 곱슬머리에 그는 지그시 눈을 감았다.

202년. 윈터 드레스덴이 백 일 동안 벌어졌던 벨라스델라 공방전에서 승리했던 시기, 그는 인스켈 신성기사단의 기사를 아비로 하여 태어났다. 어미의 몸 밖으로 나오는 순간부터 주위는 대양강국 에스타니아를 굴복시킨 드레스덴 대공을 칭송하는 함성으로 떠들썩했다.

대륙 중앙에서 서쪽으로는 에스타니아, 동쪽과 남쪽으로는 로세이유라는 양 대국의 사이에 껴 성할 날이 없고 이겨본 날이 없던 인스켈은 어제의 압제자를 무자비하게 눌러버린 영웅에게 열광했다.

　목검을 쥐고 흔들 수 있는 나이가 되었을 때 그는 드레스덴 공이 이끄는 기사단의 행렬을 보러 며칠이나 발이 부르트도록 걸어 옆 마을로 향했다. 천지를 울리는 환호성 속에서 깨금발을 들고 올려다본 드레스덴 공의 모습에 듀란은 순간 숨조차 제대로 쉴 수 없었다.

　열여덟 살이 채 안 되어 보이는 앳된 옆얼굴의 청년은 그럼에도 마치 신처럼 아이의 눈에는 완벽했다. 가볍게 내리깐 깊고 선명한 진홍빛 시선이 무심히 그에게 닿았다 스쳐지나갔을 때, 듀란은 뭐라 설명할 수 없는 흥분과 희열에 휩싸여 전율했다.

　신에게 닿은 인간. 죽음마저 굴복시킨 승자. 대적자 하나 없는 인스켈의 영웅. 그가 드레스덴 공에게 정신없이 매료된 것은 지극히 당연한 노릇이었다. 대륙에서 비견할 바 없는, 끔찍한 경쟁률을 뚫고 신성 기사단에 입단해 다시금 윈터를 만났을 때, 그 10년 전의 모습에서 한 치도 변하지 않았던 윈터는 그의 어깨에 검을 얹으며 말했다.

　"많은 이들이 흘린 피로 얻어낸 조국이다. 절대 당연히 생각지 말고 목숨 걸고서 지켜라."

　그 말에 우렁차게 답하며 피로써 제 목숨을 인스켈에 바치던 그 순간의 그는, 그 후 10년이 채 안 되어 제 손으로 제 영웅을 조각내게 되리라고는 상상도 하지 못했다.

　"……낙트."

　감겼던 눈이 뜨이며 노인의 목에서 가래 끓는 소리가 났다. 그에 화답하듯 어느새 사방은 회색 망토를 두른 이들로 둘러싸여 있었다. 소리 없이 나타난 죽음의 모습에 듀란은 껄껄 소리 내어 웃었다.

　"얼마나 남았나. 셋? 둘? 이젠 나 하나뿐인가?"

돌아오는 답은 없었다.

윈터를 황혼의 탑에서 끄집어냈던 여황은 나라를 위험에 빠트린 죗값을 물어 제 아비마저도 유폐했다. 윈터의 죽음에 일조했던 이들은 철저히 사냥당했다. 죄목은 반역에 준하는 태만.

칙명을 받은 회색 외투 사내의 칼이 휘둘러졌고, 칼날이 뽑혀 나왔다는 것도 눈치채지 못한 채 듀란은 숨이 턱 막히는 고통과 함께 바닥을 굴렀다.

선명하고도 강렬한 진홍의 빛. 빠른 속도로 흐릿해지는 시야 속에서 아스라이 환호성이 들리는 듯했다. 새파란 하늘 아래 그 누구보다 강대했던, 완벽했던.

그 머리가 다음 순간 바닥을 구른다. 새파란 풀밭 위에 흩뿌려지는 피. 악다구니를 써대던 선황제의 목소리.

"죽여! 죽여버려! 박살을 내! 저 괴물!"

듣는 사람조차 미치게 하는 광기에 휩싸여 그들은 그저 미친 듯이, 살기 위해 검을 휘둘렀다.

"조각내서 처넣어버려! 다시는 내 눈에 띄지 않게 해!"

태양 아래 그저 완벽했던 모습, 온몸에 창칼을 맞아 피 흘리는 모습, 요요히 군중들을 내려다보던 모습, 목이 잘려 바닥을 구르는 모습, 그를 바라보던 모습, 그 흔한 분노조차 보이지 않던 죽어버린, 붉은 눈동자.

그 죽어버린 시선과 마주치자 이제껏 애써 도망쳐왔던 묵직한 감정이 가슴을 짓눌렀다.

인스켈은 전쟁에서 승리한 후에 망가져가기 시작했다. 신체와 황제의 대립이 점점 벼랑 끝을 향해 달려가는 와중에도 누구도 아무것도 하지 않았다. 무섭고, 막막하고, 외면하고 싶었기에 눈을 돌렸다. 제 조국이 수뇌부에서부터 썩어들어가고 제 어릴 적의 영웅이 내몰리는 꼴을 봐왔으면서도 아무것도 하지 않았다. 두 눈 뜨고 윈터 드레스덴이 피에 미친 살인마로 전락하는 것을 방관했다. 끔찍해져버린 그자가 죽어버리길 원할 정도로 두려웠다.

결국 황명으로 윈터 드레스덴을 토막 내 죽였을 때, 그럼에도 죽지 못했던 그 붉은 눈이 그를 똑바로 응시했다.

추궁하는 듯했다.

반역에 준하는 태만. 수만이 피 흘려 얻어낸 것이 썩어가도록 방치한 죄. 가장 고귀한 맹세를 내팽개친 배반.

쿨럭, 한 사발 핏덩이를 토해낸 노인의 바짝 마른 입술이 달싹였다.

"……전, 흐……."

언젠가부터 경멸과 피로에 찌든 표정을 냉소로 가리던 윈터는 조각나 죽었다 살아난 후에도 잔인하리만치 열여덟 살의 모습 그대로였다. 그 모습이야말로 제 비겁함과 태만을 일깨우는 것 같아서 일생을 그 살인의 날에 마주쳤던 시선에 쫓기며 살았음에도 불구하고, 몇 년이나 낙트의 추격을 피해 윈터의 주위를 맴돌기만 했다.

윈터 드레스덴이 웬 아이를 데려다 키우기 시작했다 들었을 때, 듀란은 처음으로 윈터가 즐거운 듯 웃는 것을 보았다.

그를 두려워했다는 게 부끄러울 정도로 인간적인 웃음이었다.

그 모습을 떠올리자 듀란의 주름진 눈에서 눈물이 흘러내렸다.

부디…… 서, 를…….

• ❀ •

뒤에서는 무서울 만큼 아무런 소리도 들려오지 않았다. 그저 툭, 작게 무언가가 쓰러지는 소리가 들렸을 뿐이다.

그리고 냄새. 한번 겪어보면 결코 잊을 수 없는 그 비린내.

공기 중에 소리 없이 스며드는 혈향에 리즈벳은 눈을 꽉 감고 노기사가 했던 말대로 뒤 한번 돌아보지 않고 정신없이 숲길을 내달렸다. 어느새 저물어가고 있는 태양은 길게 그림자를 늘이며 사방을 새빨갛게 물들이고 있었다. 새빨간 하늘이 드리우는 새까만 그림자 속에서 뒤쫓아오는 이들의 숨결이 목덜미에 느껴지는 듯했다.

"리즈, 벳……!"

금세라도 끊길 것만 같은 목소리와 함께 결국 아리아나가 무너지듯 바닥으로 쓰러졌다. 금방이라도 넘어갈 것같이 거칠게 숨을 몰아쉬고 있는 아이의 얼굴은 새파랗게 질려 있었다. 아무리 봐도 더 움직이는 건 무리로 보여 입술을 잘근 깨문 리즈벳은 그녀의 팔을 끌어당겨 일단은 주위의 수풀 안으로 끌고 갔다.

"미안, 미안해. 나 때문에……."

"그 말 할 사이에 숨부터 돌려요."

힘겹게 숨을 몰아쉬는 아리아나의 등을 두드려 안심시키며 리즈벳은 주의 깊게 주변의 인기척에 귀를 기울였다. 간간이 들려오는 바람 소리를 제외하고 수상한 소리는 들려오지 않았다. 후각을 마비시키는 비린내는 여전했으나, 리즈벳은 그것이 노이로제에 걸린 제 머리가 멋대로 상상하는 것인지 아닌지 구별할 수가 없었다.

"그 사람은…… 그 사람은, 어떻게 됐을까?"

한참 후에야 조심스레 입을 여는 아리아나의 목소리는 가늘게 떨리고 있었다. 질문이라기보다는 차마 스스로는 입에 담을 수 없는 추측을 확인받으려는 것이었다.

친구의 어깨를 끌어안고 있던 손에 한층 더 힘을 주며 리즈벳은 작게 속삭였다.

"……짐작하시는 대로, 아마도."

그녀의 소맷자락을 움켜쥐고 있던 아리아나의 손에 힘이 꽉 들어갔다.

"……우린, 들어선 안 되는 걸 들었을까?"

리즈벳은 멈칫했다. 듀란은 제 뒤를 쫓고 있던 이들이 그들을 죽이려 들지는 않으리라 생각하는 듯했으나 실제로도 그럴까. 그들은 괜한 호기심을 채우려다가 이대로 비명횡사하는 게 아닐까.

"리즈."

그녀가 입을 다물고 있는 시간이 길어질수록 불안해지는지 견디지 못하고 입을 열던 아리아나는 다음 순간 뚝 말을 그쳐버렸다.

울창한 나무들 너머로 인기척과 함께 희미한 목소리가 들려왔다. 타인의 목숨을 노리는 자들이라고는 생각하기 어려울 만큼 요란한 기척이었다.

"……가씨!"

"아리아나 아가씨!"

"아가씨! 대답 좀 해보세요!"

조금 더 가까워지자 선명하게 들리는 부름에 어디서 그런 기운이 났는지 아리아나가 벌떡 몸을 일으켰다.

"아가씨! 아리아나 아가씨!"

"아리아,"

"에드윈……!"

초조하게 불러대는 이들의 목소리에 답해 아리아나가 힘껏 외치며 수색대의 선봉에 서 있는 청년에게 달려들 듯 안겼다.

"아리안!"

청년이 반색하며 팔을 벌리자 그 품에 얼굴을 묻던 아리아나가 다음 순간 고개를 들며 그를 매섭게 노려보았다.

"늦었잖아!"

앙칼진 목소리가 곧 흐느낌으로 젖어들었다. 그렁그렁한 눈물이 후두둑 떨어져 내리자 청년의 얼굴이 눈에 띄게 당혹감으로 물들었다.

"아리안……."

"에드윈, 흡, 흐윽, 왜 이제…… 흑, 바보, 멍청이, 흐윽, 미워!"

"……잘한다. 그게 널 찾으러 야산을 헤집고 다녔던 오라비한테 할 말이야?"

"오라비는 무슨! 내가, 흑, 어, 얼마나, 얼마나 무서웠는데! 근데도, 흐윽, 안 오고! 정말 최악이야!"

"그러니까 누가 호위도 하나 없이 멋대로 산을 헤매고 다니라고,"

"시끄러, 시끄러, 시끄러!"

빽 소리를 내며 있는 힘껏 소리를 질러대는 동생의 말에서 논리와 이성을 찾을 수가 없자 에드윈 솔라스는 작게 한숨을 내쉬며 제 허리에 매달려 있는 동생의 등을 토닥이기 시작했다.

"그래그래, 알았다, 알았어. 내가 다 나빠. 내가 못된 놈이다. 됐지?"

"됐긴 뭐가……!"

새빨갛게 코를 물들이며 고개를 홱 들었던 아리아나는 에드윈과 시

선이 마주치자마자 또다시 그렁그렁 눈에 눈물을 머금었다. 에드윈이
당황해서 얼굴을 일그러트렸다.

"왜 또 울,"

"으허어어엉, 오라버니!"

결국 자존심이고 체면이고 모조리 내팽개친 어린 아가씨는 눈물 콧
물을 흘리며 공자의 허리를 냅다 끌어안고 통곡하기 시작했다. 에드
윈은 질색을 하는 표정을 지었다.

"……아리안, 콧물 묻어."

"이럴 때에는 좀 닥치고 있어!"

그 모습을 보며 리즈벳은 저도 모르게 뒷걸음질을 쳤다. 그녀의 시
선이 아리아나를 꽉 안고 있는 청년의 팔에 닿았다. 말로는 더럽다느
니, 참 별꼴이라느니 별말을 다 해도 에드윈은 서럽게 울어대는 누이
를 도닥이고 있었다.

그 광경을 어쩔 수 없다는 미소를 띠며 바라보던 수색대의 다른 병
사들이 말없이 물러섰다. 마치 그 두 남매 주변에만 타인이 감히 침범
할 수 없는 장벽이 쳐진 듯하다. 피를 통해 태어날 때부터 이어진, 지
긋지긋하나 동시에 그 무엇보다도 견고한 연. 유대. 가족이 아닌 그녀
에게는 허락되지 않는 것.

오라버니.

멍하니, 생각이 그에 닿았다. 좀 전까지 이어지고 있던 모든 생각
들, 듀란 카르트에 대한 것이라든지, 윈터 드레스덴에 대한 것이라든
지, 그들의 뒤를 쫓고 있을지도 모르는 살인자에 대한 것이라든지, 그
모든 것이 순식간에 사라졌다. 아무 의미가 없는 것처럼 되었다. 아,
이제 안전해졌구나 싶은 생각이 드는 것과 동시에 뭐라 말할 수 없는

공허함이 밀려왔다.

내게도 오라비가 있는데.

더듬더듬 이어진 생각은 끝을 맺지 못했다. 아무리 떠올리려 해도 오라비의 얼굴이 떠오르지 않았다. 유모들은 오라비가 그녀를 끔찍이 아낀다 했으나 정작 그녀는 제게 다정히 건넨 한마디조차 기억해내지 못했다.

오라버니, 오라버니.

그러고 보니 그녀는 듀란의 칼이 목덜미에 닿았을 때에도, 그를 죽인 이들이 자신의 뒤를 쫓고 있을지도 모른다는 불안에 시달리면서도 안셀라를 단 한 번도 떠올리지 않았다.

그야 그녀의 오라비는 지금까지 그녀의 부름에 단 한 번도 답하지 않았으니까.

윈터에게 납치되어 끌려가던 와중에도, 다른 오라비의 적들에게 납치되었을 때에도, 그리고 그 전, 열 손가락으로도 채 셀 수 없는 밤을 홀로 지새우며 어디론가 사라졌던 유모들을 기다리던 와중에도.

단 한 번도. 그리도 간절히 불렀는데 지금까지 단 한 번도.

기적이 일어날지도 모른다는 헛된 바람조차 떠오르지 않게 될 때까지.

뒷걸음질 치던 발걸음이 점점 빨라지면서 리즈벳은 결국 휙 몸을 돌려 어둑한 산길을 달리기 시작했다.

예전에는, 그러니까 유모들이 선물해줬던 동화를 읽으면서, 생각했던 적도 있었다. 동화 속 공주님이 위험에 처하면 어떻게 알았는지 사랑에 빠진 왕자님이 구하러 와주곤 했다. 그렇다면 오라버니는, 나를 그리 사랑한다는 오라버니는, 내가 위험에 처했을 때라면 나를 구하러 와주지 않을까?

나를 만나러 와주지 않을까?

쿠르릉, 이제는 완전히 어둑해진 하늘 너머로 어딘가에서 천둥이 치는 소리가 들렸다. 꾸물거리며 뭉쳐들고 뒤틀리며 동물의 내장처럼 맥박 치던 구름들이 이윽고 점점이 빗줄기를 토해내기 시작했다. 툭, 투둑, 소리 없이 떨어지던 빗방울이 곧이어 세찬 폭우가 되어 리즈벳의 뺨을 때렸다. 순식간에 그리 두껍지도 않은 옷은 속까지 흠뻑 젖어들었다.

뼛속까지 치미는 추위에 딱딱 이가 떨렸다. 추위와 피로로 비틀거리며 휘청거리는 다리 때문에 몇 번이나 구를 뻔했을 때, 저 멀리에서 아릿하게 흔들리는 불빛이 보였다. 구르듯 달려가 활짝 문을 열어젖히자 문가에서 그리 떨어지지 않은 난롯가에 앉아 있던 윈터가 눈을 들었다.

쿠르르, 문 너머에서 하늘이 우는 소리가 들렸다. 뚝, 뚝, 리즈벳의 머리에서, 턱 끝에서, 치맛자락 끝에서 떨어진 물방울이 순식간에 문가에 흥건한 물웅덩이를 만들었다. 탁 소리를 내며 두꺼운 양장본이 덮이고 그녀를 바라보던 붉은 눈이 가늘어졌다.

몸을 휙 일으킨 윈터가 세 걸음 만에 다가오더니 턱을 잡아 그녀의 얼굴을 들게 했다.

"너, 얼굴이 그게 뭐야."

단도직입적인 말에 리즈벳은 대답 없이 그저 해사하게 웃었다. 그게 마음에 안 든 듯 살짝 벌어지는 입술에서 상상을 초월하는 악담이 쏟아져 나오기 전, 그녀는 윈터의 허리를 답삭 안았다.

"……오늘 재워줘요, 윈터."

난데없는 말에 윈터가 이건 뭐냐는 듯한 표정을 적나라하게 지었다. 그 표정에 더욱 어조를 달콤하게 하여 리즈벳이 졸랐다.

"가끔은 이런 것도 좋잖아요."

감정이 저도 모르게 솟구쳐 말꼬리가 가늘게 떨렸다.

이 사람은, 동생을 끔찍하게 괴로운 방법으로 잃었을 이 사람은, 그녀의 이름을 들었을 때 한순간이나마 이제는 세상에 없는 동생을 떠올리지 않았을까. 언제든 그녀를 죽일 수 있었던, 실제로도 너무나 허무하게 그녀의 호위들을 모조리 죽여버렸던 이 사람은 그녀를 죽일까 살려둘까 결정을 내리던 순간, 단 한 번 정도는 죽어버린 동생을 떠올려 망설이지 않았을까. 열세 살에 죽었다는 동생을 아직 기억해, 또래인 그녀를 보고 한순간이나마 그녀가 안셀라의 누이가 아니라 제 누이이기를 바란 적은 없었을까. 그는 신체이기 전에 인간이었으니까. 그 마음을 완전히 잊지 않았으니까.

그녀는, 그가 대신을 원한다면 기꺼이 그리해줄 용의가 있었다. 아니, 가짜 동생이 아니라 그가 가끔씩 조롱하듯 부르는 대로 그의 장난감이 되어도 좋았다. 주인이 필요할 때마다 쪼르르 달려와 재롱을 피우는 애완견이라도, 아니면 그냥 새장 속에 넣어놓고 관상용으로 삼는 새가 되어도 좋았다. 적어도 애완동물이라면 다정한 손길은 받을 수 있을 테니까. 없어지면 찾아와줄 사람이, 무슨 일이 생기면 관심을 보여줄 사람이 생길 테니까.

쏴아아, 문지방 너머로 세찬 빗소리가 들려왔다. 빗소리만을 제외하고 숨 막힐 듯 조용한 사이, 웃음기 없는 윈터의 시선만이 그녀에게 내리꽂혔다.

"윈터? ……윈터?"

그가 한참 아무 말도 없자 리즈벳이 조심스레 그의 안색을 살폈다. 평소에는 얄미울 정도로 거침없이 악담을 퍼붓는 주제에 가끔 이렇게 입을 다물 때면 그의 분위기는 손바닥을 뒤집듯 바뀌어 제 속을 샅샅이 뒤집어 보는 듯했다.

"윈터, 무슨 말이라도…… 꺄악!"

흠칫거리며 꺼낸 말은 높은 비명이 되었다. 그를 무시하며 윈터는 아이의 몸을 번쩍 들어 어깨에 짊어지듯 멨다. 거꾸로 들린 아이가 기겁하며 조그마한 주먹으로 그의 등허리를 내리치기 시작했다.

"윈터! 윈터, 내려놔요! 내려놔앗!"

"싫은데."

"변태! 치한! 짐승! 꺄악!"

"네가 진정한 변태며 치한이며 짐승을 못 봤구나."

얼굴을 새빨갛게 물들이고 있을 게 뻔한 아이의 항의에도 눈 하나 깜짝하지 않고 그는 그대로 계단을 올라 리즈벳의 침대에 그녀를 내려놓았다. 그다지 섬세하다고는 할 수 없는 방법으로 침대 위에 던져지자 매트리스가 출렁거렸다. 윈터는 침대 위를 가득 채운 베개니 인형이니 쿠션에 파묻힌 아이에게 의자 위에 걸려 있던 숄을 던졌다.

"옷이나 갈아입고 자라. 같잖은 소리나 하지 말고."

"같잖다니……."

그녀가 발끈해서 뭐라 반박하려는 것을 들은 체도 하지 않고 그는 등을 보인 채로 의자에 걸터앉았다. 리즈벳은 멍하니 눈을 깜박였다.

"……뭐 해요?"

"네 빈약한 몸매를 구경하고 싶은 생각은 없는지라."

"안 빈약하……!"

반사적으로 억울함에 반박하려던 리즈벳은 다음 순간 제가 방금 들은 말의 의미를 깨닫고 입을 다물었다. 조용한 침묵 속, 굳게 닫힌 창문을 빗줄기가 두드리는 소리 사이로, 아예 자리를 잡을 생각인지 손에 닿는 대로 책상 위의 책을 아무거나 한 권 집어든 윈터가 파라락, 성의 없이 책장을 넘기는 소리만이 울렸다.

결론적으로는 재워주겠다는 의사표현에 얌전해진 리즈벳은 제 쪽은 거들떠도 보지 않는 남자의 등을 흘낏거리다가 재빨리 옷을 갈아입었다.

그냥 알았다고 곧이곧대로 말해주면 덧나나. 꼭 저렇게 얄미울 정도로 말을 꼬아서 하지. 저러니 친구가 하나도 없지.

"……윈터는 조금만 말을 예쁘게 하면 참 예쁠 텐데."

"살다 살다 별 창의적인 헛소리를 다 듣는구나."

반쯤 혼잣말로 중얼거렸던 말조차 놓치지 않고 냉소적인 대꾸를 되돌려준다.

리즈벳은 처음으로, 아주 간절하게, 무술이라는 걸 배워 저 뺀질거리는 입을 한 대 쳤으면 하는 충동을 느꼈다.

빗물이 뚝뚝 떨어질 정도로 젖었던 옷을 갈아입고 머리의 물기마저 대충 닦아내자 그새 윈터가 지폈던 벽난로에서 퍼져 나온 온기에 곱았던 몸이 차차 녹아내렸다. 길게 한숨을 내쉬며 리즈벳은 눈을 감았다. 보들보들한 털의 토끼 인형을 꼭 끌어안자 오늘 하루 산속을 누비며 겪었던 그 모든 일들이 하나의 비현실적인 꿈만 같았다.

"윈터."

그러나 마지막 순간, 안도감에 엉엉 소리 내어 울던 아리아나를 안아주던 에드윈의 모습만은 각인된 것처럼 뇌리에서 지워지지 않았다.

남매를 바라보던 순간의 감정은, 그 어둡고 질척하고 끔찍하던 감정은 다시 떠올리는 순간부터 가슴속에서 먹물처럼 퍼져나가 숨을 막히게 했다.

"윈터는, 왜 나를 살려뒀어요?"

그 순간, 남매의 세계에서 저는 없는 존재였다. 사실 그녀가 이대로 사라진다 하더라도 진심으로 슬퍼하는 사람이 한 명이라도 있을까. 사라졌다는 사실을 눈치챌 사람이 있기나 할까.

윈터는 그녀를 왜 거두었을까. 그가 몇 번이나 말했듯 머리도 나쁘고, 할 줄 아는 것도 없고, 사실 인질로서의 가치도 없는 계집아이를. 그녀는 오라비가 보낸 수색대가 더 이상 찾아오지 않는 것을 보고 윈터가 그 사실을 짐작했으리라 생각했다.

대체 뭘 기대하고 저를 계속 곁에 뒀을까.

이유가 무엇인지 알면 그 역할을 충실히 이행할 텐데. 그가 입버릇처럼 말하는 심심풀이 장난감이라 하더라도.

"……글쎄."

사락사락, 소리 없이 책장이 넘어가는 소리가 들렸다. 한참을 뜸을 들이며 아무런 말도 하지 않던 윈터는 대답 같지도 않은 말을 한마디 툭 던져놓고 또 한참이나 말을 잇지 않았다.

"왜 그랬을까."

나직하게 뇌까린 말은 그녀의 질문에 대한 대답이라기보단 오히려 스스로에게 던지는 질문처럼 느껴졌다.

리즈벳은 뭐라 설명하기 어려운 감정으로 고개를 숙였다.

"……윈터. 나는요, 가끔은."

거기까지 말했다가 그녀는 그대로 입술을 짓이겨 물며 고개를 파묻어버렸다. 원하는 것, 두려운 것, 인정하고 싶지 않은 것, 그녀 안에 켜켜이 쌓이고 쌓인 그 모든 어두운 것들이 치솟는 듯해 리즈벳은 숨을 헐떡였다. 차라리 이 모든 것을 터뜨려버리고 편해지고 싶은데 그리 했다간 다시는 돌이킬 수 없이 미움받게 될지도 모른다는 두려움에 숨이 막혀왔다.

화려하게 치장했던 낙엽은 저를 기다리는 것이 겨울뿐임을 깨달은 나무들의 마지막 자기기만일 뿐이다. 색색의 이파리로 장식해 앙상하게 말라만 가는 가지들을 숨기려는 눈가림일 뿐이다.

유모들은, 아리아나는, 그녀를 스쳐지나갔던 그 모든 사람들은 그녀를 낙천적이고 어른스러운 아이라 입 모아 말했으나 그건 그저 피와 살을 나눈 오라비에게도 사랑받지 못하는 볼품없는 계집아이가 덮어쓴 가면일 뿐이다. 사실 그녀는 앞으로도 계속 혼자일지도 모르는 현실을 인정하는 것이, 타인에게 손을 내밀었다가 미안한 듯한 미소와 함께 거절당하는 것이 그냥 끔찍이도 싫을 뿐이다.

고를 수 있다면, 낙천적이지도 않고 어른스럽지도 않은, 그냥 평범한 아이가 되기를 택했을 거다.

"쉬이."

서늘한 손이 그녀의 머리를 부드러이 감싸 안았다. 어느새 다가왔는지 눈가를 가만히 가린 윈터는 느릿하게 그녀의 머리카락을 쓸어내렸다.

"안 돌아가는 머리로 끙끙대지 말고 잠이나 자라. 뭐가 그리도 불안하고 두려운지 나는 잘 모르겠다만."

그답지 않게 다정한 목소리와 함께 윈터는 앞머리를 쓸어넘겨 이마에 가볍게 입을 맞춰주었다.

"네가 잠들 때까지 곁을 지키는 것 정도는 해주마."

꾸역꾸역 참고 있던 눈물이 왈칵 쏟아져 내려 리즈벳은 그의 팔을 부여잡고 목 놓아 울음을 터트렸다. 예전처럼 달래는 건지 가지고 노는 건지 알 수 없을 정도의 꼬인 말로 뱉는 조롱도 아닌, 별것도 아니었으나 그럼에도 지극히도 정상적이고도 따뜻한 말에 지금까지 가슴속에 고여 썩어가고 있던 감정이 주체할 수 없이 흘러넘쳤다.

당신은, 죽음을 모르고, 상처를 몰라 그 누구보다도 잔악하고 비인간적이라는 당신은, 수많은 사람들이 진심으로 증오하고 매도하는 살인귀라는 당신은, 내 친오라비의 철천지원수라는 당신은 그래도 이 순간만큼은, 적어도 지금 이 순간만큼은 지금까지 내 인생에 끼어들었던 누구보다 다정하고 따뜻해서.

타닥타닥 소리를 내며 타오르는 벽난로의 불길에 얼어붙은 손이 녹아내리듯, 가슴속에 박혀 있던 무언가가 녹아내리는 듯해 리즈벳은 고통스럽게 통곡했다.

지금 이 순간만큼은, 그녀는 윈터 드레스덴이 제 친오라비이기를 진심으로 바랐다.

· ·

무엇이 그리 서러운지 듣는 이의 가슴이 미어질 정도로 서럽게 통곡하던 아이가 제풀에 지쳐 잠이 들자 윈터는 길게 한숨을 내쉬며 아이의 침상에서 몸을 일으켰다. 아무리 기를 써도 왜 갑자기 저리 구는지 가늠조차 되지 않아 답답하기만 할 뿐이었다.

날이 밝으면 오를레앙 시가지의 아무나 잡아다 족쳐볼까 하는, 아이가 알았다간 기절할 생각을 속으로 굴리며 그는 울음의 여파로 촉촉이 젖어 있는 아이의 눈가를 손끝으로 가볍게 닦아준 후 이불을 목까지 덮어주었다.

어느새 비가 그쳤는지 타닥거리며 타오르는 벽난로의 소리를 제외하고는 주변은 모두 조용한 가운데 아이의 색색거리는 숨소리만이 들려왔다. 별생각 없이 조그만 아이의 등을 가만히 도닥이자 고른 들숨과 날숨을 따라 어깨가 오르락내리락하는 것이 느껴졌다. 그 규칙적인 움직임이 묘하게 기분을 안정시켜주어 윈터는 스르르 눈을 감았다.

통곡하며 돌아온 아이에게는 미안하지만 그리 나쁜 기분이 아니었다. 아직까지 제 손에 남은, 아이의 조그만 몸이 답삭 달라붙어 안아오던 때의 감각을 떠올리자 뭐라 설명하기 어려운 감정의 일렁임에 내뱉는 숨결이 가늘게 떨렸다.

가을이 깊어지고 또다시 겨울이 가까워온다. 그러나 지금은 보드랍고 따뜻한 아이를 품에 안고 눈을 감았다 뜨기만 해도 겨울이 왔다는 것도 느끼지 못한 채 봄이 되어버릴 것만 같았다.

그때였다. 저택 주위에 심어두었던 결계에 와 닿는 인기척에 윈터의 눈이 뜨이며 차갑게 굳은 시선이 창밖의 어둠을 응시했다. 침입자, 라고 하기엔 움직임이 은밀하지 않고, 기척을 숨기는 기색도 없지만, 그렇다고 암살자 특유의 죽음의 향이 나는 것도 아니었다.

낙트.

간단하게 답을 도출해낸 윈터는 아직 세상모르고 잠들어 있는 리즈벳에게서 조심스레 손을 뗀 후 방을 나섰다. 서재로 들어가자마자 어둠 속에서 기다리고 있던 남자가 순종적으로 부복했다.

"그래서?"

나름대로 만족스러웠던 순간이 망쳐진 것 때문에 윈터의 말투는 결코 곱지 않았다. 대놓고 불편하다 하는 심기를 거스르지 않게 더욱 깊이 몸을 숙이며 낙트의 요원은 말했다.

"묘지기들의 전언입니다."

이어진 말에 윈터의 표정이 단번에 굳었다.

"안셀라 클렌디온이 누른베르크를 통과했다 합니다."

한동안 윈터는 아무 말도 없었다. 지금까지의 나른했던 기분이 찬물을 끼얹듯 씻겨나가자 그 자리에 따리 튼 악의가 소리 없이 고개를 들었다. 움찔하며 경련한 손가락이 느릿하게 들려 올라가 목덜미를 쓸었다. 반백 년 전 찢겨나갔던 상처가 갓 피를 흘린 듯 둔하게 아려 왔다.

입술이 비틀리며 잔인한 미소를 띠었다.

"……쥐새끼를 잡으러 가야겠군."

· · ❧ · ·

"억!"

"큭!"

단말마를 남기며 병사 둘이 동시에 목이 꺾여 숨통이 끊겼다. 순식간에 방해꾼을 해치워버린 디아나는 가볍게 숨을 고르며 허리를 곧게 폈다. 그녀와 킬레인이 손을 놓자 시체가 되어버린 병사들이 맥없이 바닥을 굴렀다. 그때를 기다렸다는 듯 머리 위 나무에서 뛰어 내려온 엘제가 빠르게 보고했다.

『황릉으로 이어지는 다섯 방향 모두 병사가 깔려 있습니다. 우리를 눈치챈 것 같습니다, 안셀라 님.』

『정말 눈치챘다면 벌써 이쪽으로 몰려왔겠지요. 상시적인 방비일 뿐입니다.』

『그런 것으로 따지자면 수비망이 너무 두텁습니다. 여기까지 오는 데 희생이…….』

그 이상 말하지 못한 채 엘제는 이를 악물고 말을 삼켰다. 지금 말을 이었다면 목소리가 떨렸으리라. 그녀는 단 하나 살아남았던 여동생을 막 잃은 직후였다.

『일단은 후퇴한 후, 후일을 도모하는 게 낫지 않을까 합니다. 지금 이 속도로 동지를 잃다간 황릉에 도착하기도 전에 전멸합니다.』

『불허합니다.』

『안셀라 님.』

『드레스덴은 제 치명적 약점이 될 수 있는 물건을 이리 공공연하게 보관케 했습니다. 이 장소 자체가 거대한 함정이니 수비망이 두터운 것은 당연하고, 그를 뚫는 데 희생이 크리라 예측했던 상황입니다. 어찌 움직이더라도 희생을 피할 수 없다면 이미 희생된 이들의 목숨을 무의미케 하지 않는 것이 옳습니다.』

『예상했던 방어망은 이만큼 두텁지 않았습니다. 안셀라 님, 자살에는 의미가 있습니까?』

『그대의 마음이 괴로운 건 압니다. 그대의 조언 역시 타당하니 그대는 내가 죽었을 경우 남은 이들을 후퇴시켜도 좋습니다.』

『안셀라 님!』

『사령관으로서 명합니다, 엘제 라몬트. 이대로 계속 갑니다.』

고저 없는 목소리는 그럼에도 불구하고 가타부타할 수 없을 만큼 단호했다.

『상관으로서 그대에게 믿음을 주지 못한 것은 유감스럽게 생각하고 있습니다. 결과로 증명할 수 있기를 바랄 뿐입니다.』

그리 말하고 그대로 걸음을 옮겨버리는 모습에 디아나는 뭐라 설명할 수 없는 심정으로 한숨을 눌러 삼켰다. 시선을 돌려 킬레인과 엘제를 보니 그쪽의 낯빛도 별다를 바 없었다.

안셀라는 빈말을 하지 않는다. 안셀라는 거짓말을 하지 않는다. 안셀라는 틀린 말을 하지 않는다.

안셀라는 그들을 승리로 이끈다. 지금 이 순간이 아니라도, 언젠가 반드시.

따르는 이들 사이에 무거운 시선과 한숨이 오가고, 디아나는 검을 고쳐 잡고 안셀라의 뒤를 따랐다.

안셀라의 걸음걸이는 거침이 없었다. 기습적으로 달려든 병사들이나 그들의 접근을 미처 눈치채지 못하고 있던 병사들을 비명 지를 새도 없이 거의 기계적으로 베어내며, 처음 와보는 것이 분명한 길을 마치 몇백 번이나 걸은 듯 망설임 하나 없이 지나갔다.

그렇게, 병사들뿐만이 아니라 이제는 묘지기들까지 대기하고 있는 황릉 서문을 향해 그대로 진격했다.

"침입자다!"

입구를 지키고 있던 적들이 모조리 튕기듯 자리에서 일어섰다. 당연하게도 안셀라가 문을 향해 진격하기 전에 작전을 세울 것이라고, 그게 아니라면 최소한 몸을 숨기고 상황이라도 살필 것이라 예상했던 수하들은 은신하려던 것을 멈추고 기겁을 하며 안셀라를 원호하기 위해 달려 나갔다.

상대는 병사 여덟, 묘지기 셋. 그리고 그 열한 명 중 누군가가 신호만 하면 그 몇십 배의 병력이 몰려들 거다.

"큭······!"

"크억······!"

그러나 병장기가 미처 부딪치기도 전, 마치 화살이라도 맞은 듯 병사들이 차례로 거품을 물더니 눈을 까뒤집고 무너져 내렸다. 다급히 뿔고동을 불려 했던 병사는 등에 칼을 맞고 신음도 내지 못한 채 숨통이 끊겼다.

일행은 갑작스러운 상황에 긴장하여 재차 무기를 쥔 손에 으스러져라 힘을 주었다. 이제 주위에 서 있는 것은 안셀라를 위시한 그들 넷과 증원군을 부르려 했던 병사를 베어 넘어트렸던 묘지기 하나뿐이었다.

『클렌디온 경.』

유창한 로세이유어와 함께, 좀 전까지만 해도 제 동료였던 이를 서슴없이 베어내린 묘지기가 깊이 눌러쓰고 있던 후드를 젖혔다. 서늘하게 가라앉은 눈매와 연갈색 머리카락, 길에서 마주쳤다면 알아보지도 못할 정도로 평범한 외모를 한 이십 대 중반의 청년은 그럼에도 불구하고, 늪처럼 깊게 가라앉은 푸른 눈동자 때문에 어딘가 범접하기 힘든 분위기를 풍겼다.

『시간에 엄격하다는 말은 들었으나 이리도 정확할 줄이야.』

『줄리안 쟈크티에 경.』

짚단같이 메마른 목소리에 답하며 여전히 고저 없는 목소리의 안셀라가 가볍게 고개를 숙였다. 그 모습을 가볍게 눈을 가늘게 하여 바라보며 줄리안은 느릿하게 입을 열었다.

『안 올 줄 알았습니다, 경. 여기엔 드레스덴의 심장이 있으니 경비가 보통 삼엄하지 않았을 터.』

『허튼말은 하지 않습니다.』

『그런 것 같군요.』

그 와중에도 그의 목울대를 정확히 겨냥한 엘제의 칼끝은 흔들림이 없었다. 전혀 갈무리할 생각이 없어 보이는 경계심에 줄리안의 시선이 그녀에게 옮겨갔고, 시선이 부딪치며 날카로운 긴장감이 흘렀다.

대치를 조심스레 바라보고 있던 디아나가 입을 열었다.

『쟈크티에? 쟈크티에 경이라 하셨습니까?』

『쟈크티에 맞습니다.』

『하지만 쟈크티에 혈족은 크리스티앙 경을 제외하고는 모두…….』

『공식적으로는 죽은 것으로 되어 있습니다. 덕분에 여기도 잠입할 수 있었고요.』

지독히도 무심하게 하는 말이었으나 저리 말할 수 있게 되기까지 얼마나 많은 피눈물을 쏟았을까. 정말 아무렇지도 않았더라면 저리 서슴없이 인스켈군을 베어 넘기지는 않았겠지.

쟈크티에 일가는 윈터가 황혼의 탑에 봉인되어 있던 때를 노려 로세이유 재건을 노렸던 가문이었다. 그들이 일으킨 독립군은 옛 로세이유의 영토를 거의 다 되찾아 인스켈을 수도 자를란트 근방까지 몰아붙이는 데 성공했으나, 안드로베카 여황이 윈터의 봉인을 풀어버림으로써 로세이유 제일의 거상이었던 레오클라인 쟈크티에와 그 일가는 가장 어린 아들 둘만 남겨두고 모조리 전멸했다. 남겨진 형제 중형이 라 리베티에의 행동대장을 맡고 있는 크리스티앙, 그리고 죽었다고 알려졌던 동생이 줄리안.

『쟈크티에 경.』

묵묵히 대치를 지켜보던 안셀라가 느릿하게 입을 열었다.

『주변의 묘지기들이 알아채기 전에 움직입니다.』

『서관을 경비하는 이들에게 모조리 독을 먹였으니 중앙의 관실(棺室)까지는 들키지 않고 무리 없이 갈 수 있을 겁니다. 그러나 그 전에 한 가지.』

『경, 지금 이러고 있을 때가.』

『저는 아버지가 자를란트 공방전에서 패배했을 때부터 인스켈에 잠복하려고 했습니다. 신체가 있는 한 저들을 완전히 쓰러트리기는 어렵기에 신체를 처치할 방법을 찾아야겠다 생각했기 때문이었습니다.』

주위를 초조하게 살피며 재촉하는 디아나의 말을 사정없이 끊으며 줄리안은 안셀라를 향해 한 걸음 다가섰다.

『마침 그때 클렌디온 경이 제게 찾아와 킬센으로 가는 게 어떠냐고 하더군요. 그곳에서 선왕이 드레스덴을 봉인할 수 있었던 방법을 찾아보라면서요. 그리고 보름 전 난데없이 연락을 해 선왕의 부장품 중 무슨 짓을 해서라도 빼내야 하는 부장품이 있다고 하더군요. 그것이 드레스덴을 필멸자의 자리로 끌어내릴 수 있는 열쇠라면서요. 그렇다면 묻겠습니다.』

상황이 묘하게 돌아가는 것을 느낀 디아나와 킬레인이 재빨리 검을 빼들고 안셀라의 앞을 가로막았다. 그러나 줄리안은 그들이 보이지도 않는다는 듯 그저 안셀라만을 응시하며 다시 한 발짝 앞으로 나섰다. 그의 손에 들린, 아직 검집으로 돌아가지 않은 칼날이 이미 죽은 적들의 피를 머금고 붉게 번들거렸다.

『저를 5년 전에 이곳으로 보냈던 안셀라 클렌디온은, 그 부장품의 존재를 정말 지금이 돼서야 알았던 겁니까? 전부터 아무리 찾아도 킬센에는 아무런 단서가 없었다고 계속 말했거늘, 끈질기게 나를 킬센에 붙들어놓았다는 건 처음부터 지금 이때, 그 물건을 탈취하기 위해서가 아닙니까? 당신은 5년 전부터 부장품의 존재를 알고 있었던 게 아닙니까?』

킬레인이 고개를 홱 돌려 안셀라를 믿을 수 없다는 듯 바라보았다.

『당신은, 그 부장품이라는 걸 미끼로 우리를 이 쥐덫으로 끌어들여 몰살하려는 게 아닙니까?』

『경!』

상상을 초월하는 비난에 디아나가 반사적으로 펄쩍 뛰었으나 정작 그녀 역시도 딱히 안셀라를 변호할 말을 생각해낼 수 없었다.

안셀라는 독자적인 정보망을 가지고 있는 듯 움직였고, 그 정보망을 통해 전혀 알 수 있을 리가 없는 정보들까지 손에 넣어 왔다. 그러나 아직까지 그들의 활동이 결정적으로 인스켈에 타격을 주었는가 하면 그렇지만은 않았다.

무엇보다, 이번 작전에서 수많은 고급인력이 죽었다. 양동으로 빠져나간 크리스티앙의 무사 여부는 아직 확인되지 않았으나, 그마저 죽고 안셀라의 배신이 확실하다면 라 리베티에는 그대로 침몰하는 것이다. 인력이 하도 부족하니 수뇌부들이 거의 다 이곳에 몰려 있었기에.

혼란스러운 시선으로 디아나는 안셀라와 줄리안을 번갈아 불안히 응시했다. 그러나 안셀라는 표정 하나 변하지 않고 비스듬히 고개를 돌렸다.

『그렇게 말한다면 쟈크티에 경, 경은 어쩌자고 그런 내 말대로 독을 푼 겁니까.』

담담하기 짝이 없는 대꾸에 줄리안의 입매가 파르르 떨리며 자조적인 표정이 떠올랐다.

『……차선이 없기 때문입니다.』

모든 불신과 혼란의 수군거림이 사그라졌다. 다시 조용해진 일행을 느릿하게 하나씩 바라보던 안셀라는 가볍게 시선을 내리깔더니 손을 들어 얼굴을 가리던 가면을 천천히 만지작거렸다.

『걱정은 알고 그것이 합당하다는 것도 압니다. 그러나 그 걱정을 완전히 덜어줄 수 있는 말을 해드릴 수도, 그러할 여유도 없습니다. 쟈크티에 경이 걱정하셨던 내 배반에 대한 건이라면, 오늘 해가 지기 전에 어느 정도 확신을 드릴 수가 있을 겁니다. 그러니.』

그리 말하는 안셀라의 손이 가면을 쥐고 그대로 끌어내렸다. 느닷없이, 스스로 그토록 강조했던 금기를 깨고 처음으로 드러낸 그의 얼굴에 일행은 순간 말을 잃었다.

안셀라는 생각보다 젊었다. 그럼에도 짙은 녹색의 눈동자에는 젊은이 특유의 생기가 한 톨도 남아 있지 않다. 무감정하게 가라앉은 눈동자, 유리같이 섬세하면서도 무기질적인 느낌의 이목구비. 전체적으로 색이 빠진 듯한 남자의 유독 색이 짙고 반짝이는 금발은 그렇기에 더욱 이질적이었다. 핏기 없고 가늘어 인형처럼 보이는 입술이 달싹이며 나직한 목소리가 흘러나왔다.

『지금은 이미 시작했던 일에 끝을 맺지요. 관실이 바로 이 앞입니다. 들어가는 것은 쉬울 것이나…… 돌아 나갈 때쯤이면 기다리는 이들이 있겠지요.』

결국 그들은 서로 나직이 한숨을 삼켰다. 잠시 동안의 망설임은 있었다. 그러나 결국 모두는 안셀라의 뒤를 따라 다시금 발걸음을 옮기기 시작했다.

돌아서기는 이미 늦은 것이다.

· ❀ ·

"드레스덴 공."

고개를 숙이는 킬센의 묘지기에게 눈길 하나 주지 않은 채 윈터는 세 걸음 만에 망루에 올랐다. 인스켈 황릉을 다섯 방향에서 내려다보는 위치의 망루 아래로 주위를 둘러싼 숲과 중앙의 공터에 위치한 거대한 석조 건물이 보였다. 준엄한 옛 황제들의 조각상에 둘러싸인 연갈색의 건물은 고아했으나 그 색 때문에 푸르른 신록의 무리 사이에서는 흉터처럼 보였다.

겨울의 한기를 머금어 싸늘해진 바람이 머리칼을 헝클고 지나가며 낮고 깊게 울리는 뿔고동 소리를 실어 날랐다. 짐승을 몰아넣었다는 신호다.

윈터는 난간을 딛고 훌쩍 뛰어올라 망루 꼭대기에 올랐다. 범인들보다 몇십 배는 뛰어난 동체시력은 피비린내 나는 살상이 벌어지고 있는 후문의 포위망을 뚫고 도망치는 일행을 잡아냈다.

찾았다, 쥐새끼.

순간 척추를 따라 내리꽂히는 야만적인 희열에 윈터는 저도 모르게 전율했다.

안셀라 클렌디온은 이미 누군가의 칼에 당해 피를 흘리고 있었다. 얼굴을 직접 본 적은 없으나 저자의 저주받은 피가 뿜어내는 악취를 어찌 놓칠 수 있으랴. 내부에 배신자가 있었다고는 하나 황릉 안으로 침입을 허용하고 신물까지 빼앗겼으니 자존심에 상처를 입은 묘지기들의 추격은 집요했다. 안셀라를 필사적으로 둘러싸며 목숨만큼은 부지시켜 탈출시키려는 부하들의 발버둥이 안쓰러울 정도였다. 처음부터 저것을 잡아 죽이려고 친 덫이었으니 상처 하나 없이 빠져나가기는 불가능했으리라.

이제야 저걸 죽이는구나. 정말이지 기다림은 길었다.

소리 내어 웃고 싶은 충동을 억지로 누르며 윈터는 등에 멘 화살통에서 화살을 꺼내 들고 있던 강궁에 장전했다. 비거리와 명중률이 무시무시한 괴물이지만 그만큼 당기는 것만으로도 힘에 부치니 연사를 필요로 하는 전장에서는 아무짝에도 쓸모없다. 그러나 그의 동체시력과 합치면 저격용으로는 이만한 게 없다.

단 한 번에 머리통을 박살내리라.

잔인한 희열에 떨며 활대가 부러질 정도로 힘껏 시위를 당겼을 때였다.

마치 제 생각을 읽기라도 한 듯 부하의 등에 업혀 있던 안셀라가 고개를 돌렸다. 그의 눈이 제 눈과 똑바로 마주쳤을 때에야 비로소 윈터는 안셀라의 얼굴에서 가면이 벗겨졌다는 것을 깨달았다.

눈앞이 순간 흔들려 그는 눈을 꽉 감았다. 살짝 웨이브 진 명도 높은 머리칼, 깊게 가라앉은 눈동자, 유연한 선을 그리며 떨어진 콧날, 얇은 입술, 미간을 살짝 찡그릴 때 가늘어지는 눈의 움직임마저도.

"……하."

숨이 턱 막혔다. 그가 죽였던 투왕의, 싱클레어 브릴리언테의, 또 그 혈족의 얼굴이 파노라마처럼 몰아닥쳤다. 그 끝에는 열흘 전에 오 를레앙의 저택에 두고 왔던 아이의 모습이 있었다.

윈터. 저를 부르며 해사하게 웃는 얼굴이 처음으로 드러난 낯선 남 자의 얼굴에 덧씌워진다. 나이와 성별의 차이마저 무시하고 확연히 드러나는 유사함에 손이 떨렸다. 그제야 지금까지 잊고 있었던, 생각 하는 것조차 미루고 있었던 사실이 떠올라 그는 입술을 피가 나도록 짓이겼다.

브릴리언테 왕가의 씨는 둘이 남았다. 안셀라 브릴리언테, 그리고.

"드레스덴 공."

저를 부르는 묘지기의 목소리에 의아함과 다급함이 섞였다. 제 활 끝이 조준조차 할 수 없을 정도로 떨리고 있는 것을 깨달아 윈터는 숨 을 거칠게 몰아쉬었다.

이럴 수는 없다. 지금까지 안셀라를 제거하기 위해 들인 공이 얼마 인데 지금 와서 망설일 수는 없다. 맹세하지 않았나. 대가를 치르게 하겠다 하지 않았나.

다시는, 원수에게 자비를 보이지 않겠다 하지 않았나.

『나는 목숨을 살려주신 은혜를 갚았을 뿐입니다.』

성신이 나간 듯 비웃던 웃음소리. 그 시선 끝에 묻어 있던 썩어버린 증오. 벌레처럼 죽어가면서도 싱클레어는 제가 승리했음을 알았다. 그랬기에 죽지도, 잊지도 못하는 그를 보고 숨이 끊기는 순간까지도 웃었다. 그리고 그 얼굴은 곧 안셀라의 것이 된다. 그리고, 리즈벳의 것이.

"드레스덴 공!"

다급한 묘지기의 목소리는 이미 들려오지도 않았다. 오로지 끔찍하게 흔들려대는 시야로 안셀라의 모습을 잡아내려 필사적인 채 윈터는 재차 활을 겨눴다.

하지만 그 계집애에게는 이제 마지막 남은 친형제다. 그가 끌고 오기 전까지만 해도 부모같이 키워줬던 상대이다. 아직도 기억할지도 모른다. 아직도 사랑하고 있을지도 모른다. 그가 죽었다는 것을 알면 그를 원망하게 될지도 모른다. 겨우 제 눈을 보며 웃게 되었는데 다시 두려워할지도 모른다.

하, 그러나 그것이야말로 개소리다. 어차피 그것의 부모 역시 그가 죽었다. 일족의 씨란 씨는 전부 지면에서 씻어버렸다. 하나 더 죽인다 해서 뭐가 더 달라지지?

하지만 이번에야말로 증오할지도 모른다. 그에게 닿았단 사실조차 저주하게 될지도 모른다.

그래서, 그래서 어쨌다는 건가. 저것이 살아 있으면 제국의 통치에 반항하는 것들이 끊이지 않을 터였다. 잡아 죽여서 철저히 본보기를 보여야 한다. 그것이 안드로베카와 맺은 맹약이다. 그것이 살아왔던 이유다.

윈터. 그토록 사랑스럽게 웃던 아이가 더 이상 그에게.

평생 모르게 할 거다.

하지만 만약 알게 된다면…….

"공! 뭘 하시는 겁니까!"

경악한 묘지기의 외침에 저도 모르게 손가락이 시위를 놓쳤다. 날카로운 파공음을 남기며 날아간 화살은 어깨를 꿰뚫었고, 안셀라의 몸이 크게 휘청했다.

……빗나갔다.

"하……!"

윈터는 아찔한 심정으로 무너지듯 난간에 몸을 기댔다. 어느새 안셀라를 위시한 저항군은 숲 속 깊은 곳으로 모습을 감춰버린 후였다. 이미 다친 몸에 또다시 상처를 입었으니 안셀라가 살아남을 수나 있을까 의문이었으나 중요한 것은 그게 아니다.

안셀라는 아까 죽었어야 했다. 살아서 도망쳤다는 것은 말도 안 되는 일이다. 신성이 깃든 후 단 한 번도 빗나간 적 없었던 화살이었다. 시위를 놓쳤다니, 있을 수 없는 일이다. 그는, 적어도 이렇게까지 고심해 죽여버릴 계획을 세웠던 상대를 살려 보내서는 안 되었다. 죽이는 게 제 임무였다. 존재 이유였다.

등 뒤에서 묘지기가 뭐라 말하고 있었으나 이미 귀에 들어오지 않았다. 아무 생각도 할 수 없어 그는 그저 멍하니 사라져가는 안셀라의 뒷모습을 바라보았다.

리즈벳.

하얗게 웃던 아이의 얼굴이 떠올랐다. 제가 망설인 이유를 정확하게 깨달은 윈터는 눈앞이 새하얘질 정도의 절망과 자기혐오에 몸부림쳤으나, 그럼에도 몸은 다리를 움직여 그토록 증오하던 원수를 쫓지 못했다. 쫓아가봤자 죽이지 못한다. 적어도 지금 이 순간은, 얼굴을 가리는 것 없이 그 눈으로 저를 똑바로 마주 보는 이 순간만큼은.

툭, 소리와 함께 윈터의 손에서 활이 떨어져 내렸다.

"……공! 공!"

손가락 끝에서부터 개미가 기어가듯 간질거리며 퍼져나간 감각은 순식간에 사지를 타고 달려들어 심장 한복판에 내리꽂혔다. 시꺼먼 피가 한 사발 역류하는 것과 동시에 비명 한 조각도 지르지 못하고 온몸을 썰어대는 끔찍한 감각에 윈터는 그대로 정신을 잃었다.

고통. 거의 반백 년 만에 느껴보는 아픔이었다.

Intermission

외알 안경을 쓴 청년은 들고 있던 책장이 바람에 넘어가는 것도 눈치채지 못했는지 한참을 생각에 잠겨 있었다. 언뜻 보면 붉은색으로도 보이는 홍찻빛 눈동자에 스치고 지나가는 색색의 감정 중에는 분명히 흥미도 섞여 있어 행정총관 마르크스 베히터는 불쾌함에 미미하게 미간을 찌푸렸다.

"아스트라다 교수."

"생각 중입니다, 총무 각하."

규칙적으로 탁자 위를 두드리는 손가락을 멈추지 않은 채 아스트라다 레인은 냉랭하기 짝이 없는 어조로 마르크스의 말을 끊었다. 그 명백한 무례에 마르크스는 눈을 가늘게 떴으나 그럼에도 팔짱을 끼고 입을 다물었다. 한참을 더 탁자를 두드리던 손가락이 드디어 떨어져 나가 입가를 쓰다듬었다.

"지극히 흥미롭군요."

"교수 정도 되시는 분이 이 일의 중대성을 모르시리라고는 생각하지 않습니다. 긴급을 요하는 사항입니다."

"요구에 긴급 딱지를 붙인다 해서 시간이 걸리는 문제의 답이 갑자기 튀어나오는 것은 아니며, 돈을 받아먹는 입장에서 시간도 별로 걸리지 않는 일을 필요 이상으로 질질 끄는 짓도 하지 않습니다."

잘라 말하면서도 아스트라다는 좀 전까지 읽고 있던 책의 책장을 만지작거렸다. 낡아서 책장이 너덜거리는 책을 보며 그는 나붓이 웃음을 지었다.

윈터 드레스덴이 안셀라 클렌디온의 잔당을 쓸어버리러 간 자리에서 검은 피를 토하며 기절했다고 한다. 그게 벌써 사흘 전의 일인데 아직까지 정신을 차리지 못했다고 하니 마르크스 베히터가 기겁을 해 달려올 만하다.

죽음과 계약한 윈터 드레스덴은 이미 생물학적으로는 시체와 전혀 다름없다. 일부 신학자들 사이에서는 그가 몸을 움직이는 것을 네크로맨시(Necromancy)의 일종이라 볼 정도다. 시체가 피를 토할 수 있을 리도, 기절이라는 걸 할 수 있을 리도 없으니 이건 지금까지 심혈을 기울여 쌓아왔던, 죽음이라는 신과 신체에 대한 온갖 가정이 모조리 무너져 내리는 상황이었다.

어째서 그런 반응을 보였을까. 어째서 지금 그런 반응을 보였을까. 그 반응의 의미는 무엇일까.

소리 내어 웃고 싶을 정도였다. 하나도 모르겠다.

"최선을 다하지 않으리라는 걱정 따윈 하지 마시길. 판데모니움에 영혼을 팔아서라도 하고 싶었던 연구이니 지금 당장 착수하도록 하지요."

"교수."

인생만사가 귀찮아 보이던 청년의 눈에 스치는 생기에 생리적으로 꺼림칙한 기분이 들어 마르크스는 흘러내렸던 안경을 슬쩍 치켜올렸다.

"폐하께서는 대공의 몸에 손을 대는 것을 허락하지 않으셨습니다. 전과 같은…… 선을 넘는 행동을 할 시에는……."

"그것 역시 걱정하실 일은 아닙니다. 안타깝게도 제게는 이제 눈이 하나밖에 남아 있지 않으니까요."

아스트라다의 손이 무의식적으로 외알 안경으로 가린 오른쪽 눈으로 향했다. 본디 선명한 홍차색이었을 눈은 마치 안개가 낀 듯 뿌연 회색이었다. 진심으로 안타까워하는 어조라 마르크스는 더욱 질색했다.

재생하는 신체가 내뿜는 신성을 조사하기 위해 윈터에게 암살자를 보내고도 아스트라다가 살아남았던 이유는 오로지 그가 판데모니움에 관해서는 경합할 자가 없을 정도의 전문가였기 때문이다. 그렇지 않아도 학자들을 끔찍하게 싫어하는 윈터가 잘 걸렸다며 날을 잡아 아스트라다를 산 채로 회 뜨려는 걸 말리라는 칙명에 마르크스는 윈터의 바짓가랑이를 잡고 사흘 밤낮을 꼬박 빌었다. 그 일을 다시 떠올리는 것만으로도 이가 갈렸다.

그러나 동시에 마르크스는 아스트라다가 이미 눈이 돌아가 뵈는 게 없다는 사실도 깨달았다.

"마지막 남은 눈, 잘 보전하는 길이 어떤 건지 결코 잊지 말길 바랍니다."

예상했던 대로 아스트라다는 그 말을 들은 척도 하지 않았다.

· ❀ ·

뒤통수에서 느껴지는 불평불만의 기색이 그녀가 견딜 수 없는 지점까지 아슬아슬하게 상승했다. 뱃전에 비스듬히 기대 누운 이사벨라는 성의 없이 머리를 긁적였다. 저를 집요하게 쏘아보는 게 거슬리긴 하지만 말을 걸었다가 쏟아질 수다를 감수하고 싶지도 않았다.

동해는 아주 오랜만에 날씨가 좋았고, 정령의 힘을 빈 배는 바람 한 점 없는 바다를 그야말로 질풍같이 질주했다.

「레-아냐.」

결국 손을 든 건 아쉬운 쪽이었다. 제 주군이 돌아볼 때를 대비해 계속해서 양미간을 한껏 일그러트리고 있던 후아네스는 계속된 무시에 덩치가 무색하게도 심통 난 남자아이처럼 툭 내뱉었다.

「레아냐, 레아냐. 오, 위대하신 태양이여. 빛나시는 우리 용맹무쌍한,」

「그만 불러. 정신 사납다.」

「로세이유 놈들은 우리가 무슨 개새낀 줄 압니까? 부르면 쌩 달려오고, 부르면 쌩 달려오고.」

불만이 덕지덕지 붙은 말 뒤에는 쌍욕이 한 다섯 문장은 생략되어 있었다. 그에 핏, 헛웃음을 내뱉은 이사벨라는 비딱하게 뱃전에 팔꿈치를 기댔다.

「개새끼는 무슨. 출장 땜장이 정도가 더 정확하지.」

그들이 남해에서 인스켈 국적선들을 탈탈 털고 있을 때 안셀라 클렌디온은 동쪽에서 무슨 짓인가를 꾸미고 있던 모양이었다. 거리도 거리고 보안도 보안이니 명색이 동맹이라도 무슨 짓을 하고 있었는지 정확히 알지는 못하지만, 배를 한 척 빌려달라 했기에 중형선 하나를 강가에 대기시켜두고 있었다. 그런데 빌려준 지 얼마나 됐다고 급파되어 온 전령 말이 안셀라 뱃가죽에 구멍이 났으니 땜질 좀 해달란다.

이사벨라가 그에 순순히 응하자 후아네스는 펄펄 뛰었다.

「젠장, 우리도 급이 있지! 인스켈 놈들 좀 털어 재미 좀 보나 싶더니

247

군자금 좀 나르라고 호출하고, 겨울이라 뼈가 시려 좀 쉬엄쉬엄 하려
니까 이번에는 배 태워달라 호출하고. 게다가 지들이 뭔데 레아냐를
오라가랍니까?」

「놔둬라. 전쟁 우리 혼자 하는 거 아니다. 같이 칼 맞아줄 놈은 많으
면 많을수록 좋아. 대가가 뱃가죽 땜질 정도라면 할 만하지. 그리고,
솔직히 내가 오라가라할 급이냐를 따지기 전에 너희가 재생술을 배우
면 되질 않느냐, 배우면.」

「아, 또 자꾸 그러실 겁니까? 저도 하기 싫어서 안 하는 줄 아십니
까?.」

「노력도 않는 게 큰소리는. 적어도 세레나데는 불러보고 지껄여라.」

발끈하는 게 재밌어서 말은 그리 했지만 재생술이 쉬운 게 아니다.
재생력이 있는 정령을 꾀어낼 만한 매력 이외에도 그 정령을 조율할
수 있는 능력이 필요했고, 따라서 지금 남아 있는 함대에는 이사벨라
이외에는 재생술을 쓸 수 있는 사람이 없었다. 그리고 그게 아니라도,
그녀는 무슨 이유라도 짜내서 라 리베티에게 고개를 들이밀어 안셀라
가 동쪽으로 향했던 이유를 알아낼 생각이었다. 다행히도 그 이유를
알아서 제공해주시겠다니 넙죽 받아먹을 뿐이다.

「불평할 시간에 바람 조절 좀 잘해라. 춥다.」

「젠장, 풍향, 풍속, 조타까지 다 제가 책임지고 있는데 레아냐는 멀
뚱히 앉아서 춥다 아니다.」

「꼬우면 니가 대장 했어야.」

날을 잡은 듯 놀려대던 이사벨라는 수평선 너머에서 무시무시한 속
도로 질주하는 배의 모습에 말을 멈췄다. 바람 한 점 불지 않는 이 무
풍지대에서 저 속도로 질주할 수 있는 것은 정령사를 태운 배뿐이다.

스르르, 방만하게 늘어져 있던 이사벨라가 몸을 일으켰다.

「……아무래도 클렌디온의 뱃가죽에 났다는 구멍이 생각했던 것보다 큰 모양이구나.」

* ❋ *

내 노가다의 근원이 되시는 대모후 킬라힐이시여. 이사벨라는 신을 욕하고, 안셀라를 욕하고, 세상만물을 죄다 싸잡아 욕했다. 단순 자상이면 절 부르지도 않았을 테니 좀 심각하긴 한가 보다 싶었는데, 정작 도착해서 보니 안셀라는 죽었어도 몇백 년은 전에 죽었어야 할 상처를 입은 상태였다. 어깨뼈를 바스라트린 관통상, 여러 군데 입은 자상에 왼팔을 비스듬히 베어낸 상처와 등에 입은 2도 화상. 놔두면 죽을 게 뻔해 하나하나 다 치료하고 있자니 머리가 빠개지는 듯해 이사벨라는 그냥 이 배를 통째로 불질러버리고 싶어졌다.

도합 몇 시간이 지났는지도 모르겠다. 확실한 건 정오 무렵에 도착했는데 지금은 이미 해가 져버렸다는 것뿐이다. 정령들의 날갯짓 소리조차 쿵쾅대는 머리에는 자극이 심했으므로 이사벨라는 치료가 끝나자마자 대충 감사 인사를 중얼거리고 창문을 열어 그들을 내보내버렸다. 순순히 사라지는 정령들의 반짝임을 눈에 담은 이사벨라는 두 눈두덩에 손바닥을 대고 꽉 눌렀다.

바닷바람은 찼고 기분이 좋았지만 환자한테는 그리 도움 될 것은 아니라 몇 번 더 심호흡을 한 후에 이사벨라는 창문을 다시 닫아버렸다. 탁 하는 작은 소리와 함께 선실에 남은 건 저와 아직 정신을 차리지 못한 안셀라뿐이다.

아니, 정정하자면 안셀라, 라고 생각되는 남자.

그 신원을 의심하는 건 아니다만 단 한 번도 가면 벗은 낯을 보지 못했기에 처음 선실에 들어왔을 때에는 환자를 앞에 두고서 무심코 눈에 익은 여우 가면을 찾았다. 얼굴을 그대로 드러내고 침대 위에 늘어져 있는 남자의 얼굴이 생각하고 있던 얼굴과는 좀 달라서 더욱 그랬던 것도 같다.

생각보다 젊었다. 그럼에도 동시에 늙어 보였다. 시체처럼 창백하게 질린 얼굴은 죽은 듯도 보였다. 그냥 죽도록 피곤해 보였다. 단지 중상자였기에 그리 보이는가도 생각했지만 그렇지만은 않은 듯했다.

그녀가 안셀라를 처음 봤던 것은 에스타니아-리슈타인 연합군이 후퇴한 후의 벨라스델라 평원에서였다. 차라리 어느 한쪽이 압도적이었다면 되레 희생이 적었을지도 모르나, 카를 2세의 치세하에 급속도로 약체화한 인스켈군은 제2차 대륙전쟁 때의 위용을 거의 잃은 상태였다. 어쩌면 이길 수도 있다는 헛된 희망에 연합군은 패색이 짙어지는 것을 무시한 채 계속 싸웠고, 결국 군대의 절반 이상을 잃었다. 인스켈군과 연합군의 시체는 나란히 평원 가득 쌓여 사이좋게 모여든 까마귀의 밥이 되었다.

뒤늦게 후위부대를 이끌고 도착했던 이사벨라는 그 시체 가득한 폐허를 유령처럼 떠돌던 안셀라를 만났다.

『이후로 두 번 더 질 겁니다.』

패배와 임박한 망국의 예감에 망연자실해할 여유도 없었다. 그녀가 누군지 관심도 가지지 않고, 제가 누군지 밝히는 최소한의 예의도 갖추지 않고 안셀라는 그렇게 내뱉은 후 그대로 사라졌다.

그때의 기억이 떠오르자 헛웃음이 나와 이사벨라는 손을 들어 머리를 다소 거칠게 쓸어넘겨 흐트러트렸다. 적갈색으로 물결치는 머리칼이 어지럽게 어깨 위로 흘러내렸다.

또 뭐라고 했더라. 영원히 기억에 남을 만한 개소리를 했었는데.

그때였다. 억누른 신음과 함께 죽은 듯이 잠들어 있던 침대 위 환자의 미간이 살짝 움찔하더니 눈이 뜨였다.

『클렌디…….』

『화살은.』

명줄 긴 놈, 더럽게도 운 좋은 놈, 죽이려 해도 안 죽을 놈 등등, 죽었다 살아난 전우에게 할 만한 덕담을 입에 담으려던 이사벨라는 아직도 눈에 초점이 안 맞는 채로 몸을 일으키려는 안셸라의 모습에 입을 다물곤 그를 다시 밀어 넘어트렸다.

『누워라. 그리 쉬이 움직일 상태 아니다.』

『화살은, 어디에 맞았습니까.』

의사 말은 귓등으로도 안 듣고 제 하고 싶은 말만 하는 게 신경에 거슬렸지만 그녀는 일단 의사였기에 방금 죽었다 살아난 환자에게 그런 사소한 점을 따지고 들지는 않았다.

그나저나 화살? 공성병기라 하는 게 맞겠더만.

『쇄골 아래를 뚫고 견갑골을 박살냈다. 폐에 구멍이 나고 쇄골 하정맥을 찢었으니 과다출혈로 즉사 안 한 게 기적이구나.』

잠시 안셸라의 눈에 뭐라 형언할 수 없는 감정이 떠올랐다 사라졌다. 슬퍼하는 것도, 괴로워하는 것도, 절망하는 것도 같았다. 허공을 더듬듯 잠시 갈 길 없이 유영하던 시선에 초점이 맺히며 그는 가만히 시선을 떨어트렸다.

『또 신세를 졌습니다. 감사합니다.』

그러고는 평소의 안셀라 클렌디온이다. 어딘가 꿈속을 헤매는 듯한, 어딘가 인형 같은, 어딘가 비인간적인.

『말만 그리하지.』

어딘가 찜찜한 기분에 비스듬히 턱을 괴며 이사벨라는 툭 내뱉었다.

『내, 경의 생명의 은인인데 또 맨입으로 때우려고? 감사는 받아봤자 5두카드도 안 나와.』

『북부 삼국에 윈터 드레스덴이 쓰러졌다고 말을 흘리시고 본보기로 라만차를 치십시오. 드레스덴이 나타나지 않는다는 걸 깨달으면 그 나라들이 분명 움직이려 들 터이니 그사이에 겨울을 날 준비는 할 수 있을 겁니다.』

마치 준비해둔 듯한, 인간미는 물론이고 귀염성 하나 없는 고저 없는 말투에, 그 내포된 뜻에 잠시 멍하니 입을 벌렸던 이사벨라가 한참 후에야 말문을 열었다.

『……내 평생소원이 뭔지나 아나?』

안 물어봤고 안 궁금하고 그 이전에 아무 생각도 없다는 뉘앙스의 시선이 돌아왔다. 그 눈을 징그럽다는 듯 바라보던 이사벨라는 툭 내뱉었다.

『죽기 전에 경이 연애하는 걸 보는 거야.』

『…….』

『경이 거하게 헛발질하는 걸 좀 보고 싶어.』

그녀를 바라보던 시선이 소리 없이 다시 떨어졌다. 눈으로 한숨을 내쉬며 아예 시선을 돌려버리는 모습에 이사벨라는 핏, 헛웃음을 흘렸다.

『그래, 그래. 인생 목표가 쉽게 풀리면 삶이 재미없지. 어쨌든 충고는 참조하도록 하지. 그리고 한 가지만 답해다오.』

산처럼 쌓여 있는 시체. 그 위를 배회하는 유령. 말갛게 웃는 여우 가면의 안셀라가 했던 말이 문득 기억났다.

『신을 죽여보고 싶다는 생각, 해본 적 있습니까?』

『드레스덴은, 다시 일어나는 건가?』

한동안 멍하니 허공을 응시하던 눈동자가 살짝 휘며 웃음 비스무리한 것을 머금었다.

『죽을 수 없는 자입니다. 의식을 잃는다 하더라도 길지는 않을 겁니다.』

느릿하게 탁자를 더듬던 안셀라는 익숙하게 가면을 뒤집어썼다. 의뭉스레, 때로는 요염하게, 또는 순진하게 눈을 가늘게 뜨며 웃는 여우의 얼굴 뒤로 시체 같은 얼굴이 감춰졌다. 가느다란 한숨이 가면 너머에서 새어나왔다.

『적어도, 지금은.』

둔중한 무게의 한마디가 나직이 내뱉어졌다.

그것만으로도 기력을 모조리 소진해버렸는지 스르르 가면 너머의 눈이 감겼다. 동정심과 불편함을 동시에 느낀 이사벨라는 소리 내지 않고 몸을 일으켰다. 안셀라의 조언은 언제나처럼 미래를 읽어낸 듯 시기적절했으며, 따르지 않을 수 없을 정도로 매력적이었다. 그 점이 안셀라를 이토록 귀중한 존재로 만드는 것이며, 동시에 꺼림칙하기 짝이 없는 존재로 느껴지게 하는 것이리라.

이미 윈터에게 얼굴이 알려진 이상 더 이상 쓸모가 없어졌을 가면을 여전히 고집하는 남자를 한참 내려다보며 이사벨라는 손을 가만히 그 이마에 가져다 대었다.

새삼스레 안셀라가 벨라스델라 평원에서 했던 말이 진심이었음을 깨달았다. 이자는 제 몸을 갈아서라도 신을 죽여버릴 작정이다. 그건 망한 제국의 재건을 위한 것인가, 혈육의 복수를 위해서인가, 제 목숨을 건사하기 위해서인가, 그것도 아니라면.

저 가면 아래 뭘 숨기고, 저 머릿속에 뭘 감추고, 저 다문 입에 무슨 말을 삼키고 무슨 수로 그 불가능할 법한 기적을 이루려 하는 걸까. 한결같은 시도는 경이롭기도, 꺼림칙하기도, 기가 차기도 하고 때로는 가엾어도 보여서.

『죽지 마라.』

이사벨라는 그 뺨에 가볍게 손을 대며 중얼거렸다.

그래도 일단은, 단 하나뿐인 우방이니까.

쾅 소리와 함께 문이 잡아 뜯기듯 열렸다. 물먹은 솜처럼 늘어져 있던 윈터는 무겁게 내리감기는 눈꺼풀을 억지로 들어올렸다.

안드로베카 잘리어는 그대로 석고상이 되어버린 듯했다. 우아하게 틀어 올렸던 머리카락을 엉망으로 흐트러트린 여황은 창백하게 질린 낯으로 그를 노려보듯 바라보다 꽉 주먹을 쥐었다. 일자로 굳게 다문 입매가 가늘게 떨리고 있었다.

그 꼴을 보니 꽤나 급했나 보다 싶어 윈터는 입술을 살짝 틀어 매끄러운 미소를 띠었다.

"이런 외진 곳에서 여황 폐하를 알현할 줄이야."

가타부타 없이 한참 동안 그를 노려보기만 하던 여황이 입을 열었다.

"……어째서."

"안나, 내게 독심술을 기대하는 게 아니라면 제대로 된 질문을 하지 그래?"

"황릉에 신살신(神殺神)의 매개를 숨겨두었다 들었다. 그걸 이용해서 안셀라 클렌디온을 끌어들이려고."

"……아아."

"그랬다가, 클렌디온이 신물을 빼돌렸고, 그걸 쫓으려다 쓰러졌다고."

가늘게 떨리는 말꼬리에 윈터는 슬쩍 미간을 찌푸렸다. 그러고 보니 매개에 대해서는 말 안 했던가. 마르크스가 알 리가 없으니 보고는 묘지기가 했으리라. 진즉 입을 막아둘 것을.

"다 알면서 온 거 아닌가, 안나. 굳이 내게 다시 보고해줄 필요는 없을 텐데."

"……무슨 생각인가, 윈터 드레스덴. 묘지기들의 수가 몇인 줄 모르지는 않을 터, 고작 그 수로 지켜낼 수 있으리라 생각했던 건가? 미끼로 삼았던 게 어떤 물건인지는 네가 제일 잘 알 텐데 어째서? 그게 어찌 미끼로 쓰일 수 있을 만한 물건이야!"

낮게 으르렁대는 듯한 목소리는 갈수록 격해져 나중에는 방 안을 쩌렁쩌렁 울렸다. 그 서슬에 곁에 있던 치료사들이 파랗게 질려 죽은 양 바닥에 바짝 엎드렸다. 여황이 윈터를 상대로 신경질적인 모습을 보이는 것은 그리 희귀한 일은 아니었으나 이리 진심으로 분노하는 것은 전례가 없었다. 금세라도 검을 빼어 들 기세로 성큼, 침대 맡으로 다가갔던 여황은 무표정한 윈터의 멱살을 확 잡아챘다.

"말해봐라, 윈터. 대체 무슨 생각으로 이 짓을 혼자서 떠맡은 건가."

잇새로 씹어뱉듯 낸 목소리가 잔 떨림을 남기고 잦아들었다.

"왜, 내게는 한마디도 없이."

타인의 감정을 읽는 것에 익숙하지는 않았으나 이제는 거의 속삭이듯 내뱉는 말에 숨기지 못하고 묻어나온 게 두려움이라는 것만큼은 알아, 윈터는 시선을 가만히 떨구었다 휙 들며 비틀어진 미소를 띠었다.

"내 모든 일거수일투족을 주시할 여유가 있나, 안나? 내게 관심이

지대하다는 건 알겠지만 제위가 그렇게 가벼운 건 아닐 텐데."

"······제국군의 중추는 네놈이다. 네 존망이, 빌어먹을 네놈의 생사 여부가 이 인스켈의 안위와 곧바로 연결된다는 건 네가 더 잘 알고 있을 텐데!"

"아아, 제국의 존망."

답답함을 토로하는 거친 목소리에 다시금 실풋 웃은 윈터는 노래하듯 지껄였다.

"병신 하나 뒤에 우르르 숨는 머저리 같은 제국."

"윈터!"

여황의 노성에 그가 신경질적으로 웃음을 토해냈다.

무려 사흘. 사흘 동안 정신을 잃었다가 깨어난 후에 온몸을 급습한 것은 끔찍한 이질감이었다. 안부터 갈가리 찢겨나가는 느낌, 무거운 것으로 짓눌리는 느낌, 불편하게 지끈거리는 느낌. 그 어떤 때보다 선명한, 고통의 느낌. 부인할 수 없는, 신성이 옅어지는 감각.

생각이 거기에 닿자 덜컥 가슴이 내려앉았다.

생각만이라면 예전에도 해본 적이 있다. 다 때려치우고 사라지고 싶었던 때가 한두 번이 아니었으니 질릴 정도로 했던 생각이다. 그리고 그 뒤로 피할 수 없이 따라오는 질문.

내가 혹여 죽는다면, 죽을 가능성이 있다는 걸 다른 이들이 안다면 인스켈은 앞으로도 인스켈로서 존재해갈 수 있을 것인가.

지독하게 교만한 질문이었으나 동시에 지극히도 정당한 고민이었다. 그는 조각났던 인스켈을 다시 견고한 황좌 위에 올려놓고 몇 번이나 제국군을 제2차 대륙전쟁 때의 모습으로 되돌리려 했으나 번번이 실패했다. 구세주의 맛을 안 병졸들의 안일함과 카를 2세의 실정으로 인한 피해 복구를 우선시해 편성한 예산은 계속해서 제국군을 약화시켰다.

어쩌다 이리되었을까. 그가 원하는 것은, 적어도 원했던 것은 단 한 사람에게만 의존하지 않는 나라였건만, 그리고 인스켈은 실제로 그렇게 당당히 존재해왔던 나라였건만 제 존재가 이 나라를 이런 식으로 퇴화시켰나.

내가, 내 나라의 종양인가.

생각이 그에 닿자 눈두덩이 화끈하게 달아오르는 듯 욱신거렸다. 쇳덩이가 가슴을 으깨듯 짓눌러와 뭐라 견딜 수 없을 정도로 숨이 막혔다. 더 이상 여황과 왈가불가하는 것조차도 지독하게 피곤하게 느껴져 윈터는 느릿하게 입을 열었다.

"쓸데없는 걱정은 집어치우고 돌아가라, 안나. 어차피 그것들이 애써 그 매개를 손에 넣었다 해도 내 신이 잡아먹힐 일은 없다."

그 말이 어쩔 수 없이 불러일으킨 기억에 그는 입을 비틀어 웃었다.

산산조각이 난 늙은 형. 꺼멓게 죽어버렸던 눈. 그 문 앞에서 그의 잘린 목을 들고 나올 왕을 기다리던 조카와 친우.

"누가, 그 대가를 치를 수 있을 것 같나."

* ❦ *

덜컹덜컹, 창문이 흔들리는 소리에 리즈벳의 귀가 쫑긋 섰다. 인기척이 들렸나 싶어 숨 쉬는 것도 잊고 귀를 기울였던 그녀는 한참을 지나도 아무런 소식이 없자 축 어깨를 늘어트렸다. 깜박거리며 흔들리는 촛불의 미약한 빛에 의지해 올려다본 암회색 하늘은 잔상을 남기며 쏟아지는 눈발에 은회색으로 물들어 있었다.

어젯밤부터 내리기 시작했던 눈보라는 시간이 지날수록 심해졌고, 결국 해가 저물기 시작할 즈음에는 시야를 확보할 수도 없을 정도로 세차게 변했다. 꼼짝없이 저택 안에 감금당한 꼴이 된 리즈벳은 가느다란 한숨을 내쉬며 무릎 위에 얹어두고 있었던 책을 무성의하게 뒤적였다.

윈터는 거의 열흘째 돌아오지 않았다.

가끔씩 아무 말 없이 사나흘씩 자리를 비우는 적이 있었기에 처음에는 아무런 생각이 없었다. 꼭 안아서 재워줘놓고 아침에 일어나보니 집이 텅 비어 있어서 좀 쓸쓸하긴 했으나 그것이야말로 익숙한 것이고 어쩔 수 없는 것이다. 윈터에게는 윈터의 일이 있고, 그의 정체를 알아낸 후로는 오히려 오를레앙 같은 깡촌에 죽치고 있어도 괜찮은가 싶은 생각까지 들었다. 없는 것도 잊은 채로 있다 보면 오겠지, 그렇게 생각하고 창가에 붙어 견딘 지가 벌써 열흘이었다.

날씨가 계속 꿀꿀했기에 안에만 있자니 할 일은 없어서 죽을 맛이었다. 어제는 하도 할 일이 없다 보니 무려 책이라는 것을 집어 들어 몇 장 읽다가 제가 정녕 이렇게 미쳐가는구나 싶어 소스라치게 놀랐었다.

리즈벳은 결국 정신 사납게 페이지를 넘기던 책을 탁 소리 나게 덮어버리곤 몸을 일으켜 창가에 밀어붙여두었던 의자에서 폴짝 뛰어내렸다.

내가 자존심이 있지 이제 기다리나 봐라. 돌아오면 이번에야말로 온다 간다 말은 하고 가라고 따져야지. 사람을 뭘로 보고. 아, 장난감으로 봤던가. 그래도 장난감을 대하는 에티켓이라는 게 있을 거 아냐.

맨날 이렇게 자기 멋대로 방치하고. 엄청 잘해줄 것같이 굴더니만 그 태도가 하루를 못 넘기고. 무슨 사람이 이렇게 왔다리 갔다리, 끈기도 없고, 줏대도 없고…….

창문 너머로 달칵 하는 작은 소리가 났다. 속으로 투덜거리며 방으로 돌아가려던 리즈벳은 홱 몸을 돌려 무서운 기세로 창가에 달라붙었다. 저택을 둘러싼 낮은 울타리가 열리며 희끄무레한 형체가 보였다.

헛것을 들었던 게 아니다. 눈앞이 확 밝아지는 듯한 착각에 저도 모르게 손에서 책이 떨어졌다.

콰당, 문을 뜯어내듯 열어젖히며 리즈벳은 구르듯 현관을 뛰쳐나갔다.

"윈터!"

돌아오면 하려 했던 말들, 행동, 그 모든 것이 머릿속에서 새하얗게 지워졌다. 약간 놀란 듯 눈을 크게 뜨는 윈터의 허리를 냅다 끌어안으며 그녀는 깊게 숨을 들이쉬었다. 살짝 비릿한 향과 갓 쌓인 눈의 냄새, 그를 구성하는 신체 특유의, 심장을 옥죄고 발밑의 땅을 무너트리는 느낌. 결코 긍정적인 느낌은 아니었으나 그것 역시 윈터다.

윈터의 향이다.

특유의 온기 없는 몸에 머리를 기대자 서늘한 냉기가 맞닿은 피부를 저릿하게 찔러왔다. 그럼에도 리즈벳은 오히려 팔에 힘을 꽉 주어 그를 더욱 세게 끌어안았다. 조금 전까지 어딘가 불안하고 불만스럽고 초조했던 기분이 단번에 사라져가는 것을 느끼며 그녀는 응석을 부리듯 뺨을 비볐다. 둥둥 뜨는 것 같은, 달콤하고 가슴이 뛰는, 행복한 기분.

물론 그 기분은 상대가 입을 열자마자 증발해버렸다.

"그야말로 개가 따로 없구나."

"무……!"

익숙한 비웃음과 빈정거림이 반쯤 섞인 말에 발끈해 고개를 홱 들었을 때, 리즈벳은 마주친 윈터의 얼굴에 하려던 말도 멈추고 입을 살짝 벌렸다.

"윈터?"

청년은 예전과 같았다. 본래부터 표정이라는 게 비웃음 하나로 고정된 듯한 사람이니 그 가면 같은 낯빛 아래에서 무슨 생각을 하고 있는지 정확히 알 길은 없었으나, 가슴 한편이 턱 답답해지는 느낌과 함께 리즈벳은 조소를 띠고 있는 윈터에게 뭐라 말할 수 없는 위화감을 느꼈다.

소매를 꽉 잡아당기며 올려다보자 고요히 가라앉은 붉은 눈동자와 눈이 마주쳤다. 마치 창가의 촛불이 미풍에 흔들리듯 잔잔히, 소리 없이, 그 눈에 뭐라 이름을 붙일 수 없는 감정들이 스치고 지나가 리즈벳은 저도 모르게 입을 열었다.

"무슨 일 있어요?"

미소 비스무리한 것을 띤 남자의 입가가 한층 더 올라갔다.

"왜 무슨 일이 있었다 생각하지, 사랑스러운 리즈벳?"

마치 시험하는 듯한 목소리는 그럼에도 불구하고 진심으로 궁금한 듯도 했다. 그러나 아이의 예민한 감각은 그리 말하는 목소리가 어딘가 다름을 눈치챘다. 그건 마치.

"……힘들어 보여요."

"힘들다?"

그 이상 해괴한 말을 들은 적이 없다는 듯 고개를 살짝 갸웃했던 윈터가 짧게 소리 내어 웃음을 터트렸다.

"네가 내 뭘 알고."

"윈터."

어쩐지 가슴이 답답해졌다.

그녀에게 그는 언제나 얄미울 정도로 여유가 넘쳤고, 짜증을 내거나 화를 낸 적은 있어도 이리 지쳐 보인 적은 없었다. 가끔 자아분열이라도 겪는지 그녀에게 칼을 들이대는 등의 깡패 짓을 한 적은 있었지만 그럼에도 이리 체념한 듯한 모습을 보인 적은 없었다.

정말 스스로 눈치채지 못한 걸까? 지금 자기가 어떤 얼굴을 하고 있는지 정말 모르는 걸까?

"자꾸만 개 취급하다 보니 정말 내가 개로 보이나 본데 개 무시하지 마요. 개만큼 눈치 빠른 동물이 어딨어요."

말하고 나니 뭔가 아닌 것 같아 미간을 찡그렸던 리즈벳은 얼른 고개를 저으며 힘주어 말을 이었다.

"그리고 나, 개가 아니라 사람이에요. 눈이 있고, 머리 있고, 눈치 있고, 생각할 줄 알아요."

가끔 윈터는 그녀를 정말 개 취급하는 듯했다. 나름대로 귀여워하고 신경도 써주는 것 같으나 가끔씩, 설명해봤자 네가 알겠어? 라는 무시가 느껴져 가슴이 답답했다. 그게 제가 두 자릿수 덧셈도 틀리는 바보로 보였기 때문이라면 통한의 눈물을 머금고 바짝 공부할 의향도 있었다.

같이 사는 사이이니 적어도 이야기라도 듣게 해줬으면 좋겠다. 값싼 위로라도 할 수 있게 해줬으면 좋겠다.

그가 그녀를 위해 그리해주었던 것처럼.

"윈터, 이래 봬도 윈터를 안 지 이제 1년이에요."

1년이나 꾸준히 제 곁을 지켜주었던 사람을 위해, 적어도 제게는 상냥했던 사람을 위해 같은 호의를 돌려주고 싶어 하는 게 정말 주제넘은 짓인가?

"……말은 잘하는구나."

한참 동안 이어졌던 침묵 후, 온기 없이 차갑게 식은 손이 뺨에 닿았다. 싸늘한 감촉에 저도 모르게 움찔 떨던 리즈벳은 그녀의 뺨을 쓸어내리는 손이 가늘게 떨리는 것을 눈치챘다.

나직하게, 그녀에게라기보다는 스스로에게 자문하는 듯한 목소리가 흘러나왔다.

"넌, 내가 무슨 짓을 하려 했는지 알아도 그런 소리를 지껄여댈 수 있을까……?"

어쩐지 두려워하는 듯도 해 혼란스러워졌다. 대체 나한테 무슨 짓을 하려고 했기에.

세계 멸망, 같은 가설이 떠올랐다 사라졌다.

그러나 실제로 그리하려 했다 해도 그게 어때서.

"안 했잖아요."

"……."

"하려 하긴 했는데 안 했잖아요. 그럼 된 거 아니에요? 아예 생각도 안 하는 것보다 하려다가 마는 게 더 힘든 법이에요."

한동안 윈터는 아무 말도 없었다. 뭐라 형언할 수 없는 복잡한 감정이 담긴 시선이 아무 생각이 없는, 그래서 더욱 당당한 동그란 눈동자와 마주쳤다. 고민이라는 걸 한 게 허무해지는 눈이었다.

"……인생 참 단순하니, 편하게 사는구나."

한숨이 배어나오는 말과 함께 가면 같은 냉소가 깨어지며 작게 헛웃음이 흘러나왔다.

"내가 무려 단순함을 부러워하게 되는 날이 올 줄이야."

마지막 말을 내뱉는 목소리가 조금 떨렸다. 발끈해 뭐라 말하려는 듯 열렸던 리즈벳의 입술이 다시 닫혔다.

대신 단풍잎 같은 작은 손이 그의 등에 얹히더니 가볍게 힘을 주었다.

화인을 찍듯 차갑게 식은 등을 타고 온기가 퍼져나갔다. 새로 되찾은 고통의 감각에 미간을 찡그리며 윈터는 꽉 눈을 감았다.

"……윈터?"

긴장이 탁 풀리자 온몸의 통각이 한 번에 몰려들었다. 아이의 눈을 가리고 있던 손가락이 미끄러져 떨어지며 불안한 듯 크게 뜨인 눈동자와 시선이 마주쳤으나 그는 아이를 안심시키기 위해 빈정거릴 기운조차 남아 있지 않았다.

"윈터, 윈터!"

다급하게 불러대는 아이의 목소리에 꼬박 사흘을 자지도 못하고 버틴 머리가 깨질 듯한 두통을 호소했다.

삭은 품속에서 팽팽히 당겨졌던 신경줄이 탁 놓여버린 듯한 기분이었다. 기가 막혀 헛웃음을 흘리며 윈터는 눈을 감았다.

더럽고 끔찍한 것. 고작 며칠 전에 이 아이의 마지막 혈육을 죽이려든 것이 누구인가. 그 때문에 신성에 타격을 입어 제 나라의 명운이 위태해졌는지도 모르는데.

그런 주제에 이 어린것의 품에서 감히 위안을 구하나. 값싼 위로 하나 얻을 곳이 없어서 제가 죽이려 들었던 놈의 여동생에게 매달리다니.

그런데도 저를 끌어안은 아이의 손이 너무 따뜻해서, 오히려 아팠다.

"윈터……!"

비명 같은 리즈벳의 목소리와 함께 그는 그대로 정신을 잃었다.

* ✤ *

"사라졌다 들었습니다."

낭랑하게 울리는 목소리에 안드로베카 잘리어는 얼굴을 묻고 있던 손에서 고개를 들어 눈앞의 학자를 바라보았다. 아스트라다 레인은 깊게 허리를 숙여 예를 표했다.

"인스켈 폐하께 신의 축복을."

"레인."

짤막한 부름에 아스트라다는 몸을 바로 했다.

"상태가 꽤나 심각했다고 들었는데 역시 회복이 빠르군요."

지금까지 그녀에게 두통을 유발하고 있는 남자를 떠올린 여황은 미간을 찌푸렸다.

"대공의 이상에 대해 아는 대로 고하라."

"나흘간 제정신을 못 차렸다는 것만으로도 어딘가 이상이 있다는 것은 확실합니다만, 그리 담담하게 굴었다 들으니 이게 이번만의 일인지, 계속 있었는데 숨겨왔던 일인지 확신할 수가 없군요. 예전 기록이 있다면 비교라도 해보겠으나 263년 전의 기록은 죄다 폐기되어서.”

“고작 잘 모르겠다는 소릴 듣겠답시고 너를 불러들인 게 아니다.”

“고작 결과를 내지 못한 것을 변명하려고 여기까지 온 게 아닙니다.”

가차 없는 추궁에 칼날 같은 답변이 돌아왔다.

“드레스덴 공이 아이를 하나 기르고 있다는 소문을 아시는지요.”

윈터가 저 꼴이 난 이유를 물었더니 돌아오는 생뚱맞은 답변에, 그리고 그 말에 담긴 놀랄 만한 정보에 여황의 눈이 살짝 가늘어졌다.

처음 들었던 생각은 윈터 드레스덴이 어딜 가서 아이를 낳아 왔나 하는 것이었으나 그녀는 곧 그것을 부정했다. 윈터가 신체가 되며 생식능력을 잃었다는 것은 로세이유군과 에스타니아군의 야유와 조롱을 통해 꽤나 널리 알려진 사실이다. 아니, 그 이전에 그녀는 사실 윈터가 아이를 데리고 있다는 정보의 진위마저 의심스러웠다.

그러나 안드로베카 잘리어는 제 선입견으로 새로운 정보의 가치를 평가하는 짓은 하지 않았다.

“아는 걸 들어보지.”

“폐하께서 주신 권한으로 대공의 움직임을 감시하던 낙트의 요원에게서 들은 말입니다. 감히 이유도 없이 대공을 감시할 수는 없는 일이기에 언제부터인지는 정확히 알 수 없으나, 오를레앙의 저택에 리즈벳이라는 이름의 열두 살짜리 여자아이가 살고 있다더군요.”

발언을 허락하자 아스트라다는 거침없이 입을 열었다.

“공께서 전에는 구 리슈타인령 테인만 숲에 머무셨다기에 그쪽으로도 요원을 보내보니 작년 겨울 아란체슬을 함락시키신 후 잠시 머무셨던 시기에 여자아이와 생김새가 일치하는 아이를 본 적이 있다는 증언이 있었습니다. 곱슬곱슬한 금발에 녹색 눈이라 했는데 그 색이 아주 독특하니 아름다웠다 하더군요. 대단히 색이 짙고 잡색이 섞이지 않은 황금빛이라고 합니다."

"……짙은 색의 금발."

금발이라면 구 로세이유령에 가면 발에 차이도록 있는 것이지만 그리 눈에 띄는 금발이라면 독보적으로 유명한 가문이 있다. 밑도 끝도 없이 늘어놓는 정보가 가리키는 결론이 추측되어 그녀는 살짝 미간을 찌푸렸다.

"브릴리언테 폐왕가의 씨는 모조리 죽었을 텐데."

"실제로 모든 시체를 확인한 것은 아니니 단정할 수는 없는 법입니다. 라 리베티에의 단장이 살아남은 폐왕가의 씨라는 말도 있지 않습니까. 진실은 폐왕가 말살의 명을 이행한 이만이 알겠지요. 그리고 그 임무를 맡으셨던 것은 드레스덴 공이시고요."

"무슨 말을 하고 싶은 것이냐, 레인. 윈터 드레스덴이 이제 와서 브릴리언테 폐왕가와 내통이라도 하고 있다고?"

"역시 공께서만 아시는 일이고, 폐하께서 제게 알아내라 하셨던 것은 그와는 다른 것이지요."

빙글빙글 핵심을 짚는 듯하면서도 교묘하게 비껴가는 대화에 여황의 시선이 서늘해졌다. 콱 내리누르는 듯한 시선이 젊은 학자를 압박했다.

"레인, 나는 말을 돌리는 것을 싫어한다."

여황의 인내심이 아슬아슬하다는 것을 느꼈는지 느끼지 못했는지, 아스트라다는 표정변화 하나 없었다. 휙 몸을 일으켜 방 안을 서성이기 시작한 그의 낭랑한 목소리가 마치 어린 학생들을 가르치는 듯 거침없이 말을 이었다.

"신학의 기초로 돌아가보지요. 판데모니움의 신들은 알맞은 매개를 가지고 문을 열었을 때 그자의 자질을 시험해서 마음에 들면 그자의 몸에 깃들어 신체로 만듭니다. 천칭은 한쪽이 기울면 결국 무너지는 것이니 신은 신체에게 제 능력의 일부를 허락하는 대신 신체가 가지고 있던 무언가를 대가로 하여 받아간다는 것이 정설입니다. 그래서 로세이유의 투왕은 전쟁에서 패하지 않는 운과 눈을 마주친 이를 매료시키는 목소리를 얻는 대가로 감정을 느끼는 법을 잊었습니다. 그리도 아끼던 아들 셋을 죄다 드레스덴 공에게 잃었는데도 눈물 하나 보이지 않았다지 않습니까. 그리고 아시다시피 드레스덴 공은 통각을 느끼지 않고 죽지도 않는 몸을 얻었습니다. 그 대가가 무엇이었겠습니까?"

"대공은 지불했다는 대가에 대해 말한 적이 없다."

"신은 계약을 맺을 때 신체에 내릴 축복에 대해서 알려주지 않습니다. 그리 친다면 대가에 대해서도 알려줬겠습니까."

"……그래서?"

"감히 한 가지 가정을 해보자면, 폐하, 판데모니움의 신이 축복의 대가로 가져가는 것은 인간성(人間性)이 아닐까 합니다."

예상치 못한 말에 잠시 침묵하던 여황이 느릿하게 되뇌었다.

"인간성이라고."

"그렇지 않습니까, 폐하. 인간을 신과 다르게 하는 것, 인간을 정령과 다르게 하는 것, 모든 인간에게 균등하게 주어진 것은 그 삶의 유한함일지언대 그것이 거세되었다면 그건."

초반의 냉정함이 환상이라도 된 듯 말을 이으면 이을수록 점차 고조되었던 목소리가 결국 마지막 한마디를 토해내며 숨기지 못한 희열로 가늘게 떨렸다.

"과연 인간이겠습니까."

여황은 한참을 답하지 않았다. 마치 숙련된 이야기꾼처럼 제가 했던 말의 무게가 청자를 충분히 뒤흔들 때까지 뜸을 들이던 아스트라다는 가늘게 떨리는 숨을 들이쉰 후 손가락 끝으로 외알 안경을 밀어 올렸다.

"천칭은 균등합니다. 대가로 지불했던 것을 어떤 이유로든 되찾아간다면 그만큼 주어졌던 축복도 빼앗겨야 하는 것이 법칙이지요. 그리고 그에 대해 가장 잘 알고 있는 이를 꼽자면 안타깝게도 저나 구 리슈타인의 그 어떤 교수도 아닌, 단 하나 살아남았다던 투왕의 혈족이 아니겠습니까."

"그 계집아이가 안셀라 클렌디온의 혈족이며, 대공을 끌어내리려는 목적으로 대공의 곁을 맴돈다는 말이냐."

"추측의 하나일 뿐입니다, 폐하."

이어진 장고 후, 바닥을 보이지 않을 정도로 깊게 가라앉은 여황의 눈이 학자를 직시했다.

"계약이 깨질 것을 염려해야 하느냐."

"알 수 없습니다. 추측을 사실로 증명하기 위해선."

외알 안경 너머의 암회색으로 죽어버린 눈이 여황을 지그시 마주 응시했다.

"아이를 죽이고 공의 상태가 정상으로 돌아오는지를 확인해야겠지요."

쇳기가 느껴지는 말.

안드로베카는 곧장 답을 하지 않은 채 살짝 시선을 떨어트렸다.

신경 써줘서 고맙다, 안나. 단 한 번도 본 적 없는 얼굴로 느닷없이 그리 말했던 윈터를 기억해냈다. 또 무슨 변덕인가 싶었더니 이런 것이었나.

제 결단에 대해 알아내면 그가 어찌 반응할까에 잠시 생각이 미쳤지만 여황은 곧 사념을 잘라내버리며 시선을 들어올렸다.

서늘하게 가라앉았던 눈이 일렁이며 핏빛이 스쳤다.

"그렇다면 죽여야지."

윈터가 상상할 수 없는 방법으로, 가능한 한 빨리.

- ❦ -

무언가가 변했다.

온다 간다 말없이 사라졌다가 돌아오자마자 현관 앞에서 쓰러졌던 윈터를 사흘 밤낮을 간호해 살려놓으며 깨달은 사실이었다.

윈터는 사흘째가 되면서 거의 정상으로 돌아왔으나 그 전까지는 눈도 제대로 못 뜨고 계속 잠만 잤다. 심장이 뛰질 않는 데다 호흡도 하지 않았기 때문에 리즈벳은 침대 맡에서 꾸벅꾸벅 졸며 몽롱한 상태로 윈터 쪽으로 시선을 주었다가 숨을 쉬지 않는 것에 기겁해 깨어난 적이 한두 번이 아니었다. 보통이라면 마을로 달려가서 왕진 의사라도 끌고 오겠지만 상대가 신체이다 보니 의사가 도움이 될 것 같지는 않았다. 어떻게 해야 할지 몰라 눈물이 나올 정도로 발을 동동 구르고 있던 그녀에게 잠시 정신을 차린 윈터가 뱉은 것은 단 한마디였다.

"놔둬."

그리고 또다시 기절하듯 잠들어버린 모습에 결국 리즈벳은 포기했다. 하루 더 상태가 호전되지 않았다면 유모들이 가르쳐주곤 했던 옛날이야기 속의 별별 다양한 민간요법들이 시도될 뻔했으나 다행히도 사흘째 아침, 윈터는 일단 겉보기로는 거의 완벽하게 제 상태로 회복되었다.

그러나 리즈벳은 이제 신경 쓸 필요 없이 멀쩡하다는 그의 말을 곧이곧대로 듣는 어리숙한 짓은 하지 않았다. 제 스스로 손등을 그어 재생능력을 구경시키는 엽기 행각을 눈 하나 깜짝하지 않고 저지르던 사람이다. 보통 건강불감증이 아니면 그럴 수는 없다.

환자에게 가장 필요한 것은 충분한 수면과 균형 잡힌 식사, 그리고 적절한 운동.

"윈터, 일어날 시간이에요!"

리즈벳은 오늘로 나흘째 침대 위에 정확히 똑같은 자세로 누워 발끝 하나 움직이지 않는 기예를 시전 중이던 윈터의 이불을 사정없이 걷어냈다. 이불이 사라져서 차디찬 겨울 아침의 공기가 몰아닥치자, 시체처럼 표정 하나 없던 윈터의 얼굴이 한껏 일그러지며 소리를 낮춘 무시무시한 욕지거리가 튀어나왔다.

무식은 묘하게 이득이기도 한지라 그 욕지거리를 반도 채 못 알아들은 리즈벳은 생글생글 웃으며 명랑하게 말했다.

"밖에 눈이 그쳤어요. 같이 나가서 산책해요!"

"……귀여운 리즈벳, 여기 붙어 있을 시간이 있으면 빈곤한 두뇌를 위해 덧셈 뺄셈이라도……."

"다 했어요. 새 과제를 내고 싶으면 일어나요."

"가뜩이나 추운데 왜 사서 고생을……."

"윈터는 추위 안 타는 거 알아요."

윈터는 몸을 둥글게 말며 고양이가 그르렁거리는 듯한 소리를 냈다. 몇백 보 밖에서 낙엽이 떨어지는 소리도 들을 수 있는 주제에 고작 한 걸음 옆에서 나는 목소리가 안 들린다는 듯 베개로 귀를 틀어막고 몸을 뒹굴 돌려버린다. 죽어도 일어날 생각이 없어 보이는 모습에 리즈벳은 재빨리 윈터의 눈치를 보며 어디까지 기어오를 수 있을까를 계산했다.

계산이 끝난 후, 리즈벳은 날렵하게 달려들어 베개를 빼앗았다.

반사적으로 베개를 사수하기 위해 윈터가 손을 뻗었다. 양쪽으로 힘껏 잡아당겨진 베개는 그 폭력을 견디지 못하고 부욱 소리를 내며 반으로 잘려나갔다. 사방으로 깃털이 휘날렸다.

"……."

"……아."

도륵, 베개의 잔재를 든 리즈벳은 눈을 굴려 윈터의 눈치를 봤다. 팔랑팔랑 눈이 내리듯 내려앉는 깃털에 뒤덮여 완전히 잠이 깨버린 윈터의 눈이 매혹적인 웃음을 담고 휘었다.

"사랑스러운 리즈벳……."

달콤하고 노래하는 듯한 목소리가 부르는 제 이름에 리즈벳은 마음을 비우고 머릿속도 비우고 눈의 초점을 흐리게 했다.

이어 폭격이라 부를 수밖에 없는 잔소리가 쏟아졌다.

◦ ✿ ◦

조금 전까지 혼났던 것이 싹그리 뇌리에서 지워진 듯 아이는 밖으로 나가자마자 꺄악거리며 소리쳤다.

"윈터! 윈터! 봐요, 눈! 눈이 엄청나게 쌓였어요!"

계절이 계절인지라 현관문을 열자마자 쏟아지는 차가운 냉기에 순식간에 리즈벳의 볼이 발갛게 달아올랐다. 입술 사이로 토해낸 숨이 하얗게 얼어붙으며 대기 중으로 퍼져나갔고, 처마에서 떨어진 물방울은 밤사이 얼어붙은 고드름이 되어 아침햇살 아래에서 영롱히 빛났다. 종아리까지 쌓인 새하얀 눈을 양손 가득 퍼 올려 손가락 사이로 흐트러트리며 리즈벳은 명랑하게 소리 내어 웃었다.

"……그거 참 잘됐네."

결국 아이에게 질질 끌려 나온 윈터는 그 모습을 심드렁하게 바라보며 길게 하품을 했다. 인스켈, 특히 북부 산간지역은 본래 눈이 혹독하게 많이 오는 곳이었고, 그래서 그는 태어나면서부터 눈과 자랐다. 쌓이기는 또 얼마나 많이 쌓이는지 겨울만 되면 길이며 정원이며 연무장이며 죄다 폐쇄되는 바람에 복구 작업에 동원되는 것이 일상이었던 그에게 눈은 그냥 하늘에서 내리는 쓰레기였다.

그냥 좀 더 자고 싶다. 사흘을 잠도 못 자고 말을 달렸더니 아직까지 머리가 아팠다. 예전에는 끄떡도 없었거늘, 저번에 안셀라를 놓쳤을 때 피를 토한 후부터 상태가 안 좋았다. 무슨 일이 일어나고 있는지는 그 역시도 확신할 수 없었고 제 몸의 상태에 대해 나불거리고 다닐 생각은 없었기에, 그는 그냥 신경을 껐다. 이것이 일시적인 것이라면 뭘 하지 않아도 저절로 나을 테고, 설사 이것이 100년 동안 이어진 신성의 끝을 알리는 것이라 한다면.

그에 생각이 닿자 그의 손가락이 살짝 움찔했다가 흉터 하나 없이 미끈한 목에 닿았다.

……이것이 제 불사의 끝이라 한다면, 그것도 좋겠지.

"윈터! 윈터 눈을 찾았어요!"

갑자기 뜬금없는 말을 하며 손을 휘휘 흔들어대는 아이의 존재를 알아채고 그는 상념에서 벗어나 아이가 흥분해서 가리키는 곳을 바라보았다. 손가락 끝에서 명도도, 채도도 높은 열매가 눈으로 소복이 가려진 가지에 매달려 흔들리고 있었다. 그리고 아이와 얼마 떨어지지 않은 곳에 어느새 둥글게 눈을 뭉쳐 만들어진 눈사람이 있었다.

눈을 찾았다는 게 무슨 말인가 했더니 저 열매를 눈 대신 박아넣을 모양이었다.

"……저게 나라고?"

"닮았지요!"

기가 막혀 하는 말에 돌아온, 비명이라도 지를 듯 좋아하는 아이의 목소리에 윈터는 입을 다물어버렸다. 그걸 어떻게 받아들였는지 리즈벳은 아주 신이 나서 한참을 떠들었다.

"고드름이 잔뜩 얼어 있어서 얼마나 다행인지 몰라요! 하얀 게 별로 없어서 머리카락을 어떻게 해야 할지 고민했거든요. 그리고 여기 입 봐요! 윈터랑 정말 닮지 않았어요? 세상을 다 우습게 보는 모양이 아주……."

끊임없이 이어지는 말에 영혼 없이 고개를 끄덕여주면서도 윈터는 속으로 제 기형복제물을 박살내버릴까 말까를 상당히 오랫동안 고민했다.

손짓발짓까지 하며 신나게 제 이야기만 늘어놓던 리즈벳은 이제는 몸을 돌려 제 손가락 끝만 살짝 닿을 듯 말 듯한 위치에 있는 나무열매를 향해 손을 뻗고 있었다. 폴짝폴짝, 열매를 잡아채려고 토끼같이 뛰어오르는 모습에 저도 모르게 핏, 웃음이 나왔다. 이렇게 눈이 많이 내린 것은 평생 처음이라는 아이가 너무나 기뻐 보여서, 놔두면 그가 처리해야 하는 저 보기에만 예쁜 쓰레기들을 알아서 치우고 있기에, 그는 유독 친절을 베풀어 그냥 가만히 지켜보기로 했다.

똑, 똑, 똑, 해가 떠오름에 따라 천천히 녹아내린 얼음이 고드름을 타고 떨어져 내렸다. 색을 보지 못하는 그의 눈에 온통 눈에 물든 세계는 아침햇살 아래에서 빛이 나는 듯했다. 아스라이 들려오는 산새들의 지저귐, 무게를 이기지 못하고 나뭇가지에서 쏟아진 눈이 바닥을 치는 소리.

……평화롭다.

저도 모르게 그런 생각이 들자 그의 입가에 희미한 미소가 어렸다.

이대로.

조금만 더, 이대로…….

"꺄악!"

스르르 감기려던 눈이 높은 비명에 홱 뜨였고, 윈터는 반사적으로 튕기듯 몸을 일으켰다.

폴짝거리며 열매를 따려던 아이는 나뭇가지 위에 위태로이 쌓여 있던 눈더미를 얻어맞고 벙쪄 있었다. 만년설을 얹은 산봉우리마냥 머리 위에 떨어진 눈이 소복이 쌓였다. 아이가 따려 했던 열매는 아직까지 가지에 매달린 채 아이를 놀리듯 흔들거렸다.

그리고 후두둑, 소리가 들리며 아직 가지 위에 남아 있던 눈이 떨어져 아이의 머리를 두들겼다.

동그랗게 뜨인 채 얼어붙은 눈동자가 울상을 짓자 윈터는 결국 참지 못하고 웃음을 터트려버렸다.

"윈터!"

발끈해 소리를 높이는 그녀를 무시하고 계속해서 보란 듯이 웃어대는 윈터의 모습에 얼굴이 발갛게 달아오른 리즈벳은 분에 차 발을 구르다가 눈을 한 주먹 뭉쳐 냅다 던졌다.

걸음마를 배우기 시작했을 때부터 갈고닦아왔던 실력은 1년간의 공백에도 불구하고 전혀 녹슬지 않았다. 퍽 하는 소리와 함께 눈덩이가 목표물에 멋지게 명중한 걸 확인하자마자 리즈벳은 뒤도 돌아보지 않고 도망쳤다.

뒤는 물론이요 발밑까지 보지 않았던 게 그녀의 비극이었다.

"악!"

외마디 비명과 함께 눈에 파묻혀 있던 나무뿌리에 발이 걸린 리즈벳은 얼굴부터 앞으로 넘어졌다. 수북이 쌓인 눈이 쿠션 역할을 해 다행히 아픔은 별로 없었으나 코가 징 하는 소리가 날 정도로 아팠다.

"너, 괜찮아?"

아니, 몸보다는 마음이 아팠다. 정확히 말하자면, 그냥 죽는 게 낫다 생각할 정도로 쪽팔렸다.

그러나 양쪽 겨드랑이에 손을 넣어 그녀를 번쩍 들어올린 윈터는 상처 난 소녀심을 이해해줄 정도로 섬세한 남자가 아니었다. 아니, 이해는 해도 그것 때문에 행동을 달리할 남자가 아니었다.

윈터는 날카로운 눈으로 몸 어딘가에 망가진 기색이 없다는 것을 확인하고는 싱긋 웃었다.

"멀쩡하네."

그리고, 쿵 소리와 함께 그의 발길질이 작렬한 나무둥치가 흔들리며 가지에 쌓여 있던 눈이 그녀의 머리로 와르르 쏟아졌다.

276

"엣취!"

목구멍이 간질간질하더니 결국 재채기가 튀어나왔다. 이가 다닥다닥 부딪칠 정도로 몸을 덜덜 떨면서 모포 안으로 파고드는 리즈벳을 보며 윈터는 작게 혀를 찼다.

"그러게 왜 책임도 못 질 행동을 해서."

리즈벳의 눈꼬리가 휙 치켜올라갔다.

"그렇다고 사람을 눈에 파묻어요?"

"눈이 좋다며."

사람의 숨겨진 살의를 일깨우는 마법의 말에 울컥해 대꾸하려던 리즈벳은 연달아 터져 나온 재채기에 말을 잇지 못했다.

소심한 복수로 시작했던 눈싸움의 끝은 일방적으로 처참했다. 머리까지 파묻혔던 눈에서 기어 나와 분풀이로 윈터를 눈으로 덮어버리려 했던 시도는 그가 반걸음 뒤로 물러나 두 번째 나무를 걷어차며 재앙으로 끝나버렸다. 두 번째 눈벼락을 맞으면서도 굴하지 않고 지금까지 일방적으로 당하기만 했던 그 모든 울분과 불만으로 얼어 죽을 것 같은 추위에 덜덜 떨며 악착같이 덤벼들었던 리즈벳은 결국 자기 발로 걷지 못하고 불 앞으로 운반될 수밖에 없었다.

그에 비해 똑같은 시간을 눈밭에서 보냈던 윈터는 얼굴색 하나 변하지 않은 채로 그녀를 가소롭다는 듯이 보며 비웃음을 흘릴 뿐이었다. 애초부터 추위를 알지 못하는 상대와의 눈싸움이라니, 공평한 게임이 될 리가 없었다.

딱딱 떨리는 잇새로 필사적으로 뭐라 맞받아치려는 그녀를 보며 윈터는 핏, 작게 실소를 흘렸다.

"애쓰지 말고 머리나 잘 말려라. 밤사이에 얼어 죽고 싶지 않으면."

그저 윈터가 숨 쉬듯 하는 비아냥일 뿐이었다. 악의가 없다는 것도 아니까 그냥 사회화가 되다 만 불쌍한 인간의 옹알이라 생각하고 너그럽게 넘어가면 될 일이었다. 실제로 그 비아냥을 근 1년간 숨 쉬듯 들어 익숙해진 리즈벳은 평소라면 그냥 조금 투덜거리거나 생글거리며 흘려 넘기고 끝냈을 것이다. 그러나 하루 종일 덤비고, 깨지고, 덤비고, 파묻히고, 정말 눈밭에서 개처럼 구르다 보니 가해자의 비아냥이, 특히 그 어조가 대단히 거슬렸다.

"윈터는 내가 애로 보이지요."

윈터가 고개를 돌려 그녀를 빤히 응시했다. 말 한마디 없어도 뭘 그리 당연한 말을 하냐는 뜻이 표정에 그대로 드러났다. 스스로가 한 말이 얼마나 애처럼 들리는지 깨달은 리즈벳은 얼굴이 화끈거렸다.

"……난 윈터가 생각하는 것만큼 애가 아니라고요."

그렇게 말하면서도 그녀의 말꼬리는 한없이 기어들어갔다.

분한 감정은 어쩔 수 없으나 그녀는 현실 파악도 못 할 정도로 바보는 아니었다. 그녀는 아무리 기를 써도 그의 머리에 눈덩이 한 번 맞히지 못하는 어린 계집애일 뿐이다. 더 냉정하게 말하자면 멍청하고 할 줄 아는 게 없는데 기를 쓰고 맞먹으려 드는 그 모자람으로 주인을 즐겁게 하는 애완견 정도의 위치다.

……오늘 눈싸움만 봐도 그렇다.

"윈터에 비하면 한참 모자라 보이겠지만 그래도 그렇게 자꾸 애 취급하는 거 아니에요. 나도 이제 곧 열세 살이란 말이에요. 이 나이에 벌써 약혼하거나 도제로 들어가는 애들도 얼마나 많은데요!"

"이거 실례를, 레이디 리즈벳 클렌디온. 이 우매한 칼잡이는 그것도 모르고 아가씨를 애 취급이나 했으니."

……애 취급하고 있다. 완벽히 무시하고 있다.

매끄럽게 흘러나온 예의를 가장한 놀림에 리즈벳은 잘근잘근 입술을 깨물었다.

그래, 윈터라면 그녀가 우습게 보이겠지. 윈터는 대단하니까. 신의 힘을 빌린 탓인지도 모르겠으나 어쨌든 근대의 역사를 바꿔온 위인이니까. 그뿐만이 아니라 그가 가르치는 내용을 듣고 있자면 그녀의 짧은 지식으로도 그가 아는 게 대단히 많다는 것을 알았다. 할 줄 아는 언어가 네 개였고, 대륙의 역사는 고대 시대부터 줄줄이 꿰고 있었다. 웬만한 질문에는 죄다 막힘없이 답하는 걸 보면 단지 언어와 역사만이 아니라 다른 쪽에도 해박하다는 걸 알겠다. 그냥 머리가 좋은 것뿐만이 아니다. 쌓아온 시간의 차이다.

……언제쯤이면 저 사람이 진지하게 대해줄까. 몇 살을 더 먹어야, 얼마나 더 유능해져야.

입술을 꽉 깨문 리즈벳은 윈터를 획 쏘아보았다. 저를 재미있어 죽겠다는 시선으로 내려다보는 눈과 마주치자 그녀의 눈꼬리가 획 치켜 올라갔다.

"지금은 그렇게 빈정거리지만 두고 봐요! 좀만 지나면 눈을 마주치는 것만으로도 쓰러질 만큼 아름답고 섹시한 레이디가 되어 윈터한테는 눈길 하나 안 줄 테니까! 그때 돼서 예전에 좀 더 잘할 걸, 땅을 치며 후회해봤자 늦어요!"

"이 나이에 벌써 걸어 다니는 대량 살상무기가 되는 걸 장래 희망으로 삼다니 역시 네 기발함은 경이롭군, 나의 사랑스러운 레이디 리즈벳.”

여전히 매끄럽기 짝이 없는, 놀림임이 분명한, 그럼에도 분할 정도로 듣기 좋은 목소리로 그리 속삭이는 윈터의 눈이 살짝 웃음을 머금고 휘었다. 그 시선을 정면으로 받자 그녀는 순간 심장이 턱 내려앉았다.

처음 보는, 사람을 녹여내는 듯한 웃음.

그리고 저도 모르게 뱀 앞의 다람쥐처럼 얼어붙어버린 그녀에게 조금 더 눈꼬리를 접어 미소를 짙게 한 윈터가 난로 쪽을 턱짓했다.

“그 전에 끓어 넘치고 있는 코코아부터 어찌하는 게 좋지 않을까.”

“으악!”

세심하게 비율을 맞춰 끓이고 있던 코코아가 넘쳐흐르는 참사에 리즈벳은 튕기듯 몸을 일으켜 허겁지겁 주전자를 불에서 내렸다. 앗 뜨거, 앗 뜨거를 연발하며 겨우 상황을 수습한 후에야 절 보며 킥킥대며 웃는 윈터가 눈에 들어왔다. 뭐라고 해봤자 귓등으로도 듣지 않을 것이 뻔하기에 리즈벳은 끓어오르는 속을 삭히며 전투적으로 코코아를 컵에 부었다.

……언젠가는. 언젠가는 꼭.

타오르는 난롯불을 잡아먹을 듯이 응시하며 도전적으로 코코아를 홀짝이는 리즈벳을 흘끗 바라보던 윈터의 입가에 희미한 미소가 걸렸다. 아이가 눈치채기 전에 다시 시선을 돌린 윈터는 쌓아두었던 장작을 던져 넣었다.

획, 불 속으로 던져진 장작이 타닥 소리를 내며 타들어갔다. 부지깽이를 쥔 윈터가 몇 번 능숙하게 들쑤시자 타오르고 있던 장작이 딱 소리를 내며 반으로 쪼개지더니 확 열기가 솟아올랐다. 일련의 동작을 멍하니 바라보고 있던 리즈벳이 툭 던지듯 내뱉었다.

"……불 피우는 게 능숙하네요."

"지금에야 대륙 남부까지 뻗어 내려왔지만 본디 인스켈은 북방왕국이다. 밤사이 얼어 죽지 않도록 밤새 불을 피우고 지키는 건 남자라면 어렸을 때부터 배워오는 기술이지."

예상과는 조금 다른 말에 리즈벳은 눈을 동그랗게 떴다.

"인스켈에서는 불을 남자가 지켜요? 지금까지 유모들은 전부……."

"여자에게 불을 지키게 하는 건 중부국가인 로세이유의 풍습이다. 인스켈은 추운 데다가 산세가 험해서 먹이를 구하러 산짐승들이 민가를 덮치는 경우도 종종 있지. 약하고 소중한 것이 마음 놓고 잠을 청할 수 있게 밤을 지키는 것은 인스켈에서 사내로 태어난 이들의 자부심이다. 불을 지키는 것이야말로 소년과 사내를 가르는 징표지."

타닥거리는 소리를 내며 불이 조용히 타들어갔다. 어둠이 내려앉은 방 안, 난로의 일렁거리는 불빛은 색이 없는 윈터의 얼굴을 물들이는 듯했다. 그것이 마치 윈터를 살아 있는 듯 보이게 했다.

그 모습을 리즈벳은 멍하니 바라보았다. 좀 전까지만 해도 상대를 백만 가지 방법으로 물 먹여주고 싶다 별렀던 생각은 어느새 잊혔다.

잘 알고 있다 생각했던 상대가 달라 보이는 이유는 난로의 불빛 때문일까, 아니면 그가 내뱉는 말 때문일까. 그녀는 윈터가 조국(祖國)에 대해서 말하는 것은 처음 들어봤다.

"그 풍습은 산짐승에게서 가족을 지킬 필요가 없는 수도의 귀족들에게조차 남아 있다. 인스켈의 남자들은 불 옆에서 밤을 지새우며 아들을, 동생을 가르치지. 북방을 개척한 민족으로서의 역사, 교훈, 전승되는 풍습, 노래, 가르침, 그리고 제대로 된 남자로서 살아가기 위한 자존감, 지혜, 책임감. 해가 떠 있을 때에는 어미가 다정함과 자비와 화합을 가르치고, 밤의 어둠을 함께 밝히는 아버지는 그 어미와 그녀가 가르치는 모든 소중한 것들을 지킬 수 있는 강함과 비정함을 가르친다. 인스켈을 몇백 년간 지탱해왔던 가르침의 전승이란다, 귀여운 리즈벳."

그리 말하는 목소리에 묻어 있는 감정은 분명한 긍지였다.

"아버지와 아들이 밝힌 그런 수만 번의 밤이 인스켈이라는 나라를 빚어냈지. 이 나라는 고난에 꺾이는 것을 거부한 이들의 나라야. 정령과 소통하는 에스타니아 정령사들의 주술도, 대륙에서 가장 비옥한 평원과 부동항을 독차지한 로세이유의 풍요로움도, 스승에서 제자를 통해 몇백 년을 이어져 내려온 리슈타인의 지혜도 가지지 못한 채, 좀 더 나은 삶을 후세에 남겨주겠다는 일념만으로 중부의 안온함에서 벗어나 북부의 산지로 옮겨간 민족이지. 삼면에서 끊임없이 공격받고, 결국엔 로세이유의 속국으로 전락하면서도 끝까지 정체성을 포기하지 않고 싸우다 결국 대륙의 패자가 된 이들의 나라란다, 사랑스러운 리즈벳. 우리는, 그 긴 밤 동안 불씨를 꺼트리지 않고 모든 적습을 막아내며 우리의 사랑스러운 것들을 지켰어."

막힘없이 내뱉는 말은 속삭이는 듯 나직했으나 기묘하게 듣는 사람의 이목을 끌었다. 평소보다 반 톤 낮은 목소리, 가볍게 떨어트린 시선, 입가에서 묻어나는 부드러운 표정, 그 모든 것은 마치.

"윈터는, 인스켈을 사랑하나 봐요?"

마치, 사랑을 속삭이는 듯해서.

대답 대신 시선을 돌려 마주 보는 모습에 그녀는 어쩐지 듣지 않아도 그 답을 알 것만 같았다.

이윽고 천천히 가슴을 치는 깨달음에 그녀는 저도 모르게 이해했다.

그래서 윈터는 신체가 되었고, 그 오랜 시간을 인스켈을 위해 싸워왔던 것이다. 그 많은 전장에 나가, 그 많은 사람을 죽이고, 사람이 아니라는 욕이란 욕은 모조리 다 얻어먹으며. 원한다면 분명히 대륙을 지배하는 왕이 될 수도, 세상의 모든 보화를 죄다 손에 넣을 수도, 그 어떤 상상보다도 더한 사치를 누릴 수도 있었을 텐데, 그리했다는 기록 하나 없이 지금까지 그 어떤 불만도 표하지 않았던 건 아마도.

"……나라란 그런 게 아닌가? 태어날 때부터 자연스레 소속되어, 좋든 싫든 그 구성원으로 분류되어 그로써 따라오는 혜택과 적의를 받으며, 저절로 자신의 일부가 되어버리는 것. 그렇게 나라가 나이고 내가 나라이면 좋든 싫든 그것은 사랑스러운 것이 되어버리는데."

"하지만, 윈터."

답을 받았으면서도 리즈벳은 오히려 가슴이 답답해지는 듯한 느낌에 몸을 곧게 세워 윈터를 직시했다.

뭘까, 이 감정은. 어째서 이렇게도 슬프고, 답답하고, 안타깝고, 화가 나고.

그녀는 윈터 드레스덴에 대한 책이란 책은 모조리 읽고, 며칠씩이나 밤을 새워가며 그에 대해 이해하려 했으면서도 단 한 번도 애국심이라는, 전장에 나가는 남자라면 당연히 가질 법한 감정을 윈터와 연관시켜 생각해본 적이 없었다. 그건 아마도.

"인스켈은, 당신에게 그만큼의 보답을 해줬어요?"

유모들을 따라 이사를 다니면서 몇 번쯤 인스켈의 땅을 밟았던 때도 있었다. 그러나 그곳에서도 윈터 드레스덴에 대한 소문은 속국과 별다르지 않았다. 사람들은 여전히 그를 무서워했고, 묘하게 꺼리고 있었으며, 그 어떤 긍정적인 감정과도 연관시켜 언급하지 않았다. 그래서 저도 모르게 생각했던 것 같다. 그녀가 윈터였다면 절대로 이런 나라에 어떤 긍정적인 감정도 품지 않을 거라고.

하지만 그건 어디까지나 조국이라는 것에 대해 생각조차 해본 적 없는 그녀의 입장에서 한 가정일 뿐이다. 그녀에게는 윈터처럼 태어날 때부터 이곳이 내가 속해 있는 곳이라는 소속감을 안겨준 곳이 없었다. 그녀는 그저 망연히 제가 인스켈인이라 생각하고는 있었으나 인스켈인으로 살아가는 게 어떤 것인지에 대해서는 단 한 번도 배운 적이 없었다. 윈터의 말을 들어보니 그녀의 유모들부터가 인스켈 출신이 아니었다. 몇 달에 한 번씩 사는 곳을 옮겨다니는데 어딘가에 소속됐다는 느낌을 가질 수 있을 리가 없다.

지끈, 가슴이 아려왔다.

그녀는 남들이 다 당연하게 생각하는 가족에게조차 소속감을 느낄 수가 없었다.

예전, 좀 더 어렸을 때에는 오라비와 단 한 번만이라도 만날 수 있다면, 그래서 그녀가 정말로 오라비의 친동생이라는 걸 확인할 수만 있다면 무슨 일이라도 할 수 있을 거라 생각했다. 정작 안셀라는 그녀에게 해준 것 하나 없었건만 그때의 진심은 얼마나 절박했었나.

윈터도, 같은 것에 매달리는 걸까.

제가 어떤 표정을 지었는지는 알 수 없으나 그녀를 바라본 윈터가 입가를 살짝 비틀어 조소하듯 웃었다.

"······영리한 질문을 할 수 있게 됐구나, 귀여운 리즈벳. 그래서 말했잖아, 너는 네가 생각하는 것처럼 멍청한 게 아니라고."

평소와 다름없이 비아냥거림과 놀림을 반반 섞어 하는 말에 리즈벳은 가만히 시선을 들어 윈터를 올려다보았다. 답을 하는 대신 지어 보인 언제나의 조소는 그야말로 가면과 같아서 그녀는 윈터가 대체 어떤 생각을 하고 있는지 짐작조차 할 수 없었다.

"······한 번이라도 좋으니까 좀 칭찬을 칭찬답게 할 수는 없는 거예요?"

"많이 컸다?"

그녀는 그저, 그렇게 말하며 웃는 윈터에게 장단을 맞춰 평소와 같이 볼을 부풀려 보일 뿐이었다.

"영리한 리즈벳."

그녀의 심정을 알아채기라도 했는지 윈터의 붉은 눈동자가 어딘가 다정한 빛을 띠며 깊어졌다. 길고 가는 흰 손가락이 그녀의 머리카락을 향해 뻗었다. 손가락 사이사이로 금빛 머리카락이 반짝이며 흘러내렸다.

"우리 집은 내가 태어날 때엔 기울 대로 기울어서 말이지, 나는 다섯 살 때부터 불가로 불려와 적에게서 소중한 것을 지키는 법을 배웠어. 아버지와 형이 둘 다 죽어버렸을 경우 남아 있는 것들을 내가 지켜야 하니까. 그게 대체 몇 년 전이지? 80년? 이젠 100년이 되어가나? 그때부터 계속 그렇게 살아왔으니 익숙해진 것뿐이야."

"하지만."

"그리고 그렇게 오래 함께하다 보면 사랑스러워져. 기왕에 목숨을 걸 거면 사랑하는 것을 위해 거는 편이 좋으니까. 그렇게 오래도록 사랑스러워하던 것은 하루아침에 아무 의미도 없게 되지는 않아."

그 말은 목을 졸라매듯이 답답했으나 동시에 단순히 어리석다 단언할 수 없게 하는 묘한 점이 있었다. 한동안 어쩐지 가슴을 먹먹하게 하는 감정에 그를 가만히 응시하기만 하던 리즈벳은 한참 후에야 천천히 입을 열었다.

"윈터는, 정말로."

그것이 객관적으로 얼마나 어리석은 일이라도, 얼마나 손해 보는 일이라도, 얼마나 덧없는 일이라도.

적어도, 무언가를 사랑스럽다 생각하고, 그에 얽매이는 것을 보고 그녀는.

"호구네요."

그것이 의미 없는 것이라 하고 싶지는 않았다.

　　　• ✛ •

밤은 순식간에 깊어갔다. 타닥거리는 소리를 내며 타들어가는 장작을 앞에 둔 채 윈터는 어느새 그의 무릎을 베고 색색거리며 잠든 아이의 머리를 느릿하게 쓰다듬었다.

손가락 끝의 감각이 평소보다 한층 더 예민하다. 피부에 닿았다가 미끄러지듯 떨어져 내리는 가느다란 머리카락의 감촉. 송곳처럼 파고들어 감각을 얼려버리는 감각과 손끝이 간질거리며 화끈대는 감각, 그리고 얼얼하게 아려오며 신경을 갈아대는 듯한 감각.

통각. 촉각. 압력. 냉기. 열기. 단단함. 거침. 물렁함.

부드러움.

빠져들고 말 것 같은 손끝의 다채로운 감각들에 윈터는 한참을 반복해 그 머리카락을 쓸어내렸다. 쓸모없어 도태되었던 감각이 다시 돌아오는 것이야말로 그의 신성이 점점 옅어져간다는 움직일 수 없는 증거.

"윈터는 정말."

손가락 사이로 물결같이 흘러내리는 머리칼을 쓰다듬고 있자니 그 소유자가 자신을 똑바로 바라보며 했던 말이 떠올랐다.

"호구네요."

울컥, 속에서 무언가가 올라오는 듯한 느낌에 무의식적으로 손에 힘이 들어가자 잠든 아이가 미간을 찡그리며 뒤척였다. 얼른 저도 모르게 머리카락을 잡아당겼던 손을 풀면서도 정곡을 찔린 사람 특유의 예민함으로 윈터는 하늘 높은 줄 모르고 기어오르기 시작하는 이 계집애를 절벽 끄트머리에 거꾸로 매달아버릴까 다시 한 번 고민했다.

그러나 그런 생각은 볼에 손을 대자 꼬물거리며 고개를 들이밀어 비비적거리던 아이가 좀 더 동그랗게 몸을 말아 그의 품 안으로 파고들자 맥없이 고개를 숙여버렸다.

핏, 저도 모르게 희미하게 웃음이 새어나왔다.

언젠가 제가 땅을 치고 후회할 정도의 대단한 레이디가 되어주겠다, 고.

이 작은 아이가. 연약하고 무지하고, 그래서 그만큼 순수한 아이가 벌써 키 높이를 한답시고 대들다니. 그래, 스스로 말한 대로 리즈벳은 이 1년 사이에 거의 한 뼘 정도 키가 자랐다. 로세이유의 브릴리언테 왕가라면 미인이 많기로 유명한 곳이니 천재지변이 없으면 아마 꽤나 대단한 미인으로 자라겠지. 조금만 있으면 몸도 여성스럽게 변해가고, 이대로 계속 공부를 하다 보면 어디에 내놓아도 부끄럽지 않을 교양 있는 숙녀가 될 것이다.

그렇게 조금씩, 조금씩 변해가는 모습이 가상하고, 신기하고, 그럼에도 어딘가…….

윈터는 가만히 아이의 머리에 손을 대어 결 좋은 머리칼을 조심스레 쓸어내렸다.

너는 계속 그렇게 눈부시게 성장해 세상이 너를 위해 마련한 수많은 기쁨과 행복과 약간의 아픔을 맛보며 훌륭한 어른이 되겠지.

나의 리즈는 겪지 못했던 찬란한 시간을, 너만큼은 마음껏…….

아련하게 아려오는 가슴의 아픔에 눈을 감으며 윈터는 저도 모르게 옅게 미소 지었다.

신체로서의 제가 끝까지 싸워 모국에 대한 도리를 마친 후에는 이리 곁에서 스러져가는 것도 괜찮지 않을까. 이 아이가 혈육에게서는 받지 못했던, 제가 혈육에게는 주지 못했던 것을 나누며, 모두가 너무나 당연히 영유하는, 너무나 당연하기에 그 가치조차 알아주지 않는, 평범한 삶을, 얻을 수도 있지 않을까……?

그가 신체이든, 인간이든, 인스켈인이든 아니든, 심지어는 윈터 드레스덴이든 아니든, 이 아이는 아마 그를.

그러나 막연히 이어지던 상념은 달깍, 문고리가 조심스레 돌아가는 소리에 뚝 끊겼다.

죽음에 익숙해진 본능이 먼저 인기척에 반응했다.

피 냄새.

비현실적으로 평화로웠던 시야가 단숨에 날카로운 흑백으로 반전했다.

아이의 머리를 조심스레 바닥에 내려놓은 윈터는 몸을 일으켜 방문을 홱 열었다. 어느새 인기척이 사라진 그곳에는 작은 쪽지만이 남아 있을 뿐이었다.

낙트인가.

그것을 낚아채 읽은 윈터의 표정이 미미하게 굳었다.

북부 삼국에 라만챠, 함락.

북부 삼국이라 함은 제3차 대륙전쟁 때 끝까지 간만 보고 있다가 에스타니아가 무너지자 허겁지겁 자청해 속국이 된 소국들이었다. 전통적 강국은 아니었으나 무저항 항복했기에 군세는 그대로 유지했다. 그것도 얼마 안 되는 수였으나 기습이었고, 북부는 꽤 오랫동안 적침을 받지 않아 국경이 허술했다. 그가 직접 가지 않아도 조금만 시간이 지나면 쓸어버릴 수 있는 규모였으나 이유가 어찌 되었든 라만챠가, 인스켈의 성채가 저항군에게 함락당했다는 게 중요하다.

지금 당장, 죽여야 한다. 점령군 사령관으로서의 직감이 경고했다.

비정하다 싶을 정도로 가차 없이 책임자를 처벌하고 끔찍하다 싶을 정도로 잔인하게 저항군을 박살내야 한다. 태만은 죽음에 준하는 죄라는 것을, 반역은 죽음 이외의 결과를 낼 수 없다는 것을, 이 상황을 숨죽인 채 지켜보고 있을 모든 이들에게 똑똑히 알려야 한다.

덜 죽이려면 확실하게 죽여야 한다. 시간이 없다.

윈터는 저도 모르게 시선을 닫힌 문 너머로 돌렸다. 쥐 죽은 듯 조용한 복도에는 문 너머의 장작 타오르는 소리만이 들려오며, 문틈으로 스며나온 채도 높은 불빛만이 어울리지 않게 평화로웠다. 분명히 좀 전까지만 해도 제가 속해 있었던 공간이었거늘 그곳이 순간 너무나 낯설었다.

　몽롱한 의식을 자극한 건 어딘가 몸을 오싹하게 하는 한기였다. 벌떡 자리에서 일어나 몸을 사리자 그녀의 머리에 손을 얹고 있던 윈터가 눈을 떴다. 아직 해가 뜨지 않았는지 밖은 컴컴했고, 소리 내지 않고 피어나는 난로의 불빛만이 윈터의 얼굴에 그림자를 드리우며 흔들리고 있었다.

　"윈터······?"

　"일어났나."

　덤덤히 말하는 그의 얼굴을 가만히 바라보던 리즈벳은 그의 손이 닿았던 제 머리를 가만히 만져보았다. 어딘가 싸늘하고, 섬뜩하고, 질척한.

　어쩐지, 윈터를 떠올리게 하는 느낌.

　"뭘······ 하던 거예요?"

　"수호주란다, 귀여운 리즈벳. 다가오는 죽음의 방향을 틀어버리는 종류의 것이다만 내 신성은 살아 있는 것에게는 독이 되니 너무 강한 걸 걸 수는 없어. 얼마나 도움이 되는지는 알 길이 없지만 그래도 없는 것보다는 낫겠지."

　여상스레 내뱉는 말에 리즈벳은 잠이 확 달아나는 걸 느꼈다.

　"······윈터."

　본능적으로 돌아가는 상황을 눈치채자 목소리가 가늘게 떨려왔다. 지독하리만치 익숙한 상황. 부들거리는 팔에 힘을 주어 몸을 일으킨 리즈벳은 저도 모르게 윈터의 옷자락부터 거머쥐었다.

"왜 그런 게 필요한 거예요?"

"북쪽 국경에서 반란이 일어났다. 진압하려면 적어도 몇 달은 걸릴 테니 그동안은 임시 후견인과 지내라."

아무렇지도 않게 내뱉으면서도 윈터는 아이의 표정을 흘끗 살폈다.

"날이 밝는 대로 거처를 옮길 거다. 꼭 가져가야 할 게 있으면 준비해둬라."

"윈터는 떠나는 거네요."

"뭘 그리 심각한 표정을 짓는 거냐, 귀여운 리즈벳. 주기적인 청소일 뿐이야. 정말로 대단한 일이 아니니 계절이 바뀔 때쯤이면 돌아올."

"윈터, 나도 데려가요."

윈터의 손끝이 움찔 떨렸다. 침대에 꼿꼿이 앉아 저를 똑바로 바라보는 시선이 아이답지 않게 단단했다. 척 봐도 쉽게 넘어가지 않을 것임이 명백해 그는 말문이 막혔다.

데려가달라니. 어디에. 제가 어딜 가는지나 알고 하는 말인가. 거기가 어떤 곳인지나 알고 있는 건가.

"……귀여운 리즈벳, 소설을 너무 많이 읽은 모양인데 내가 가는 곳은 전쟁터고, 전쟁터는 애들 놀이터가 아니야."

"윈터가 나를 가끔 지진아 보듯 한다는 건 알고 있지만 나도 그 정도로 바보는 아니에요. 윈터 곁에 붙어서 윈터한테 소아성애 취향 있다는 소문 돌게 할 생각도 없고, 내 취급 때문에 당신 부관들 힘들게할 생각도 없어요. 실력도 없는데 싸우겠다 나서서 개죽음당할 생각도 없고요. 그러니까 윈터랑 아무 상관도 없는 것처럼 자원해서 보급병이나 의무병 정도로 들어갈 거예요. 나는 그냥 윈터랑 조금이라도 가까운 곳에 있고 싶은 거예요."

"리즈벳 클렌디온."

머리가 아파와 윈터는 한 손에 얼굴을 묻었다. 속이 불편하게 뒤틀리는 기분에 신경이 날카롭게 곤두섰다. 아이가 하는 말에 심각하게 잘못된 부분이 없어서 더 그렇다.

아이의 제안은 나이에 어울리지 않게 냉정했다. 아이답지 않은 면이 더욱 신경에 거슬렸다. 분명 열두 살이면 이제 슬슬 도제나 후계자로서 어른의 일을 배울 나이라고는 하나 동시에 아직 부모의 품에서 현실성 없는 꿈이나 좇으며 지낼 나이이기도 하다.

아니, 그가 열두 살짜리 아이에 대해서 알면 얼마나 알까. 그는 그냥 알아서 주제 파악이라는 명목하에 지극히 당연하다는 듯이 저를 낮추는 아이의 면모가 거슬릴 뿐이다.

저 꼬마가 대체 뭐가 아쉬워서 벌써부터 저를 그렇게 낮추며 지내야 하나. 서로 죽고 죽이는 생지옥에서, 언제 어디서 칼이 날아올지 알지도 못하는데, 그 말고는 아는 사람 하나 없을, 곁에서 버팀목 되어줄 사람 하나 없을 곳에서 왜 사서 고생을 하나.

이리저리 얽히고설킨 심정을 어떻게 전해야 할지 고심하고 있자 속이 타는지 입술을 몇 번이나 축이던 리즈벳이 간절하게 말했다.

"윈터, 나는 애완견이 아니에요. 뭐가 어떻게 돌아가는지도 모른 채 한없이 기다리기만 해야 하는 건 고문이에요."

"죽어버리거나 불구가 되거나 정신병자가 되는 것보다는 낫겠지."

"윈터……."

"보급병이나 의무병이라도 병사는 병사다. 전쟁터에서 구르는 건 마찬가지야. 그게 장난인 것 같아?"

"장난이라 생각한 적은 단 한 번도 없,"

"그 무게를 알면 왜 지금 내가 이렇게 열을 내는지 알겠지, 영특한 리즈벳. 보지 않아도 될 끔찍한 것까지 보게 되고, 살기 위해서라는 명목으로 별 경악할 만한 짓까지 하게 되는 곳이다. 한번 발을 들여놓으면 평생 그 사슬에서 벗어날 수 없어. 그곳에서 겪은 일은 절대로 없었던 것이 되지 않는다는 소리야. 미쳤다고 거길 제 발로 들어가?"

"내가 망가진다 해도 그건 내가 결정할 일이에요!"

날카롭게 내지른 아이의 목소리에 윈터는 순간 할 말을 잃었다. 감정이 북받쳐 볼을 발갛게 물들이며 한참을 가늘게 떨던 리즈벳은 입술을 잘근 깨물었다.

"윈터, 조금이라도 날 위한다면 차라리 당신 소식을 들을 수 있는 곳에 있게 해줘요. 사람이 죽고 죽인다는 게 얼마나 끔찍한 건지 몰라서 이러는 게 아니에요. 그래도 그게 생전 처음 얼굴 본 사람들 사이에 혼자 남겨지는 것보다는 나아요……!"

타이르듯 간절한 목소리에 쉬이 고개를 끄덕일 수 없는 것은 어째서인가.

속이 역해지는 걸 느끼며 그는 이를 악물었다.

……사실은, 알고 있다.

"……라더스의 성주라면 네 까다로운 조건을 모조리 맞춰줄 수 있을 거다."

"윈터!"

"전쟁이 끝날 때까지 거기 있어."

제 이기심에 속이 역해져 도망치듯 홱 몸을 돌리자 아이가 다급하게 몸을 일으켜 뒤를 따라 달려 나왔다.

"윈터, 왜 그렇게 내가 따라가는 걸 막아요? 최소한 납득할 만한 설명이라도 해줘요!"

"그러는 너는, 깜찍한 리즈벳."

홱 몸을 돌려 어깨를 잡아채자 아이의 커다란 눈동자가 순간적인 공포로 수축했다. 그 본능적인 반응에 입술을 비틀어 올리며 윈터는 매끄럽게 미소 지었다.

"대체 뭘 안다고 라더스의 성에 박혀 있는 게 전장에서 구르는 것보다 못하다고 단언하는 거지? 전장은 사람을 비틀어버리는 곳이다. 거기에 던져진 놈들은 언젠가는 누구든 빠짐없이 미친놈이 되어가. 주위에 다 그런 놈밖에 없는데 안 그렇게 되는 게 이상하지. 사랑스러운 리즈벳, 나 역시."

저도 모르게 말끝이 살짝 갈라져 그는 시선을 떨어트렸다. 숨 막히는 긴장에 한참이나 말을 잇지 못하던 윈터는 힘겹게 속삭였다.

"······나는 지금도 정상은 아니지만 그곳에서는 더욱 정상이 아니야."

판결을 기다리는 죄수처럼 고개를 늘어트린 그의 머리로 아이의 시선이 떨어졌다. 발가벗겨진 듯한 수치심과 정체 모를 두려움을 동시에 느끼며 윈터는 눈을 꽉 감아버렸다.

그리고 그런 그의 볼을 조그마한 양손이 감쌌다.

"윈터는 내가 누군가를 가장 필요로 할 때 곁에 있어줬지요. 당신은 아무 의미 없는 일이라 할지도 모르지만 그게 내게 얼마나 중요한지 알아요?"

"······그건."

"윈터, 당신이 누군지, 얼마나 못된 사람인지, 사실 나한테는 별로 상관없어요."

지극히 담담한 어조로 내뱉는 말에 가슴이 내려앉았다. 열두 살밖에 되지 않은 아이의 입에서 나온 말은 진심이라는 게 너무나 명백해 더욱 끔찍했다.

"리즈벳……."

"윈터."

떨어지지 않는 입을 억지로 열어 아이를 부르자 말허리를 부드럽게 끊으며 아이가 그의 이름을 불렀다. 조심스럽게, 조그맣고 여린 몸이 그의 목에 팔을 감아 안겨왔다.

"곁에 있고 싶어요."

귓가에 속삭이는 목소리가 가늘게 떨리고 있어 마음이 아팠다. 제 고독에 잠겨 제가 이 아이에게 무슨 짓을 하고 있는지조차 알지 못했다.

"곁에 있게 해줘요."

가슴을 먹먹하게 하는 감정에 눈을 꽉 감으며 아이를 조심스레 감싸 안았다. 보들보들하고 따스한 몸에서는 어린아이 특유의 달콤한 살 내음이 났다.

"……사랑스러운 리즈벳."

심장이 조여드는 듯한 감각과 함께, 깨달았다.

아아, 이 아이가 사랑스러워.

"그건 싫어."

마지막으로 저를 바라보는 커다란 눈동자에 어린 상처를 정면으로 바라보며 그는 아이의 이마에 입을 맞췄다. 스륵, 입맞춤을 통해 전해진 신성 때문에 가사상태에 빠져든 아이의 몸이 그의 팔 안에서 힘없이 늘어졌다.

원터는 한동안 제 팔에 안긴 아이를 멍하니 내려다보았다.

……참으로 잔인하기도 하지. 이 아이는 그가 아니라 그 누구에게
주워졌어도 사랑받았을 것이다. 그런데 어쩌자고 제게 잡혀오게 되었
을까. 하필이면. 왜 하필이면.

따라오겠다고. 얼마나 끔찍해도 상관없으니 곁에 있겠다고.

웃음이 나왔다. 그를 따라 전장에 나서 제가 벌이는 학살을 보고서
도 아이는 그를 떠나지 않을지도 모른다. 제 친지조차 만나지 못한 채
오랫동안 마음 줄 곳 하나 없었을 테니 그만큼 절박할 테다. 그러나
천성이 악하지 못하니 충격받을 테고, 그럼에도 그를 어떤 방식으로
든 긍정하려 안간힘을 쓸 것이다. 이유를 만들어내 이해하려 할 것이
고, 어쩔 수 없는 일이었다고 합리화할 것이다.

하지만 대체 언제부터 그가 벌이고 다니는 짓들이 정당화될 수 있
는 것들이었던가.

"*원터는 예뻐요.*"

아니야. 그렇지 않아.

그러나 그리 말하지 못했다.

정말로 예뻤던 건. 눈이 부셨던 건. 눈을 뗄 수 없었던 건.

그에 비하면…….

원터는 결국 양손을 들어 눈을 가려버렸다.

"……날 보지 마."

•❀•

"숙부!"

쾅 소리를 내며 열린 문 너머에서 알덴샤 로웰이 황소같이 돌진해 왔다. 어이쿠, 작게 탄성을 흘리며 깃펜을 놀리던 손을 멈춘 카시스는 하도 폭행당해 너덜거리는 문짝을 안타깝게 바라보았다.

인스켈 영토 북쪽 끄트머리, 대륙의 지붕이라는 거스탄 산맥을 사이에 두고 북부 삼국과 국경을 맞대는 라더스의 성주, 카시스 로웰 백작은 이젠 숨길 수 없을 만큼 희게 서리가 내린 머리카락을 습관적으로 매만지며 한숨을 작게 흘렸다. 한창 혈기 넘칠 나이의 조카가 분을 못 이기고 집무실로 돌진해오는 건 하루 이틀 일이 아니었으나 근 보름간은 이례가 없을 정도로 심했다.

"성질 좀 못 죽이느냐? 이러다가 성에 남아나는 기물이 없겠구나."

"지금 기물이 문젭……!"

당장이라도 책상을 뒤집어엎으려는 듯 알덴샤의 솥뚜껑만 한 손이 카시스의 마호가니 책상 위를 배회하다가 부들거리며 주먹을 쥐었다. 푸후, 신음인지 한숨인지 모를 소리를 흘려내며 머리를 거칠게 헤집던 알덴샤가 잔뜩 억눌린 목소리로 입을 열었다.

"……숙부, 그 계집애 좀 가둬버립시다."

"우리 이베르가 뭘 그리 잘못했다고 못 잡아먹어 안달이냐?"

"'우리'? '우리 이베르'라고요, 숙부? 아니, 그 계집애가 왜 '우리 이베르'입니까? 막말로 어디서 굴러먹었는지도 모르잖습니까!"

"……알덴샤."

"젠장, 숙부. 정말 그 계집애 누굽니까? 누군데 숙부가 일면식 하나 없는데 그리도 싸고도시는 겁니까? 먼 친척이라지만 제가 믿을 것 같습니까? 아니, 로웰 가문엔 이제 남은 게 저랑 숙부와 숙모, 딱 셋이란 말입니다!"

조카가 벌써 골백번은 주문처럼 낭송했던 질문에 카시스는 관자놀이를 문질렀다.

"이베르가 무슨 짓을 했길래 네가 그리도 펄펄 뛰는 게냐."

"매번 연무장을 기웃거리는 거 못 보셨습니까? 그 계집애 때문에 요즘 경비대 기강이 말이 아닙니다."

"언제는 기강이 섰다고."

"숙부!"

"에이서 경이 그러더구나. 사내놈들만 바글거리던 곳에 여자아이가 오니 다들 보통 좋아하는 게 아니라고."

"하, 그럼 그 계집애 비위 맞춘답시고 에이서 경이 이 날씨에 강물로 뛰어든 이야기도 들으셨습니까?"

기다렸다는 듯 조카가 내뱉은 말에 카시스는 눈썹을 치켜올렸다.

"간트가 5갤런짜리 술통을 들이붓다가 기절한 이야기는요? 아, 더 웃긴 거 있습니다. 로워스가 쿠키를 구웠답니다. 세상이 멸망할 조짐 아닙니까?"

"……인간미 있어서 좋지 않느냐."

"젠장, 직접 본 후에도 그런 말씀을 하실지 참으로 궁금합니다! 아주 가관이에요. 그 계집애가 나타나면 손 흔드느라 대열 이탈하지, 인사한답시고 떠들다가 분위기 흐리지, 둘러싸고 같이 낄낄거리다 집합 시간에 늦지."

안 그래도 박봉으로 유지하고 있는 경비대다. 본래는 상비군이었으나 거스탄 산맥을 넘으려는 적군이 없다 보니 거의 반세기 동안 단 한 번도 침입을 받아본 적이 없었고, 결국 상비군은 치안대와 합쳐지는 수모를 겪었다. 게다가 그때쯤 예전 영주를 대신해 들어온 로웬가의 전 가주가 군대에 전혀 투자를 하지 않았기에 규모는 날이 지날수록 계속해서 줄어들고 있는 추세였다.

보다 못한 현 영주의 조카인 알덴샤가 잡병들을 데리고 군대 비슷한 걸 만들어나 보겠다고 하고는 있지만, 안타깝게도 무슨 일을 하려면 성주부터 화전민까지 다 같이 달라붙어 일해야 하는 라더스의 특성상 영주 조카는 조금 성질 나쁜 동네 젊은이 정도로 의식되고 있었다.

즉, 다들 허허거리며 요령 부려 빠져나갈 궁리밖에 하지 않는다.

성주부터 그 모양이니 기강이 잡힐 리가 없다. 성주가 나서주질 않으니 정식 직함이 아직 없는 그가 할 수 있는 것에는 한계가 있다. 그게 더 열이 뻗치는지라 알덴샤는 큰 걸음으로 성큼성큼 왔다 갔다 하기 시작했다.

"그뿐이 아닙니다. 연무장에 못 들어가게 하니 이번에는 일을 돕겠답시고 자꾸만 행정관 집무실을 기웃거리니 이제는 제이드가 그 계집애에게 잡일이라도 시키면 안 되냐고 물어보잖습니까. 우리 영지 꼴이 이래서 그렇지 행정관이 검토하는 서류들은 영지 기밀입니다. 그걸 어디서 굴러먹다 왔는지도 모르는 애랑 나누겠다니……!"

"알덴샤."

"그리고, 다들 잊고 있는 것 같은데 라더스는 국경입니다. 미친놈이 작정하고 거스탄 산맥을 넘어오면 지금 남은 병력으로 하루나 버틸 것 같습니까? 왜 다들 넋을 놓고 있는 겁니까?"

"병력을 유지할 정도의 돈이 있기나 하느냐."

"돈이 없으면 벌어야지요. 그래서 기드로를 수도에 보낸 거 아닙니까. ……젠장, 그러고 보니 녀석도 소식이 없네."

"병력이 커져봤자 수도의 감시나 심해질 뿐이다."

"숙부, 숙부는 자존심도 없습니까? 왜 계속 그렇게 당하는 게 당연하다는 듯 매가리 없이 넘어가시는 겁니까! 조부 때만 해도 로웬은 인스켈의 재상을 배출해내는 명문가였습니다!"

화를 내는 조카를 보며 카시스는 천천히 쓴 미소를 지었다. 그도 예전에는, 아직 젊고 두려움을 모를 때에는 아버지에게 비슷한 말로 떼를 쓰기도 했다.

"다 예전 일이다."

"숙부!"

"알덴샤."

더 뭔가 말을 하려 했던 청년은 부드럽지만 단호한 숙부의 부름에 입을 다물었다.

"나는 지금이 좋단다. 로웬은 지금이 좋아."

"……숙부."

"알덴샤, 이베르에게 상냥하게 대해주렴. 로웬에게 굉장히 중요한 아이란다."

혼란스러워하는 조카의 눈을 마주 바라보며 카시스는 주름진 눈매를 접어 웃었다. 아무리 말해봤자 지금의 조카는 이해 못 할 것이다.

예전의 그가 그랬던 것처럼.

◦ ❀ ◦

"……자존심이라."

결국 애꿎은 머리만 벅벅 긁어대다 분통을 터트리며 나가버린 알덴샤의 발자국 소리가 멀어지자 카시스의 입가에 걸려 있던 미소가 스르르 옅어졌다.

"로웬."

일주일 전의 밤, 그는 별빛 하나 없는 칠흑 같은 어둠 속에서 마치 솟아난 듯 나타났다.

알덴샤가 하루에 몇 번이나 주문 외우듯 떠들고 다니는 말대로 라더스 성벽의 경비는 느슨했고, 보초병은 있으나 마나 했다. 그런, 그냥 줘도 아무도 안 먹는 영지에 만족하며 있는 듯 없는 듯 살다 가는 게 인생의 모토였던 카시스는 자다 일어나 침대 맡에 서 있던 시커먼 형체를 발견하고 거의 심장마비를 일으킬 뻔했다. 그의 뒤척임에 부스스 잠에서 깨 비명을 지르려는 아내의 입을 재빨리 틀어막으며 그는 거칠어진 호흡을 가까스로 진정시켰다.

새까만 어둠 속, 숨 죽여 타오르는 벽난로의 불꽃이 침입자의 새하얀 얼굴 위로 일렁이는 그림자를 드리웠다. 적디적은 빛만으로도 백작은 상대의 정체를 파악해낼 수 있었다. 윈터 드레스덴은 쉽게 잊힐 수 있는 성질의 인간이 아니었다.

"네 집안은 내게 빚이 있지."

저보다 한참은 더 어려 보이는 청년이 인사치레도 생략하고 다짜고짜 던진 말에 백작은 온몸이 얼어붙었다. 팔이 저릴 정도로 세게 매달리는 부인의 손을 마주 쥐며 그는 본능적으로 부인을 제 뒤로 끌어당겼다. 그러나 그게 무슨 소용이나 있을까. 그럴 마음만 먹는다면 윈터 드레스덴은 지금이라도 당장 그들 부부의 목을 베어낼 수 있을 텐데.

왜 왔는가. 대체 왜 지금.

겨우 잊어가고 있었는데.

"……각하."

한참을 입만 벙긋거리다 백작은 겨우 입을 열었다.

"조부께서는 이미 목숨으로 죗값을 치르셨습니다. 이제 갓 성인식을
치른 어린것에게서까지 대가를 받아내려 하십니까……?"

필사적인 말에 윈터는 칼날같이 웃었다.

"배신자 주제에 감히 흥정을 하려 하는구나."

60여 년 전, 윈터 드레스덴을 배신했던 것은 총 세 가문이었다. 브
릴리언테 전 왕가, 잘리어 황가, 그리고 로웬 백작가.

잘리어는 황가이기에 무사했다 하더라도, 브릴리언테의 생존자들
에게 윈터는 어찌했던가.

명문가라. 인스켈의 기둥이라. 지금 돌아보면 비웃음만 나오는 말
일뿐이다. 한때 그리도 중요했던 자존심은 죽음 앞에서는 휴지 조각
보다도 값어치 없었다.

로웬은 그저 브릴리언테의 운명을 따르지 않으려 이곳으로 도망쳤
던 거다. 도망쳐서, 그냥 살아남기 위해 없는 듯 살았던 것이다.

"각하, 저는 그저……."

"기특하리만치 용감한 로웬."

애써 침착하게 반박하려던 말을 부드럽지만 단호하게 끊어버린 윈
터가 한 걸음, 소리도 내지 않고 침대 맡으로 다가왔다.

"그 빚, 탕감해주겠다."

믿을 수 없는 말이 떨어졌다.

"그러니 이걸 잘 보관해."

젖힌 새까만 망토 아래에 죽어버린 듯 안겨 있는 인형에 순간 놀랐

던 카시스는 그 인형이 열두 살 정도의 어린 소녀라는 것에, 그리고 아직 숨이 붙어 있다는 데 더욱 놀랐다.

"이분, 은······?"

윈터는 그의 질문에 대답하지 않고 그저 입꼬리만 올려 미소 지을 뿐이었다.

"이름은 이베르. 무슨 이유를 대도 상관없으니 내가 주고 갔다는 말 나오지 않게 알아서, 잘, 데리고 있어."

행간에 많은 의미가 숨겨진 말에 카시스는 식은땀을 흘리며 고개를 천천히 끄덕였다.

만족한 듯 미소를 짙게 머금은 윈터는 언제 거기에 있었냐는 듯 기척 하나 남기지 않고 사라졌다. 남겨진 것은 죽은 듯이 잠들어 있는 아이뿐.

지킬 것이 많은 쪽이 약자일 수밖에 없는지라 어쩔 수 없이 아이를 떠맡았다. 눈에 띄는 금발을 발에 차이도록 흔한 다갈색으로 물들이고, 먼 사촌이라고 속여 제 권속들에게 맡기면서도 대체 저 아이는 무엇인가, 윈터는 대체 무슨 범죄에 가담한 건가, 속을 그리도 졸였다.

그러나 걱정을 기우라 증명이라도 하는 듯 이틀 뒤에 깨어났던 이베르라는 이름의 아이는 대체 어쩌다 윈터와 엮였는지가 궁금해질 정도로 정상적이었다. 깨어나 제가 어디 있는지 깨달은 직후엔 하늘이 무너진 듯한 표정을 짓긴 했어도 얼마 지나지 않아 걱정했던 게 우스워질 정도로 재빠르게 라더스에 적응했다.

사건의 전말을 알기에 아이를 꺼림칙하게 여겼던 백작부인마저도 어느새 불안해하는 기색 없이 한쪽 팔에 아이를 매달고 정원에 산책을 나갈 정도였다.

"아이가 너무 예뻐서…… 차라리 이대로 쭉 있어도 나쁘지 않을까 해요."

넌지시 던지는 말에 카시스는 가슴이 아렸다. 본디 그리도 아이들을 좋아했던 부인은 아이를 가지지 못하게 했던 그와 크게 싸우곤 했다. 대체 뭐 그리 대단한 이유가 있다고 어미 되고 싶은 제 소망을 그토록 잔인하게 외면하냐고 울었던 것을 달래면서도 백작은 차마 말해주진 못했다.

브릴리언테 전 왕가의 혈족이 죽을병에 걸린 노인부터 젖도 못 뗀 갓난아기까지 구별 없이 죽어나간 꼴을 본 그는, 윈터 드레스덴이 언제 마음을 바꿔 제 아이들도 저 지경으로 만들까 상상하는 것만으로도 견딜 수가 없었다. 사실은 그래서 결혼조차 할 생각이 없었다.

그때의 기억을 떠올리며 카시스는 시선을 떨어트린 채 쓰게 웃었다.

겁쟁이라 해도 좋다. 꼬리 말고 도망친 개라고 해도 좋다. 누가 이해나 할 수 있을까. 살인신의 신체에게 배반자로서 쫓기는 것의 무게를. 복수자가 절대로 죽지 않기에 평생토록 도망칠 수 없는, 이 끔찍하고도 질긴 굴레의 두려움을.

한 뼘 정도 열어놓은 창문 너머로 까르르 웃는 여자들의 목소리가 종처럼 울렸다. 저절로 윈터가 데려왔던 아이가 떠올랐다.

윈터는 아이를 겨울(Hiver)이라 불렀지만, 햇살같이 웃음을 뿌리는 아이는 겨울보다는 봄을 닮았다. 긴긴 겨울에 지쳐 말라붙어버린 카시스는 고개를 수그리며 눈을 감았다.

그가 약속했던 것처럼 이 아이로 인해 긴긴 겨울이 끝장나기를. 이 비정상적으로 길게 이어져온 은원의 굴레가 끝나버리기를.

부디 봄이 오기를.

* ❀ *

쿵쿵 소리가 날 정도로 요란하게 발걸음을 옮기며 알덴샤는 애꿎은 머리카락만 거칠게 흐트러트렸다. 덥수룩하게 자란 새까만 머리칼이 무참하게 헝클어졌다.

"……도대체가."

발걸음을 멈추고 휙 등을 돌렸던 그는 다시 분통을 터트리며 머리를 헤집었다.

북쪽 끝 구석에 처박혀 있다 보니 다들 뇌가 얼어붙어버린 모양이다. 이건 생쥐 한 무리가 한 줌의 씨앗을 둘러싸고 괜찮아, 그래도 아직 아무도 죽진 않았어 따위의 소리로 서로를 위로하는 것과 다를 게 없다. 수도까지 갈 것 없이 조금만 남쪽으로 내려가도 라더스와는 비교가 되지 않게 번창한 도시들이 하나둘이 아니다. 조국 인스켈은 제국이 되었는데 라더스는 아직까지 빌어먹는 걸 겨우겨우 면할 정도의 상태인 것이다. 거기서 조금 더 먹고살 만하게 되는 게 그리도 벌벌 떨며 외면할 일인가?

대체 정확히 무엇이 그렇게 두려운가.

"……젠장, 나도 머리가 굳어가는군."

알덴샤는 다시 걸음을 옮겼다. 숙부가 혼자서 꽉 끌어안고 입 한번 뻥끗하지 않는 비밀이 궁금하지만 가르쳐줄 생각이 없다면 그것도 좋다. 어차피 그가 로웬을 물려받을 때까지는 얼마 남지 않았다.

로웬을 옭아매는 과거의 족쇄가 뭔지는 알 바 아니지만 그가 영주가 되면 일단 그 빌어먹을 족쇄부터 깨부수며 시작하리라.

이를 갈며 알덴샤가 행정관 집무실 문을 열어젖혔을 때였다.

"행정관님! 여쭤볼 게 있어요!"

문을 열자마자 겨울의 우중충한 날씨를 한 방에 날려버리는 높고 경쾌한 목소리가 울렸다. 양 갈래로 낮게 묶은 곱슬곱슬한 다갈색 머리카락과 치맛자락이 나비 날개처럼 팔랑거리며 창가 책상으로 향하자, 책상에 앉아 빠른 속도로 무언가를 휘갈겨 쓰고 있던 제이드가 코끝에 걸려 있던 안경을 치켜올리며 허리를 폈다.

"아가씨가 모르는 것도 있습니까?"

"놀리지 마시고! 그보다, 여기 물품창고의 수납 내역은 이렇게 가로로 쭉 나열하는 것보다는 분기별로 합산해서 따로 한 번씩 통계를 내주는 게 나중에 검토하기 쉽지 않을까요?"

"그렇군요. 그 분기별 합산을 아가씨가 한다면 뭐 저야 신경 안 쓰겠습니다만."

"일은 한없이 조각내서 만인과 나눠야 하는 거라면서요!"

……이게 뭐야.

꼴을 보고 있자니 기가 찼다. 여기 오지 말라고 쫓아낸 지가 하루가 안 되었는데 당당히 무시한 건 둘째치더라도, 저 계집애가 싱의 행성관과 딱 봐도 하루 이틀 붙어 다닌 게 아닌 듯 친근하고 화기애애하게 나누는 이야기의 주제가 무엇인지를 깨닫자 알덴샤는 머릿속에서 무언가가 뚝 끊기는 듯했다.

"양식은 균등해야 하니 그 장부만 손봐야 하는 게 아닐 텐데 밤을 새울 준비는……."

어울리지도 않게 장난스러운 미소를 띠고 있던 제이드의 말이 알덴샤의 그림자를 눈치채자마자 뚝 끊겼다. 놀라 눈을 동그랗게 뜨는 아이의 손에서 장부를 강탈하듯 채가 내용을 확인한 알덴샤의 얼굴이 확 구겨졌다.

식량창고, 무기창고, 비품창고, 생필품창고, 마구간, 고용인 명부. 아주 종류별로 다양도 했다.

"도련님, 이건……."

"이베르 양."

제이드가 재빨리 일어서 뭐라 말하려는 것을 단칼에 잘라내며 알덴샤는 쾅 소리 나게 들고 있던 장부로 책상을 내리쳤다.

"몇 번이고 몇 번이고 말해도 못 알아듣는 것 같군. 마지막으로 확실하게 말해둘 테니 잘 들어."

모조리 거슬렸다. 눈보라를 맞아 식량이 반 이상 날아가도, 어쩔 수 없다면서 하늘만 원망하며 주저앉아버리는 농부들이. 지금 당장 닥친 훈련이 힘겹다며 농땡이나 피워대는 병사들이. 로웬은 이 정도가 딱 좋다며 할 일 없이 숨죽여 시간만 때우는 숙부가. 그리고 그런 모두가 허파에 바람 든 듯 실실 쪼개대며 싸고도는, 어디서 굴러먹다 왔는지도 모를 이 계집애가.

"이베르 양, 귀하는 어디까지나 이 영주관의 손님이고, 손님이라는 말은 최대한 주인의 의사를 존중해야 한다는 것을 뜻하지. 왜냐면 귀하는 로웬은 물론 라더스의 소속도 아니니까. 그게 무슨 말인 줄 알아?"

"도련님!"

"닥치고 우리 일에서 손 떼라는 말이야."

당황한 듯 소리를 높이는 제이드를 무시하고 알덴샤는 잇새로 으르렁거렸다.

"알아들었으면 나가시지. 지금 당장."

깜빡, 느릿하게 아이의 눈꺼풀이 깜박였다.

옅은 녹색 눈동자는 알덴샤를 그대로 담아냈다가 아무것도 비치지 않을 정도로 깊은 색으로 가라앉았다. 찰나의 순간, 뭐라 딱히 이름을 붙일 수 없는 감정이 아이의 눈에 깃들었다 사라졌다.

아이가 천천히 입을 열었다.

"알덴샤 경, 화나셨어요?"

"……뭐?"

"죄송해요. 이렇게까지 기분 나빠하시리라고는 생각 못 했어요."

사과의 말은, 허무할 정도로 간단히 흘러나왔다.

"그렇게나 방해였다면 그만할게요. 저는 경을 좋아하니까 경이 정말로 싫어하시는 일은 할 생각은 없어요."

말문이 턱 막혀버렸다. 저도 모르게 휙 고개를 들어 올려다본 제이드의 얼굴에도 명백한 놀라움의 기색이 떠올라 있다. 말로는 하지 않았지만 그 표정이 의미하는 바는 뻔했다.

도련님의, 어디가 그렇게, 예쁘다고.

……젠장.

짜증나는 말이었으나 딱히 부정할 수 없는 진실이기에 확 짜증이 치솟았다.

"……너, 무슨 수작이야."

합리적인 결론은 그것이다.

당연하지 않은가. 만날 때마다 쓸데없이 쑤시고 다니지 말라고 윽박질렀고, 모든 행동을 사사건건 의심쩍은 눈으로 봤으며, 따뜻한 말

한마디 해준 적 없다. 솔직히 말하자면 가끔은 다른 데에서 쌓였던 울화를 이 꼬마에게 풀어버렸던 면도 없잖아 있다.

그야, 이렇게 조그맣고, 이렇게 어리며, 이렇게 반항 한번 못 할 정도로 연약해 보이니…….

생각이 거기에 닿자 그제야 새삼스레 제가 지금까지 윽박지르던 상대가 겨우 열두 살의 어린 소녀였다는 것을 깨달아 순간적으로 죄책감이 치고 올라왔다.

"수작이라니, 그럴 생각 없었는데요."

입술을 잘근잘근 깨물기 시작하는 그를 보는 아이의 고운 눈썹이 찡그려졌다.

"백작님도, 부인도, 행정관님도, 경비단장님도, 그리고 여기서 마주쳤던 분들이 다 제게 친절하게 대해주셨어요. 그러니까 저도 신원도 확실하지 않은 저를 친절하게 받아들여주신 분들께 뭔가 도움이 되고 싶었,"

"그거 말고!"

어째서인지 계속 북받치는 초조함에 버럭 소리를 질렀던 알덴샤는 놀라 동그랗게 뜬 아이의 눈과 시선이 마주치자 혀를 차며 고개를 돌려버렸다.

이런 전개는 예상하지 않았다. 이렇게 나올 거라고는 생각지도 못했다.

"……젠장, 됐어."

"경은, 제가 경을 좋아한다는 말이 그렇게나 이상하게 들려요?"

결국 어쩔 줄 몰라 도망치듯 몸을 돌린 알덴샤를 아이의 목소리가 붙잡았다. 저도 모르게 발걸음이 멈추자 이베르가 소리 없이 웃은 듯한 기분이 들었다.

"경은 경의 날개 아래에 있는 사람들을 절대로 버리지 않으시잖아요."

"……."

"경, 저는 자세한 건 모르지만 경이 하는 말 중에서 틀린 건 없다고 생각해요. 라더스는 벽지이지만 국경이고, 지난 몇십 년간 단 한 번도 거스탄 산맥을 넘어 쳐들어온 군대는 없었지만 그게 앞으로도 계속 그러리라는 보장은 아니잖아요? 만일 그런 일이 혹시라도 일어난다면 황도 자를란트는 지척이고, 그 전에 라더스 성에서 사는 사람들의 안전은 보장받지 못하겠지요. 성주로서는 그냥 둘 수 없는 위험요소 아닌가요?"

알덴샤는 제가 라더스로 옮겨온 근 1년 동안 목이 쉬도록 반복해온 이야기가 다른 사람의 입에서 흘러나오는 것을 멍하니 들었다.

"그게 아니라도 공이 라더스의 어린아이들을 모아놓고 글을 가르친다는 건 누구나 알아요. 머리가 나쁘면 검을 잡게 해 군인으로 만들거나 기술을 가르치게 하지요. 양식이 부족하니까 사람을 수도로 보내 씨앗 개량을 공부하게 원조해주고, 늙어서 일을 못 하게 된 노인들은 모아두고 영주성에서 소일을 하며 불을 쬘 수 있게 해주시고요."

또다시, 목소리에 작게 웃음이 묻어났다.

"……그렇게 모든 사람들에게 최선을 다하는 사람은 많이 없잖아요. 그래서 전 경이 좋아요."

속삭이듯 덧붙인 목소리는 허나 어딘가 쓸쓸한 감이 있어 알덴샤는 저도 모르게 몸을 돌렸다. 그러나 아이는 벌써 몸을 돌려 제이드에게 인사를 하고 있었다.

"행정관님도 귀찮으셨을 텐데 친절하게 상대해주셔서 감사해요. 가끔 간식 가지고 놀러올게요."

생글, 아무렇지도 않게 웃어 보이는 얼굴에는 아까 잠시나마 보였다 생각했던 고독의 기색은 자취도 없었다.

"그럼."

아이는 생글거리며 웃는 표정 그대로 무릎을 살짝 굽혀 인사하고 빙글, 몸을 돌렸다. 소리 없이 가벼운 발걸음에 따라 치맛자락이 나풀거린 것도 잠시, 눈앞에서 탁 소리 나며 문이 닫혔다. 알덴샤는 원하는 바를 이뤘음에도 불구하고 뭐라 설명할 수 없는 패배감에 시달려야 했다.

"……도련님."

"뭐야, 제이드! 젠장, 너까지도 내가 빌어먹을 냉혈한이라고 삿대질 할 생각이냐?"

한숨 섞인 부름에 저 스스로도 설명할 수 없는 이유로 양심의 가책을 느낀 알덴샤가 버럭 소리를 지르자, 더욱 깊은 한숨을 내쉰 제이드는 흘러내린 안경을 손끝으로 밀어올렸다.

"삿대질은 혼자서 충분히 하고 계신 것 같으니 저는 긴말 안 하겠습니다."

기습적으로 제이드는 서류철 한 아름을 떠넘겼다. 턱, 순간적으로 몸이 아래로 쏠릴 정도의 무게를 받아들어 알덴샤가 휘청했다. 보기만 해도 현기증이 나는 서류의 산에 그는 낮게 신음했다.

"……이게 뭐야."

"저렇게 조그만 아가씨가 도와드리고 싶다며 달라붙으니 맡겼던 겁니다. 뭘 기대하고 뭘 노린 건지는 모르겠지만 이게 애들 놀이가 아니라는 걸 깨달으면 알아서 떨어져 나갈 거라고 생각해서 말이지요."

저를 상전으로도 안 보는 건방진 행정관이 턱짓으로 가리키는 대로 서류철 하나를 펼쳐보니 생전 본 적 없던 글씨체가 종이의 여백을 빼곡하게 채우고 있었다.

거스탄 산맥의 강설량과 그에 따른 연도별 작물 수확량, 그리고 병사자의 수치에 대한 조서였다.

"처음에는 조금 데리고 가서 가르쳤으나 나머지 사료 조사는 다 아가씨가 한 겁니다. 밤 새워가면서, 사흘 만에."

저도 모르게 알덴샤는 손을 들어 서류철을 넘겼다. 그냥 단순히 노가다로 밀어붙이는 단순한 조서였으나 내용이 내용인 만큼 어린아이가 쉽게 이해할 수 있는 어휘로 쓰인 게 아니었다. 게다가 사료 조사를 하려면 보통 크기가 아닌 서고에서 연도별 기록을 일일이 찾아내야 한다는 말인데 그것 역시 단순하기는 하지만 아이가 할 만한 일은 아니다. 지겹고, 힘들고, 끝이 보이지 않을 정도로 양이 많다. 알덴샤는 그 모든 것을 전혀 행정 업무 경험이 없을 아이가 자청해서 했다는 데 어떠한 절박함마저도 느꼈다.

생각에 잠긴 모습을 흘끗 바라보던 제이드는 아이가 나가버린 문으로 시선을 던졌다.

"열세 살이 될까 말까 한 어린 아가씨가 무엇 때문에 이렇게 필사적인 건지는 모르겠지만…… 안쓰러운 건 둘째치고 도움이 되는 건 확실하니까요. 배움이 빠르고, 힘들고 지겨운 일도 불평 한마디 없이 하는데, 솔직히, 도와주는 사람 하나 없는 제 상황에서는 거절할 이유가 없습니다."

"하지만 저 계집애는……."

"신원의 불확실함을 걱정하시는 건 알겠습니다만, 주인님께서 답답할 정도로 보수적이라 하셨던 건 도련님이 아니십니까. 그런 주인님께서 아무에게나 신원을 보증해주시겠습니까."

알덴샤는 다시 입을 다물었다. 죽어라 서류만 노려보는 알덴샤에게 낮게 혀를 찬 제이드가 넌지시 말했다.

"아가씨를 들이는 건 제 독단으로 결정한 것입니다."

시선이 마주치자 아무것도 모르는 척 어깨를 으쓱해 보인다.

"도련님께서는 끝까지 반대하셨습니다."

결국 알덴샤는 탕 소리 나게 서류철을 내려놓으며 소리쳤다.

"……젠장, 알아서 해먹어!"

◦ ⚜ ◦

에드윈 솔라스는 아버지의 서재를 나서자마자 길게 심호흡을 하며 몸을 이리저리 꺾었다.

그는 나름대로의 방법으로 에이드리언 솔라스를 사랑하긴 했으나, 방 안을 가득 채우는 책 냄새와 침침한 조명과 역시 좀 침침한 편인 아버지의 성격이 만들어내는 삼박자는 견디기 힘들었다. 거기에 곰팡내 나는 방에서 오간 대화는 솔직히 생각하기도 역겨웠다.

입을 쩍 벌리며 별로 귀족적이지 않은 방법으로 하품을 한 에드윈은 어슬렁거리며 본관 계단을 걸어 내려갔다.

그의 발걸음은 계단 끄트머리에서 서성이는 조그만 인형을 발견하자 멈췄다.

모시는 도련님을 발견하자 좀 떨어진 곳에서 안절부절못하던 하녀들의 얼굴이 확 밝아졌다. 하녀들이 손짓발짓으로 간곡히 애원했다.

아가씨 좀, 어떻게, 치워주세요.

피식 웃음을 흘린 에드윈은 오매불망 현관문 너머를 응시하며 하녀들의 통행을 방해하고 있는 동생에게 다가가 머리에 턱 손을 올렸다.

"아리안."

"또 머리에 손대지!"

찌르면 찌르는 대로 휙 눈꼬리를 치켜올리며 대꾸하는 걸 무시하고 그는 동생을 자연스레 현관문 밖으로 이끌었다. 현관 로비가 비자 조마조마해하면서 그를 지켜보고 있던 하녀들이 눈빛으로 환호하며 종종걸음으로 청소 도구를 가지러 사라졌다.

슬슬 차가워지는 겨울바람에 몸을 부르르 떠는 동생의 어깨에 에드윈은 툭, 팔을 올려 기대었다.

"뭘 그리 나라 잃은 얼굴을 하고 있어?"

"……시비 걸려면 그냥 갈래? 씨이, 안 그래도 심란한데."

딴에는 잘 자란 숙녀를 흉내 낸다며 하녀들에게도 새침데기 노릇을 하지만 고양이 인형을 끌어안은 채 뾰로통하게 입술을 오물거리는 게 딱 그 나이 때의 소녀라 에드윈은 속으로 작게 웃었다. 슬슬 손을 올려 복실거리는 머리칼을 쓰다듬던 에드윈의 미소가 느릿하게 스러졌다.

"예전에 데려오던 친구 때문에 그래?"

"누, 누가 말했어?"

"너 빼고는 다 알아. 너 같은 애늙은이한테 친구가 쉽게 생기기나 하겠냐."

고개를 확 돌렸던 아리아나는 쉽게 대꾸 못 하고 입술을 앙다물었다. 반박 한마디 못 하고 끙하는 게 평소라면 대단히 만족스러웠을 터이나, 그 침묵은 긍정을 의미했기에 에드윈은 저도 모르게 한숨을 내쉬었다.

"……어디로 갔는지 아냐?"

"몰라. 아무 말도 못 들었어."

아리아나의 입꼬리가 축 처졌다. 어울리지도 않게 버림받은 강아지 같은 표정을 짓는 동생을 보니 결국 견딜 수가 없어서 에드윈은 벌떡 일어섰다.

"죽은 사람만 파지 말고 산 사람이랑 사귀는 법도 좀 배워라."

아무렇지도 않은 듯 가장한다고 해서 정말로 아무렇지도 않게 되지는 않는다. 제 그런 점에 불만을 가졌던 적은 없으나 이럴 때엔 정말이지 불편했다. 그는 기사다.

필요하다면 사람을 죽여야 하는 게 직업인 것이다.

"*에드윈.*"

곰팡이가 묻어날 것만 같던 그 방에서 에이드리언은 아직도 온기가 채 가시지 않은 통신구를 엄지로 느릿하게 쓸며 말했다.

"*네가 해야 하는 일인 듯하다.*"

제 아버지라서 더욱 듣기 더러운 말이라 생각했다. 그는 찡그린 얼굴을 숨기려고도 하지 않고 머리를 긁적였다.

"*왜 하필 접니까?*"

"*네가 얼굴을 봤다 들었다.*"

잘 짜인 함정에 스스로 걸어 들어간 듯한 기분에 에드윈의 미간이 찌푸려졌다. 이미 상황이 이렇게 되어버린 이상 도망치려 해봤자 방법이 없다는 걸 알면서도 그는 일단은 반박했다.

"그거, 꼭 해야 합니까? 상대는 일단 애고……."

"에드윈 솔라스."

"……그거, 매국(賣國)인 거 아시지요?"

"폐하께서 윤허하신 일이다."

그 말에 조금이나마 기분이 나아졌어야 하는데 오히려 더욱 더러워졌다. 여황 폐하가 윤허했다 해서 매국이 매국이 아니게 되고 살인이 살인이 아니게 되나.

그는 기억력이 결코 나쁜 편은 아니었고, 그렇기에 지난번 아리아나가 오를레앙 뒷산에서 낙트에게 쫓기고 있을 때 같이 있었던 아이를 쉽게 기억해낼 수 있었다. 외모 자체도 꽤나 눈에 띄었으나 정작 기억에 남은 것은 다른 점이었다.

듀란 카르트를 처형하던 당시 그곳에 있었던 아이는 아리아나를 며칠씩이나 악몽에 시달리게 했던 일을 똑같이 경험했음에도 두려움 하나 보이지 않았다고 한다. 듀란이 목에 칼을 겨누며 위협했을 때에도, 낙트의 추격을 피해 도망치고 있었을 때에도 무섭도록 침착하게 대처했다 한다. 그리고 그게 결국 그의 누이를 살렸다.

그는 상황에 따라 사람에게 폭력을 휘두르고, 때에 따라 고문을 하고, 어떨 때에는 죽이기까지 하는 기사다. 제 스스로 그리하지 않아도 그것이 당연한 상황에 오랫동안 몸을 담고 있었다. 그런 그라 해도 죽는다는 것은, 또 죽인다는 것은 쉽게 익숙해질 수 없는 것이다.

어떻게 살아왔기에 죽음에 무뎌질 수 있는 건가.

그는, 그 조그만 아이를 죽이려 드는 몇 번째 사람이 되려 하는 걸까.

"아버님은 윈터 드레스텐을 연구하는 사학자이십니다. 대공과 관련

된 일을 조작하는 요원이 아니라요."

"윈터 드레스덴의 역사는 바로 지금 이 순간이다. 그리고 이건 그 역사를 가장 지척에서 볼 수 있는 기회이고."

"그것 때문에 지금 아들한테 뭘 시키고 계신지 자각은 있으시고요?"

"너는 기사다. 당연히 해야 할 일을 하는 것뿐이면서 무슨 말이 그리 많아."

짜증마저 섞인 그 대답에 에드윈은 입술을 비틀어 웃었다.

"아버님은 아리안이 왜 사학을 파고들었는지 관심도 없으시지요."

덤덤한 비난에도 에이드리언의 표정은 변하지 않았다. 그에 에드윈은 작게 실소했다.

"왜 제가 낙트에 들었는지도요."

어차피 제대로 된 대답을 기대하지도 않았던 질문이었다. 이미 가루가 되어 흩어져버린 애정이거늘 그럼에도 화석처럼 남아 저는 이 미친 짓을 계속한다.

아버지를 위한다는 명목하에, 여황의 묵인을 받아.

싫다는 말 한번 못 하고 또 반복한다.

"에, 에드윈!"

동생의 얼굴을 계속 보고 있는 것만으로도 아이를 기만하는 것만 같아 홱 몸을 돌렸을 때, 뒤에서 간절한 목소리가 들려왔다. 돌아보자 인형을 생명줄처럼 끌어안은 아리아나가 뭐라고 말을 하려는 듯 입술을 달싹였다.

"……오빠."

"뭐 잘못 먹었냐, 너?"

한참을 망설이다가 꺼낸 호칭에 자연스럽게 뇌를 거치지 않은 말이 입 밖으로 튀어나왔다. 그에 약이 오른 듯 휙 치켜올라갔던 아이의 눈 꼬리는 그러나 무슨 생각이 들었는지 다시 축 처졌다.

"호, 혹시…… 혹시 리즈벳이 어디로 갔는지 듣거나, 만나게 되는 일이 있다면……."

인형을 꼭 안고 있는 손마디에서 하얗게 핏기가 가셨다. 한참을 우물쭈물하다가 힘겹게 꺼낸 말에 에드윈은 이를 악물었다.

제게 이리 믿음을 주는 아이를 속이는 것은 괴롭다. 에드윈은 가만히 시선을 떨어트렸다가 잘라 말했다.

"잊어버려."

단 한 번도 들어본 적 없었던 냉정한 말에 아리아나의 눈이 놀라 크게 뜨였다. 그 시선을 정면으로 마주하면서 에드윈은 쐐기를 박듯 되풀이했다.

"잊어버려. 사실 그렇게 친하지도 않았잖아?"

"무……!"

"잊어버려. 너한테 편지 한 장 보내며 작별인사도 안 했잖아."

세 번째로 반복된 말에 총명한 아이는 뭔가를 짐작했는지 새하얗게 얼굴을 굳혔다. 커다란 눈에 한가득 눈물이 차오르더니 왈칵 쏟아져 내렸다. 소리도 내지 못하고 기절할 듯 오열하는 동생을 차마 만지지도 못하며 에드윈은 스스로를 저주했다.

"……잊어버려, 아리안. 그냥, 없었던 일이라고 생각해."

제가 누이를 위로하려고 하는 이 상황 자체가 그야말로 한 편의 엄청난 코미디였다.

• ✤ •

리즈벳은 순간 숨을 멈췄다. 언제부터였는지 눈앞에 서 있던 남자와 눈이 마주쳐 그녀는 천적을 앞에 둔 생쥐마냥 얼어붙었다.

잔잔하게 가라앉은 붉은 빛깔의 눈동자는 그리 머지않은 과거에 그들이 함께 바라보았던 벽난로의 불빛과 비슷했다. 길고 가는, 군인이라기보다는 오히려 예술가에 더 가까운 흰 손가락이 그녀의 머리카락에 닿아 결을 따라 미끄러져 내렸다. 그 손가락 사이로 쏟아져 내리는 제 머리카락을 멍하니 바라보고 있자니 그가 가볍게 고개를 숙여 그녀의 이마에 입술을 가져다대었다.

소리 없이 입술이 이마에 닿았다 떨어졌다.

까칠하고 온기 없는 감촉에 결국 리즈벳은 울부짖으며 상대를 있는 힘을 다해 밀어냈다.

"아아악, 아악, 으아아아악……!"

목이 터질 만큼 소리지르며 머리카락을 쥐어뜯어도 목을 졸린 듯한 이 기분은 사라지지 않는다. 얼굴을 할퀴고, 쥐어뜯어 피까지 내면서도 이마에 닿았던 순간의 감촉이, 있을 리가 없는 온기가 피부 밑으로 스며들어 온몸으로 독처럼 퍼져나갔다. 어쩔 줄을 몰라, 답답하고, 괴롭고, 끔찍하고, 괴롭고 괴로워 그녀는 미친 듯 머리를 쥐어뜯으며 엉엉 소리 내어 울었다.

그런 그녀를 앞에 두고서도 남자는 녹아내릴 듯이 다정한 눈을 한 채 지켜볼 뿐이었다. 눈물과 콧물로 범벅이 되어 엉망인 얼굴을 들어 올려 손으로 그 눈물을 닦아내며 몇 번씩이나 아무 말 없이 얼굴에 잘게 키스를 남겼다.

입술이 닿는 부분마다 피부가 타들어가는 듯했다. 이렇게 울부짖으면서도 차마 마저 토해내지 못한 감정이 목을 졸라 정신이 혼미해질 정도로 괴로웠다.

그럼에도 머리를 쓸어내리는 감촉은 녹아내릴 듯 다정했다. 지금까지 그 누구에게서도 받아본 적 없는, 숨이 막힐 듯 따뜻한 애정에 죽고 싶을 만큼 괴로웠다.

날 조금이라도 사랑한다면 왜 이렇게도 몰라줘요. 왜 이렇게 조금도 내 뜻대로 되어주지 않아요. 왜 나만 이렇게 괴로워요.

천천히 머리칼을 쓸어내리는 감촉이 멀어졌다. 이마에 입을 맞추는 감촉이 멀어졌다. 눈앞에서 흐릿하게 점멸하던 남자의 모습이 멀어졌다. 결국 새까만 어둠 속에 홀로 덩그러니 남겨졌을 때 잔뜩 젖은 눈에서 또다시 한 줄기 눈물이 흘러내렸다.

또 남겨졌다.

"······아."

어느 순간부터 진짜로 울어버렸던 듯 눈가가 젖어 있었다. 가끔씩 잊어버릴 듯하면 다시 찾아오는 꿈을 멍하니 되새기자 또다시 풀솜으로 숨통이 틀어막히는 듯한 답답함이 찾아와 리즈벳은 손가락을 목덜미에 감아 꽉 조였다. 직접적인 악력이 가해지자 숨이 턱 막히며 눈앞이 빙그르르 돌았다. 그러나 이 방법을 쓰면 악몽에서 묻어나온 답답함은 좀 가신다. 손자국은 남지 않도록 조심하고 있고, 다른 방법은 몇 개 더 써봤지만 별 효과가 없다.

부어오른 것 같은 눈을 꾹꾹 누르며 리즈벳은 책상 위의 주전자를 찾아 그대로 입을 대고 마셨다. 정신이 번쩍 들게 차가운 물에 수면부족과 악몽에 시달린 머리가 그나마 맑아졌다. 책상 위에 너저분하게 널린 책들과 서류들을 더듬으며, 그녀는 졸음을 이기지 못하고 곯아 떨어지기 전에 보고 있던 부분이 어딘지를 파악하기 위해 책장을 뒤적였다.

생각했던 대로 보이는 것만큼 냉정하지 못한 알덴샤는 그날 이후로 그녀가 제이드 아래에서 일하는 것을 묵인했고, 그를 계기로 제이드는 이제 그녀를 본격적으로 조수처럼 부려먹기 시작했다. 강설량에 대한 조서와 물품창고의 목록 정리를 끝내자마자 떨어진 다음 일은 거스탄 산맥의 지도를 짜 맞추는 것이었다.

거스탄 산맥은 아직까지 사람의 발걸음이 많이 닿지 않은 곳이었고, 북부 삼국과 거래하는 상인들이 긴급 시기에 운송시간을 단축하기 위해 가끔 넘나드는 것을 제외하면 거의 통행인이 없었다. 덕분에 제대로 된 지도라고는 띄엄띄엄 레인저나 상단의 길잡이들이 남겨놓은 조각지도뿐이었고, 만성적으로 인력난에 시달리는 라더스는 그 조각지도들을 끼워 맞춰 군용지도를 만들고 있었다.

전문가가 해야 할 일이었으나 애초에 그 전문가라는 게 존재하지 않았고 다들 지도 제작에 대한 지식이라고는 한 톨도 없었기에, 리즈벳은 독학으로 배워서 해야 했다.

명문가는 망해도 반세기는 간다고, 지금은 변방으로 내쳐진 신세이나 로웬은 3대 전만 해도 재상을 지냈던 가문이었고, 덕분에 장서가 방대했다. 찾아낼 수만 있다면 필요한 책이 대부분 있다는 점이 그나마 다행이었다.

휴우, 길게 한숨을 내쉬며 리즈벳은 뻑뻑한 눈을 문질렀다.

제이드는 다정하고 대하기 편하지만 실적에 있어서는 엄격했다. 지적에 가차 없고 변명을 싫어하기 때문에, 공적인 관계로 얽힐 생각이라면 내놓는 결과물이 그 완벽주의자의 구미에 맞는 것이어야 했다.

그러나 그녀로서는 그쪽이 편했다. 일단 배우는 게 많았고, 서로 필요에 의한 것이라는 점이 마음에 들었다. 감정에 기반한 관계는 그 감정이 사라지면 무너져 내리지만 필요에 기반한 관계는 그 필요성이 사라지지 않는 한 변하지 않는다. 훨씬 더 예측 가능하고, 깔끔하다.

감정적이 되어 매달리지 않아도 되니 그녀로서도 훨씬 덜 비참하다.

저도 모르게 처음 라더스에서 눈을 떴을 때 느꼈던, 세상이 무너지는 절망감이 떠올라 리즈벳은 입술을 피가 나도록 깨물었다.

다정히 여겨졌어도, 사랑스럽게 여겨졌어도, 상대에게 필요한 존재가 되었어도 모자랐다. 약속이 틀리다고, 그러지 않기로 하지 않았냐고 항의하려던 말은 그제야 그가 단 한 번도 두고 가지 않겠다고 한 적이, 사랑한다고 한 적이 없었다는 것을 깨달아 목구멍에서 사그라져버렸다.

이러면 제 오라비와 뭐가 다른가.

아니, 적어도 오라비는 싫다는 그녀를 기절시켜 운반하지는 않았다.

"……다 똑같아."

속 깊은 곳에서부터 치솟은 배신감에 저도 모르게 중얼거렸을 때였다.

"뭐가 똑같아."

대놓고 비아냥거리는 소리에 파드득 놀라 돌아서자 벽난로에 비딱하게 기대어 서 있는 커다란 남자의 모습이 보였다. 쿵쾅거리며 빠르게 뛰는 가슴을 진정시키려 티 나지 않게 심호흡을 반복한 리즈벳은 하얗게 변한 머릿속에서 억지로 몇 마디를 끄집어냈다.

"겨, 경이 계셨는지 몰랐어요."

"퍼 자고 있었으니 당연히 몰랐겠지."

더듬거리며 서둘러 몸을 일으키는 그녀의 모습을 비웃듯 핏 웃은 알덴샤가 한 아름 들고 있던 장작을 벽난로 안에 던져 넣었다. 부지깽이를 쥐고 능숙하게 뒤적이는 모습에 그제야 리즈벳은 오늘의 불 당번이 알덴샤라는 데 생각이 닿았다. 아무래도 마음의 준비 없이는 대하기가 껄끄러운 상대를 앞에 두고 평정을 찾으려 애써 심호흡을 하는 그녀를 흘끗 바라보며 알덴샤는 여상스레 말했다.

"잠은 방에서 자지그래? 성인식도 안 치른 꼬맹이가 이렇게 밥 먹듯 밤을 새우다 곯아떨어지는 게 좋아 보이는 줄 알아?"

"맡겨진 일은 제대로 하고 싶단 말이에요."

대하는 걸 보면 그야말로 무슨 산전수전 다 겪은 첩자 대하듯 하면서도 이렇게 꾸준히 애 취급이라니, 부당하기 짝이 없다. 마음껏 투덜거리고 싶은 충동을 억누르며 리즈벳은 머리카락을 꾹꾹 잡아당겼다.

"……옛날에 너무 많이 놀아서 안 그러면 못 따라잡아요."

뒤에서 푸훗 하는 바람 빠지는 소리가 났다. 애써 헛기침을 요란하게 하며 웃음기를 숨기는 남자를 매섭게 쏘아본 리즈벳의 얼굴이 확 구겨졌다.

"너 말이지, 여기서 대체 뭘 하고 싶은 거냐?"

갑자기 던져오는 지독하게 단도직입적인 질문에 답하는 목소리가 저도 모르게 떨렸다.

"무슨, 말이에요?"

"너, 숙모님부터 시작해서 마구간 말똥 쓸어 나르는 라크 녀석까지

이야기를 시시콜콜 다 들어주잖아. 그래놓고도 너, 네 이야기는 일절 안 하고."

"……."

"네가 저번에 한 말이 다 거짓말이라고는 생각하지 않는데 말이야, 완전한 진심이라는 생각도 안 들어. 적어도, 말하지 않은 점이 많은 것 같은데."

예전처럼 적의를 품고서 대놓고 따져대는 것은 아니었으나 오히려 그렇기에 상대하기가 더 까다로웠다. 이 기회에 작정하고 답을 들으려는 듯한 상대의 태도에 리즈벳은 고개를 수그렸다.

"넌 로웬에서 뭘 얻어 가려는 거냐?"

그녀가 봐도 그녀의 변명은 수상했다. 저번에는 감정적인 면을 파고들어 유야무야 넘어갔지만 애당초 알덴샤가 그녀를 그토록 의심했던 근본적인 이유는 신원이 확실하지 않았기 때문이다.

그러나 그건 그녀조차 어쩔 수 없는 점이었다. 윈터가 그녀를 여기에 떠맡기면서 얼마나 신원보증을 해줬는지는 알 길이 없지만 적어도 로웬의 후계자는 아무런 이야기도 전해듣지 못한 것 같고, 그렇다고 그녀가 나서서 제가 이유도 모른 채 윈터에게 납치당해 키워지고 있는 신세라는 말은 할 수 없다.

그녀는 본능적으로, 이 순간을 잘 넘기지 못하면 백작 부부나 제이드에게 따놓은 점수와는 상관없이 운이 좋으면 서재 출입 금지, 운이 나쁘면 방에 갇힐 수도 있으리라는 예감을 강하게 받았다.

"……전 분명히 바라는 건 있지만 그렇다고 그걸 이루겠답시고 다른 분들께 피해를 입히는 짓은 하지 않아요."

시간을 벌려고 천천히 입을 여는 순간에도 그녀는 필사적으로 생각했다.

알덴샤 로웬이 누구인가. 라더스 성의 사람들이 말하는 알덴샤 로웬은 황립제국사관학교를 꽤 우수한 성적으로 졸업한 군인이다. 인스켈 중앙귀족들과 군비 증강을 놓고 대립하다가 깨져 라더스로 쫓겨났다. 쫓겨나기 전에도 일찍 죽은 부모님 대신 로웬 백작 부부를 따랐으나, 라더스의 통치 방침으로 백작과는 꽤나 의견차가 있다 한다.

"인스켈은 어떤 고난 앞에서도 굴복하지 않고 혼자 섰던 것을 자랑스럽게 여기는 나라라 배웠어요."

한번 방향을 잡으니 그 뒤로는 물 흐르듯 목소리가 흘러나왔다.

"정령과 소통하는 에스타니아 정령사들의 주술도, 대륙에서 가장 비옥한 평원과 부동항을 독차지한 로세이유의 풍요로움도, 스승에서 제자를 통해 몇백 년을 이어져 내려온 리슈타인의 지혜도 가지지 못한 채, 좀 더 나은 삶을 후세에 남겨주겠다는 일념만으로 중부의 안온함에서 벗어나 북부의 산지로 옮겨간 민족이라고요. 삼면에서 끊임없이 공격받고, 결국엔 로세이유의 속국으로 전락하면서도 끝까지 정체성을 포기하지 않고 싸우다 결국 대륙의 패자가 된 이들의 나라라고요."

"……."

"이 땅에 사는 이상, 저도 그렇게 홀로 설 수 있기를 바랐을 뿐이에요."

입 밖에 내놓고 보니 저도 모르게 가슴이 먹먹해졌다.

언젠가는 그녀도 그리될 수 있을까. 변방의 속국이었던 나라가 누구에게도 침범당하지 않는 대제국이 되었던 것처럼, 그녀도 언젠간 그 누구에게도 기댈 필요 없는, 그 누구에게도 감히 배반당하지 않는,

버려지지 않는, 그런 인간이 될 수 있을까.

"틀렸어."

한참이나 그녀를 묵묵히 바라보고 있던 남자가 잘라내듯 내뱉었다. 순간 당황한 기색을 숨기며 자신을 올려다보는 아이에게 시선을 던지지 않고 알덴샤는 입술을 비틀어 웃었다.

"인스켈은 제 힘에 취한 자들의 나라다. 다른 이들에게서 빼앗아온 풍요가 넘쳐 빼앗긴 이들의 아픔을 잊은 나라야. 대륙 최강의 철퇴를 손에 넣자 그 위용에 기대어 스스로를 단련하는 법마저도 잊었지. 그 철퇴를 제외하면 남는 건 제 스스로 불을 피우는 법조차 잊은 어린아이뿐인데 그런 꼬마를 짓밟고 쥐어 패거나 제 맘대로 조종하는 게 얼마나 쉬운지 알아?"

"……."

"너 같은 말을 하는 이들은 이 나라에는 이제 얼마 없어. 재밌네. 100년도 전에 사장된 이상이나 읊고 앉아 있다니, 그런 건 이제 책에서도 찾아볼 수 없을 텐데."

신랄하기 짝이 없는 말이었으나 마지막으로 그리 말하는 목소리만큼은 쓴웃음이 묻어나왔다. 비스듬히 벽에 기대고 있던 몸을 일으킨 알덴샤는 머리를 벅벅 긁더니 말했다.

"알아서 해라. 난 이제 모르겠다."

한결 가벼워진 목소리와 함께 빙글, 등을 돌리는 알덴샤의 모습에 리즈벳은 살짝 미간을 찡그렸다.

"경은, 이 나라가 싫어요?"

결국 내뱉어버린 말에 의외의 말을 들은 듯이 눈썹을 찡그렸던 알덴샤는 그녀를 보며 입가를 끌어올렸다.

"싫지는 않지만."

제멋대로 자란 새까만 머리카락 사이로 짙은 헤이즐넛색의 눈동자가 장난스럽게도 보이는 웃음기를 담고 휘었다.

"한번 뒤집어엎고 싶다는 생각은…… 뭐, 한두 번 정도는."

상상을 초월하는 발언에 얼어붙어버린 그녀의 표정을 보던 알덴샤는 그제야 아차 했는지 어깨를 살짝 움츠렸다.

"……떠들고 다니면 죽는다?"

쓸데없이 진지한 표정에 어쩐지 긴장이 풀려 그녀는 작게 웃음을 흘렸다.

"봐서요."

"어이, 너……."

미간을 와락 찌푸린 알덴샤가 뭐라 되받아치려는 듯 입을 열었을 때였다.

창밖에서 희미하게 새빨간 불빛이 번쩍였다.

"알……!"

비명을 지르려는 아이를 알덴샤가 낚아채 몸으로 감싸며 바닥에 주저앉은 순간, 천지를 진동시키는 소리를 내며 성이 폭발했다.

"큭!"

웅크린 알덴샤의 위로 책들이 쏟아져 내렸다. 등을 거세게 얻어맞은 그가 신음을 내뱉자 품에 안겨 얼어붙어 있던 리즈벳의 얼굴이 새하얗게 질렸다.

"알덴샤 경,"

"경! 크, 큰일났습니다!"

괜찮냐는 질문은 때마침 문을 열어젖히고 달려든 병사 때문에 끝을 맺지 못했다. 새하얗게 질려 있는 병사의 얼굴을 보고서 본능적으로 상황이 아주 안 좋다는 것을 깨달았다. 창밖에서 정신 사납게 종이 울려댔다. 알덴샤가 고개를 홱 돌렸다.

"뭐야!"

"북부 연합군이 거스탄 산맥을 넘어온 모양입니다! 그자들이 폭약으로 외성문을 날려버렸습니다!"

"젠장, 말이 씨가 된다고!"

이를 득득 갈며 알덴샤가 후들거리는 팔에 힘을 주어 몸을 일으켰다.

"경."

"여기 있어. 위험하니까 밖으로 나가지 말고! 알았지?"

어깨를 그러쥐며 다그치는 말에 리즈벳은 저도 모르게 고개를 끄덕였다. 대답을 듣자마자 알덴샤는 튕기듯 몸을 일으켜 달려 나갔다. 쾅, 소리만 남기고 문이 거칠게 닫혔다.

홀로 남겨진 리즈벳은 꽉 힘을 주어 어깨를 끌어안았다.

조금 전까지 제 몸을 덮고 있던 온기가 사라진 피부로 찌르는 듯한 냉기가 스멀스멀 스며들었다. 순식간에 난장판이 된 서고 안을 보니 조금 전까지만 해도 제이드가 넘겨준 지도나 만지작거리며 머리를 싸매고 있었던 게 아득하게 먼 옛날 일이라노 된 것 같은 기분이었다.

알덴샤, 상태가 안 좋아 보였다. 그녀를 감싸느라 쏟아진 책들을 그대로 얻어맞아서……. 일어서는 발걸음이 위태로웠는데 괜찮은 걸까. 피가 났었는데 치료하지 않아도 괜찮은 걸까.

쿵, 둔탁한 소리와 함께 굳게 닫힌 창문 너머로 수많은 사람들의 목소리가 하나의 뭉뚱그려진 소음이 되어 울렸다. 비명 같기도, 고함 같기도, 짐승의 울부짖음 같기도 했다.

딱딱 이가 맞부딪치는 소리가 났다. 그 신경 거슬리는 소리가 제가 내는 소리라는 걸 깨닫고 리즈벳은 이를 꽉 악물었다.

침착해. 침착해. 침착해.

네가 뭐라고 이리 한심하게 떨어? 이런 일 한두 번 겪는 것도 아닌데. 게다가 이번에는 널 잡으러 온 것도 아닌데.

저 지옥굴 속에서 목숨을 걸고 있는 것도 아니면서, 뒤에 추격자를 달고 있는 것도 아니면서, 이번에도 다른 사람한테 보호받기만 했으면서 뭐가 그렇게 무섭다고 떨어?

확, 감정이 솟구쳐 오르며 눈앞이 흐려져 리즈벳은 피가 나도록 입술을 깨물었다.

언제가 되면 어른이 될 수 있을까. 아무리 밤을 새우며 노력해봤자 한 걸음 가까워졌나 싶으면 두 걸음 후퇴한 것만 같다. 어떻게 해야 지금 당장 어른이 될 수 있을까. 그 누구에게도 기댈 필요 없는, 보호받을 필요 없는, 짐이 되지 않는, 혼자 남겨지는 게 아니라 함께 싸울 수 있는.

누군가에게 의지가 될 수 있는, 그런 어른이 언제가 되어야 될 수 있을까.

밖에서 들려오는 소리는 점점 끔찍해질 뿐이었다. 무언가가 부서지고, 깨지고, 죽어나가는 소리가 간헐적으로 터지는 끔찍한 비명과 함께 들려왔다.

그리고 천지를 뒤흔드는 소리가 다시 한 번 들렸다.

비명도 지르지 못하고 리즈벳은 몸을 필사적으로 웅크렸다. 와장창, 창문이란 창문이 모조리 깨어져 나가며 유리파편이 사방으로 날렸다. 아픔을 차마 느낄 새도 없이 육중한 소리를 내며 무언가가 무너져 내리는 소리가 들렸다. 덜컥, 심장이 내려앉는 감각과 함께 리즈벳은 뻣뻣하게 얼어붙은 고개를 돌려 창밖을 내다보았다.

우와아아, 짐승이 울부짖는 듯한 소리와 함께 무너져 내린 성문을 넘어 군대가 쏟아져 들어오고 있었다. 공기 중으로 확 퍼져나가는 끔찍한 비린내에 입을 틀어막으며 뒤로 물러섰다.

알덴샤는 어떻게 되었을까? 백작 부부는, 제이드는, 경비대의 사람들은?

끔찍한 비명은 오히려 더 커졌다. 검을 휘두르는 정체 모를 병사들의 손에 의해 겁에 질려 도망치던 이들이 짚단처럼 쓰러져 바닥을 굴렀다. 콰앙, 다시 커다란 소리가 들리며 본관의 한쪽에서 불길이 치솟았다.

다시 비틀거리며 뒷걸음친 리즈벳은 그대로 휙 몸을 돌려 도망치기 시작했다.

"여기 있어. 위험하니까 밖으로 나가지 말고! 알았지?"

알덴샤가 거의 윽박지르듯 내뱉은 말을 떠올렸으나 그럼에도 본능적으로, 알았다.

평생을 쫓기며 살아왔던 이의 직감이 말한다. 라더스를 사수해내긴 이미 틀린 거라고. 운명이 눈에 보이는 것이라면 이 성을 뒤덮고 있는 것은 사신의 검은 망토이리라.

백작부인은, 백작은, 제이드는, 알덴샤는, 다른 모든 사람들은.

대부분의 사람들이 도망치기 시작해 복도는 이미 아수라장이었다. 공포에 제정신을 잃은 이들이 부딪쳤고, 장식품이 바닥을 구르며 박살이 났고, 발에 잘못 휘감긴 태피스트리는 흉물스럽게 찢겨 덜렁거렸다. 깨진 창문 너머에서 들린 비명이 어딘가 익숙한 것도 같아 리즈벳은 차라리 귀를 틀어막고 싶었다.

쿠르르, 불에 타들어간 서까래가 기어코 육중한 소리를 내며 무너져 내렸다. 재빨리 몸을 굴려 쏟아지는 잔재들을 피한 리즈벳은 숨이 막히는 기분으로 완전히 함몰해버린 본관 정문을 멍하니 바라보았다. 눈앞이 새하얗게 물드는 충격에 숨을 쉬지 못하는 그녀의 팔을 쭉 뻗어나온 손이 홱 잡아챘다.

"뭐 하는 겁니까. 도망가야 한다는 거 모릅니까!"

반사적으로 발버둥 치려던 리즈벳은 팔을 잡아챈 상대의 얼굴을 보고 저도 모르게 확 눈물이 솟구쳤다. 항상 단정하던 옷차림은 흐트러진 데다가 얼굴 여기저기엔 검댕이 묻은 자국과 긁혀 피가 난 흔적이 있었으나 제이드는 그럼에도 멀쩡해 보였다.

그러나, 리즈벳이 미처 안도해 뭐라 말을 하기도 전, 쩌적거리는 소리와 함께 천장을 지탱하던 기둥이 무너졌다. 잿가루와 먼지, 타들어가는 건물에서 솟는 연기 때문에 한참을 콜록거리는 리즈벳을 잡아챈 제이드는 도미노처럼 서서히 부서져 가는 본관을 착잡한 표정으로 바라보더니 몸을 홱 돌려 달리기 시작했다.

"해, 행정관님!"

뒤도 돌아보지 않고 내달리는 제이드에게 팔을 잡혀 끌려가는 리즈벳의 숨이 보폭의 차 때문에 순식간에 흐트러졌다.

"행정관님, 일렉트라 님은,"

"모릅니다. 하지만 도련님이 찾으러 가셨으니 괜찮을 겁니다."

"그럼, 카시스 님은,"

"지금 남 걱정 할 땝니까?"

날카롭게 쏘아붙이며 주변을 재빨리 둘러보았던 제이드는 별관 뒤로 돌아가 아직 화마가 미치지 못한 후원으로 들어섰다.

겨울을 맞아 앙상하게 가지밖에 남아 있지 않은 나무들이 스산하게 그들을 맞았다. 다시 한 번 주위를 둘러보고 아무도 없음을 확인한 제이드는 넘어갈 듯 숨을 몰아쉬고 있는 리즈벳을 가시덤불이 무성한 곳으로 끌고 갔다.

"행정관님,"

가시에 찔려 피가 흐르는데도 아랑곳 않고 덤불을 헤치는 제이드를 말리려 입을 열었던 리즈벳은 무성한 가시덤불 너머로 드러난 개구멍에 말문이 막혀버렸다.

"저번에 정원을 갈아엎었을 때 발견했지요. 아마 성 뒤쪽 어딘가로 이어져 있을 겁니다."

"……행정관님."

"딴 사람 생각은 하지도 말고 이 길로 곧장 도망가세요. 여기서 제일 가까운 영지는 알자스이니 거기로 가서 자를란트에 이 소식을 전하도록 해요. 전서구를 띄워야 하는 상황이었으나 띄우는 족족 죄다 쏘아 떨어트려서 어쩔 수가 없군요."

예상했던 것보다 훨씬 더 심각한 상황에 리즈벳은 이를 꽉 깨물었다.

북부대로를 지키는 관문이었던 라더스가 무너졌으니 서두르지 않으면 북동쪽 국경 쪽에서 싸우고 있는 반란 진압군에게 이어지는 보급로가 끊겨버린다. 필모렌 평야는 그야말로 눈과 자갈밖에 없는 평지이니 회전에는 유리했으나 장기 주둔에는 불리했다. 진압군이 무너지면 북동쪽의 적군과 합류한 기습조가 북부대로를 타고 내려가 자를란트까지 습격할지도 모른다.

"……알, 았어요."

이미 라더스는 틀렸다. 빨리 누구라도 알자스로 가서 상황을 알리지 않으면 다른 영지들도 똑같이 기습당할지도 모른다.

누군가는, 여기서 살아 나가야 한다. 살아 나가서 도움을 불러와야 도망치지 못한 사람들이 살아날 가능성이 생긴다.

리즈벳은 제이드의 옷자락을 꽉 그러쥐고 빠르게 말했다.

"꼭 지원군을 데려오겠어요. 그러니 버텨주셔야 해요. 알았지요?"

"……그래도 말입니다, 이베르."

결연한 표정으로 그리 다그치는 아이를 복잡한 표정으로 내려다보던 제이드는 처음으로 아이의 얼굴을 살짝 들어올렸다.

"상황이 곤란할 것 같으면 그냥 아무 생각 없이 도망쳐요."

"……행정관님."

마주 보는 시선에서 전해진 빛이 어딘가 따뜻해 리즈벳은 갑자기 감정이 북받치는 듯했다.

적군의 광기 어린 함성은 계속해서 가까워지고만 있었다. 쫓기는 이들의 비명 역시 잦아들었으나 리즈벳은 그게 과연 안도해야 할 일인가 확신할 수 없었다. 그러나 가시덤불로 숨겨진 도주로는 너무 작아 제이드를 함께 데려갈 수가 없다. 지금으로서는 아무것도 해줄 수가 없다.

이를 꽉 악물며 몸을 휙 돌려 가시덤불 속으로 기어들어가는 아이의 모습에 그제야 이제껏 굳어만 있던 남자의 얼굴이 부드럽게 풀렸다.

행정관님, 맑게 울리는 목소리로 부르던 것을 기억해냈다. 활짝 짓는 미소는 봄의 햇살처럼 따스했다. 불러도 가끔 눈치채지 못할 정도로 집중해서 배우는 게 대견하면서도 필사적임을 숨기려고 하는 게 안쓰러웠으나 본디 타인을 쉽게 믿는 성정이 아니라 다정하게 대해주지 못했다.

마지막으로 무언가라도 한 가지 해줄 수 있어서 다행이다.

"……아가씨가 있어서 즐거웠습니다, 이 한 달."

사락, 옷자락이 흔들리는 것과 함께 가시덤불이 다시 입구를 가리며 그림자를 드리웠다. 예감이라 해야 할까, 예지라 해야 할까, 갑자기 들이닥친 깨달음에 확 울음이 터져 소리를 내지 않으려 입술을 피나게 깨물며 리즈벳은 필사적으로 가시덤불 밑을 기어 도망쳤다.

* ❦ *

"윽……!"

한 발짝을 잘못 디뎠을 뿐인데 몸은 무참하게도 간단하게 미끄러져 굴러 떨어졌다. 닷새 전에 내렸던 폭설 때문에 희미하게나마 남아 있던 산도는 완전히 눈으로 뒤덮였다. 네다섯 번 심하게 미끄러진 후로 리즈벳은 발끝으로 눈을 걷어차 홈을 만든 후 발을 디디기 시작했다. 그 후로는 미끄러지는 일은 줄었지만 그만큼 더 쉽게 지쳤다.

날이 어두워지며 바람이 세차지기 시작하자 리즈벳은 곱아 제대로 감각이 느껴지지 않는 몸을 억지로 일으켜 주변을 둘러보았다. 비스듬히 경사진 비탈을 타고 내려와 앙상한 나무들이 모여 있는 겨울 숲 안쪽으로 들어간 리즈벳은 지팡이 대용으로 쓰고 있던 긴 나뭇가지를 이용해 깊이 쌓인 눈을 파내기 시작했다. 잔뜩 얼어 덜덜 떨리는 입술 사이로 새하얀 김이 연신 새어나왔다.

라더스가 함락된 후 성의 잔재에서는 거의 사흘 동안 계속 연기가 솟았다. 제이드가 알려준 개구멍으로 빠져나오자 주변에는 죽은 적군과 성에서 도망치다가 살해당한 이들의 시체가 한가득이었다. 시체의 외투를 벗겨내 입고 건량, 단검과 부싯돌을 챙긴 리즈벳은 곧장 거스탄 산맥 쪽으로 도망쳤다.

저 병사들이 반란 진압군의 뒤통수를 치는 게 목적이라면 북부대로를 통해 알자스로 향했을 것이다. 그곳에 북부의 유일한 통신구가 있으니. 말을 타고 가는 이들의 뒤를 쫓는다 해도, 그들을 어떻게 앞지른다 해도 알자스에 충분히 경고를 할 수 있을 만한 시간이 있을지는 모르는 일이다. 운이 나쁘면 애써 거기까지 갔는데 불타고 있는 알자스를 보게 될지도 모르는 일이다. 그러니 갈 거라면 반란 진압군이 주둔하고 있는 필모렌 평야로 곧장 가는 게 맞다.

진압군 총사령관 윈터 드레스덴이라면 자를란트와 통하는 통신구를 가지고 있을 것이다.

윈터를 생각하자 반사적으로 목이 조이는 듯한 답답함에 꽉 눈을 감았던 리즈벳은 고개를 홱 저어 상념을 흩어버린 후 그럭저럭 모양을 갖추기 시작한 굴 안에 파고들어 불을 피웠다.

한참을 생나무와 씨름한 끝에 겨우 불이 붙자 리즈벳은 길게 한숨을 내쉬었다. 이렇게 계속 걷기만 한 지도 벌써 일주일. 밤이 되면 별이 뜨고, 낮에는 그림자의 위치로 대략 방향을 짐작할 수 있으나 그건 어디까지나 짐작일 뿐이다. 무엇보다도, 그녀에게는 필모렌 평야까지 가는 정확한 지도가 없었다. 지도 조각을 짜 맞추다 보니 기억에 남았던 대략적인 그림을 떠올리는 게 최선이었다.

그러나 괜찮다. 겨울 산에서 헤매본 것도, 어딘지 모를 곳에서 도망쳐 스스로 집까지 돌아오는 것도 몇 번이나 해본 일이다. 아예 숲 깊숙한 곳에 던져졌다면 모를까, 여기는 아직 산의 초입이다. 지도도 대충 기억하고 있다. 절대로 살아남지 못하리라 생각했던 상황에서도 살아남지 않았는가.

온 대륙 사람들이 다 살인귀라 무서워하는 윈터의 곁에서도, 무려 1년이 넘는 시간을 살아남았다.

생각이 그에게 닿자 저도 모르게 웃음이 작게 터져 나왔다.

이 정도 속도라면 내일이면 필모렌 평야에 도착한다.

내일이면 그녀를 버렸던 그 사람과 다시 만난다.

그에 철렁 내려앉는 심장에 리즈벳은 꽉 힘을 줘 가슴께의 옷자락을 그러쥐었다. 수천, 수만 가지 생각이 눈이 돌아갈 만한 속도로 휘몰아쳤다. 생각을 거듭하면 거듭할수록 속이 뒤틀리는 것 같은 기분에 눈을 꽉 감고 애써 몸을 웅크려 잠을 청했을 때였다.

휘이이, 바람의 방향이 바뀌었다.

벌떡 몸을 일으킨 리즈벳은 겨우 제대로 타오르기 시작한 모닥불에 눈더미를 던져 꺼트렸다. 연일 계속된 산행에 몸은 지칠 대로 지쳤지만 누적된 피로는 온몸을 타고 흐르는 극도의 긴장감에 씻은 듯 사라졌다.

본능이 속삭였다. 저 어둠 속에, 누군가가 있다. 타인에게 해를 끼치려는 자들 특유의 싸한 기운이 피부를 찌를 듯 느껴졌다.

자박, 극도로 감각을 집중하지 않으면 알지 못했을 발소리가 두껍게 쌓인 눈에 찍혔다.

"누구지요?"

위치를 숨기려 해봤자 늦었다. 이미 그녀를 정확히 특정하고 서서히 몰아넣듯 접근하는 이들의 숫자는 적어도 다섯. 갑작스럽게 타들어가는 듯한 갈증이 났다. 천천히 몸을 일으키곤 잔뜩 근육을 긴장시키며 리즈벳은 낭랑하게 외쳤다.

"왜 나를 노리는 거예요?"

대답은 없었으나 새까만 어둠 속, 경사면을 타고 다섯 중 하나가 천천히 접근하고 있었다. 한계까지 당겨진 긴장감에 귓가에서는 이명이 들렸다. 확 팽창한 동공은 빛 하나 없이 그녀에게 다가오는 누군가의 모습에 고정되었다.

조금 더.

조금 더.

귓가에서 들리던 이명이 머리로 옮겨가 찌르는 듯한 두통이 되었다.

저벅, 두껍게 쌓인 눈이 짓밟히는 소리가 자그맣게 들렸다.

조금 더.

조금 더.

조금만 더…….

"윽!"

잔뜩 긴장하고 있던 리즈벳의 다리가 지면을 박차며, 바로 지척까지 다가온 남자의 정강이를 손에 쥔 단검으로 재빠르게 내리찍었다.

칼끝이 살에 박히는 묵직함, 터져 나온 피비린내. 살에 박혀버린 단검을 망설임 하나 없이 포기하고 리즈벳은 그대로 비탈길로 몸을 던졌다.

"잡아!"

주위에서 누군가가 소리질렀다. 화살이 머리카락을 아슬아슬하게 스치고 지나갔다. 정신없이 비탈길을 굴러 내려간 리즈벳은 몸이 멈추자마자 지체 없이 휙 하늘을 올려다보고 내달렸다.

상대는 제 얼굴을 확인하려 했다. 윈터의 적인지, 안셀라의 적인지, 뭔지는 모르겠지만 잡히면 죽는다는 직감이 강하게 들었다.

필모렌은 이곳에서 곧장 서쪽. 대략적인 위치를 따져보면 계곡 하나만 건너면 바로 산맥의 끄트머리가 보일 터.

으득, 이를 즈려물며 리즈벳은 울창한 침엽수 덕에 얕게 눈이 덮인 산길을 내달렸다. 여기까지 왔는데 지금 와서 잡힐 수야 없다.

허억, 허억, 거친 숨소리가 토해져 나왔다. 일주일을 건량과 가끔 보이는 나무열매로만 버텼던 몸은 급속도로 지쳐갔다. 입에서 단내가 나며 지금 당장 쓰러지는 게 소원이 될 정도로 모든 게 다 끔찍해졌을 때, 콰아아, 잔뜩 곤두선 청각이 아스라이 들려오는 물소리를 잡아냈다.

뭐라 단어를 붙여 표현할 수 없는 환희에 벅차 발걸음에 힘이 실렸다. 울창했던 나무들의 벽을 뚫고 갑자기 시야가 확 트였다. 그렇게 계곡가로 발을 디뎠을 때였다.

목덜미가 확 당겨지는 듯한 느낌과 함께 시야의 끝에서 암회색 망토가 흔들렸다.

……낙트.

뒤에서 우악스럽게 머리칼을 거머쥐는 손길을 느낌과 동시에 몸을 돌린 리즈벳은 얼굴을 가린 남자의 후드를 있는 힘을 다해 그러쥐었다.

우당탕, 남자와 엉켜 바닥으로 구른 리즈벳은 온몸을 두들겨 맞는 듯한 아픔에 신음을 삼키면서도 고개를 들어 남자의 얼굴을 확인했다.

턱, 숨이 막히며 순간 그녀의 손에서 힘이 빠져나갔다.

"……에드윈 솔라스 경."

헉, 헉, 숨을 몰아쉬는 제 목소리가 기이하게 뒤집혔다.

"지금까지 날 죽이려 했던 게 당신이었어요……? 당신이……!"

당황과 경악, 그리고 뭐라 말할 수 없는 기묘한 배신감과 분노에 리즈벳은 친구의 오라비를 정면으로 노려보았다. 이를 꽉 악물면서도 반사적으로 시선을 피하는 상대의 태도에 기가 막혀 웃음이 터졌다. 순식간에 머리가 차가워지며 눈이 상황 파악을 위해 날카롭게 가늘어졌다.

회색 망토를 입은 인스켈의 기사.

아리아나가 대체 이 일과 얼마나 관련이 있는 건지는 알 수 없으나 그녀와의 친분 때문에 에드윈이 절 놓아줄 거라고는 기대도 하지 않는다. 그도 좋아서 이리한 게 아니라 명령을 받았기 때문이었을 터. 그러나.

하, 기가 차 이가 갈렸다.

"제 뒤를 밟았던 건 아마 라더스에서부터였겠지요."

그녀가 성에 머물렀다는 것을 알고, 그리고 그 성이 함락되었다는 걸 알지 못하고서야 그녀의 뒤를 쫓아 여기로 올 수 있었을 리가 없다. 성을 나왔을 때부터 뒤를 밟았다든가, 성이 함락된 후에야 도착해 그녀의 흔적을 따라왔다든가, 몇 가지 가능성이 있지만 시체가 산더미일 성을 놔두고 굳이 습격 장소를 여기로 고를 이유는 없을 테니 아마 후자였겠지. 마침 정황이 뒤처리를 하기에는 완벽하다. 라더스가 무너지면서 많이들 죽었을 테니 계집아이 한 명이 더 죽었다 한들 아무도 이상하게 여기진 않겠지.

그토록 많이 죽었는데.

"국경이 무너졌는데 날 죽이는 게 더 중요했어요?"

속이 확 뒤집히는 분노에 눈앞이 새하얘지는 것만 같다.

"라더스를 봤으면 지금 상황이 어떤지 알 거 아니에요! 알자스에서도 같은 일이 일어날지도 몰라요. 알자스를 점령하고 그대로 북동쪽으로 진로를 틀면 필모렌에서 진압군의 뒤를 치는 것마저도 가능하다고요! 그러면 사람이 얼마나 죽을지 모른다고 하진 않겠지요! 그런데 그걸 알릴 생각은 하지 않고 내 뒤나 쫓은 거예요?"

아아, 어째서 이렇게 화가 날까. 어째서 이렇게 눈물이 날 것같이 답답할까. 인스켈이라는 나라가 어떻게 되든 솔직히 그녀가 상관할 일은 아닌데.

"너는."

그녀의 머리칼을 움켜쥔 손에 힘이 들어갔다.

"인스켈의 몰락이다. 네가 윈터 드레스덴을 죽음으로 이끌 거다. 그러면……."

자기세뇌를 하는 듯한 말에서 무언가 이상한 점을 깨달아 리즈벳은 고개를 홱 치켜들었다.

"지금까지도 그랬어요?"

에드윈이 이해가 가지 않는다는 양 미간을 살짝 찌푸렸다. 목에 칼날이 들어와 있다는 것도 잊은 채 리즈벳은 그의 옷깃을 확 잡아챘다. 미처 치우지 못한 칼날에 목덜미가 베여 새빨간 피가 방울져 떨어져 내렸다. 아픔도 느끼지 못하는지 아이의 눈동자가 새파랗게 빛났다.

"윈터한테 가까워지는 사람들, 다 그런 시답잖은 이유로 죽였어요?"

"……수천, 수만의 사람들이 평화롭게 살 수 있다. 불필요한 전쟁이 사라지고, 사람들이 마음 놓고 일상을 영유하며 살 수 있는 나라를 위해 필요한 일이다."

"이봐요, 에드윈 경."

웃음기마저 묻어 있는 목소리로 그녀는 불편한 기색조차 숨기지 못하는 상대의 귓가에 속삭였다.

"아리아나는 오라버니를 자랑스럽게 여기고 있었어요. 그런 오라버니가 지금 자기 나라 사람들이 죽든 말든 신경도 쓰지 않고 제 동생 또래의 비무장한 계집애를 죽이려 든다는 걸 알아요?"

말이 끝나기 무섭게 에드윈은 머리채를 쥔 손에 힘을 주어 아이를 바닥에 내동댕이쳤다.

"그걸로 인스켈이 번영할 수 있다면 불명예 따윈 기꺼이 감수하지!"

"닥쳐요!"

바닥에 머리를 부딪쳐 피를 흘리면서도 리즈벳은 날카롭게 목소리를 높였다.

"인스켈이 망한다면 그건 나 때문이 아니라 당신 같은 비겁한 개새끼들 때문이에요!"

그 말에 치켜올렸던 사내의 칼이 순간 멈칫했다.

한순간의 망설임으로도 충분했다. 리즈벳은 힘껏 몸을 굴려 비탈길로 몸을 던졌다. 퍽 소리와 함께 단단히 얼어붙은 지면에 몸이 부딪치는 아픔에 눈앞이 오색으로 점멸했다. 한동안 비탈길을 굴러 내리던 몸은 풍덩, 요란한 소리와 함께 그 아래를 요요히 흐르고 있던 강물로 떨어졌다. 싸늘한 물살이 송곳처럼 사방에서 피부를 찔러와 뼛속까지 얼려버렸다.

옷자락은 흠뻑 물에 젖어 거머리같이 몸을 아래로 끌어당겼다. 세찬 물살에 휩쓸려 순식간에 하류로 딸려 내려간 리즈벳은 마비되어버리려는 정신을 애써 다잡으며 이를 악물고 몸을 강물 밖으로 끄집어냈다. 덜덜 떨리는 팔에 힘을 주어 몸을 일으키자 눈앞이 새하얘졌다.

거칠어진 숨을 애써 고르며 뒤를 돌아보았으나 에드윈은 더 이상 그녀의 뒤를 쫓지 않았다. 리즈벳은 억지로 고개를 들어 하늘을 바라보았다. 아침햇살에 뿌옇게 흐려 보이는 산자락 너머로 동이 터오고 있었다.

산 너머에서 창칼이 부딪치는 소리가 아련히 울린다.

머리를 치는 깨달음에 리즈벳은 물이 뚝뚝 떨어지는 겉옷을 벗어 팽개치고 기듯이 야트막한 능선 너머로 달렸다. 숨이 턱에 차고 싸늘한 겨울 강물에 흠뻑 젖은 사지가 먹먹하게 아파왔으나 그녀는 무엇에 홀리기라도 한 듯 발을 멈출 수가 없었다.

언덕을 넘자 시선의 끄트머리에 새하얀 설원을 뒤덮으며 나부끼는 하얗고 검은 깃발이 보였다. 흰 바탕에 그려져 있는 꼬리를 문 검은 뱀. 시작도 없고 끝도 없는 영원하고도 완전한 것. 흑사기는 죽음이라는 끝이 없는 신체의 상징이었다.

턱, 목구멍에 알 수 없는 감정이 걸렸다.

그녀는 드디어 윈터 드레스덴의 주둔지에 도착한 것이다.

• ✤ •

윈터는 뻐딱하게 팔짱을 끼곤 눈앞의 바위산을 올려다보았다. 그가 필모렌에 도착한 지 벌써 한 달이 다 되어간다. 지금 당장이라도 자를 란트까지 짓쳐 내려갈 것만 같던 북부군은 그와 세 번 부딪쳐 세 번을 다 깨진 후 전면전을 거부하고 레베냐 산자락에 틀어박혀 농성 중이 었다. 지형상 레베냐 산을 넘지 못하면 너머에 있는 북부군의 본토를 공략할 수 없기에 그냥 버려두고 갈 수도 없는 일이었다.

보급줄을 뒤에 두고 악착같이 버티는 북부군은 진압군이 조금이라 도 방심하면 잽싸게 산을 타고 내려와 진지를 불태우고는 곤히 자고 있던 병사들의 목을 베어 가곤 했다. 그렇게 대치가 별다른 성과를 내 지 못하고 길어져만 가자 진압군 내에서도 불평불만이 터져 나왔다.

요약하자면 춥고 짜증나니 집에 가고 싶다는 말이었다. 실제로 못 견디고 탈영하려다가 잡혀 목이 잘려나간 병사들도 몇몇 있었다.

온실 속 화초 같으니. 죄다 뽑아서 불질러버리고 싶다는 충동을 억 누르며 윈터는 다시 바위산 너머로 보일락 말락 하는 반란군들을 노 려보았다.

"각하, 소르덴 경이 군대를 물려 왔습니다."

발자국 소리가 가까워지더니 부관직의 마르크스 베히터가 군례를 갖추며 보고했다.

"쥐새끼들은?"

"절벽을 따라 진을 치고 꼼짝도 않습니다. 소르덴 경이 뭐라 도발을 해도 찍소리 안 하다가 거리를 좁히려고 하면 활을 쏘아대며 대항해 서 결국 아무런 재미도 못 본 모양입니다."

"남방의 개새끼들은 뭐 하고 있지?"

"북방군 뒤에 숨어 꼼짝도 안 하는 것 같습니다."

몇십 번이나 들었던 말을 또 들으며 윈터는 못마땅하게 미간을 찌푸렸다.

라 리베티에의 푸른 새를 새긴 기치는 그가 필모렌에 도착한 지 얼마 되지 않아 나타났다. 생리적인 거부감을 야기하는 피의 향취를 보면 안셀라가 여기 와 있는 것은 확실한데 대치상태가 된 지 거의 보름이 될 동안 안셀라는 코빼기 하나 내비친 적이 없다. 북방 삼국을 충동질해 반란까지 일으키게 한 솜씨는 칭찬할 만하나 가뜩이나 별로 없는 병력을 이끌고 여기까지 직접 온 것은 판단력이 의심스럽다. 처음에는 저 두 반역자들 사이에 무슨 모종의 거래라도 있었나 싶었으나 진정 동맹이라면 저 북부군의 깔짝거리는 야습에도 어울려줘야 하는 게 아닌가. 대체 뭐하러 왔는지 알 수가 없다.

"각하, 장교들 사이에서 퇴각 이야기가 나오고 있습니다. 이대로 겨울을 맞아버리면 보급이 곤란해질 가능성이 있는 데다가 병사들의 사기에도 문제가 생깁니다. 차라리 한 번 물러났다가,"

"내가 직접 말하지."

극히 조심스러운 어조로 이어지던 마르크스의 말을 끊고 들어온 굵은 남자의 목소리에 윈터는 흘끗 시선을 돌렸다. 각진 턱에 떡 벌어진 어깨를 가진 장신의 장교가 두세 명의 부관들을 거느리고 서 있었다.

"엔스틸러."

부사령관이자 황제 직할의 북방 변경백은 이름을 불리자 굳은 표정으로 군례를 갖췄다.

"대공, 우리가 저 바위산을 포위하고 버틴 게 이제 벌써 한 달이오. 그 한 달 동안 우린 저 산에서 쥐새끼들을 끌어낼 방법을 몇백 가지는 시도했소. 성공한 건 단 한 번도 없었고 말이오."

"그동안 우리 군은 끊임없이 인명피해를 입어왔습니다. 제대로 된 반격도 한번 하지 못하고 계속 급습만 당하니 병사들의 사기가 말이 아니고, 밤잠을 설치는 일이 많아지니 추운 날씨에 질병에 걸리는 이들도 늘어나고 있습니다."

"지금이 이 정도인데 이제 슬슬 레베냐 산맥에 눈보라까지 쏟아지기 시작할 겁니다. 그때에는 눈사태에 발이 묶여 퇴각조차 힘들어질 수가 있습니다."

이때다 싶어 재빨리 덧붙이는 부관들에게는 일절 시선을 주지 않은 채 윈터는 굳은 표정의 부사령관을 똑바로 응시했다.

"하고 싶은 말이 뭔가, 엔스틸러."

한동안 쉬이 입을 열지 못하던 엔스틸러가 힘겹게 입을 열었다.

"대공, 퇴각을 명해주시오."

　·　❀　·

"인스켈 놈들이 물러나고 있습니다!"

척후로 보냈던 병사가 구르듯 달려 들어와 내뱉은 말에 초조하게 막사 안에 둘러앉아 있던 이들이 일제히 미친 듯 환호성을 질렀다. 절벽 꼭대기에서 몰려오는 추위와 인스켈 신성제국이라는 거대한 공포에 맞서 싸우며 하루하루를 근근이 버텨왔던 이들은 매일 기다려왔던, 그러나 어쩌면 평생 오지 않을 거라 생각했던 소식에 반쯤 이성을 잃었다.

"그게 정말이냐? 인스켈군이 정말로 물러났다고?"

"예! 저뿐이 아니라 세 명이 더 확인했으니 확실합니다! 밤새 퇴각 준비를 해서 해가 뜨자마자 떠난 모양입니다. 얼마나 서둘렀는지 첫 세 회전에서 빼앗은 민간인들을 그대로 버리고 갔습니다. 자다 깨어나 군대가 철수한 걸 보고 남겨진 놈들은 지금 제정신이 아닙니다.”

홍분으로 떨리는 사령관의 물음에 비슷할 정도로 홍분한 척후가 크게 고개를 끄덕이자 주위에서 유일하게 이 홍분의 도가니에 빠지지 않은 참모가 조심스레 물었다.

“대장, 저들이 왜 갑자기 철수했다고 생각하십니까? 윈터 드레스덴은 어떤 희생을 내더라도 인스켈에 반대하는 이들을 척살하는 놈인데, 그자가 대체 무슨 생각으로 철수를⋯⋯.”

“어제 인스켈 수뇌부에서 다툼이 있었다는 정보가 있었습니다. 아군의 반복된 야습으로 적군의 사기가 꺾인 데다가 겨울이 가까워오니 퇴각을 요구하는 목소리가 커졌던 모양입니다.”

“예전이라면 있을 리 없는 일입니다만, 드레스덴의 신성이 약해지고 있다는 소문이 사실이라면 없을 법한 일도 아니지 않겠습니까.”

“안 그래도 어제 라더스가 함락됐다는 소식이 있었습니다. 그 소식이 혹시 알려지기라도 했다면 저들이 보급로가 끊기기 전에 도망치려 하는 게 당연하지 않겠습니까?”

“그렇다면 우리도 응해줘야지.”

척후의 말에 이어 두 부관이 적극적으로 동조하자 사령관은 탕 소리를 내며 책상을 내리쳤다.

“렌카드가 목숨을 걸고 거스탄을 넘어 라더스를 쳤다. 그러나 이대로라면 렌카드는 드레스덴의 본군과 정면으로 맞붙어 고립되어버릴 거다. 우리를 위해 목숨을 건 형제를 위해 이제는 우리가 저 침략자들에게 북부의 힘을 보여줄 때다!”

우와아아아아! 좁디좁은 막사가 진동하며 함성이 울려 퍼졌다. 지금까지 거듭되던 패전으로 의기소침해졌던 이들은 살인신을 처음으로 패퇴시킬 수 있을지도 모른다는 가능성에 흥분으로 날뛰었다.

흥분의 도가니에 빠진 부하들의 함성이 잦아지길 기다리며 사령관은 그 와중에도 미동 하나 없이 자리를 차지하고 앉아 있던 금발의 남자에게 시선을 돌렸다.

"클렌디온 공."

북부가 반란을 일으키게 된 계기는 어느 날 이사벨라 델 디아고가 보내온 한 장의 서신이었다. 그렇지 않아도 인스켈의 지배에 불만을 품고 있던 북부의 대공들은 윈터가 신성을 잃어간다는 말에 군대를 일으키기로 결심했고, 군세를 몰아대 라만챠를 단번에 점령하는 것으로 인스켈에게 반기를 들었다. 그리고 이사벨라에게 그 서신을 전하게 했던 것이 라 리베티에의 안셀라 클렌디온이라는 것은 알 만한 사람은 다 아는 일이었다.

그들이 반란을 진압하러 온 윈터 드레스덴을 맞아 피를 흘리고 있었을 때, 구색을 맞추듯 안셀라는 소규모의 부하들과 함께 구호품을 가지고 그들에게 합류했다. 그리고 분통 터질 정도로 아무것도 하지 않았다.

"이 역사적인 승리는 공의 귀견이 없었다면 있을 수 없는 일이었을 거요. 이 기념비적인 승리의 마지막을 라 리베티에와 기치를 나란히 한 채 장식하고 싶은데 공은 어떻게 생각하시오?"

이번 한 번 정도는 네놈들도 피를 흘려.

비뚤어졌다면 비뚤어진, 그러나 그 이상으로 검을 쥘 수 있는 이들이 하나라도 더 필요했기에 한 제안이었다. 거절하면 목에 칼을 들이

대서라도 끌고 갈 생각이었다는 점에서 제안이라기보다는 협박에 더 가깝긴 했다.

가면 너머에서 안셀라의 짙은 녹색 눈동자가 그를 응시했다. 속을 알 수 없는 진창처럼 깊은 눈동자에 저도 모르게 생리적인 불편함이 들어 사령관이 미간을 찌푸렸을 때, 안셀라의 고개가 백조처럼 우아하게 굽혀졌다.

"라 리베티에는 형제의 힘이 될 기회를 저버리지 않을 것입니다."

뭐라 흠을 잡을 수 없을 만치 매끄러운 대답에 사령관의 표정이 더욱 구겨졌으나 애써 감추며 그는 소리 높여 외쳤다.

"지금 당장 출전한다! 전군에게 명을 내려라! 저 도살자 놈들에게 당했던 만큼 갚아준다!"

우와아아!

다시 한 번 막사를 진동시키는 함성이 울렸다.

* ❧ *

명이 떨어지자 군대는 민첩하게 움직였다. 연달아 척후가 보고한 바에 따르면 인스켈군은 서둘러 퇴각하느라 대오가 엉망이었고 민간인들은 물론, 군수품까지 챙길 새 없이 서두르고 있었다. 승기를 느낀 부관들은 멈춰서 포로를 잡고 전리품을 챙기는 것보다는 지난 한 달간 그들을 불안에 떨게 한 적들의 꽁무니를 쫓는 데 열을 올렸다.

레베냐 산맥에 틀어박혀 있을 때에도 굳건히 살아남았던 북부의 전투마들은 재빨랐다. 눈이 녹은 지 좀 되어 단단하게 얼어붙었으나 미끄럽지는 않은 필모렌 평야의 땅은 전투마가 달리기에는 제격이었다.

그 땅을 박차며 북부의 기병들은 쏜살같이 달렸다.

말을 달린 지 얼마 되지 않아 웅장한 거스탄 산맥의 침엽수들이 눈에 들어왔다. 그리고 그 끝머리에 보이는 것은.

"학살자의 개들이 저깄다!"

누군가가 소리 높여 외친 것과 동시에 누가 먼저라 할 것 없이 커다란 함성이 북부군을 뒤덮었다. 북부대로에 진입하려는 후미의 인스켈병사들이 당황한 나머지 허우적거리며 사방으로 흩어졌다. 분명한 승기를 읽은 사령관은 희열에 몸부림쳤다.

"이번에야말로 저 괴물의 목을 잘라 국왕 폐하께 보낼 것이다."

이를 갈며 사령관은 검을 뽑아들었다. 섬뜩한 쇳소리와 함께 뽑혀나온 검이 한겨울의 태양빛에 새파랗게 빛났다. 그 모습에 곁에서 말을 달리던 참모가 기겁을 하며 소리쳤다.

"경, 아직 보병부대가 완전히 따라잡질 못했,"

"돌격!"

그러나 그 말은 우레와 같은 함성에 함몰되어버렸다. 눈에 보이는 것은 오로지 우왕좌왕하는 적군뿐이었다. 지금까지의 굴욕, 증오, 살기 위해 억눌러야 했던 분노를 모조리 쏟아내며 북부군은 인스켈군의 후미를 향해 파도처럼 돌진했다.

잠시 후, 무언가가 이상하다는 것이 그야말로 직감처럼 느껴졌다.

"경, 저들은 선두의 몇 기를 제외하곤 모조리 보병입니다! 기병은 대체 어디로,"

다급하게 말을 달려 따라잡은 참모의 말이 채 끝내기도 전, 측면에서 귀를 얼얼하게 하는 함성 소리가 들려왔다. 기겁해 몸을 돌렸을때, 한 무리의 기수들이 거스탄 산맥에서 쏟아져 나오고 있었다.

"복병이다! 복병…… 큭!"

다급하게 소리지르던 병사의 목이 뒤에서부터 화살에 꿰뚫렸다. 북부의 전투마들 중에서도 최상급만을 엄선해 조공으로 받아갔던 인스켈군의 기병은 순식간에 필모렌 평야를 달려 잔뜩 뒤처져 있던 북부의 보병들을 측면에서부터 날카롭게 찢어발겼다.

"젠장, 말머리를 돌려! 지금 당장!"

전령이 허겁지겁 명령을 외쳐 전달하며 말을 몰았다. 등자를 걷어차 필사적으로 보병들을 사수하러 달려가며 사령관은 이를 갈았다. 복병이라니. 라더스의 함락을 전해듣고 서둘러 퇴각하는 게 아니었단 말인가.

선두의 기병부대가 반쯤 몸을 돌려 보병들을 구하기 위해 달려가려 할 때였다.

처음 이상 징후를 보인 것은 말들이었다.

"큭, 이 녀석이 왜 이래!"

여기저기서 갑자기 극도로 흥분하며 날뛰기 시작하는 말을 진정시키려는 기사들의 목소리가 들려왔다. 결국 겁에 질린 말에서 떨어진 기사들의 단말마가 울려 퍼졌다.

"워, 워, 워."

역시 필사적으로 말을 진정시키려던 사령관은 등골이 서늘해지는 기분에 등을 돌렸다.

조금 전까지만 해도 오합지졸마냥 사방으로 흩어져 도망치던 인스켈군이 질서정연하게 양옆으로 갈라지고 있었다.

그리고 드러난 새하얀 옷의 청년을 보고 그는 가슴이 철렁 내려앉는 절망을 느꼈다.

"······드레스덴."

　　　　　　•　❀　•

　썰물처럼 아군이 둘로 갈라지자 윈터는 천천히 눈을 떴다.

　얼굴로 들이치는 서늘하고 건조한 겨울바람, 제 한 몸에 꽂히는 온 갖 시선들, 발밑으로 밟혀 사각거리는 소리와 함께 바스러지는 얼어 붙은 땅.

　눈앞에는 당황하는 적.

　죽여야 하는 필멸자들.

　시선이 마치 새처럼 허공을 날았다. 적들 뒤편으로 엔스틸러가 이 끄는 기병이 뒤처진 적 보병을 찢어놓고 반전해 재차 돌격하려 하고 있었다.

　엔스틸러를 방해하지 못하도록 그는 저 기병대를 말살한다.

　"나는 모든 생명 있는 것들에게서 승리할지어니."

　조용히 읊조리며 칼자루를 쥐자 익숙한 가죽의 감각이 손바닥에 감 겨들었다. 그것을 힘주어 잡아 빼들자 청명한 소리와 함께 새파란 칼 날이 태양 아래에 은빛을 흩뿌렸다. 차라랑, 비슷한 소리를 내며 그를 스무 보 뒤에서 따르는 신성기사단원들이 각자 발검했다.

　그 소리를 마치 음악처럼 들으며 윈터는 칼날에 가볍게 입을 맞췄 다.

　나의 사랑스럽고도 증오스러운 나라에게. 자랑스럽고도 끔찍한 신 민들에게. 그리고 누구보다 믿고도 소중한 나의 혈족에게.

　"나의 인스켈에게 불멸을."

폭발하듯 터져나간 신성이 검신을 새카맣게 물들였다.

· ✢ ·

쾅, 발을 굴러 짓밟자 땅이 시커먼 색으로 물들며 쩌적 갈라졌다. 마치 채찍처럼 검을 휘둘러 상대의 목을 한 번에 베어내며 윈터는 절정과 어딘가 닮은 쾌감에 솜털이 곤두섰다. 비명이 귀를 찢고 피비린내와 벌써부터 풍겨오는 듯한 살 썩은 내가 공기 중에 진동했다. 어린애가 악취미적으로 쭉쭉 늘여놓은 듯한 시야에는 허공을 나는 머리통과 배가 찢겨 나뒹구는 시체와 잘린 팔을 움켜쥐며 비명을 지르는 병사들이 가득했다. 본능적인 공포로 날뛰는 적들이 한둘이 아니었고, 가까스로 살아남은 이들도 갑자기 야기된 혼란에 제정신을 차리지 못한 것이 대부분이었다. 어지러워진 창칼은 그의 몸에 닿지 못했고, 그는 부나방처럼 달려드는 적들을 수확하듯 베어나갔다.

생과 사를 좌지우지하는 절대적인 힘. 필사적으로 저항하는 이들을 억지로 거꾸러트리며 윈터는 저도 모르게 날카로운 웃음을 터트렸다. 그 권력은 참으로 매혹적인 것이라 가끔씩 그의 귓가에 속살거린다.

그냥, 미쳐버리지그래?

차라리 이 힘에 한껏 취해 모든 걸 잊을 수만 있다면 편해질 터.

한 번은 혹해 넘어갔던 유혹을 무덤덤하게 무시하며 윈터는 검을 들어 눈앞의 사내의 머리를 찍어버렸다. 눈을 뒤집으며 뒤로 넘어가는 사내에게서 튄 핏방울을 소매로 닦아내며 윈터는 시선을 돌려 상황을 살폈다.

전투는 거의 소강상태로 접어들고 있었다. 방패가 새겨진 변경백의 기치가 저 멀리에서 펄럭이는 가운데 창과 활로 무장한 기병들은 개미떼처럼 흩어지는 적군들을 가지고 놀듯 잡아 죽였다. 그의 뒤를 따랐던 신성기사단 역시 보병과 합류하지 못한 채 말에서 떨어진 기사들을 하나씩 사살했다. 그 뒤에서 반전한 보병들이 주위를 둥글게 둘러싸며 포위망을 만들었다. 끌어내기가 좀 힘들긴 했으나 이걸로 쥐새끼들을 모조리 잡아 죽일 수 있으리라.

감흥 하나 없이 그리 생각하던 윈터는 순간 정신이 번쩍 들었다.

안셀라는 대체 어디에 있지?

"각하! 각하, 급보입니다!"

다급하게 소리치며 병사 하나가 달려왔다. 새파랗게 질린 얼굴과 겁먹은 목소리, 무엇보다도 전투가 아직 완전히 끝나지 않은 지금 굳이 그에게 보고라는 걸 하러 왔다는 점이 심상치 않았다.

"뭐지?"

"로웰 백작에게서 전령이 왔습니다. 거스탄 산맥을 넘은 적들에게 라더스가 함락되었다고 합니다!"

망치로 뒤통수를 얻어맞은 듯한 기분에 윈터는 순간 비틀거릴 뻔했다. 눈앞을 스친 아이의 모습에, 그리고 마지막까지 차라리 절 데려가 달라고 애원했던 모습이 떠올라 숨이 막혀왔다.

라더스라면 안전할 거라 생각했었다. 자체의 경비는 부실하지만 여황의 눈에서 멀리 벗어난 곳이었고, 국경이면서도 외적의 침입을 받은 적도 없으며, 무엇보다 무슨 일이 있다면 그가 바로 달려갈 수 있는 거리에 있었다. 아이를 맡길 수 있었던 가장 이상적인 대안이었다.

"누가."

볼썽사납게 목소리가 떨려 나왔다. 격렬한 부인과 함께 뭐라 통제할 수 없는 분노가 치밀어 머리가 이상해질 것만 같았다.

"누가 그런 말을 하지?"

"여, 열두 살 정도 되어 보이는 계집애입니다. 각하께 이베르라 전하면 아실 거라고……."

아찔하게 추락했던 정신이 확 들었다. 긴장이 탁 풀리며 헛웃음이 터져 나왔다.

깜찍한 꼬마. 라더스가 함락당했는데도 살아남아 여기까지 왔단 말이지?

"가, 각하?"

소식을 전했던 전령이 저도 모르게 윈터를 불렀다. 한순간 살해당하는 게 아닐까 싶을 정도로 날카롭던 기세가 순식간에 가라앉은 것으로도 부족해 순간 보였던 미소는 첫눈 위에 부서지는 겨울 햇살마냥 따스했다.

"아이는 어디에 있지?"

"후미에 두었습니다. 지금은 렌서트 경이 보호하고 있."

전령의 말은 중간에서 뚝 부자연스럽게 끊겼다.

악귀 같은 부상자들의 비명과 죽어가는 이들의 단말마 너머로 꿈결 같은 노랫소리가 들려왔다. 알아들을 수 없는 이국적인 음색의, 듣는 이의 머릿속에 직접 청명하게 울리는 여자의 노랫소리.

"각하!"

당황해 부르는 말에도 답하지 않은 채 표정이 변하며 윈터가 달리기 시작했다. 그와 동시에 세차게 불어 닥친 돌풍이 습기 하나 없이 버석하게 말라비틀어진 토양을 끌어 올려 시야를 새하얗게 물들였다.

낭랑하게 울려 퍼지는 노랫소리에 기진맥진한 리즈벳은 억지로 고개를 들어올렸다. 전언을 윈터의 부하라는 병사 하나에게 전한 후 잠깐 놓았던 의식을 저절로 깨우는 청명하면서도 달콤한 노랫소리였다.

꿈인가.

힘겹게 눈을 뜬 그녀가 고개를 들어 소리가 들려온 방향을 바라보았을 때, 거센 굉음과 함께 돌풍이 몰아닥쳤다.

"으악!"

반사적으로 팔을 들어 매캐한 흙먼지와 자잘한 자갈들을 막았을 때, 자욱이 일어난 흙먼지 너머에서 날카로운 비명이 울렸다. 사방에서는 시야가 가린 채 혼란스러운 고함을 질러대는 병사들의 목소리만이 다급하게 울릴 뿐이었다. 아름다운 노랫소리와 기이할 정도로 어울리지 않는 소음에 본능적으로 등골을 타고 소름이 쫙 끼쳤다.

그리고 리즈벳은 그 흙먼지 사이를 뚫고 두 필의 말이 달려오는 것을 발견했다.

"꼬마!"

곁에 있던 병사가 반사적으로 그녀를 제 뒤로 당겨 숨겼다. 어른 남자, 혹은 병사로서의 책임감 때문인지 그는 소리를 지르며 기다란 장창을 휘둘렀다. 두 필의 말은 무서운 속도로 정확히 그녀를 향해 돌진해오고 있었고, 그만큼 노랫소리도 가까워져왔다.

「En el nombre de nuestra amistad larga, te llamo el nombre en este momento de necesidad.」

노래의 음이 급변했다. 해수면을 살랑이게 하던 노랫소리가 배를 뒤집어 가라앉힐 기세의 광풍이 되어 몰아닥쳤다.

「Que a nuestros enemigos les sangran y que ellos griten por
desesperación. Que nuestros enemigos sufran todos los daños que nos
han pasado. ¡Que los enemigos maldigan el día en que cruzaron en el
medio de nuestro camino!」

"크아아악!"

비명을 지르며 그녀의 앞을 막아섰던 병사의 몸에서 사방으로 피가
튀었다. 뜨거운 피가 얼굴로도 튀어 리즈벳은 숨을 쉬는 것도 잊을 정
도로 얼어붙었다. 칼날이 된 바람은 기수들을 향해 달려드는 병사들
을 종잇조각처럼 찢어발겼다.

기수는 둘이었다. 이렇게 엉망인 시야에서도 확연히 드러나는 새빨
간 머리칼의 가수(歌手), 그리고.

"안셀라 클렌디온이다! 저자를 잡아!"

누군가가 악을 쓰는 소리가 이명처럼 들려왔다.

그녀와 똑같이 웨이브 진 짧은 금발, 말갛게 웃는 여우 가면 너머로
보이는 늪처럼 깊은 녹색 눈동자.

눈이 마주치자 싫어도 알았다. 위장의 내용물이 역류하는 듯한 구
역질나는 감각과 함께 그저 알았다. 한 번도 직접 얼굴을 본 적이 없
어도, 한 번도 목소리를 들은 적이 없어도, 피라는 건 잔인할 정도로
진한 것이라 리즈벳은 눈앞의 남자와 시선이 마주치자마자 직감적으
로 이자가 제 하나 남은 혈육임을 깨달았다.

어째서, 라는 질문은 하지도 못했다. 그 자리에 차갑게 굳어 있는
그녀에게 똑바로 말을 달려 다가온 안셀라는 손을 내뻗는 대신, 망설
임 하나 없이 손에 쥔 단검을 치켜들었다.

"안셀라……!"

단 한 번도 들어본 적 없는, 끔찍하게도 절박한 목소리로 윈터가 소리질렀다. 그 목소리에 고개를 돌리지도 못한 채 리즈벳은 제 가슴에 단검을 찔러박고 있는 남자의 눈에서 못 박힌 듯 시선을 떼지 못했다.

녹색. 한없이 차갑고, 메마르고, 비정한, 짙은 녹색.

확, 피가 튀었다.

……오라버니.

입 밖으로 나오지 못한 부름이 그저 목구멍에서 맴돌았다. 안셀라는 중간에 멈춰 서 그녀에게 시선을 돌리는 수고조차 하지 않았다. 대지를 요란하게 울리는 말굽 소리는 단 한 순간도 속도를 늦추지 않은 채 달려 나갔다.

"안셀라, 네놈……!"

윈터의 노호와 함께 땅바닥이 순식간에 쩌적거리며 갈라져 시커멓게 말라비틀어졌다. 그를 막아서려는 듯 달려들었던 적병들이 목덜미를 부여잡고 피부가 시커멓게 변해 나가떨어졌다. 돌아본 것은 오히려 안셀라의 곁에서 말을 달리던 붉은 머리의 여자였다. 리즈벳을 바라보며 뭐라 설명할 수 없는 복잡한 눈을 하던 여자는 다시 소리 높여 노래했다.

「Nos empares, nos guíes, nos ocultes con seguridad, lejos de nuestros enemigos y de mis amigos. Líbranos para volver a donde nos pertenecemos.」

다시 한 번 세차게 바람이 불었다. 주변에서 요란하게 부딪치는 병장기 소리가 병사들의 비명에 섞여 이명이 되어 울렸다. 피가 꿀렁거리며 쏟아져 나오는 가슴께의 옷자락을 찢어질 듯 그러쥐면서 리즈벳은 필사적으로 몸을 일으켜 물러나는 적군을 바라보았다.

안셀라는 단 한 번도 뒤를 돌아보지 않았다.

"리즈벳!"

다급한 부름과 함께 우악스러운 손아귀가 그녀의 어깨를 잡아채 획 돌렸다. 시야 가득 들어오는 윈터의 흐트러진 얼굴에 리즈벳은 저도 모르게 웃음을 터트렸다.

"리즈벳, 너,"

"윈터."

그의 말을 잘라내며 리즈벳은 가슴께의 옷깃을 쥔 손에 꽉 힘을 줬다. 흥건히 젖은 옷자락에서 피가 떨어져 손을 시뻘겋게 물들였다. 뚝뚝 흘러내려 웅덩이를 만든 핏방울이 땅바닥에 스며들어가고 있었다.

다시 만나면 하려던 말이 많았다. 왜 그렇게 날 버려두고 갔냐고, 다시는 얼굴조차 보고 싶지 않다고, 이제는 당신 따위에게 목매는 짓은 그만할 거라고.

그러나 새하얗게 비어머린 머릿속과 가슴께에서 울컥거리며 쏟아지는 끔찍한 고통에 혀는 제멋대로 움직였다.

"윈터는 나한테 여기 와선 안 된다고 했지만……."

"쉬이. 괜찮아. 아무 말도 하지 마. 일단, 막사로 돌아가서,"

"말 안 듣고 여기 오길 잘했어요. 안 왔으면, 평생 몰랐을 뻔했잖아요. 안 왔으면, 난 아마 평생."

억지로 얼굴을 감싸며 다독이려는 윈터에게서 뒷걸음질 치며 말하다 다시금 웃음이 터져 나왔다. 찔린 상처가 너무나 아파 숨을 쉴 수가 없다. 얼굴 한 번도 본 적 없는 사람인데 왜 이리 아플까. 단검이 심장 안을 제멋대로 후비고 다녀 정신이 나갈 것만 같다.

더 이상 다리에 힘을 줄 수가 없어 실이 끊긴 인형처럼 바닥에 나동
그라지기 이전에 윈터가 그녀를 재빨리 잡아챘다.

"너……."

울컥한 듯 뭐라 입을 열던 윈터는 결국 아무 말도 하지 않고 으스러
질 듯 이를 악물었다.

그 모습이 참으로 낯설어 그녀는 웃어버렸다.

"윈터, 왜 그래요. 그러지 마요."

잔인하고도 잔인하지 않은가. 그녀의 의사 따윈 상관없이 저 좋을
대로만 하던 주제에. 그녀가 자존심 한 조각 남기지 않고 애걸했을 때
에도 무시했던 주제에. 그녀 따윈 신경도 쓰지 않는 듯 굴었던 주제
에.

날 장난감이라 불렀던 당신이.

"윈터가 그런 표정을 지을 필요는 없잖아요?"

남자가 언제나 쓰고 있던 가면에 살짝, 금이 갔다. 핏덩어리가 엉겨
뭉친 듯한 붉은 눈이 일그러지며 남자는 마치 울 듯한 표정을 지었다.
뭐라 말하려는 듯 달싹이던 입술을 피가 날 정도로 깨물며 그는 눈을
꽉 감아버렸다.

심장이 뭉그러지듯 아렸다. 그녀의 얼굴에 닿은 손에서 느낀 떨림
에, 그녀를 바라보는 눈에 담긴 미처 감출 수도 없는 염려에 그녀는
자조할 수밖에 없었다. 그의 눈에 비친 제 눈에는 물기 하나 없어 누
가 봤다면 찔린 게 제가 아니라 그라 생각될 정도였다.

"괜찮아요. 그러지 마요. 생각해보면 그렇게 놀랄 만한 것도 아니에
요. 그냥, 생각했던 것보다 내가 너무……."

쉽게 버려질 만한 것이었나 싶어서.

하지만 제 입으로 말했던 것처럼 사실 전혀 예상하지 못한 것도 아니었다. 어차피, 얼굴도 한 번 마주친 적 없는 사이다. 가족이라는 게, 절대적인 애정이라는 게 어떤 것인지를 알려준 것은 안셀라가 아니라 오히려.

이렇게 나를 대신해 괴로워해주고, 울어주는 것은 오히려.

"윈터, 이젠 윈터뿐이에요."

양손으로 창백한 뺨을 감싸자 손에 묻어난 핏자국에 윈터의 뺨이 붉게 물들었다. 손가락을 타고, 턱선을 타고 흘러내리는 핏방울 때문에 마치 그가 피눈물을 흘리는 것처럼 보였다. 리즈벳은 그 목에 팔을 두르고 고개를 파묻었다. 온기 하나 없는 팔이 잠시 멈칫하다 그녀의 등을 감싸 안자 어째서인지 저도 모르게 눈물이 흘러내렸다.

"그러니까 당신은 나 버리지 마요."

사람의 체온이라는 것은, 따뜻했다.

• ⚜ •

기절하듯 잠든 아이를 막사로 데려가 눕힌 윈터는 그 앞에 무너지듯 주저앉았다.

아이의 호흡은 평안하고 안정되어 있었다. 혈색도, 체온도 단검으로 심장을 찔렸다는 게 믿겨지지 않을 정도로 정상이다. 통증도, 어지럼증도 없이 멀쩡하게 말하고 움직였다.

그리고 아이를 찌른 단검은 어느새 흔적도 없이 사라졌다.

정확히 말하자면, 몸에 흡수되었다고 하는 게 정확할 거다. 그 모습에, 그리고 아이의 가슴에 박힌 단검의 모습이 익숙함에 윈터는 확신

360

할 수밖에 없었다.

신살신의 신물이 새 계약자를 선택했다.

땅바닥이 꺼져 내리는 듯한 절망감에 숨이 막혀왔다.

후에 투왕이라 불렸던 로세이유의 샤를 5세는 브릴리언테 구 왕가에 두 개의 신표를 남겼다. 계약자에게 만물 위에 군림하는 자격을 주는 '제왕', 그리고 계약자에게 삼라만상의 진리를 보여주는 '지혜'.

죽음은 제왕의 검을 부러트렸으나 지혜를 베어낼 수는 없다. 그가 자비를 보여 살려놓았던 싱클레어 브릴리언테는 '지혜'와 계약해 그를 가장 처참한 방법으로 참살했다. 그에 이용되었던 것이 저 신살신이라 불리는 신의 신물.

그의 신을 죽일 수 있는 신.

그러나 전 계약자였던 그의 형이 신의 조건을 만족시키지 못해 갈가리 찢긴 이후 그가 형의 시신과 함께 황릉 제일 깊은 곳에 처박아놓았던 것이었다.

그걸 안셀라가 정확히 노려 가지고 도망쳤다는 것, 그 전에 그가 안셀라의 유일한 여동생을 손에 넣을 수 있었다는 것, 그리고 숨겨두었던 아이를 정확히 특정해 신살신의 계약자로 만들었다는 점에서 윈터는 소름 끼치는 기시감을 느꼈다.

"신과의 계약이 저주라 하시니 그걸 풀어드리려 했을 뿐인데, 설마 이렇게 될 줄이야."

높게 깔깔거리는 웃음소리. 싱클레어 브릴리언테라면 그를 손가락질하며 웃을 것이다. 똑같은 신에게 또 당하는 천치 같으니.

너는 그것도 모르고 네 멸망을 네 속으로 품었지.

목덜미의 오래된 자상이 찌르는 듯이 아파왔다. 목을 움켜쥐고 그 상처에 손톱을 세우며 그는 숨을 헐떡였다. 머릿속을 악에 받친 목소리가 웅웅 울렸다.

"죽여! 죽여버려! 박살을 내!"

먹은 것도 없는데 토할 것 같아 입을 틀어막으며 헛구역질을 했다. 언젠가의, 흉터로 지져져 잊어버릴 수도 없게 된 기억.

"조각내서 처넣어버려! 다시는 내 눈에 띄지 않게 해!"

저주받을 브릴리언테 왕가의 씨. 대체 왜 좀 더 이전에 죽여두지 않았을까. 어쩌자고 분란의 씨앗을 꼭 이리 한둘을 남겨두어 이 끔찍한 짓을 또다시 반복하게 하나!

대체 왜 저는 좀 더 이전에 죽질 못해 그 저주받을 신을 또다시 마주치나.

아아…… 차라리.

아이의 가냘픈 목을 쥐자 손끝에 팔딱거리며 맥동하는 맥이 만져졌다.

1년이란 시간이 지났음에도 아이의 목덜미는 아직까지 두려울 정도로 가늘었다. 손끝에 힘만 준다면 신체든 뭐든 단숨에 숨이 끊어질 정도로 약하다. 너무나 약하고, 섬세하고, 아름다워서 독인지도 모르고 곁에 두었다.

평생을 이 아이의 곁에서 조용히 살고 싶다 바랐던 것이, 그리할 수 있을지도 모른다 희망을 품었던 것이 바로 얼마 전인데 그게 그리도 뻔뻔한 일이었나. 셀 수도 없는 이들을 죽인 그가 받아야 하는 죗값인가.

"윈터, 이젠 윈터뿐이에요."

지금 당장이라도 바스러질 것만 같이 웃으며 그리 말했던 얼굴을 기억했다. 그것이 거짓이라, 연기라 생각지 않는다. 그러나 그것조차 안셀라의 계획대로라면?

싱클레어의 미친 웃음소리가 들렸다. 안셀라가 그렇게 웃고 있는 것만 같았다.

"신이시여······."

결국 무너지듯 침대 맡에 머리를 묻은 윈터의 입에서 잔뜩 억눌린 오열이 터져 나왔다. 심장을 짓찢는 듯한 고통과 함께 눈가가 화끈해졌다. 뚝뚝 떨어져 내리는 습윤한 감촉에 윈터는 제가 눈물이라는 걸 흘리고 있음을 깨달았다. 목을 조이는 괴로움과 함께 그는 애초부터 제게 선택권이 없었음을 깨달았다.

해칠 수 없다.

그것이 비록 제 천적의 계획이라 하여도, 그것이 결국 제 끝이 될지라도, 그로 인해 제가 이토록 꾸역꾸역 지켜온 모국이 갈가리 찢겨 유린되어 제가 피눈물을 쏟으며 후회하는 일이 생길지라도, 적어도 지금, 이 순간만큼은, 그리고 아마 앞으로도 계속.

아프게 할 수 없다. 죽일 수 없어. 어떻게 감히 그럴까. 이 아이야말로 제게 일어난 일 중에서 가장 기적 같고, 가장 아름다운 것을.

이렇게나.

눈물 젖은 얼굴을 들어 잠들어 있는 아이를 바라보자 몸이 떨릴 정도로 심장이 옥죄어와 윈터는 도망치듯 눈을 감아버렸다. 주륵, 또다시 눈물이 떨어져 내렸다.

이렇게나, 사랑스러운 것을.

* ✤ *

『안셀라 님!』

디아나는 그가 거스탄 산맥 언저리의 임시 아지트에 도착하자마자 새파랗게 질린 얼굴로 득달같이 달려들었다. 그 기세에 이번 동행 내내 입도 뻥긋 않던 이자벨라는 마지막으로 안셀라를 바라봤다가 말을 끌고 자리를 피했다.

『거짓말이지요?』

둘만이 남겨지자 디아나가 토해내듯 속삭였다.

안셀라를 따라 북부군이 그야말로 개박살난 전투에 참가했던 패잔병들이 가져온 소식에 디아나는 처음에는 제 귀를 의심했다. 북부군을 끌어들여놓고 계속해서 전투에서는 꽁무니를 빼다가 단 한 번 참전했던 전투에서 정확히 노려 죽인 아이에 대한 소문은, 윈터 드레스덴이 그 아이를 보고 안색이 바뀌어 달려들자 순식간에 사방으로 퍼졌다. 리즈, 드레스덴이 숨이 넘어갈 듯 불러대던 이름을 듣자 안셀라가 가지고 있었다던 단검의 정체를 아는 디아나는 미칠 듯한 분노에 몸부림쳤다.

『당신 동생입니다, 안셀라 님! 죽였다니 그게 무슨 소립니까!』

가면 너머의 눈은 그럼에도 변함없이 고요하기만 했다. 그에 더욱 화가 치밀어 디아나는 날카롭게 소리쳤다.

『안셀라 님!』

『죽지는 않습니다.』

그리 답하는 목소리는 지금 방금 제 친동생의 가슴에 칼을 박아넣고 온 사람이라고는 믿을 수 없을 정도로 단조로웠다.

『이미 아시듯 '사모(思慕)'는 그런 신입니다. 아무와나 계약하고, 계약하는 것으로 계약자를 죽이는 일은 없습니다.』

『지금 그게 문제가 아니지 않습니까!』

그 아이가 대체 얼마나 오빠를 찾았는데. 얼마나 쓸쓸해하며 홀로 울었는데. 어차피 얼마 못 가 헤어질 거, 정을 준 이와 헤어지는 것보다 덜 준 이와 헤어지는 게 더 낫다는 말에 마음껏 아껴주지도 못했다.

그래도 안셀라가, 아이의 단 하나 남은 형제가 언젠가는 아이를 곁으로 데려와 지금까지 부족했던 것에 대한 보상이 될 만큼 아껴줄 거라 생각했기에 구태여 월권하지는 않았다. 아이를 떼어놓고 떨어지지 않는 발길을 떼면서 그녀는 이제는 보채지도, 투정부리지도 않는 아이를 그리 말하며 달랬다.

그 아이를 드레스덴에게 빼앗겨 아이의 죽음을 기정사실로 받아들이면서도 지금만큼 괴롭지 않았던 것은, 아이를 잃은 제 슬픔이 안셀라의 슬픔과 비견할 수 없으리라 생각했기 때문이다. 저리 서로를 그리는 남매가 만나지 못하게 된 괴로움의 원인을 모조리 그 저주스러운 살인신에게 돌렸기 때문이었다.

그런데 '사모'라니. 그 신의 신표를 그 누구도 아닌 아이에게 박아 넣었다는 것은 아이의 납치부터 지금의 이 전쟁까지 모조리 안셀라의 계획대로라는 말이 아닌가.

『어찌 친동생을 그렇게 끔찍하게 이용하십니까!』

주체할 수 없는 죄책감과 분노가 날카로운 원망의 칼이 되어 저를 난도질해가는 데도 안셀라는 표정 하나 바뀌지 않았다. 안셀라의 입은 한참 후에나 열렸다.

『라 리베티에는 무엇입니까.』

고저 없는 목소리에 디아나는 기가 차 헛웃음을 내뱉었다. 안셀라의 목소리에 거부할 수 없는 힘이 실렸다.

『무엇인지 물었습니다, 디아나.』

시선조차 돌리지 못하게 하는 보이지 않는 압력에 디아나는 저도 모르게 입을 열었다.

『……자유를, 위해 목숨을 버리기로 한 맹세입니다.』

『무엇을 위한 자유입니까, 디아나.』

『더 이상 남이 정한 규율에 우리의 아이들이 희생되지 않기 위해, 서…….』

그러나 말을 미처 끝마치지 못하고 디아나는 무너지듯 주저앉아 오열했다. 안셀라가 말하려 하는 바는 분명했다.

우리가 무슨 대가를 치르더라도 모국과 자유를 우리의 사랑스러운 아이들에게.

안셀라는 충실하게 맹약을 지켰다. 그는 수장으로서 해야 할 일을 한 것뿐이다. 이 모든 희생은 새로운 시대의 거름이 될 터, 그것은 그녀가 이미 숙지하고 있었을 사실이다.

그 이상만큼은 처음과 다름없이 찬란할 텐데 어찌 이리도 마음이 괴로울까. 삶은 언제나 모든 것을 다 손에 넣을 수는 없는 도박판이고, 그녀는 라 리베티에에 들어왔을 때부터 그 과정에서 희생되는 이들은 어쩔 수 없는 것이라 애써 자위해왔다.

그러나 정말 이렇게까지 해가며 얻는 독립에 의미가 있는가? 그 어린아이를 철저히 계획된 괴로움 속에 밀어넣을 만한 가치가 있는가?

실신할 듯 울고 있는 디아나의 앞에 안셀라는 스르르 주저앉았다. 어딘가 꿈을 헤매는 듯한 시선을 느릿하게 하늘로 향하며 그는 천천히 눈을 감았다.

귓가에서 나이도, 연령도 불명인 목소리가 울렸다.

– 사람이 한번 했던 결정을 후회하는 것은 어째서?

삼라만상의 이치를 꿰뚫고 있다는 세 개의 눈의 까마귀는 그의 머리 위를 빙빙 맴돌며 낭랑하게 울었다.

– 만약을 생각하며 망설이는 것은 어째서? 잘못된 것임을 알고도 계속하는 것은 어째서? 끊임없이 돌이키려 하는 것은 어째서?

그것은.

뭔가를 말하려는 듯 달싹였던 입술은 다시 닫혔다. 조용히 허공을 맴도는 까마귀에게 시선을 던졌던 안셀라의 눈꺼풀이 아무 말 없이 다시 스르르 감겼다.

까악거리며 까마귀가 울어댔다.

– 사람이 사람을 아끼는 것은 어째서?

그럴 수밖에 없기에.

소리가 되지 못한 대답만이 허무하게 스러져갔다.

나직이 이름을 부르는 소리가 들렸다. 소년은 두꺼운 담비털 옷자락에 파묻었던 고개를 들어 아버지를 올려다보았다. 새까맣게 어둠이 내려앉은 가운데 타닥거리며 타오르는 벽난로의 불빛은 아버지의 옆얼굴 위에서 춤을 추듯 일렁였다. 그 불빛에 마치 나이테처럼 새겨진 깊은 주름 하나하나가 눈에 들어왔다. 소년은 평생 웃는 낯 하나 보인 적 없었을 그 엄준한 얼굴을 올려다보았다.

"해가 지지 않는 나라를 너희에게 주마."

말수가 적은 사내가 난데없이 내뱉은 말에 소년의 옆에서 가만히 불빛을 지켜보고 있던 형이 고개를 돌렸다.

"너희들은 그 누구에게도 고개 숙일 일 없게 할 것이다."

그와 동시에 벽난로 곁에 놓여 있던 도수 높은 술이 난롯불 위로 휙 뿌려졌다. 술이 닿자마자 나직하게 사그라졌던 불길이 확 터지듯 타올라 넘실거렸다.

갑자기 왜 저런 말을 하시는 걸까. 거세게 타오르기 시작한 불길의 열기를 피해 몸을 살짝 뒤로 물리며 소년은 아버지를 가만히 응시했다.

밖에서는 세찬 눈보라가 쏟아져 내리고 있었다. 창문을 닫고 그 위에 몇 겹의 태피스트리를 달아도 북방 겨울의 냉기는 교묘하게 그 틈새를 파고들어 방을 차갑게 식혔다. 추위를 피하기 위해 두툼한 모피 양탄자 위에 모여 앉은 덕에 소년은 맞닿은 형의 손끝이 뭐라 하고 싶다는 듯 움찔거린 것을 느꼈다.

"아버님, 저는."

그러나 제게 아버지의 표정 없는 시선이 닿자 더 이상 말을 잇지 못하고 형은 눈을 내리깔며 엷게 웃었다.

"……언제나, 아버님의 아들인 것을 자랑스레 여기고 있습니다."

아무런 대꾸도 없었으나 소년은 그 말에 아버지가 기뻐한 것을 알았다. 그래서 그는 입을 다문 채 모피 아래로 형의 손을 꽉 쥐었다.

아버님, 저는 그저, 이리 평화로이 살아갈 수 있는 것만으로도 족합니다.

그리 말하고 싶어 했을 형은 모피 아래로 그의 손을 꽉 마주 잡아주었다. 왕의 장자라 하기에는 기묘하게도 자존심을 세우는 데 연연하지 않는 형은 식량을 얻기 위해 로세이유와 에스타니아에게 고개를 숙이는 것도, 그들에게 변방 촌뜨기에 야만인이라 무시당하는 것에도 눈 하나 깜짝하지 않았다. 국위신장을 위해, 갈수록 심해져만 가는 로세이유의 깡패 짓에 남벌의 목소리가 높아졌을 때에도 형은 끈질기게 반대하는 입장을 고수했다. 저를 위한다는 명목하에 일으키는 정복전쟁 같은 것은 생각조차 끔찍해했을 사람이다.

그러나 형이 그 지극한 바람을 입 밖에 내지 못했던 것은, 아마도 그가 이 폭설이 불러올 산사태에 깔려 죽고, 얼어 죽고, 굶어 죽는 백성에게는 이리 사는 게 평화로이 사는 것이 아님을 알기 때문이요, 무엇

보다 이리 약조하는 것이 평생 소리 내어 웃어본 적 없었을 아비에게
는 무슨 의미였을지 알았기 때문이리라.

"오라버니이."

그때, 불편한 분위기를 귀신같이 눈치챈 어린 엘리자베타가 졸음이
엉겨붙은 눈을 하면서도 손을 뻗었다. 어머니를 일찍 잃은 누이는 마
치 강아지처럼 아를로한의 품으로 머리를 밀어넣었다.

형은 어쩔 수 없다는 듯 헛웃음을 흘리며 누이를 가만히 안아 들어
그 이마에 입을 맞췄다. 그 모습을 아버지는 아무 말 없이 바라만 보
았다. 그러나 눈가에 미미하게 깃든 부드러움에 소년의 가슴 한편이
간질거렸다.

인스켈은 아비와 아들이, 형과 동생이, 남편과 아내가 철천지원수
가 되어 물어뜯고 싸우는 것이 그리 희귀한 일만은 아닌 나라다. 이해
관계가 어긋나, 사상이 갈려, 그게 아니면 그냥 상대가 마음에 들지
않아 가족이 흩어졌다. 왕가에서 태어난 주제에 이리 정상적인 가족
이라니, 역사책을 뒤져봐도 몇 나오지 않는다. 당장이라도 아를로한
이 징집은 안 된다고 온건파를 그러모아 아버지에게 반대하고 나섰다
면 박살날 평화다.

소중한 것이다. 결코 당연한 것이 아니다.

망가트리고 싶지 않다.

지키고 싶다. ……무슨 수를 써서라도.

그렇게 생각했다.

* ❖ *

우와아아……!

수도를 메운 인파의 함성은 창문을 아무리 걸어 잠그고 커튼을 내려도 끊임없이 들려왔다. 그에 조금 신경질적으로 걸쇠를 잠가버리자 침대 위에서 책장을 넘기던 누이가 조심스레 입을 열었다.

"오라버니, 괜찮아?"

"괜찮지 않을 게 어딨어. 이미 바닥인데."

"오라버니한테는 아직 바닥이 아닌 것 같아서 하는 말이지."

소년은 신경질적으로 웃었다. 어떻게 여기서 더 바닥이 있을 수가 있을까. 밖에서는 로세이유의 황제를 맞아들인다고 온건파 귀족들이 나서서 폭죽을 터트리고 있었고, 전쟁에 지친 백성들은 제 모국을 깔아뭉갠 개새끼를 발 벗고 나서 환영하고 있었다. 그 꼴을 보기가 역겨워 소년은 이를 갈았다.

왕이었던 아버지의 장례가 겨우 반달 전이었다. 인스켈이 제1차 대륙전쟁에서 로세이유-에스타니아 통합왕국에게 장렬하게 깨졌던 것이 겨우 3년 전이었다. 이제는 아버지가 무엇을 위해 중남부 나라들의 개판에 뛰어들었는지 아무도 기억하지 않았다. 잊히기에는 비참하도록 짧은 시간이었으나 백성들은 잔인했다.

그가 어떤 표정을 지었는지는 알 수 없으나 누이는 정색을 하며 몸을 바로 일으켰다.

"오라버니, 위험한 생각 하는 거 아니지? 나랑 계약서까지 썼잖아."

"아, 그 계약서인지 계산서인지……."

"말 돌리지 말고! 위험한 짓은 하지 않기로 나랑 약속했잖아. 이젠 떠돌아다니는 것도 그만두고 다시 궁에 돌아오기로 약속했잖아."

소년이 답을 못 하자 누이의 얼굴이 금세라도 울음을 터트릴 듯 일그러졌다.

"오라버니, 나는 사실 누구보다도 오라버니가 중요해."

"사랑고백은 고마운데 우리는 이루어질 수 없는 사이란다, 리즈."

"오라버니."

아마 스스로도 명확히 설명하지 못할 다급함과 초조함에 엘리자베타는 양손으로 소년의 옷자락을 꽉 부여잡았다.

"나는 사실 이 나라는 어찌 되든 상관없어."

"무슨 사랑의 도피라도 하자는 듯한 대사를……."

"이젠 우리들뿐이잖아. 나랑 오라버니랑 큰오라버니. 아버지는 이제 없으니까."

"……리즈."

"약속해, 오라버니. 나보다 일찍 죽지 않을 거라고. 아버지처럼 되지 않을 거라고 약속해."

그의 옷자락을 손마디가 새하얘지도록 부여잡는 손끝이 파르르 떨렸다. 간절하게 몇 번이나 반복하는 아이의 새파란 눈은 붉게 달아올랐으나 눈물 한 방울 떨어지지 않았다. 아버지의 장례식 때 숨이 넘어갈 듯 눈물을 쏟아내던 아이는 그러고 보니 그 후로 한 번도 우는 일이 없었다.

그렇게 감정표현이 풍부했던 아이가 이젠 울지도 못하는 모습에 새파랗게 얼어붙었던 가슴 한편이 아렸다. 그 절박함을 그가 어찌 모를까. 짓밟아 없애버렸다 생각했던 감정의 파편이 갑자기 숨구멍을 막아버린 듯해 그는 떨리는 한숨을 내뱉으며 누이를 끌어안았다. 품에 쏙 들어오는 어린아이의 몸을 끌어안아 보드라운 은회색 머리채를 쓸어내리자 피부에 닿는 아이의 떨림이 예리하게 느껴졌다. 표현하지 않고 속으로만 억눌러왔을 불안이 느껴져 가슴이 아팠다.

"……그래, 약속할게, 엘리자베타. 끈질기게 살아남아줄게. 다들 나 죽으라 고사를 지내도 끝까지 끝까지 질기게 살아남아 형이랑 너랑, 그 아래로 줄줄이 애들이 애들을 낳고 죽을 때까지도 살아줄게."

"……말하는 거 하고는."

작게 코맹맹이 소리가 들려오자 저도 모르게 작게 웃음이 샜다. 작고 부드러운 몸을 다정히 끌어안고 몇 번 토닥이자 잔뜩 긴장했던 몸이 부드럽게 풀리며 떨림이 가시는 게 느껴졌다. 아이를 가만히 침대에 눕힌 소년은 곁에 있던 커다란 토끼 인형을 안겨주었다.

"울보 공주, 어쩔 수 없으니까 오늘은 이 토끼님께서 곁에서 자주지. 영광으로 알아."

와락 구겨지는 누이의 얼굴에 핏, 웃음을 흘리며 소년은 동그란 이마에 가볍게 입을 맞췄다.

"잘 자라, 리즈."

토라졌는지 아이는 작게 흥, 소리를 내며 이불을 머리끝까지 뒤집어써버렸다. 이불 위로 머리를 거칠게 쓰다듬어준 후 그는 몸을 일으켰다.

엘리자베타의 방을 나가자마자 소년의 얼굴에 그나마 남아 있던 웃음기가 지운 듯이 사라졌다.

벽 너머로 펼쳐진 시내에서는 아직도 떠들썩한 축제의 소란이 들려오고 있었다. 저 축제를 연 변절자 놈들은 알까? 지금 그 축제의 소란을 틈타 로세이유 황제가 머무는 본궁으로 숨어드는 이들이 있다는 것을? 내일이면 그 친애하는 황제 폐하의 고귀하신 목이 몸뚱이에서 분리된 채 바닥을 구르고 있을지도 모른다는 것을?

황제는 알까? 저를 죽일 수만 있다면 산 채로 지옥불에라도 뛰어들 각오가 된 이들이 이 땅에 스무 명이나 남아 있다는 걸? 알았다면 제가 망가트린 왕의 장례식에 추모랍시고 오는 짓은 하지 않았을까?

신체가 되면 그런 것에는 눈도 깜짝하지 않게 되는 걸까?

로세이유의 샤를 5세는 에스타니아의 카탈리나 1세와의 결혼으로 로세이유-에스타니아 통합제국을 연 후 파죽지세로 대륙을 장악하기 시작했다. 그런 그가 조그만 산악공화국 리슈타인을 치기 위해 지원을 요청한 이유는 쓸데없이 원정을 길게 끌고 싶은 생각이 없으니, 이 기회에 로세이유를 적대할 생각이 없다는 것을 확실히 증명하라는 요구였다.

인스켈의 선왕이 리슈타인의 손을 들어주며 로세이유-에스타니아 연합군에게 선전포고를 한 것은 그렇기에 샤를 5세로서도 꽤나 놀랄 만한 일이었을 것이다.

그러나 예상이 빗나갔던 것은 거기까지. '제왕'의 신의 힘을 지닌 샤를 5세를 고작 인스켈이 감당할 수 있을 리가 없었고, 인스켈-리슈타인 군은 그야말로 재앙이라는 말이 어울릴 정도로 대패했다. 왕국은 사실상 로세이유의 지배하에 있는 괴뢰국가로 전락했고, 나라의 명목을 유지하는 대가로 로세이유가 요구한 전쟁배상금은 상상을 초월했다.

내수 경제가 무너졌다. 전리품으로 얻을 수 있는 중부의 대평야에 눈이 멀어 이길 가능성도 없는 전쟁에 나가길 종용했던 원로원은 전쟁에서 지자 책임을 모조리 왕에게 돌렸다. 로세이유 황제에게 붙어먹어 작위를 유지하는 대가로 제 영지의 절반을 로세이유에게 던져버린 것으로도 모자라 인스켈 국무회의에서 거론되는 기밀정보까지 로세이유 황제에게 넘어갔다.

원로원을 통제하는 데 실패한 선왕은 결국 술과 여자에 절어 폐인처럼 살다 제 딸아이 또래의 창부 아래에서 급사했다.

부끄러워 누구에게도 말하지 못할 버러지 같은 죽음. 그 죽음을 추모하기 위해서라며 친히 찾아와 자를란트의 본성을 차지하고 앉은 샤를 5세를 위해 울려 퍼졌던 왈츠는 마치 왕의 죽음을 축하하는 것만 같았다. 정복자의 비위를 맞추기 위해 사흘 내내 이어졌던 축제의 불야성을 동이 틀 때까지 계속 바라보며 소년은 그 제왕을 거꾸러트리리라 피를 토하는 심정으로 맹세했다.

황제가 친히 인스켈 본궁에 머무는 지금이 기회다. 인스켈 왕실의 직계로서 겨울성의 구석구석까지 모조리 파악하고 있는 그에게 주어진 천우의 기회다.

표현 없는 무뚝뚝한 아비에게 붙일 정이라는 게 있었을까. 그러나 핏줄이라는 것은 기막히게도 그저 저를 낳아주었다는 사실만으로도 사랑하게 되었다. 가끔씩 불가에서 함께 밤을 지새울 때 툭 던지는 한두 마디가 기뻤다.

적어도 그렇게 죽어서는 안 되는 사람이었다.

"전하."

성큼성큼 발걸음을 옮겨 연회가 벌어지고 있는 본성으로 들어가자 인스켈 왕실 보초병의 복장을 하고 있는 남자 하나와 시녀복을 입은 여자 하나가 따라붙었다. 얼굴도 가리지 않고 복도를 가로지르는 그들을 신경 쓰는 이들은 없었다. 같은 보초병 차림을 한 병사가 낯선 얼굴에 고개를 갸웃했으나 그뿐이었다. 사흘째 이어지는 연회에 참가하는 귀빈들 때문에 고용인들은 눈길 돌릴 틈도 없을 정도로 바빴다.

주위를 지키는 로세이유 경비병들의 수를 보니 지난 이틀과 마찬가지로 황제는 이미 자리를 뜬 모양이었다.

열고 싶지 않았을 연회를 외압으로 열고 끝까지 자리를 지키고 있어야 했을 형을 떠올리자 소년의 눈이 서늘하니 가라앉았다.

『어디 소속이냐! 여긴 출입 통제구.』

상대의 말이 채 끝나기도 전에 소년이 땅을 박차듯 도약했다. 황금 사자의 문장이 그려진 서코트 너머의 갑옷 틈새로 절묘하게 단검을 찍어내리자 억 소리도 내지 못하고 로세이유 경비병이 무너졌다. 소리를 듣고 지원군이 뛰어나오기도 전에 소년을 앞질러간 남녀가 빠르게 손을 휘둘렀다. 순식간에 복도를 지키고 있던 경비병을 제거했을 때, 서녘 하늘이 새빨갛게 타올랐다.

"불이야!"

누군가의 당황한 비명이 신호가 되어 소년은 달리기 시작했다. 복도를 달려 모퉁이를 돌고 방 하나를 골라 들이닥친 그는 익숙한 손길로 벽을 더듬어 벽돌 하나를 골라내더니 주먹으로 내리쳤다. 육중한 소리를 내며 벽이 통째로 돌아가 가려 있던 통로를 드러냈다.

횃불 하나 밝혀지지 않은 통로를 달리면서도 머리는 쉴 새 없이 상황을 파악하고 앞으로 해야 할 일을 되짚느라 바빴다.

서쪽 문서괸 쪽에 불을 지른 후 진입해 본관과 서관 사이를 끊어놓으라 하였으니 그쪽은 이미 전투가 벌어지고 있으리라. 계획대로 된다면 서관에 머무는 황제에게 본관의 호위 병력이 도착할 수도, 공황에 빠진 귀빈들이 서관으로 섞여 들어가는 일도 없을 것이다. 그렇게 황제를 서관에 몰아넣어두면 고립된 황제가 밖으로 나갈 수 있는 길은 단 하나.

콰아앙, 벽 너머로 들려오는 굉음과 함께 천장에서 한 움큼의 돌덩이가 떨어져 내렸다.

"전하,"

"앞으로는 절대로 그렇게 부르지 마."

떨어지는 돌덩이에서 반사적으로 그를 보호하려 한 걸음 앞으로 나섰던 남자를 딱 잘라 막으며 소년은 머리를 가리던 손을 내렸다. 따끔한 아픔이 느껴졌으나 그뿐이다.

"미끼가 사명을 다한 모양이야."

몇이나 살았을까 생각하려다 애써 고개를 저어 상념을 떨쳤다. 성큼성큼 보폭을 크게 해 한참을 더 걷자 익숙한 인스켈의 문양이 보였다.

검을 물고 있는 새하얀 늑대. 검이 새겨진 부위에 손가락을 밀어넣어 돌리자 단단히 닫혀 있던 문이 열리며 안면으로 확 열기가 쏟아졌다.

『……하, 이쪽이 아직…… 이 닿지 않아…….』

그와 함께 띄엄띄엄 들려오는, 입안에서 뭉개지는 듯한 어투에 소년은 머리로 피가 확 쏠리는 듯했다.

쿵, 가슴이 내려앉고 심장이 세게 조였다. 누가 알려주지 않아도 표적이 가까워졌다는 것을 느낀다. 검은 하늘을 새빨갛게 물들이며 넘실거리는 불꽃, 새까맣게 그을려 무너져 내리는 죽어버린 부모님의 성. 살랑이며 흩날리는 불씨 너머로 가까워지는 발걸음 소리.

신에게 승리와 지배를 약속받은 제왕.

심장이 흥분인지 공포인지 모를 감정으로 크게 뛰는 순간, 온몸의 근육이 동시에 수축했다.

『젠장, 버러지 같은 북방 땅개들, 대체 경비를 어떻게 서길래…….』

쉴 새 없이 투덜거리던 사내를 휙 제치자 눈앞에서 새파란 로브 자락이 펄럭였다. 로세이유 황실 특유의 눈부신 금발.

목덜미를 틀어막고 있던 감정이 확 터져 나가며 소년은 목이 찢어져라 소리질렀다.

"샤를……!"

황제가 몸을 돌리는 순간이 쭉쭉 늘어져 보였다.

타이밍은 완벽했다. 순식간에 뒤를 빼앗긴 호위들의 경악 어린 시선이 보인다. 스르릉, 섬뜩한 쇠 긁는 소리와 함께 호위의 칼날이 뽑혀 나오고, 그에게 달려들려는 이들에게 그의 뒤를 받치던 남녀가 달려든다. 등 뒤는 난간. 앞은 아직 길을 트지 못한 호위와 시종, 양옆은 돌벽. 표적이 피할 곳도, 막으려 검을 뽑아 휘두를 공간도 차단하자 몇천 번이나, 몇만 번이나, 밤을 새하얗게 새워가면서 예상하고 계획했던 궤적을 따라 그리지는 검의 호선 끝에 황제의 목덜미가 있었다.

성공한다, 피나는 실전으로 벼려진 직감이 그리 자신했을 때.

『꿇어라.』

그 한마디에 소년은 비명 한번 지르지 못한 채 바닥으로 볼썽사납게 내팽개쳐졌다.

차가운 대리석이 머리를 후려친 것보다 제 몸인데도 손가락 하나 까딱할 수 없다는 사실이 더욱 충격이었다. 숨통을 쥐어짜 내려는 듯 보이지 않는 손아귀에 잡혀 바닥에 벌레처럼 짓눌리면서도 그는 제게 무슨 일이 일어나고 있는지 이해할 수가 없었다.

"윽!"

"컥!"

짧은 비명과 함께 뒤에서 바닥을 구르는 소리가 들렸다. 코끝을 짙게 스치는 혈향도 눈치채지 못할 정도로 그는 공황에 빠져 있었다.

제 몸의 어딘가가 고장난 건가. 그래서 이 중요한 순간 움직이지 않는 건가. 혹시 이게 마법이라는 건가. 하지만 그건 에스타니아 왕족의 전유물이라 들었는데. 그것도 아니면 이게 신체의 힘인가. 하지만 아무도, 지금까지 그 누구도 이런 힘을 겪었다고는.

당황하는 와중에도 우악스럽게 머리를 짓누르는 힘에 저항하려 바르작거렸으나 핀으로 고정된 마냥 움직일 수 없었다. 도망갈 길이 없으면 서둘러 자해라도 해야 한다 생각하였으나 그 정도로 몸이 움직여지지도 않았다. 소년은 핀에 꽂혀 표본에 박제된 벌레처럼 싸늘한 대리석 바닥 위에서 꿈틀거렸다.

턱을 구둣발이 들어올렸다. 시야가 위를 향하자 그제야 상대의 얼굴이 두 눈에 똑똑히 들어왔다.

불이 옮겨붙어 새빨갛게 타오르고 있는 궁의 그림자가 사내의 얼굴 위로 춤을 췄다. 붉게 빛나는 찬란한 금발 아래 눈이 있었다. 감정 한 톨 담기지 않은 탁한 진녹색의 눈동자.

『누구냐.』

방금 목숨을 위협당한 사람이라 생각도 되지 않을 정도로 무미건조한 어조에 또다시 몸이 강제로 움직였다.

"아윽…… 우……!"

『황명이 떨어졌잖아, 이 버러지 같은 것!』

우악스레 배를 걷어차는 발에 소년은 바닥을 굴렀다. 억지로 입을 움직이는 힘에 필사적으로 저항하느라 앙다문 입에서 피가 섞인 침이 질질 흘러내렸다. 그 와중에도 머리 위로 내리꽂히는 무감정한 시선은 그야말로 벌레를 보는 것마냥 무감동했다. 살아남은 황제의 근위 기사들의 혐오 어린 시선이 그 위로 투창처럼 내리꽂혔다.

미친 듯이 발버둥을 치면 칠수록 머리를 짓누르는 힘만 강해질 뿐이다. 그 모습을 황제의 근위기사가 노골적으로 조롱하며 웃었다.

하, 기가 막힌 헛웃음이 터졌다.

새까만 절망이 눈앞을 흐리게 했다. 신의 힘을 받은 황제를 상대하는 것에 두려움이 없었다면 거짓이다. 그러나 이런 건 예상조차 못 했다.

이렇게 간단하게. 이렇게 아무렇지도 않게.

감정 하나 비추지 않는 눈을 노려보는 눈에 새빨간 증오가 터지듯 퍼져나갔다. 새빨갛게 물들었던 시야가 이지러지더니 뚝뚝, 눈물이 떨어졌다.

이게 어떻게 인간인가. 이게 어떻게 인간 사이의 전투인가. 그 와중에도 몸을 제압한 힘은 그의 혀를 제멋대로 놀리고 있었다.

"나, 는……."

결국 덜덜 떨리는 목소리로 입을 열었을 때, 뒤에서 제 무게를 이기지 못하고 회랑의 지붕에 금이 가는 소리가 들렸다. 순간적으로 황제의 시선이 그쪽으로 향하자 몸을 짓누르던 손아귀에서 순간 힘이 빠졌다. 그 기회를 놓치지 않고 소년은 힘껏 몸을 굴렸다.

콰아앙, 요란한 소리를 내며 그의 위로 지붕이 내려앉았다.

· ✿ ·

마치 안개로 된 바다 위를 자맥질하는 것만 같았다. 망막에 형체가 뿌연 상이 맺혔다 점멸하고, 귓가에서 이명을 닮은 소리가 울렸다가 그마저도 가라앉는다. 몽롱한 정신이 한없이 몸을 아래로 끌어내리는 듯했다. 소년은 애써 정신을 바로잡아 그 불분명한 목소리에 귀를 기울이려 애썼다.

"……겠습니까. 아무래도, ……했던 상처가, ……했어도, 그리 쉽게는…….

"……대체 어쩌자고 이런 큰일을 ……도 없이 독단으로…… 건가. 적어도 ……인 내게는 알렸어야…….

"……드릴 말씀이…… 습니다. 그러나 우선은 상처의 ……료가…….

"……차피 일어난 일이니……. 나였어도 다른 선택을 했으리라고는…….

"……께서 최대한 ……없게 시정하려 애쓰고 계십니다. 전하께서도 부디 휴식을 취하셔야 합니다."

"그보다, 이 아이는 정녕 깨어날 가능성이 없다는 건가?"

순간, 또렷하게 귓가에 내리박히는 목소리에 정신이 든 소년은 팅기듯 몸을 일으켰다.

"전하!"

인기척을 내자마자 반색을 하며 달려드는 목소리에 소년은 당혹스러운 시선을 들어 주위를 둘러보았다. 까칠하게 마른 형과 의원 같은 차림을 한 노인의 모습이 어둑한 촛불 아래 드러났다. 어딘가 익숙한 태피스트리의 문양이며 벽에 새겨진 조각들을 보면 여기가 별궁의 어딘가임은 알겠으나 그뿐이었다. 그제야 어깨에 느껴지는 아찔한 아픔에 소년은 식은땀을 흘리며 다시 침상 위로 고꾸라졌다.

"전하, 아직 화상이 다 아물지 않았습니다. 진정하시고 움직임은 자제하셔야 합니다."

의원이 뭐라 말을 하고는 있거늘 귀에 제대로 들어오질 않았다. 혼란스러운 시선으로 주변을 한참 돌아보던 소년은 화상 자국이 선명하게 남은 양손을 들어올렸다.

꿈인가. 이 몸에 남은 상처, 지붕이 제 위로 무너져 내리던 기억마저도 이렇게 생생한데 꿈인가. 그게 아니라면 대체 제가 어떻게 여기에.

"……분명, 샤를이."

그 말 한마디에 반사적으로 떠올랐다. 섬뜩할 정도로 비인간적이었던 진녹색 눈동자. 벌레를 보듯 내려다보던 시선. 제 유년 시절의 추억이 모조리 담긴 궁을 부숴서라도 죽여버리고 싶었던, 그러나 손끝 하나 건드리지 못했던.

"황제는."

잔뜩 갈라진 목소리는 제 것이 아닌 듯 거칠었다. 고작 그 말을 했다고 목이 갈라지는 듯 아파와 움켜쥐자 아를로한이 재빨리 놋쇠 주전자에서 물을 가득 따라 건넸다.

"……이미 로세이유로 돌아갔다."

낮게 가라앉은 형의 목소리에 목구멍으로 넘어가던 물이 턱 걸리는 듯했다. 제가 대체 무슨 표정을 지었는지, 형이 표정을 일그러트리더니 눈짓으로 의원을 내보낸 후, 팔을 확 잡아채 소년을 품에 인았다.

"되었어. 뭐 그리 중요한 일이라고 그리 서두를 필요가 있지? 지금은 일단 네가 무사하니 다행이다. 무너진 기둥에 깔려 팔의 상처가 보통 깊은 게 아니었다. ……이리 무사한 게 기적이야. 난, 난 또 네가.

너마저.”

“……형님.”

끝이 갈라지는 목소리가 젖어들었다. 두꺼운 옷자락 너머로도 살에 선명히 파고드는 손가락의 악력이, 그 끝에 숨기지 못하고 묻어난 떨림이 가슴을 아프게 하였으나 그것 이상의 불길한 느낌에 소년은 숨이 거칠어지는 것을 느꼈다.

“형님, 내가 어떻게 살아 있지?”

“……황제가 서문으로 궁성을 나간 것을 확인한 시종장이 급히 사람을 보내 구출하게 했다. 무너진 지붕 위로 기둥이 무너져 내려 빈 공간이 생겼기에 망정이지, 꼼짝없이 압사했거나 타 죽지 않았다면 질식사했을 거다.”

“황제가 살아났다면, 그리고 내가 여기 있다면.”

소리 없이 맞물려 가야 할 톱니바퀴가 어긋난 듯한 이물감. 드드득, 아귀가 맞지 않는 요철이 내는 끔찍한 소음. 불길한 예감에 진저리치면서도 소년은 일말의 희망을 담아 물었다.

“황제는, 내가 누군지 몰라?”

형의 대답이 뚝 끊겼다.

지루하게 늘어지는 침묵이 더 이상 견딜 수 없어 그가 재차 다그치려 할 때, 아를로한이 무겁게 입을 열었다.

“……너와 함께했던 둘 중 미처 목숨을 끊지 못한 이가 있었다. 그 자가, 네 이름을 토설했.”

“그러면!”

발작같이 내뱉은 목소리가 흉하게 뒤집혔다.

“내가 어떻게 아직 멀쩡하게 살아 있어!”

아를로한의 표정이 아주 기묘하게 변했다. 웃는 것도, 우는 것도 아닌 표정으로 그는 느릿하게 품 안을 뒤져 편지를 끄집어냈다.

그리고 그 표면에 또박또박 적힌 필체에 소년은 경련하듯 몸을 떨었다.

[오라버니.

왜 그랬냐고는 묻지 않을게. 그러니 오라버니도 내게 왜 이랬냐고 묻지는 마. 내가 묻지 않아도 오라버니가 생각하는 것 정도는 짐작할 수 있는 것처럼 오라버니도 내가 왜 이랬는지 정도는 알잖아?

나에 대해서 걱정은 하지 마. 오라버니가 그 무엇보다도 소중하게 생각했던 것이 인스켈이고, 아버지의 복수라면 무슨 수를 쓰더라도 상관없다고 생각하는 것처럼 나도 그럴 뿐이니까. 걱정 마. 인스켈의 겨울도 견디고 살아남았는데 설마 내가 로세이유에서 애를 먹겠어?

무엇보다 오라버니, 내가 어리긴 해도, 오라버니가 생각하는 것만큼 어리진 않아.

이건 내가 바라서 한 일이야.]

담담하게 나열한 문장에 오히려 가슴이 무너져 내리는 듯했다. 쉽게 토라지고, 쉽게 웃고, 쉽게 울었던 아이가 저를 위한답시고 했던 선택에 숨이 막혔다.

자백이 있었기에 로세이유는 인스켈 왕실에 모든 잘못을 물으려 했다고 한다. 원로원에 남아 있던 친제국파 대신들이 앞장서 사죄를 해야 한다. 책임을 져서 후환을 막아야 한다 주장했다. 로세이유 측에 잡혀 있던 포로는 뒤늦게 자해했으나 더 이상 증인이 중요한 것이 아니었다. 황제와 그 근위대는 진즉에 떠나버렸건만 남아 있는 주재 대사의 선동하에 자를란트는 끈질기게 홍역을 앓았다.

이 일을 덮는 조건으로 제국은 오백만 두카드의 보상금을 추가로 요구했다. 그 사실이 알려지면서 여론은 제국의 황제를 암살하려다 실패한 왕가에게 최악으로 돌아갔다.

그 여론을 되돌린 것이 고작 열한 살 난 막내 공주였다.

"우리는 밤의 신전에 성화를 점화하며 패배와 승리를 함께하리라는 맹세를 잊지 않았습니다."

친제국파 원로들과 제국의 대사가 뒤에서 버티고 있는 상황이었기에 그 어떤 자극적인 말도 할 수는 없었다. 총 한 다경도 되지 못한 짧은 연설이었다.

"이 겨울의 나라에 태어나 그대들과 함께 자라온 이로서 잘리어 왕가는 그대들의 고통을 함께할 것입니다."

그러나 스스로 공녀로 갈 것을 자원한 열한 살의 엘리자베타의 의연함이 군중의 마음을 진정시켰다. 새파랗게 혈색을 잃은 아이의 입술은 군중의 동정심을 샀다.

"끝까지 자부심을 잃지 말고 이 땅의 국민으로 태어났다는 것을 자랑스럽게 생각해주세요."

와락, 누이의 편지가 구겨졌다. 마디마디 새하얘진 주먹이 가늘게 떨리고 있었다. 지금 이 자리에서 당장이라도 숨을 끊고 싶어 하는 표정을 한 소년의 시선이 정처 없이 흔들렸다.

"오라버니, 사실 나는 그 누구보다도 오라버니가 중요해."

아득, 세게 깨문 잇새에 짓씹히기라도 했는지 입안에서 피맛이 느껴졌다.

나는, 죽은 아버지의 복수를 한다는 명목으로 누이를 사지로 몰아넣은 건가? 아니, 이 실패로 대체 몇 명의 동지가 목숨을 잃었지? 대체 몇 명의 국민들이 겨울을 날 음식을 구하지 못해 굶어 죽을까?

나는, 대체 무슨 짓을 한 거지……?

눈앞이 새하얗게 물드는 아찔함 속에서 소년은 몰려오는 자괴감에 세차게 이를 악물었다. 곧이어 털썩, 소년이 찬 바닥에 무릎을 꿇었다.

"……국운이 걸린 일을 마음대로 추진했다가 실패해 이런 폐해를 끼쳤으니 형님 전하께 뭐라 사죄드릴 말씀이 없습니다. 다시는, 이 목숨이 붙어 있는 한 다시는 이런 일을 반복하지 않겠습니다. 형님의 뜻에 거역하지 않고 절대 멋대로 판단해서 일을 그르치지 않겠습니다."

주먹 쥔 손끝이 손바닥의 생살을 파고들었다. 뚝, 뚝, 화상을 입어 짓무른 상처에 피가 맺혀 바닥으로 떨어져 내렸다.

저를 벌레 보듯 내려다보던 시선을 기억한다. 손끝 하나 제 뜻대로 움직일 수 없었다.

솔직히 두려웠다. 그리 느꼈다는 게 끔찍하게 수치스러웠다.

"오늘의 일을 잊는 일은 결코 없을 것입니다. 반드시, 반드시 샤를의 목은 제가 거둘 것입니다."

뭐라 만류하려 입을 열던 아를로한은 핏물로 벌겋게 물든 손을 보곤 결국 작게 한숨을 내쉬었다.

"……나 역시 이번 일을 토대로 하여 생각이 많았다."

"형님……?"

"신을 무릎 꿇리기 위해서는, 역시 신이 필요하다는 것을 말이다."

담담하게 내뱉은 말의 어디가 그리도 불길하게 들렸던 것인지는 몰랐다. 그러나 어딘가 심장이 덜컥 내려앉는 듯한 기분에 소년은 바짝 말라붙은 혀를 움직여 되물었다.

"……지금 무슨."

"얼마 전, 로세이유에서 학자가 하나 망명해 왔다. 원래는 리슈타인 출신으로 황제가 '제왕'을 손에 넣는 데 큰 공로를 세웠던 이지."

형은 미묘한 미소를 띠었다.

"브라키아 엔슬라디온이라고 한다."

• ❀ •

"하아아아아앗!"

요란한 기합을 내지르며 아이가 달려들었다. 한껏 낮춘 몸을 튕기듯이 일으키는 것과 동시에 자못 매섭게 휘두른 검이 매서운 이빨이 되어 소년의 허리를 노리며 달려들었고.

"으악!"

반쯤 몸을 틀어 검을 피하고 순식간에 발을 건 상대에 의해 카를은 단말마와 함께 바닥을 굴렀다. 정통으로 바닥에 부딪친 이마가 아파 훌쩍거리는 아이를 보며 소년은 핏, 웃었다.

"이번에는 날 바닥에 구르게 해주겠다던 게 누구였더라."

"이익!"

"그래도 진보했어. 훌륭해, 카를."

단숨에 손을 뻗어 그를 장난감처럼 들어올리는 소년의 힘에 아이의 눈이 분함으로 가득 찼다. 오늘 하루만 해도 벌써 15전 15패. 검을 들지도 않은 상대를 옷깃 하나 건드리지 못한 채 한 합 만에 바닥을 굴러야 했던 게 벌써 열다섯 번이다. 이길 거면 곱게나 이길 것이지 꼭 한마디 비웃는 걸 빼트리지 않아 아이는 머리끝까지 약이 오른 상태였다.

"놀리지 마! 어차피 또 졌잖아!"

그러나 안타깝게도 소년은 치기 어린 투정을 그냥 넘어가줄 정도로 관대하지 않았다.

"그럼 이길 줄 알았어?"

표정 하나 바꾸지 않고 뻔뻔하게 내뱉는 말에 아이의 얼굴이 새빨개졌다. 처참한 결과 앞에서는 뭐라 반박하기도 어려워 그는 바짝 약이 올라 쿵, 발을 굴렀다.

"두고 봐! 언젠가 반드시 숙부 따윈 가뿐하게 이겨버릴 테니까!"

"그거 참 수고."

대놓고 무시하는 것이 제 말을 갓난아이의 옹알이 정도로 취급하는 게 빤히 보여 카를의 얼굴이 붉으락푸르락 변했다.

보안이라는 이유로 들락거리는 이들이 극히 제한되어 있는 이 별궁에 어쩌다 한 번 들렀다 이리 그를 잔뜩 약만 올리고 사라져버리는, 온화하고 현명한 아버지와는 형제라는 게 믿기지도 않을 정도로 다른 상대.

그러나 그 그림 같은 몸놀림. 상대에게 제 몸에 손끝 하나 대지 못하게 하는 압도적인 실력. 그에 가끔은 경이 비슷한 것까지 느껴져서.

복잡한 심정에 꽉 입을 다물고 있자니 핏, 작게 웃음소리가 들렸다.

"단련에 열심인 것도 나쁘지는 않다만 네가 그렇게나 내게 이기지 못한다는 것에 자존심 상해힐 필요는 없을 것 같은데?"

"……어째서."

"그야 너는 아직 다 자라려면 까마득하게 먼 꼬맹이이고……."

슥, 손이 다가와 아이의 숱 많은 적갈색 고수머리를 조금 거칠게 흐트러트렸다.

"넌 인스켈의 세자이니 평생 검만 잡으며 살 나오는 역할이 다르지. 네 아버지가 내게 검으로 이기지 못한다 하더라도 결국 내게 명령을 내리는 것은 형님이고, 나는 형님의 동생이기 이전에 형님의 검이니까 형님이 명하는 대로 따를 거다."

성의 없이 마구 헤집어대는 듯해도 아이의 머리카락을 쓰는 손가락은 부드러웠다.

"카를을 부탁한다. 이 일이 잘못되어 내게 무슨 일이라도 생기면 그 아이의 힘이 되어줘."

그가 어렸을 때부터 지켜봐왔던 아이. 인스켈 왕가에 단 셋 남은 직계 혈육. 형의 간절한 요청이 없어도 그는 그럴 작정이었다. 이마를 가리듯 내려온 머리칼을 쓸어넘기고 아이 특유의 동그랗고 부드러운 이마에 가볍게 입을 맞추며 그는 살짝 시선을 내리깔았다.

"귀여운 카를, 네가 언젠가 인스켈의 왕이 된다면 난 그때에는 너를 위해 전장에 나가 싸울 거다. 내 왕이 될 네가 지혜로워 나를 가장 이치에 맞게 사용해줄 거라고 믿을 거야. 그게, 내가 한 맹세이니."

혹시나, 란 가정 따윈 하고 싶지 않다만 혹시라도 형이 시도하려는 일이 실패하면.

"숙, 부⋯⋯."

"그러니 카를."

조금 당황한 듯, 조금 두려운 듯, 조금 기쁜 듯 저를 멍하니 올려다보는 아이를 마주 보며 그는 살풋 눈을 접어 미소 지었다.

"이제 슬슬 농땡이는 그만 부리고 공부를 하러 들어가는 게 좋겠지?"

그런 게 어딨어, 숙부 싫어로 축약될 수 있는 아이의 분노 섞인 절규가 터져 나왔다. 그 말을 들은 척도 하지 않은 채 깡그리 무시하는 소년을 대신해 왕자의 유모가 아이를 애써 달래 안으로 데리고 들어가려 할 때였다.

"숙부."

순간, 조금 전까지 빽빽 소리를 질러가며 떼를 썼다는 게 거짓말이라도 되는 듯 진지한 표정으로 아이가 발걸음을 멈췄다.

"이 나라에서 제일 센 게 숙부라면, 숙부는 로세이유의 괴물도 이길 수 있어?"

순간 소년의 얼굴에서 표정이 사그라졌다.

동시에 코끝을 스치는 지독하게 현실적인 매캐한 연기 냄새. 지붕이 타들어가고 기둥이 무너지며 눈앞의 모든 것이 새빨갛게 변하는 와중에 온몸으로 내리꽂히는 조롱 어린 시선. 피부에 닿던 차디찬 대리석.

이기지 못했던, 전투라고도 할 수 없었던 처참한 패배.

그리고 누이가 남겼던 달랑 한 장의 편지.

"……이길 거야."

엘리자베타의 눈동자는 아름다운 녹색이었다. 스쳐지나가듯 어느 순간 찾아와 눈치채고 보면 사라져버린 인스켈의 봄과 같은, 환상같이 아름다운 빛. 언젠간 되찾기를 애타게 바라는 희망.

2년 전 그가 부족하여 쓰러트리지 못했던 적을 쓰러트리고 이번에야말로 누이를 되찾을 것이다.

벌써 2년째 얼굴을 보지 못한 누이와 닮은 조카의 눈동자를 마주하며 소년은 나직이 맹세했다.

"네가 왕위에 오르기 전까지, 반드시."

"자신만만한 장담을 하시는군요. 보기 좋습니다."

그때 갑자기 뒤에서 들려온 목소리에 소년의 표정이 단번에 싸늘해졌다. 역시 딱딱하게 얼굴을 굳힌 유모가 서둘러 왕자를 안아 들고 종종걸음으로 별궁 안으로 들어갔다.

급한 발소리가 멀어지자마자 소년은 느릿하게 몸을 일으켰다.

"이곳에 들어와도 된다는 허가를 누가 내렸지, 브라키아?"

"이거 실례를. 전하께서 왕자 전하의 일이라면 이리 예민하신 것을……."

매끄럽게 흘러나오던 목소리가 눈앞에서 순간적으로 번쩍하는 섬광에 뚝 끊겨나갔다.

"……성미가 급하시군요."

투둑, 목에서 진득하게 흘러내리는 핏방울을 손등으로 닦아내며 브라키아가 살풋 미소를 띠었다. 그 가면 같은 표정을 앞에 두고 소년은 속으로 진저리를 쳤다.

협박을 해도, 설득을 해도 저자는 언제나 제멋대로 행동한다. 직접적인 목숨의 위협이 있으면 그나마 잠시 멈칫하나 그것도 한순간이다. 마치 죽음의 공포라는 것을 이해하지 못하는 듯 군다. 정말 죽여버리면 간단할 것을, 그러기엔 브라키아는 너무 중요한 인물이다. '제왕'을 무릎 꿇릴 수 있는 신의 소환을 위한 문을 만들어낼 수 있는 학자.

그러나 그는 브라키아의 입에서 나오는 말의 절반도 신뢰하지 않았다.

"제왕을 무릎 꿇릴 수 있는 힘을 원하시지 않습니까?"

황제에게 패배하고 엘리자베타를 빼앗겼을 때, 마치 노린 듯이 이 자는 찾아왔다.

"인간으로서는 결코 굴복시킬 수 없는 적을 꺾고 신이 되시는 겁니 다."

너무나 벅찬 상대를 앞에 두고 신중했던 아를로한은 기적에 매달렸 다. 잘못된 판단이라고 하기도 애매했다. 브라키아가 약속하는 것이 사실이라면 아를로한은 제왕까지도 무릎 꿇릴 수 있는 신의 신체가 될 수 있는 것이다. 가치 있는 도박이라 판단했다.

같은 가능성 때문에 소년은 신체가 되겠다는 형을 말리지 못했다. 할 수 있던 것은 당시 고작 네 살이던 카를을 문의 연구가 이루어지는 본성에서 떨어진 곳에 머물게 하도록 권유하는 정도였다.

"무슨 용무지, 브라키아?"

검집에 검을 되돌리며 소년은 싸늘하게 물었다.

"지키고 따져야 할 게 많다는 것은 피곤한 일이더군요."

돌아온 것은 선문답이었다. 방향성을 짐작조차 할 수 없는 대화에 소년이 눈을 가늘게 뜨자 브라키아는 눈을 살짝 휘며 웃었다.

"국왕 폐하께서는 생각이 많으시지요. 인스켈은 국토는 척박하지 만 좋은 철과 광물이 나는 땅입니다. 전하께서 처신을 잘못하셔서 다 시 전쟁이라도 나면 이번에야말로 인스켈이란 나라의 역사는 끝장이 납니다. 그래서 제 말을 믿는다는 도박까지 하셨던 것이겠지만 저를 완벽하게 믿지도 않으시지요. 게다가 비전하 역시 겁이 많은 편이시 고, 단 하나 있는 후계자는 겨우 여섯 살. 지금 전하께서 잘못되시기 라도 하면 그 두 분이 어찌 될지 생각이 많으실 수밖에 없지 않겠습니 까?"

"하고 싶은 말만 간결히 해."

"신이 사랑하는 영혼의 조건이라는 것에 대해서 생각해본 적이 있으십니까?"

"브라키아."

"저는 그게 순수(純粹)라 생각합니다."

전혀 연관이 없는 단어의 나열. 그러나 그 하나하나가 신경을 묘하게 자극하는 것이라 소년은 저도 모르게 입술을 잘근거리며 물었다. 한계까지 타들어간 도화선 같은 상대의 모습이 보이는 건지, 아닌 건지, 브라키아의 목소리가 낭랑하게 울렸다.

"한결같은 마음. 다른 감정에 좀먹히지 않은 깨끗한 감정. 신의 흥미를 끌 만한 강렬한 염원. 그런 인간이 문을 열었을 때에야 신은 그 순수에 탄복해 계약을 맺는 것이지요. 문을 여는 데 필요한 것은 그저 마력을 순환시키는 마법진과 부를 신을 특정하는 신표뿐이니, 사실 문을 여는 것은 준비만 갖춰진다면 그리 어려운 일이 아닙니다. 개나 소나 다 할 수 있는 일이지요."

브라키아의 눈매가 미려하게 휘었다.

"그런데 개나 소한테 불려 나온 신은 어떻게 반응할까요?"

"브라키아, 그게 무슨……."

덜컥 하는 소리와 함께 심장이 내려앉는 느낌에 그가 성큼, 한 걸음 앞으로 나섰을 때였다.

"저, 전하! 전하, 급보입니다!"

정원의 문을 열어젖히며 그의 직속 부관이 새파랗게 질린 얼굴로 달려 들어왔다.

"무슨 일이냐."

심장고동이 빠르게 속도를 높였다. 손끝에서부터 기어올라온 벌레가 서서히 온몸의 피부 위에서 꿈틀거리는 듯한 감각.

그의 앞에 무너지듯 무릎을 꿇은 부관이 세게 입술을 깨물고 고개를 숙였다.

"무슨 일이야!"

부관이 뚝뚝 눈물을 떨어뜨리기 시작했다.

"……공주 전하께서 서거하셨습니다."

• ✻ •

"폭동! 폭동이라니!"

쾅, 요란한 소리와 함께 외무수석 로드웰 백작이 의회 탁상을 내리쳤다.

"대체 그 무지한 것들은 무슨 생각으로 그런 짓을 벌였단 말이야! 상국(上國)의 심기를 거스르지 않으려 들인 노력이 얼만데 그걸 이리 허무하게 짓밟다니!"

며칠 전 새벽에 도착했던 로세이유 대사의 파발이 가져온 소식은 단 세 줄이었다.

피에르 로세이유 제7황자의 측실 엘리자베타 인스켈 왕녀, 돌연사.

로세이유의 수도 샹트망 내에서 황자가 잠자리를 거부하는 왕녀를 때려죽였다는 소문이 돌자 격분한 샹트망 거주 인스켈인들, 폭동을 일으켜 사냥터에서 돌아오는 7황자를 때려죽임.

그에 격분한 황제, 인스켈에 전쟁 포고. 제3황자에게 총사를 맡겨 인스켈 원정을 명함.

"다 끝이야, 끝! 젠장, 그것들은, 그것들은 대체 무슨 생각으로!"

반쯤 정신이 나간 백작이 끝없이 했던 말을 반복하자 그 반대편의 중년 사내가 결국 벌컥 소리를 질렀다.

"그러면, 로드웰 백(伯)은 이번에도 우리가 참았어야 한다는 겁니까? 공주 전하 보령이 고작 열셋이셨습니다! 그 어리신 분께 무슨 짓을 했길래 시신도 거두지 못했단 말입니까!"

"전하께서 서거하신 후 황제가 뭐라 했는지나 들으셨습니까? 안타까운 사고였답니다. 사고라니! 제국에서는 사고의 의미가 우리나라와는 다르게 쓰이나 봅니다!"

"아비가 황제가 아니었다면 부녀자 강간 살해로 목이 매여도 몇백 번은 매였을 불한당이 첩이랍시고 데려갔던 것부터 국치입니다. 그것마저 참아내야 한다면 차라리 나라를 통째로 들어다 황제에게 내던져버리지 그럽니까!"

기다렸다는 듯 동시다발적으로 터져 나오는 노성에 결국 늙은 백작 역시 지지 않고 소리를 높였다.

"누군 화낼 줄 몰라 이리 구는 줄 아오? 그래서, 참느니 나라를 통째로 불바다로 만들 생각이오? 이번 일을 핑계로 로세이유의 황실기사단이 벌써 렘샤이크를 넘었소. 앙서스 공작이 이끄는 본대만 해도 이십오만이고, 에센을 통해 진격하는 쟈커리아 후작의 부대가 십만, 윈스터 산맥을 넘는 라벨리아 후작의 부대가 오만이니 다 합치면 몇인지나 아오? 자그마치 사십만이오! 벨페르 백은 우리 병력이 얼마나 되는지는 알고 있소?"

"예, 고작 사만이지요. 군량도, 병기도 형편없는 수준이니 이길 확률이 희박하다는 말씀을 하고 계시는 것 같은데, 총 병력 이십만이었던 선왕 폐하 시절에 비해 왜 이리되었는지 기억은 하십니까? 매년 꼬박꼬박 공물이랍시고 로세이유에게 바쳐댔으니 이리된 겁니다. 이번에 사정사정 해서 제국이 군을 물린다 해도 그들이 그냥 물러날 것 같습니까? 이때다 싶어 또다시 잔뜩 뜯어내겠지요! 그러면 내년에는 나라 꼴을 유지하지도 못할 정도로 상황이 나빠질 겁니다!"

재무수석 로베르트 백작의 말이 끝나기 무섭게 바깥쪽에서 무언가가 부서지는 듯한 요란한 소리가 났다. 분명 극비로 분류된 소식이었거늘 제국 쪽에서 쏟아져 나오는 인스켈 출신 유민들이 흥분해 퍼트린 소문들은 살에 살이 붙어 이제는 걷잡을 수 없이 퍼져나가 있었다. 우와아아, 열기에 찬 군중의 함성 소리에 이제껏 아무 말도 하지 않고 있던 왕도 행정관 키예프 자작이 한숨 섞인 발언을 내뱉었다.

"……그 말에는 일리가 있습니다. 밖의 소리가 안 들리십니까? 2년 전만 해도 전쟁을 피할 수만 있다면 제국인이 되는 것도 마다하지 않겠다던 국민들이 날뛰고 있습니다. 저들도 이제 제국이 인스켈을 어떻게 여기는지 똑똑히 깨달았다는 겁니다."

"윈스터 산맥에서 발을 묶고 지센에서 저격해 겨울까지 버티면 가능성이 있습니다. 리슈타인이 6년 전의 굴욕을 잊었을 것 같습니까? 그 독한 놈들은 제 자주성에 흠집을 낸 황제에게 보복하려고 칼을 갈고 있습니다. 게다가 에스타니아도 카탈리나 여제가 죽은 후로 로세이유와 예전 같지가 않습니다. 우리가 버티면 동조할 수도 있습니다."

"그게 다 무슨 소용이야. 선왕 폐하 때에는 리슈타인이 우리 편을 안 들었나? 저 머리 빈 백성들이 날뛰어대지 않았어? 그런데 황제를 이겼나? 이십만을 가지고도 그 투왕의 코빼기나 볼 수 있었나? 지금 또다시 덤벼봤자 그때 짝이 나지 않는다는 증거가 어디에 있지?"

"위링 공(公), 그때에는 투왕이 자를란트의 코앞까지 닥쳐오지 않았습니까. 그러나 지금은 말이 다릅니다. 렘샤이크가 저들 손에 떨어졌으니 이제 자를란트까지는 길어봤자 보름입니다. 게다가 황제가 이번 원정의 총사를 제3황자에게 맡겼다고 했습니다. 그 황자는 태자가 보위에 오르는 순간 상트망의 황성에서 쫓겨날 운명이니 그때를 대비해 이 나라를 잡아먹을 생각입니다!"

"여기까지 오는 데 보름이라 했습니다. 그때까지 우리 군이 제대로 모일 수나 있을 것 같습니까? 사만이라고는 하지만 태반이 흩어져 있으니 집합하는 데만 해도 한 달이 꼬박 걸릴 겁니다."

"자를란트 내부에서만 자원병이 넘쳐나고 있습니다. 징집을 하면 사만 정도는 문제없이 모을 수 있습니다! 게다가 투왕은 아직 국경을 넘지도 않았지 않습니까. 상대는 애송이인 데다가 승리에 안달을 내고 있습니다. 자를란트는 우리 인스켈 제일의 요새이니 충분히 겨울까지 막아낼 수 있을 겁니다."

"그리고? 여기에 갇힌 백성들과 같이 사이좋게 굶어 죽자고? 애초에 선왕께서 왜 남벌을 생각하셨는지 까맣게 잊어버리고."

"그만."

다시 한 번 과열되려는 분위기에 제동을 건 것은 이제까지 단 한마디도 하지 않고 상석에 조용히 자리하고 있던 왕이었다.

아를로한은 이제껏 국무회의 중에는 극히 발언을 자제한 채 지극히 제한적으로만 개입했다. 웬만한 경우에는 적당히 중도를 지키며 국무에는 별 관심을 보이지 않았다. 예외란 게 있다면 2년 전의 황제 암살미수 사건 정도뿐. 그렇게 미온적으로 황제가 퍼달라는 대로 퍼주고, 친제국파 대신들이 원하는 대로 원로원을 친제국파로 채웠다. 그에 실망해 반대의 소리를 높이던 보국파 대신들은 어느 순간부터 하나둘 모습을 감췄다.

그런 왕의 발언이라는 건 어느 정도 예측이 가능했기에 항전을 주장하던 대신들의 표정이 굳었다.

"경들의 의견은 충분히 들었다. 요는, 저들이 우리를 치러 오는데 맞서 싸워야 할 것은 같으나 이길 자신이 없다는 게 아닌가."

순간, 대신들은 표정 하나 변하지 않고 왕이 내뱉은 발언에 귀를 의심했다.

"……폐하, 지금 대체 무슨……."

"그런 경들에게 묻고 싶다."

당황하는 대신들의 발언을 날카롭게 잘라낸 왕은 느릿하게 국무실에 둘러앉은 이들의 면면을 하나하나 훑듯 바라보았다.

"우리는 어쩌자고 이리도 두려움에 익숙해졌나."

명백히 도발적인 발언에 표정을 굳히는 이들의 낯에도 아랑곳 않고 아를로한은 자리에서 일어섰다.

"여기서 로세이유에게 굽히자는 주장은 이 나라 왕녀의 불의한 죽음에 분노해 일어선 이 나라의 백성들을 우리 손으로 저들에게 넘겨 죽게 한다는 것이다. 그리하고서 경들은 오늘 밤 벽난로에 불을 피울 때 경들의 아들에게 인스켈의 사내로 산다는 것은 제 손으로 소중한 것을 지켜낸다는 것이라 자신 있게 말할 수 있겠는가? 경들의 어린 아들들이 자라 오늘의 일을 들었을 때, 아직 일어나지도 않은 전쟁에서 패배할 것이 두려워 꽁무니를 뺐다고 생각하게 해도 좋은가!"

"전하, 급보입니다! 방금 몰래 남성문을 통해 도주하려던 예거흐 백이 가족들과 함께 모조리 흥분한 폭도들에게 맞아 죽었다 합니다!"

단 한 번도 들어본 적 없는 젊은 왕의 매서운 공세에 대신들이 미처 발언할 참도 없이 국무실 문을 뜯어낼 듯한 기세로 달려 들어온 전령의 말에 실내의 공기가 싸하게 얼어붙었다.

전령을 한동안 지그시 내려다보기만 하던 왕이 느릿하게 입을 열었다.

"경들, 나는 우리가 아들에게 부끄러움이 없는 아비가 되기를 바라는 바다."

침음성 하나 흘러나오지 않는 와중에 왕의 목소리만 낭랑히 울렸다.

"우리는, 이곳 자를란트에서 저들을 막는다."

* ❧ *

'오라버니.'

⋯⋯제발.

익숙한 목소리에 그는 절망했다. 바깥에서는 폭죽이 터지는 소리, 군중들의 환호가 한데 엉켜 백색소음이 되어 들려왔다.

또다. 또 여기에.

'어째서 그런 무모한 짓을 했어?'

고개를 들어 그리 묻는 시선을 차마 똑바로 마주하지도 못하고 그는 고개를 숙였다. 얼굴을 감싸쥐는 손가락 사이로 억지로 밀어 누른 호흡이 새어나왔다.

미안해, 리즈. 정말, 정말로 그리하는 게 최선인 줄 알았어.

'그럼 성공했어야지. 그자를 죽여서 로세이유를 끝장냈어야지!'

자만했어. 그 정도면 할 수 있을 줄 알았어. 모든 것에 화가 나서, 모든 게 너무나 불합리해서 제정신으로 판단할 수 있는 상태가 아니었어.

내가, 할 수 있을 줄 알았어.

'그게 아니면 적어도 날 가지 못하게 했어야지.'

더 이상 그럴 기력도 없으리라 생각했음에도 또다시 눈물이 흘렀다. 양팔을 뻗어 들썩이는 양어깨를 꽉 끌어안으며 그는 입술을 꽉 깨물어 흐느낌을 필사적으로 억눌렀다.

'왜 날 가게 한 거야.'

엉망으로 난자된 누이의 앞에 주저앉아 고개를 수그리며 그는 처절하게 울었다.

미안해, 리즈. 내가 미안해. 내가 잘못했어.

 · ❀ ·

홋, 짧게 숨을 들이쉬며 소년은 튕기듯 자리에서 일어났다. 덜덜 떨리는 손을 들어 얼굴을 감싸자 식은땀과 눈물로 피부에 달라붙은 머리칼이 만져졌다. 들어올린 손에서는 피비린내. 분명히 닦아냈는데도 그 역겨운 냄새가 사라지지 않는다. 그리고 망막에 달라붙은 아이의 모습. 원망스레 저를 바라보는 엘리자베타.

수면부족으로 비틀거리는 몸을 억지로 일으키자 주위가 쥐 죽은 듯 조용했다. 밤. 높게 치솟은 성벽 너머에서 기습을 노리고 있을 로세이유의 대군.

마지막으로 제대로 잠을 잤던 게 대체 언제였더라. 아니, 마지막으로 한 시간 이상 눈을 붙일 수 있었던 게 언제였더라.

아를로한이 정식으로 로세이유에게 선전포고를 하면서 소년은 이제껏 꾸려왔던 별동대는 물론이고 인스켈 총사령관의 부관직까지 맡게 되었다. 그것을 시작으로 그는 매일 성벽을 돌며 자를란트를 빠져나가려 하는 귀족들을 잡아다 그 머리를 광장의 꼬치에 걸어놓는 일을 하고 있었다.

공방전이 길어지자 그 머리의 수는 계속해서 늘어났고, 드디어 오늘은 국무수석 위링 공작 일가의 머리를 광장의 수집품에 추가했다. 평생 모은 패물과 제 식솔만 챙기려 들었던 이들과는 달리 늙은 공작은 도망치려 든 것도 모자라 스스로의 위치를 이용해 자를란트 왕성의 도면을 빼돌리려 했다. 가져간 게 한둘이 아니다 보니 소년은 그 식솔들을 끝까지 추적해 적에게 넘어간 것이 하나도 없다는 것을 확인하고서야 돌아올 수 있었다.

"다 틀렸어!"

피로에 찌들어 지끈거리는 머리에 악에 받친 노귀족의 고함이 울렸다.

"제국에 대항했다가 살아남을 수 있을 줄 알아? 머저리 같은 3황자를 이긴다 해도 그다음엔? 자기 아들을 둘씩이나 잃었는데 투왕이 가만히 있겠어? 그럼 이길 수나 있을 것 같아? 정신 차려! 지금이라도 도망가는 게 목숨 부지할 유일한 길이야!"

그럴지도. 저도 모르게 불현듯 떠오른 생각에 화들짝 놀라 그는 고개를 세차게 저었다.

"오라버니, 나는 사실 누구보다도 오라버니가 중요해."

애타게 애걸했던 누이의 말이 요즘 들어 부쩍 자주 떠오른다. 백성들은 처음 누이의 죽음을 듣고 분노했던 것과는 달리 실제로 전쟁이 일어나자 눈에 띄게 불안해하고 있었다.

이길 수 있을 리가 없어. 이건 미친 짓이야. 지금이라도 늦지 않았어.

그는 양손을 들어올려 얼굴을 감싸쥐었다. 요즘은 자를란트의 어디를 가든 비관적이기 짝이 없는 소리밖에 들리지 않는다.

우린 다 죽을 거야.

"……아니야."

소리 내서 부정해봐도 머릿속에 떠오른 상상이 사라지지 않아 그는 입술을 깨물었다. 갈가리 찢긴 엘리자베타 곁에 어린 카를의 모습이 보인다. 그 앞에는 이슬라 왕비, 그리고 그 옆에는.

"왜 당신이어야 해요!"

날카로운 여자의 목소리에 소년은 흠칫 몸을 긴장시켰다. 목소리는 살짝 열린 문 너머의 전략실에서 들렸다. 이 시간 전략실에 출입이 가능한 건 많아봤자 총사령관 가르디샤 공작, 그 부관들과.

"……이슬라."

낯익은 여자의 목소리에 이어 피곤에 찌든 아를로한의 목소리가 들려왔다.

"왕이잖아요! 그 전에 아버지잖아요. 내 남편이잖아요……!"

"이슬라, 목소리를 낮춰."

"우리는 신경이라도 쓰나요? 아이는 빌궁에 처박아놓고 보러 오지도 않고, 우리가 마지막으로 앉아 이야기한 건 대체 언젠지 기억이나 나나요?"

"어쩔 수 없었어! 이슬라, 엘리자베타가 그렇게 끌려갔는데 오라비가 되어서 내가 어떻게 손을 놓고 있어? 황제가 다음에 건드릴 게 누구일 줄 알고? 아니, 아주 운이 좋아 아무 일 없이 카를에게 선위할 수 있다 쳐. 그러면 이 자리에 앉아 버려지 취급을 받아야 하는 건 카를이야. 그게 어떻게 아비로서 할 짓이야?"

"그렇다고 해서 당신이 신물에 직접 관여할 필요는 없잖아요. 성공한다는 보장도 없는데 그 위험을 왜 당신이 감수해야 하나요? 신체가 된다는 게 정확히 어떤 건지도 모르잖아요!"

심장이 내려앉는 듯했다.

아를로한은 아무리 누이를 죽인 이들이 증오스러워도 이길 가능성이 없는 전쟁을 하려 들지는 않을 것이다. 차라리 로세이유의 3황자 앞에 무릎을 꿇고 용서를 비는 한이 있더라도 헛된 피를 흘리려 들지는 않을 것이다. 그런 형이 전쟁을 하려 들었으니 분명 믿을 만한 구석이 있을 것이라 생각했고, 그것은 강신(降神)의 준비가 끝마쳐졌다는 의미와 같다 생각했다.

분명 이 모두가 2년 전의 그날로부터 계속 준비되어온 것이었을 터. 그러나 지금이 되어서야 이리도 불안해지는 이유는 어째서인가.

"그런데 개나 소에게 불려 나온 신은 어떻게 반응할까요?"

브라키아가 넌지시 흘렸던 말이 뇌리를 떠나지 않았다.

"그러니까 내가 해야 하는 거야. 이…… 신이 투왕과 같은 능력을 주는 신이라면 그 힘을 쉽사리 타인에게 허락할 수는 없어."

"왕제 전하는요?"

그때, 이슬라의 목소리가 들렸다.

"그분은, 믿을 수 없는 건가요?"

쿵, 심장이 거세게 뛰었다. 지금까지는 미처 생각지도 못했던 가능성.

"이슬라, 내가 하는 것도 꺼려질 일을 어쩌자고 내 동생에게,"

그러나 그 말이 끝맺어지기도 전, 소년은 이미 몸을 일으키고 있었다.

"형님."

이슬라가 숨을 작게 들이쉬는 것과 아를로한의 표정이 굳는 것이 보였다. 당황한 기색이 뚜렷한 형 부부의 모습에 소년은 가볍게 시선을 떨구었다.

"무슨 밀회하다 들킨 것 같은 표정을. 여기 들어와 있었던 건 내가 먼저였어."

"……대체, 어디부터 들은 거냐."

"필요한 부분은 다?"

"네가 신경 쓸 일은 아니야. 이건,"

"형, 지금까지 형이 날 위해 얼마나 애를 썼는지 알아. 몇 번이나 날 넘기라는 대신들의 요구도, 황제의 압박도 모조리 견뎌내고 내 편이 되어줬어. 형은 내게 단 한마디도 그런 말을 하진 않았지만 그걸 눈치채지 못할 정도로 멍청하지는 않아."

차마 형의 시선을 마주할 용기가 나지 않았다. 마주해서 그 자상한 눈을 본다면, 거기에 담긴 염려를 읽는다면 절로 속에 담긴 말이 튀어나올 것만 같았다.

아냐, 진담이 아니야.

사실은 하기 싫어.

그냥 다 무시해버리고 싶어.

브라키아의 말을 듣고 조금 조사를 했었다. 판데모니움의 계약에 대해서는 고대 에스타니아 왕족들의 비서(秘書)에 스치듯 몇 구절이 남아 있었다. 성적으로 문란하고 정조라는 관념이 없다시피 했음에도 불구하고 그들의 수가 일정 이상으로 늘어나지 않은 것은 왕족들이 필수적으로 거쳐야 했던 신과의 계약 때문이라 했다. 계약에 성공하지 못한 왕족은 신의 진노에 몸이 갈가리 찢겨 죽는다 했다.

그렇게, 신에게 사랑받지 못한 수십만의 왕족이 죽었다.

"그러니까 내가 할게."

형, 사실은 무서워.

저도 모르게 진심을 토로해버리기 전에 혀를 먼저 움직여 혀끝까지 올라온 말을 숨겼다. 신체가 필요한 것이라면, 누군가가 그 위험을 감수해야 하는 것이라면, 형이 아닌 그가 하는 게 옳다. 형은 왕이었고, 부인과 어린 아들을 책임져야 하는 남편이자 아버지였다.

그에게는 그저 형만이 남아 있을 뿐이다.

"내가 결코 형을 배신하지 않을 것을 믿어준다면, 이렇게라도 도움이 될 수 있게 해줘. ……2년 전 끝마치지 못했던 일에 종지부를 찍을 수 있게 해줘."

형이 발음하는 그의 이름이 조그맣게 들려왔다. 막으려는 듯 뻗었던 손은 그러나 순간 허공에서 멈칫했다.

그 순간적인 망설임. 그것을 허락으로 받아들이고 소년은 미련 없이 몸을 돌려 지하공동으로 향했다.

●　※　●

"왕제 전하."

브라키아는, 알았던 걸까.

공동에 도착하자 브라키아가 소리 없이 눈매를 휘며 웃었다. 기다리고 있던 왕 대신에 찾아온 왕제의 모습에 당황하는 다른 연구원들과는 달리 그는 동요하는 빛 하나 없었다.

"이리로."

저를 가히 좋지만은 않은 표정으로 노려보고 있는 그가 눈에 들어오지도 않는지 표정변화 하나 없이 브라키아는 소년을 공동 한가운데로 이끌었다.

흐릿한 횃불 아래에 그려진 거대한 원 안을 수많은 기하학적인 무늬와 뜻을 알 수 없는 문자들이 채우고 있었다. 가운데에는 기다란 지팡이가 놓여 있었다. 브라키아가 애지중지하지만 않았어도 결코 특별하다는 것을 느끼지 못했을, 그저 평범하디평범한 다갈색 지팡이. '제왕'을 무너트릴 수 있는 신의 신물.

마치 홀린 듯 이끌린 대로 걸어가 그 지팡이를 손에 든 소년은 갑자기 확 풍기는 역한 비린내에 저도 모르게 눈살을 찌푸렸다. 익숙하고 익숙한, 피의 향. 죽음의 냄새. 어느새 날카로운 칼로 목이 갈린 한 쌍의 산양을 손에 든 학자를 소년은 본능에서 우러나오는 경계심으로 조심스레 응시했다.

"이게 뭐지, 브라키아?"

그 질문에 학자는 예의 그 애매한 미소를 지었다.

"수고비지요, 고귀하신 왕제 전하."

"수고비라니?"

"신을 부르기 위해서는 문을 열어야 하지 않습니까. 신은 당신 마음에 차는 신체에게서 멋대로 대가를 받아가지만, 문지기는 그럴 능력

은 되지 않으니 우리 쪽에서 대가를 준비해주지 않으면 문을 열 수 없
답니다.”

마치 스쳐지나가듯 내던진 말이었으나 소년은 날카롭게 상대를 쏘
아보았다.

“신체에게서 받아가는 대가?”

“천칭은 균등하지 않으면 기우는 법입니다, 왕제 전하. 세상의 모든
거래에는 대가가 있지요.”

본능적인 경계심이 치솟아 좀 더 캐물으려 했을 때였다.

굳게 닫힌 문 너머에서 끔찍한 비명이 들렸다. 병장기가 충돌하고
둔중한 무언가가 부딪쳐 박살나는 소리에 소년은 흠칫 몸을 긴장시키
며 고개를 돌렸다.

공동을 지키고 있던 근위기사 몇이 급히 달려가 문을 걸어잠갔다.
심장이 세차게 뛰어 소년은 이를 악물었다. 전략실을 나서서 이곳으
로 발걸음을 옮길 때만 해도 주위는 조용했으나 자를란트는 수성 중
이었다. 하루에 몇 명씩이나 겁먹은 귀족들이 빠져나가려 하니 그가
없는 틈을 타 누군가가 도주해 성문을 열어준 것일지도 모른다.

서두르지 않으면. 성문이 뚫렸다면, 지금 당장 뭘 어떻게 하지 않으
면. 초조함이 치솟아 절로 호흡이 거칠어졌다.

브라키아는 그런 그를 바라보며 아무 말도 하지 않았다. 다그치지
도 않았고, 반대로 쓸데없는 소리를 늘어놓으며 시간을 끌지도 않았
다. 오롯이 선택은 소년의 몫이었다. 방 안의 침묵이, 문 너머의 혼란
이 그 어떤 말보다 더 효과적으로 그를 압박했다.

결국 소년은 이를 악물고 브라키아가 내민 산양의 목덜미를 낚아채
었다. 뜨겁게 흘러내리고 진득하게 피부에 달라붙는 피가 양손을 홍

건하게 적셨을 때, 브라키아의 목소리가 울렸다.

「Ecce ostium apertum in caelo!」

산양의 목이 잘려나간 단면에서 거세게 피분수가 솟았다.

• ⚜ •

까르르 웃는 아이의 목소리가 들려왔다. 색도, 온도도, 그 어떤 촉감도 없는 암회색 동산에서 엘리자베타의 웃음소리가 들려왔다. 소년은 누이의 목소리를 좇아 급히 고개를 돌렸다. 나풀거리는 머리칼과 치맛자락이 환영처럼 시야 끄트머리에 맺혔다 사라졌다.

리즈!

소리쳐 불렀으나 누이는 종처럼 맑은 웃음소리의 잔향만을 남긴 채 온데간데없었다. 아이를 찾아 황급히 몸을 일으키는데 키다리 나무들이 드리우는 기다란 그림자 사이로 익숙했던 그림자 몇이 스쳐지나갔다.

아버지, 어머니!

소리쳐 불렀으나 돌아보는 시선은 없었다. 다급히 그 뒤를 따라 숲의 언저리로 달려갔으나 그들의 그림자 역시 나무들이 드리우는 그림자에 먹혀 사그라졌다.

"어째서?"

낭랑한, 그럼에도 지독하게 익숙한 목소리가 들려왔다. 오싹한 기분에 홱 몸을 돌리자 숲의 끄트머리에 서 있는 소년이 보였다.

열대여섯 살 정도 되어 보이는, 은회색 머리칼의 소년. 짙은 푸른빛 눈동자는 바라보는 것만으로도 가라앉아버릴 듯 탁하고 깊었다. 색조

하나 없는 암회색의 세상 안에서 오로지 그 아이만이 색으로 넘쳐났다.

"어째서 이미 떠난 이들의 그림자를 놓지 못하지?"

다시 낭랑한 아이의 목소리가 울렸다.

시선을 마주하자 소년은 본능적으로 반 발짝 뒷걸음질을 쳤다. 숨이 막히고 어느새 진땀이 솟아나 턱을 타고 뚝뚝 떨어져 내렸다. 아찔하게 흐려지는 시야를 애써 눈을 깜박여 맑게 하려 노력하며 그는 지금 이게 어찌 되어가는 상황인지 필사적으로 생각하려 했다.

이 끔찍함은 무엇인가. 대체 왜 이리 걷잡을 수 없이 몸이 떨리고 숨이 막혀오는가. 그저 시선을 마주쳤을 뿐인데. 같은 공간에 있을 뿐인데. 머리는 그 어떤 위험도 인지하지 못하는데 어째서 몸은 이리 제멋대로 움츠러드는가. 대체 여긴 어디고 저 아이는 누구이기에. 그리고.

아득, 덜덜 떨리는 이를 소년은 필사적으로 악물었다.

대체, 뭐 하는 작자이기에 내 모습을 하고 있는 거지……?

"묻고 있어. 너는 인간으로서 이미 충분한 힘을 얻었어. 왜 여기서 더 만족하지 못하지?"

제 목소리이나 제 목소리가 아니다. 설명할 수 없는 묘한 압력과 거부감을 느끼면서도 소년은 그 질문에 반응했다.

충분하지 않으니까. 이 정도로는 턱도 없이 부족하니까.

"무엇이 널 그렇게 몰아넣어? 뭐가 그렇게 중요하기에?"

나는 '제왕'에게서 형을, 내 나라를 지켜야 해. 내 누이와 아버지의 죽음에 대한 대가를 받아내야 해.

"나는 네 시작부터 함께해왔어. 너뿐이 아니라 인간이라면 그 누구와도 함께 시작해왔어. 그 인생을 지켜봐왔어. 인간이라면 언제든 내게 돌아와야 하는 거야. 왜 그걸 받아들이지 못하지?"

엘리자베타는 겨우 열세 살이었어. 형은 지켜야 할 나라와 가족이 있어.

"그건 너희들의 사정일 뿐이야."

어조 하나 변하지 않고 단언하는 말에 소년은 감정이 확 치솟아 이를 갈았다.

다들 그리 말했었지. 혹독한 산세 때문에 충분한 곡물을 구하지 못한 인스켈의 백성들이 굶어 죽어갈 때, 투왕에게 패배한 아버지가 전쟁배상금 때문에 로세이유와 마찰을 빚었을 때, 아버지 사후 아직 정무에 익숙하지 않은 형이 그 틈을 타 실권을 챙기려는 이리 떼들에게 물어뜯겼을 때.

다들 그렇게 말하며 등을 돌렸다. 힘이 없었기에. 신체에 거스르기보다는 만만한 우리를 뜯어먹는 게 이득이었기에. 약육강식은 자연의 법칙이라며 어리석은 판단으로 알아서 도태되어가는 길을 택한 우리가 나쁜 거라고, 제대로 노력이라도 했으면 일이 이 지경까지 되었겠냐 비웃었다.

약해서. 힘이 없어서. 조금이라도 피해를 줄이기 위해 자존심까지 내다 버린 채 스스로를 변호하는 것조차 하지 못했다.

그래, 이 모든 것은 우리 사정일 뿐이니 우리가 이렇게라도 발버둥칠 수밖에. 그래야 형만큼은 지킬 수 있을 테니까. 이 모욕을 언젠간 똑같이 되갚아줄 수 있을 테니까!

신의 힘으로 로세이유의 샤를이 내 나라를 위협한다면 나 역시 신의 힘으로 그자와 싸우겠어. 그자가 그랬던 것처럼 그자의 혈족의 씨를 말리고 그자의 나라에 피로 강을 만들어 본보기를 보여줄 거야. 인스켈의 국토를 위협하는 자들이 그 기억을 떠올리는 것만으로도 겁에 질려 검을 들지 못하도록.

"네가 요구하는 것은 인간의 한계를 벗어난 힘이야. 그 대가는 어찌 치를래?"

뭐든지. 그 힘을 얻을 수만 있다면 뭐든지 주겠어.

그러자 그의 모습을 하고 있는 아이는 눈을 가볍게 내리깔며 나직하게 한숨을 내쉬었다.

"너는, 대가라는 것을 전혀 이해하고 있지 않아. 왜 너희들은 모를까. 나는 너희들이 마음에 들기에 축복했거늘, 어째서 그에 대해 이해하려 들지 않을까."

대가? 축복?

이해할 수 없는 말에 미간을 찌푸린 소년이 또다시 한 걸음, 반사적으로 뒷걸음질 쳤을 때였다.

"뭐, 그래도 괜찮겠지. 나는 이리 외골수적인 것을 좋아하는 데다…… 이건 이대로 권태롭지 아니할 테니."

그리고 다음 순간, 그리 말하던 아이의 푸른 눈이 새빨갛게 물들었다. 금방이라도 피가 뚝뚝 떨어져 내릴 듯한, 마주하는 것만으로도 소름이 끼치는…….

"계약이다, 인간."

순식간에 소년의 눈앞에 나타난 신이 팔을 휘둘러 심장을 꿰뚫었다.

*　✿　*

쾅, 쾅, 거센 소리를 내며 문이 흔들리고 있었다.

문을 통나무로 두들겨대는 소리에 다시 눈을 떴을 때, 그는 마치 꿈을 꾸는 듯한 착각에 휩싸였다. 온몸의 감각이 이상할 정도로 예민했다. 그러나 그렇다면 왜 이리 시야가 어두운가. 그게 아니면 본래부터 이 방은 이리 칙칙하고 평면적인 색이던가. 무언가 젖은 느낌에 손을 들어올렸다가 그는 자신이 미지근한 잿빛 액체의 웅덩이 안에 쓰러져 있다는 것을 깨달았다. 이것이 무엇인지, 대체 무엇이 어떻게 된 것인지 전혀 알 수가 없어서 그는 혼란스러움에 머리를 짚었다. 그러나 그 어떤 답을 내기도 전에 문이 찍혀내려가며 한 무리의 병사들이 들이닥쳤다.

바닥에 주저앉아 있는 그를 발견하고 선두의 기사는 순간 멈칫했다. 서코트에 그려진 포효하는 사자. 로세이유의 기사는 이 지하공동에 그려진 마법진을 보고 이곳의 용도를 짐작했는지 얼굴이 빠르게 굳어갔다.

이미 몇 번 찍혀나갔다가 다시 닫았던 것을 또다시 억지로 열었는지, 문짝은 경첩에서 떨어져 덜렁거렸고, 통나무로 찍힌 여파로 구멍이 난 곳도 있었다. 문을 끝까지 지키려 했던 것인지 공동 안에 남았던 기사들 중 피투성이로 겨우 몸을 지탱하는 이들이 반이요, 이미 치명상을 입고 바닥을 구르는 이들이 반이었다.

기사들을 보며 흐려졌던 시선이 공동을 빠르게 훑다 서코트의 사자 문양을 발견하자 짓눌러놓았던 증오가 끓어올랐다.

"……저주받을 남부의 버러지."

저자들은, 엘리자베타로도 모자라 형을, 조카를, 내 나라 전체를 찢어발기려 한다. 그 잘난 신체를 등에 업고서.

감정이 가파르게 고조되자 소년의 눈빛이 섬뜩하게 빛났다. 로세이
유의 선봉 기사는 그 시선에 저도 모르게 숨을 들이켜며 뒷걸음질 쳤
다.

피로 목욕을 한 듯 온몸이 흠뻑 젖은 소년의 눈 색이 변하고 있었다.
조금 전까지만 해도 짙은 푸른빛이었던 눈은 이제 보는 것만으로도
베여나갈 듯, 피부를 갓 찢고 흘러내린 선명한 핏빛이었다.

그리고 그 시선. 차라리 넘쳐 흘러내릴 것만 같은 증오가 편안할 정
도의 거부감. 존재의 심지, 가장 동물적인 것을 자극하는 끔찍한.

공포.

"주, 죽여!"

지금 당장이라도 검을 떨어트릴 것만 같이 떨리는 손에 애써 힘을
주며 기사가 소리치자 족히 서른은 되는 병사들이 앞다투어 병장기를
꼬나들고 함성을 지르며 달려들었다.

그 모습을 소년은 허리띠에 비끄러맨 검에 느릿하게 손을 가져가며
눈 하나 깜빡이지 않고 직시했다.

어째서일까. 이 모든 것들이 지독하게 느릿하게 보였다. 그들을 하
나하나 바라보며, 그 표정 하나하나를 망막에 새기며 칼자루를 세게
그러쥐었다.

밉고 미운 적들. 누이의 살인자. 침략자. 찬탈자!

상황이 수세라든가, 이것으로 그가 틀림없이 죽을 것이라는 점은
중요하지 않았다. 배 속에서 불꽃이 확 튀는 듯한 증오에 몸을 내던지
며 그는 그저 자신에게 살의를 품고 달려드는 적들을 향해 검을 움켜
쥐고 달려들었다.

몸의 이상을 깨달은 것은 몰려드는 상대와 다섯 합 정도를 겨뤘을

때였다.

그는 전혀 숨이 가쁘지 않다는 것을 깨달았고, 다음 순간, 숨이라는 것 자체를 쉬지 않고 있음을 깨달았다.

몸의 이상에 경악한 것은 적들도 마찬가지였다. 소년은 자신을 괴물 보듯 하는 적들의 시선에 비로소 자신의 어깨에 화살이 박혀 있으며 그럼에도 상처에서는 피 한 방울 흘러나오지 않는다는 사실을 깨달았다. 온몸을 휘감는 전투의 흥분은 그 상처의 아픔조차도 둔하게 했다.

이 몸은 대체 어떻게 되어버린 것인가…….

그러나 심장이 내려앉는 듯한 공포와 동시에 찾아온 것은 기묘한 고양감이었다.

그는 적들이 어쩔 줄 몰라 하며 당황하는 틈을 노려 가차 없이 검을 휘둘러 적들을 베어갔다.

피가 튀고 살점이 찢겨나가며 몸뚱이가 생명을 잃고 쿵 소리를 내면서 바닥에 쓰러진다. 그 모든 것이 그림책의 책장을 넘기는 것처럼 비현실적이다. 게임. 그래, 마치 게임 같았다. 검을 처음 들었을 때 검격을 내리칠 때마다 속절없이 베어내려갔던 지푸라기 인형을 볼 때와 같은 감정. 그 속이 뻥 뚫리는 것도 같은 해방감.

그때였다. 시야가 갑자기 휙 뒤바뀌는가 싶더니 머리가 하늘로 날았다. 뇌수에 불을 지르는 듯한 끔찍한 아픔. 잘려나간 머리가 허공에서 회전하는 것에 따라 시야기 360도 회전한다.

머리를 얻어맞은 듯한 충격도 한순간. 배 속 깊은 곳에서부터 올라오는 견딜 수 없는 희열에 그는 마음껏 소리 내어 웃음을 터트렸다.

'제왕'을 무릎 꿇릴 수 있는 힘. 인간으로서는 결코 굴복시킬 수 없는 것. 인간을 넘어서는 것!

경악에 입을 다물지 못하는 적들은 이미 안중에도 없었다. 소년은 드디어 얻은 깨달음에 이성을 잃은 듯 폭소했다.

브라키아는 거짓말을 하지 않았다. 그는 인스켈에 '죽음'을 선사한 것이다. 그야말로 '제왕'조차 굴종시킬 수 있는 힘. 인간이라면 결코 거역할 수 없는 신. 이 대륙을 제 손안에 넣고 휘두를 수 있는 절대적인 권력!

바닥을 굴렀던 머리는 꾸물거리듯 흘러나온 검은 안개에 의해 몸통 위에 자리 잡더니, 한때는 떨어졌다는 것이 거짓말이었다는 듯 흉터 하나 남기지 않고 달라붙었다. 그 일련의 과정 동안 피 한 방울 흐르지 않았다. 그에 소년은 아직까지 아련하게 남은 끊어질 듯한 목의 절단면의 아픔도 무시하고 또다시 미친 듯이 웃어 젖혔다.

피 흘리지 않고, 피로하지 않고, 죽어도 죽지 않는 몸.

아아, 이것이 신의 힘인 것이다. 이것이 '죽음'이 그의 신체에게 내리는 축복인 것이다. 힘. 강력한 힘. 제왕을 무릎 꿇릴 수 있는, 절대적인 권력!

"으, 으아아악!"

"으아아아아!"

공포에 질려 도망치는 적군들의 비명을 마치 왈츠곡이라도 되는 듯 즐기며 소년은 미칠 듯한 환희에 차 검을 집어 들고 성큼성큼 기다란 회랑을 걸었다.

가로막는 것들이 있으면 베었다. 발악하며 도망치는 것들을 벌레를 짓밟듯 죽였다. 쏟아지는 피. 바닥을 뒹구는 몸뚱이. 그 모든 것이 지독하게 현실감이 없었다. 일방적인 살육. 일방적인 학살. 적들이 휘두르는 창칼은 두려움에 목표를 자꾸만 빗겨갔고, 가끔씩 눈먼 칼날에 살갗이 찢겨도 오히려 그 아픔마저 쾌감이었다. 저들의 저항이라는 것이 고작 이 정도라는 것에 대한 기막힘. 그 지독하게 비현실적인 경험이 가져오는 미칠 듯한 희열에 소년은 진심으로 통쾌하게 웃었다.

대국이라는 위명 아래 너희들은 우리에게 얼마나 잔인하였는가. 그런 너희들의 꼴을 봐라! 이것보다 통쾌하고 짜릿한 쾌감이 어디에 있을까!

"전하!"

"왕제 전하!"

"무사하셨……."

적군에게 쫓기며 필사적으로 후퇴하다 그를 발견하고 반갑게 달려오던 병사들이 순간 무언가에 데기라도 한 듯 멈칫하며 물러섰지만 소년의 눈에는 이미 그런 것은 들어오지도 않았다.

"신이 인스켈에 깃들었다."

피가 쉼 없이 떨어지는 검을 들고, 아군을 바짝 뒤쫓던 이들 앞에 나아섰다.

신은 그가 대가를 전혀 이해하지 못한다고 말했다. 그러나 그런 게 무슨 상관인가. 지금의 이 즐거움을 위해서라면 제가 가지고 있는 그 무엇이 아까울까.

"너희들이 감히 죽음에 대항할 것인가!"

자, 이제 빚을 갚을 시간이다.

• ❧ •

"저, 전하, 깃발이 올랐습니다. 중군이 몰리고 있습니다. 어떻게 해야…….."

"알아."

불쌍할 정도로 잔뜩 떨고 있는 전령에게 시선도 주지 않은 채로 소년은 주먹을 꽉 쥐었다 폈다를 반복했다. '죽음'과 계약한 후 그의 세계에서 사라진 색을 대신하듯 몇십 배로 날카로워진 청력을 통해, 이 위치에서는 들릴 리 없는 로세이유 중갑보병들의 갑주가 철컹거리는 소리가 들려왔다. 비명, 말의 투레질 소리, 병장기가 부딪치는 쇳소리와 두 가지 언어로 토해지는 단말마.

자를란트 공방전에서 신체를 앞세워 승리하고 그 후로도 세 번을 더 이겼다. 신체인 제 황제의 위력을 알고 있는 로세이유군은 기본적으로 신체라는 것에 대해 인스켈군 못지않은 공포심이 있었고, 덕분에 인스켈군의 총사, 가르디샤 공작은 10대 1이라는 절망적인 병력차에도 불구하고 로세이유군을 그야말로 가지고 놀 수 있었다. 그리고 샤를 브릴리언테가 신체가 된 이후로 가장 선명하게 눈에 보이는 승리의 가능성에 인스켈군은 약이라도 한 듯 겁을 상실한 채 달려들었다.

그러나 그럼에도 불구하고 10대 1. 게다가 이곳, 생 디옹은 로세이유와의 국경이다. 이곳에서 패하면 이제 로세이유군은 자국 영토에서 싸워야 한다. 때문에 그가 벌써 제3황자는 물론 그 원호차 온 제5황자까지 주살했음에도 불구하고 로세이유군은 끝까지 군을 물리지 않았다.

며칠째 계속되는 공방에 양측 모두 서로 군사만 축냈다. 봄을 맞아 향기로운 들꽃으로 가득했던 생 디옹의 평원은 이제는 코를 찌르는 피비린내와 시체 썩는 냄새밖에 나지 않았다. 그러나 전투가 늘어지면 늘어질수록 불리한 것은, 병장기의 질이 떨어지고 군량이 부족하며 병사의 수까지 적은 인스켈이었다.

……어떻게 할까.

소년은 가늘게 눈을 뜨며 이제는 난전이 되어버린 전투를 바라보았다.

제3황자, 그리고 제5황자. 그 지휘권을 이어받은 태자.

태자를 죽인다 하더라도, 아니, 황자 몇을 죽인다 하더라도 인스켈은 절대적인 승기를 얻지 못한다. 이번 전투에 이긴다 하더라도, 그렇게 되면 결국은 중부의 곡창을 장악한 로세이유에게 더 호되게 보복당할 뿐이다.

그리고 사실, 이 전쟁의 승패를 확실히 가를 수 있는 승기라는 건 하나뿐이다.

"로세이유 황제는?"

"아, 아직 국경을 넘지 않은 채로 에피뉴에서 대기하고 있다고 합니다. 총사께서 무슨 짓을 해도 움직일 생각을 않는다고 합니다."

"그래?"

나직이 되뇌며 소년은 손끝으로 매만지고 있던 칼자루를 꽉 쥐었다.

어째서 황제는 움직이지 않는가. 몇 년 전부터 국정에서도 물러나 대부분의 국무는 국무대리인인 태자가 처리하고 있다 들었다. 한때는 대륙 통일을 공공연히 내세우며 전 대륙을 전장으로 만들었건만 이제는 총사의 직조차 아들에게 넘기고 국경을 넘으려 하지 않는다. '죽음'이 두려워서라기에는 그의 이상행동은 전부터 꾸준히 관찰되고 있었다.

늙은 사자가 이제 와 몸을 사리려 한다면 끌어내야지.

"중군에 신호해서 퇴각하라고 해."

양측은 지금 비슷하게 지쳐 있지만 그에게는 아직 소모되지 않은 병력이 있었다. 예전 그가 황제의 암살을 준비하며 소집해 비밀리에 훈련시켰던 별동대. 그가 신체가 됨으로써 고스란히 인스켈 왕가의 이름하에 재편성된 이백의 정예. 아무리 정예라고는 해도 수가 그것뿐이니 결정적인 순간이 오기만을 기다리고 있었다.

생각은 길었으나 떨어진 명은 간략했다.

"여기까지 책임지고 끌어들여."

그에 재빨리 군례를 갖추고 전령이 달려 나갔다. 그 뒷모습을 잠시 바라보다가 그는 눈을 감았다.

"……나와라. 어서 나와."

자그맣게 속삭이는 목소리가 흘러나왔다.

"기대치가 너무 높아져서 기절할 것 같잖아."

· ❧ ·

생 디옹 제3차 회전.

무너져 내리던 인스켈의 중군을 추격하던 로세이유의 태자, 레말 협곡에서 인스켈군에 급습당해 사망.

태자를 살해한 기사단은 레말 협곡의 기습전으로 인스켈군에 합류. 후에 드레스덴의 윈터라 불리게 된 인스켈의 신체의 직할이기에 스스로를 인스켈 신성기사단이라 칭하다.

인스켈, 지휘관을 잃은 로세이유 본군을 국경을 넘어 패퇴시키고 처음으로 로세이유의 국토에 진입.

로세이유의 투왕, 그에 비로소 후군을 움직여 출전한다.

 • ❀ •

후우, 길게 내쉰 호흡의 끄트머리가 부인할 수 없이 떨렸다. 전선은 이미 제1선이 무너져 내리고 빠른 속도로 그가 있는 제5선으로 후퇴하고 있었다. 대지를 울리는 말굽 소리와 병사들의 비명으로 온몸이 거대한 소음에 질식해가는 것만 같았다.

"단 한 번입니다, 전하."

이제 나이 쉰을 바라보고 있는 가르디샤 공작의 걸걸한 목소리가 울렸다. 단단하게 다문 입매의 공작은 들고 있던 단도를 힘주어 탁상 위의 군용지도에 내리찍었다.

"내일, 투왕을 제5전선까지 끌어낼 겁니다."

어째서, 신은 그에게서 죽음을 가져가면서 이 감정도 가져가지 않은 것일까.

"아무리 지금까지의 승리가 있었다 하더라도 적의 수는 우리의 열배입니다. 게다가 우리 군에는 제1차 대륙전쟁 때 선왕 폐하를 따라 로세이유와 싸웠던 이들이나 그 가족들이 많기에 투왕이 출전했다는 소식만으로 지레 겁먹는 이들이 많습니다. 신체이신 전하께 희망을 보아 지금 저리 멀쩡히 움직이고 있지만, 전하께서 이기지 못하신다면 저들의 사기는 순식간에 꺾일 것입니다. 그렇다면 지금까지의 전투에서 잃은 병사 수도 있기에 저희는 결코 이 전쟁에서 이기지 못합니다."

420

그 역시도 뼈저리게 똑똑히 알고 있는 사실을 다시 한 번 일깨우며 공작은 생 디옹에 도착한 후부터, 정확히는 샤를 5세의 출정 소식을 들은 후부터 급격히 말수가 적은 그를 똑바로 응시했다.

"단 한 번, 제가 무슨 짓을 해서라도 길을 열어드리겠습니다."

작전의 상세한 것에 대해 물을 여유도 없었다. 그의 표정을 봤는지 바늘 하나 들어가지 않을 듯 엄격한 공작의 눈동자가 복잡한 심정을 담아 깊어졌다. 그를 위로하려는 듯이 잠시 꿈틀거렸던 그녀의 손가락이 다시 탁자를 움켜쥐었다.

"전하, 부디 무운을."

그리고 그렇게 끝났던 지난밤의 대화 중에 던지지 못했던 질문의 답이 눈앞에 펼쳐지고 있었다.

대체, 무슨 수로 십만 군대의 정중앙에 있을 황제를 끌어낼 거지?

"전열을 무너트리지 마라! 대오를 지켜! 대오를……."

군을 독려하는 백인장들의 고함에도 아랑곳없이 도주하는 병사들의 모습은 그야말로 개판이었다.

생 디옹은 아주 일부의 지역을 제외하면 들풀만이 가득한 허허벌판이다. 협곡과 산등성이 보이기 시작하는 인스켈 쪽과는 달리 로세이유령 생 디옹은 지평선이 끝없이 이어지는 평지였다. 며칠 동안 비가 오지 않아 단단히 굳은 땅과 아직 완전히 자라지 않은 풀들. 군마가 달리기 완벽한 조건하에 로세이유의 기마대는 황제의 지휘하에 능수능란하게 인스켈군을 농락하고 있었다.

단 한 번.

이가 으스러져라 악물었다. 지금의 이 상황이 가르디샤 공이 의도한 것인지 아닌지도 애매할 정도의 혼란이었다. 그저 확실한 것은 중

아군이 빠르게 무너지고 있다는 것, 그리고 그 뒤를 바짝 쫓으며 기마병들을 앞세운 로세이유의 전군이 달려들고 있다는 것이었다.

"전하! 수뇌부에서 수기가 올랐습니다!"

속절없이 무너져 내리는 아군의 모습에 안절부절못하고 있던 전령이 다급히 소리쳤다. 그 말대로 아수라장을 연출하며 도망치는 패잔병 사이에서 깃발 하나가 흔들리고 있었다. 그다음 순간, 로세이유군의 허리쯤에 위치한 곳에서 맹렬하게 불길이 오르기 시작했다.

『여기 쥐새끼가 숨어 있었어!』

『빨리 우회해서 폐하와 합류해!』

바짝 마른 건초가 빠르게 타오르는 것을 마치 기다렸다는 듯 이제껏 대오 하나 맞추지 못한 채 도망치던 인스켈 패잔병 중 기마대가 재빨리 돌아서서 달려갔다. 궁수들이 활을 꺼내 불붙은 화살을 쏴대자 순식간에 생 디옹의 초원은 불바다가 되었다. 불길을 크게 우회해서 후발병력과 합류하려는 이들과 달려 나간 기마대가 교전했다.

"전하!"

다급하게 부르는 부관의 목소리에 그는 묵묵히 힘을 줘 칼자루를 쥐고 단번에 뽑았다. 스르릉, 철이 철을 갉아먹는 소리와 함께 뽑혀 나온 검이 늦봄의 태양 아래 눈부시게 빛났다. 그 뒤를 따르듯 이백 자루의 검이 뽑혀 나오는 소리가 울렸다.

소년은 뒤를 돌아 제가 직접 모집했던 기사단을 바라보았다. 턱이 가늘게 떨렸지만 한 번 세게 이를 악무는 것으로 가라앉히고 그는 입을 열었다.

"출전."

우와아아, 천지를 울리듯 함성이 터져 나왔다. 그 함성에 쫓기듯 소년은 큰 보폭으로 이제 막 제3전선을 뚫고 후퇴해 온 아군을 향해 다가갔다. 혼란스러운 퇴각은 모조리 연극이었다는 듯 그가 가까이 다가가자 인스켈군은 썰물처럼 양쪽으로 갈라져 길을 텄다. 아군 하나 없이 노출된 그의 눈앞에 기병을 앞세운 적군이 노도처럼 쏟아져 들어왔다.

기합성과 함께 휘두른 대검에 그를 짓밟아버리려던 말의 다리가 뼈까지 부러지며 기수가 바닥을 굴렀다. 이미 낙마해버린 적에게는 신경도 쓰지 않고 그는 서슴없이 앞으로 전진했다.

"*단 한 번. 제가 무슨 짓을 해서라도 길을 열겠습니다.*"

쉴 새 없이 검을 휘두르며, 생각했다.

대체 무슨 생각으로 그런 말을 하는 거지? 무슨 생각으로 이 만 명의 목숨을 나 하나에 맞춰 운용하겠다는 거야? 당신은 내가 실패할 거라는 생각은 안 해? 내가 지레 겁을 먹고 도망칠 생각은 안 해?

"*이건 내가 바라서 한 일이야.*"

리즈, 너는 도망가고 싶진 않았어? 네 발로 사지로 걸어 들어가면서 오라비든 뭐든 다 외면하고 네 살길을 찾아내고 싶진 않았어?

주위는 모조리 적들뿐이었다. 아군이 어찌 되었는지 생각할 참도 없었다. 다만 생생한 것은 미친 듯이 휘두르는 검을 통해 느껴지는 뼈를 치고 살을 베어내는 감각. 살아 있는 사람의 살에 검이 박히며 피를 쏟아내는 감각. 숨 쉬듯 가까이 느껴지는 죽음. 검을 박아넣은 적의 눈알에서 보이는 공포.

2년 전, 단 한 번 돌아보았던 로세이유의 '제왕'.

"큿⋯⋯!"

그때의 시선, 보이지 않는 손으로 머리를 찍어누르던 기억이 떠올라 그는 저도 모르게 이를 세차게 갈았다.

리즈, 너는 네가 하는 모든 일이, 네가 한껏 치는 발버둥이 아무 의미 없는 것이 될지도 모른다는 생각은 해본 적 없어? 네 죽음이 헛된 것이 되리라는 생각은 정녕 하지 않았어?

"……*믿는다, 나의 동생. 넌 인스켈에 승리를 가져다줄 거다.*"

그리 말하며 배웅해주던 형의 목소리가 떠올라 그는 입술이 찢어질 때까지 악물었다.

형, 내가 이기지 못하면 어쩌지? 신의 힘을 손에 넣어서도 황제를 이기지 못하면 어떻게 되는 거야? 내가, 이번에도 실패하면…….

그러나 상념은 갑자기 확 트인 시야에 뚝 끊겨버렸다. 더 이상 제 앞을 막아서는 적이 없어지자 그는 소매를 들어 얼굴을 닦았다. 돌파하는 와중에 베어버린 이들의 피가 튀어 시야가 불투명했다.

소년은 어느새 황제를 앞에 두고 있었다.

"……샤를."

속삭이듯 소년이 내뱉었다.

눈앞의 황제는 2년 전과 비교해서 변한 점이 하나도 없는 듯했다. 여기저기 서리가 내리기 시작하는 금발과 금빛 턱수염이 그나마 세월의 흐름을 드러냈으나 그 외에는 눈앞의 사내가 이제 쉰 살이 넘어간다는 증거는 어느 하나 보이지 않았다. 번쩍이는 플레이트 갑주와 채도 높은 색의 망토를 두른 황제는 두 마리 말이 끄는 전차에서 훌쩍 내려 그의 앞에 섰다.

감정 하나 보이지 않는 깊은 눈동자가 그를 정면으로 응시하자 쿵, 심장이 내려앉았다. 그 한 번의 시선만으로도 황제는 다시금 그의 머리채를 쥐어다 차디찬 대리석에 처박았다. 2년 전의 그 밤과 다름없이. 그때와 변한 점 하나 없다는 듯이.

어느새 덜덜 떨리기 시작한 입술을 억지로 비틀어 웃으며 소년이 속삭였다.

"보고 싶었어. 2년 전부터, 계속."

그 말을 마지막으로 소년은 땅을 박차고 달리기 시작했다.

리즈, 어쩌지? 만약 뼈를 깎는 훈련과 증오만으로는 부족하다면. 이번에도 내가 진다면. 널 그리 만든 저자를 또다시 이기지 못한다면.

그러면 이번에는, 또 무엇을 잃게 되지?

"하아아앗!"

두려움이, 증오가, 해묵은 분노가 눈앞을 흐릿하게 했다. 그럼에도 불구하고 몸은 놀랄 정도로 완벽하게 움직여주었다. 수백 번 상상해 왔던 검의 궤적, 수천 번 연습했던 움직임. 더없이 완벽하게 휘두른 검은 황제의 목을 정확히 노리고 달려들었고.

"전하!"

마치 허공에서 무언가가 검 끝을 잡아 끌어내리듯 검의 궤도가 급작스레 바뀌며 소년의 몸이 중심을 잃었다. 검 끝이 황제의 목을 비껴 허공을 갈랐고, 수하의 비명과 함께 소년의 목이 하늘을 날았다.

"아아……!"

필사적으로 제 수장의 뒤를 따르던 기사가 비탄성을 내뱉으며 털썩 주저앉았다. 순간 시간이 멈춘 듯, 그 누구도 입 하나 뻥긋하지 못했다.

그에 시선조차 주지 않고, 표정 하나 바꾸지 않고 황제는 방금 적을 베어 내렸던 검을 다시 검집에 갈무리했다. 그가 등을 돌려 뒤처리를 명하려 했을 때였다.

살기를 품고 꽂혀드는 단검을 황제가 급히 몸을 틀어 피했다. 목표를 맞히지 못하고 빗나간 검이 황제의 전차를 끌던 말의 허벅지에 날아가 박혔다. 히히힝, 난데없는 날벼락에 놀란 말이 미친 듯이 날뛰었다.

처음으로 황제의 눈에 이채가 깃들었다.

"그리 쉽게 보내줄 것 같았어?"

등을 돌리자 목이 날아갔다는 흔적도 찾을 수 없는 소년이 다시 몸을 일으키고 있었다. 목이 잘린 아픔에 잔뜩 찌푸린 얼굴이 그럼에도 악착같이 입술을 비틀어 미소를 지었다.

"……이번에는 못 보내."

소년이 다시 한 번 달려들었다.

• ✤ •

"커흑……!"

다리가 잘려나간 직후 복부를 걷어차인 충격에 소년은 몸을 웅크리고 잔기침을 토하면서도 재빨리 몸을 굴려 조금 전까지만 해도 목이 있었던 자리로 내리꽂히는 검을 피했다. 생살이 잘려나간 고통에 머리가 어지러웠다. 피는 계약의 순간 모조리 쏟아버렸고, 숨은 예전에 멎었으며, 내장 역시 더 이상 기능하지 않으니 전투를 계속하는 것에 내상의 영향은 없다. 그러나 아픔만큼은 여전히 생생했다. 뼈가 부러지고 살이 찢겨나가는, 본래라면 죽거나 기절했어야 했을 고통은 그럴 수 없게 되었기에 더욱 지옥 같았다.

열 번? 열두 번? 서른 번?

426

죽었다 살아난 숫자를 세는 것도 의미 없게 느껴졌다. 정상적인 사고를 할 수 없을 정도로 머리가 아팠다. 기계적인 동작으로 신성을 운용해 잘려나간 다리를 다시 갖다 붙이고 몸을 일으키자 세상이 핑그르르 도는 듯했다.

대체 얼마나 더 해야. 이 짓을 얼마나 더 계속해야.

당장이라도 울음을 터트려버리고 싶었으나 소년은 이를 악물고 검을 움켜쥔 후, 또다시 달려들었다.

대검과 대검이 부딪치며 요란한 쇳소리가 울렸다. 처음에는 눈짓한 번만으로도 칼날을 급소에서 비껴가게 할 정도였던 황제의 신력은 이제 그의 목이 달아나지 않게 유지시켜주는 게 고작이었다. 눈에 띄게 호흡이 거칠어진 황제의 검이 간헐적으로 떨렸다. 뒤에서는 점점 가까워지는 불길. 원호를 위해 뛰어들 근위대는 신성기사단에 막혀 움직임이 지지부진했다.

무엇보다, 다시 살아날 때마다 조금씩 더 짙어진 소년의 신성은 이제 그들이 서 있는 땅을 새까맣게 말려 죽이고 그 위에 서 있는 이들의 몸을 잠식해가고 있었다.

『폐하, 불길이!』

몇 번이고 제 황제에게 다가가려다 신성기사단에게 막힌 로세이유의 근위기사 하나가 다급히 소리질렀다. 무서운 기세로 초원을 잿더미로 만든 불길은 지척까지 다가와 있었다. 그의 신성의 여파로 창백하게 변한 황제의 얼굴 위로 타닥거리며 불씨가 쏟아져 내렸다.

그때, 처음으로 황제의 입꼬리가 말려올라가며 미소를 지었다.

『……좋구나.』

순간, 의심했다. 아직까지 다리가 잘려나간 여파로 쾅쾅 울려대는 머리가 헛것을 보게 하는가 싶어 소년은 눈을 가늘게 떴다.

"……뭐?"

『이런 식으로 빼앗겼던 것을 돌려받게 될 줄이야. 그것도 이런 애송이를 상대로……. 이런 순간에.』

황제의 눈에서 빛이 몇 번 깜박거렸다 사그라졌다. 빛이 사라진 황제에게는 이제 더 이상 그 자리에 존재하는 것만으로 경외에 몸을 사리게 하는 존재감이 없었다. 한순간에 그는 평범한, 조금 건장한 체격의 나이 든 사내가 되었다.

『일이 이렇게 될 줄이야.』

단 한 번도 감정을 담아내지 않던 그 눈이 회한과도, 두려움과도, 희열과도 닮은 감정을 담은 순간, 소년은 마치 계시라도 받듯 검을 고쳐 쥐고 걸음을 옮겼다. 발걸음은 점차 빨라져 곧 그는 전속력으로 달리고 있었다. 손에 쥔 검의 무게가 이제까지와는 비교도 되지 않을 정도로 가벼웠다.

까아아앙, 선명한 금속성과 함께 몇 번, 검이 부딪쳤다. 그러나 그의 검을 막아내는 힘은 더 이상 예전과 같이 묵직하지 않았다. 한 번 맞부딪칠 때마다 상대의 무릎이 조금씩 꺾이고, 몸을 돌려 내리치는 검을 피할 때마다 상대의 호흡이 조금 더 거칠어진다. 투둑, 상대의 살을 찢은 검 끝에서 핏방울이 후두둑 떨어져 바닥을 점점이 물들였다.

그리고 한순간. 크게 내리쳤던 상대의 검을 몸을 틀어 피했을 때, 훤히 노출된 상대의 머리가 보였다. 아무도 모르게 그토록 두려워했던 제왕의 눈이, 떠올리는 것만으로도 발작하듯 몸을 떨었던 그 눈이, 지금까지 그가 단 한 번도 본 적 없는 감정을 담았을 때.

주위의 모든 소리가 순간 멎어버렸다 생각한 순간, 처음으로 궤적을 비트는 억지력 없이 휘두른 검은 일격에 상대의 목을 날려버렸다.

툭, 데구르르르.

주인 잃은 목이 땅바닥을 구르는 소리만이 천둥같이 들렸다.

"아…… 아아……."

쥐고 있던 손에서 힘이 풀리며 검이 바닥을 굴렀다. 흩뿌려진 피, 목을 잃고 바닥으로 나뒹구는 몸뚱이, 기함해 소리 하나 내지 못하는 이들에게 둘러싸여 소년은 무너지듯 주저앉았다.

죽은 황제의 머리는 평온하게 보일 정도의 얼굴로 눈을 감고 있었다. 덜덜 떨리는 손으로 그 머리카락을 그러쥔 소년은 그 목을 양손으로 들어올렸다. 남아 있던 피가 쏟아져 내려 그의 양손을 흠뻑 적셨다. 시야를 물들이는 그 단색에 어질해 순간 쓰러질 듯 비틀거린 소년의 손이 역시 피로 흠뻑 젖은 바닥을 그러쥐었다.

"하하, 하하하, 아하하하하……!"

순간, 반쯤 정신이 나간 듯 멍하니 있던 소년의 입에서 요란한 광소가 터져 나왔다. 겨우 변성기를 지난, 아직 앳되고 갈라진 소년의 웃음소리는 비수처럼 혼란한 전장을 관통해 울려 퍼졌다. 웃는 듯, 우는 듯, 기묘한 표정으로 얼굴을 일그러뜨리며 소년은 피칠갑을 한 양손으로 얼굴을 그러쥐었다.

리즈, 나의 리즈, 나의 사랑하는 리즈, 보고 있니?

드디어 네 원수를 갚아냈어. 드디어 네 핏값을 받아냈어! 저 잔인하고 증오스러운 것들에게서, 네 죽음에도 뻔뻔하게 사죄 한마디 내뱉지 않던 이들에게서 드디어 죗값을 받아냈어. 너를 그리 죽게 놔둔 것들이 드디어 대가를 치른 거야. 이 많은 희생을 딛고, 드디어 우리가 더 이상 억울하게 빼앗기지 않는 세상을 만든 거야!

리즈, 보고 있니? 이 피야말로 내가 네 제단에 바치는 향이다. 갈가리 찢겨나가는 저들의 비명이야말로 내가 너를 위해 준비한 만가(挽歌)야. 그러니 리즈.

우아아아, 인스켈군의 깃발 아래서 터질 듯한 함성이 울렸다. 그 함성에 겁먹기라도 한 듯 조금 전까지만 해도 기세등등하던 로세이유군이 주춤거리며 물러서고 있었다. 그러나 완전히 기세가 산 인스켈군이 그 꼴을 그대로 보고만 있을 리 없었다. 신의 힘이 가져온 기적에 고무된 병사들은 뿔뿔이 흩어져 도망가는 적군을 불길 쪽으로 매섭게 몰아붙였다.

한쪽은 불벽, 다른 쪽은 흥분으로 눈이 돌아간 적병에 둘러싸여 지휘계통이 무너져 내린 로세이유군은 도미노가 무너지듯 붕괴했다. 사방에서 들려오는 학살의 소리에 잊고 있던 몸의 통증이 한꺼번에 찾아오는 것만 같아 소년은 소리 없는 신음을 흘리며 피투성이 땅바닥에 무너져 내렸다.

리즈.

쾅쾅 머리가 울렸다. 주위에서 일어나는 이 모든 게 갑자기 하나의 거대한 두통거리가 된 것 같아 그는 이를 악물었다. 정신을 차려보니 온 사방이 시체였다. 저들 중 제가 죽인 이가 몇인지 기억도 나지 않았다. 생각이 그에 닿자 생리적인 혐오감에 구역질이 나 그는 입을 틀어막고 눈을 질끈 감았다. 울고 싶었다. 그저 이대로 쓰러져서 더 이상 움직이지 않게 되고 싶었다.

"……리즈."

아이가 볼모로 끌려간 이후 단 한 번도 입 밖으로 내지 못했던 이름이 흐느끼듯 흘러나왔다. 터질 듯한 감정에 가슴께의 옷감을 찢어져라 그러쥐며 그는 아이가 죽은 후 처음으로 소리 내어 울었다.

리즈, 이걸로 이 무능하고 무력했던 오라비를 용서해줄래……?

　　　　　　　·　※　·

생 디옹 제4차 회전.

인스켈 총사 가르디샤 공작, 전군을 반으로 잘라 로세이유 후군의 수뇌부를 깊숙이 끌어들이다.

계산된 퇴각 도중 화공(火攻)으로 반으로 나뉜 로세이유군, 드레스덴 대공 윈터가 이끄는 신성기사단에게 급습당함.

로세이유군, 신성기사단을 서른 명 남기고 몰살하는 성과를 거뒀으나 그 와중에 드레스덴 대공, 샤를 5세와 교전. 총 스물여덟 번 죽었다 되살아나며 결국 투왕의 목을 벤다.

그 승리로 고무된 인스켈군에 로세이유 후군의 절반이 궤멸당함.

여세를 이어 가르디샤 공, 신체를 앞세워 관문 도시 다섯을 차례로 굴복시키고 황도 상트망을 포위.

에스타니아와 리슈타인, 투왕의 죽음을 듣고 인스켈과 연합. 이듬해 봄, 삼국연합군, 상트망 공성 개시.

A.S. 200년 여름, 상트망 드디어 함락. 로세이유군, 남부로 물러나 끝까지 싸웠으나 결국 섬멸. 공식적으로 로세이유 제국은 201년 가을을 기해 멸망. 남부로 피신했던 투왕의 직계들은 드레스덴 대공에게 모조리 사로잡혀 자를란트로 호송된다.

A.S. 201년 자를란트 협정을 시작으로 인스켈은 구 로세이유 북부지방은 물론 중부의 가장 비옥한 옥토를 차지하게 된다.

• ✤ •

『놔! 이거 놔! 이 저주받을 땅개들 같으니라고! 네놈 같은 하찮은 것들이 감히!』

『어머니! 어머니이!』

『싫어, 다 싫어어……! 집에 가게 해줘. 싫어……!』

『인스켈 폐하를 뵙게 해주세요! 저, 저는 정말 억지로 끌려왔던 것뿐이라 폐주와는 정말 아무런 관계도 없습니다! 제발요!』

『자존심도 없습니까! 황족으로서의 긍지를 지켜요! 폐하께서 베푸신 은혜가 얼만데 배은망덕하게.』

『사, 살려주세요, 정말 살려만 주시면 평생 그 은혜 잊지 않고 개처럼 충실하게 모시겠습니다. 제발 목숨만 살려주시어요!』

높다란 단상의 옥좌에 앉아 아를로한은 흐트러지려는 숨을 억지로 가다듬으며 까마득한 바닥에 억지로 꿇어앉은 로세이유의 옛 황족들을 내려다보았다. 황후와 태자비부터 시작해서 살아남은 황자, 황녀에 이르기까지 로세이유 황실의 직계는 모조리 끌려 나와 있었다. 이뿐이 아니라 알현실 밖에는 황가의 피가 조금이라도 섞인 이들이 모조리 끌려와 있을 것이다. 브릴리언테 황가 특유의 옅고 짙은 색의 금발을 내려다보고 있자니 속에서 감정이 울컥 끓어 넘치는 듯했다. 그는 저기 꿇어앉은 이들의 얼굴을 하나하나 다 알아볼 수 있었다.

세자 시절 때부터 아를로한은 부왕의 대리로 몇 번이나 상트망의 황성에 출입했었다. 제1차 대전 전에는 촌뜨기라, 때가 되면 귀신같이 곡물을 꾸러 오는 거지라 놀림감이 되었고, 패전 후에는 주제도 은혜도 모르고 덤볐다 진 개새끼라 대놓고 조롱당했다. 아를로한은 로세이유가 타국에 끼치는 영향력을 다른 나라에게 자랑하며 기를 꺾기 위한 자리에 불려가 공공연한 조롱거리가 되었고, 어린 황녀들의 생각 없는 발언에 그들을 등에 태운 채 개처럼 기어 정원을 돌아야 했으며, 인스켈에 이유 없이 반감을 지닌 황자들에게 끌려가 어디 한 곳이 부러질 정도로 맞거나 옷이 벗겨지며 조롱당했다.

동생이 황제를 암살하려다 실패했을 때, 그는 국왕의 신분이었음에도 상트망까지 불려가 황제의 앞에서 머리를 숙여야 했다. 외교적으로 어찌 이럴 수가 있을까 싶을 정도로 기함할 만한 일이었으나, '제왕'의 힘을 업은 로세이유 제국은 고작 변방 소국이자 패전으로 몇 억 두카드의 전쟁배상금을 떠안은 속국 인스켈에게 그래도 되는 나라였다.

모조리 인스켈이 약했기 때문에. 신의 가호를 받지 못했기 때문에.

홀로 방에 틀어박혀 손등을 피가 날 정도로 깨물며 울음을 삼킬지 언정 아를로한은 그 이야기를 그 누구에게도, 심지어는 동생들이나 아버지에게도 하지 않았다. 한다고 무엇이 변할까. 수치는 모조리 그의 몫이었고 가족들에게는 참담함과 풀지 못하는 분노만 선사할 뿐이다. 제가 그런 취급을 당하는 것보다 제가 할 말로 인해 혹시라도 로세이유가 보복이라도 한다 나서는 게 더 두려웠다.

그래, 두려움. 왕족은커녕 인간으로서의 존엄성조차 잊게 한 보복에 대한 공포. 그러나 지금은.

"조용."

탕, 검집이 바닥을 치는 소리에 우스울 정도로 단번에 아수라장에 정적이 떨어졌다. 조금 전까지만 해도 자존심을 내세워 뻗대며, 두려움에 정신이 나가서, 혹은 살아날 길을 찾으며 머리를 굴려대던 이들이 하나같이 창백해진 채 입을 다물고 옹송그렸다. 저들이 얼마나 잔악하고 오만한지 겪어봤던 아를로한으로서는 웃음이 터져 나올 것 같은 광경이었다.

그들의 시선이 하나같이 외면하는 곳에는 이제 겨우 열여섯 살이 된 소년이 서 있었다. 시체같이 창백하다 못해 회색빛이 감도는 얼굴, 색소 하나 보이지 않는 새하얀 머리칼과 피 웅덩이마냥 새빨간 눈동자. 바라보는 것만으로도 본질적인 두려움과 거부감을 불러일으키는 소년은 아를로한에게서 고작 세 단 아래의 위치에 서서 제 손으로 잡아온 포로들을 내려다보고 있었다.

동생은 '제왕'의 목을 쳐낸 공을 인정받아 드레스덴의 통치자로 임명되었다. 한 해의 절반 동안 눈에 덮여 있는 드레스덴의 특성을 따, 색소 하나 없는 외양과 살아 있는 것은 모조리 죽여버리는 그의 신의 특성을 따서 언젠가부터 그는 피아를 가리지 않고 윈터(Winter)라 불리기 시작했다.

그리고 윈터는 인스켈이 그의 적들에게 내리치는 철퇴가 되었다.

그의 명을 충실히 따라 화친 없이 로세이유를 완벽하게 복속시킨 것도 윈터였으며, 로세이유 멸망 후 뿔뿔이 흩어져 재기를 꾀하던 황족들을 모조리 잡아 자를란트까지 끌고 온 것 역시 윈터였다. 동생은 불평 하나 없이, 의문 하나 제기하지 않고 그의 명을 충실히 따라 로세이유를 그의 발아래 가져다 바쳤다. 그 소식을 전해들었을 때 그가 느꼈던 감정을 뭐라 설명해야 할까.

"폐하, 포로들의 처분을."

"처분이라."

그 말을 나직이 되풀이하며 아를로한은 턱을 괴었다. 그는 진실로 제가 어찌해야 할지 확신이 가지 않아 한참이나 턱을 쓸었다. 곧, 아를로한은 빙그레 웃으며 황족들과 가까운 곳에서 고개를 조아리고 있던 통역사를 향해 시선을 돌렸다.

"지금부터 너는 내가 하는 말을 한마디도 빠짐없이 통역해야 할 것이다. 한마디라도 오역해서 전했다간 너 역시도 저 아래에 꿇어앉힐 것이다, 알겠느냐."

"며, 명심하겠습니다, 폐하."

세자 시절부터 원체 상트망에 불려 다니며 시달린 터에 로세이유어만큼은 모국어마냥 유창한 왕을 상대로 일부러 오역 따윈 할 생각도 못 하였으나, 재차 못 박아놓는 말에 통역사는 식은땀을 흘리며 고개를 숙였다. 다시 옅게 미소를 지은 아를로한은 그제야 느릿하게 입을 열었다.

"로젤하인 폐황자가 예전에 자주 했던 말이 있었는데 하도 명언이라 내가 기억해뒀지. 그 말이 뭔지 기억이나 하는가?"

그 말이 떨어지자마자 거구의 황자가 식은땀을 흘리기 시작했다. 제가 하는 말을 정확히 알아들었다는 증거에 아를로한은 상대가 결코 제정신으로는 대답할 수 없다는 것을 알면서도 바짝 추궁했다.

"대답."

『모, 모른…… 으악!』

짜악, 날카로운 소리와 함께 등허리를 얻어맞은 로젤하인이 펄쩍 뛰어올랐다. 채찍질을 한 왕실 근위대장 갈라스 백작이 껄껄 웃었다.

"폐주의 새끼 주제에 말 높이는 법도 모르느냐? 개새끼도 제 상전은 알아보는데 네놈은 개새끼보다도 머리가 나쁜가 보구나?"

예전이었다면 상상도 못 할 무례에 아직 익숙해지지 못한 황자의 얼굴이 시뻘겋게 물들었다. 이런 취급에 익숙해지지 못한 것은 둘째 치고서라도 그걸 제 앞에서 보였다는 게 훨씬 더 자존심 상하는 일이리라.

아를로한은 나붓이 웃으며 되풀이했다.

"다시."

『모, 모릅⋯⋯니⋯⋯.』

『진정 정신이 나간 게 아니라면 닥쳐라, 로젤하인!』

분노인지 두려움인지 수치심인지 모를 감정으로 덜덜 떨면서도 결국 시키는 대로 입을 열려는 동생의 말을 단번에 잘라먹으며 루이스 제2황자가 매섭게 주변을 쏘아봤다. 한때는 로세이유의 우방이었던 에스타니아의 무관들, 한때는 로세이유의 속국이었던 리슈타인의 학자들, 역시 로세이유의 속국이었던 인스켈의 대신들.

『어쩜 이리 야만적일 수가 있나! 포로라고는 하나 한때는 제국의 황자였거늘 그만한 예우도 보이지 못하는가!』

주위에서 동시 다발적으로 웃음소리가 터져 나왔다. 끼리끼리 떠들고 웃어대는 와중에 세 가지 언어로 된 조롱과 야유가 사방에서 쏟아졌다. 새빨갛게 얼굴이 달아오른 루이스를 보며 아를로한은 이번에는 제10황자에게 시선을 돌렸다.

"안드레아 폐황자, 형님께서 저리 말씀하시는데 이번에는 네가 포로의 올바른 처우법에 대해 말을 해보라."

『그, 그것은⋯⋯.』

"뭘 그리 꾸물대는가. 예전에 떠들어대던 말이 있지 않나."

역시 제가 한 짓을 똑똑히 기억하는 안드레아의 얼굴이 창백하게 물들더니 온몸이 부들부들 떨리기 시작했다.

"기억이 나도록 도와줄까?"

아를로한의 말이 떨어지기가 무섭게 채찍을 쥔 갈라스 백작이 한 걸음 앞으로 다가섰다. 그에 기겁을 하며 몸을 사린 안드레아가 딱딱 이를 맞부딪치며 입을 열었다.

『바, 바지를 벗겨⋯⋯ 싸움에서 진 개니까, 야, 얌전히, 배라도 드러내며⋯⋯.』

"중요한 것 하나가 빠진 것 같은데."

『다, 다시는 감히 더, 덤비지 못하도록⋯⋯ 꼬리, 를⋯⋯.』

제가 내뱉을 말이 어찌 제게 돌아올지 알 수 없어서 황자의 목소리는 심하게 떨렸다. 그리고 원하던 말을 끄집어낸 아를로한은 갈라스 백작에게 턱짓을 했다.

"오드켈, 폐황자의 가르침대로 루이스 폐황자께 올바른 포로의 대우를 해드리거라."

『그, 그 무슨⋯⋯! 아, 안 돼! 내게 손대지 마! 저리 가, 이 무례한! 이 저열한 것들! 놔앗! 놔!』

처절하게 비명을 지르는 황자의 사지를 억지로 잡아 누르고 다가온 근위병들이 옷을 벗겨냈다. 마치 도살당하는 듯한 남자의 비명 뒤로 요란한 웃음소리가 터져 나왔다. 이제 잡혀온 황족들 중에서는 발작적으로 울음을 터트리는 이들도 있었다.

그나마 평정을 유지하는 것은 맨 앞에 꿇어앉은 이십 대 중반쯤의 여자.

"카산드라 폐황녀."

이름을 불리자 카산드라의 눈이 천천히 뜨였다. 차마 갈무리하지 못한 증오가 넘실거리는 그 연녹색 눈동자를 한참 바라보던 아를로한은 느릿하게 입을 열었다.

"폐황녀께서 이 자리에서 최연장자이시니 동생들의 운명을 정할 수 있는 기회를 드리지. 목숨을 구하는 대신 인스켈의 국노(國奴)로서 평생을 살 것인지, 혹은 깨끗하게 죽을지."

그에 다른 황족들이 숨을 들이쉬었다. 고개를 들어 노려보는 연녹색 눈동자에 서린 칼날 같은 적의에 눈 하나 깜짝하지 않고 아를로한은 다그쳤다.

"자, 어서."

그리고 이를 꽉 악물며 황녀가 내뱉었다.

『……죽여라.』

그 말이 떨어지자마자 황족들 사이에서 벌떼 같은 소란이 일었다.

『독사 같은 계집! 죽으려면 혼자 죽을 것이지.』

『저는 달라요, 폐하! 살려만 주시면 저는 정말 성심성의껏.』

『저년이 대체 뭐라고 우리 인생이 저년 말에 좌우되어야 합니까! 차라리 루이스 형님께.』

『살려주세요, 폐하! 잘못했어요, 살려주세요!』

알아듣지 못할 수십 명의 아우성에도 아를로한은 표정변화 하나 없었다. 악의 어린, 필사적인 악다구니가 마치 감미로운 음악처럼 들렸다.

예전에는, 저들을 두려워했던 적이 있었다.

예전에는, 저들을 부러워했던 적이 있었다.

예전에는, 저들처럼 되고 싶어 했던 적이 있었다.

고작 이 정도일 뿐이거늘. 약간의 협박에 무너지고, 약간의 고통에 겁을 먹고, 약간의 압박에 바로 포기해버리는.

까마득한 단상에 올라 내려다보는 그 짐승 같은 모습에 배 속 깊은 곳에서부터 끓어오르는 희열을 느끼며 젊은 왕은 입술을 비틀어 미소 지었다.

"대공, 폐황녀의 뜻에 따라 저들을 모조리 로세이유 대사관으로 끌고 가 불 질러버려라."

그 말에 다시금 울려 퍼지는 악다구니들 사이로 전혀 예상치 못한 목소리가 들렸다.

"폐하."

동생의 목소리에 아를로한은 감았던 눈을 뜨고 동생을 내려다보았다. 전장에 나선 이후로 눈에 띄게 표정이 줄어든 동생은 드물게 당혹스러운 기색을 내비치고 있었다. 제 명의 어디에 동생이 당혹할 만한 곳이 있었나 곱씹어보던 아를로한은 다시 반복해 명했다.

"브릴리언테의 핏줄은 모조리 멸절시킬 것이다."

"폐하, 폐하의 뜻에 따라 마땅하나 저들 중에는 아직 열 살이 채 되지 않은 이들도 있습니다. 그런 아이까지 죽이려 하심입니까?"

"인스켈의 국법에 따르려는 것뿐이다, 대공. 샤를은 제 사리사욕을 위해 온 대륙을 전란으로 끌어들인 전범이다. 죄질이 저리 악랄하니 살아 있다면 연좌죄로 그 직계는 모조리 죽음을 명했을 터. 그러나 나는 자비를 베풀어 죄인의 딸에게 저와 제 동생들의 운명을 스스로 정하게 했다. 내가 틀린가, 대공?"

"……폐하께서 하신 말씀이 옳으십니다. 그러나 그리하면 우리가……."

계속 애매모호하면서도 끈질기게 반대하는 동생 때문에 아를로한의 표정이 가볍게 굳었다. 손을 들어 동생의 말을 막으며 그는 주위의 반응을 빠르게 훑었다. 어느새 단상 아래의 소란은 잦아들었다. 이 대화가 제 운명을 좌우할 것이라 직감한 황족들은 물론이고, 신체와 왕의 관계에 촉을 곤두세운 타국의 사절들이, 그의 신하들이 그들 쪽을 향해 오감을 집중하고 있었다. 아를로한은 어딘가 괴로운 듯한 동생을 보며 생각했다.

칙명에 의문을 제기한 것만으로 동생의 충성을 의심하진 않는다. 놀랄 정도로 그에게 충실한 아이였다. 무섭도록 올곧은 아이이기에 배신이라는 건 생각지도 않을 것이다.

그 사실을 다른 이들은 모를 뿐.

"대공, 그대는 내게 절대적으로 충성할 것임을 맹세했다. 내 명에 의문을 가지지 않고, 불만을 품지 않고 그저 충실하게 따르는 것이 우리의 맹약이었다."

가볍게 상체를 숙여 동생에게 속삭였다.

"그렇게, 엘리자베타의 서신 앞에서 맹세했지 않았나."

단번에 동생의 몸이 얼어붙는 것을 확인하며 아를로한은 작게 한숨을 내쉬었다.

왕실의 가족이란 가느다란 선 위를 줄타기하는 것과 같은 삶을 사는 존재. 당사자들이 아무리 서로에게 애틋하다 해도 주위의 상황에, 주변의 입김에 얼마든지 파탄날 수 있는 관계이다. 가장 좋은 방법은 벌레들이 꼬일 틈을 보여주지 않는 것. 그는 동생과 적이 될 생각이 없었다.

또한, 동맹국의 탈을 쓰고 모여든 이들 앞에서 인스켈의 틈을 보여줄 생각도 없었다.

"그대는 그 맹약을 준수할 것인가?"

되풀이해 묻는 목소리에 굳은 얼굴의 동생이 천천히 고개를 수그렸다.

"……예, 폐하. '죽음'은 언제나 현명하신 폐하의 검입니다."

제 신호를 완벽히 이해한 답변에 아를로한의 눈이 울렁이는 감정으로 요동쳤다. 고개를 들지 않아도 제 적의 핏줄들이, 제 신하들이, 제 우방들이 제게 향하는 시선이 어떤 것인지 느껴졌다.

절대무적의 신체가 방금 그에게 절대복종을 맹세했다. 이 검은 곧 어떤 적이라도 단번에 고꾸라트릴 수 있는 절대적인 무기가 되리라.

그의, 오로지 그만을 위한 힘.

평생을 감정을 억누르는 것만을 배워왔던 남자는 그날 처음으로 거리낌 없이 제 만족감을 얼굴 가득 드러내었다.

이 자유야말로, 힘이다.

• ⚜ •

칙명이 떨어지자 자를란트의 영주민들은 신이 나 썩은 과일이며 계란을 들고 찾아와서는 옛 로세이유 대사관이었던 건물로 울부짖으며 끌려 들어가는 브릴리언테 황가의 포로들에게 집어 던졌다. 곧 산 채로 불에 태워진다는 걸 아는 황족들은 피하려 할 여유조차도 없었다. 놔달라고, 제발 자비를 보여달라고 몸부림치는 이들과 저주받으리라, 내가 죽어서라도 반드시 복수하고 말리라며 악다구니를 써대는 이들의 사이로, 이미 체념한 이들과 두려움에 발작적으로 울음을 터트리는 이들이 끌려갔다. 로세이유 황가가 그리 손이 흔한 가문이 아님에도 불구하고 거의 이백 명에 가까운 이들이 줄줄이 끌려들어갔다. 곧 모든 문에 널빤지로 못이 박히고 건물 주위로 기름 먹인 건초들이 드높게 쌓였다.

그의 손짓 하나에 건물이 불타오르기 시작했다.

함성을 지르는 군중들을 막으며 창이나 문을 부수고 탈출하려는 이들을 찔러 죽이기 위해 경비대의 창기사들이 대사관을 빙 둘러 자리했다. 윈터는 얼마 지나지 않아 문을 두드리며 고통에 비명을 질러대는 이들의 악다구니에 눈을 질끈 감아버렸다.

건물이 전부 타오르고, 그 간절한 비명이 전혀 들리지 않게 된 것이 얼마 후였는지 그는 짐작조차 하지 못했다. 다만, 뙤약볕이 쨍쨍하던 대낮에 시작했던 일이 지금은 어둑어둑해졌으니 꽤나 시간이 지났구나 싶을 뿐이었다. 사람 살 타는 냄새가 지독해 머리가 어지러울 지경이었으나 윈터는 겉으로는 표정 하나 변하지 않은 채로 기사들에게 손짓해 문을 열고는 떨어지지 않는 발을 들어 안쪽으로 걸음을 옮겼다.

심박이 없는 데다 다른 이들의 심박을 들을 수 있을 정도로 예민한 청각을 가진 그는 이렇게 초토화된 곳에서 생존자를 찾아내는 것에 특화되어 있었다. 사람이 몇 명이나 달라붙어 있었는지 기사 넷이 달라붙어야 겨우 뜯어낼 수 있던 문 너머로 새까맣게 타버린 소사체들이 즐비했다. 욕지기를 억지로 억누르며 그는 이를 세게 즈려물었다.

그는 대체 제가 무엇을 예상하고 저 많은 황족들을 끌고 왔는지도 알 수 없었다. 처음에는, 그래. 제3황자와 제5황자, 태자와 황제를 죽일 때만 해도 감정에 어느 정도 희열이 섞여 있었다. 그러나 남부 끝까지 쫓아서 황족들을 사냥했을 때에는 더 이상 그런 감정은 한 톨도 섞여 있지 않았다.

그는 군대를 이끌고 끝없이 이어지는 전투를 겪었다. 질 리 없는 전투는 더 이상 긴장의 대상은 아니었으나 그 때문에 더욱 허망했다. 그의 신성은 죽었다 살아날 때마다 강해졌으며, 상트망을 함락시킨 시점에서 그는 눈짓 한 번만으로 주변 수십 평방미터 내의 인간을 말려 죽일 수 있을 정도였다. 더 이상 전투는 동등한 조건에서 치르는 혈투가 아니었다. 일방적으로 우월한 신체조건을 바탕으로 신체의 신성에 겁을 잔뜩 집어먹은 적군들을 횃불에 달려드는 나방처럼 척살할 뿐이었다.

학살. 그 외의 언어로는 도저히 표현할 수 없는 전투가 끝나고 나면 꼭 약속이라도 한 듯 그의 뒤에는 길게 시체의 산이 남았다. 천천히 퇴화해가는 후각으로도 느낄 수 있을 정도로 진한 피비린내가 언제나 그를 망토처럼 둘렀다.

그리고 그런 학살을 '죽음'은 기꺼워했다. 그의 신은 죽음의 냄새에 환호했고, 전투 중인 그의 몸을 잠식했으며, 더한 학살을 야기하기 위해 혀를 움직였다. 윈터는 어느 순간부터 전투 중에 제가 웃고 있음을 깨달았다. 일상에서는 마지막으로 웃었던 것이 언제인지조차 기억나지 않는 주제에.

지쳤다. 더 이상 죽이고 싶지 않아.

그러나 로세이유와의 접전은 그가 있기에 균형이 유지되고 있었다. 중간에 제멋대로 빠질 수 있을 리 없었다. 그저 하루라도 빨리 전쟁이 끝나면 이 짓도 끝나리라는 생각으로 버텨낼 뿐이었다. 그리고 로세이유 황족들의 청소는 분명 이 지긋지긋한 전쟁의 마지막이리라. 그렇지 않으면 어떻게 될지 상상도 하고 싶지 않았다.

그리고 그때, 윈터는 심장이 내려앉는 듯한 심정으로 불 탄 대사관 안을 걷던 발을 멈췄다.

심장 소리가, 미약하지만 확실한 심장고동이 들려오고 있었다.

아찔한 심정에 입술을 깨물면서도 윈터는 심장 소리가 들려오는 곳으로 발걸음을 옮겼다. 한 걸음, 한 걸음, 가까워질수록 그 소리는 한층 더 크게, 그래서 결국엔 천둥처럼 요란히 울려 퍼졌다.

소리는 응접실의 벽난로 벽돌 아래에서 났다. 조금 주의 깊게 보는 것만으로 그는 너무나 손쉽게 벽돌 사이에 약간의 틈이 있는 것을 눈치챘다. 주변 벽을 몇 번 두드리고 눌러보자 덜컹, 소리와 함께 벽난로 안쪽으로 이어지는 계단이 모습을 드러냈다.

『흐, 흐윽……!』

계단 안쪽의 지하실에는 두 명의 아이가 있었다. 용케 화마도, 숨을 조여대는 연기도 닿지 못한 그 조그마한 공간의 한쪽에 웅크리고 있는 두 아이가 보였다.

윈터는 머리를 깨트릴 작정으로 두들기는 듯한 두통을 참으며 아이를 바라보았다. 하나뿐인 심장박동은 그가 가까이 가면 갈수록 점점 커져 지금은 숨이 넘어갈 정도로 빠르게 뛰었다. 고작 열두 살이 되었을까? 갸름한 얼굴의 소년은 금빛일 게 분명한 고수머리며 아직 채 젖살이 빠지지 않은 볼과 동그란 눈 때문에 천사같이 보였다. 그 커다란 눈 한가득 눈물을 뚝뚝 떨어트리며 아이가 냅다 바닥에 엎드렸다.

『제, 제발.』

떨리는 목소리. 순간적으로 눈에 스쳐지나갔던 공포. 윈터는 아이가 제 정체를 눈치챘다는 것을 알았다. 하긴, 감추려야 감출 수 없는 외모다.

『사, 살려주세요. 절대, 절대로 모습을 보이지 않고 죽은 듯이 살겠습니다. 제가 누군지, 뭘 봤는지, 다 잊어버리고 벌레처럼 납작 엎드려서 살겠습니다. 그러니…… 그러니 제발…….』

무슨 감정인지 모를 감정이 북받쳐 올랐는지 아이는 어깨를 들썩이며 흐느꼈다. 방울방울 떨어져 내리는 눈물에 그는 뭐라 표현할 수 없는 피로감을 느꼈다. 아이가 지금 무슨 감정으로 무슨 생각을 하며 제 아비의, 제 부모형제의 살인자에게 이리 애걸을 하고 있을지 짐작하고 싶지도 않았다.

『제발 목숨만, 목숨만 살려주세요, 대공.』

두통이 심해져 머리가 쪼개질 것만 같았다.

형은, 내게 명을 내림이 마땅한 나의 왕은, 분명히 브릴리언테 황가의 씨를 모조리 말리라 하셨다. 그 말은 아마 옳은 것이겠지. 내가 저 나이 때였을 때 나는 아비의 원수의 발치에 강제로 무릎 꿇려 무슨 생각을 했던가. 내 무슨 일이 있더라도 저자를 끝장내고 이날의 모욕을 몇백 배로 부풀려 돌려주겠노라 맹세하지 않았나. 저 아이도 마찬가지일 수가 있다. 살려두면 후환이 될 것이다. 저 아이 본인이 원치 않더라도, 옛 황가의 씨가 남아 있다는 것만으로도 황조 복원을 꾀하는 이들의 좋은 먹잇감이 될 것이다.

죽여. 죽여라. 죽여버려. 어차피 그리도 많이 죽이지 않았나. 그리 많이 죽인 이들 중에 저 또래의 아이도 없었다고는 할 수 없다. 저들을 예까지 끌고 오며 이런 결말이 기다리고 있을 거라 단 한 번도 생각하지 않았나? 설마. 그러나 그럼에도 도망치는 놈들은 모조리 주살해 가며 예까지 끌고 오지 않았나.

제가 끌고 갈 이들이 아이 어른 할 것 없이 다 죽을지도 모른다는 것은 알고 있었다. 그럼에도 묵인했다. 그럼에도.

『……네 이름이?』

『시, 싱클레어. 싱클레어 브릴리언테, 입니다.』

『그래, 싱클레어.』

숨도 쉬지 못하고 저를 바라보는 시선에 어쩔 수 없이 떠오르는 것은 엘리자베타였다. 저렇게 어리고, 저렇게 무고했으며, 저렇게 그 누구 하나 해한 적 없는 아이였음에도 단지 어른들의 사정에 말려들어 채 피어보지도 못하고 죽었던 누이.

상상하곤 했다. 시체를 확인했던 것도 아니니 혹시 누군가가, 제7 황자의 미친 짓에 염증을 느낀 그 누군가가 몰래 그 아이를 빼내주진 않았을까. 그리하여 누군가의 변덕에, 누군가의 호의라고도 할 수 없는 호의에 그 아이가 목숨을 건지지는 않았을까. 혹시 그렇게 살아 어느 날 불현듯 전쟁이 끝났다는 소식을 듣고 찾아오지는 않을까.

그러나 어디까지나 부질없는 상상일 뿐. 무엇보다, 그 아이가 진실로 살아 있어 다시 그들에게 돌아온다 하더라도, 이리 변해버린 그를 이전처럼 대해줄지조차 불투명한 일이다.

그도 그럴 것이, 그는, 이리도.

『……다음 날 해가 지는 즉시 여기서 떠나라. 떠나서 네 가족에 대한 것도, 나라에 대한 것도 다 잊고 살아라. 다시 내 눈앞에 네 모습을 보일 때엔 이번에야말로 네 목을 벨 거다.』

『가, 감사합니다……! 감사합니다, 이 은혜는…….』

스스로의 행운을 믿을 수 없다는 듯 터져 나오는 아이의 목소리를 듣고 싶지 않아 그는 홱 몸을 돌려 걸음을 재촉했다.

은혜고 뭐고 다 웃기는 말이다. 이건 오로지 자기만족을 위해서 한 일일 뿐, 거기에 저 아이에 대한 순수한 걱정은 조금도 포함되어 있지 않았다.

이 하나가 대체 무슨 큰 차이인가 싶을지도 모르겠으나, 한 명이라도 상관없었다.

그는 적어도 검 하나 들지 못하는 어린아이마저 죽이고 싶지는 않았다.

『은혜는, 꼭 갚겠습니다.』

뒤 한번 돌아보지 않고 지하실을 나서는 그의 뒤로, 어린 싱클레어 황자가 마지막으로 내뱉은 말이 들려왔다.

그다음 날 대사관에 돌아왔을 때, 싱클레어와 그 누이의 시체는 흔적도 없이 사라진 뒤였다.

* ❀ *

윈터는 입술을 비틀며 눈앞에 펼쳐진 장관을 바라보았다. 세자 탄신 무도회를 한창 준비 중인 자를란트 왕성은 전쟁 승리로 얻은 중부 식민지에서 쏟아져 들어오는 공물 덕에 전에 없이 번영하고 있었다. 그 분위기에 같이 취한 듯 조금 전까지만 해도 신나게 재잘거리며 떠들던 시녀들의 무리는 그가 모습을 나타내자마자 약속이라도 한 듯 양쪽으로 갈라져 죽은 듯이 숨을 죽였다. 흠칫거리며 저와 눈을 마주치지 않으려 애를 쓰는 꼴을 보고 있자니 웃음이 나올 지경이었다.

"적당히 반겨주고 하던 일 하지그래? 환영이 너무 성대하니 부담스러운데."

매끄럽게 흘러나온 이죽임에 한층 더 당황하는 이들 사이를 유유히 지나 그는 알현실로 발걸음을 돌렸다.

전장에서의 그의 소문이 어떤 식으로 부풀려졌는지는 모르겠으나—아니, 얼마나 생생하게 전해졌는지는 모르겠으나— 이런 취급은 한두 번 받아보는 게 아니니 이제 익숙해질 법도 했다.

처음에는 나름대로 상처도 받아 도망치듯 자리를 피했던 게 한두 번이 아니었으나 이제는 그저 비웃으며 지나칠 뿐이다. 그가 봉지(封地)로 받은 드레스덴은 눈이 좀 많이 오는 걸 제외하면 인스켈 왕실 대대로 직할령으로 삼았던 만큼 광물이 많이 나고 정경이 아름다웠다. 그는 신성기사단을 훈련시키고 영지를 순찰하며 살아가는 생활이 꽤 마음에 들었다.

서재에 앉아 있다 보면 그의 유달리 예민한 귀에 마을에서 사람들이 웃고 떠드는 소리가 들려온다. 망치가 철을 내리치는 소리, 훈련하는 기사들의 기합 소리, 행상인들의 호객 소리. 쾌활하게 하루를 여는 사람들의 목소리, 웃음소리. 그 별것도 아닌 일상의 소음 속에서 윈터는 병장기의 철걱거리는 소리와 죽어가는 사람의 비명을 서서히 잊어갔다.

전쟁이 끝난 것이다. 인스켈은 승리했다. 피비린내 나는 전쟁의 끝에 그래도 무언가 가치 있는 것이 태어났다. 이제 그 평화를 위협하는 이들은 나타나지 않을 거다.

"전하, 그렇게 뛰시면……!"

그때, 갑자기 모퉁이를 돌아 자그만 인형이 툭 달려 나왔다. 본능적으로 몸이 움직여 아이를 피한 후에야 윈터는 눈을 크게 떴다.

"숙, 부……?"

절 뒤늦게 발견하고 갑자기 발을 멈추려다 살짝 비틀거렸던 아이가 저를 똑바로 바라보며 조심스레 속삭이는 말에 윈터는 작게 탄성을 흘렸다. 이제 슬슬 아이의 티를 벗고 소년의 태가 나기 시작하는 아이는 무서울 정도로 형을, 이제는 얼굴이 가물거리는 엘리자베타를 닮았다. 낯을 가리는지 조금 주뼛대며 저를 올려다보는 아이의 동그란 눈을 바라보며 윈터는 참지 못하고 작게 웃음을 터트렸다.

고작 3년이 조금 더 되었던 것 같은데 아이는 놀라울 정도로 자라 있었다. 이맘때의 아이들이 얼마나 순식간에 자라는지 완전히 잊고 있었다.

"정말, 너……."

반가움에 그가 조카를 향해 손을 뻗었을 때였다.

"카를!"

순간 들려온 째지는 목소리에 멈칫한 순간, 황급히 달려온 손이 아이를 확 잡아채 끌어냈다. 순식간에 아이를 제 뒤에 숨겨버린 이슬라 왕비는 지금 당장 쓰러져도 이상하지 않을 정도로 새하얗게 질려 있었다. 그 뒤를 허겁지겁 쫓아온 시녀들과 근위기사들이 눈앞의 상황을 보고 얼굴이 새하얘졌다.

갑작스레 일어난 일에 멈칫했던 윈터는 상황이 파악되자 저도 모르게 기가 찬 헛웃음을 내뱉었다.

"전쟁 났습니까, 형수님?"

"……드레스덴 대공."

"성이 무너져요? 나라가 멸망했습니까? 어쩌자고 그렇게 창백하게 질려 계세요?"

"대공, 나, 나는……."

한참을 기다려도 제대로 된 대답은 돌아오지 않았다. 하긴 대체 뭐라 대답을 하려고.

그러나 제대로 대답도 하지 못하는 주제에 제 아이를 끌어안는 손만큼은 흔들림 하나 없다. 속이 쓰렸다.

어리석고도 맹목적인 어미의 모성. 제게 무슨 일이 생긴다 해도 아이만큼은 지키고 말리라는 필사적인 몸짓. 이 작은 여자는 그가 진심으로 아이를 해치려 한다면 머리의 핀이라도 뽑아 달려들 것이다.

그가 아이를 죽인다면. 그가 정말 저 아이의 적이 된다면.

생각이 거기에 닿자 기가 찬 그는 상체를 숙여 여자와 코가 닿을 거리까지 얼굴을 들이대었다.

"내가 정말 이 꼬마를 어떻게라도 할 것 같았어요?"

눈앞이 제대로 보이지 않을 정도로 화가 치밀어 올라 목소리가 떨렸다. 형수는 대체 그가 뭐라고 생각하는 걸까. 설마 소문을 믿었나? 그가 제게 덤벼드는 이들은 어른이나 아이나 상관없이 도살하고 항복한 포로들조차도 심심풀이 삼아 가지고 놀다 죽여버린다는? 그게 아니면, 제가 구제의 가능성도 보이지 않을 정도로 죽음에 잠식되어 보통 사람은 몸이 닿는 것만으로도 급사해버린다는 소문?

그런 소문을 부추긴 게 형이라는 건 못 들었나? 적들의 저항을 최소화하기 위해 형이 일부러 퍼트린 헛소문이라는 건 모르나?

갑작스러운 제 어미와의 대치에 놀랐는지 겁에 질린 표정을 짓는 카를. 당황하는 시녀들이 숨을 들이쉬는 소리와 어쩔 줄 몰라 하며 기사들이 검을 쥐었다 놓았다 하는 모습.

제게 내리꽂히는 시선들.

"당신은, 내가 진심으로."

거침없이 상대를 난자하려 움직였던 혓바닥은 그러나 제게서 시선조차 돌리지 못할 정도로 겁에 질린 눈동자를 바라보자 더 이상의 말을 내뱉지 못했다.

누구에게 뭘 바라나. 이런 취급은 이게 처음이 아니었고, 마지막도 아닐 것을.

지금 이 모든 상황이 그저 다 끔찍해져 그는 홱 몸을 돌려버렸다. 더이상 이곳에 머물고 싶지 않다.

사라지고 싶었다.

아무도 저에 대해 모르는 곳으로. 제 이름에 묻어난 피비린내에 진저리치는 이들이 없는 곳으로.

그러나 그 모든 소란을 뒤로하고 왕의 집무실에 들어선 그를 기다리는 것은 머리를 아찔하게 하는 통보였다.

"지금, 에스타니아와 전쟁을 하겠다고……?"

반쯤은, 그는 형이 정색하는 제 모습을 보며 그냥 그건 비유였다고, 혹은 그냥 해본 말이었다고 제 어깨를 두드리며 웃어버리기를 간절히 바랐다. 그러나 동시에, 그는 그런 식의 떠보기며 농담이 형과는 전혀 어울리지 않는 일이라는 것도 알았다.

"안타까운 일이지. 후안이 그리도 염치없게 나올지 누가 알았겠어? 지난 전쟁 중 간만 보다가 승기가 확실해져서야 끼어든 주제에 상파뉴 지방을 욕심내고 있잖아. 본래라면 땅 조각 하나 얻지 못했을 노인네가 말이지."

"하지만 그것 때문에 굳이 전쟁을 할 것까지는……."

"에스타니아의 곡창지대와 아다마스는 가만히 내버려두면 순식간에 에스타니아를 부귀하게 만들 거다. 그걸 견제하고 있던 로세이유가 없는 지금, 우리가 빨리 움직이지 않으면 대륙의 패권은 에스타니아가 잡고 말 거다. 신체라고는 너 혼자뿐인 우리와는 달리 에스타니아 측에는 수백 명의 마법사들이 있어. 국력이 벌어지기 시작하면 우리가 승리할 수 있으리라는 보장이 없지."

윈터는 믿을 수 없다는 시선으로 아를로한을 바라보았다. 큼직한 보석과 화려한 색으로 치장한 그는 한때 샤를 5세가 그랬듯 오만하고도 자신만만한 표정을 하고 있었다. 5년 전이라면 상상도 하지 못했을 모습. 지난 전쟁이 형에게 가져다준 것들.

그러나 그 대가로 무언가가 변했다. 피에 취한 것 같은 형의 목소리가 끔찍했다.

에스타니아가 어떤 나라인가. 대륙에 제일 처음 정착했던 시조민족이며, 대륙의 3분의 1이 되는 땅덩어리를 차지하고 대륙 제일의 함대 아다마스를 거느린 해상강국이다. 목소리로 정령을 조종하는 마법은 에스타니아의 피를 받은 이들만 쓸 수 있는 특기이며 그들은 샤를 5세가 신과 계약하기 전까지는 대륙 내에서 신처럼 추앙받았다.

싸운다면 몇 년이 걸릴지 모른다. 게다가 에스타니아와 싸운다면 그에 위협을 느낀 리슈타인이 움직일 거다. 실질적으로 에스타니아와 리슈타인을 동시에 상대하면서 때를 노리는 로세이유 복권세력까지 상대해야 한다는 말이다.

대체 무엇 때문에. 대체 얼마나 대단한 영화를 누리겠다고?

"어째서 인스켈이 대륙의 패권을 차지해야 하는데."

"뭐?"

"대체 뭘 위해서 에스타니아를 쳐야 하는지 묻는 거야. 우린 이미 로세이유를 복속시키려 3년씩이나 계속 전쟁을 했어. 이기긴 했지만 본래라면 상대가 안 되는 적과 싸웠던 거야. 아직 그 여파가 완전히 가시지도 않았고, 복속된 영지를 완벽하게 장악하지도 못했어. 그런데 또 에스타니아와의 전쟁이라니, 너무 무리가 심해."

아를로한의 얼굴이 굳었다.

"그래서 하고 싶은 말이 뭐지? 불복하겠다고?"

싸늘한 목소리에 윈터는 들키지 않게 이를 악물었다. 제가 했던 말의 어딘가가 신경에 거슬렸던 모양이다. 재빨리 제가 했던 말을 되새겨 대체 뭐가 그리 마음에 안 들었을까 생각해보려 했으나 저를 바라보는 형의 얼굴을 바라보자 머릿속이 새하얘졌다.

또다. 또 저런 눈. 요즘 들어 부쩍 는, 싸늘하기 짝이 없는 시선.

"형, 나는 형의 동생이기 이전에 형의 신하야. 형의 명이 무엇이든 나는 따를 거야, 그러나,"

"그러나 뭐지? 엔시온 후작이 신체도 아닌 왕에게 고개 숙일 필요 없다고 말했던 게 기억이라도 났어?"

"이 문제에 엔시온 후는……."

반사적으로 변명을 위해 입을 열었던 그의 목소리가 뚝 끊겼다.

"……형, 엔시온 후가 뭐라고 하기라도 했어?"

"왜, 네 단 하나뿐인 추종자가 어떻게 되었을까 봐 걱정돼?"

이제 더 이상 숨기려고도 하지 않는 비아냥. 저와 무서울 정도로 닮은 눈에서 보이는 명백한 적의. 경계.

경계?

"그자는 내 추종자가 아니야! 그자는,"

"그래, 알아. 신하들이라 해도 인간인데 진심으로 너를 기꺼워해 따를까."

"……형."

숨이 막혔다. 순간 귀를 의심했다.

"그게 무슨 말이야."

이게 지금 형이 한 말이 맞나.

"네 모습을 봐. 이제 곧 열아홉이 될 텐데도 아직 갓 열여섯이 넘은 듯한 얼굴이라니. 네 얼굴만 봐도 네가 보통 인간이 아니란 건 끔찍하게 잘 알,"

"그만해!"

부러질 듯 이를 세게 깨물며 그는 두세 걸음 뒷걸음질 쳤다.

"알아. 형이 말해주지 않아도, 내가 어떤 것인지는 내가 제일 잘 알아."

하지만 그걸 형이 깨우쳐줄 필요는 없잖아.

형은 내 형인데. 이제 단 하나 남은 내 형제인데. 다른 이들이 내게 뭐라 한다 하더라도, 형수조차 내 진심을 의심한다 하더라도, 그 누가 뭐라 이간질한다 하더라도 내 편이 되어줘야지.

나를 믿어줘야지. 내게 손을 내밀어줘야지.

내가 아직 인간이라고, ……형의 사랑하는 동생이라 말해줘야지.

"내가 널 의심하게 하지 마라. 넌 내게 단 하나 남은 형제야. 나만큼 너를 사랑하고 필요로 하는 사람은 없어."

질끈 눈을 감아버린 그의 귓가로 아까와 비교해 한껏 부드러워진 목소리가 떨어져 내렸다. 다정한 목소리는 그가 이전에 알아왔던 형과 너무 닮아 있어 가슴이 무너져 내렸다.

"······알아, 형."

결국 원하는 대답을 하자 그제야 아를로한의 목소리에 웃음기가 섞여들었다.

"고맙다. 잊지 않고 있어. 네가 나를 위해, 인스켈을 위해 얼마나 많은 것을 희생해왔는지. 내가 그걸 어떻게 잊겠어? 그러니 내 동생."

가끔은 저 목소리가 목을 조여오는 것만 같다.

"나를 위해 에스타니아 왕의 목을 가져와."

윈터는 수렁에 빠진 심정으로 형을 멍하니 올려다보았다.

"더 이상 우리 사이를 의심하고 이간질하려는 이들이 없도록 네가 온 대륙에 똑똑히 보여줘. 네가 내 가장 뛰어난 검이라는 것을."

한때 그가 알고 있던 형의 탈을 쓰고 명령하는 왕의 얼굴을 더 이상 볼 수 없어 그는 고개를 수그려버렸다. 그에게 허용된 단 하나의 답을 읊조렸다.

"······모든 것은, 폐하의 뜻대로."

형의 면전을 벗어나자마자 그는 무너지듯 회랑에 주저앉았다. 당혹스러운 시선으로 말을 걸어야 하는지, 사람을 불러와야 하는지 혼란스러워하고 있는 시종들과 근위기사들의 소란에 그는 억지로 몸을 일으켜 도망치듯 그 자리를 벗어났다. 대체 어떻게 방으로 돌아왔는지 기억도 나지 않았다. 감정이 노도처럼 쏟아져 들어와 눈앞이 제대로 보이지도 않았다.

하고 싶은 말이 있었다. 해야 했던 말이 있었다. 전장에 나가라 했을 때, 에스타니아 왕의 목을 가져오라 명받았을 때. 아를로한이 말했던 대로 이제 그에게 남은 형제는 형뿐이니까. 곁에서 의지하고 애정을 갈구할 사람은 이제 단 하나뿐이니까 형에게 말하려고, 애걸하려 했었다. 그런데 이제는.

심장이 터져나갈 듯 감정이 켜켜이 쌓여, 이러지도 못하고 저러지도 못한 채 토해낼 곳도 없어, 그는 양손으로 얼굴을 쥐어뜯으며 실성한 듯이 웃기만 했다. 발작적으로 허리에 찬 단검을 뽑아낸 윈터는 신경질적으로 팔을 그어댔다. 피 한 방울도 나지 않는 상처는 살갗을 파고든 금속이 빠져나가자마자 곧바로 아물어 흉터조차 남기지 않았다.

한 번, 두 번, 몇 번이고 되풀이해 찾아오는 신경줄을 긁어대는 아픔에 경련하듯 몸을 뒤틀다 그는 순간 쥐고 있던 단검을 멍하니 바라보았다.

콱, 뼈가 우그러지는 소리와 함께 칼날이 목뼈 정중앙에 박혔다.

말라버린 눈물샘에서는 눈물이 흐르지 않았다. 멍하니, 목덜미에 단검이 박힌 채로 허공을 응시하며 윈터는 눈을 감아버렸다.

"형……."

금세라도 사그라질 듯한 목소리가 겨우 새어나왔다.

세상이, 몸이 찢어질 것 같은 고통 속에서도 여전히 선명히 보이는 세상이 너무 괴로워서, 날카로운 오감이 잡아내는 삶이 너무나 끔찍해서 그는 어찌해야 좋을 줄을 몰랐다.

"형, 살려줘."

제가 끔찍하게 사람이 아니어서, 공포와 혐오 외에는 받을 수 있는 게 없어서, 더 이상 조카에게 손을 대는 것조차도 할 수 없어서. 가끔은 그 자신도 헷갈린다. 제가 정말 사람이 맞나.

사람을 죽일수록, 죽다가 살아날수록, 머릿속에서 속삭이는 목소리가 너무 선명해져 도저히 외면할 수가 없다.

그런데 형은 그런 제게 또다시 사람을 죽이라 한다.

"형, 날 좀 도와줘……."

울어버리고 싶은데 눈물이 나오지 않아 더욱 끔찍했다. 이미 마음을 비웠다고 생각했는데, 다 포기했다고 생각했는데 그럼에도 완벽하게 그렇게 할 수가 없다는 게 참담했다.

이제는 자꾸 흐려가는 기억 속에서의 형은 어머니의 죽음에 울었던 그를 끌어안고 도닥거려주었다. 아버지의 죽음에 어쩔 줄 몰랐던 그를 걱정해 끈질기게 불러들였다. 누이의 죽음에 절망하던 그에게 해야 할 일을 주었다.

그게 대체 언제 적 일인지 기억이 나지 않아 윈터는 눈을 감아버렸다.

― 그냥 다 놓아버리지그래?

또다시 머릿속의 죽음이 유혹했다.

― 다 잊어버리고 그냥 나한테 맡겨.

그리고 이번에 그는 그 유혹을 뿌리치지 못했다.

● ❀ ●

"젠장!"

쾅, 책상을 내리친 아를로한의 주먹이 부들부들 떨렸다. 희끗희끗 세기 시작하는 은회색 머리카락과 깊숙이 파고든 주름골은 피할 수 없는 시간의 무게를 보이고 있었다. 기나긴 전쟁 끝에 벨라스델라 공방전의 승리로 에스타니아를 식민지화한 것은 물론, 리슈타인마저 속국화한 후 스스로 칭제(稱帝)했던 것이 벌써 28년. 그의 나이는 이제 쉰을 넘겼다. 이제 무르익은 통치감각과 경험을 바탕으로 인생의 전성기를 장식할 시기. 그러나 나이를 먹어가면 갈수록 아를로한은 황태자 시절 칭송받아왔던 인내심과 포용력을 잃어가고 있었다.

"어쩌자고, 어쩌자고 그놈은 왜! 또 뭐가 문제야!"

거칠게 휘두른 손에 책상 위의 책들과 잉크병, 장식품이 와르르 쏟아져 요란한 소리를 내며 박살이 났다. 그럼에도 차마 가라앉지 않는 울화를 삭이려 이를 갈며 그는 빠른 속도로 집무실 안을 왔다 갔다 하기 시작했다.

윈터 드레스덴은 미쳤다. 마치 사람이 바뀐 듯 그토록 꺼리던 전장으로 자발해서 걸어 들어간 그의 신성은 그 순간을 시작으로 가파르게 상승해 에스타니아의 수도 벨라스델라를 함락시킬 때에는 최고조에 다다랐다. 지나간 곳에 살아 있는 것 하나 남기지 않는다 하는 그 압도적인 힘에서 운 좋게 살아남아도, 완전히 완숙의 경지에 다른 그의 검에 곧 쓰러져갔다. 싸우면 이겼고, 싸우면 상대를 살려놓지 않았다.

상대를 바로 죽이지 않고 가지고 논다는 악질적인 소문이 돌았던 것도 그때쯤이었다. 위의 지시를 완벽히 무시하고 제멋대로 움직이는 것은 물론, 며칠씩이나 모습을 감췄다가 피칠갑을 해서 돌아오는 것도 한두 번이 아니다. 도저히 통제가 되지 않는 살인병기를 앞에 두고 황제와 원로원은 어찌해야 할지 몰랐다.

겨우 보름 전, 윈터가 후아스텔모에서 일어난 에스타니아 독립 시도 사건의 주모자들을 모조리 학살했다는 소식이 자를란트에 닿았다. 쉰여 명이나 되었던 그자들을 그 커다란 도시에서 모조리 찾아내 짐승 몰듯 몰아서 살해했다는 소식을 전하며 윈터의 부관은 목표물을 집요하게 쫓아 결국 죽여버리고야 마는 가공할 만한 능력에 치를 떨었다.

소식을 들은 원로원은 발칵 뒤집혔다. 윈터가 한 행동은 이제 슬슬 구 에스타니아의 유민들을 달래는 방향으로 정책을 짜고 있던 원로원의 계획에 찬물을 끼얹었다. 원로원은 윈터의 보복이 두려워서라도 그에게 공공연하게 불만을 표현할 수 없기에 윈터의 소문은 괴담식으로 패전국의 유민들 사이에서나 돌았고, 사실을 모르는 대중들은 무장 세력들로 인한 피해가 계속되자 모든 원망을 오로지 황제와 원로원에 돌렸다.

그 와중에 윈터의 인기는 적어도 인스켈 내에서는 하늘을 찔렀다. 그를 직접 섬기는 몇 안 되는 부관들과 직할부대는 이제는 완벽히 인간의 범주에서 벗어난 그를 꺼려해 두려워했으나, 그와 직접적으로 부대끼지 않는 일반 병사들이나 그가 직접 훈련시킨 신성기사단은 그를 숭배하기에 이르렀다. 윈터는 절대로 제 부하들을 죽을 위험이 높은 곳으로는 보내지 않았고, 승리 후에도 어떤 재물도 탐하지 않고서 모조리 부하들에게 나눠 갖게 했다.

무엇보다, 그는 스물여덟 번이나 죽었다 살아나면서도 기어이 그들을 억압하던 로세이유의 황제를 제거해준 영웅이었다. 지금의 행동이 아무리 개차반이더라도, 시간이 지나 미화된 추억은 윈터의 출정이 이어질 때마다 늘어나는 인스켈의 국토와 자를란트로 흘러들어오는, 예전이라면 생각도 못 했을 공물들과 함께 윈터의 위상을 높여주기만 했다.

그 영웅이 통제되지 않는 미치광이 살인광이라는 데에는 아마 신경도 쓰지 않고 관심도 없겠지. 그러지 않고서야 인스켈도 옛 로세이유처럼 신체를 황제로 삼자는 말을 지껄이고 다니지는 않겠지.

"젠장……."

어째서 이런 말이 나오는 건가. 제국의 황제는 그다. 그리고 그가 죽는다 해도 다음 대의 황제는 그 누가 뭐래도 카를이다. 이런 말이 도는 것만으로도 다른 이라면 지금 당장 끌려가 목이 달아났어도 이상치 않다.

그게 정상이다. 지금 같은 이런 상황이 아니라.

"정말이지 드레스덴 대공은 배은망덕하기 짝이 없군요. 누구 덕으로 가지게 된 힘인데 그걸 오히려 폐하께 해가 되는 방향으로 휘두르고 다니다니."

제 심정을 정확히 읽어내는 말에 황제는 시선을 돌려 공손히 몸을 수그리고 있던 남자를 바라보았다.

"엄밀히 말해서…… 대공은 폐주 샤를을 제거하려다 실패했을 때 이미 죽었어야 할 목숨입니다. 폐하의 자비로 목숨을 부지하고 신물을 손에 넣을 수 있었기에 지금의 위상을 가지게 된 것이지…… 솔직히 행동거지는 엄밀히 따지자면 인스켈을 위험에 빠트리면 빠트렸지 도와주지는 않지 않았습니까. 그런데 저 무지한 백성들은 폐하의 은덕을 모르고 눈앞에 보이는 것만 좇아 대공에게 열광하다니, 제가 다 답답해질 지경입니다."

"……그라스(Grâce)."

"아, 이런 무례를. 폐하의 형제분을 이리 가볍게 언급하다니 제가 주제를 모르고."

"아니, 됐다."

아를로한은 급히 몸을 수그려 사죄하려는 남자를 손을 저어 만류했다. 그의 연대기를 집필하기 위해 사학자들을 불러들였을 때 포함된

그라스는 로세이유 출신이었으나 부모가 인스켈인이었다. 아는 게 많고 눈치가 빠른 이 남자는 무엇보다 열렬한 황제파였다.

사실 연대기 집필을 핑계로 황제에게 다가와 그 위치를 통해 이권을 챙기려던 이들도 많았다. 그러나 그라스는 어떤 부귀와 권세에도 관심을 가지지 않았다. 어떤 대신과도, 다른 사학자들과도 결탁하지 않은 채 학문에만 열심이었다. 겁 많고 근시안적인 아내와 어미를 닮아 점차 소심해져만 가는 아들조차 이해하지 못하는 황제의 근본적인 고민과 불만을 이자만큼은 정확하게 잡아냈다. 무슨 사고를 당했는지 얼굴 전체가 완벽히 짓무른 것을 제외하면 곁에 두기에는 이자만큼 마음 편한 이가 없었다.

"이럴 줄 알았다면 그때 폐주에게 넘겨버리는 건데. 그놈이 이렇게 될 줄 알았다면 '죽음'을 주는 게 아니었어."

그렇기에 아를로한은 언젠가부터 이 사학자에게만큼은 누구에게도 하지 않았던, 할 수 없었던 말을 거리낌 없이 했다. 그랬던 세월이 벌써 10여 년. 그 긴 시간 동안 그라스는 단 한 번도 아를로한이 일부러, 혹은 실수로 흘렸던 속내를 타인에게 발설하지 않았다.

이를 갈며 방 안을 흉포하게 왔다 갔다 하는 아를로한을 앞에 두고 잠시 아무 말도 하지 않던 그라스가 조심스레 입을 열었다.

"폐하, 제가 한 가지 재미있는 소문을 들었습니다."

시답잖은 뒷소문이나 듣고 있을 기분은 아니었으나 본래라면 이런 화제를 꺼내지 않을 상대이기에 황제는 미간을 찡그리면서도 묵묵히 귀를 기울였다. 그라스는 더욱 공손하게 고개를 조아리며 입을 열었다.

"저희 아버지께서 살았던 곳은 오를레앙입니다. 옛 로세이유의 황제가 '제왕'의 신표를 파낸 곳이지요."

"……뭐라?"

"아주 오랫동안 저희는 로세이유 황제의 압력 속에 입을 다물고 있어야 했습니다. 조금만 잘못 입을 놀렸다간 어떤 보복을 당할지 몰랐으니까요. 저희 아버지께서는 언제 황제가 마음을 바꿔 마을 사람들 모두를 죽이려 할지를 평생 두려워하면서 살다 가셨습니다. 폐주를 끌어내 저희를 드디어 해방시켜주신 폐하께 저희들 모두 얼마나 감사하고 있는지 모릅니다. 그래서 드리는 말씀입니다."

갑작스레 던져진 정보에 황제의 머리가 빠르게 회전했다. 폐주와 판데모니움의 연구를 주도했던 브라키아는 세 번째 신표에 대해선 언급조차 하지 않았다. 그러나 그 속 모를 자가 제 속내를 다 내보이지 않았던 게 한두 번 있던 일인가. 폐주에게 '죽음'의 존재를 숨겼듯 또 하나의 신표의 존재도 숨겼을지도 모른다.

아니, 그게 아니라면 폐주가 브라키아에게 세 번째 신표의 존재를 숨겼던 것인지도 모른다.

"저희들 사이에서는 오랫동안 전해 내려오는 소문이 있었습니다. 로세이유 황제가 파냈던 신표는 '제왕' 외에 하나가 더 있다고요."

"……말도 안 되는 소리. 그 말이 맞는다면 어째서 브릴리언테 황가가 죄다 멸망하는 동안에도 그게 세상에 나오지 않았지?"

"제가 그에 대해 자세히 알 수는 없지만 들리는 바에 의하면…… 그건 신과의 계약을 해지시킬 수 있는 신의 유물이라 들었습니다."

모든 것이 맞아떨어졌다. 샤를은 브라키아의 손에 '제왕'과의 계약을 깰 수 있는 비법이 떨어지는 것을 바라지 않았을 것이다. 그래서 숨겼을 것이다. 그리고 신과의 계약을 깰 수만 있다면.

드레스덴에게 빼앗겼던 그의 정당한 힘과 권력을 되찾을 수 있을 것이다.

"하지만 이 모든 것은 그저 소문일 뿐이니까요. 고작 사학자일 뿐인 제가 어찌 그까지 알겠습니까?"

그러나 이미 아를로한은 그라스의 말을 듣고 있지 않았다. 빠른 속도로 방 안을 왔다 갔다 하던 그는 소리를 높여 시종장을 불렀다.

"알카텔!"

"예, 폐하. 부르셨습니까?"

"브라키아를 불러와."

그것을 치울 수만 있다면 그런 허무맹랑한 헛소리를 못 믿을 게 또 어디 있을까.

● ⚜ ●

"살다 살다, 참."

마치 노래하는 듯한 음율의 목소리가 울렸다. 마치 축제라도 가는 듯한 발걸음으로 윈터는 쥐새끼 하나 보이지 않는 회랑을 걸었다. 그가 올 때를 딱 맞춰서 황궁에 인적이 없어지는 건 하루 이틀 일이 아니긴 했으나, 형이 그를 별다른 용건도 없이 부른 적은 없었다. 마지막으로 독대라는 걸 한 것이 언제인지는 기억도 나지 않을 정도였다.

왜지? 무슨 이유지? 왜 갑자기?

저도 모르게 망설임이 발걸음을 머뭇거리게 하는 것을 눈치채고 그는 킥킥 웃어버렸다. 오늘은 또 무슨 막말을 들을지, 또 뭘 집어 던질지, 또 얼마나 죽일 듯이 노려볼지. 그게 아니라면 또 때려 부수고 싶은 곳이 생기신 건가? 그러면 그냥 마음 편하게 시종장을 보낼 것이지 왜 굳이 불러내서는.

불러내서 다정한 척하는 것도 그만둔 지가 언젠데.

생각이 거기에 닿자 그의 얼굴에서 미소가 살짝 흐려졌다.

그게 아마 더 이상 형과 독대하지 않게 되었던 때였을 거다.

발걸음을 멈췄던 것도 잠시, 곧 핏, 바람 빠지는 소리와 함께 그는 다시 킥킥거렸다.

시시한 생각. 귀찮은 감정. 의미 없는 가정. 빨리 끝내고, 빨리 병영으로 돌아가야지. 굴려야 하는 놈들이 남아 있고, 올라온 장계를 뒤지다 보면 잡아내 죽여야 하는 놈들도 몇몇 있겠지. 필사적으로 도망치는 것들을 쫓는 순간이란. 도망쳤다 생각하고 자축하던 놈들이 제 얼굴을 봤을 때 심박수가 튀어 오르는 순간이란. 그 세차게 뛰는 심장에 칼날을 쑤셔 박는 감촉이란. 그 피가 얼굴에 튈 때의 감각이란.

그 미치도록 따뜻한 삶의 감각이란.

— 죽여. 더 피를 뿌려. 저것들에게 아무리 발버둥 쳐봤자 네 손아귀 안이라는 걸 보여줘.

기억을 떠올리는 것만으로도 이제는 익숙한 머릿속의 목소리가 흥분해 날뛰었다.

— 형을 좀 더 곤란하게 해. 형을 좀 더 희니게 해. 형을 좀 더 두렵게 해.

그러면 언젠가는 형도.

생각이 거기에 닿자 윈터는 고개를 저어 상념을 흩어버렸다. 목소리를 멋대로 움직이게 한 후 기억이 끊겼던 적도 몇 번 있었으나 적어도 이 성에서는 그렇게 둘 수 없다. 제 말을 듣지 않는 그가 마음에 들지 않았는지 머리를 쪼개는 듯한 두통이 몰려왔으나 무시하고 윈터는 문고리를 돌렸다.

"……드레스덴."

그를 기다리고 있었던 듯한 굳은 표정의 황제에게 과장되게 허리를 숙여 인사를 했다.

"인스켈 황제 폐하. 이게 대체 얼마 만에……."

미처 인사말을 끝마치기도 전에 윈터는 휙 고개를 들어올렸다.

"형."

새파랗게 질린 형의 얼굴이, 거칠게 흐트러진 호흡이, 불규칙적으로 빠르게 뛰는 심박이 무언가가 아주 단단히 잘못되었다고 소리치고 있었다. 앞뒤 생각 없이 윈터는 책상을 손으로 짚은 채 몸을 돌리고 있는 황제에게로 달려갔다.

"형, 무슨 일이야. 뭔가 잘못됐어?"

"……이게 다."

구부정하게 몸을 웅크린 노인의 입에서 웅얼거리는 듯한 쉰 목소리가 나왔다. 본능적으로 드는 섬칫한 예감에 윈터가 황제를 부축하기 위해 뻗었던 손을 치우려 했을 때였다.

"이게 다, 네 탓이다!"

핏줄이 도드라진 눈을 희번덕이며 아를로한이 쥐고 있던 단검을 있는 힘껏 윈터의 가슴에 찔러넣었다.

……어째서.

아픔 따위는 느껴지지 않았으나 윈터는 순간 머릿속이 새하얘져서 아무런 생각조차 할 수 없었다. 그저 눈앞에 보이는 것은 제 심장께에 박힌 단검에서 쏟아져 나오는 눈부신 빛과. 저를 죽일 듯 노려보는,

형이었던 자의 눈.

그리고 세상이 폭발했다.

• ❀ •

"윽, 크윽……!"

사지가 끊기는 고통에 윈터는 신음을 토해냈다. 신경 하나하나가 올올이 끊겨 나가는 아픔에 정신이 다 혼미해졌다. 신성이 강해질수록 반대로 그가 느끼는 통각은 점차 사라져갔다. 이리 고통스러웠던 것은, 눈물이라도 쏟고 싶을 정도로 아팠던 것은 거의 30년 전 투왕과 싸웠을 때 정도뿐.

왜 내가 이리 아픈가. 누가 나를 이리 아프게 했나. 누가. 왜. 도대체 왜.

"……왜……!"

짓씹은 입술이 피를 흘렸다. 아픔 따위는 이미 그에게 아무것도 아니다. 그러나 이 통증은 무엇인가. 이 숨이 막히는 기분. 눈앞이 새까매지는 이 끔찍한 기분. 이 아픔은 대체 무엇인가. 터져나간 것은 목과 사지이거늘 어째서 상처 하나 없는 가슴이 이리도 저릴까.

그리고 눈앞에는 사지가 엉망으로 찢겨나간 노인이 있었다. 피칠갑을 한, 방을 완전히 폭파시켜버린 힘의 여파로 날아가 한구석에 쓰레기같이 처박힌 낯선 남자.

형. 나를 죽이려 한.

그 흐리멍덩한 눈이 괴로움에 일그러지다 그를 담는 순간 차마 못 본 것을 보았던 것처럼 일그러졌을 때, 드디어 몇십 년간 쌓고 쌓았던 감정이 폭발했다.

"왜, 왜 내게 이래, 형? 어떻게 형이 나한테 이래!"

많은 이들이 등을 돌렸다. 많은 이들이 배신했다. 괴물이라 부르며 피하고, 꺼리고, 치를 떨며 두려워한다.

"……서는, 안 되는 일이었어. 이렇게 될 줄 알았다면……."

"후회! 후회한다? 형이, 형이 나를 부정해!"

그래. 확실히 그는 많은 목숨을 빼앗았다. 말로 할 수 없을 정도로 잔인한 짓을 해왔다. 적들에게서 괴물이니 악마니, 매도와 저주를 받는 것은 어쩔 수 없다. 하지만 그것이 무엇을 위해서였던가. 그가 쌓아올린 시체의 탑 위에서 번영을 누리는 그들이, 피 한 방울 묻히지 않고 대륙 최강의 제국을 지배하게 된 형이 어찌 그를 매도하는가.

"내가 신체가 되지 않았다면 그날 멸망했을 나라였어!"

"차라리, 멸망했어야 했다……."

윈터는 머리가 아찔해졌다. 망연자실한 그를 올려다보는 노쇠한 황제의 시선에서 서서히 빛이 꺼져갔다. 서걱, 서걱, 황제의 심장에서부터 시작한 새빨간 균열이 피를 뚝뚝 흘리며 황제의 몸 전체로 스멀스멀 퍼져나갔다.

뚝, 목뼈가 부러지는 소리와 함께 시체가 순식간에 강한 산에 부식되듯 조각났다. 심장께에서 굴러 떨어진 단검이 바닥을 치는 소리와 함께 윈터는 근 30년 만에 느껴보는 최악의 고통에 악을 썼다.

"형이! 형이 어떻게! 형만큼은……!"

말라붙었던 눈물샘이 눈물을 쏟아냈다. 고통을 잊었던 온몸이 신경줄 하나하나에 불을 지르는 듯한 아픔에 비명을 지른다. 덜덜 떨리는 손으로 윈터는 바닥을 구르고 있는 형의 머리를 움켜쥐어 쾅 내리찍었다.

"내가 그렇게 끔찍해? 나라는 게 그토록 견디기 힘들어서 이런 식으로 나를 죽여!"

이런 식으로 존재를 부정하고, 거부하고, 차라리 그날 다 같이 죽는 게 나았을 거라고 후회하고.

"자기 편할 만큼 이용해놓고! 자기 좋을 대로 휘둘러놓고! 내가, 누구 때문에! 내가 대체 누구 때문에 이 꼴이 됐는데, 대체 형이 무슨 자격으로 이제 와서 날 부정해!"

그럼에도 이 몸은 죽지 않는다. 형이 그를 죽이겠답시고 자기 몸을 찢어가면서까지 악을 썼는데, 그럼에도 죽지 않는다. 그런데도 살아 있다. 아니, 이것을 살아 있다고 할 수 있는가.

대체 언제까지 이렇게 살아야. 대체 언제가 되어야 죽는가. 대체 내가 어쩌자고 아직까지 살아남아서. 그가 살기를 바라는 이 하나 없는 세상에 어쩌자고 이토록 지독하게 살아남아서.

덜덜 떨리는 주먹을 꽉 움켜쥐며 윈터는 발작하듯 소리 내어 웃었다. 조각났다가 다시 달라붙은 탓으로 머리가 이상하게 되어버렸는지도 모른다. 억누르고 있던 것이 폭발한 것인지도 모르지. 더 이상 뭐가 뭔지 스스로도 알 수가 없었다. 아니, 그것들이 의미라도 있는가.

그때였다.

잘려나간 머리를 쥐고 있던 손에서 빛이 났다. 그 꼴을 멍하니 보고 있자니 눈앞에서 흐릿한 영상이 펼쳐지기 시작했다. 마치 세상이 무너져 내린 듯한 표정을 짓고 있는 제 모습을 시작으로 영상은 꾸역꾸역 쏟아져 나왔다.

"……그라스."

남의 몸을 찢어놨으면 그 대가를 치러야지. 나지막이 뇌까린 윈터는 형의 머리를 그러쥐고 몸을 일으켰다.

그러나 그 전에.

"폐하!"

"아버……."

어느새 몰려왔는지 방 앞에서 초조한 낯으로 대기하고 있던 재상과 카를이 방문 열리는 소리에 몸을 돌렸다가 그의 손에 들린 왕의 머리를 보고 기묘하게 뒤틀린 신음을 내뱉었다. 그들을 향해 짙은 비웃음을 흘리며 윈터는 바짝 말라붙은 입꼬리를 끌어올렸다.

"여어, 황태자 전하."

입을 떼지도 못하고 그를 공포 어린 눈으로 올려다보는 어린 조카에게 짙게 웃으며 윈터는 형의 머리를 집어 던졌다. 눈도 채 감지 못한 황제의 머리가 데굴데굴 굴러 태자의 발치에서 멈췄다.

"애석하게도 황제 폐하께서 붕어하셨습니다."

형제가 무엇인가. 가족이 무엇인가. 나라는 무엇이고, 도덕이란 무엇이고, 사람은 또 무엇인가.

윈터는 과장스레 허리를 숙여 공포와 경악과 분노로 얼굴을 일그러트린 조카를 향해 예를 표했다.

"황제가 되신 것을 축하드립니다, 황태자 전하."

내가 너희들 뜻대로 고이 죽어줄 것 같으냐.

* ❦ *

"그라스 페르가몬."

중년의 사학자는 제국 제일의 학살자의 갑작스러운 방문에도 그리 놀란 것 같지 않았다. 대낮의 햇살이 쏟아져 들어오는 서관은 인적 하나 없이 고요했다. 살짝 열린 창틀 너머에서 스며드는 바람에 책장 넘어가는 소리가 들릴 정도였다.

윈터는 살짝 고개를 갸웃거렸다. 그가 황제를 죽였다는 소문이 이미 퍼졌을 거라고 생각했건만. 설마 카를이 입단속을 시켰나?

그렇다 해도 그라스의 행동은 이상했다. 그는 마치.

그래, 마치 제가 오기를 기다리고 있었던 것 같았다.

"너는 대체 누구일까?"

고개를 이모저모로 돌려 눈앞의 사내를 바라보며 윈터는 노래하듯 중얼거렸다.

"그냥 입조심과 시리분별의 미덕을 배우지 못한 멍청이일까, 그게 아니면 뭔가 구린 쥐새끼일까."

형의 기억을 샅샅이 뒤졌건만 이상할 정도로 정보가 적었다. 그저 누구도 눈치채지 못하는 사이에 황궁에 들어와 있었고, 황제의 곁에 자리하게 되었다. 파면 팔수록 석연찮은 점이 쏟아져 나온다.

"왜 '제왕'의 발굴을 주도했던 브라키아조차 몰랐던 신표의 존재를 고작 산골 사학자에 불과한 네가 알고 있었을까? 샤를이 네 고향에서 발굴 작업을 벌였기 때문에 들었다? ……반쯤 정신이 나갔던 형이라면 모른 척 속아 넘어갔겠지만 나는 그렇게는 못 하지."

그러나 얼굴이 뭉개진 학자는 대답이 없었다. 입가에 옅게 띠고 있는 웃음만 조금 더 짙어질 뿐이다. 윈터는 입술을 비틀며 웃었다.

그러니까, 변명은 시도도 않겠다?

"아, 그냥 대답하지 않아도 돼. 너보다는 잘려나간 네 머리가 훨씬 더 솔직할 테니까."

"제가 아를로한에게 넘겼던 신물이 뭔지 궁금하진 않았습니까?"

그제야 돌아온 대답이 대놓고 신경을 거스르는 것이라 윈터는 눈을 가늘게 떴다.

거침없이 입에 담는 황제의 이름. '넘겼다'는 표현.

"난 그보단 네 목이 바닥을 쳤을 때 네 입에서 어떤 돼지 멱 따는 소리가 날지가 더 궁금한데?"

"사모라 합니다, 윈터 드레스덴."

이제 남자의 얼굴은 완연한 미소를 띠었다. 자리에서 일어나 천천히 창틀로 향하는 걸음은 도주를 생각하는 것처럼 보이진 않았다. 손끝이 창틀을 쓸다가 그 옆에 놓인 화병의 유연한 곡선을 쓰다듬었다.

"이쪽을 연구하는 이들 중에서는 또 다른 이름으로 좀 더 유명하지요. 살신신이라고, 들어보셨습니까? 말 그대로, 신을 잡아먹는 신입니다. 그게 무슨 뜻인지 압니까?"

그 여유로운 태도가, 어딘가 즐거운 듯한 어조가, 그리고 그 발언 내용의 심상치 않음이 한데 모여 윈터는 뭐라 할 수 없는 불안감에 입을 다물었다. 그 모습을 슬쩍 곁눈질한 그라스가 시원스레 웃었다.

"계약이 성공적이었다면 아를로한이 당신의 심장을 찔렀을 때 당신과 계약했던 신을 잡아먹었을 거란 말입니다."

그 내용이 사사하는 가능성이, 이제는 고작 가능성으로 끝났음에도 불구하고 그의 심장을 내려앉게 했다.

"그렇다면 그 중요한 계약을 어떻게 성공시킬 수 있을까?"

그라스가 웃었다.

"계약자가 검을 찔러넣는 상대를 진심으로 사모하면 됩니다. 간단하지요?"

"너!"

"가여워서 어떻게 합니까, 드레스덴? 사람으로 돌아올 수 있었을 뻔했는데. 설마 친형이 실패할 줄이야. 성공했다면 당신도, 당신 형도 멀쩡하게 잘 살아남아 보통 가족처럼 살 수 있었을 텐데."

바닥이라 생각했던 곳 아래에 더한 구렁텅이가 있다는 걸 깨달은 기분이었다. 그는 더 이상 똑바로 설 수도 없어서 비틀거리며 곁에 있던 책상을 붙잡았다.

짐작은 했다. 본인에게 몇 번씩이나 확인사살당했다. 기대라는 것을, 희망이라는 것을 모조리 내려놓았다 생각했다.

"안쓰러워서 어떻게 합니까? 신과의 계약이 저주라 하시니 그걸 풀어드리려 했을 뿐인데, 설마 이렇게 될 줄이야."

"……너, 누구야."

『은혜를 갚으러 올 거라고 하지 않았습니까.』

남자의 목소리가 바뀌었다. 혀끝에서 부드럽게 굴러가는 듯한 발음의, 이제는 쉽게 들을 수 없게 된 언어.

『그때 살려주셔서 감사합니다, 드레스덴. 덕분에 당신의 그런 낯짝을 볼 수 있으니.』

뒤통수를 세차게 얻어맞은 듯한 충격과 함께 윈터는 한 아이의 얼굴을 기억해냈다.

마른 피와 검댕과 흙먼지가 달라붙어 더러워진 얼굴, 두려움과 절망으로 떨리던 눈. 마지막으로 살아남은 브릴리언테 황가의 씨.

『은혜는, 꼭 갚겠습니다.』

돌아서던 그의 뒤에서, 형제자매들이 모조리 숯더미가 되어버린 곳에서, 이미 숨이 끊긴 누이를 꽉 끌어안고 남겼던 한마디.

"……싱클레어."

얼굴이 문드러진 남자는 경쾌하게 웃음을 터트렸다. 거머쥔 화병에서 꽃을 끄집어낸 그는 그 안의 액체를 흠뻑 뒤집어썼다. 뚝, 뚝, 미약한 점성을 가지고 떨어져 내리는 그 액체는 싱클레어가 쥐고 있던 마법구를 깨트리자 순식간에 불이 붙어 매섭게 타오르기 시작했다.

『만수무강하시길, 전하. 영원히, 그렇게 혼자서.』

불길에 타들어가면서 깔깔거리는 높은 웃음소리가 울렸다. 그리고 끔찍한 비명으로 변하다가 곧 뚝 끊겼다.

정적 속에서 살점이 타들어가는 소리만이 남았다. 그 모양을 보고 있자니 문득, 깨달았다.

아, 그러니까 이건 복수인 것이다.

그때 목숨을 붙여놓았던 것에 대한, 그를 용서할 수 없었던 적이 그를 겨냥하고 박아넣은 비수.

그러니까 이건 대가인 것이다.

피비린내 나는 그 계속되던 전쟁 통에서 그가 유일하게 선의랍시고 보였던 행위에 대한 대가. 형의 명을 비밀리에 거역하면서까지 했던 반항의 대가.

생각이 거기에 닿자 갈가리 찢겨나갔던 목이 덴 듯이 아파 윈터는 사납게 웃음을 터트렸다.

그래, 꽤나 훌륭했어. 이번 것은 꽤나 아팠다. 몇 놈이 덤볐어도, 몇 놈이 제 몸을 바늘꽂이마냥 찔러댔어도, 그 누가 무슨 말을 했어도 이젠 아무렇지도 않았는데 이건 좀 아팠어. 이런 건 워낙 오랜만이라서, 정말이지 사상 초유의 일이라 막후가 분신자살을 할 때까지도 멍하니 아무 짓도 못 했다. 세상 일 따위, 이제 무슨 일이 생겨도 다 심드렁할 뿐이었는데 이건 좀 색달랐어.

참으로 즐거웠어.

"싱클레어, 브릴리언테."

살덩이 한 점 남기지 않고 전소한 사내가 서 있던 자리에 주저앉으며 윈터는 느릿하게 그 이름을 불렀다. 한 자 한 자가 뇌리에 생생히 각인되도록. 절대로 잊지 않도록.

얄팍한 동정심과 자기위안으로 범한 한순간의 실수가 대체 얼마나 커다란 부메랑이 되어 돌아왔는지 다시는 잊지 않도록. 증오란 이토록 끈질기고 잔인한 것이니 앞으로는 손속에 절대로 자비가 없도록, 다시는 이런 멍청한 짓을 반복하지 않도록! 다시는, 다시는 이런 식으로 당하지 않도록! 이 끔찍한 짓이 두 번 다시 반복되지 않도록!

싱클레어의 잿더미를 그러쥐고 그는 필사적으로 정신을 집중했다. 싱클레어는 시체를 남기지 않음으로써 그의 추적을 피하려 했겠지만 적어도 마지막만큼은 뜻대로 되게 할 생각이 없었다.

"리아클레어, 엘라스켈, ……안셀라."

한계까지 쥐어짠 신력으로 뽑아낸 이름을 읊조리며 그는 후들거리는 다리에 힘을 주어 몸을 일으켰다.

어차피 더 이상 제게 남은 것도 없다. 지리하게 끝도 없이 이어지는 삶, 적어도 이 기나긴 시간을 채울 유희거리는 제공해야 하지 않겠나.

"천칭은 균등해야 하는 것."

쥐어짠 목소리는 그럼에도 노래하듯 리드미컬했다. 이를 갈면서도 몸을 일으킨 윈터는 즐겁게 소리 내어 웃었다.

이번에야말로 한 놈도 남겨두지 않고 지표면에서 쓸어내리라. 제 혈관 속에 흐르는 브릴리언테의 마지막 피 한 방울까지 증오하게 만들어주리라.

• ✤ •

끝이 없는 인생은 정말이지 끔찍하도록 길었다. 언젠가부터 잠이 사라진 그의 시간은 하루 종일이었고, 다른 이들이라면 밥을 먹거나 최소한 배뇨하는 것으로 느낄 수 있는 시간의 흐름을 그는 전혀 느낄 수 없었다. 그저 존재하고 있다 보면 해가 지고, 다시 뜨고, 담장 밖의 모호한 소음을 통해 날이 밝았다는 것을 체감하고, 또다시 해가 져버린 하늘에서 반짝이는 별빛을 멍하니 바라볼 뿐이었다.

완전히 통제불능이 된 그에게, 왕이 된 조카는 어떤 일도 맡기지 않았다. 6년간 집요하게 뒤를 밟아 싱클레어의 사위를 죽이고 그 딸의 죽음을 확인한 후, 이제 남은 것은 손자뿐이었다. 운이 좋아 도망쳤으나 그가 마음만 먹는다면 곧 찾을 수 있을 것이다. 인스켈의 영향력은 그 정도로 넓어졌으며, 그는 그 누구도 거부할 수 없는 신이었다.

곧 찾아낼 것이다. 이제 곧 모든 것이 끝난다. 그 후에는 어떻게 될까?

윈터는 눈을 깜박이며 멍하니 하늘을 바라보았다. 한때는 인스켈 황후가 거닐었던 별궁의 중정은 그가 샤를 5세를 암살하기 위해 불을 지른 이후로 아직 복구되지 못한 채 버려져 있었다. 거의 30년이 넘는 시간 동안 사람의 손이 닿지 않은 정원의 초목은 제멋대로 자라났고, 웅장하던 대리석 사이로는 이름 모를 산새들과 작은 짐승들이 둥지를 틀고 드나들었다. 전쟁에서 승리해서, 형의 명에 따라 반역자들을 추적하는 게 끝나서 할 일이 없을 때면 그는 이 정원에 드러누워 며칠, 길게는 몇 달을 죽은 듯이 한자리에서 움직이지 않곤 했다.

이 궁이 음악 소리와 사람들의 웃음소리로 가득했던 어느 맑은 날, 사방에는 꽃이 만발했었다. 기억 속에서 이 정원을 뛰놀던 아이가 있었다. 저를 발견한 형과 형수가 발코니에서 내려다보며 손을 흔드는 가운데 인기척에 고개를 든 아이는 보조개가 한껏 파이게 웃으며 달려왔었다. 그를 쓰러트릴 듯 달려와 안기며.

"수, 숙부……!"

그때였다. 몇 년 만에 듣는 친숙한 목소리에 윈터는 귀를 의심하며 상체를 일으켰다. 6년 전 아를로한의 머리를 집어 던진 후 저를 대놓고 증오하는 눈으로 쏘아볼 뿐인 아이었다.

대체 저 아이가 여길 왜.

"카를."

그의 시선이 오롯이 조카를 향해 쏠렸을 때, 순식간에 시위를 떠난 화살이 미간을 꿰뚫었다.

비틀, 순간적으로 정지한 뇌가 채 재생하기 전, 균형을 잃고 휘청거렸던 몸에 사방에서 기습적으로 도끼와 낫이 내리쳐졌다.

퍽, 빠악, 푸욱. 원색적일 정도의 소음과 함께 시야가, 몸이 사방으로 튀었고.

"죽여! 죽여버려! 박살을 내!"

조각난 시야에서도 선명하게 희번덕대는 안광과, 사정없이 내리찍는 날붙이와, 악에 받쳐 질러대는, 비명과도 어딘가 비슷하던 낯익은 목소리가.

"저 괴물!"

이때다 싶어 그동안 억눌렀던 저주를 퍼붓는 조카와.

그 명에 따라 자신을 난도질하는 그의 신성기사단과.

날뛰는 조카를 막고 있으나 끝까지 난도질당하는 제게서 눈을 떼지 않는 한때의 친우, 재상 리하르트 로웰.

"조각내서 처넣어버려! 다시는 내 눈에 뜨이지 않게 해!"

아아, 신이시여.

놀랄 만한 감정도, 화를 내거나 실망할 만한 감정도 더 이상 남아 있지 않았다. 언젠가 이리되지 않을까 망연히 생각했던 일이 기어이 현실이 된 것이 기가 막힐 뿐. 단지, 몸이 갈가리 찢겨나가는 와중에도 눈물도, 피도, 인간적인 그 어떤 것도 흐르지 않아 그저 탄식했다.

대체, 언제가 되어야.

* 幸 *

아비의 세심함과 어미의 불안을 고스란히 이어받은 카를은 저만의 창의성으로 그를 영원히 가둬놓을 방법을 생각해냈다.

하늘을 찌를 듯한 돌탑이 세워졌다. 출구도 없고 입구는 공사 후 단단히 막아버린 탑 꼭대기 방의 제단 위, 카를은 특수설계한 철궤 안에 그의 목만을 넣은 채 쇠사슬로 봉해버렸다. 남은 사지가 어떻게 되었는지, 제대로 남아나 있는지는 알 길이 없었다. 사람 목소리는커녕 소음 하나, 빛 한 점 들어오지 않는 상자 속에서 그는 반쯤 정신을 놓아버렸다.

온갖 저주가, 욕설이, 끝에는 애원마저 흘러나왔으나 돌아온 답은 없었다. 악의가 폭발하였고, 광기가 파도치듯 밀려왔다 사그라졌다.

그는 저를 이 꼴로 만든 조카를 저주하고, 제게 복수랍시고 인간으로 돌아갈 모든 희망을 꺾어버린 싱클레어를 저주하고, 제게 인간성을 버리게 한 브라키아와 형, 형수를 번갈아가며 고래고래 저주하다가 결국은 스스로를 저주했다.

그가 맨 처음부터 샤를을 죽이지 못했기에. 그가 신체가 되겠다 선택했기에. 그가 견디지 못하고 '죽음'에게 몸을 맡겼기에.

그가 그였기에. 인간이 아닌 소름 끼치는 다른 무언가가 되어버렸기에.

……제발.

꿈을 꿨다. 그가 평범한 인간이었던 때의 꿈. 따사롭게 타들어가는 벽난로 앞에서 아버지, 어머니, 형, 누이와 모여 앉아 한가롭게 시간을 보내던 때. 이제는 제대로 기억도 나지 않는 얼굴들.

지금 생각해보면 환상 같기만 한 그런 것들을 바라는 게 아니다. 그저 여기서 나가는 것, 적어도 이 상자에서 나갈 수 있으면 족했다. 누가 저를 여기서 꺼내주기만 한다면 그자가 누구든, 아무리 최악의 인간쓰레기일지라도 그자의 소원을 그 무엇이든 들어줄 각오가 되어 있었다.

여기서 나간다면. 나갈 수만 있다면.

그리고 대체 그렇게 얼마나 시간이 지났을까, 육중한 돌문이 열리는 소리와 함께 쇠사슬이 절그럭거리더니 지금까지 단 한 번도 미동하지 않았던 철궤의 뚜껑이 열렸다.

잠시 빛에 찡그렸던 눈은 몇 번 깜박이는 것으로 그를 내려다보고 있는 아이의 모습을 발견했다.

대체 얼마 만에 보는 사람인지.

뭐라 할 수 없는 감격에 젖을 새도 없이 그는 아이의 모습이 굉장히 눈에 익다는 것을 깨달았다. 조금 겁먹은 듯한 동그란 눈은 눈꼬리가 살짝 올라가 있었고, 쭉 뻗어내린 명도 낮은 머리칼과 긴장해 굳게 다문 입술의 선은 누군가를 끔찍이도 닮아 있었다.

"카를의 딸인가!"

그는 낮게 탄성을 내뱉었다.

몇 달 만인지, 아니, 몇 년 만인지. 그가 이 탑에 갇혔을 때는 저 아이가 막 걸음마를 할 즈음이었으니, 저 모습을 보면 적어도 5년은 족히 지났으리라. 영원처럼 느껴지는 시간 동안 한 번도 쓴 적이 없었던 성대는 유리를 긁는 듯 버석한 소리를 냈다. 제가 들어도 기괴한 목소리에 아이가 저도 모르게 뒷걸음질 치자 그는 재차 소리 내어 웃었다. 기괴하고 음울한 웃음소리가 텅 빈 탑을 울렸다.

다시 누군가의 얼굴을 보게 된 것은 반가웠으나 제가 이 상자에 갇혀 있던 시간이 5년씩이나 되었다는 것과, 그리도 긴 시간 후에 저를 꺼내준 게 저를 여기에 처박은 놈의 딸이라는 사실이 참으로 기막혔다.

"말해보렴, 귀여운 공주마마. 여긴 무슨 일이지? 네 아비가 널 이쪽으로 소풍 보내기라도 했나?"

"아버, 님은."

입을 연 아이의 목소리는 나이에 어울리지 않게 메말라 있었다. 그제야 윈터는 아이의 꼴이 말이 아니라는 것을 깨달았다. 이리저리 헝클어진 머리에 얼굴 여기저기에 묻어 있는 얼룩. 색을 보지 못하는 그로서는 단언할 수는 없으나 어째서인지 그 얼룩은 피처럼 보였다.

"부황, 께서는…… 패전의 책임을 지고 양위하셨습니다. 나, 나는 이곳에 그분의 정당한 후계자로 온 겁."

"패전의 책임을 지고?"

그리 말하는 자신의 목소리가 기이하게 뒤틀린 것은 스스로도 알았다. 토할 것만 같은 심정으로 그는 눈앞의 아이를 바라보았다.

"좀 더 재잘대지그래. 카를이 졌나? 대체 누구에게? 무슨 수를 썼기에?"

그는, 분명히 뿌리를 뽑듯 청소를 했었을 터이다. 그래, 브릴리언테 황족의 후손 중 하나가 남긴 했지. 그러나 그 하나를 제외하고 인스켈의 적이라 판단되는 이들은 모조리 죽였다. 대제국이라 불리던 로세이유와 에스타니아, 리슈타인을 모조리 복속시키고 저항군이라는 이들은 모조리 색출해내 뿌리 뽑았다. 신체가 되었던 순간부터 제 조카에게 조각나서 이 상자에 처박히기 직전까지 계속 싸웠다. 그래도 제 혈족이라고, 제 나라라고, 이 지긋지긋한 전쟁과 살육 후에 평화와 번영이 오기를 바라서. 어차피 저는 이 모양이니 제가 조금 더 손에 피를 묻히는 것으로 앞으로 이어질 시대가 좀 더 굳건한 반석 위에 세워진다면 제가 했던 이 모든 일들이 의미가 있으리라 생각했기에. 그런데.

"대체 어찌 처신했기에 적대할 자가 없었던 대제국이 황제를 갈아치워야 할 정도로 비참하게 패했지?"

"……아버님께서는 당신의 흔적을 쓸어버리고 싶어 하셨습니다. 역사책과 도서관을 불태우고 군대를 해체했으며 당신에게 한 짓에 조금이라도 의문을 제기하는 이들은 모조리 갈아치우셨습니다. 덕분에 군부에게 많은 원한을 사셨으며, 그때를 틈타 에스타니아가 살아남았던 방계왕족 후안 4세를 내세우며 왕조 복권을 주장했습니다. 아버지께서는 그걸 인정하지 않고 군대를 보내셨으나 카산드리아 공략전에서 대패해서 그 여파로 잠잠하던 구 로세이유령에서조차 쟈크티에라는 부호를 위시한 영주민들이 들고 일어나."

"하……!"

구더기가 신경줄을 속에서부터 갉아댄다. 갑작갑작 소름 끼치는 불쾌함과 역겨움에 어찌해야 할지 몰라 그저 소리 내어 웃었다.

5년. 고작 5년이었다. 고작 5년 만에 그가 몇십 년을 들여가며 쌓아왔던 게 모조리 무너져 내렸다. 대체 그는 무엇을 위해 악명을 쌓아가며 그 많은 자들을 죽였던가. 인간성을, 가족을, 다른 이들과 같은 시간을 살아갈 수 있는 자격조차 빼앗겨가면서 대체 뭘 이뤘나. 대체 뭘 위해 그 끔찍한 배신을 몇 번이나 견디고 이 짓을 해왔나?

남는 게 하나도 없다면, 고작 5년도 버티지 못할 것이었다면, 제 행위가 그 어떤 긍정적인 것도 낳지 못했다면 저는 그 많은 인간들을 무엇 때문에 죽였나!

윈터는 눈앞의 소녀가 고작 열 몇 살의 아이라고는 할 수 없을 정도로 정확하게 정세를 설명하고 있다는 것, 그리고 카를이 건재했다면 절대로 제 딸이 그를 만나러 가도록 허락하지 않았으리라는 이유로 이 아이의 말이 사실이리라는 걸 깨달았다.

"그래……. 그래서 네가 카를을 폐했군."

탄식이 섞인 혼잣말에 아이는 더욱 이를 앙다물 뿐 가타부타하지 않았다.

윈터는 저도 알 수 없는 감정에 휩싸였다. 카를과 기가 막히게 닮은 아이는 그럼에도 그와는 성격이 판이하게 달라 보였다. 아이들 고유의 천진난만함은 물론 순수함도, 낙천성도 단 한 조각 남아 있지 않았다. 아이는 이미 감정을 죽이고 억누르는 것에 익숙해 보였다. 무감함을 가장하는 눈은 언젠가 그가 죽여버렸던 샤를 황제와도 닮은 듯했다.

이 아이가 폐했다. 카를을.

그의 조카를.

"분명, 안드로베카였지, 이름이. 안드로베카. 안드로베카, 안드로베카 잘리어. ……안나."

카를의 핏줄이 이 타이밍에 저를 찾아온 이유야 뻔했다. 저 조그만 얼굴에 묻어 있는 게 피라면 더더욱 뻔했다.

윈터는 매끄럽게 미소 지으며 속삭였다.

"힘이 필요한가, 안나? 네 철없고 무능력한 아비가 망쳐버린 모든 것을 돌이키고 싶지 않아?"

제가 하는 이 모든 것에는 그 어떤 의미도 없겠지만, 그 어떤 영속성도 없겠지만.

"내가, 줄 수 있다. 조국의 번영. 빛나는 영광. 그리고 모든 인간들의 머리 위에 올라앉을 수 있는 권좌와 적들을 말살할 수 있는 검까지, 네가 원한다면 그 무엇이라도."

그래도, 그가 할 수 있는 것은, 그에게 남은 것은 이 정도뿐이니까.

"그러니 나와 계약해."

그 말에 아이의 표정이 묘하게 일그러졌다. 무언가를 빼앗긴 듯한, 기대가 무참하게 배신당한 듯한. 아이가 보였던 유일하게 인간적인 표정에 그가 어떤 추궁도 하기 전에 그 표정은 다시 잘 갈무리된 무표정 너머로 가라앉았다. 다시 지독하게 어른스러운 표정으로 돌아온 안드로베카는 오만하기까지 한 어조로 내뱉었다.

"그 맹약, 받아들이지."

그와 동시에 아이는 한 조각 망설임도 없이 그의 잘려나간 머리를 들어올렸다. 높아진 시야에 윈터는 이미 그녀의 뒤쪽 자루 안에 잘려나간 그의 몸이 준비되어 있다는 것을 발견했다. 킥킥, 즐겁게 웃음을 흘린 그는 무려 5년 만에 다시 신성을 발휘하기 시작했다.

잘려나간 몸이 빠른 속도로 다시 맞춰지며 신경이 이어지고 감각이 돌아왔다. 몸을 일으켜 몇 년 만에 다시 땅을 디디자 울컥거리며 솟구쳐온, 말로 할 수 없는 희열과 절망에 그는 한동안 고개를 뒤로 젖혀 천장을 우러렀다. 여전히 하늘의 조각 하나 보이지 않는 돌천장에 그의 얼굴이 울듯 웃듯 일그러진 것도 잠시, 그는 쇠사슬을 고정하기 위해 가져왔다 버려진 채 5여 년간 방치되었던 철퇴를 기습적으로 움켜쥐고 제단을 후려쳤다. 와르르, 요란한 소리와 함께 깨어진 돌을 두 번, 세 번 다시 내리쳐 인정사정없이 박살내버린 그는 얼굴을 부여잡고 미친 듯이 웃었다.

다시 자유를 되찾은 몸은 뭐라 말할 수 없을 정도로 상쾌했다.

· ❧ ·

"드, 드레스덴 대공……!"

정말 끔찍하도록 향수가 이는 호칭에 고개를 돌리자 낯익은 얼굴이 귀신이라도 본 양 서 있었다. 5년의 세월은 제 부관이었던 남자의 이목구비까지 잊게 할 정도는 아니었다.

그러나 유사점은 거기까지였다.

"아주 훌륭해. 어쩜……."

거기까지 내뱉은 윈터는 다시 입을 다물어 목구멍까지 올라왔던 말을 삼켰다.

탑에서 내려와 직접 눈으로 파악한 상황은 기가 막힐 정도였다. 인스켈 신성기사단은 껍데기만 남아 연명하고 있었다. 그가 거의 평생을 들여 키워왔던 정예병은 단 5년의 세월을 견디지 못하고 무너져 내렸다.

그러나 망가진 게 기사단뿐이었던가. 전선은 이미 황도 자를란트 지척까지 내려와 있었다. 막사 너머의 구릉에 올라 내려다본, 끝없이 펼쳐진 황금빛 평원은 더 이상 그들의 것이 아니었다. 그 평원을 빼곡히 메운 것은 한때 그가 갈가리 찢어 불살랐던 로세이유의 사자였다.

공포가 부족했던가. 흘렸던 피가 부족했던가. 그게 아니면 이조차 그 배신자의 어리석음의 대가인가. 뒤틀리는 속을 잠재우며 비죽이 웃은 윈터는 비로소 시선을 다시 돌려 그를 불안과 공포와 일말의 희망을 품고 바라보는 이들을 바라보았다. 많아봤자 오천. 병장기의 관리상태도, 대오랍시고 모여 있는 꼴도, 피와 흙먼지가 묻어 너덜거리는 군복 안의 몸들을 봐도 정예병이라 할 수 없다. 그 면면들을 보며 윈터는 속으로 조소했다.

아무리 제가 신에 한없이 가까울지라도 압도적인 전력의 차는 뒤집기 어려웠다. 아무리 신체를 보유하고 있다 하더라도 전쟁에 있어서 가장 중요한 것은 변하지 않는다. 그가 억지로 승패를 뒤집을 수는 있겠으나 그에 따른 희생을 본다면 결코 승리했다 할 수 없을 것이다.

보라, 카를. 이것이 네 배신의 대가다.

네 어리석음으로 이들이 오늘 죽는다.

그래, 카를. 이것이 네가 치러야 하는 죗값. 네가 마셔야 하는 독이다.

스릉, 서늘한 소리를 내며 검집에서 검이 뽑혀 나왔다. 한없이 가볍고도 한없이 무거운 날붙이를 손안에서 가볍게 돌려 감각을 확인하자 예리한 칼날이 공기를 가르며 노래하는 듯한 소리를 냈다.

그러나 그런 승리 또한 승리인 것을.

그는 지평선 끄트머리에서부터 흙먼지를 날리며 돌진해오는 적군의 기치에서 시선을 돌려, 눈앞에 도열해 있는 오합지졸들을 바라보며 웃었다.

그래도 그런 빌어먹게도 무능한 황제 아래에서 여태껏 잘도 버텨왔구나. 모조리 도망치거나 항복해버릴 수도 있었을 텐데 그러지 않았구나. 그리고 보니 인스켈은 언제나 이래왔었다. 몇 번이나 나라가 무너질 위기가 있었으나 그때마다 마지막까지 도망치지 않고 남은 이들이 있었다.

"도망치지 않은 너희들은 위대하다."

나의 나라. 나의 신민.

증오스럽고도 소중한, 내가 지켜왔던, 지키고 싶었던, 앞으로도 지켜갈, 나의 것.

"너희들이 있기에 인스켈은 아직 건재하다."

나에게, 이 존재에 이유를 줄 너희들.

나의 인스켈.

순간 가슴이 답답해져 눈을 꽉 감았다 뜬 그의 얼굴에는 이미 순간의 동요는 사라지고 없었다. 찬찬히, 군졸 하나하나와 일일이 눈을 마주치는 그와 시선이 닿자 병졸들이 바짝 긴장하며 자세를 바르게 했다.

"신이 인스켈에 깃들었다."

핏기 하나 없는 입술이 움직이며 내뱉은 말이 마치 신탁처럼 울리자 불안과 공포에 흔들리던 병졸들의 표정이 처음으로 변했다. 저를 증명하는 그 어떤 것이 없어도 인스켈인이라면, 아니, 이 대륙에 적을 두고 있는 이라면 그것만으로도 이 낯선 소년이 누구인지 알 수 있었다. 백색에 가까운 은발과 기괴한 붉은 눈은 그것만으로도 휘장이나 다름없었다.

눈이 하늘하늘 내리기 시작하는 서늘한 겨울의 대기 속으로 소년, 드레스덴 대공 윈터의 목소리가 낭랑하게 울렸다.

"저들이 감히 죽음에 대항할 것인가!"

우레와 같은 함성이 터져 나왔다. 희망, 환희, 안도. 익숙하다면 익숙한 감정에 윈터는 매끄럽게 미소를 지어 답하며 가볍게 칼날에 입을 맞췄다.

"인스켈에 불멸을."

그가 뿌린 피의 꽃이 그저 한 계절 피다 지는 것이라면 곁에서 지키면 될 뿐이다. 핏빛이 가실 때마다 새로운 피를 뿌리며, 벌레가, 비바람이, 그 어떤 것이라도 꽃을 꺾어내려 한다면 그것을 배제하며, 영원토록 아름답게 피어날 수 있도록, 계속 그렇게.

몇 년이 지나도, 몇십, 몇백, 몇천 년이 지난다 하더라도 그의 목숨이 끝없이 이어질 것처럼, 그렇게 이 제국은 이어지리라.

Part II

Adolescence

Overture.
Turning Point

    집무회의가 끝나고 침실로 돌아왔던 안드로베카는 순간 주춤했다. 그녀의 침대에는 여기에 절대 있어서는 안 되는, 그녀가 지난 몇 주간 이를 갈며 찾고 있던 상대가 방만하게 늘어져 있었다.

    "……잘도 그 난리를 쳐놓고 낯짝을 들이댈 수 있군."

    필모렌 평야 회전 승리 소식보다 더 반향을 일으킨 것은 윈터 드레스덴이 미친 듯이 불러댔던 '리즈벳'이라는 이름의 계집아이였다. 일반 병사들은 안셀라 클렌디온의 얼굴은 몰랐으나 그를 말에 태우고 있던 이사벨라 델 디아고가 누구인지는 알아보았다. 그들은 이사벨라가 직접 계획을 지휘할 정도의 암살 대상이자 윈터가 전례 없이 특별 취급하는 그 아이가 누구인지, 윈터와의 관계가 무엇인지 궁금해 견디질 못했다.

    그 와중에 윈터는 제 군을 버리고 계집아이와 한 달씩이나 모습을 감췄다.

    제 부글부글 끓는 속을 아는지 모르는지, 윈터는 손끝으로 희롱하고 있던 단검에서 시선을 올리며 싱긋 웃었다.

    "아아, 그래서 이젠 안 하려고."

    콱 소리와 함께 단검이 그녀의 앞 탁자에 내리박혔다. 순간 그녀의 표정이 굳었다. 검의 힐트 한가운데에 음각으로 계수나무가 새겨져 있었다. 황립학술원 교수 에이드리언 솔라스의 문장이었다.

에드윈 솔라스가 천치가 아니라면 밀명을 수행하는데 제 가문의 문장이 새겨진 단검을 소지하고 갈 리가 없었다. 윈터가 저 가문의 문장을 들이대는 걸 보면 대충 내막은 예상이 갔다.

계집아이에게 얼굴을 들켰군.

단번에 사태를 파악한 여황은 미미하게 미간을 찌푸렸다. 이쯤 되면 이미 다 알고 온 것이나 다름없으나, 저자세로 나가는 대신 그녀는 오히려 불쾌한 듯 미간을 찡그렸다.

"지금 이게 뭐 하는 짓이지?"

"그건 내가 할 말인데 말이야, 안나."

윈터는 눈꼬리를 한층 더 휘며 그녀에게 상체를 기울였다. 낮은 목소리가 뱀처럼 매끄럽게 속삭인다.

"일부러 라더스를 팔아먹었어?"

"무슨 소리를 지껄이는,

"……건지는 네가 제일 잘 알 거 아니야, 영특한 여황 폐하. 내가 말했잖아, 사냥개를 고를 때에는 품종을 주의해야 한다니깐. 급하다고 내 눈을 피해서 잡견을 들이니 이렇게 꼬리를 밟히잖아."

"지금 감히 내게 내 나라를 팔아먹었냐고 묻는 거냐, 윈터? 불경도 정도가 있다."

안드로베카가 진심으로 모욕당했다는 표정을 지어서 윈터는 진심으로 탄성을 내뱉었다.

"역시 대단하신 여황 폐하. 나라가 망해도 극단에 취업하면 굶어 죽진 않겠어?"

어쩜 이렇게 당황조차 않는지, 배후를 확신하고 왔던 그마저도 순간 제가 착각한 게 아닌가 싶을 정도였다. 증인으로 세울 에드윈 솔라스는 이미 그녀가 신병을 맡고 있을 테고, 그 어디에도 이 모든 것이 여황의 의도였다는 건 증명해낼 수 없을 것이다.

이건 어차피 어디까지나 그가 리즈벳의 증언만을 듣고 예측한 사실일 뿐이다. 안드로베카 잘리어를 아마 누구보다도 잘 알 그이기에 할 수 있는, 적중률 높은 예측.

여황이 그에게 얼마나 얽매이는지, 그를 위해서는 얼마나 잔인해질 수 있는지 그보다 잘 알고 있는 이는 없으리라.

"안나, 라더스가 기습당해서 대체 몇이 죽었는지 알아? 너는 인스켈의 황제고 네가 휘두르는 검은 이유 없이는 무슨 일이 있더라도 네 신민을 향해서는 안 되는 거야. ……네가 내 귀여운 리즈벳이 귀여워 죽겠더라도 넘어서는 안 되는 선이 있어."

"그러는 너는."

처음으로 여황의 눈에 감정의 불이 붙었다.

"너는, 넘어서는 안 되는 선에 대한 자각은 있나, 윈터 드레스덴? 계집아이 하나 때문에 한창 교전 중인 상대를 두고 전장을 이탈한 것도 모자라 네 군주에게 증거도 없는 혐의를 뒤집어씌우고 있지. 그건 선을 넘은 게 아니야?"

윈터는 저도 모르게 소리 내어 웃어버렸다.

"맞불을 놓고 싶은 모양인데 말이야, 안나. 이김에 아예 심판도 봐달라고 하는 게 어때? 원로원의 애송이들이 아주 환장할 것 같지 않아?"

"……아주 협박을 고상하게도 하는군그래."

"그 아이에게서 관심 꺼. 그럼 내 입도 조용히 닫혀 있을 거다."

간단한 요구의 이면에는, 받아들이지 않았을 시에는 신체의 자격으로 황제를 갈아치우겠다는 협박이 섞여 있었다. 그녀가 알아왔던 윈 터라면 대안도 없는 상황에서 그렇게까지 막 나가지는 않겠으나 최근 의 그는 변했다.

안드로베카의 이 가는 소리가 들릴 지경이었다. 그녀는 그의 앞에 서는 웬만해서 감정을 숨기지도, 가장하지도 않았다. 그가 황제의 위 엄과 권위를 내세워봤자 들어먹을 상대도 아니고, 그게 아니더라도 윈터는 그녀가 원하는 최소한의 요구는 거절하지 않았다.

이리 그녀에게 협박을 한 적도 처음이다. 어차피 그에겐 그렇게 하 면서까지 집착하고픈 게 없었다.

"……정 그리 바라신다면, 종조부(從祖父)."

단 한 번도 입 밖에 낸 적 없는 호칭에 순간 윈터의 얼굴에서 미소가 사라졌다.

그녀는 이길 가능성 없는 국면이라 판단하자 미련 없이 물러섰다. 교섭이라는 것도 어느 정도 패가 갖춰진 후에야 할 수 있는 것이지, 윈터 드레스덴을 상대로는 패라고 할 만할 게 사실 전무했다. 게다가 그녀가 이자와 피 터지게 싸워 이겨봤자 얼마나 대단한 걸 얻겠나.

"그러나 괜찮겠나?"

그래도 그녀는 이리 일방적으로 물러설 생각은 없었다.

"괜찮겠나, 지금 그렇게 내게 등을 돌려도."

윈터의 신성에 일방적으로 그녀가 수혜받는 듯하지만 이것은 어디 까지나 계약, 쌍방이 주고받는 게 있다. 그것을 윈터가 자각하고 있는 지 아닌지는 알 수 없지만.

"너는 안하무인으로 굴지만 멍청하진 않지. 네가 내게 주는 것이 있 듯 너도 내게서 받는 것이 있었을 터. 그것을 잃고 원하는 것을 이룰 수 있을 듯하더냐."

윈터는 고개를 돌려 그녀를 가만히 바라보았다. 조금 전까지만 해도 숨길 생각도 없던 짜증과 분노가 일렁이던 눈동자는 그가 한 번도 본 적이 없는 빛깔로 가라앉아 있었다. 꽤나 생경했다. 이채를 띠는 그의 눈을 정면으로 쏘아보며 여황이 다시 한 자, 한 자 힘을 주어 말했다.

"지금 이렇게 등을 돌리면, 나중에 네놈이 무릎을 꿇고 빈다 한들 네게 힘을 빌려줄 성싶으냐."

"어차피 일찌감치 뒈졌어야 했을 목숨이다, 안나. 이젠 나 없이도 알아서 걸음마를 할 시간이야."

"말 한번 번지르르하군그래."

여상히 답하는 모습에 여황은 작게 코웃음을 쳤다.

"머리부터 발끝까지 널 채운 것은 인스켈이었다. 그걸 빼고 네게 뭐가 남지? 계집아이?"

그가 매달리는 심정도 이해 못 하는 것은 아니다. 그녀가 왜 모를까. 이것저것 잔뜩 의미를 부여하고 기대를 가진 후 집착하게 되겠지. 순간적으로는 저를 억누르고 있는 모든 괴로움에서 해방된 것처럼도 느껴질 것이다.

그러나 그만큼 기울어진 관계라면 정을 한 번 내리치는 것만으로도 산산조각 나리라.

"휘발성 강한 그 감정이 얼마를 가겠느냐. 가둬만 둘 생각이라면 몸이 자라나면서 널 제 발목을 잡는 족쇄로 여길 것이고, 그렇다고 풀어두었다간 정상적인 세상과 부대끼며 네 필요성이 사라질 터."

깨어진 파편이 심장을 찔러 종국에는 기대를 품게 했던 상대가 끔찍하게 증오스러워질 것이다.

"얼마나 될지도 모르는 시간을 위해 네 뿌리인 모국을 등지겠다?"

날카롭게 제시해오는 가능성에 윈터는 저도 모르게 작게 웃었다.

"너는 확실히 머리가 좋아, 여황 폐하. 네 아비를 생각하면 그야말로 기적적인 일이지."

"윈터."

"내가 정녕 네가 말한 것 같은 멍청이라면 기뻐해야 하는 게 아닌가, 안나? 방금 네 덕으로 나라 제일의 멍청이를 몰아냈으니."

안셀라가 그 아이를 사모의 계약자로 만든 후부터, 계속 생각해왔다. 아이는 언젠간 그에게 사모의 힘을 쓰게 될 것이고, 윈터는 그 꼴을 다시는 두고 볼 생각은 없었다.

꽃봉오리가 만개하듯 아이는 곧 인생의 가장 화려한 봄을 맞이하게 될 것이다. 아름다워지겠지. 눈부시게 빛나겠지. 그 누구도 사랑하지 않고는 못 배기는 아이다. 가장 찬란하게 피어날 것이다. 외롭고 아팠던 겨울을 통해 더욱 단단해져 그 계절을 뒤로하고 앞으로 나아갈 것이다.

거기에 그가 있어봤자 뭘 하겠나.

안드로베카가 말했듯 순간의 감정이 영원할 리가 없다. 영원하지 않으니 가치가 있는 깃이다. 적어도 이 순간만큼은 아이가 그를 필요로 하는 것은 사실이니 그것이 변하기 전에 조금이라도 맛보려는 것이다.

그 아이가 의지할 만한 다른 이를 찾아낼 때까지. 그 감정의 최우선이 다른 이가 되기 전까지.

안드로베카는 모른다. 그에게는 이 한순간이 그의 모든 것을 내던져서라도 지켜야 할 만큼 귀중한 것임을.

그리고 5년이 지났다.

"어떻게…… 어떻게 에스톡 공자가!"

훌쩍이는 레리안느의 목소리는 이미 쩍쩍 갈라지다 못해 쇳소리까지 났다. 그녀가 교습까지 빼먹고 자기 방에 사흘째 칩거를 했다기에 친구 된 도리에 그래도 걱정이 되어 찾아왔던 리아라는 장렬하게 똥을 밟은 기분이었다. 레리안느는 리아라의 얼굴을 보자마자 고래 울음소리를 내며 그녀의 허리에 매달려 울어 젖히기 시작했다.

"어떻게 공자가 나한테 이럴 수가 있어!"

그야 그 공자가 얼굴을 따지니까.

"내가 얼마나 잘했는데! 훈련 후에는 배고플까 봐 꼬박꼬박 도시락도 싸 왔고, 시험 전에는 노트 정리한 것도 몽땅 보여줬고, 어, 얼마 전에는 키리스덴사의 허, 허리띠까지……. 그걸 사려고 내가 앙레디엘의 한정판을 팔, 팔았…… 으허어어엉!"

앙레디엘의 한정지갑을 판 건 몰랐네. 정말 정신이 제대로 나갔었구나.

"……그러게 말이야. 진짜 네가 지금까지 해준 게 얼만데 어떻게 감히 너한테 그럴 수 있을까! 정말 인간말종이라는 말은 공자 같은 사람 때문에 생긴 거야."

그러니까 남자새끼 상대로 호구짓 좀 작작해라, 이년아.

어차피 눈이 부어터질 정도로 울고 있는 친구한테는 보이지도 않을 거, 레리안느의 어깨를 도닥이는 리아라의 표정에는 영혼이 없었다.

"확 넘어져서 그 잘난 콧대나 부러져라! 시험에서 확 떨어져서 자작 님께 가루가 되도록 까여라! 그 뺀질거리는 얼굴의 여시한테 확 바람 이나 맞아라!"

"그래, 그래. 확 망해야지. 다 같이 확 망하라 그래. 어차피 그 공자, 얼굴이랑 작위 빼면 별로 볼 것도 없,"

"네가 어떻게 그런 심한 말을 할 수가 있어!"

장렬한 통곡과 자기혐오와 원망 가득한 저주가 줄줄이 이어졌다. 리아라는 입 한번 잘못 뻥끗한 죄로 이어진 그 고난의 시간을 우정의 힘에 기대어 억지로 버텼다.

"흑, 그 여시 같은 년, 얼굴만 반반한 년, 흐윽, 분명히 그년이 꼬리 를 쳐서 공자가,"

"아, 그러면 따지고 오든지."

벌써 서른다섯 번째 듣는 얼굴만 반반한 여시년 이야기에 결국 속 에만 담아두었던 말이 입 밖으로 튀어나갔다. 갑작스러운 친구의 태 도 변화에 우는 것도 잊어버리고 눈을 동그랗게 뜬 레리안느가 딸꾹 질을 했다.

대놓고 충격받은 모습에 순간 속으로 뜨끔했던 리아라는 결국 마음 을 정하고 양손으로 친구의 뺨을 찰싹 내리쳤다. 갑작스레 얼굴을 붙 잡혀 부산스레 떨리는 친구의 동공을 똑바로 바라보며 리아라는 결 국, 질렀다.

"그렇게 억울하면 짜고 있지만 말고 그 기집애한테 장갑이라도 던 져. 여기서 이불이나 뒤집어쓰고 있어봤자 그 연놈들이 눈 하나 깜짝 할 것 같아? 그년이 꼬리친 거 맞다며! 그러면 가서 머리라도 한 줌 뽑아주고 오라고, 앙?"

그 말에 지진이라도 난 듯 떨리던 레리안느의 눈에 결연한 빛이 깃들었다.

"그, 그래, 맞아. 누, 누가 그년 좋을 대로 흘러가게 둘 줄 알고?"

기다렸다는 듯 리아라가 맞장구를 쳤다.

"그래, 레리안느! 사랑은 쟁취하는 거야! 이참에 레리안느 클레어의 남자를 건드리는 년은 끝장 볼 거라는 걸 똑똑히 보여주고 와!"

"그래, 내가 하라면 못 할 줄 알고? 지금 당장 그년의 머리를 몽땅 뽑아놓고 오겠어!"

"그 기세야! 가, 레리안느!"

"고마워, 리아라! 너야말로 내 진정한 친구야!"

그녀의 뺨에 가볍게 키스를 남기고 달려가는 친구의 모습에 잠시 리아라의 동공이 흔들렸다. 순간 저 뒤를 쫓아가서 지금이라도 뜯어말려야 하나 심각하게 고민했던 리아라는 결국 재빠르게 고개를 돌려 외면해버렸다.

에스톡 지센 공자와 바람난 게 그 유명한 리즈벳이라면 이런 일은 한두 번 겪는 것도 아닐 텐데 알아서 하겠지.

⋯⋯난 몰라.

• ✤ •

레리안느는 보무도 당당하게 막 수업이 끝난 교정을 가로질러 걸어 갔다. 가는 길에 마주친 친구들이 아프다는 핑계로 수업을 빠졌던 그녀를 발견하고 눈을 동그랗게 뜨며 안부를 물으려다 그녀의 흉흉한 표정을 보고는 재빨리 입을 다물고 시선을 피했다. 수업이 끝난 지금, 에벨라이아 학교의 여학생들은 대부분 곧장 집으로 돌아가기보다는 봄을 맞아 푸릇푸릇하게 돋아난 잔디 위에 자리를 깔고서 수다를 떨고 있었다.

"우와, 리즈벳, 그게 뭐야? 샤르티에의 향수잖아!"

한참을 두리번거리던 레리안느의 귀에 드디어 찾아 헤매던 이름이 들려왔다.

"세상에, 이거 구하기 힘들었을 텐데. 황도에서 얼마나 유행이었다고! 병 좀 봐. 유리 세공이 어쩜 이렇게 섬세하지?"

"그래서 한정이라잖아! 세상에 백 개밖에 없는 거야. 향기도 맡아봤어? 정말 꽃향기 같기도 하고, 허브 향기 같기도 하고 묘한 게 계속 신경을 끌더라."

교정 한편의 아름드리 느티나무 아래, 리즈벳과 자주 어울려 다니곤 하는 알디스 티르디엘과 벨아리아 리드가 주먹만 한 유리병 하나를 둘러싸고서 연신 감탄사를 터트렸다. 몇 걸음 더 다가가 그들이 감탄사를 연발하는 물건을 확인한 레리안느의 숨이 턱 막혔다.

샤르티에의 25주년 한정 향수, 딜라이트(Delight). 백 개밖에 만들지 않은 한정품이었기에 아무리 부유한 그녀의 아버지라도 황도의 샤르티에 공방에 끈이 있지 않으면 구하기는 불가능했다.

그래서 지센 공자가 얼마 전, 여자 선물을 고심한다는 소식을 들었을 때 슬쩍 말을 흘렸다. 여자 형제 하나 없는 그가 선물을 사기 위해 고민하고 있다면 상대는 약혼자가 될 그녀이리라 확신했으나 샤르티에 대신 날아온 것은 이별을 통보하는 한 장의 쪽지뿐이었다. 그리고 그 충격에 시달리느라 샤르티에에 대한 것은 완전히 잊어버리고 있었는데.

가슴이 철렁하는 기분에 숨도 제대로 쉬지 못하고 있는 그녀의 귓가로 알디스가 까르르 터트리는 웃음소리가 들려왔다.

"지센 공자가 널 좋아하긴 하나 보다."

"더러운 계집애!"

이성적으로 상황을 파악하기도 전, 레리안느는 빽 소리를 질렀다. 무리의 가운데에 앉아 있는 예쁘장한 얼굴의 계집애. 남자를 꼬드기고 상대가 고백하기를 기다렸다가 딱 잘라 거절하기로 유명한 마녀 리즈벳.

"네, 네가 꼬드겼지? 지센 공자는 내 약혼자가 될 사람이었어! 나와 3년을 쭉 교제했었다고! 그런데 네가 감히 우리 사이에 끼어들어? 대체 뭐라 꼬리를 쳤으면 공자가 샤르티에까지……!"

다시 시선을 돌려 알디스의 손에 들린 샤르티에를 바라본 레리안느는 울음이 확 솟구쳐 목소리가 갈라졌다.

저 샤르티에는 그녀에게 왔어야 하는 물건이었다. 에스톡이 그녀를 위해 준비했어야 하는 선물이었다.

리즈벳은 갑작스레 자신에게 쏟아진 폭언이 당혹스러운 듯 살짝 입을 벌렸다가 풀밭에 턱을 괴고 누워 있던 몸을 일으켜 앉았다.

"레리안느, 난 그분이랑 아무 관계도 아니야."

"거짓말, 누가 그런 뻔한 거짓말에 속을 줄,"

"반이 같아 몇 번 마주쳤을 때 인사를 나눴던 것뿐이지 그 이상 대화를 나눠본 적도 없어. 그분이 내게 호감을 가졌다 해도 난 받아들일 생각이 없고. 토씨 하나 틀리지 않고 그렇게 말했는데도 그분이 내게 샤르티에를 보내오실 줄은 몰랐어. 다음에 다시 마주칠 일이 있다면 좀 더 확실하게 말을 해놓도록 할게."

침착하게 시작된 말은 레리안느가 성급하게 말꼬리를 끊어먹으려하는 것조차 허락하지 않고 단호하게 이어졌다. 뭐라 꼬투리를 잡을여지가 없는 담백한 변명에 레리안느는 할 말을 잃었다.

"거, 거짓말하지 마!"

생각이 거기에 닿자 그녀는 무작정 소리를 질렀다. 저 말이 사실이라 생각하는 것만으로도 비참하다. 끔찍하다.

"잔뜩 착한 척해놓고 뒤에서는 딴 수작 부리는 거지? 내가 너 같은년들의 수법을 한두 번 보는 줄 알아? 저번에는 데인즈를 꼬드겨내서에밀리아를 울리더니! 어떻게 그렇게 솜씨가 좋아? 공자한테 치맛자락이라도 들어 보였어?"

"레리안느!"

벨아리아가 매서운 표정으로 자리를 박차고 일어섰다. 당장 그녀의뺨이라도 올려붙이려는 기세인 친구의 치맛자락을 잡아 말리는 리즈벳은 다소 굳은 표정이었으나 여전히 침착하게 말했다.

"너는 저번에 일라이아 선생님께 부탁받고 수업 준비를 위해 시드릭과 둘이 늦게까지 남았잖아. 그럼 클라디아는 그걸 빌미 삼아 네가시드릭과 붙어먹었다는 악담을 퍼부어야 해?"

"그건……!"

반사적으로 고개를 돌려 소란을 좇아 모여든 이들 중에서 그녀의친구를 찾아낸 레리안느는 얼굴이 창백하게 질린 채로 입술을 잘근잘근 깨물었다.

리즈벳은 작게 한숨을 쉬었다.

"……레리안느, 난 네게 아무런 유감도 없어. 그렇다고 지센 공자와 아무 관계도 아닌 내가 그분의 무례한 행동을 대신 사과하는 것도 말이 안 되고. 넌 내가 어떻게 하기를 바라는 거야?"

"나, 난……!"

레리안느는 재차 입술을 즈려물며 입을 다물었다. 그야, 그녀가 원하는 것은 뻔했다.

공자가 내게 돌아왔으면 좋겠어.

그러나 그런 말을 어떻게 대놓고 해. 얼굴을 화끈하게 태우는 수치심에 치맛자락을 으스러져라 쥐고 있던 손이 덜덜 떨렸다. 시선, 시선, 시선. 주변의 시선이 모조리 날카로운 창이 되어 피부에 내리꽂히는 듯했다.

그런 그녀를 한심하다는 듯 바라보던 주위의 여자아이들이 하나둘 말을 더했다.

"그래, 레리안느, 그 정도면 됐잖아. 네가 지센 공자 때문에 속상한 건 이제 충분히 알았고 유감이긴 하다만, 리즈벳은 정말 그 공자랑 몇 번 말한 적도 없어."

"맞아. 분명히 수작부린 건 공자 쪽이 먼저인데 왜 엄한 애를 괴롭히는데? 그건 너랑 공자 문제니까 따지려면 공자한테 따져야지."

말투에 명백히 묻어 있는 짜증에 순간 레리안느는 비틀거리며 뒷걸음질을 쳤다.

"뭐, 뭐야! 다들 저년을 편드는 거야? 내가 대단한 잘못이라도 한 거냐고!"

그러나 그에 대답하는 목소리는 없었다. 그저 시선만이 꽂힐 뿐이었다. 한심해하는, 재미있어하는, 무관심한 시선들.

레리안느의 속에서 무언가가 울컥 솟아올랐다. 수치심과 억울함으로 확 얼굴이 붉어졌다. 왜 그녀가, 클레어 상단의 상속녀인 그녀가 이 많은 사람들 앞에서 이런 창피를 당해야 하는가. 이건 그녀의 잘못이 아닌데. 피해를 입은 건, 억울한 건 그녀인데 왜 다들……!

"하, 다들 그렇게 나온다 이거지? 저 계집애가 대체 뭔데! 부모도 없고 근본도 모르는 주제에 이 남자 저 남자 기웃거리기나 하고……! 막말로 쟤가 여기 들어올 주제가 되기나 해? 그 후견인이라는 사람, 이름 한번 들어본 적 없는 데다 입학하고 5년 가까이 얼굴도 안 비친 거 보면 학부모회에 끼일 급도 되지 못하는 어디 시골 졸부 아니…… 아얏!"

분에 겨워 정신없이 혀를 놀리던 그녀의 얼굴로 가죽 장갑이 날아왔다.

"내 후견인을 모욕한 말, 지금 당장 취소해."

이제까지 본 적 없는 굳은 얼굴의 리즈벳이 몸을 일으켰다. 봄의 잎사귀 같은 연녹색 눈동자가 분노로 새파랗게 일렁였다.

"싫으면 나랑 결투해, 레리안느 클레어."

* ❀ *

"리이즈벳, 가끔은 네 머리에 뭐가 들어 있는지 모르겠어."

죽여버릴 거야, 더러운 년! 네가 이러고도 무사히 넘어갈 수 있을 것 같아? 네가 누굴 건드렸는지 알기나 해, 라는 요지의 말을 고래고래 외쳐대던 레리안느가 제 친구들에게 황급히 끌려간 후에 주위가 겨우 다시 조용해지자, 알디스는 그대로 잔디 위에 벌러덩 드러누워버렸다. 완전히 질렸다는 표정을 숨길 생각도 하지 않는 친구에게 눈길도 주지 않으며 리즈벳은 잡아 뜯겨 잔뜩 헝클어진 머리카락을 표정변화 하나 없이 다시 정돈했다.

"언제는 꽃이 한 바구니 들어 있을 것 같다며."

"그것도 그런데, 너 가끔씩 변신하잖아. 아까처럼."

재미있다는 표정을 숨기지도 않으며 내뱉는 말에 리즈벳은 벨아리아를 흘겼다.

"나 참을 만큼 참았거든?"

"응응. 너 많이 참은 거 알아. 안 참았으면 클레어 년이 걸어서 집에 갔겠어?"

그냥 참지 말지.

순도 높은 진심이 느껴지는 발언을 덧붙이는 알디스의 말에 리즈벳은 가장 최근 그녀가 모든 걸 내려놨던 때를 떠올렸다.

상대는 졸업을 석 달 남기고 전학을 갔고, 그녀는 윈터에게 털렸다. 보리 타작당하듯 탈탈.

겨우 잊어버렸던 그때의 일을 다시 떠올리자 그녀의 눈이 새치름해졌다.

내가 대체 누구 때문에 그랬는데.

하도 자기가 세상의 욕이란 욕은 다 전세 낸 것처럼 먹고 다니니까 적어도 그녀 때문에 욕먹지는 않도록 배려한 행동이 아닌가. 그런데도 감사는커녕 잔소리라니. 그렇게 마음에 안 들면 욕먹는 게 숨 쉬듯 당연하다는 듯 굴지 말든가.

"그렇게 안 보이긴 한데 걔, 클레어사의 상속녀야. 클레어 씨가 자기 딸을 얼마나 싸고도는지는 유명하잖아. 걔가 집에 가 제 아빠한테 눈물바람으로 네가 자기 손톱에 물 한 방울을 묻혔다고 고자질해봐.

길길이 날뛸걸? 너 뒷감당 어떻게 하려고 아까 그렇게 세게 나갔어?"

"……아, 별생각 없었는데."

"뭐라!"

대번에 올라가는 벨아리아의 눈꼬리에 리즈벳은 황급히 덧붙였다.

"아니아니, 진짜 그때까지 계속 참고 있었단 말야! 그런데 갑자기 걔가 원…… 내 후견인을 욕하잖아. 너희라면 너희 아빠 욕하는데 가만히 있겠어?"

당연히 동의를 예상하며 한 말이었으나 둘의 반응은 예상과는 달랐다. 곤란하다는 듯 서로 눈빛을 교환하던 둘 중 알디스가 조심스레 입을 열었다.

"으음…… 네가 무슨 말을 하고 싶은 건지는 알겠는데, 리즈. 친아빠와 후견인을 비교하는 건…… 경우가 다르지 않을까."

그리고 아직까지 감을 못 잡고 있는 리즈벳의 표정에 벨아리아가 작게 한숨을 쉬었다.

"재작년 졸업했던 유리아나 선배가 누구랑 결혼했는지 생각해봐."

"에이, 그 선배랑은 경우가 다르지!"

생각도 못 했다는 듯 리즈벳이 소리 내 웃으며 손사래를 치자 벨아리아는 결국 진지한 표정을 짓고는 따지고 들어갔다.

"진짜 다른 거야? 리즈, 자기 후견인이랑 결혼하는 애들이 한둘인 줄 알아? 특히 같이 살 정도로 가까운 사이라면 예전부터 그렇고 그런 사이라고 생각하는 사람들이 얼마나 많은데. 게다가 넌 누가 네 후견인 좀 잡고 늘어지려고 하면 사람이 바뀌어서는……."

"난 리즈가 정말 자기 후견인이랑 사귄다 그래도 상관하지 않을 거야! 리즈는 언제나 우리 리즈인걸! ……그래서 네 후견인한테는 언제

소개시켜줄 건데?"

"진짜 아무런 사이 아니라니까 그러네. 그 사람이 이 말을 듣는다고 생각하면…….'

세상이 멸망하겠지.

"……아무튼 나도 소개시켜주고는 싶은데 그 사람이 좀…… 섬세해. 혼자 있는 걸 좋아하는 사람이라서 다른 사람이랑 대화하는 것도 많이 서, 투르고. 하지만 진짜, 맹세컨대 레리아나 클레어가 한 말처럼, 학부모회에 끼일 급도 되지 않는 시골 졸부는 전혀 아니야!"

"……그래그래, 알았으니 넌 이번 일 뒷감당할 걱정이나 하렴."

결국 제대로 대화하기를 포기한 벨아리아가 툭 내뱉은 말에 리즈벳이 땅이 꺼져라 한숨을 내쉬었다. 교장은 그녀의 후견인의 정체를 알고 있었고, 그녀의 뒤에 윈터가 있다는 것을 교장이 아는 이상 클레어사의 사장이 아니라 막말로 인스켈 여황이 온다 하더라도 그녀가 퇴학당하는 일은 없을 거다. 그 어떤 고상한 외압보다 가까운 것은 주먹이니까.

다만 이 모든 일은 고스란히 윈터의 귀로 들어갈 것이고, 그녀가 그 뒷감당을 어떻게 할지는 다른 문제다.

"그나저나 리즈! 그년이랑 머리채 잡고 싸울 게 아니라 졸업무도회 파트너나 제대로 구할 생각을 하라고! 아직도 안 정했잖아? 너 거기 혼자서 갈 거야? 안 돼! 그건 반대! 내가 절대, 저어얼대, 결사반대!"

"아니, 난 그냥 거기 가서 맛있는 거나 먹고 너희랑 놀려고."

"난 로이드랑 춤출 거야. 일 없어."

……잔인한 것.

에벨라이아 학교에 입학해 졸업무도회에 대해 처음 들었을 때부터 소심하게 품고 있던 자그만 소망을 여지없이 짓밟아버리는 알디스의 말에 리즈벳이 입술을 비죽거리자, 그 모습을 보고 핏 웃은 벨아리아가 쭉 기지개를 켰다.

"뭐, 난 솔직히 네가 굳이 파트너를 구하건 말건 상관없다고 보는데, 졸업무도회는 말 그대로 무도회잖아? 아무래도 쌍쌍으로 가니까 혼자서 가면 즐기기 힘들다고. 일생에 한 번 오는 기회인데 파트너를 못 구해서도 아니고 안 구해서 즐기지 못한다면 아깝잖아?"

"맞아! 가자아, 리즈! 이 기회에 남자도 만나보고, 응? 아까 말은 그렇게 했지만 무도회 파트너로 데려올 수 있는 게 우리 학교 학생뿐이라는 법도 없고, 남자들이랑도 어울리면 나름대로 재밌단 말야. 우리 리즈는 이렇게 예쁜데 연애도 한 번 안 하다니, 아깝잖! 내가 네 얼굴이었다면 남잘 사귀어도 연병장 하나 채울 정도는,"

"넌 좀 자제할 필요가 있어."

벨아리아의 지적에 단번에 쪼그라드는 알디스를 보고 작게 웃은 리즈벳이 천천히 머리카락 끝을 빙글, 손가락에 감았다. 풍성하게 곱슬거리는 머리칼이 손가락 끝에서 미끄러지듯 흘러내렸다.

"나도 춤은 추고 싶은데…… 몰라. 딱히 추고 싶은 사람이 없어."

"아무도?"

"끌리지도 않는데 파트너 신청을 하면 그쪽이 오해한단 말이야. 난 전혀 생각 없는데."

"음, 그건 맞는 말이긴 한데……. 정말이야, 리즈? 아무도, 조금도 끌리는 사람이 없었어? 너한테 파트너 신청을 했던 그 많은 남자애 중에서 단 한 명도?"

놀란 듯 몇 번이나 되묻는 알디스의 말에 리즈벳은 살짝 미간을 찡그렸다.

"……너, 내가 굉장히 이상한 사람이라도 되는 것처럼 몰아간다?"

"아니, 궁금하잖아. 사실 네가 그렇게나 눈 하나 깜짝 안 하고 그 많은 남자들을 다 차버린 건 너한테 따로 좋아하는 사람이 있어서라고 생각하는 애들이 얼마나 많았는데."

"뭐라 생각하든 다 좋은데, 정말 딱히 괜찮다 생각했던 사람은 없어."

리즈벳은 다시 머릿속으로 그녀에게 졸업무도회를 핑계로 말을 걸어온 남자들의 얼굴을 떠올렸다. 졸업무도회에 대한 환상에 젖어 있는 건 여자들뿐만이 아닌지 참으로 지겹게도 찾아왔다. 한 번도 말을 섞어보지 못한 이들이 태반이다. 평생 한 번 있을 기회를, 맞을지 안 맞을지도 모르는 상대와 보낼 생각을 하다니, 참 대단하다는 생각은 했다. 이제는 얼굴도 제대로 기억나지 않는 사람들.

개중 아무나라도 좋으니 누군가를 골라 짧게나마 사귀기라도 했다면 이런 느낌은 들지 않았을까. 졸업반이 되면서부터 다들 특히 더 연애에 신경을 곤두세우다 보니 혼자서만 관심이 없는 게 이상하다 느껴질 때도 있었다. 그러나 정작 마음을 잡고 누군가와 연애를 해보려 하면 맨 처음 드는 생각은 그것이었다.

왜 굳이?

그녀는 졸업 후 자기 살길을 찾아야 하는 고만고만한 귀족가의 막내 같은 위치도 아니고, 정략결혼으로 떠밀리기 전에 소위 급이 맞는 이들 중에서 조금이라도 마음에 차는 상대를 골라잡으려는 영애도 아니었으며, 그렇다고 평생의 반쪽을 찾아 진정한 사랑을 이루겠다는 꿈에 불타는 소녀도 아니었다.

굳이 사귀어야 할 이유가 없다. 게다가.

"좋아한다는 게 뭔데?"

알디스와 벨아리아의 표정이 동시에 미묘하게 변했다. 잠시 동안의 침묵 후.

"그러니까…… 막 자꾸만 눈길이 가는 거! 그 사람이 하는 행동 하나하나에 다 의미를 부여하게 되고, 그것 때문에 감정이 들쑥날쑥해지고……."

"그 사람이랑 같이 있으면 시간이 가는 것도 느끼지 못하겠는 거야. 같이 없을 때에는 계속 생각나고, 다른 사람이랑 있는 걸 보면 막 속이 이상해지고, 나만 봐줬으면 좋겠고, 나만 좋아해줬으면 좋겠고……."

"그리고 그 사람이랑 함께하는 미래를 생각하게 되는 거야. 그런 적 없어?"

앞다투어 사랑의 정의가 쏟아져 나왔다. 리즈벳은 어쩐지 나라 팔아먹은 죄인이라도 된 심정으로 어깨를 으쓱했다.

"……딱히?"

"너, 남자한테 관심 있기나 해? 이런 사람이랑 나중에 같이 살았으면 좋겠다, 뭐 이런 생각, 하잖아, 다들. 어떤 사람이 좋다, 뭐 그런 생각도 해본 적 없어?"

리즈벳은 어색하게 웃었다. 그런 생각, 해본 적 없다고 하면 잡아먹을 기세다.

……대충 둘러대고 도망치자.

알디스한테 들켰다간 잡아먹힐지도 모를 생각을 하며 리즈벳은 천천히 머리를 굴렸다.

"음…… 나는 그냥, 책임감이 강한 사람이 좋아. 자기 말에, 자기가 맡은 것에 끝까지 책임을 지는 사람이면 좋겠어. 다정한 사람도 나쁘진 않겠지만 그것보다는 성격이 어떻든 그냥."

생각이 거기에 닿자 리즈벳은 잠시 멈칫했다. 그러고 보니, 예전에는 자주 생각하곤 했었다. 나중에 나는 누군가와 사랑을 하게 될까? 다른 사람들이 다 그러는 것처럼 결혼을 하고 아이를 가져 가정이라는 걸 만들게 될까? 이제는 희미해진 어린 계집아이 시절의 기억을 뒤적여보면 꽤나 진지하게 그런 걸 바랐었다.

그저 눈앞이 너무 캄캄해서, 발밑이 단단하게 느껴졌던 적이 한 번도 없어서 누군가에게 매달리고 싶었다. 누군가가 제 닻이 되어주기를 바랐다. 언젠가부터 잊어버리고 있던 감정.

이제는 잘 기억도 나지 않는 옛일이지만 떠올리는 순간 그 질척함만큼은 똑똑히 기억났다. 조금 전까지만 해도 푸릇푸릇한 잔디밭이었던 땅이 늪이 되어 발목을 움켜잡는 감각을 느끼며 그녀는 툭 내뱉었다.

"그 사람한테만큼은, 내가 제일이었으면 좋겠어."

· ⚜ ·

"어서 와요, 아가씨. 아직 밖이 춥지요?"

"다녀왔어요, 리델."

인기척을 귀신같이 느끼고 문을 열어준 리델의 뺨에 가볍게 입을 맞춘 리즈벳은 코트를 넘겨주고 집 안으로 들어섰다. 집 전체에 풍기는 빵 굽는 냄새와 문가에 놓인 허브의 향에, 누적되었던 피로가 단번에 몰아닥치는 것만 같아 리즈벳은 길게 한숨을 내쉬었다.

알디스와 벨아리아는 그 후로 반시간을 더 그녀를 붙잡곤 우리가 우정의 이름으로 기필코 네 하늘을 찌르는 눈높이에도 들어차는 남자를 찾아내 보이겠다며 맹세했고, 그녀는 괜찮으니까 필요 없다는 말을 단어만 바꿔가며 거의 백 번을 반복했다. 그러나 그 대답의 어디가 마음에 들지 않았는지 알디스는 네 후견인이 사실 쉰 살 먹은 노인이라 할지라도 네가 사랑한다면 이해하려고 해보기는 하겠다고 나섰다.

거기서 당연히 내 후견인은 쉰 살이 아니라 백 몇 살이라고는 하지 못했다.

"다녀왔……."

왠지 뻣뻣해진 것 같은 뒷목을 주무르며 응접실로 들어서던 리즈벳은 응접실 창가의 의자에 앉아 있는 상대와 눈이 마주치자 굳어버렸다.

하녀 리델이 혼신을 다해 가꾼 정원을 배경으로 집사 노엘이 자존심을 걸고 공수해 온 가구들로 꾸며진 응접실에 느긋하게 다리를 꼬고 앉아 있는 남자의 모습은 그야말로 그림이었다. 제목은 살인의 추억, 뭐 그런.

반사적으로 돌리려 한 리즈벳의 시선이 윈터의 시선과 마주쳤고, 윈터의 눈이 스르르 휘어지더니 미소를 지었다.

"사랑스러운 리즈벳."

사랑은 개뿔.

"내게 이런 게 또 왔는데 말이지."

그의 손에서 팔랑거리며 흔들리는 편지봉투에 당당히 찍혀 있는 클레어사의 봉인에 그녀는 모든 희망을 포기하고 머리를 만지작거렸다.

"······그러게요. 그런 게 또 왔네."

"난 분명히 공부를 하라고 학교에 보냈을 텐데 왜 자꾸 이런 게 날아오는 걸까."

그러게 말이에요. 사장이나 되는 사람이 할 일이 그렇게 없는지. 행동 참 빠르기도 해라.

"여길 읽어보면 내 피후견인의 문란하기 짝이 없는 행실이 다섯 장 가까이 적혀 있는데······ 이것에 대해서 네게 묻는 게 좋을까, 교장에게 묻는 게 좋을까, 네게 애인을 뺏겼다는 계집아이에게 묻는 게 좋을까, 아니면 널 이 웃기지도 않은 치정극에 끌어들인 그 잡것에게 직접 묻는 게 나을까?"

내용을 굳이 읽어주지 않아도 이제는 줄줄 읊을 수 있을 정도였다. 다들 나이 먹으면서 창의력이라는 게 사라진 모양이다.

슬쩍 훔쳐본 윈터의 표정은 읽기 힘들었다. 그녀를 한심해하는지, 부끄러워하는지, 재미있어하는지, 화를 내는지, 아니면 아무런 생각이 없는지 알 길이 없다.

솔직히 중상모략이 넘쳐나다 못해 소설을 쓰고 있는 저 편지의 내용 때문에 새삼스레 상처받거나 하지는 않지만 그녀의 사생활이, 그것도 가장 민망한 부분만 골라 중계되는 건 좀 부끄러웠다.

"딱히 설명할 것도 없어요. 예전에 온 편지들과 정확히 똑같은 상황이에요. 남자 이름이랑 여자 이름만 바꾸면 돼요."

그러고 보니 그 향수도 어떻게 해야 하는데. 버리기에는 아깝고, 그냥 써버릴까. 몰래 쓰면 뒷말 나올 일도 없지 않을까. 그 공자가 끼친 수고를 생각하면 수고비로 받아도 될 것 같은데.

그렇게 너 싫다고 못을 박았는데도 오늘 또 억지로 선물을 보낸 남자를 생각하니 저절로 미간이 구겨질 것 같았다. 고백이랍시고 했던, 넌 다른 머리 텅 빈 계집애들과는 달라, 라는 뉘앙스의 말이 아주 기분 나빴다. 넌 하등한 다른 계집애들과는 달라서 특별히 내가 간택해 줄 테니 교제하자는 뉘앙스의 말을 아주 숨기지도 않고 하는 게 참으로 같잖았다. 3년인가를 교제했던 애인을 초개같이 버려놓고 사랑이니 뭐니 떠드는 걸 보면 저게 얼마나 가려고, 라는 생각밖에 안 들었다.

제가 날 얼마나 안다고.

남자를 떠올리자 또 머리가 아팠다. 살짝 미간을 찡그리며 머리를 쓸어넘기는 그녀를 비스듬히 턱을 괸 윈터가 가만히 바라보았다.

"면담이라도 가줄까, 귀여운 리즈벳?"

툭, 별 무게 없이 던진 그 말에 리즈벳의 얼굴이 살짝 굳었다.

"……괜찮아요, 윈터. 그럴 필요 없어요."

애써 웃었으나 윈터는 눈 하나 깜짝하지 않고 그녀를 가만히 직시했다. 냉소적인 미소가 사라진 시선에는 상대의 속을 가장 깊은 곳까지 헤집는 듯한 힘이 있었다. 그 시선에 리즈벳은 저도 모르게 살짝 눈을 피했다.

윈터가 그녀를 데리고 이곳 드레이크로 숨어든 지 이제 거의 5년이다. 그것 때문에 인스켈 내에서 그의 위치가 어떻게 변했는지는 모르겠으나 윈터는 존재만으로도 크나큰 무게를 지니는 사람이다. 특히 이런 드레이크 같은 작은 규모의 변방도시에서 윈터 드레스덴의 존재는 그야말로 환상과도 같은 것이다.

입 한번 뻥긋하지 않아도, 그저 그녀와 함께 있는 모습을 보이는 것만으로도 그는 학교에서 그녀의 위치를 단번에 격상시킬 수 있었다.

아버지가 고작 작은 상회 하나를 굴린다고 기고만장해 학교에서 여왕으로 군림하는 레리안느나 고작 자작위를 가지고 왕이나 된 듯 오만하게 구는 에스톡을 단번에 시종으로 부려도 이상하지 않을 위치다. 윈터 드레스덴의 피후견인이라는 지위는.

……그건 좀 끌릴지도.

하지만 혹하기 때문에 더욱.

"이 정도는 내가 알아서 할 수 있어요. 나도 이젠."

어른이에요.

그렇게 말하려던 목소리가 목구멍에서 틀어막혔다. 그런 말을 하는 것 자체가 제가 아직까지 코흘리개 어린 계집애라는 사실을 증명하는 것 같았다.

작게 웃음이 흘러나왔다. 고개를 들어보자 그녀를 조용히 응시하는 윈터의 시선이 있었다.

예전에는 나이가 들면, 그래서 적어도 겉모습만이라도 그와 비슷한 연배가 되면 조금이라도 따라잡을 수 있을 것 같기도 했다. 그러나 어쩐 일인지 윈터는 지난 5년간, 조금씩이지만 확실하게 그녀와 함께 성장했다. 이제 예전의 뼈대가 가늘고 어딘가 섬세해 보였던 소년은 간데없었다. 그녀의 몸이 겨우 여인의 굴곡을 가지기 시작했을 때, 윈터는 이미 완연한 성인 남자의 모습을 하고 있었다. 훌쩍 키가 큰 윈터는 예전보다 더 높아진 눈높이에서 그녀를 내려다보며 부른다.

귀여운 리즈벳.

아무리 장난감에서 지위가 격상되었다고는 하나 그녀를 보는 그의 시선은 아마 그 정도일 것이다. 저도 모르게 리즈벳은 주먹을 꽉 쥐었다.

그러니까 더욱 제 뒤치다꺼리를 하게 만들고 싶지 않다.

"어차피 이건 그냥 치정사인데 그것 때문에 윈터까지 끌어들이는 건 우습잖아요."

가슴속에서 들끓는 감정이 어떻든 그리 말하는 목소리는 제법 명랑했다. 오히려 웃긴다는 듯 눈을 가늘게 뜨는 윈터에게 생긋 마주 웃어 주며 리즈벳은 말했다.

"걱정 마요. 졸업할 때까지 누굴 사귈 생각도 없으니 마음 놓고 그 편지는 불쏘시개로나……."

"사귀지 말라고 한 적은 없는데."

너무나 매끄럽게 토해진 말에 리즈벳의 입이 떡 벌어졌다. 순간 그녀는 제가 무슨 소리를 들었는지 알아들을 수가 없었다.

"네, 네?"

저도 모르게 목소리가 떨렸다. 그녀는 스스로도 제가 왜 이렇게 충격을 받았는지 이해할 수가 없었다.

그녀의 충격을 아는지 모르는지, 윈터의 입가가 매끄럽게 호선을 그렸다.

"어깨 위에 달고 있는 게 머리인 것들에 한해서, 교제하고 싶으면 말리지 않겠다고."

그 말에 제가 무슨 표정을 지었는지 짙은 붉은빛 눈이 살짝 가늘어지며 휘었다. 예의 그 조롱과 냉소와 순수한 재미가 뒤섞인 웃음을 띠며 윈터가 느긋하게 턱을 괴었다.

"세상이 무너졌나, 사랑스러운 리즈벳? 뒤통수라도 맞았어?"

뒤통수.

아, 그래. 그 이상으로 지금의 제 심정을 설명할 수 있는 말이 없었다. 뒤통수를 맞은 기분이었다. 아주 세게. 대체 왜 이런 기분이 드는지 새하얘진 머릿속으로는 도저히 짐작할 수가 없어 더욱 약이 올랐다.

"아, 안 막아요? 윈터라면 사귀기는커녕 눈 마주치는 것도 반대할 줄 알았는데."

"정말 진심으로 반대할 생각이었다면 애초부터 널 여학교라는 곳에 보냈겠지, 귀여운 리즈벳."

덤덤히 대꾸하는 윈터는 너무나 아무렇지도 않아 보여서, 그리고 그 이유라고 댄 것이 대단히 납득되는지라 리즈벳은 아무 말도 할 수가 없었다. 심드렁하게 시선을 떨어트리며 윈터가 말했다.

"너 정도 나이가 차면 누구나 하는 광대짓인 것을. 막는다고 막을 수 있는 것이었다면 인간은 예전에 씨가 말랐겠지."

광대짓.

냉소적이기 짝이 없는 그 말이야말로 평소의 윈터와 다름없을진대 어째서 오늘은 더 특별히 가슴이 내려앉는지 알 수 없는 일이다. 그는 저리도 평소와 다름없고, 여유롭고, 이성적인데 어째서 저는 이리도 초조하고, 화가 나고, 목덜미의 옷깃을 잡아 뜯고 싶을 정도로 답답한지.

광대짓이라고는 하지만 윈터는 적어도 5년 전부터 그녀가 그 감정에 휩쓸릴 것이라 생각하고, 오히려 그리되도록 분위기를 조성하기까지 했다. 그건 무슨 의미일까. 그 감정의 흐름에 휩싸인다는 게 대체 무슨 의미인데. 사랑에 빠진 이들이 원하게 되는 거라고는 정해져 있는데.

그에 순간 눈앞이 덜컥 아찔해졌다.

윈터는, 나를 떼어놓으려는 걸까?

"뭘 그리 당황하지? 어디까지나 가정의 일이야. 네게, 사귀는 사람이, 생겼을 만약의 경우."

순식간에 얼굴이 새하얗게 질린 리즈벳의 모습에 윈터는 픗, 작게 웃음을 흘렸다. 강세를 미묘하게 준 말에 그녀의 고개가 팩 들렸다. 마치 네게 그럴 일이 있기나 하겠느냐는 말처럼 들려 그녀의 미간에 주름이 팍 잡혔다.

당신은 언제나 이러지. 언제나 난 어딘가 모자란 꼬마 계집애일 뿐이고 내가 하는 모든 행동은, 내가 보이는 모든 반응은 그저 귀엽거나 가소로울 뿐이고.

"있어요!"

확 뜨거워진 감정이 이성이란 필터를 거치지 않고 곧장 입 밖으로 튀어나왔다. 뒤늦게 제가 내뱉은 말이 뭔지 깨닫고 허겁지겁 수습하려 했으나 이미 윈터의 눈썹 한쪽은 한껏 치솟은 채였다.

그녀는 속으로 눈을 질끈 감으며 혀를 콱 깨물었다. 지금 와서 그건 사실 그냥 나온 대로 한 말이라고 하면 저 표정이 대놓고 조소로 변하며 대체 무슨 비아냥이 쏟아져 나올지 너무나 뻔했다.

강은 건넜고, 돌아갈 다리에는 이미 불이 붙어버렸다. 리즈벳은 눈에 힘을 팍 주고 당당히 말했다.

"이, 있어요, 사귀는 사람."

"호오."

"윈터가 뭐라 할까 봐 잠자코 있었던 거지 사실은 사귄 지 좀 됐어요. 이번 졸업무도회에도 같이 갈 거예요!"

"그래? 그럼, 들어볼까?"

말 한마디 한마디마다 짙어지던 윈터의 미소가 정점을 찍으며 빛을
발했다.

"대단하신 공자님의 함자를."

"……키, 키리언."

차마 그 시선을 똑바로 볼 수 없던 리즈벳은 눈을 돌려버렸다.

"키리언. 키리언 세이쥬예요."

뒤에서 스스로가 방금 화려하게 불을 싸지른 다리가 불꽃놀이 하듯
화려하게 타들어가는 소리가 들리는 듯했다.

• ✤ •

집에 들어온 지가 얼마나 되었다고 후다닥 소리가 날 정도로 재빠
르게 응접실을 빠져나가버리는 아가씨에게 부딪치지 않게 능숙히 한
걸음 물러선 노엘은 응접실 입구에서 잠시 멈칫했다.

창가 의자에 앉아 있는 윈터가 소리 죽여 웃고 있었다. 어깨가 가늘
게 떨리는 걸 보니 얼굴이 새빨개진 아가씨와는 달리 이쪽은 꽤나 그
대화를 즐긴 모양이다. 고용주의 고약하고 뒤틀린 성미에 속으로 고
개를 저으면서도 숙련된 집사인 노엘은 얼굴에 티 하나 내지 않고 찻
잔이 담긴 카트를 끌고 들어섰다.

"주인님."

큼, 살짝 헛기침을 하며 부르자 스륵, 얼굴을 가리던 손이 흘러내
리며 윈터의 시선이 그에게로 꽂혔다. 저도 모르게 시선을 피하게 만
드는, 속을 꿰뚫어 보는 듯한 짙은 핏빛 눈동자에 노엘은 슬쩍 시선을
떨어트렸다. 미소로 부드러워져 있음에도 본능적인 거부감은 어쩔 수

가 없었다.

"민트차를 준비해봤습니다. 잠시 쉬시지요."

"쉴 것까지야. 제대로 한 게 있어야 쉬지. 안 그래, 친애하는 노엘?"

"몸이 그리 좋지 않을 때에도 쉽니다, 주인님."

찻잔을 입에 대려던 윈터의 손이 잠시 멈칫했다. 곧 비웃음인지 탄성인지 알기 힘든 소리를 흘리며 그가 완전히 몸을 의자 등받이에 기대었다.

"늙으면 입만 살지."

"칭찬 감사드립니다."

윈터는 작게 코웃음을 쳤으나 얌전히 건네는 대로 찻잔을 기울였다. 이제는 제법 익숙해진 차의 온도를 느끼며 그는 가볍게 손을 들어 얼굴을 쓸었다.

노집사는 충성스러운 인스켈인이었으며, 그 이전에 귀족의 집사로서의 소양이 충분한 이였다. 눈치가 빠르고 선을 명확하게 지키면서도, 일일이 지시하지 않은 일까지도 신경 쓸 줄 아는 세심함이 있다. 용모가 두드러지는 그를 대신해 리즈벳이 사회생활을 할 수 있게 조치해줄 사람으로 고용한 이였으나 언젠가부터는 그의 전담의 비슷한 역할까지 맡고 있었다.

전담의라 해봤자 이리 상태를 살피고 불편함을 최소로 할 수 있게 살펴주는 것뿐이었으나 그것은 생각했던 것보다 유용했다.

뿌옇게 흐려졌다 선명해지기를 반복하는 눈을 감으며 윈터는 다시금 찻잔을 기울였다. 알싸한 다향에 눈의 아픔과 함께 찾아오곤 하는 두통이 조금 가시는 기분이었다. 아무리 그라 해도 백주대낮에 갑자기 눈앞이 흐려지는 것은 순간 심장이 덜컥할 정도의 공포를 불러일으켰다.

지금까지의 불편은 상실했던 기능이 돌아오기 전까지의 일시적인
것이었으나 이번도 그러리라는 보장은 어디에도 없다. 무언가를 잃는
것에 느끼는 두려움은 옛날 옛적에 끝난 줄로만 알았거늘, 갑자기 눈
이 제대로 보이지 않게 되는 것은 전혀 다른 종류의 두려움이었다.

솔직히 우스워 그는 의자 속으로 가라앉을 듯 몸을 길게 늘어트렸
다.

신살신이 아니면 한번 맺은 계약은 깰 수 없다. 깰 수 있는 방법이
있었다면 제가 아직까지 이리 연명하고 있었겠나. 그러니 결국 이리
힘을 잃고 인간으로 돌아가 늙어가다, 언젠간 정신마저 놓아버린 채
로 목숨만 붙어 있게 되겠지. 끝까지 죽지도 않고 지겹게.

신경질적으로 웃어버리는 그를 조용히 살피던 노엘이 반쯤 비어버
린 찻잔을 새로 채웠다.

"세이쥬 공자님이라는 분에 대해 알아 올까요?"

"뭐하러."

깊이 생각하지도 않고 내뱉은 단답에 가만히 바라보는 집사의 시선
이 느껴지자 윈터는 성의 따위는 없어 보이는 동작으로 손을 내저었
다.

"보아하니 상상력 풍부하신 우리 리즈벳의 머릿속에서만 상주하는
놈일 듯한데. 찾아봐야 없을 테니 공연히 헛짓하지 말고. 뭐, 내가 그
아이를 한참 우습게 봐 그놈이 정말로 실존하는 놈이라 해도."

그러지 않아도 거짓말에 익숙하지 않은 주제에 긴장까지 더해지자
못 알아보기가 더 우스울 만큼 떨렸던 아이의 눈을 떠올리고, 그는 저
도 모르는 새 웃음을 소리 내어 흘렸다.

"멍청한 아이는 아니니 별 시답잖은 잡것을 파트너라 끌고 오진 않겠지."

"아무래도 나이가 드니 판단력이 떨어지나 봅니다. 제 어쭙잖은 참견이었습니다."

"뭐, 딱히 탓하고 싶은 생각도 안 드는데."

깍듯이 사과하는 노엘 쪽으로는 고개도 돌리지 않은 채 손을 뻗어 조금 전까지 훑어보고 있던 편지를 집어든 윈터는 그 종이를 허공으로 휙 내던졌다. 딱 봐도 감정이 격해서 알아보기 힘든 서체로 빽빽이 메운 종이들이 팔랑거리며 바닥으로 떨어졌다. 그 종이 위를 우악스럽게 구둣발이 내리찍었다.

"어쩌자고 꼬이는 것들이 이렇게 조잡한지."

샤를이 보면 통탄하겠어. 손녀에게 꼬이는 것들이 다 하나같이 질 떨어지는 것들뿐이니.

본래 쥔 권력이 크면 클수록 삶은 더욱 치열해지는 법이다. 리즈벳을 고만고만한 귀족들이나 부유한 평민들로만 가득한 학교에 집어넣었던 것은 그 때문이었다.

그러나 가문이나 재산이 딸리면 성품이라도 좋아야지, 꼭 그렇지도 않으니.

작게 혀를 차며 그는 다시금 일그러지기 시작하는 시야에 눈을 꽉 감았다. 일단은 몸을 사리고 있으니 눈에 띄는 행동은 삼갈 필요가 있다. 그러나 그건 저들이 정도를 지킬 때의 이야기.

"호위하는 이들 더 붙여두고, 선을 넘으면 내게 알려."

여황과는 실질적으로 연을 끊었다고는 하나 여황이 그 사실을 공론화하지 않은 이상 드레스덴 영지는 아직까지 그의 것이었고, 큰 땅덩

어리에서는 매년 적지 않은 수입이 쏟아져 들어왔다. 쓸 일이 없으니 부는 고스란히 창고에 쌓여 먼지를 뒤집어쓰고 있었다. 그러니 일이 시끄러워질 것 같으면 이 작은 영지 전체를 그냥 사버리는 수도 있다.

"그리 조치해두겠습니다. ……그리고, 주인님."

묘하게 머뭇거리는 노엘의 태도에서 벌써 사안에 대해 짐작한 윈터가 미간을 찡그렸다.

"……나의 친애하는 부관께서는 제 부인은 그렇게 팽개쳐두고 나한테만 이리 열렬하고."

노집사의 손에서 낚아채인 편지는 밀봉을 열기도 전에 갈가리 찢겨 나갔다. 좌악, 좌악, 시원스레 종잇조각이 되어버린 편지가 허공을 날았다.

[대공, 에센 지방이 위험합니다.]

읽지 않고도 뭐라 쓰여 있는지 눈에 빤히 보여 머리가 지끈거리며 아파왔다. 마르크스의 편지는 언제나 비슷한 내용이다.

[대공의 지원을 받지 못한 우리 군은 현지 주민들과 결탁한 반란군을 상대로 피해만 늘고 있습니다. 분쟁이 길어지면서 남부의 밀 수확에 차질이 생겨 북부에서는 치솟은 밀값 때문에 폭동이 벌어지고 있습니다.]

보지 않고도 알 수 있다. 집이 타고, 수확을 앞둔 밀밭이 타오르고, 여자와 아이들이 울부짖고, 남자들이 죽어가고. 가까스로 번영하기 시작했던 영지가 전장이 되어 죄다 쑥대밭이 되고.

윈터는 손을 들어 얼굴을 가렸다.

대공, 소리치며 저를 찾는 병사의 얼굴이, 공포로 점철된 눈이, 피범벅 된 손이 뻗어진다.

……내 알 바 아니야.

대공, 죽고 싶지 않아요. 집에 돌려보내주세요.

……이럴 때만 날 찾지. 죽지 않는다고 해서 나들이 나온 기분으로 전쟁터에 설 수 있다 생각하는 건가.

내가 나간다 해도 너희 중 죽을 놈은 죽어. 그러곤 날 원망하지. 멋대로 살았다며 좋아하다가, 살 수 있을 줄 알았는데 따위의 헛소리를 지껄이곤 죽어 나자빠지면서.

대공, 대공만 있었더라면.

진창에 가라앉아버리는 듯한 끔찍한 기분에 그는 망연히 얼굴을 쓸어내렸다. 벗어났을 터인데 끊어낼 수가 없다. 지긋지긋한 인스켈. 대체 언제가 되어야 이 진창에서 벗어날까.

그때였다.

하염없이 허공만을 헤매던 시선이 순간, 창 너머에서 살랑이는 빛무리를 잡아냈다.

어느새 밖에 나갔는지, 언제 들어왔다고 또 외출하려는지 팔랑이는 숄을 어깨에 두른 리즈벳이 정원에 물을 주고 있던 리델과 뭐라 떠들고 있었다. 햇빛 아래에서 결 좋은 머리칼이 찬란한 빛을 내며 반짝인다.

창문이 열려 있지 않은데도 새가 지저귀는 것 같은 웃음소리가 들려오는 듯했다. 살랑이며 불어오는 바람에 흔들리는 소녀의 탐스러운 머리채 너머로 시원스레 뻗은 목덜미가 드러났다. 아까 저를 상대로 당황하고 심통을 내고 오기를 부렸던 건 벌써 잊어버렸는지, 아니면 그것에 대한 이야기를 하고 있는 건지, 미간을 찌푸리며 진지하게 떠들다가도 곧 그 눈동자를 부드럽게 휘며 소리 내어 웃는다.

시야가 약속이라도 한 듯 뿌예지고 눈두덩에서 시작된 통증이 아련한 두통이 되어 머리를 조인다. 눈앞의 풍경은 물감이 퍼진 듯 얼룩덜룩했다. 비현실적이어서 꿈의 조각을 보고 있는 듯했다.

리델이 들고 있는 물뿌리개에서 떨어진 물방울들이 만들어내는 무지개와 화사하게 피어난 꽃들 사이에서 까르르 웃는 소녀의 입술 곡선. 조금 전까지만 해도 그에게 엉겨붙었던 시체들은 그 해사한 봄의 햇살 아래 모조리 녹아내린 듯했다.

눈이 부신다.

그때, 저도 모르게 아래로 미끄러진 시선이 박제된 듯 그 입술에 닿았다.

못 박혔다.

도톰한 굴곡을, 물기 머금은 표면을, 밝고 옅기만 한 채도의 소녀에게서 오로지 한 군데 짙은 채도의 피부를 핥듯이 시야에 담았다.

확, 불꽃이 터지듯 심지에 열이 몰렸다.

그에 제 눈을 파내어버리고 싶은 심정으로 윈터는 눈을 감아버렸다. 언제부턴가 생겨난 혐오스러운 것. 그 새로운 것은 전혀 예상치 못한 순간 휘몰아쳐 이성의 목을 조른다. 생리적인 불쾌감에 구역질이 났다.

거둬들이고 곁에 둔 이유는 제게 어울리지 않게도 순수한 것이었거늘, 어느 순간부터 더러워져버렸다. 그 독에 홀린 제가 무슨 생각을 하고 있는지 그녀는 꿈에도 모르겠지.

그래, 그렇게 계속 무지한 채 있어라.

지끈거리는 눈두덩을 양손으로 꾹 누른 채 그는 간절히 속으로 바랐다.

사랑스러운 리즈벳.

•❀•

"그래서, 소개는 언제 시켜줄 건데."

길게 나무 그림자가 늘어진 방과 후의 교정, 왠지 마지막으로 만났을 때보다 몇 배는 더 쪼그라든 리즈벳이 늘어놓은 이야기에 한동안 입을 다물고 있던 벨아리아가 툭 내뱉었다.

"네 마음을 사로잡아 우리 학교 남자들의 눈에서 피눈물을 뽑아낼, 그 키리언 세이쥬 공자."

"……그러게. 대체 언제가 좋을까."

제가 파놓은 무덤의 깊이를 모르지는 않는지 목소리가 기어들어가는 리즈벳을 보며 벨아리아는 절레절레 고개를 저었다.

"내가 아는 키리언은 내 동생뿐인데 설마 네가 일곱 살짜리랑 무도회를 간다는 건 아니겠고."

재미있다는 듯 킥킥거리며 구경하고 있던 알디스가 재빠르게 덧붙였다.

"세이쥬는 그거잖아, '붉은 언덕'에 나오는 아스틸다 세이쥬. 여자 주인공."

"적어도 성별이라도 일관되게 하지."

"그게, 진짜 그 순간엔 머리가 완전 새하얘져서……."

"그렇다고 어쩌자고 그런 먹히지도 않을 거짓말을 해!"

"그치만 그 사람이 너무나 가소롭다는 듯이 쳐다보는 거야! 네가 설마 제대로 된 애인이 있기나 하겠냐, 그게 너무 빤히 보이니까……."

"그걸 무마하겠다고 애인을 지어냈다는 게 들통나는 순간, 정말 그 이상 없을 정도로 가소로워지는 거라고!"

어디 하나 반박할 구석이 없는 친구의 일갈에 리즈벳은 다시 더 작아졌다. 그녀야말로 어제 하룻밤 내내 이불을 걷어차며 소리를 지르고 싶었다. 대체 어쩌자고 그런 허풍을 쳤을까! 윈터의 성격상 들켰어도, 진작 거짓말이라는 걸 알아차렸어도 아마 끝까지 그 키리언 세이쥬가 누구냐 물으며 놀려댈 게 뻔하다.

"키리언 세이쥬는 프릴을 좋아하나 보지?"

봄을 맞아 리델이 한껏 화사하게 프릴로 장식해준 케이프를 걸치고 집을 나서려던 찰나 응접실에서 마주쳤던 윈터가 툭 던지고 간 말을 떠올리자 리즈벳은 정신이 혼미해지는 기분으로 머리카락을 쥐어뜯었다.

내가 왜 그랬을까. 무엇에 미쳐서 그런 짓을 했을까. 윈터 드레스덴을 겪은 지가 벌써 6년이 넘는데 왜 내 학습능력은 이렇게 떨어져서 아직도 똑같은 수에 매번 넘어가는 걸까.

"차라리 잘됐어. 이 기회에 진짜 누구랑 사귀어버리는 거야! 그러고서 다음에 네 후견인이 키리언 세이쥬를 찾으면 무슨 키리언 세이쥬요? 잘못 들으신 거 아니에요? 딱 그렇게 잡아떼는 거지!"

"으응……."

씨도 안 먹힐 변명이었으나 솔직히 어떤 식으로든 지금의 상황을 수습할 수만 있다면 못 할 게 없을 듯했다. 키리언 세이쥬는 고작 이틀 만에 그녀가 가장 증오하는 이름으로 당당히 등극했다.

푸릇푸릇한 잔디 위에 시체처럼 널브러진 친구를 더는 보다 못한 벨아리아가 작게 한숨을 내쉬었다.

"차라리 누굴 소개받는 건 어때? 왜, 알디스, 로이드에게 부탁해서 누구 괜찮은 사람이 있으면…….”

"로이드의 친구 중에서 추천받는 건, 별로 추천 안 하는데.”

평소의 알디스에게서는 쉽게 들을 수 없는 어두운 어조에 머리카락을 쥐어뜯던 리즈벳도 눈을 동그랗게 뜨며 고개를 들었다. 친구들의 시선이 집중되자 알디스는 조금 어색하게 웃으며 머리카락을 매만졌다.

"……소집령이 곧 내려올 거래. 에센 쪽에서 일어났던 분쟁이 길어질 것 같대서. 무관전향들이 우선적으로 징병될 거라고. ……로이드도, 아마 졸업하는 즉시 가지 않을까.”

리즈벳은 가슴 한편이 철렁 내려앉았다.

에센에 대한 수군거림은 몇 달 전부터 소소히 돌았다. 사실 드레이크와는 꽤 떨어진 곳이라 에센에서 일어나는 일은 그야말로 남의 일이었다. 그저 먼 나라의, 다른 사람의 일로만 느껴지는 일. 사람이 죽어나간다는 소식에 쯧쯧 혀를 차고, 반란군들에게 동조하는 구 로세이유인들을 은혜도 모르는 썩을 것들이라며 욕을 하고, 그 때문에 작년보다 밀을 구하기가 힘들어진 것에 불평을 늘어놓는, 그러나 그저 그뿐인, 남의 일.

하지만 그녀에게도 그리 여겨질 수 없는 것은 오로지 그 소식을 타고 간혹 들려오곤 하는 안셀라 클렌디온의 이름 때문이었다. 제 심장에 칼을 박아놓곤 그 후로 아무런 소식도 없는 오라비.

알고보니, 반 인스켈군의 중심이라 할 수 있는 라 리베티에의 수장이라는 오라비.

윈터는 검이 심장을 빗나간 것이 천운이라며 그에 대해서는 더 이상 아무런 말도 하지 않았다. 더 물었어야 했는지도 몰랐으나 그러지 않았다. 대체 어떤 답을 들어야 유일한 혈육이 제 심장을 겨누며 칼을 꽂았다는 사실을 납득할 수 있을까.

납득이나 하고 싶은 걸까.

가느다란 한숨을 겨우 내쉬며 리즈벳은 떨리기 시작한 손을 꽉 쥐었다.

6년 전에 대대적으로 북쪽에서 반란이 났으니 모든 군세를 남쪽으로만 집중시킬 수는 없었을 것이다. 인스켈은 역사적으로 해군이 강하지 않으니 북부에서 남부로 향하는 군수품과 병력의 이동도 까다로울 것이고. 그러니 남부의 반란 진압이 이렇게 지지부진하단 걸 예상못 했던 바는 아니다.

그 여파가 언제까지나 드레이크를 피해갈 거라고 믿는 것이야말로 어리석은 것이겠지만, 소집령이라니. 인스켈은 지난 10여 년간 단 한 번도 징집을 한 적이 없었다. 온 대륙을 통치하면서도 상비군만으로도 산발적으로 일어나는 반란을 진압할 수 있었다. 그런데 소집령까지 내려야 할 상황이라면 남부의 상황이 생각보다 훨씬 더 심각한 모양이다.

그렇다면, 윈터도 또다시 전장으로 떠나는 걸까? 이젠 완전히 인스켈과 연을 끊었다고 했는데?

라더스가 불타오르던 모습이 기억난다. 절 죽임으로써 인스켈이 번영할 수 있다면 그런 불명예 따윈 기꺼이 감수하겠다던 이가 생각났다. 한 치 눈앞도 보이지 않았던 그 새까만 밤의 숲 속에서 그녀의 목덜미에 닿았던 칼날의 감촉에 리즈벳은 저도 모르게 몸을 떨었다.

윈터는 절대 말해주려 하지 않지만 그녀를 죽이라 사주한 사람,

꽤나 높은 사람이겠지. 윈터에게 영향을 미칠지도 모른다는 이유만으로 사람을 죽이려 하는 이들이니 윈터가 아무리 벗어나려 한다 해도 내버려둘까?

"……몰랐어. 에센 쪽이 그렇게 심각한지."

"뭐, 무관전향을 한 순간부터 예상했어야 하는 일이잖아. 금방 돌아올 거야. 우리나라가 언제 전쟁에서 진 적이 있어?"

그리 말하며 어깨를 살짝 움츠렸던 알디스는 완전히 심각해진 친구들을 둘러보더니 깔깔 소리 내어 웃었다.

"에이, 다들 얼굴이 그게 뭐야, 불길하게시리. 괜찮아, 괜찮아! 그것보다 졸업무도회 이야기나 하자, 응? 파트너는 어떻게든 구한다 치고, 리즈벳."

화제를 돌릴 만한 건을 찾던 알디스의 목소리가 순식간에 엄격해졌다.

"드레스는 맞췄어?"

"아, 니. 아직……."

"아니, 일단은 그것보다."

기세에 눌려 말을 더듬는 리즈벳의 대답을 미처 기다리지도 않은 채 알디스의 눈이 번쩍였다.

"너, 아모르는 출 줄 알아?"

○ ❀ ○

"하나둘 셋, 둘둘 셋, 셋 둘……."

유려하게 이어지던 목소리가 순간 뚝 끊겼다. 전문가의 자존심으로도 짓밟힌 발의 아픔은 어찌할 수 없는 것인지 엘고르의 잘생긴 미간이 순간 꿈틀거렸다.

벌써 오늘만 해도 열다섯 번째. 첫날 처음으로 발을 밟혔을 때에는 오히려 웃으며 '하하, 이쯤에서 발이 밟혔어야 하는데 안 밟으시기에 오히려 제가 더 불안했습니다.' 따위의 말을 했던 그였으나, 거의 나흘 연속, 나아질 기미도 보이지 않은 채 계속되는 공격에는 그 역시 당해낼 수가 없었다.

대체 이 아가씨는 뭘까. 예쁘장한 얼굴로 제 발등을 불구로 만들려는 괴물인가. 아모르라면 열두 살쯤 되었을 때부터 교양의 일환으로 조금씩 배우기 시작하는 게 보통인데, 완전 초보라 해도 이상할 것 없는 이 서투름을 보면 그 기초교양을 전혀 배우지 못한 것 같았다. 보수가 이상하게 높다 했더니 그럼 그렇지, 다 이유가 있었다.

"죄, 송해요."

지은 죄를 아주 잘 아는 리즈벳이 잔뜩 기가 죽어 고개를 숙였다. 그녀는 제 낯이 보통 두꺼운 게 아니라고 생각하고 있었으나 그녀에게도 양심이라는 게 있으니 고개가 뻣뻣할 수가 없었다.

"밟, 히는 게 직업인걸요. 일당에 전부 다 포함되어 있으니 신경 쓰지 마세요."

교사로서의 사명감을 한계까지 짜내어 웃음을 지어 보이는 엘고르의 얼굴을 보며 리즈벳은 한숨을 삼켰다. 긴장을 풀라는 건 말이야 쉽지, 생판 본 적도 없는 남자의 팔을 허리에 느끼며 가슴과 가슴이 맞닿을락 말락 한 거리에서 움직여야 하는데 긴장이 안 될 수가 없잖은가.

어쩌다 일이 이렇게 됐지?

얼굴 근육에 경련을 일으키며 웃는 상대를 앞에 두고 울 수는 없는 노릇이라 리즈벳은 필사적으로 입꼬리를 끌어올려 미소를 지어 보였다.

"아모르?"

닷새 전, 알디스의 말을 듣고 나서야 이제껏 계속 미뤄두고 있던 일을 해결하기 위해 윈터를 찾았을 때, 그는 굉장히 기묘한 표정으로 그녀를 바라보았다.

좀 산다 하는 집의 자녀라면 누구나 배우는 사교춤 중에서도 아모르는 가장 까다롭고 우아한 춤이다. 딱히 남자와 딱 붙어서 빙글빙글 도는 사교춤에 별 환상도, 관심도 없었으니 여태껏 별로 배울 생각이 없었고, 윈터도 딱히 그에 대해 이견을 내진 않았다.

졸업무도회에는 파트너를 동반해야 한다는 친구들의 강압과 그 통한의 키리언 세이쥬 사건이 아니었다면 평생 배울 일이 없었을 것이다. 그도 그럴 것이.

"……아모르는 아버지나 오빠한테서 배우는 거라던데요."

아모르는 파트너를 바꿔가며 추는 다른 춤들과는 달리 한 사람의 파트너와만 계속 붙어 추는 춤이다. 에스타니아 쪽에서 유래한 이 춤은 문란한 그쪽 성향을 그대로 이어받아 좋은 말로 하면 농염했고 속된 말로 하면 대단히 끈적했다. 한 곡 추고 떨어져 나오는 것이라면 모를까, 같이 배우고 연습한답시고 붙어 있다간 그대로 눈이 맞는 경우가 허다했다. 게다가 아모르는 어려워서 하루 이틀 연습해서 배울 수 있는 유도 아니다.

"그래서, 그걸 나한테서 배우겠다고?"

나한테 칼질을 한 오빠한테서 배울 수는 없는 거잖아요.

그러나 그렇게 말하는 대신 리즈벳은 그냥 최대한 예쁘게 눈을 뜨고 깜박였다. 눈을 한 번, 두 번, 깜박깜박.

"너는 참, 여러 가지로."

기가 찬다는 듯 작게 코웃음을 친 윈터가 성마르게 머리칼을 쓸어 넘겼다. 어딘가 마음에 들지 않는 듯한, 왠지 초조하게까지 느껴지는 그의 표정은 처음 보는 것이라 리즈벳은 저도 모르게 작게 숨을 참았다. 윈터는 무언가 폭발하려는 걸 억지로 잡아 누르는 듯했다.

언제나 연회색으로 보이던 사람이 순식간에 강렬한 원색으로 덧칠된 것 같아 그녀는 그가 목소리 하나 높이지 않았음에도 불구하고 그가 내보이는 이름 모를 감정에 압도당했다.

"다른 사람을 알아봐, 귀여운 리즈벳."

그리고 그게 거짓말이었다는 듯 휙 몸을 돌려버리는 윈터의 모습에 그녀는 저도 모르게 멍해졌던 정신을 되찾고 그의 소매를 부여잡았다.

"다른 사람이 어딨다고요! 아무한테나 부탁할 수는 없는데 노엘은 출 줄 모른다고 하고."

"사정이야 어찌 되었든, 사랑스러운 리즈벳."

탁, 부드럽지만 단호한 동작으로 그녀에게 잡힌 소매를 빼낸 윈터의 상체가 우아하게 굽혀졌다. 코와 코가 맞닿을 거리까지 다가온 윈터의 눈이 매혹적으로 휘었다.

"이 세상에 남은 남자가 나 혼자뿐이라도 내가 네게 아모르를 가르칠 일은 없어."

그녀의 눈앞에서 문이 쾅 소리를 내며 닫혔다.

끝까지 제 요청을 들어주지 않은 것에 대한 타협이라고 할 만한 게 그다음 날 도착한 전문 강습사 엘고르와 그가 이끄는 실내악단이었다.

그게 엘고르의 발등의 비극의 시작이었다.

……매정한 인간.

제가 이리 자근자근 밟고 있는 게 윈터의 발이었다면 이렇게 죄책감에 시달릴 일도 없었을 텐데.

하지만 어쩔 수가 없다. 그녀는 살아오면서 맹세코 이렇게 남자와 밀착할 일은 없었다. 예전 안셀라의 원한 때문에 몇 번 납치당했을 때에야 처음 보는 남자들에게 안기기도, 업히기도 했지만 그건 그녀가 남자와 닿을 때 뻣뻣해지는 데 악영향을 끼쳤으면 끼쳤지 좋은 영향을 끼치진 않았다.

……게다가 어느 순간 자라버린 가슴도 문제다. 닿을까 봐 신경 쓰이고, 잘못 움직였다간 출렁거릴까 봐 신경 쓰이고, 옷자락이 내려가 보일까 봐 신경 쓰여 도저히 집중을 할 수가 없다.

"제 발은 둘째치더라도 이래가지곤 아가씨가 전혀 즐기질 못하겠는데요."

리즈벳이 어깨를 움츠리는 모습에 작게 한숨을 내쉰 엘고르는 무언가를 골똘히 생각하다가 다시 그녀의 허리에 팔을 감았다.

"눈을 감아보지요."

"네?"

반사적으로 몸이 뻣뻣해진 리즈벳이 되물었다. 눈을 뜨고 있는 지금도 열 걸음에 한 번씩 발을 밟는데 눈까지 감아버리면 그 결과가 얼마나 참혹할지 상상도 안 되었다.

"리드는 제가 알아서 할 테니 눈을 감고 상상해보는 겁니다. 제가 이번 무도회에서 같이 아모르를 추기로 한 파트너라 생각해보세요. 아가씨가 가장 믿는 사람, 가장 편안하게 느끼는 사람을 생각하는 겁니다."

재차 재촉하는 말에 석연찮은 기색을 애써 감추며 리즈벳은 조심스레 눈을 감았다.

애증의 키리언 세이쥬 공자는 그녀의 공상 속에서도 존재하질 않으니 논외였지만 가장 믿는 사람, 가장 편안하게 느끼는 사람이라니.

쉽게 딱 누구 하나가 떠오르지 않자 그녀는 결국 알고 있는 사람의 얼굴을 하나하나 떠올리기 시작했다. 그리고 그녀의 생각이 윈터에게 닿았다.

소매를 잡은 손을 떼어냈을 때의 미진한 온기의 팔, 굴곡 하나 없이 떨어져 내리는 허리선과 살짝 고개를 기울여 턱을 괴었을 때 드러나는 목선과 보일 듯 말 듯 자리한 결후의 모양.

눈을 내리깔면 그 붉은 눈동자로 그림자를 드리우는 속눈썹.

"아……!"

순간, 몸이 갑자기 제멋대로 휩쓸렸다. 어느새 느슨하게 긴장이 풀린 몸이 남자의 힘에 인형처럼 딸려갔다. 당황한 몸은 그러나 나흘 연속 연습을 하며 착실하게 익힌 스텝을 그대로 밟았다.

현악기의 경쾌한 연주가 들려왔다. 한번 움직이기 시작한 몸은 능숙한 리드를 따라 경쾌한 박자로 움직이고 있었다.

하나둘 셋, 둘둘 셋, 셋둘 셋.

한번 움직이기 시작하니 이상하게도 거부감이 덜했다. 눈을 감고 있으니 더욱 선명하게 음악이 들리고, 리드하는 상대의 움직임이 명쾌하게 느껴졌다. 온갖 잡스러운 생각이 사라지자 발걸음이 가벼워졌다. 머릿속에 각인된 박자에 따라 움직이고 있자니 귓가에 윈터의 목소리가 들려오는 듯했다.

하나둘 셋, 둘둘 셋, 셋둘 셋. 설마 내 발을 밟을 생각은 아니지, 사랑스러운 리즈벳?

그 말에 저도 모르게 부르르 몸을 떨기 무섭게 음악이 끝났다.

어 하며 눈을 다시 뜨기가 무섭게 나흘간의 고행을 함께했던 엘고르와 실내악단 연주자들이 다 함께 자리에서 일어나 환호성을 질렀다. 거의 눈물이라도 비칠 기세로 그녀의 손을 그러쥔 엘고르가 마주 쥔 손을 힘차게 흔들었다.

"아주 잘했습니다, 아가씨! 바로 이 느낌입니다! 이 느낌을 잊지 마세요!"

그러나 그녀는 지금 무슨 일이 일어난 건지 전혀 파악이 되지 않았다.

• ❖ •

"윈터."

속삭이는 목소리에 숨이 멎는 듯했다. 기척 하나 없이 소녀는 어느새 그의 침대 위에 걸터앉아 있었다. 소녀가 가볍게 그의 위로 몸을 기울이자 시야가 오롯이 그녀로 가득 찼다.

"윈터."

청명한 달빛이 커튼을 활짝 젖혀놓은 창문 너머에서 쏟아져 들어와 소녀의 머리에 마치 후광처럼 맺혔다. 새까만 어둠의 시간, 그녀만이 빛을 내는 듯했다.

사락, 고개의 움직임에 따라 흘러내린 머리칼이 목덜미를 간질였다. 비강 가득히 그녀의 체취가 확 퍼졌다. 숨이 흐트러지는 것을 느끼며 그는 눈을 감았다. 눈처럼 녹아내리는 시야에 맺힌 그녀의 모습이 신기루마냥 흐릿하고 비현실적이다.

너, 왜 여기에.

입을 열어 말을 하려 했으나 목소리가 나오지 않았다. 손가락 하나 까딱하지 못하는 와중에 소녀의 웃음소리만 영롱하게 울렸다. 웃음소리에 섞여 나온 숨결이 뺨을 간질이고, 그 온기가 잉크 방울마냥 퍼져나갔다. 시야가 차단되어 더욱 선명해진 촉감을 소녀의 존재가 자극한다.

"윈터."

모든 것이 소리 죽인 고요한 밤공기를 웃음소리가 잔잔하게 흔든다. 정작 그 웃음기 섞인 부름에 그는 진저리쳤다.

꿈이다. 이건 꿈이다. 그렇지 않고서야 어떻게 네가.

"윈터."

거듭된 부름에 그는 숨을 헐떡였다. 더욱 눈을 질끈 감아 소녀를 보지 않도록 안간힘을 썼다. 거듭된 부름에 섞인 웃음은 그저 청아하기만 하여 그를 더욱 수치스럽게 했다.

사실은, 눈을 뜨지 않아도 안다. 웃음을 지을 때 그 입술이 어떤 식으로 호선을 그리는지. 고아하게 흘러내리는 목선과 이어지는 둥근 어깨의 선도, 보일 듯 말 듯 파인 빗장뼈에 걸린 음영도, 무릎을 끌어안을 때 깍지를 끼는 가늘고 모양 좋은 손가락도, 치맛자락 너머로 드러나는 매끄러운 발목도.

아니, 사실은 상상했다.

목선으로 이어지는 가슴의 모양은 어떨지. 아무것도 걸치지 않은 등의 선은, 날개뼈가 만드는 모양은, 그리고 아래로 이어지는 엉덩이의 곡선은 어떨지.

그 피부에 직접 손을 대는 것은 대체 어떤 느낌일지.

"윈터."

여전히 소녀답게 맑은 음색에 수치심이 거칠게 들쑤셔진다. 그 부름에 섞인 웃음은 아무것도 모르는 순수함인지, 저를 비웃는 조소인지.

손을 들어 얼굴을 가려버렸다.

리즈벳.

화인이 찍힌 듯 눈앞에서 말갛게 웃는 얼굴이 흔들린다. 무지한 자의 잔혹함으로 말갛게 웃는 얼굴을 보며, 저리 사심 하나 없이 제게 의지해오는 모습에 목이 타들어갔다.

이건 사랑이라 부르기도 추잡한 것일 텐데.

땀으로 흠뻑 젖은 채로 눈을 뜨자마자 윈터는 신랄하게 조소했다.

"……참으로 가지가지……."

꿈의 자취는 화마처럼 의식에 선명하게 자국을 남기고 흩어졌다. 꿈이라는 명목하에 적나라하게 까발려진 제 욕망에 구역질이 나는 것 같았다. 땀에 젖어 달라붙은 옷가지도, 아직까지 흐트러진 호흡도, 얼룩덜룩하게 일그러진 시야에 유독 선명한 소녀의 모습까지도 모조리 끔찍해 그는 재차 눈을 감아버렸다.

몸에는 아직까지 채 가시지 않은 열이 남아 있다. 단단히 뭉친 아래가 수그러드는 것을 기다리며 그는 작게 욕지거리를 내뱉었다.

신성이 있었을 때에는 그것만큼은 좋았다. 희극적일 정도로 본능에 충실한 짐승은 아니었으니까. 적어도 제게 아모르를 가르쳐달라고 주저 없이 다가올 정도로 딸이나 누이에 가까운 아이를 상대로 발정할 걱정은 없었다.

그저 사랑스럽다는, 순수하고도 담백한 감정 하나만 품고 있으면 되었다. 지독하게도 운이 나쁜 계집아이가 필요로 하는 것은 딱 그 정도일 테니까. 그런 아이에게 사랑이다 뭐다 이름을 붙여 이 추잡한 것을 들이대는 것만큼 끔찍한 일이 어디 있겠나.

다시금 눈두덩을 꾹꾹 문지르며 한숨을 내쉬었다.

조금만 참으면 이 짓도 끝난다. 열여덟이면 계집애 혼자서도 자립해서 살 수 있는 나이이고, 학교를 무사히 졸업한다면 기본적인 교양과 인맥은 쌓였겠지. 아이 앞으로 남긴 것들은 노엘이 잘 관리해줄 것이다.

그리고, 그 와중에 제대로 된 애정을 나눌 수 있는 상대와도 만날 것이다. 그렇게 천천히 시간이 지나면 그에 대한 것도 서서히 잊겠지. 리즈벳 클렌디온은 저와 얽히지만 않으면 그저 평범한 아이로 평범하게 행복할 수 있다.

나른히 늘어져 시선을 창밖으로 던지자 아직 시간은 밤이었다. 땀에 젖은 옷가지가 기분이 나쁘고 꿈의 잔재가 눌어붙은 방 안의 공기가 목을 조르는 듯해 그는 몸을 일으켜 발코니로 향했다. 문을 열어젖히려는 순간, 정원에서 가벼운 발소리가 들려왔다.

자객이라도 든 건가 싶었으나 그러기엔 그 발놀림이 너무 서툴렀다. 이 오밤중에 저 난리를 치는 게 자객이 아니라면 딱 한 사람뿐이라 그는 발코니 문을 활짝 열어젖혔다.

하나둘 셋, 둘둘 셋, 셋둘 셋.

작게 박자를 중얼중얼 맞추며 아이는 혼자서 빙글빙글 돌고 있었다. 거추장스러운지 신을 벗어던진 맨발이 밤이슬에 젖은 잔디를 밟으며 경쾌하게 움직인다. 가상의 파트너의 팔을 잡고 그에 기대 유연하게 휘는 상체의 움직임에 따라 드러나는 목덜미의 새하얀 피부가 달빛 아래 요요히 빛났다.

발코니 난간에 몸을 늘어트리며 원터는 그 모습을 눈으로 좇았다. 이윽고 시야에 차는 것이 오롯이 한 사람이 될 때까지.

● ⚜ ●

하나둘 셋, 둘둘 셋, 셋둘 셋.

뭔가 알 것 같으면서도 모를 것 같고, 잡힐 것 같으면서도 잡히지 않는 간질거림. 교습시간에 잠시 찾아왔던 그 기분은 신기루처럼 잡힐 듯 말 듯 아른거릴 뿐이었다.

그녀는 솔직히 자신이 아모르를 파트너의 발을 밟지 않은 채 처음으로 완벽하게 춰냈다는 걸 믿기가 힘들었다. 그냥 딴생각에 멍하니 있다가 끌려간 대로 움직이다 보니 음악이 끝나버린 터라 자신이 이뤄낸 거라고 하기도 애매했다. 하지만 엘고르가 언제 그렇게 좋아하는 모습을 보였던가.

매일매일 그녀를 가르치며 하루가 1년같이 늙어만 가는 모습이 미안해 견딜 수가 없어서 한 번이라도 좋아하는 얼굴 좀 봤으면 좋겠다 싶었는데, 정작 그 바람이 현실이 된 지금은 그냥 계속 줄줄이 실망만 시켰던 게 나았을 것 같았다. 분명히 내일이면 또 희망에 부푼 눈으로

'저번의 성과를 확인해볼까요?' 하며 아모르를 다시 추자 할 텐데, 그 표정이 무너져 내리는 걸 어떻게 보라고.

한숨을 푹푹 내쉬며 결국 리즈벳은 털썩 풀밭에 주저앉았다.

혼자서 연습이랍시고 하고는 있다만 역시 파트너가 없으니까 한계가 있다. 옆에서 보고 교정해주는 사람이 없으니 지금 제가 제대로 움직이고 있는지조차도 모르겠고, 그나마 악단이라도 있으면 박자 맞추는 연습이라도 할 텐데 악단도 없고.

자포자기한 심정으로 벌렁 드러누워 하늘을 보자 검푸른 하늘에는 별만 총총했다. 기분은 이렇게 복잡한데 하늘은 무심하게시리 아름다웠다. 눈을 감고 있자니 처음이자 아마도 마지막으로 완벽하게 춰냈던 아모르가 떠올랐다.

유속이 느린 강물에 몸을 맡기고 떠내려가는 듯했다. 때로는 경쾌하게, 때로는 부드럽게, 때로는 힘차게 흘러가는 와중에도 강물은 사방에서 그녀의 몸을 감싸 받쳐 올린다. 순식간에 그녀를 집어삼켜 익사시킬 수도 있는 힘으로 그저 묵묵히 그녀를 끌어안는 아슬아슬한 긴장감이 좋았다. 귓가를 가득 메우는 물소리에 세상에서 저만이 도려내진 듯한 고립감도 좋았다.

사람들이 왜 하고 많은 춤 중에서 아모르를 그리도 사랑하는지 조금은 이해할 수 있을 듯했다.

……그 느낌이 더는 돌아오지 않는 게 슬프긴 하지만.

혼자서 연습해봤자 도움이 될 리가 없어서 저절로 한숨이 나왔다. 그냥 포기하고 잠이나 자자 싶어 몸을 일으키자 서늘한 밤바람에 밤이슬로 젖은 몸이 오슬오슬 떨려왔다.

"엣취!"

재채기가 나오자 그녀는 양팔로 몸을 꽉 끌어안았다. 불이 활활 타오르는 벽난로와 따듯한 코코아가 시급했다. 부르르 떨며 몸을 돌리려는데 머리 위로 뭔가가 툭 떨어졌다.

커다란 남자 실내용 가운. 헤엄치듯 옷자락을 젖히고 고개를 빼내자 머리 위에서 핏, 바람 빠지는 듯한 웃음소리가 들렸다. 보지 않고도 상대가 누군지 짐작이 가 그녀는 뚱한 표정으로 고개를 들었다.

예상했던 대로 2층 발코니에서 윈터가 난간에 몸을 기댄 채 내려다보고 있었다. 눈매에 어린 냉소적인 미소는 여전했으나 밤의 윈터는 어딘가 평상시보다 좀 더 느슨해진 듯했다. 나른하게 난간에 기댄 턱을 받치며 길고 날렵한 팔이 난간 너머로 흔들렸다. 전반적으로 자다막 깬 것 같은 분위기의 남자 앞에서 리즈벳은 왠지 민망해졌다.

"언제부터 거기 있었어요?"

크러뱃 없이 편안히 풀어둔 셔츠 옷깃 너머로 보이는 탄탄한 가슴팍에서 시선을 애써 돌리며 묻자 그가 소리 없이 웃었다.

"여기서 산 지가 벌써 5년인데 내 방의 위치 정도는 외워두지그래, 귀여운 리즈벳."

"……아, 그러네요."

아무리 생각해도 변호조차 할 수 없는 멍청한 대답에 그녀는 혀를 깨물고 싶어졌다. 묘하게 낮과는 분위기가 달라 긴장이 됐다.

왜 이래. 윈터는 그냥 윈터인데.

속으로 머리를 몇 번이나 쥐어박은 리즈벳은 다시 심호흡을 하고 고개를 들었다가, 시시각각 변하는 그녀의 표정을 재밌다는 듯 내려다보는 붉은 눈과 정면으로 시선이 마주쳤다. 달빛을 받아 이마로 흘러내린 머리칼이 푸르스름한 은빛으로 빛나고, 크러뱃 없이 풀어둔 옷깃 너머로 드러난 살갗 역시 서늘한 빛을 띠었다.

가볍게 고개를 틀어 질문하듯 보는 모습이 묘하게 야하게 느껴져 그녀는 눈을 굴려 다시 시선을 피해버렸다.

오밤중에 남녀 둘. 어렸을 때 잠이 안 온다며 침대에 기어들어갔던 건 열세 살 때가 마지막으로, 그 후에는 무슨 짓을 해도 윈터는 방 안에 들여보내주지 않았다. 대신 고용된 리델이 밤에 혼자 있기 싫어하는 그녀의 수발을 들어주었다. 밤에 이렇게 마주친 것 자체가 거의 4년 만이었다.

상황을 새삼스레 의식하자 목이 바짝 말라왔다.

"어…… 깨웠어요?"

"그다지."

어떻게 지금의 이 상황을 좀 수습하고 싶은데 상대는 전혀 도움을 주지 않았다. 게다가 그녀가 지금 구명줄처럼 붙잡고 있는 것은 윈터의 가운이었다. 옷 한 벌을 통해서 새삼스레 느끼는 체격 차에 더 기분이 이상해졌다.

그럼에도 묘하게 도망가고 싶지는 않았다. 요즘 들어 유난히 그녀와의 시간을 짧게 끊어내는 윈터 탓에 이렇게 둘이서 시간을 보낸 적도 별로 없었다. 나이가 든다는 게 이런 건가 보다 싶었으나 그럼에도 왠지 쓸쓸했다. 그렇게 생각하면 이 기회를 이대로 날려버리기가 아까웠다.

"윈터, 내려와봐요."

생글, 웃음을 띠며 리즈벳이 손짓했다. 별 대꾸 없이 표정만으로 왜, 라고 묻는 남자를 향해 더욱 밝게 웃음을 지으며 재촉했다.

"빨리요."

윈터의 미간이 예의 그 복잡한 감정을 담아 찡그려져 리즈벳은 순간 당장이라도 거절당할 거라 생각했다. 지난 4년간 점차 빈도수를 늘려가며 그리했듯이.

그러나 그녀와 시선을 마주친 윈터는 뭐라 말하려는 듯 벌렸던 입을 다물고 가볍게 시선을 떨어트렸다. 그가 내뱉은 한숨이 흐트러졌다 생각했던 것도 잠시, 가뿐한 동작으로 그가 난간을 짚고 훌쩍 몸을 날렸다.

마치 강물이 흘러내리듯 2층 발코니에서 그대로 착지한 윈터의 발밑에서 잔디가 사락 소리를 내며 흔들렸다.

"그래서?"

노래하는 듯 리듬감 있는 목소리가 귓가를 묘하게 간질였다. 묘한 긴장도, 두근거림도, 전부 다 이 요요한 달빛의 장난질이다.

윈터는 윈터. 피를 나눈 가족보다 더 가족 같은 사람. 그러니 그녀도 평소와 똑같이 대하면 된다. 그러면 이 의미 모를 간질거림도 사라질 거다.

그리 생각하며 리즈벳은 생글 웃었다.

"기왕 일어난 김에 나 연습 좀 도와줘요."

"그렇게 키리언 세이쥬 공자가 좋아?"

"……그냥 둘이서 우리만의 세계를 만들어서 처박혀버리고 싶을 정도로요."

단번에 급락해버린 기분에 입술을 비죽인 그녀가 하아, 긴 한숨과 함께 고백했다.

"혼자서 연습하니까 잘 안 돼요. 두 곡…… 아니, 한 곡이라도 좋으니까 나랑 파트너 해줄 수 있어요? 아모르를 가르쳐달라는 것도 아니고, 그냥 잠시만 어울리는 거니까 그 정도면 괜찮지 않……."

그렇게 말하고 그녀가 애교스럽게 그의 손을 잡아끌려던 순간, 윈터는 미끄러지듯 반보 뒤로 물러서 그 손을 피했다. 졸지에 허공에다 손짓을 하게 된 리즈벳의 표정이 어색해졌다.

풀렸던 게 언제였냐는 듯 다시 굳어버린 표정의 남자는 그럼에도 예의상으로나마 미안하다든가, 그런 의도가 아니라는 변명이나 사과는 할 생각이 없어 보였다. 순간 떠올랐던 갈등 비슷한 표정이 순식간에 무표정 아래로 가려지는 것을 바라보며 그녀는 순간 울컥했다.

"……됐네요. 그렇게 싫으면 강요할 일 없네요, 뭐."

휙 몸을 돌린 그녀가 성큼 한 걸음을 내디뎠을 때였다.

"으앗!"

밤이슬로 미끄러운 잔디에 미끄러진 몸이 그대로 균형을 잃고 앞으로 휘청거렸다.

  · ✤ ·

넘어갔다, 깨달았던 것은 넘어지려는 아이의 허리를 낚아챘을 때였다. 노루처럼 날렵하게 몸을 돌린 리즈벳이 한쪽 팔을 그의 목에 감고 발을 움직였다. 오로지 같이 넘어지지 않으려는 일념으로 따라 발을 움직이자 품 안의 아이는 빙글빙글 원을 그리며 그의 손을 쥔 채로 떨어져 나갔다가 다시 품 안으로 안겨 들어왔다. 등을 그의 가슴팍에 톡 기대며 고개를 젖혀 올려다보는 아이가 살짝 눈꼬리를 휘며 장난스레 웃는 모습에 윈터는 기가 막혀 작게 헛웃음을 토해냈다.

"꺅!"

허리를 홱 잡아 허공에 들어올린 후 빙글빙글 돌리자 리즈벳은 웃음기 어린 비명을 토해냈다. 풀잎이 묻어난 치맛자락이 꽃잎처럼 펼쳐지며 팔락인다. 저만을 바라보며 더없이 즐거운 듯 웃는 모습에 호흡이 절로 흐트러졌다.

4년 넘게 손가락 하나 대지 않았다. 인사치레로 하는 키스는커녕 넘어진 아이를 일으킬 때 손을 잡는 것까지 주의했다.

지난 1년간은 단 한 번도 닿지 않았다.

방금 전까지 뇌리에 가득하던 온갖 금제와 상념이 새하얗게 재가 되어 사라진 자리에 끓어 넘친 본능이 욕망을 토해냈다.

입을 맞추고 싶다. 핥아 맛을 보고 싶다. 자국이 날 정도로 깨물고 싶다.

하나둘 셋, 둘둘 셋, 셋둘 셋.

박자 세는 소리에 섞여 들어간 까르르, 웃는 소리가 밤공기를 울리며 그에게 멀어졌다 가까워졌다를 반복했다. 지난 나흘간 이어졌다던 교사의 혹평은 거짓말이었는지 밀려왔다가 뒷걸음질 치는 발걸음은 깃털처럼 가볍고 나긋했다. 그 움직임을 따라 팔락이는 치맛자락 너머로 풀잎 묻은 맨발과 종아리가 언뜻언뜻 보이고, 살랑이는 머리칼에서 묻어난 달콤한 향취가 비강을 가득 채웠다.

하나둘 셋, 둘둘 셋, 셋둘 셋.

아이가 닻처럼 꽉 잡고 있는 손을 통해 퍼져나간 화끈거리는 열기가 온몸을 들쑤셨다. 옷감 한 장 사이에 두지 않고 맞닿은 피부는 탄성이 나올 듯 부드럽다. 저 뺨을 쓸면 같은 느낌이 날까? 저 목덜미에 입을 맞춘다면? 옷자락 너머의 허리를 따라 입을 맞추면 너는 어떤 표정으로 흐트러질까?

품 안에 안겨오는 소녀의 몸의 온기에 화상을 입을 것만 같았다. 아이에게서 비롯한 열기가 그의 혈관을 타고 흘러 머리가 열에 시달리듯 몽롱해졌다. 배경의 사물이 흐릿해졌다가 녹아내리듯 굴절했다.

아이의 모습만이 선명했다. 망막에 알알이 낙인찍듯, 그 아이만이.

대단히 만족스럽다는 듯한 미소와 함께 아이의 움직임이 멈춘 그 순간까지도, 그는 제가 어떤 식으로 스텝을 밟고 리드를 했는지 기억조차 나지 않았다.

"나랑 추는 아모르도 나쁘진 않죠?"

놀리듯 말하자 쉴 틈도 없이 춤을 춰 작게 몰아쉬는 숨이 목덜미를 간질였다. 발갛게 열이 오른 얼굴로 그를 올려다보는 눈동자에 홀리듯 시선을 고정하자 리즈벳이 눈을 부드럽게 휘며 웃었다. 그와 동시에 모양 좋은 입술이 호선을 그렸다.

그 모습에 저 입술을 물어뜯고 싶은 충동과 핥아 올리고 싶은 충동이 맞부딪쳐, 윈터는 그 손을 홱 잡아채 세차게 맥동하는 손목 안쪽에 이를 가볍게 세워 강하게 빨아들였다.

눈앞에서 피부에 남은 흔적이 일그러지고, 흐려졌다가 다시 명확해지더니 모습을 변화시켰다.

붉음.

색이라 명명할 수 있는 시각정보를 인지하자 세상이 깨져나가듯 재구축되었다. 무섭게 망막으로 쏟아져 들어오는 새로운 세상 속에서 그는 아이의 머리칼에 떨어져 내리는 월광의 은빛을, 그 빛을 받아 흘러내리는 물결치는 머리카락의 금빛을, 그를 바라보는 눈동자의 초록을, 그리고 살짝 벌어진 입술의 붉음을 인지했다.

흑과 백에서 벗어난 세상은 따뜻했다. 수천 가지의 색과 수만 가지의 채도로 이루어진 세상이 생생하게 살아 움직이며 고하고 있었다.

　살아 있어. 넌 살아 있어.

　그리고 그 속에서 아이는 기적처럼 아름다워 눈이 부셨다.

●　❀　●

　두근, 두근, 두근.

　거슬리게 큰 소리가 울려 귀가 멀어버릴 것만 같았다. 점점 커지고 빨라진 소리는 주위의 모든 소리를 짓누르고 뇌리를 쿵쿵 울려대었다.

　그것이 제 심장고동이라는 것은 한참이 지난 후에야 깨달았다.

　뭐라 해야 할지, 어찌 반응해야 할지, 새하얗게 백지가 된 머리로는 아무것도 생각나지 않아 멍하니 서 있는 그녀를 바라보는 윈터의 눈에 짙은 자조의 빛이 스치고 지나갔다. 지난 4년간 한 번도 자발적으로는 뻗어오지 않던 손이 이마로 흘러내린 그녀의 머리카락을 쓸어넘겼다. 윈터는 드러난 이마에 가볍게 키스했다.

　"꿈을 꿨다고 생각해라, 사랑스러운 리즈벳."

　귓가에 속삭이는 목소리는 녹아내릴 듯이 달았다. 달콤한, 그럼에도 어딘가 쌉싸름한. 그녀의 이름을 발음하는 목소리는 지금까지 들어왔던 어떤 말보다 다정했다.

　마치 꿈처럼. 눈을 뜨고 나면 눈처럼 녹아버릴 환상처럼.

　그녀를 홀로 남겨두고 돌아선 윈터의 뒷모습이 멀어진 순간, 리즈벳은 다리의 힘이 풀려 그대로 주저앉았다. 어느새 흐트러진 숨을 몰아쉬며 가늘게 떨리기 시작하는 몸을 힘껏 끌어안았다. 윈터가 깨물고 간 손목의 순은이 화인같이 화끈거렸다.

눈이 마주치는 순간, 그녀는 비로소 자신의 후견인이 어째서 지난 5년 동안 자신을 만지려 하지 않았는지 본능적으로 깨달았다.

동시에 그녀는, 윈터가 절대로 그녀에게 손을 대려 하지 않을 것이라는 사실 역시 눈치챘다.

멀리서 매미가 요란하게 울어대는 소리가 들렸다. 끈질긴 소음에 신경줄이 아슬아슬하게 당겨져, 알덴샤 로웬은 미간을 찡그리며 소매를 들어 이마를 닦아냈다. 눈앞의 풍경이 일그러질 정도로 강한 한낮의 여름햇살은 나무 그늘에 가만히 앉아 있는 것만으로도 그를 양초마냥 녹여내고 있었다.

"……더워."

"여름이니까요."

짜증이 덕지덕지 묻은 말에 돌아온 것은 무심할 정도로 서늘한 대꾸였다. 알덴샤는 고개를 돌려 두 걸음 정도 떨어진 거리에 앉아 있는 소녀를 바라보았다가 신음을 삼키며 고개를 돌려버렸다. 피부 하나 드러내지 않은 긴소매의 검은 드레스, 바짝 틀어 올린 새까만 머리칼을 감춘 검은 모자. 그 모자에 달려 있는 검은 베일은 그저 보는 것만으로도 숨이 턱턱 막혔다. 더 보고 있으면 이성을 잃고 저 베일을 잡아 뜯을 것만 같아 알덴샤는 거칠게 한숨을 내쉰 후 벌러덩, 풀밭에 드러누워버렸다.

"답답하지도 않아?"

"경은 5년째 똑같은 질문을 반복하는 게 지겹지도 않아요?"

"한 번도 제대로 대답한 적이나 있어?"

"경은 원로원의 늙은이들과 실랑이하는 게 답답하지도 않아요?"

"젠장. 그래, 네가 이겼다고 쳐."

애써 잊으려 하고 있었던 사실을 일부러 끄집어내는 상대의 말에 알덴샤는 이를 갈았다. 소녀는 넌지시 물었다.

"국무회의에서는 별 성과가 없었나 보지요?"

"기대도 안 했지, 빌어먹을."

환기가 잘 안 되어 끓어오르는 회의실은 며칠째 계속되는 국무회의로 집에 가지 못한 원로들의 땀 냄새, 쉰 냄새, 입 냄새로 생지옥이었다. 평균 연령이 예순인 원로원의 동의를 쉽게 얻어내기 위해 여황이 일부러 회의실의 창틀을 망가트렸다는 가설에 신빙성이 생기는 순간이었다. 그 안에서 꾸역꾸역 버티며 알덴샤는 남부 진압전을 반대했다.

그리고 여황은 아주 고상하고 품위 있게 그를 회의실에서 끌어내라 명했다.

질질 끌려 나가는 그의 모습은 끝이 보이지 않고 이어지는 더위와 회의에 질려하던 원로들에게 좋은 숨 돌릴 거리가 되었다. 그렇게 여황의 비위를 맞추려는 이들, 여황의 분노를 살 것을 두려워하는 이들, 여황의 뜻을 꺾기를 포기한 이들, 그냥 아무 생각이 없는 이들만으로 이루어진 국무회의는 그 후로 다섯 시간을 더 끌다가 결국 남부 진압전을 원하는 여황의 요청에 동의했다. 그에 탄식하는 건 알덴샤만이 아니었으나 여황 앞에서 그 의견을 입 밖에 내는 이들은 없었다.

칫, 작게 혀를 차며 알덴샤는 그의 파트너가 석상처럼 앉아 있는 곳 앞쪽의 묘비를 향해 시선을 던졌다.

"매년 하는 말이지만…… 만나보고 싶었는데 말이지. 여황 폐하의 명에 정면으로 반기를 들 배짱이 있는 놈들이 이렇게 드무니."

에드윈 솔라스.

나무 그늘 아래 숨기듯 자리한 비석에는 그리 새겨져 있었다. 황실 기사단의 촉망받는 인재였으나 황명에 반했던 남자는 소리 소문 없이 처형당했고, 시체는 낙트에 의해 야산에 몰래 버려졌다. 황립연구원 장인 그 아버지는 아들의 반역 소식을 듣자마자 그와의 모든 연을 끊었다.

그 시체를 몰래 주워다 여기 구석진 고원에 묻은 게 알덴샤였다.

"그랬다면 저랑 못 만났을걸요. 안 그래 보여도 과보호가 심했던 편이라."

그리고 그때 만난 것이 당시 열세 살이던 아리아나 솔라스였다.

"그럴 수 있었다면 오죽 좋았겠냐."

반쯤 농담으로, 반쯤 진심으로 그리 말하자 베일 너머로 쏘아보는 시선이 느껴졌다.

"오라버니, 잘 가."

5년 전 이날, 딱 봐도 산행에 익숙하지 않은, 아니, 불행이라는 것 자체에 익숙하지 않아 보이던 아이는 이미 다 썩어서 형체도 제대로 남아 있지 않은 오라비의 몸을 붙잡고 온몸을 떨며 몇 번이고 속삭였다.

"나 오빠가 자랑스러워. 오빠 동생일 수 있어서 행복했어. 오빠, 꼭 좋은 곳으로 가야 해?"

둑이 무너지듯 오열이 터져 나왔다: 아이는 마치 세상이 무너져 내린 듯 울었다.

어떤 의미에서는 그건 관용구가 아니라 글자 그대로의 현실이었으리라.

에드윈 솔라스는 대체 뭘 지키려 했었던가. 대체 얼마나 대단한 것이었기에 목숨을 잃을 것을 알면서도 황명에 정면으로 반기를 들었던가. 오라비를 잃은 누이는 몇 년 동안이나 답을 찾아 헤매었으나 찾지 못했다.

"알잖아, 폐하께서는 도전을 용납 못 하셔. 뭐, 무리도 아니지. 지금 와서 에센을 포기해봐. 그건 그냥 구 에스타니아령을 포기하겠다는 말이지. 그렇게 되면 구 리슈타인령에서 들고 일어날 거고, 구 로세이유령에서도 들고 일어나겠고."

"뿌리가 하나였다 한들 인스켈과 로세이유, 에스타니아, 리슈타인은 몇백 년의 시간 동안 따로 떨어져 살아왔던 나라예요. 언어와 인종부터가 다른데 같이 묶어놓고 다스린다는 게 무리지요. 계속 눌러봤자 반발만 더 심해질 거예요."

"그렇다고 중남부 점령지를 누가 포기하겠어? 통제광 폐하께서? 아니면 거기서 한창 꿀을 빠는 원로들이?"

냉소가 선연한 말에 아리아나는 시선을 무릎으로 떨어트렸다.

"……소집령을 내리기 전에 멈추기를 바랐는데요. 답이 보이지 않는 전쟁에서 죽어나는 건 징병된 신민들뿐이에요."

알덴샤가 사납게 웃었다.

"그건 제 피를 흘려보지 않은 인간은 이해 못 하는 거야."

라더스가 무너졌을 때 그는 무력했다. 목숨을 구해 도망치는 게 최선이었다. 방심하지 않았다 생각했건만 결과는 달라지지 않았다. 수백의 사람들이 목숨을 잃었고, 그는 황도의 법정에 서서 몇십, 몇백 번이나 반복해서 답해야 했다.

어쩌다 라더스가 그리 허망하게 무너진 건가?

기습을 당했습니다.

덕분에 북부 방어선이 무참하게 무너졌다. 저항이라도 했나?

그럴 겨를이 없었습니다.

로웬 백작은? 성주로서 뭘 했지?

숙부께서는 최선을 다하셨습니다.

로웬 백작가 중에서 살아남은 사람은?

저 혼자입니다.

상황이 그렇게 끔찍했다면 자네는 어떻게 빠져나온 건가?

……모르겠습니다.

모르겠습니다.

모르겠습니다.

모르겠습니다.

제 스스로의 목소리가 그토록 끔찍했던 때가 있었을까. 그러나 그는 진정으로 몰랐다.

왜 라더스에 그런 재앙이 떨어져 내렸는지.

왜 죄 없는 사람들이 그리도 많이 죽어야 했는지.

왜 저 혼자 살아남았는지.

대체 뭘 잘못했기에 이리 처참한 결과가 생겨났던 건지.

필사적이었다. 적어도 답이라도 알면 조금이나마 위안이 될까 싶어 미친 듯이 그것에만 매달렸다.

결국 찾아낸 답은 그야말로 저주였다.

5년이 지난 지금도 그는 대체 왜 여황이 라더스의 함락을 방조했는지 알지 못한다. 아리아나가 제 오라비가 죽어야 했던 이유를 알지 못하듯.

"마지막에 믿는 건 신체겠지. 드레스덴 대공이 있다면 여차할 경우 그냥 그 지역을 황무지로 만들어버리면 되니까. 지금은 어디 틀어박혀 있는지 모르겠다만, 상황이 더 나빠지면 불러들이지 않겠어? 선례가 있잖아? 신체를 대체 어떤 수를 써서 묶어두고 있는지는 모르겠다만."

"죽었을 리는 없겠지요."

"……그럴 리가."

그렇게 쉽게 죽어줄 이였다면, 그렇게 만만한 이였다면 여황이 이렇게 절대적인 힘을 휘두를 수는 없었겠지. 그자가 버티고 있다는 것을 아니, 그 누구도 그자를 이길 수 없다는 것을 아니 그토록 끔찍한 짓도 서슴없이 할 수 있었던 것이겠지.

그자가 있기에 제 신민의 피마저 망설임 없이 취하는 폭군이 될 수 있었던 것이겠지.

라더스를 불태웠던 것처럼.

에드윈 솔라스를 죽였던 것처럼.

아리아나는 마지막으로 오라비의 묘비에 시선을 준 후 몸을 돌렸다.

"지금 시점에서 저희가 할 수 있는 일은 없어요. 움직인다면 피가 흐르고 그 소식으로 황도가 떠들썩해진 후겠지요."

여황이 명한 전쟁에서 인스켈인의 피가 흐르고 신체가 모습을 드러내지 않은 채로 분쟁이 길어진다면 불만을, 부당함을 느끼는 이들이 생겨날 것이다.

피가 좀 더 흐른다면 넘쳐나는 그 피가 해일이 되어 인스켈을 뒤덮을 수도 있으리라.

피가 좀 더 흐른다면.

사람이 계속해서 죽어나간다면.

"네 말대로."

어깨를 꽉 쥐는 악력에 그녀는 멍하니 알덴샤를 올려다보았다.

"지금 손쓸 수 있는 건 없어."

길게 말하지는 않았으나 위로해주는 것이 느껴졌다. 저도 모르게 드러났던 동요를 지우며 그녀는 짧게 고개를 끄덕였다.

"알아요. ……다음에 이렇게 만나는 건 에센이 무너졌을 때겠군요."

알덴샤는 입술을 비틀며 웃었다.

"살아서 보자."

* ❖ *

A.S. 286년 3월. 인스켈 여황 안드로베카 1세, 에센의 접전이 길어지자 전국에 소규모 소집령을 내림.

A.S. 286년 6월. 소집령에 응답해 삼만의 군이 우선적으로 에센으로 집결 시작. 저항군이 점령하고 있던 에센 시가지를 포위한다. 이 에센 공방전을 제4차 대륙전쟁의 시발점이 되는 에스타니아 독립전쟁의 시초로 친다.

− 2권에서 계속.